Oberman

SENANCOUR

Oberman

PRÉSENTATION
NOTES
DOSSIER
CHRONOLOGIE
BIBLIOGRAPHIE

par Fabienne Bercegol

GF Flammarion

© Éditions Flrammarion, 2003
ISBN : 978-2-0807-1137-3

Présentation

LA RÉCEPTION D'OBERMAN

L'auteur d'*Oberman* avait conscience d'écrire une œuvre qui ne serait comprise et appréciée que par quelques lecteurs, mais il espérait d'eux la fidélité et le zèle des « adeptes », vœu qui a bien été réalisé. De fait, si le succès ne fut qu'exceptionnellement au rendez-vous, il y eut toujours, à intervalles réguliers, des disciples assez fervents pour faire sortir l'œuvre de l'ombre et tenter de lui rallier les suffrages des contemporains. *Oberman* a ainsi été l'objet de plusieurs exhumations : elles l'ont régulièrement arraché à l'oubli qui semblait devoir l'engloutir.

En l'absence de manuscrit, on en est réduit à supposer qu'au moment de sa publication en 1804 il était le fruit d'une longue gestation, au cours de laquelle Senancour dut assembler et coordonner des fragments composés à des moments différents. Le livre prit forme à Paris en 1801, alors que Senancour fréquentait l'hôtel Beauvau, et fut achevé en Suisse, où l'écrivain fut contraint de se rendre en 1802-1803. Il eut d'entrée très peu de lecteurs et ne fit l'objet que de quelques allusions, au demeurant toutes négatives, dans la presse critique. Ainsi pouvait naître la légende du chef-d'œuvre victime d'une « inadvertance ironique de la renommée [1] », tout comme celle du livre destiné à une élite et servi par elle avec un dévouement discret, mais efficace. De fait, comme le rappelle Sainte-Beuve [2], une poignée d'écrivains et de journalistes

---

1. Sainte-Beuve emploie l'expression dans le premier article qu'il consacre à Senancour et qu'il fait paraître le 21 janvier 1832 dans la *Revue de Paris* (article repris ensuite sous le titre « M. de Sénancour » dans le tome I des *Portraits contemporains*).
2. Dans le texte que nous reprenons en annexe, p. 513.

en firent très vite leur livre de chevet et ne ménagèrent pas leurs efforts pour le faire connaître et estimer de leurs semblables. Il fallut pourtant attendre les années 1830 pour qu'*Oberman* sortît du purgatoire et retînt enfin l'attention de toute une génération de lecteurs.

Sainte-Beuve et George Sand furent à l'origine de ce retour en grâce. Ce sont en effet leurs articles, publiés dans la presse en 1832 et en 1833, puis repris en guise de préfaces lors des rééditions d'*Obermann* en 1833 et en 1840 [1], qui assurèrent le succès tardif de l'œuvre, en mettant habilement en valeur l'actualité du drame intérieur qui y était dépeint ainsi que l'originalité des descriptions de paysages. Nous reproduisons et nous commentons en annexe ces textes qui ont longtemps orienté la lecture de l'œuvre, en révélant notamment son ancrage autobiographique. Leur connaissance est indispensable pour comprendre la fortune romantique d'*Oberman* et, partant, sa genèse, au cours de ses successives rééditions. Avec beaucoup d'à-propos, Sainte-Beuve et George Sand s'attachent en effet à faire d'Oberman une figure exemplaire du « mal du siècle ». Tous deux saluent en lui le compagnon de souffrances, le héros qui a passé par l'épreuve de la solitude, de l'ennui, du doute et de l'inaction. Sous leur impulsion, un mythe s'élabore autour de Senancour lui-même, celui du génie méconnu, victime de la société et du destin, qui les aurait précédés dans l'expérience débilitante de la désillusion et de l'échec, et qu'il faudrait donc consulter comme un sage qui sait, pour l'avoir bu jusqu'à la lie, quel calice d'amertume est la vie. Si déférent fût-il, ce culte se fondait néanmoins sur une réduction de l'œuvre et de la personne de l'auteur à un cas de maladie morale et de destinée avortée qui ne manquait pas de grandeur ni d'intérêt, mais qui était en porte à faux avec l'image de lui-même et de ses écrits que Senancour souhaitait alors voir diffuser. La notice biographique transmise par Boisjolin à Sainte-Beuve, que nous donnons aussi en annexe, témoigne des réticences de Senancour face à cette réhabilitation réussie, mais infidèle, de son œuvre de jeunesse et montre com-

---

[1]. Rappelons qu'à partir de 1833 Senancour met deux « n » à Obermann, peut-être pour renforcer la coloration germanique du mot.

ment il essaya d'en infléchir la lecture dans un sens qui fût plus conforme à son projet d'écrivain. Le travail incessant de retouche du texte, qui, en 1833 et en 1840, aboutit à l'édition de nouvelles versions d'*Obermann*, participe de ce même souci de réagir à un succès lourd de malentendus et de clarifier sa position à l'égard des romantiques qui avaient cru trouver en lui un précurseur et un prophète.

Du reste, ceux-ci ne tardèrent pas à prendre leurs distances, parce qu'à l'instar de George Sand ils se rendirent vite compte qu'*Obermann* incarnait un malaise qu'ils avaient éprouvé, mais que eux avaient su dépasser. Cet éloignement alimenté par une sensibilité croissante à l'atmosphère morbide du livre explique que les pèlerinages à la rue de la Cerisaie où demeurait Senancour [1] et que la vogue d'*Obermann* n'aient duré que quelques années. C'est surtout autour de 1834 que peintres, musiciens et écrivains se pressent pour rencontrer l'auteur dans sa retraite, et c'est alors que l'influence de la lecture d'*Obermann* se fait le plus sentir dans leurs œuvres. Outre *Volupté* (1834) et *Lélia* (1833), les deux romans de Sainte-Beuve et de George Sand qui reprennent avec le plus de fidélité l'imaginaire et la philosophie d'*Obermann*, il faut citer les romans contemporains de Balzac, par exemple *Louis Lambert* (1832-1833), *Le Lys dans la vallée* (1835), *Modeste Mignon* (1844), dans lesquels de nombreuses allusions témoignent de l'empreinte qu'a laissée une lecture déjà ancienne. On n'oubliera pas, dans le domaine musical, l'hommage que constituent les deux pièces composées par Liszt pour *Les Années de pèlerinage* : *La Vallée d'Obermann* et *Le Mal du pays* (1834). Le souvenir des paysages et des états d'âme d'Oberman est encore présent chez Maurice de Guérin et chez Amiel, qui décrivent, dans leur journal respectif, des expériences de contemplation de la nature très proches, par les sensations qu'ils en reçoivent, des rêveries dans lesquelles s'abîme le promeneur de Senancour. Nerval se distingue de ces disciples par sa meilleure connaissance de l'œuvre de Senancour – il semble qu'il ait lu tous ses écrits et qu'il ne se soit donc

---

1. À son retour des Cévennes en 1818, Senancour se fixa dans le quartier Saint-Paul à Paris, au n° 33 de la rue de la Cerisaie (actuellement, n° 27).

pas contenté, comme la plupart de ses contemporains, du seul *Obermann* –, ce qui lui permet d'y trouver autre chose qu'une école de doute et de désespoir. Avec lui, Senancour cesse d'être seulement le génie de la négation et le symbole de l'échec : il est un initiateur dans la quête de l'absolu, un précurseur dans l'exploration du rêve et du pouvoir des nombres, mais aussi un découvreur de paysages – ils ont en commun un même attrait pour les terres du Valois où tous deux ont séjourné – et un modèle poétique. C'est en le lisant que Nerval se convainc des avantages du genre de la promenade rêverie, en matière de liberté d'écriture et de richesse descriptive [1].

À l'exception notable de Nerval et en dépit du ralliement enthousiaste des romantiques de 1830, l'audience d'*Oberman* resta limitée au XIXe siècle. Rien ne le prouve mieux que la mort de Senancour, dans l'indifférence générale, en 1846 : sa fille eut beau jeu alors d'ironiser sur tous ces écrivains ou artistes qui avaient crié au chef-d'œuvre et s'étaient pressés chez son père, et qui, quelques années plus tard, ne firent rien pour saluer sa mémoire et pour assurer la survie de ses écrits [2]. Dès la fin du siècle, cette tâche revint à des critiques, Jules Levallois, Joachim Merlant, Gustave Michaut, André Monglond, qui se lancèrent dans un courageux travail d'édition et d'élucidation de leurs fondements autobiographiques ainsi que de leurs sources philosophiques et littéraires. La connaissance de l'auteur et de l'œuvre progressa encore dans les années 1950-1960 grâce aux travaux d'Arnaldo Pizzorusso et de Marcel Raymond, qui apportèrent un éclairage décisif sur la sensibilité et la pensée de Senancour. En dépit d'autres articles et de quelques ouvrages publiés depuis, l'étude critique de l'œuvre de Senancour reste encore aujourd'hui marquée par la thèse que consacra Béatrice Didier à l'exploration de son univers imaginaire et par son analyse de sa technique de romancier [3].

---

1. Voir, sur ce point, l'article de B. Didier, « Nerval et Senancour ou la nostalgie du XVIIIe siècle » (Le lecteur trouvera dans notre bibliographie les références des articles ou ouvrages cités dans cette présentation).
2. Voir le témoignage que nous rapportons à la fin de notre chronologie.
3. Voir section II de notre bibliographie.

Oberman, fragment d'une œuvre en devenir

Longtemps négligée, l'œuvre de Senancour a souffert de sa réduction abusive au seul *Oberman*. Pourtant, à l'image de l'éditeur réclamant d'emblée un jugement prenant en compte « l'ensemble de [l]a vie » d'Oberman ainsi que la totalité de ses lettres [1], Senancour a pris soin d'attirer à plusieurs reprises l'attention sur la continuité de sa production littéraire [2]. S'il est bien « l'homme d'un seul livre [3] », c'est moins pour avoir donné avec *Oberman* le meilleur de son talent que pour être l'auteur d'une série d'ouvrages qui se prolongent les uns les autres à la manière des chapitres d'une même œuvre, indéfiniment reprise et poursuivie.

Ainsi *Oberman* est-il déjà en 1804 l'aboutissement d'un itinéraire intellectuel décliné dans diverses formes d'écriture, l'essai, le roman épistolaire, la rêverie. Dès le début de sa carrière, Senancour privilégie en effet la littérature d'idées, l'examen critique des systèmes de pensée hérités des Lumières : il continuera, du reste, après *Oberman*, à se préoccuper pour l'essentiel de réformes morales, d'érudition et d'aspirations mystiques. *Oberman* n'est pourtant pas son seul roman. Au moment de sa publication, Senancour a déjà écrit *Aldomen ou le Bonheur dans l'obscurité* (1795), premier roman qui doit tout à Rousseau, sa forme – le roman par lettres, que Senancour reprendra encore pour *Isabelle* en 1833 –, ses personnages, calqués sur les héros de *La Nouvelle Héloïse* (ainsi Aldomen devient-il

---

1. Voir ses « Observations », p. 53.
2. Dans une lettre à Mme Dupin datée de 1833, il n'hésite pas à modifier l'ordre de publication de ses ouvrages pour mieux faire ressortir l'itinéraire intellectuel qu'ils balisent : « La place naturelle de *Rêveries* est je crois de servir de lien entre Oberman et le Solitaire inconnu. C'est toujours le doute en trois phases depuis *Oberman* jusqu'aux *Libres Méditations* telles qu'on les imprimera bientôt. Doute qui détrompe et agite. Doute qui élève et affermit. Doute qui console et se prosterne dans des lieux hauts » (cité par B. Le Gall, *L'Imaginaire chez Senancour*, t. I, p. 592). Voir encore la note 1, p. 509.
3. Selon l'heureuse formule de M. Raymond dans son livre, *Senancour. Sensations et révélations*, p. 11.

l'heureux époux d'une nouvelle Julie !), ses thèmes – la rêverie sur le lac, l'île refuge, la fête champêtre, la quête de la femme et de la demeure idéales – et, surtout, sa pensée : Senancour y illustre, en effet, sa conception d'un bonheur à retrouver dans la retraite et la simplicité d'une vie campagnarde sagement organisée, auprès d'une femme vertueuse et d'amis choisis [1]. Même si l'œuvre pèche encore par les clichés de l'intrigue et du style, tout encombré de phraséologie néoclassique, *Aldomen* peut être lu comme l'ébauche d'*Oberman* : Senancour y expérimente la forme de roman par lettres quasi monodique à laquelle il restera fidèle [2] ; il s'y dérobe derrière un éditeur, certes encore très effacé, qui assume la responsabilité du tri des lettres publiées et qui en défend la leçon de sagesse. Le souhait tout égotiste de s'occuper de soi et de se donner d'abord les moyens d'être heureux, en régulant sa vie intérieure et en s'assurant des conditions de vie favorables, y est déjà le fil directeur, mais il manque à ce bref ouvrage l'épaisseur temporelle qui permettrait de faire évoluer et mûrir son personnage principal. Celui-ci en reste, par exemple, au pressentiment de l'universelle analogie et ne connaît pas les intenses révélations métaphysiques d'Oberman. S'il lui arrive de confesser les tourments que lui inflige l'ennui, Aldomen se démarque encore d'Oberman par la réussite de son mariage et de son installation à la campagne. Les deux œuvres s'opposent, en effet, par leur climat moral, l'une consacrant le triomphe des mythes du bonheur hérités des Lumières, l'autre s'empressant au contraire de montrer leur faillite.

Pour être différente, l'intention philosophique n'y est pas moins prioritaire. D'emblée, Senancour relègue à un rôle subalterne l'affabulation romanesque : il se sert d'elle comme d'un ornement destiné à séduire le lecteur et à le rendre plus disposé à penser à son tour. Prenant l'exemple de Montesquieu rendu célèbre par les *Lettres persanes*,

---

1. À la fin d'*Aldomen*, une fiction orientale, inspirée de *La Chaumière indienne* de Bernardin de Saint-Pierre, vient encore illustrer cette philosophie du bonheur, en mettant en scène un vieillard qui somme sa fille de ne jamais renoncer à la vie pastorale qui pourra seule la rendre heureuse.
2. Le livre se compose de sept lettres d'Aldomen et d'une seule réponse de son correspondant.

Oberman considère qu'il est bon qu'un écrivain commence par un livre « agréable », qui soit « bien répandu, bien lu, bien goûté », afin d'acquérir ainsi le prestige nécessaire pour mieux faire entendre ses idées, exposées ensuite dans des « écrits philosophiques [1] » : nul doute qu'il exprime là le projet de Senancour d'utiliser le roman pour se faire de la publicité, avant de livrer au public ses réflexions les plus sérieuses. Le dernier roman qu'il publie en 1833, *Isabelle* [2], prouve pourtant qu'il pouvait, lorsqu'il le souhaitait, inventer une fiction, contruire une intrigue solide, avec de l'action, de l'amour, un ancrage historique, des personnages et des paysages diversifiés et particularisés, mais là encore, la part consentie aux réflexions esthétiques et à l'analyse philosophique et morale reste importante. Tout au plus peut-on dire que Senancour se soucie davantage de la composition de son roman, puisqu'il tâche de mieux insérer et légitimer les considérations de sa narratrice sur l'art, sur la nature ou sur la condition humaine.

Le choix qu'a fait Senancour d'écrire en philosophe et en moraliste plus soucieux d'exigence intellectuelle, plus avide de vérité et d'efficacité que de divertissement romanesque et de virtuosité stylistique, explique qu'*Oberman* soit si redevable de ses premiers écrits théoriques dans lesquels il expose ses vues sur la genèse du monde et de l'humanité, et que, par la suite, ces lettres puissent à leur tour alimenter le projet de réforme morale et sociale que

---

1. Lettre LXXIX, p. 365.
2. La composition de ce dernier roman semble être bien antérieure. On sait que Senancour en avait montré quelques pages à Mme de Staël, ce qui veut dire qu'il y travaillait déjà avant 1817, et peut-être même avant 1813. On peut donc supposer qu'il décida vite de donner une « sœur » à Oberman, comme il l'écrivit lui-même à Sainte-Beuve. Dans la note A de l'édition d'*Obermann* de 1833, il envisage encore la possibilité d'une « suite » à ces lettres et la fait attendre, mais sans nommer *Isabelle*. Les ressemblances entre les deux personnages sont en tout cas frappantes, même si Isabelle fait preuve de plus d'énergie et de détermination que son prédécesseur. Elle jouit des mêmes prérogatives de l'intelligence et de la sensibilité, et peut ainsi réaliser certains de ses vœux, comme peindre et écrire. Elle aussi connaît d'intenses extases, lorsqu'elle s'abîme dans la contemplation d'un paysage de montagnes ou d'une simple fleur.

développe le traité *De l'amour* (1806). Des premières brochures, *Les Premiers Âges* (1792) et *Sur les générations actuelles* (1793), se dégage, en effet, un certain nombre de préoccupations obsédantes qui assombrissent durablement la pensée de Senancour. Reprenant tous deux les thèmes des « absurdités » et des « incertitudes » humaines, leurs sous-titres suffisent à illustrer l'incapacité de Senancour à élaborer une philosophie constructive et, partant, son refus de l'optimisme encyclopédique comme de la sécurité offerte par les dogmes de la religion. Véritables cris de révolte et de dépit, ses premiers livres dénoncent l'imposture qu'est alors pour lui le sentiment religieux ; ils dressent la liste des multiples erreurs ou préjugés, telles la domination de la spéculation abstraite ou la foi en la perfectibilité de l'homme, qui contribuent à sa dénaturation. Très influencé par l'auteur du *Discours sur l'inégalité*, Senancour est alors persuadé que les avancées de la civilisation et du savoir se font au détriment de la préservation de l'espace naturel et de l'espèce humaine. Victime de sa propre insatiabilité, l'homme dévaste la terre et s'éloigne de l'état d'innocence et de félicité qui était le sien à l'origine. Senancour réagit à ces « funestes déviations » en tentant de « ramener l'homme » : s'il écrit, c'est pour lui « indiquer cette route de rétrogradation » qui le rendrait à un bonheur perdu [1].

Telle ne sera plus son attitude dans *Oberman* : le désir d'extension y est en effet réhabilité, tandis que s'estompe la nostalgie primitiviste au profit de la conception d'un monde idéal, situé au-delà du monde des phénomènes et accessible à tout moment, par le biais d'extases éprouvées au contact de la nature. Si l'anticléricalisme s'y fait de même moins virulent, *Oberman* n'hérite pourtant pas de ces œuvres de jeunesse que des motifs isolés, comme l'éloge de l'ami et de la figure du législateur, ou, au contraire, comme la déploration de l'épuisement de la terre et des croyances qui mystifient l'homme. Il reste de

---

1. C'est ainsi qu'il présente son projet dans les « Préliminaires » des *Rêveries sur la nature primitive de l'homme*, t. I, p. 3 et 5 (nous indiquons dans notre bibliographie les éditions des textes de Senancour auxquelles nous nous référons).

ces années qui ont vu Senancour reprendre, pour la détruire, la philosophie progressiste des Lumières une extrême sensibilité à tout ce qui illustre l'altération de la nature humaine et, surtout, la découverte déterminante de l'aberration de sa condition d'être mortel, lié à un monde qui l'ignore et qui le contrarie dans toutes ses attentes. Dans cette conviction acquise très tôt que l'homme est de trop, qu'il est étranger dans une nature qu'il ne comprend pas, ne maîtrise pas, et qui l'entraîne donc en toute absurdité à sa perte, vu qu'il ne lui est plus possible de croire en un au-delà, est la racine de son mal-être. Toujours Senancour l'analysera en termes de « discordance[1] » entre, d'une part, un univers mû par une implacable nécessité, indifférent à l'homme et impénétrable à son intelligence, et, d'autre part, une condition humaine frappée d'incohérence par sa précarité et par la déception de toutes ses aspirations. Dès *Les Premiers Âges*[2], Senancour fait ainsi l'expérience d'un Moi qui se saisit comme évidence sensible, comme centre de perceptions pris dans un réseau de rapports qui le délimitent en lui faisant prendre conscience de l'existence d'un monde et des autres autour de lui. Mais ce *cogito* qui rompt avec tout narcissisme accentue paradoxalement sa souffrance et son isolement, dans la mesure où ce Moi s'éprouve solidaire d'une nature incompréhensible qui n'est pas en adéquation avec lui et d'un ensemble d'individus dont il ne peut percer l'intériorité ni partager les sensations. Incapable de se suffire à lui-même, il est pris au piège d'un ordre cosmique et humain qui lui fait tout à la fois sentir sa dépendance et sa radicale altérité.

Ce constat désespérant de la disproportion entre le monde et l'homme ainsi que de l'incommunicabilité des consciences est repris avec force dans les *Rêveries sur la nature primitive de l'homme* publiées en 1799. Dès les premières pages, la pensée s'abîme dans l'observation tra-

---
1. À l'instar de ses contemporains, Senancour utilise volontiers le vocabulaire de la musique pour figurer les difficultés qu'éprouve l'individu à s'accorder au monde et aux autres. Voir, sur ce point, le livre de C. Jacot-Grapa, cité en bibliographie.
2. Voir l'ouverture du texte, ainsi que l'excellente analyse de cette « expérience du Moi » que donne R. Braunschweig dans son Introduction, p. VII-XXVI. Raisonnement repris dans la lettre LXIII, p. 291.

gique du divorce entre le « *tout* permanent et sublime » et
« l'individu souffrant et mortel [1] ». Elle bute sur l'absurdité de la situation de l'homme, incapable de se soumettre
à l'ordre des choses et empêché par sa raison d'adhérer à
des croyances qui pourraient redonner sens à son éphémère existence. Plus encore que la lecture des premières
publications de Senancour, la connaissance des *Rêveries*
s'avère indispensable pour reconstituer la genèse de ses
idées et de ses thèmes avant *Oberman*. De rédaction
contemporaine, et peut-être même, pour certains passages,
quasi simultanée, les deux œuvres sont assez proches pour
que Senancour puisse décider, en 1809, de transférer dans
la nouvelle version des *Rêveries* qu'il publie alors, des
pans entiers d'*Oberman* qu'il est déterminé, vu son fiasco,
à ne jamais redonner en l'état [2]. C'est que l'inspiration
philosophique y est la même, nourrie de culture antique,
stoïcisme et épicurisme surtout, et de tous les courants de
pensée du XVIIIe siècle que Senancour adopte, comme à
son habitude, sans craindre les contradictions, mais en
ayant soin de leur retirer tout ce que leur enseignement
pouvait contenir de certitudes ou d'espoirs. En présentant
d'entrée l'auteur des lettres d'*Oberman* comme un
« homme qui sent », Senancour place, du reste, par la voix
de l'éditeur fictif, son roman dans le sillage de ces premières *Rêveries* dans lesquelles il avait déjà fait profession
de foi sensualiste : au prix, certes, de quelques flottements
théoriques, voire d'une infidélité plus marquée à l'égard
de ses maîtres en ce domaine, il y présentait, en effet, la
sensibilité comme la source, ou au moins l'occasion de
toute pensée, et surtout comme la faculté qui permettait
par excellence de « recevoir des impressions profondes [3] »
et d'accéder à l'Idéal par la découverte des correspondances. Des *Rêveries* à *Oberman*, l'influence du martinisme se fait plus marquante, tandis que s'émoussent le
regret du passé, la nostalgie de l'origine, au profit d'une

---

1. « Première rêverie », t. I, p. 16.
2. Le fait que Senancour se présente en 1804, sur la page de titre d'*Oberman*, comme « auteur de *Rêveries sur la nature de l'homme...* » est un autre indice de la parenté entre les deux œuvres.
3. « Troisième rêverie », t. I, p. 58.

pensée du possible qui se persuade de la fragilité ontologique de la réalité et qui parie sur la supériorité du songe. La parenté philosophique entre les deux œuvres n'en reste pas moins manifeste, dans leurs emprunts communs à la théorie de la nécessité du néospinozisme, comme aux réflexions sur la morale et sur la religion de Voltaire, de Diderot, de Helvétius ou de Rousseau [1].

Cette filiation dans les idées se double d'une remarquable continuité thématique. Si les *Rêveries* nous importent plus que les œuvres de jeunesse précédemment citées, c'est que s'y déploient pour la première fois des paysages vraiment originaux, servis par un art de la description qui acquiert ici ses lettres de noblesse. Certes, la nature qui y est dépeinte garde sa singularité, mais il suffit de parcourir le tableau des saisons contenu dans la « troisième rêverie », ou de relever l'extrême sensibilité du promeneur aux détails de la faune et de la flore, aux variations de l'éclairage ou à la puissance suggestive des sons, pour se rendre compte que l'on passe à *Oberman* sans solution de continuité. L'extrait de la « dix-septième rêverie » que nous donnons en annexe est l'illustration de cette constance de l'imaginaire senancourien, dominé par les motifs de l'eau et de la montagne. Il constitue une transition parfaite entre les deux œuvres en faisant peu à peu apparaître le paysage alpestre caractéristique d'*Oberman*, ainsi que l'expérience du sublime et le rêve primitiviste qui lui restent associés.

Étape clé dans la création de Senancour, les *Rêveries* le sont encore parce que c'est avec elles qu'il trouve enfin la forme littéraire, à mi-chemin entre la méditation philosophique et la libre confession poétique, qui gardera sa préférence. À Rousseau, il emprunte avec profit ce nouveau mode de réflexion, cette nouvelle façon d'écrire et de composer, qui, sans compromettre la rigueur de l'examen de conscience ni la hauteur de l'analyse philosophique et

---

1. Sur la formation philosophique de Senancour et sur son interprétation du sensualisme, voir particulièrement les articles suivants : B. Didier, « Senancour et les Lumières », et M. Raymond, « Entre la philosophie des Lumières et le romantisme : Senancour ». Sur sa dette à l'égard de Rousseau, voir le livre de Z. Lévy.

morale, autorisent néanmoins plus de souplesse et de liberté dans le rendu des expériences existentielles. Très proches par leurs thèmes et par leur forme de ces promenades méditatives, les lettres d'*Oberman* participent de ce même idéal de libre réflexion : il s'agit toujours pour Senancour de renoncer à la progression méthodique de la pensée, à l'exposé construit et exhaustif, sans pour autant remettre en cause le sérieux de l'enquête sur soi ni la gravité des questions philosophiques soulevées. Comme dans les *Rêveries*, il continue d'osciller entre l'observation de soi et la vision panoramique du monde et de l'humanité, dans le but de fondre l'intime et le général, la confidence et le discours sur le devenir de l'homme. Le rapprochement des textes liminaires des *Rêveries* et d'*Oberman* prouve, en outre, que l'exigence stylistique reste la même : les « Observations » d'*Oberman* comme les « Préliminaires » des *Rêveries* dévalorisent, en effet, le fini de l'œuvre et l'art qui en est le moyen, au profit de la transparence et de la vérité de la pensée, données comme gages de la sincérité de l'auteur et de l'utilité du livre. Dans les deux cas, il s'agit d'inventer un langage qui se dépouille de tout artifice pour épouser les rythmes de la vie intérieure et pour énoncer sentiments et idées avec le plus de fidélité et de simplicité possible.

LES ÉDITIONS D'OBERMAN

La pratique récurrente du recyclage ou de la réécriture des textes est une autre manifestation de l'ambition de Senancour d'être l'auteur d'un seul livre qui refléterait l'évolution de sa pensée et qui contribuerait au « grand œuvre de la morale [1] » qu'il appelle de ses vœux. En effet, s'il donne l'impression de poursuivre toujours la réalisation du même dessein, c'est qu'il a massivement recours à l'autocitation et qu'il réédite systématiquement ses œuvres majeures, les *Rêveries*, *Oberman*, *De l'amour*, *Les Libres Méditations*, en proposant le plus souvent des versions profondément remaniées. Ainsi les variantes

---

1. « Douzième rêverie », t. I, p. 177.

d'*Oberman* que nous reproduisons en bas de page sont-elles précieuses, parce qu'elles montrent la grande rigueur de l'écrivain, correcteur inlassable de la langue de ses ouvrages, et surtout parce qu'elles illustrent le devenir de ses idées et de son esthétique. À l'exception de la modification de l'orthographe du titre prénom et du rajout de la lettre XC ainsi que de la « dernière partie d'une lettre sans date connue », l'édition de 1833 présentait, à vrai dire, peu de changements, sans doute parce que Sainte-Beuve, attaché au texte original, s'y était opposé [1]. Senancour contourna néanmoins son probable refus en insérant des notes qui soulignent la conformité de la présente édition avec la précédente, mais qui témoignent déjà des réserves que lui inspire le premier état d'*Oberman* : ainsi se permet-il d'en critiquer la langue, le tour trop allusif, trop incertain des raisonnements, mais aussi le caractère erroné de plusieurs notations géographiques ainsi que le manque de véracité de plusieurs anecdotes rapportées. Cédant à son goût pour la composition fragmentaire déjà illustré par l'insertion du « Manuel de Pseusophanes » et de l'idylle grecque, il recourt au même procédé de la traduction communiquée par un savant pour ajouter le « Chant funèbre d'un Moldave » qui lui permet de fondre dans une même rêverie, confidence romanesque et méditation sur la mort [2].

Une fois libéré de la tutelle de Sainte-Beuve, Senancour se permit de modifier considérablement les lettres elles-mêmes, dans le détail de leur vocabulaire et de leur syntaxe comme dans leur composition, puisqu'il supprima en 1840 l'idylle grecque ainsi que la note sur la confédération suisse, mais ajouta la lettre XCI. Si la plupart des variantes que nous reportons sont de simples corrections grammaticales visant à nettoyer le texte des fautes de construction

---

1. Mlle de Senancour fait état d'un « singulier débat » qui opposa son père aux écrivains (Sainte-Beuve, George Sand, Nodier), « qui voulaient que cet ouvrage [*Oberman*] fût reproduit tel qu'ils l'avaient goûté primitivement et sans la moindre correction ». Elle précise que Senancour « céda à contre-cœur », mais qu'il « put faire les changements qu'il jugeait indispensables dans l'édition de Charpentier en 1840 » (« Vie inédite de Senancour », *Revue bleue*, 1906, p. 209).
2. Voir l'ensemble de ces notes, p. 429-433.

ou d'accord qu'il comportait, d'autres résultent d'un travail sur le style qui illustre les positions déjà exposées par Senancour dans les notes de 1833 ainsi que dans ses articles publiés dans la presse de l'Empire et de la Restauration, notamment dans celui intitulé « Du style dans les descriptions » dont nous reproduisons en annexe un extrait. On voit qu'il s'agit pour lui de se démarquer de l'outrance du style romantique à la mode, pour revenir à un idéal tout classique de sobriété et de concision, qui se refuse à tout effet pour privilégier la justesse dans le rendu de l'idée et du sentiment. Les variantes relevées par B. Didier sur un exemplaire annoté de l'édition de 1840 prouvent qu'il avait l'intention de poursuivre cet effort de dépouillement et d'uniformisation de son style, en traquant figures et tours oratoires encore trop marqués du sceau de l'éloquence, mais aussi en supprimant les derniers vestiges de représentations réalistes qui avaient survécu à l'épuration de 1840 [1].

Tel qu'il se lit dans ses dernières versions, *Obermann* répond donc au souci de Senancour de promouvoir un autre romantisme que celui qui est en train de triompher, romantisme plus discret, plus écome dans sa rhétorique, romantisme de la pensée plus que de l'effusion lyrique. Certes, l'ajout, en 1833, de la lettre XC qui contient la confession la plus romanesque d'Oberman prouve qu'ascèse du style et lyrisme peuvent faire bon ménage, et même que l'aveu, dans le cas d'un auteur aussi pudique que Senancour, peut être facilité par la retenue du style, par la généralisation de la pensée, mais ce supplément ne suffit pas à contrer la priorité de plus en plus donnée à la réflexion philosophique et à ses supports. En décidant dès 1809 de ne conserver d'*Oberman* que les passages les plus proches de la méditation philosophique pour les intégrer à la nouvelle version des *Rêveries*, Senancour faisait un choix que ses œuvres ultérieures ne devaient pas démentir.

---

[1]. Le lecteur trouvera le relevé de ces ultimes corrections manuscrites dans le tome II de sa thèse, p. 536-550. Dans la note E de l'édition de 1833, Senancour marquait déjà ses réticences à l'encontre du prosaïsme de certains détails de ces lettres. Il les fit disparaître pour la plupart en 1840. Voir, par exemple, lettres XII, XX, XLII, XLIII, XLIV, LXXVIII.

L'abstraction croissante de son style, la suppression de plusieurs occurrences de l'adjectif « romanesque » dans l'édition de 1840 d'*Obermann* [1], le projet de retirer des « Observations » la mise en garde de l'éditeur sur la singularité de l'amour présent dans ces lettres [2], la décision de conclure, non plus sur la passion d'Oberman pour Mme Del..., mais sur sa passion pour la montagne, sont autant de signes de l'inflexion philosophique de son œuvre, dans laquelle il cherche de plus en plus à transmettre une expérience existentielle à résonance métaphysique. Par ailleurs, l'auteur des *Libres Méditations* ne pouvait que revoir les lettres d'*Oberman* sur la religion, sur ses institutions et sur ses dogmes : on notera qu'en 1840 il a soin d'atténuer l'anticléricalisme de ses débuts ainsi que ses attaques contre la foi en l'immortalité [3]. D'une manière générale, le ton se fait moins virulent dans la satire sociale ou morale, Senancour s'interdisant désormais le vocabulaire familier, voire cru, de sa jeunesse [4].

Quant aux lettres ajoutées en fin de volume, elles ont pour but, comme la notice dictée à Boisjolin, de rectifier l'image que les contemporains se sont faite de lui et de son personnage, mais aussi de rendre le livre moins déroutant, en le dotant de la cohérence narrative qui lui faisait défaut. Ainsi la dernière lettre, confidence longtemps différée de la course tragique au mont Saint-Bernard, permet-elle de découvrir l'énergie du héros et de comprendre après coup les raisons physiques de sa faiblesse et de sa passivité. Senancour l'utilise pour libérer son personnage du rôle dans lequel les romantiques ont voulu l'enfermer, celui du héros apathique et ennuyé, se complaisant dans un néant qui n'aurait d'autre raison d'être que son impuissance. Illustrant au contraire son courage et sa résistance physique, l'aventure de la Dranse justifie *a posteriori* le titre prénom, en faisant du héros éponyme un surhomme, assez audacieux pour braver tous les dangers, mais aussi assez

---

1. Par exemple à deux reprises dans la lettre IV, p. 76-77.
2. Voir les variantes des « Observations ».
3. Voir les variantes des lettres XII (p. 108-109), XXII (p. 128), XLIV (fin, p. 210), L (p. 256).
4. Voir les variantes du « second fragment » (p. 161) et des lettres XLIV (p. 216), LXXIX (p. 364).

mûr pour recevoir une ultime révélation. Si la lettre XC ajoutée en 1833 renforce l'architecture de ces lettres en mettant au jour une intrigue amoureuse qui trouve ici son dénouement, la lettre XCI contribue quant à elle à les structurer, en permettant qu'aboutisse la logique initiatique. En effet, on a pu interpréter l'épisode comme l'ultime épreuve d'un parcours initiatique qui, après les premières illuminations en Suisse et la « nuit des sens » traversée en France, mène le héros au salut et le fait dépositaire d'une révélation qui ne peut, par définition, être entièrement communiquée [1]. Même si cette destinée reste frappée d'incomplétude, on aurait tort de négliger les efforts consentis par Senancour pour l'ordonner selon un schéma initiatique qui a le mérite de valider le titre et le choix des destinataires, la société secrète des « adeptes » animés du même désir d'absolu et formés aux mêmes vérités. En revenant sur la symbolique des fleurs, la « dernière partie d'une lettre sans date connue » parfait, du reste, cette cohérence, en se faisant l'expression d'un désir qui relève tout à la fois de l'érotique et de la mystique, du besoin d'aimer et du « pressentiment des hautes vérités [2] ».

En témoignant de sa détermination à rendre son œuvre conforme à l'évolution de sa pensée et de son style, l'incessant travail de réécriture auquel s'astreint Senancour donne de lui l'image d'un auteur volontaire, soucieux de la réception de ses livres, qui va à l'encontre de la réputation d'auteur défait, anéanti par l'échec, que l'histoire littéraire a véhiculée. Le souci perfectionniste de Senancour, la haute conception qu'il se faisait du rôle de l'écrivain et de la mission qui lui incombait d'œuvrer pour le rétablissement des destinées morales de l'humanité lui ont fait pressentir que l'œuvre qu'il voulait composer serait toujours à venir mais que, bien que jamais réellement finie, elle méritait d'être publiée. Dans cette intuition de « l'interminable » de l'écrire mais aussi de la valeur de l'inachevé se cache certainement la modernité d'un auteur qui, à son époque, a fait, plus que tout autre créateur,

---

1. Voir B. Didier, *Senancour romancier*, p. 150-168.
2. Senancour, *Libres Méditations*, « VIIIe Méditation », fin.

l'expérience de « la solitude essentielle » de l'œuvre et du ressassement analysée par Maurice Blanchot [1].

« L'AMOUR SENTI D'UNE MANIÈRE QUI PEUT-ÊTRE N'AVAIT PAS ÉTÉ DITE »

En dépit de ses efforts pour faire ressortir la logique narrative d'*Oberman* et l'unité de son œuvre, Senancour n'a pas réussi à s'assurer un public. Certes, George Sand n'a pas tort de souligner le décalage qui existait en 1804 entre ce récit d'une « vie de contemplation et d'oisiveté » et le « besoin d'activité virile et martiale », le culte de l'« énergie », que réveillait dans tous les cœurs l'épopée napoléonienne [2]. Mais le contexte historique et culturel n'explique pas tout. Au même moment, Chateaubriand devenait célèbre avec des récits, *Atala* et *René*, également privés d'« aventures », également centrés sur l'histoire des « pensées » et des « sentiments » de leurs personnages [3]. Si *Oberman* ne trouva pas de lecteurs en 1804 et continua ensuite d'être peu lu, c'est, au-delà de telle ou telle cause conjoncturelle, parce que l'œuvre présentait, en dépit de ses remaniements, des particularités formelles et misait sur un contenu qui n'a cessé de déconcerter. Gageons que le dédain de Senancour pour les ressorts traditionnels du romanesque a compté pour beaucoup dans son infortune. De fait, si l'auteur d'*Atala* et de *René* optait pour la simplification de l'intrigue amoureuse, il n'en continuait pas moins de compter sur le « tableau des troubles de l'amour [4] » et sur le potentiel dramatique que recèle le jeu des passions contrariées. La rupture avec les conventions du romanesque est beaucoup plus nette chez Senancour, qui choisit tout à la fois d'éliminer d'*Oberman* l'événe-

---
1. Dans son livre *L'Espace littéraire*, Gallimard, 1955, p. 9-28.
2. Annexe, p. 522.
3. Dans la préface de la première édition d'*Atala* (1801), Chateaubriand prévient qu'« il n'y a point d'aventures dans *Atala* », tandis que René rappelle que son histoire se borne à « celle de ses pensées et de ses sentiments ». Voir *Atala, René, Les Aventures du dernier Abencérage*, éd. J.-Cl. Berchet, GF-Flammarion, 1996, p. 67 et 167.
4. *Ibid.*, p. 67.

ment amoureux et de renoncer aux ressources dramatiques des conflits que la passion provoque.

Ainsi la rencontre amoureuse est-elle ici laissée en suspens : présentée comme un possible qui ne sera pas réalisé au gré des déplacements du voyageur d'auberge en auberge [1], ou ramenée à un souvenir émergeant d'un passé lointain grâce au mécanisme de la mémoire sensitive [2], elle reste sans incidence sur le cours de la narration, parce qu'elle ne peut être à l'origine d'un enchaînement de faits ou de la constitution d'un réseau de relations entre personnages. Lorsqu'elle a effectivement lieu, Senancour néglige de l'exploiter : c'est le cas notamment des scènes de cabriolet qui restent toutes sans suite [3], alors que dans la lettre XL il aurait très bien pu nouer une intrigue à partir de l'obstacle traditionnel qu'est le mariage de la femme aimée. Il en va de même dans la version d'*Obermann* de 1833, dans laquelle il ajoute pourtant une ultime entrevue entre son héros et Mme Del... : lors d'une apparition très imprécise qui tient lieu de scène d'amour, celle-ci lui fait comprendre son affection et se révèle à lui dans toute son idéale beauté. Or, cette invitation à l'échange et cette vision fantasmatique d'un corps qui se dévêt n'ont d'autre conséquence que de faire fuir Oberman et de l'obliger à reconnaître qu'il l'a autrefois aimée. Le lien amoureux n'est alors envisagé dans toute sa force que pour être définitivement écarté. Le désir s'avoue, mais dans la distance du souvenir, sous la forme d'un irréel du passé qui le donne comme une possibilité désormais anéantie. L'épisode n'est pas sans répercussions intérieures, il vient bien couronner la genèse d'un sentiment, mais l'aveu qu'il suscite n'explique que le passé et rend définitivement impossible toute poursuite de la liaison, puisque Oberman, loin de profiter de la disponibilité nouvelle de Mme Del..., prend alors la ferme décision de renoncer à jamais à tout attachement éphémère, pour se consacrer à l'étude, exigeante mais essentielle, du « vrai immuable ». Fidèle à ses principes, il rejette le mariage qui aurait été une forme

---

1. Par exemple, dans la lettre VI.
2. Notamment dans la célèbre lettre sur la jonquille (lettre XXX).
3. Par exemple, la lettre XXVI.

d'intégration à la société, d'acceptation de ses valeurs, pour se vouer à une quête philosophique qui l'honore, mais qui l'isole. À l'instar de son créateur, il se détache du contingent pour se consacrer à une aventure spirituelle dont il espère le salut.

Rompant avec les schémas narratifs qui structurent d'ordinaire le récit romanesque, l'auteur d'*Oberman* n'en continue pas moins de traiter du sentiment amoureux, comme le souligne, du reste, l'éditeur fictif, dès les « Observations » initiales, en relevant l'originalité de son expression. C'est en partie parce qu'en ce domaine aussi le moraliste prend vite le dessus et en profite pour disserter sur les écueils du mariage, sur les aberrations de l'éducation réservée aux jeunes filles comme sur l'absurdité de la condition de l'épouse [1]. La tendance à l'essayisme contamine la matière romanesque de ces lettres qui oscillent entre la forme impersonnelle du traité, privilégiant la discussion polémique sur les institutions qui réglementent en société la relation amoureuse, et celle du roman intime, centré sur l'analyse subjective d'un vécu amoureux. Pour être ténu, celui-ci n'en reste pas moins intense et s'impose comme une donnée constitutive de l'identité. C'est bien, en effet, parce que Oberman, nullement insensible, reconnaît l'énergie de la passion et pressent sa capacité destructrice qu'il prend soin de l'avouer lorsqu'il est sûr de ne plus pouvoir s'y abandonner. Son attitude s'explique, en outre, par son rapport malheureux à la temporalité : obsédé par la conscience de la disparition de toutes choses ici-bas, et, partant, persuadé de la vanité de toute aspiration comme de toute réalisation, Oberman en vient très vite à renoncer à construire dans le présent et, surtout, à miser sur un futur. Perçu comme inutile, comme ruiné avant même d'avoir été tenté, le projet amoureux n'est plus envisageable qu'au passé, comme l'éventualité d'une vie autre que le présent a déjà démentie et rendue définitivement caduque. Le déni du désir s'alimente donc à plusieurs sources dans ces lettres : si l'on ne peut écarter l'explication purement psychologique – l'inhibition du

---

[1]. Comme nous l'indiquons dans nos notes, la plupart de ces lettres seront reprises dans *De l'amour*, dès 1806.

personnage par une timidité maladive, par la peur du passage à l'acte –, il faut aussi tenir compte de cette perception tragique du temps qui discrédite le désir en tant que pari sur un futur d'entrée ressenti comme instable.

L'impuissance à représenter le désir autrement que sur le mode du renoncement a néanmoins le mérite de forcer Senancour à innover dans l'expression du sentiment et à proposer une nouvelle forme de pathétique, en tout point contraire aux débordements de sensibilité et à la véhémence de la déploration auxquels on n'a que trop tendance à assimiler l'esthétique romantique. En effet, le choix de dire le désir quand il n'est déjà plus qu'une possibilité anéantie le prive des ressorts dramatiques qu'offre la peinture de la passion, lorsqu'elle est encore l'objet de débats intérieurs ou qu'elle est prétexte à des relations conflictuelles, mais il l'oblige à chercher une nouvelle rhétorique de l'émotion qui ne passe plus par la déclamation, par le cri, propres à l'expression de sentiments exacerbés ou à la mise en scène de violentes confrontations. Si, dans *René*, Chateaubriand fonde encore le pathétique sur la double tentation du silence et de l'aveu, sur la conscience de la faute qui perturbe le discours amoureux et motive tantôt sa retenue, tantôt ses égarements, Senancour opte d'emblée dans *Oberman* pour un pathétique dominé, qui dédaigne de recourir à l'éloquence emportée des orages de la passion, pour trouver l'émotion dans l'apaisement mélancolique de la réserve élégiaque. Cela est particulièrement vrai des lettres ajoutées après 1830, dans lesquelles triomphe un lyrisme discret, pariant sur la discipline du style et de l'imagination pour dire l'émotion. Moins monotones qu'il y paraît au premier abord, ces lettres font ainsi entendre, à côté de la voix sévère de la réflexion philosophique, aux marges d'une rhétorique du sublime qui aboutit à une saisie négative du Moi, un lyrisme nouveau, qui fuit l'effusion libre et ardente du sentiment tout comme sa trop brutale retenue, pour privilégier la communion émotionnelle dans la distance et la douceur de la tendresse élégiaque.

L'analyse de l'expression du sentiment amoureux dans *Oberman* nous ramène donc à l'opposition maintes fois marquée dans ces lettres entre le « romanesque », que

Senancour méprise pour ses dérèglements de toutes sortes – extravagances de l'histoire, débordements passionnels, rhétorique emphatique misant sur l'abondance et l'hyperbole –, et le « romantique », dont il fait l'apanage de la véritable sensibilité. La théorie du romantisme qu'il élabore au fur et à mesure que le mot en vient à désigner un mouvement littéraire a, du reste, pour principal objectif de promouvoir, dans la peinture des passions comme dans l'art du paysage, une littérature nettoyée de tous ces excès. Dans un article de 1823 intitulé « Considérations sur la littérature romantique [1] », il explique que l'idéal serait de dépasser le clivage artificiellement établi entre classicisme et romantisme pour fonder un romantisme éternel, mariant l'exigence classique de « pureté » et de « vigueur », avec l'originalité, la hardiesse, la liberté, introduites par la manière romantique. Dans le supplément de 1833, Oberman se fait l'écho de ce projet lorsqu'il tente de définir les principes qui devront guider la composition de son œuvre. On retrouve, en effet, dans ses propos l'exigence romantique d'un art personnel, d'une liberté de création et d'appréciation tempérée par le souci tout classique des « convenances », c'est-à-dire de l'adéquation du style au « caractère » de l'écrivain, mais aussi au sujet traité et au lectorat visé, et par l'ambition d'être avant tout loué pour la vérité et pour l'efficacité de son discours. Porte-parole de l'auteur, son pari est de tenir le « milieu » entre tradition et modernité, entre l'indépendance du créateur et son non moins nécessaire respect des « règles » et des valeurs qui continuent d'assurer la qualité et l'utilité de l'œuvre [2].

LE « CRÉPUSCULE »
DU ROMAN ÉPISTOLAIRE

Révélatrice d'exigences nouvelles en matière d'esthétique et de style, l'expression du sentiment amoureux l'est encore d'un refus plus général des structures narratives du

---

1. Publié dans *Le Mercure du XIXe siècle* (t. II, p. 216-228), et repris en note dans l'ultime version des *Rêveries* en 1833.
2. *Oberman*, lettre XC, p. 418.

roman, que l'éditeur souligne dès ses « Observations ». De fait, sa mise en garde initiale, « Ces lettres ne sont pas un *roman* », est moins un contrat de non-fiction [1] qu'une indication générique. Certes, Senancour ne dédaigne pas de recourir à l'artifice de la correspondance retrouvée et publiée par un tiers, pour donner à ces lettres une caution de vérité. Mais, comme l'atteste la phrase qui suit, « Il n'y a point de mouvement dramatique… », il veut surtout, par le biais de l'éditeur, mettre en évidence la rupture qu'opère son livre avec les contraintes génériques du roman et avec les canons du goût contemporain [2]. Il n'est bien sûr pas le seul, au seuil du XIXe siècle, à récuser les modèles romanesques à la mode et à refuser l'étiquette de « roman » à ses fictions [3], mais il est celui qui va le plus loin dans la contestation du genre et dans la tentative de refondation de sa poétique, dont il mesure parfaitement le caractère risqué. Ainsi dans un article de janvier 1812, intitulé « Extrait d'une dissertation sur le roman [4] », commence-t-il par critiquer les romans anglais encore en vogue, pour finalement reconnaître qu'écrire un « vrai roman » serait une gageure, car ce serait contrevenir aux règles du genre et renoncer à plaire au public. Pour être moins radical, puisque lui admet qu'il existe quelques véritables romans [5], Oberman n'en fait pas moins le même constat : écrire un roman lui serait très difficile, pas seulement parce qu'il a du mal à concevoir un « plan », mais parce qu'il lui faudrait de toute évidence inventer une forme qui répondît à ses préoccupations premières d'observateur de la nature et de moraliste exposées juste après. Le fait qu'il envisage de rédiger à la place un voyage semble trahir la perplexité de Senancour, obligé

---

1. Pour reprendre la terminologie de G. Genette qui, lui, parle de « contrats de fiction » à propos des préfaces qui insistent, au contraire, sur le caractère entièrement inventé des histoires qu'elles introduisent. Voir *Seuils*, Le Seuil, 1987, p. 200.
2. Oberman revient lui-même sur ce refus des conventions du roman dans la lettre LX, p. 283. Il ironise sur le traitement romanesque de l'argent dans la lettre LII, p. 269.
3. L'éditeur d'*Aldomen* formulait déjà le même avis (p. 6).
4. Publié dans *Le Mercure de France*, t. L, p. 130-135.
5. *Oberman*, lettre LXXX, p. 365.

d'emprunter à plusieurs genres pour donner naissance à son projet.

C'est, du reste, ce qu'il fait dans ces lettres qui se situent au confluent de plusieurs genres et de plusieurs discours romanesques – roman de formation, roman d'initiation, roman de voyage –, dont elles reprennent les thèmes et les procédés d'écriture, tout en les subvertissant par le fait même de les amalgamer [1]. Cet effet de brouillage affecte notamment le genre qui donne sa forme première à *Oberman* : le roman épistolaire. Certes, Senancour reste fidèle à ses conventions en maintenant la présence d'un correspondant et en se réfugiant derrière un éditeur, censé cautionner l'authenticité des lettres et en opérer la sélection comme le commentaire, pour le plus grand bénéfice du lecteur, ainsi éclairé et délivré des parties les plus fastidieuses de la correspondance. Dans un roman par ailleurs vide de faits, Senancour n'oublie pas le procédé du tiroir pour introduire un morceau biographique – l'histoire du mariage malheureux de Fonsalbe [2] –, susceptible d'enrichir la confession première d'une aventure sentimentale. Il ne néglige pas non plus d'exploiter l'événement que constitue l'arrivée d'une lettre pour relancer la confidence et, surtout, le débat autour de thèmes, comme le suicide ou la religion, qui font s'opposer Oberman à son correspondant, et qui viennent ainsi fort à propos dynamiser la réflexion morale. En lui faisant la part belle dans *Oberman*, Senancour ne fait que prolonger une autre tradition, encore très vivace au XVIIIe siècle, celle de la lettre d'idées, utilisée, de préférence à la forme impersonnelle et systématique du traité, pour retracer le cours incertain d'une pensée en quête de vérité. Il se plaît à en citer les grands modèles de l'Antiquité, les *Lettres* de Sénèque par exemple [3], et s'inspire de leurs codes : l'effacement du correspondant peut aussi bien trouver là son explication, puisqu'il est d'usage, dans ce type de littérature épistolaire, d'avoir un destinataire tout théorique qui sert de relais pour le lecteur que

---

1. Nous renvoyons sur ce point au chapitre III du livre de B. Didier, *Senancour romancier*.
2. *Oberman*, lettre LXXXVII.
3. Dans une note de la lettre XLVII, p. 235.

l'on veut convaincre et de prétexte à la discussion [1]. Oberman lui-même adopte les habitudes de l'épistolier, lorsqu'il se plaint du retard, de la rareté ou de la brièveté des lettres qu'il reçoit, lorsqu'il utilise l'argument de la supériorité de la présence physique sur la lettre pour presser son ami de le rejoindre, ou au contraire lorsqu'il crédite l'écriture du pouvoir de libérer plus facilement l'aveu et de permettre une réflexion plus aboutie [2]. Le naturel et la simplicité dans le style, mais aussi la souplesse, voire l'irrégularité, dans la composition qu'autorise le genre de la lettre à un ami et que revendique à plusieurs reprises Oberman, servent le talent de Senancour qui se montre par ailleurs habile à jouer des opportunités narratives qu'offre le découpage par lettres du récit [3].

Senancour use pourtant de la discontinuité propre au roman par lettres pour aboutir à des effets de fragmentation que ne cautionne plus seulement sa tradition. Ainsi a-t-on noté la parenté de la composition d'*Oberman* avec la pratique du fragment telle qu'elle se développe dans le romantisme d'Iéna [4]. La façon qu'a Senancour de considérer chacun de ses livres comme un morceau, forcément ouvert, d'une œuvre totale, toujours en devenir, contribue à légitimer le parallèle. Mais il faut alors préciser que loin d'être un pis-aller, un indice d'une impuissance créatrice chronique, l'écriture fragmentaire est chez lui l'objet d'un choix concerté et fécond, parce qu'elle rejoint l'idéal de l'œuvre déliée incarné par les *Essais* de Montaigne et qu'elle autorise la liberté de composition et de style devenue, depuis Rousseau, garante de la sincérité de l'écrivain. Elle lui permet de proposer une pensée à l'essai, ouverte à la contradiction, dans laquelle le lecteur trouve

---

1. Sur cette tradition de la lettre d'idées, voir l'article de M.-C. Phal cité en bibliographie.
2. Voir les lettres III (p. 70), XXXVII (p. 165), LII (p. 267).
3. Ce que montre, par exemple, l'étude des blancs qu'introduit la succession des lettres. Voir B. Didier, *Senancour romancier*, p. 83-94.
4. *Ibid.*, p. 99-106. Sur la pratique allemande du fragment, voir Ph. Lacoue-Labarthe et J.-L. Nancy, *L'Absolu littéraire. Théorie de la littérature du romantisme allemand*, Seuil, 1978, p. 57-178. Rappelons qu'on ne saurait parler d'influence puisque Senancour ne lisait pas l'allemand et ne découvrira que bien plus tard, grâce au *De l'Allemagne* de Mme de Staël, la littérature d'outre-Rhin.

plus un questionnement qu'un enseignement [1]. Parce que sa discontinuité se prête aux changements de registre et de rythme, elle se révèle propre à relater des expériences existentielles contrastées, qui obligent à juxtaposer de longues périodes d'ennui et de brefs moments d'extase, ainsi mis en valeur par leur isolement même. On aurait tort néanmoins de ne voir dans ce mode de composition qu'un facteur d'hétérogénéité et de désordre, menaçant l'œuvre de dispersion et d'éclatement. L'autonomie des lettres, voire des parties de lettres, qui constituent *Oberman*, n'empêche pas l'émergence de réseaux de sens qui donnent à l'œuvre son unité profonde. C'est que pour être détachables, closes sur elles-mêmes, ces lettres n'en réfléchissent pas moins la totalité du livre, en articulant les grands thèmes du roman [2]. De même que l'abandon des « pesantes dissertations » et des « systèmes opiniâtres » n'entraîne pas l'interruption de la quête du « vrai immuable [3] », on constate que les errances d'Oberman ne viennent pas à bout de sa volonté de se connaître, de trouver une règle de vie et une activité qui lui conviennent, ce qui sauve malgré tout la cohérence et la progression de ces lettres. Quant à leur composition et à leur style, Oberman a beau revendiquer le droit à la digression et au naturel [4], lui-même reconnaît que l'avantage de l'écrit est de permettre la correction [5], ce qu'illustre assez le travail de relecture effectué par Senancour, toujours fidèle, en dépit de ses souhaits de liberté et de spontanéité, à l'idéal d'une écriture maîtrisée.

Senancour s'écarte plus encore de la tradition du roman épistolaire en dérogeant aux valeurs de sociabilité qui en étaient jusque-là le fondement moral. En classant

---

[1]. Les notes critiques de l'éditeur contribuent à cet effet.
[2]. Ce que montre bien la lecture d'*Oberman* fondée sur l'index inséré par Senancour dès 1804 proposée par A. Colsman, R. Formanek, C. Kaltenbach, I. Klumpp, K. Schmidt, K. Schmutz, H. Waller, S. Weigel, dans leur article cité en bibliographie.
[3]. *Oberman*, lettre XC, p. 419. Il en va de même pour Senancour lui-même, dont le parcours, en dépit des doutes et des revers, est fondé sur la quête volontariste des plus hautes vérités.
[4]. Par exemple, dans les lettres L, p. 258 (« la liberté épistolaire »), LII, p. 267 (« j'aime les écarts »).
[5]. *Ibid.*, lettre LXXX, p. 366.

Oberman parmi les « romans de l'exil » écrits par des émigrés, ou des hommes considérés comme tels, qui vivent dans la nostalgie de la civilité d'Ancien Régime, de ses sentiments nobles et raffinés, de sa pratique virtuose de l'art de la conversation, L. Versini a eu le mérite de faire le lien entre le contexte historique et l'évolution du genre, qui arrive avec Senancour à son « crépuscule [1] » : ce dernier précipite, selon lui, son déclin, en optant pour la monodie et en l'infléchissant vers la rêverie et vers le journal intime. De fait, en dépit de la situation d'interlocution que préserve le roman par lettres, même monodique, en maintenant la présence d'un correspondant, le personnel d'*Oberman* est trop rare, trop peu distingué de la personne du narrateur, pour contrer l'impression que l'on a, à maintes reprises, de lire un journal, qui recourt à l'artifice du montage épistolaire à seule fin de dramatiser ce qui est d'abord un dialogue de soi avec soi. Y contribuent encore les notes de l'éditeur, que l'on peut facilement confondre avec la relecture critique de ses réflexions que fait régulièrement tout auteur de journal. Sans revenir à la lecture strictement autobiographique développée par A. Monglond [2], on peut constater qu'*Oberman* emprunte aussi au journal intime, alors en plein essor, sa composition discontinue et son inachèvement, ainsi que son écriture volontiers allusive, sibylline parfois, en quête de naturel plus que de virtuosité. Dans *Oberman* comme dans ces écrits, l'observation de soi se marie à la contemplation de la nature et rencontre la littérature, lorsque le narrateur se plaît à citer et à commenter les œuvres dans lesquelles il s'est reconnu et a trouvé matière à enrichir sa pensée et sa sensibilité [3], ou lorsque, *a fortiori*, il fait de sa lettre l'occasion d'un compte rendu critique lui permettant

---

1 L. Versini, *Le Roman épistolaire*, PUF, 1979, p. 174-178. En dépit de son goût pour la vie solitaire à la campagne ou dans les montagnes, Senancour a goûté aux plaisirs de la société d'Ancien Régime lorsqu'il était précepteur à l'hôtel Beauvau et en a gardé la nostalgie.
2. À consulter son étude d'*Oberman* comme journal intime, on voit bien que Senancour eut à cœur de brouiller les dates et de permuter les lieux, si bien qu'il devient hasardeux de lire ces lettres comme un agenda personnel.
3. Par exemple, lettre XXXVIII, p. 170.

d'exposer ses idées sur le Beau ou sur l'art dramatique [1]. Ainsi le discours intime convoque-t-il paradoxalement, pour dire le Moi et pour le saisir dans sa singularité, la mémoire des textes avec lesquels l'écrivain a conscience de rivaliser, de s'entretenir, d'autant plus qu'il sait avoir été formé par eux, au plus profond de son être pensant et sentant.

Ce « commerce [2] » avec les grandes figures du passé est un soutien d'autant plus précieux que le journal naît souvent de l'épreuve de la solitude et de la déréliction. Or, ce deuil de la véritable amitié et de la foi est bien à la source du mal-être d'Oberman, qui doit renoncer, même avec Fonsalbe, à former un couple d'amis digne des modèles fournis par l'Antiquité [3], et qui doit surtout affronter, sans aucun secours spirituel, la nullité de son existence et l'absurdité de sa condition d'être mortel. Si ses lettres rejoignent la littérature contemporaine de l'intime et partagent sa modernité, c'est bien par ce face-à-face désolé avec soi, qui conduit le Moi à découvrir son insuffisance et l'absence en lui de ce Dieu qui aurait pu convertir en plénitude son néant. Le pire est pour lui la confrontation avec ce « vide [4] » intérieur, que ne peuvent plus combler ni le pari primitiviste en un bonheur retrouvé dans le cadre d'une vie circonscrite et simplifiée, ni l'espérance augustinienne d'un apaisement mystique. Il n'est plus ici de rémission : l'inquiétude qui fait le tourment quotidien d'Oberman est tragique parce que, privée de toute visée apologétique, elle n'exprime plus que la misère de l'homme conscient de son inconsistance et de son décalage, et voué, par son insatisfaction même, à l'alternance aussi épuisante que vaine d'épisodes d'agitation et

---

1. Lettres XXI et XXXIV.
2. Lettre LXXVIII, p. 356.
3. Il l'avoue dans la lettre LXXXIII, p. 379. Sur cette nostalgie de l'amitié antique, voir encore lettre XXXVI, p. 163 (« Convenance entière : amitié des anciens ! »).
4. C'est l'un des mots les plus fréquents dans ses lettres. Pour distinguer cette expérience du néant de l'inquiétude d'inspiration augustinienne encore triomphante chez Chateaubriand, par exemple, voir le chapitre XI du livre de J. Deprun, *La Philosophie de l'inquiétude en France au XVIIIe siècle*, cité en bibliographie.

d'ennui, d'espoir et de désillusion [1]. Dès lors, on comprend qu'en l'absence de toute pensée de salut Oberman écrive moins pour s'améliorer que pour observer le plus scrupuleusement possible les variations de son être au fil du temps. En notant le cours de ses pensées et de ses sentiments d'une année à l'autre, d'un jour à l'autre, voire d'une heure à l'autre, il découvre en effet, à l'instar des diaristes contemporains, la nature essentiellement successive de son Moi, dont l'inconsistance est d'abord faite de mobilité et de dispersion. Lui aussi guette moins en lui le « nouveau » que le « changeant » et se plaît à mesurer les fluctuations de son humeur en fonction du climat. Comme Maine de Biran ou Maurice de Guérin, Senancour hérite de Rousseau cette « conception météorologique de l'âme [2] » et cette ambition de se donner les moyens quasi scientifiques – il est, comme eux, fasciné par le thermomètre – d'en établir la variabilité atmosphérique. Dans *Oberman*, comme auparavant dans les *Rêveries*, les saisons de l'année rythment les saisons de l'âme [3] et sont autant de métaphores privilégiées pour illustrer le cours ténébreux de toute vie humaine [4].

Mais le drame d'Oberman est aussi de voir peu à peu s'émousser cette extrême sensibilité qui accordait son âme aux couleurs du temps et des paysages. Son retour en Suisse rend manifeste cette usure prématurée des sens et avive son désir de se fixer, de régler une fois pour toute sa vie, pour échapper à ses vicissitudes [5]. L'abandon de la relation de voyage dans la Suisse réelle au profit d'un récit de voyage imaginaire vers une terre d'utopie, Imenstròm, répond à ce besoin de se situer hors du temps, dans une sorte de bienfaisante immobilité. Comme Aldomen, Oberman tend vers cet état de bonheur qui voit le temps

---

1. Ce que résume la formule empruntée à *Candide*. Voir lettre XIV, p. 112.
2. Nous empruntons ces formules à Pierre Pachet qui, dans son essai *Les Baromètres de l'âme* (Hachette, coll. « Littératures », 2001, rééd.), livre une analyse très suggestive des journaux intimes contemporains d'*Oberman*, dont nous nous inspirons pour ce développement. Pour des exemples tirés d'*Oberman*, voir les lettres LXIX, LXX, XC.
3. Voir, par exemple, lettres XXIII et XXIV.
4. Voir, par exemple, l'allégorie contenue dans la lettre XI, p. 104.
5. Voir, par exemple, les lettres LV, LVI, LX.

aboli dans l'innocence primitive de la pastorale, mais il ne lui est plus donné de connaître pareille félicité : dans ses dernières lettres, le temps est, en effet, moins suspendu qu'enlisé, que pétrifié dans la monotonie d'un état qui relève plus du calme mortifère de l'ennui que de la transparente sérénité de l'idylle.

LE LEURRE DE L'A-TEMPORALITÉ

Avant tout soucieux de rendre dans ces lettres la singularité de l'expérience du temps dans une conscience avide de permanence, Senancour ne s'est guère préoccupé de les doter d'une armature temporelle très nette. Certes, Oberman ne déroge pas à l'usage d'indiquer, au début de chaque lettre, le lieu et la date de sa rédaction, mais, en l'absence de toute référence précise au temps de l'Histoire [1], le calendrier qu'il établit ainsi à la manière d'un diariste est surtout à usage privé. Il lui permet de dater les grands événements de sa vie intellectuelle et sensible, comme la nuit de Thiel ou l'ascension de la dent du Midi, de maintenir la mémoire du moment et du lieu qui les ont suscités, et de suivre l'évolution de sa pensée, moins dans sa continuité, dans ses progrès, que dans sa variabilité, au fil des heures, des saisons et des ans. Il fait en outre ressortir la diversité même du sentiment du temps : lors de l'illumination de Thiel, Oberman a l'impression inquiétante d'avoir épuisé plusieurs années en quelques heures, tandis qu'il lui est au contraire donné, lors de ses ascensions en montagne, de découvrir un temps autre, à la fois plus lent et plus dense, plus « tranquille » et plus « fécond », et de connaître ainsi la « permanence des monts [2] ».

---

1. La numérotation des années ajoute plutôt à la confusion, dans la mesure où l'on ne sait s'il faut faire coïncider le numéro de l'année avec le calendrier révolutionnaire encore en cours au moment de la rédaction d'*Oberman* (on pourrait alors supposer que la « première année » renvoie à 1789, l'un des commencements retenus par les révolutionnaires pour leur calendrier), ou si ce numéro marque tout simplement l'écoulement du temps depuis le début de la rédaction de ces lettres.
2. Voir lettres IV et VII, p. 93.

Ce traitement tout intérieur de la temporalité, qui vise surtout à rendre sensible la fluidité de la pensée et la relativité du sentiment de la durée, a fait conclure au caractère absolument a-historique de ces lettres. Pourtant, des allusions à l'actualité scientifique ou littéraire y sont bien présentes [1]. Certaines nous convient à une forme de voyage très prisée à l'époque, à travers Paris. Mais Oberman ne se contente pas d'un inventaire pittoresque : ses observations témoignent de l'impact de la Révolution sur les mœurs et sur l'économie de la capitale. Ainsi note-t-il tout ce qui a changé dans les coutumes des Parisiens, dans leur façon de se vêtir, de se déplacer, de travailler et de se divertir. Il remarque la prépondérance de la bourgeoisie, l'extension de la misère dans la cité, mais aussi le regain de faveur de la religion auprès des pauvres, pour qui elle reste la seule consolation [2]. On se gardera donc de s'étonner avec Sainte-Beuve de l'effacement de la Révolution dans l'œuvre de Senancour et de sa prétendue indifférence aux bouleversement historiques contemporains [3]. Ainsi la Révolution affleure-t-elle dans *Oberman* à travers des images, de cachots et de chaînes principalement [4], ou à travers des bribes de discours, qui sont autant de dénonciations implicites de son climat de violence et de sa rhétorique mensongère. En fait, en ne renvoyant pas directement à l'événement révolution-

---

1. Par exemple, dans les lettres XLVII ou XXXIV.
2. Voir lettres XX, XXVI, XXIX. L. E. Wiecha est l'un des rares critiques à avoir mis au jour l'ancrage historique d'*Oberman*. Voir son article cité en bibliographie.
3. Dans le premier article qu'il consacre à Senancour, Sainte-Beuve note, en effet, à propos des *Rêveries sur la nature primitive de l'homme* : « Chose étrange ! La Révolution française en grondant autour de lui, n'avait apporté aucune perturbation notable, aucun exemple de circonstance, à travers la suite de ses pensées. Le bruit grandiose des sapins et des torrents, le bruit de ses propres sensations et de sa sève bouillonnante, avaient couvert pour lui cette éruption de volcan dont il ne paraît pas s'être directement ressenti ni éclairé dans la déduction de ses rêves. Il continue donc, sans faire allusion à l'expérience flagrante, de poursuivre le *Discours sur l'inégalité des conditions* et l'*Émile*, de vouloir ramener l'homme au centre primitif des affections simples et naturelles » (*Portraits contemporains*, t. I, p. 156).
4. Lettres X, p. 101, XIX, p. 117, XLIII, p. 200 ; Lettres XXXVI, p. 164 (fin), XLI, p. 194.

naire, Senancour n'agit pas autrement que les auteurs de fiction contemporains, chez qui elle reste également un non-dit, mais un non-dit qui informe l'imaginaire, qui conditionne le discours philosophique et moral, et qui rend aussi bien compte du drame existentiel que traversent les personnages.

Oberman ne déroge pas à cette règle des romans de l'individu du début du siècle qui, loin de se replier dans une exploration décontextualisée de l'intériorité, jouent au contraire de la réversibilité du drame personnel et du drame collectif, et cherchent bien plutôt à montrer l'articulation de l'intime et de l'historique. Comme pour René, il est possible de faire une lecture historique de son mal et de voir dans son asthénie chronique, dans l'élan stérile de ses désirs, dans son impuissance à s'intégrer et à s'intéresser à la société qui l'entoure, les symptômes caractéristiques d'une psychologie d'émigré mis au ban de l'Histoire. La crise de la narration constatée dans ces lettres trahit, quant à elle, la difficulté à croire désormais en une évolution positive, rationnelle et donc prévisible de l'humanité. L'impossibilité de construire une intrigue, des personnages, une durée qui soient à la fois dotés de consistance et de cohérence reflète, à l'échelle du récit, la faillite du sens mise au jour par les chaos de l'Histoire. La discontinuité et l'inachèvement de la trame narrative marquent la perplexité de l'auteur face à un devenir historique dont les fins lui échappent. Nul doute en tout cas que le spectacle de l'intolérance et de la violence révolutionnaires, ainsi que les difficultés financières, les persécutions dont il fut lui-même victime en raison de l'assimilation de sa cause à celle des émigrés, ont joué pour beaucoup dans la révision critique des idéaux des Lumières que constitue *Oberman*.

Ainsi en va-t-il du mythe de Clarens, encore préservé dans *Aldomen*, mais vidé de sa substance dans *Oberman*. De fait, si Imenström a l'apparence matérielle de Clarens, si Oberman partage lui-même les valeurs bourgeoises que promeut un tel mode de vie inspiré par l'idéal du bonheur dans la médiocrité, force est de reconnaître que l'expérience qu'il mène prend un tout autre sens et finit par devenir le double négatif du modèle légué par Rousseau.

C'est que le plaisir de devenir propriétaire et de vivre dans un cadre conforme à ses exigences morales et à son goût pour la rêverie ne suffit pas à faire oublier l'absence d'une famille et de véritables amis. Imenstròm se distingue de Clarens et en dégrade l'idéal parce qu'il ne s'agit plus pour Oberman d'organiser une collectivité, de gérer au mieux un domaine et une domesticité, et de repenser ainsi, à l'échelle d'une maisonnée, l'organisation économique et humaine de la société. Lui veut seulement se donner les moyens de se retirer du monde et d'aménager sa solitude. Le bonheur qu'il vise est personnel et n'a plus rien à voir avec le projet révolutionnaire d'un bonheur obtenu pour tous par des réformes. Certes, la figure du législateur, de « l'instituteur » des peuples [1], garde à ses yeux tout son prestige et continue de modeler sa conception de la mission de l'écrivain, de sa nécessaire utilité comme de sa nécessaire moralité, mais elle ne semble plus pouvoir inspirer l'action d'un homme d'État. Oberman peut bien garder l'ambition d'écrire un livre susceptible de contribuer à la régénération de la société par la refonte de la législation morale, il n'en a pas moins renoncé à agir, à se mêler de politique et à conduire lui-même l'évolution souhaitée. Une telle démission en dit long sur le pessimisme de la pensée politique de Senancour et sur son scepticisme à l'endroit des utopies héritées du XVIIIe siècle, dont la réalisation lui paraît, au temps d'*Oberman*, sinon totalement improbable, du moins très incertaine [2].

UN SYMBOLISME INCERTAIN

La même incertitude finit par assombrir les moments privilégiés de rêverie, pendant lesquels Senancour a

---

1. « Second fragment », p. 160.
2. Sur cette répudiation des « mythes de l'idéologie rousseauiste » dans *Oberman*, voir le livre de Z. Lévy, p. 184-194. Notons que dans ses premières brochures et dans les *Rêveries sur la nature primitive de l'homme*, Senancour avait déjà dénoncé la foi des hommes des Lumières dans le progrès et dans la perfectibilité de l'homme.

d'abord cru pouvoir trouver le bonheur par l'expérience de la perte de soi dans l'univers, puis, au temps d'*Oberman*, par la saisie intuitive de l'ordre caché du monde et par l'accès à l'Idéal. Comme le précisait le long titre des *Rêveries* de 1799, il a commencé par réfléchir aux « moyens de bonheur » que lui indiquaient les sensations et il a cru les trouver dans un état de dépendance totale à l'égard des choses, de limitation volontaire à l'instant, qui permettait d'en rester au pur sentir et de se diluer dans la nature, pour vivre de la vie de l'univers. Les pages les plus célèbres des *Rêveries* sont, au demeurant, celles où il décrit cet idéal de communion dans l'immédiateté, cette adhésion de l'être sensible au cosmos, qui refait de lui une « corde particulière dont les vibrations concourent à l'harmonie universelle [1] ». L'auteur d'*Oberman* n'a pas oublié ces premières expériences de rêverie expansive et de réintégration à l'ordre universel, qui lui ont permis de s'essayer à l'écriture des correspondances. Mais rattrapé par l'inquiétude et par la conscience du temps, incapable de contenir son imagination qui lui montre partout dans la nature des symboles de sa propre finitude, il se détourne de ce type de rêverie qui approfondit son insatisfaction, pour chercher le « monde heureux [2] » qu'il conçoit et que la réalité obstinément lui refuse. Obligé du même coup de revenir sur la condamnation prononcée dans ses premiers écrits à l'encontre de l'« extension », soit de toutes ces pensées ou activités qui portent l'homme au-delà de ce qui est et de ce qu'il est, il en vient à regarder la réalité comme un tissu d'apparences que l'être de désir [3] que reste l'homme doit dépasser pour tâcher de découvrir un ordre des choses plus en accord avec ses propres aspirations. Glissant d'une « poétique de la sensation » à une « poétique de l'infini [4] » teintée de platonisme, il confère à ses représentations de la nature une portée essentielle-

---

1. « Troisième rêverie », t. I, p. 43.
2. *Ibid.*, t. I, p. 60.
3. La connotation mystique du terme s'accentue, sous la plume de Senancour, au fur et à mesure que l'influence de Saint-Martin se fait plus importante.
4. M. Raymond, *Senancour. Sensations et révélations, op. cit.*, p. 200.

ment symbolique [1] : c'est que les choses l'intéressent désormais en tant que signes, pour ce qu'elles laissent pressentir de l'harmonie supérieure du monde.

Pour autant, Senancour ne rompt pas avec la sensation. Certes, dans *Oberman*, l'influence des traditions occultistes se fait plus sensible. Cédant à son tour à la vogue du pythagorisme qui culmine sous l'Empire, Senancour élabore, par exemple dans la lettre XLVII, un symbolisme numérique qui doit exprimer les lois de l'univers et permettre de remonter à un principe universel. Se proposant d'expliquer les rêves « selon l'antique science secrète [2] », il espère trouver en eux la révélation des rapports mystérieux qui unissent le monde réel et le monde idéal. Pourtant, le doute et l'ironie qui affleurent dans ces lettres prouvent que Senancour continue pour ce faire de miser sur d'autres moyens. De fait, s'il emprunte aux théosophes leur symbolisme, leur vision globale et unifiée de la création comme réseau de rapports reposant sur le principe de l'universelle analogie, il se sépare d'eux en refusant la nécessité d'une gnose et en pariant sur la capacité de la seule sensibilité à percevoir les correspondances et à percer les secrets de l'univers. Sans nul doute, la part la plus féconde de son œuvre se trouve-t-elle dans les illuminations éprouvées au contact de la nature, de ses paysages immenses et grandioses (le sublime des sommets), comme de ses réalités les plus infimes et les plus triviales qui vont lui apprendre, avant Nerval, que « souvent dans l'être obscur habite un Dieu caché [3] ». Violettes et jonquilles sont ainsi, dans les *Rêveries* et plus encore dans *Oberman*, les humbles fleurs dont la contemplation se fait révélation de l'harmonie universelle et figuration d'une féminité idéale. C'est que loin de chercher un accès à la surréalité dans l'étrange ou dans l'irrationnel, Senancour met à profit les situations les plus ordinaires, les sensations les plus simples et les plus familières, pour composer de véri-

---

1. Sur la fonction des descriptions dans *Oberman*, voir, dans le dossier, notre introduction à l'article de Senancour sur le « style dans les descriptions ».
2. Lettre LXXXV, p. 385.
3. G. de Nerval, « Vers dorés », *Les Chimères*, *Œuvres complètes*, Gallimard, Bibliothèque de la Pléiade, 1993, t. III, p. 651.

tables mélodies ¹ olfactives et auditives, et passer ainsi maître dans l'art des synesthésies. Par là, il annonce les « véritables fêtes du cerveau » chantées par Baudelaire à propos de la peinture de Delacroix, puisqu'il lui a été donné de connaître « ces admirables heures, [...] où les sens plus attentifs perçoivent des sensations plus retentissantes, où le ciel d'un azur plus transparent s'enfonce comme un abîme plus infini, où les sons tintent musicalement, où les couleurs parlent, où les parfums racontent des mondes d'idées ² ».

Mais Senancour peut bien s'enchanter du pouvoir de révélation des parfums et des sons, il s'inquiète aussi de son impuissance à représenter un idéal dont le flou trahit la précarité et les incertitudes. Des *Rêveries sur la nature primitive de l'homme* à *Oberman*, nous le voyons hésiter sur le statut à accorder à la surréalité que lui découvrent les extases au sein de la nature. Dans *Oberman*, il insiste sur le degré de possibilité du monde idéal qu'il pressent et il le conçoit comme partie intégrante de la nature : il serait sa face cachée, invisible, que l'homme doit s'efforcer de faire resurgir en retrouvant l'ordre originel, en luttant contre toutes les altérations qu'il lui a fait subir ³. Cela suppose une étroite collaboration de la raison et de l'imagination qui, ainsi contrôlée, doit concevoir une réalité plausible, contenue dans la nature primitive, enfin pleinement sentie. Aussi Senancour n'a-t-il que mépris pour le chimérique. Proche en cela des théories développées par les romantiques anglais, Coleridge et Wordsworth, mais

---

1. Lui-même insiste sur l'élargissement nécessaire de l'acception du terme. Voir la note de la lettre LXI, p. 286.
2. Baudelaire, « Exposition universelle de 1855 », dans *Curiosités esthétiques*, éd. H. Lemaître, Garnier, 1962, p. 239-240. On pourrait encore rapprocher les extases de Senancour au contact de la réalité la plus commune avec cet autre constat de Baudelaire dans *Fusées* : « Dans certains états < de l'âme > presque surnaturels, la profondeur de la vie se révèle tout entière dans le spectacle, si ordinaire qu'il soit, qu'on a sous les yeux. Il en devient le symbole » (éd. A. Guyaux, Gallimard, Folio, 1986, p. 75).
3. Sur les différentes conceptions du monde idéal proposées par Senancour dans son œuvre, voir la thèse de B. Le Gall, *L'Imaginaire chez Senancour*, t. I, p. 360-372, et l'article de M. Larroutis cités en bibliographie.

aussi par Mme de Staël [1], il a, dès les *Rêveries sur la nature primitive de l'homme*, distingué entre d'une part l'« imagination déréglée », qu'il rejette en tant que don d'inventer des « monstres », du « fabuleux », et d'autre part l'imagination « sage », qu'il estime et cultive en tant que science du probable, parce qu'elle « s'écarte peu de ce qui existe ou de ce qui est certainement possible [2] ». Dès lors, toutes les fois qu'Oberman en viendra à penser à un monde meilleur, il nous sera précisé que ses hypothèses n'ont rien de fantasque ni d'excessif, qu'elles tiennent compte de la réalité du monde et de la nature humaine, et en postulent tout au plus un réarrangement selon un ordre plus harmonieux [3].

Sur les sommets des Alpes, il est des moments de certitude, d'élan confiant vers la surréalité. En de telles occasions, l'homme entre en communion avec la totalité harmonieuse et ne distingue plus entre le sentiment interne et la réalité perçue ; par une sorte de participation mystique, il lui est donné de percevoir l'essence dernière des choses. Le plus souvent néanmoins, l'univers n'est doué d'aucune transparence et les paysages cessent de faire signe vers une autre réalité. Oberman demeure hésitant et s'épuise en questionnements stériles sur les raisons du divorce entre le vécu et l'imaginaire, sur la finalité de la souffrance de l'homme, déchiré entre son vœu d'idéal et le soupçon de son irréalité. S'il lui arrive de se féliciter de trouver en lui une insatiabilité qui témoigne de la supériorité de ses facultés sur sa destinée [4], il continue pourtant, dans l'ensemble, à se méfier de la propension de l'homme à désirer ce qu'il n'a pas et s'interdit de parier sur l'Idéal, de croire en sa vérité. Aussi les symboles qui jalonnent *Oberman* restent-ils marqués par l'incertitude des rapports

---

1. Dans la préface de *Delphine*, elle loue elle aussi l'imagination capable d'inspirer « le besoin de s'élever au-delà des bornes de la réalité » tout en maintenant ses liens avec la raison et avec la vraisemblance (éd. B. Didier, GF-Flammarion, 2000, t. I, p. 57).
2. « Onzième rêverie », t. I, p. 145. Sur ce rejet du chimérique, qui rejoint celui du romanesque, voir la lettre IV d'*Oberman* et l'article « Du style dans les descriptions » reproduit dans le dossier.
3. Voir, par exemple, la lettre XIV, et surtout la fin de la lettre XXX, où il finit par considérer que son rêve est moins illusoire que le monde qui l'entoure, tellement est grande l'inadéquation de ce dernier.
4. Par exemple, dans la lettre XIII, p. 110.

qui les structurent ainsi que par le flou du contenu de leur révélation. Comme l'a bien vu Paul Bénichou [1], l'œuvre de Senancour se situe à un moment de transition. Elle montre comment l'analogie, présente jusque-là dans le discours des théologiens ou des illuministes et garantie par la croyance en des « signifiances » déposées par Dieu dans la Création, se détache peu à peu de son fondement ontologique pour émaner de l'initiative d'un sujet ; elle cesse alors d'être perçue comme une loi de la nature pour désigner plus humblement la démarche de l'écrivain contemplateur.

Senancour constate, du reste, que la nature resterait muette si l'homme ne la faisait pas parler en faisant d'elle le miroir de son destin, mais, loin de se réjouir de découvrir en l'homme pareille aptitude, il en éprouve plutôt perplexité et souffrance, car le plaisir de la contemplation d'une nature expressive est altéré par le soupçon de l'irréalité de ces relations : il se doute qu'elles résultent d'une exigence tout intérieure, celle d'une sensibilité frustrée qui aspire à quitter la terre, sans avoir pour autant la force ni l'audace nécessaires pour décider de vivre malgré tout selon l'idéal et d'en prolonger les promesses [2]. Certes, il n'en restera pas là : l'auteur des *Libres Méditations* se réconcilie avec un symbolisme fondé sur l'évidence de correspondances verticales entre le monde et Dieu. Mais cet ultime ralliement à une conception mystique de l'analogie n'efface pas tout à fait l'hésitation qui a fait le tourment d'Oberman, entre l'abandon à la rêverie sensible et aux révélations qu'elle permet, et la distance critique maintenue par le doute. En retirant au symbole la sécurité ontologique qui le caractérise, Senancour en renouvelle en tout cas l'écriture, car il lui fait exprimer, à l'égal de l'allégorie qui en avait le privilège, la mélancolie de l'homme moderne travaillé par le sentiment de la perte et de la séparation [3].

---

1. Dans *Le Sacre de l'écrivain*, José Corti, 1985, p. 194-209.
2. La passivité de Senancour, son impuissance à retenir les révélations reçues de la nature et à les recréer, à les exploiter pour modifier son existence, sont généralement relevées pour marquer la timidité de sa démarche par rapport aux pratiques des romantiques allemands. Voir, sur ce point, le livre de A. Béguin et l'article de H. Steinkopf cités en bibliographie.
3. Nous renvoyons sur ce point à notre article sur le symbole cité en bibliographie.

UNE DISCORDANTE SOLITUDE

Si les extases d'Oberman sont autant source de souffrance que de joie, c'est qu'elles sont suivies de retombées dans l'ennui et dans l'apathie d'autant plus éprouvantes que la vision aura été sublime et qu'elles sont aussi l'occasion pour lui de prendre conscience de sa différence et, partant, de sa marginalisation. On le voit bien, par exemple, dans les deux lettres LIX et XC, où Senancour reprend le schéma narratif de la fête champêtre [1], récurrent dans les romans de la fin du XVIIIe siècle, et, du reste, déjà utilisé dans *Aldomen*, mais cette fois-ci en se démarquant nettement du modèle utopique de bonheur pastoral fourni par *La Nouvelle Héloïse*. Peu décrites, ces réjouissances n'y sont plus l'occasion d'une communion sensible de tous les acteurs dans l'allégresse, l'amour, l'amitié et l'émotion musicale. Si Senancour reste fidèle à la nostalgie de l'origine que la fête manifeste par son bonheur innocent, il en altère la portée sociale en concluant non pas sur un tableau d'unité et de concorde, mais sur la solitude du héros, isolé, dans un cas, par sa trop vive sensibilité, et abîmé, dans l'autre, dans une méditation mélancolique sur la vanité de la vie et sur le deuil obligé de l'amour. En cela, ces deux lettres sont caractéristiques de l'ambivalence de la singularité dans cette œuvre, ainsi que de la solitude à laquelle elle conduit. De fait, loin de lui valoir l'estime et l'admiration de ses semblables, les dons exceptionnels d'Oberman font de lui un être unique que sa distinction isole, parce qu'elle le rend, aux yeux des autres, incompréhensible, mystérieux, bizarre, et même fou. Ainsi ses habitudes singulières sont-elles mises sur le compte d'un esprit « dérangé » par l'amour ou par le spleen [2]. Ses privilèges, ses tentatives, même discrètes, pour vivre différemment des autres, heurtent une opinion prévenue contre toute forme d'écart, contre toute forme de réclusion. Ses déboires illustrent en cela fort bien l'échec par lequel se

---

[1]. Analysé par B. Didier dans son article, « La fête champêtre dans quelques romans de la fin du XVIIIe siècle (de Rousseau à Senancour) », cité en bibliographie.
[2]. Lettre LXIV, p. 303.

soldent, dans les fictions contemporaines, toutes les tentatives pour imposer un bonheur personnel, une réussite individuelle, des goûts ou des mœurs qui ne répondent pas aux normes avalisées par la société. Au moment où l'individu est en train d'éclipser, dans la société révolutionnée, les anciennes solidarités et de conquérir sa reconnaissance civique, *Oberman* représente, comme les œuvres de son temps, des formes de solitude – l'exil, le célibat, l'écriture dans la retraite – qui toutes exaltent le droit à la différence mais montrent aussi combien il est alors difficile de l'assumer, d'en faire un atout, et non un handicap rendant impossibles toute réussite comme tout commerce avec les hommes.

En un sens, pourtant, ces lettres rendent hommage à la différence individuelle, à l'unicité du Moi, et même à l'isolement qui en est la rançon. C'est que Senancour est convaincu que la solitude est l'auxiliaire d'un bonheur qui ne prend sens, à ses yeux, que dans l'indépendance et dans l'intériorité. Comme chez ses maîtres à penser et à sentir du XVIIIe siècle, la quête du bonheur oscille entre deux grands pôles, celui du repliement sur soi, de la jouissance de soi dans la limitation à l'instant, dans la concentration intérieure et solitaire, et celui de l'expansion de soi, dans le mouvement, dans l'action, dans l'acquisition de connaissances ou dans l'abandon aux désirs et aux chimères. Même s'il est de plus en plus conscient de la difficulté qu'il y a à échapper à la tentation de l'ouverture de soi aux autres et au monde, il continue, dans *Oberman*, de louer l'art de se circonscrire [1], bien défini dans les « Préliminaires » des *Rêveries* de 1799 comme un effort pour revenir « aux affections premières » qui « forment un centre simple, vrai, essentiel », aux « traces primitives » déposées en soi, « qui seules ramènent à la vérité [2] ». Dès la lettre I, conforté par l'enseignement du stoïcisme, Oberman se range à l'avis de Rousseau, qui affirme, dans

---

1. Senancour reprend le verbe à Rousseau dès la lettre I, p. 63.
2. T. I, p. 11-12. Dans la « neuvième rêverie », Senancour revient sur la nécessité de se préserver en limitant son être pour le posséder tout entier, pour goûter une félicité qui n'est « qu'au centre » et qui se confond avec la simplicité originelle ainsi retrouvée (t. I, p. 137).

la « deuxième promenade » de ses *Rêveries*, que « la source du vrai bonheur est en nous [1] », qu'elle ne dépend ni des hommes, ni des circonstances, et qu'elle jaillit d'autant mieux que l'on peut se retirer du monde.

Même si Oberman est loin de partager sa jubilation à l'idée de pouvoir ainsi se venger des mauvais coups du sort et de l'hostilité de ses semblables à son égard, il croit encore aux vertus de la solitude, aux bienfaits du recueillement, du retour sur soi qu'elle permet, en facilitant notamment la contemplation de la nature et en éloignant des préoccupations factices de la société. Tributaire là encore de Rousseau, Senancour tient pour nécessaires la liberté, la distance intérieure, le « silence des passions [2] » que ménage la retraite, dès lors que l'on veut mener enquête sur soi et tenter de comprendre le monde pour le réformer. Dans les *Libres Méditations*, il revient une dernière fois sur cet idéal de vie érémitique et il en fait un éloge dans lequel il reprend les arguments depuis toujours utilisés pour justifier le choix de la retraite et pour convaincre de la fécondité de la méditation solitaire [3]. En effet, il y explique que seuls peuvent parler d'une voix d'autorité de morale et de politique ceux que leur isolement dans quelque désert préserve de la corruption des mœurs et des vaines agitations de la société. Indispensable aux guides des peuples pour la grandeur et pour la pureté morale qu'elle garantit, la solitude offre seule le détachement et la hauteur de vue qui déprennent du futile, du contingent, et qui libèrent « une pensée plus vraie, plus élevée ». Telle que l'entend Senancour, la vie solitaire suppose une discipline intérieure, une ascèse purificatrice, qui doit délivrer de tous les égarements possibles du cœur et de l'esprit, pour permettre de voir clair en soi-même et d'atteindre à la contemplation de l'ordre du monde. Faisant sienne la défiance d'Oberman à l'encontre de « l'héroïsme des monastères [4] », il a soin de distinguer

---

1. *Les Rêveries du promeneur solitaire*, éd. M. Crogiez, Le Livre de Poche classique, 2001, p. 54.
2. Cette expression, récurrente sous la plume de Rousseau, est utilisée dès les premières pages d'*Oberman* pour vanter les avantages de la vie retirée. Voir lettre I, p. 64.
3. Dans la « XVIIIe méditation », intitulée « Des solitaires », p. 177-190.
4. Lettre IX, p. 99.

un tel mode de vie du fanatisme de la pénitence et de l'humilité : il le présente plutôt comme un quotidien bien réglé, qui affranchit, par l'efficace même de son rituel, de la tutelle du temps et du joug des passions. Il met en garde contre la langueur, contre l'abattement auxquels peuvent s'abandonner les solitaires, et surtout, contre les chimères que l'oisiveté multiplie, en dépit des plus fermes résolutions. L'intérêt de ces pages est ainsi d'éclairer l'idéal de solitude vers lequel tend Oberman, sans pouvoir encore échapper à tous ses pièges ni pouvoir en accomplir toutes les potentialités spirituelles. De plus en plus influencé par le mysticisme, et notamment par Saint-Martin, Senancour y fait du solitaire la figure par excellence du chercheur d'absolu, du sage passionné d'ordre et de vérité, qui perçoit l'unité de la Création et qui vit en harmonie avec l'univers et avec Dieu.

Qu'elle permette le repli sur le centre primitif de l'être ou l'élan vers les plus hautes vérités de la métaphysique, la solitude reste, sous la plume de Senancour, un moyen de régénération réservé à une élite, non plus forcément de la naissance ni même de l'intelligence, mais de la sensibilité. Si le prénom d'Oberman suffit à infléchir dans le sens d'une radicale supériorité la singularité du héros et contribue à fixer durablement la topologie du génie [1], en le figurant sous les traits de l'homme des sommets, dominant le monde depuis ces vastes étendues et l'embrassant de toute la puissance de sa pensée, il revient à l'éditeur de préciser, dans ses « Observations », la nature de cette supériorité et de la situer dans l'ordre du sentir. Réunissant, en effet, dans ces lettres, en une seule figure, les deux types de l'homme primitif et de l'homme sensible qu'il avait jusque-là pris séparément pour modèles, Senancour définit le génie comme l'homme qui a su échapper au processus de dégénérescence coupable d'altérer les facultés primitives de ses semblables, et qui a pu ainsi préserver en lui cette sensibilité, survivance de l'origine, grâce à laquelle il reconnaît les signes de l'aliénation sociale et surtout perçoit la composition harmonique du monde,

---

[1]. Voir, sur ce point, le dernier chapitre du livre de M. Delon cité en bibliographie.

comprend l'intelligence de son ordre, entend les « accents de la langue éternelle » qu'y répercutent mélodies et parfums [1]. Dans l'article « Du génie » qu'il donne à *La Minerve littéraire* en 1821, il revient sur le privilège qu'a gardé un tel homme de « deviner la nature » et de « s'élancer toujours vers l'inconnu sur les traces de l'analogie », mais, là comme ailleurs, il se garde de faire de lui un sage coupé du monde et des autres, occupé seulement à cultiver pour lui-même ce don de saisir le monde et l'Histoire dans leur totalité, et d'accéder ainsi au point de vue de l'universel.

De fait, s'il détaille ses qualités morales et intellectuelles, c'est pour rappeler que tous ses attributs exceptionnels doivent autant lui servir à « déterminer les formes sociales » qu'à « entendre la nature » et à « approfondir le cœur humain ». Tout imprégné qu'il est du discours des philosophes du XVIIIe siècle qui n'ont cessé de louer l'éminente dignité des vertus sociales et de dénoncer le contresens, mais aussi le danger, que représente le parti de la sécession, Senancour continue de penser le sage, l'homme supérieur, comme un homme de devoirs, comme un homme d'État, qui « doit à la foule qu'il peut guider ses pensers profonds et son génie régénérateur [2] ». Aussi Oberman n'a-t-il que mépris pour « l'indépendance philosophique » qui fait vivre dans l'indifférence des autres et de leur bonheur [3]. Dans la lettre XLIII, il se sert fort à propos de l'image de la résistance inutile du glacier pour illustrer la stérilité d'une telle énergie, qui ne se convertit pas en bienfaisance [4]. Or, l'idée que le dévouement est la source de toute grandeur comme de toute félicité icibas, la conviction que « le vrai, le premier génie » est « le génie philosophique, celui de l'instituteur des peuples [5] », font le drame d'Oberman, que son isolement, mais aussi son manque d'argent [6], empêchent de faire le bien autour

---

1. Lettre XLVIII, p. 248.
2. « Quinzième rêverie », t. I, p. 211. Senancour y brosse déjà un portrait de l'homme supérieur.
3. Lettre XLIII, p. 204-205.
4. P. 205.
5. « Quinzième rêverie », t. I, p. 209.
6. Souvent déploré pour cela. Voir, par exemple, lettre LXV, p. 315.

de lui et d'agir dans le cadre de la cité. Certes, il lui reste la possibilité d'écrire pour réformer la loi morale et tenter d'influer, de loin, mais avec toute l'autorité que confère précisément l'indépendance de la retraite, sur le cours de la société. Nous avons vu toutefois que ce n'était là qu'un pis-aller au succès très hasardeux, qui ne saurait compenser, à ses yeux, la nostalgie de l'action solidaire et de la reconnaissance sociale qu'elle procure. Dans la solitude d'Imenstròm, le génial Oberman connaît donc la pire des épreuves, celle d'être non pas méprisé, persécuté, par la foule – élection négative qui a au moins le mérite de donner au génie la gloire du martyre –, mais d'être inconnu d'elle, et donc, parfaitement inutile, parfaitement « nul ». Sur ce point aussi, son infortune est d'autant plus accablante qu'elle est sans éclat, sans notoriété, qu'elle est aussi terne et ordinaire que l'ennui qui dévore sourdement ses jours [1].

L'erreur d'Oberman est ainsi, pour l'essentiel, d'avoir cru pouvoir vivre dans l'oubli des autres et des devoirs de la vie sociale. Si son projet n'aboutit pas, c'est que la conscience de sa différence, et même de sa distinction, l'oblige à s'exclure, sans pour autant le délivrer du besoin de s'illustrer, d'être reconnu et estimé de ses semblables. Cette tension entre appétit de solitude et impossibilité d'une rupture radicale rend aussi bien compte de l'ambiguïté formelle de l'œuvre, qui hésite entre l'intimité du journal et la sociabilité de la lettre. La relation dialogique maintenue par la fiction épistolaire trahit ce souci persistant de l'autre, de sa personnalité, de son adhésion à emporter ou de ses réactions à prévenir, qui habite Oberman au plus fort de son renoncement et de son repli sur soi. C'est qu'en dépit de sa revendication d'une écriture sans apprêts et de son ironie à l'encontre des orateurs de l'Antiquité [2], il reste en lui des habitudes de rhéteur qui

---

[1]. Il est intéressant de noter que, dans son article « Extrait d'une dissertation sur le roman » (art. cit., p. 130-135), Senancour oppose à l'infortune, toute relative, du roi déchu le malheur beaucoup plus grand et beaucoup plus douloureux de celui qui se sent fait pour une grande destinée et que la vie condamne à végéter dans l'obscurité. Il regrette que les romanciers n'exploitent pas de tels drames sans gloire, riches en pathétique... lacune que comble certainement, à ses yeux, *Oberman*.
[2]. Cicéron en fait les frais dans une note de la lettre IV, p. 82.

le poussent au débat d'idées et l'incitent à tout faire pour convaincre. Par cette éloquence, par cette tension argumentative qui suppose de penser à l'autre et à sa persuasion, ces lettres s'éloignent de l'égotisme du journal, de sa composition plus relâchée, de son écriture libérée de tout souci de démonstration. Mais Senancour sait utiliser les artifices de la rhétorique pour communiquer au lecteur les sensations les plus neuves et les plus singulières d'Oberman. L'« art du discours [1] » qu'il mobilise soutient, plus qu'il ne gêne, son ambition de créer une langue spéciale, régénérée, qui puisse coïncider avec l'être, dire sa différence, et être malgré tout comprise de quelques-uns. Son but reste de vaincre l'insuffisance maintes fois dénoncée de la « langue des plaines [2] », pour exprimer fidèlement et, surtout, pour faire partager les émotions inédites d'Oberman au contact de la nature. Il s'agit pour lui, comme pour Rousseau, d'écrire une langue qui émane de l'âme et qui soit capable d'en faire ressentir, en toute transparence, les moindres modifications au gré de la rêverie. Le choix de s'adresser à des « adeptes » distingués par leur sensibilité contribue à promouvoir l'idéal d'une lecture empathique qui vise à la communion émotionnelle de l'auteur et du lecteur.

Fabienne BERCEGOL.

---

1. B. Didier l'analyse dans son article ainsi intitulé, cité en bibliographie.
2. Lettre VII, p. 93. Sur cette défiance à l'égard des mots, voir l'article de J.-P. Saint-Gérand, cité en bibliographie.

NOTE SUR LA PRÉSENTE ÉDITION

Le texte d'*Oberman* que nous donnons est celui de la version originale publiée chez Cérioux en 1804. Nous l'avons reproduit d'après l'édition de A. Monglond chez Arthaud (1947), dont nous avons vérifié la fidélité à l'original et, au besoin, corrigé les erreurs. Bien qu'elles ne correspondent pas toujours à l'usage moderne, nous avons gardé la syntaxe et la ponctuation de Senancour : pour plus de clarté, nous avons toutefois ajouté les guillemets au début et à la fin des citations, et nous avons mis les titres en italique. L'orthographe des noms communs et des noms propres a été autant que possible modernisée. Nous avons corrigé les fautes d'accord, notamment celles qui concernaient les participes passés et l'emploi de « tout » suivi d'un adjectif au féminin : ainsi l'expression « toute entière » est-elle devenue « tout entière ». Nous avons en outre changé le genre de quelques substantifs, lorsque l'usage moderne l'imposait : par exemple, « automne » et « Pacifique », encore employés au féminin par Senancour, sont ici de genre masculin. Nous avons supprimé l'élision après « presque » et « entre ».

Les nombreux remaniements subis par le texte au cours des éditions suivantes ainsi que son abondante annotation par l'auteur lui-même nous ont obligée à recourir à divers types de notes. Le lecteur devra donc distinguer :

– les notes de l'éditeur d'*Oberman*, appelées dans le texte par un ou plusieurs astérisque(s) et reportées en bas de page. Lorsque la note disparaît en 1833 ou en 1840, nous le précisons entre crochets droits ;

– les notes ajoutées par Senancour dans l'édition de 1833 : elles sont renvoyées en fin de volume (p. 429-433). Leur place est marquée dans le texte par une lettre majuscule ;

– les variantes, appelées dans le texte par une lettre minuscule et reportées en bas de page. Les modifications relevées datent de l'édition de 1840. Lorsqu'elles étaient déjà effectives dans l'édition de 1833, nous le précisons entre crochets droits. Nous donnons en outre quelques-unes des variantes ultérieures relevées par B. Le Gall sur un exemplaire annoté d'*Obermann* (le lecteur trouvera l'intégralité de ces « corrections manuscrites » dans le tome II de sa thèse, p. 536-550) ;

– nos propres notes d'élucidation et de commentaire, appelées dans le texte par un chiffre et renvoyées en fin de volume (p. 439-491).

Deux types de notes figurent dans le dossier :

– celles des auteurs, appelées par un astérisque et reportées en bas de page ;

– nos propres notes, appelées par un chiffre et reportées en fin de section.

Dans nos notes et dans notre dossier, nous avons utilisé des documents reproduits par B. Le Gall dans le tome II de sa thèse. Il s'agit :

– des « Annotations encyclopédiques » et de la « Notice sur les auteurs cités et les ouvrages », gros cahier de notes manuscrites qui permet de connaître les lectures de Senancour et de les dater. Nous donnons comme référence les abréviations *Ann. enc.* et *Notice aut.*, suivies du numéro du tome en chiffres romains (II) et de la page en chiffres arabes ;

– des « Notes inédites de Senancour ajoutées en marge de l'article de Sainte-Beuve ». Comme dans le cas précédent, nous précisons le numéro du tome en chiffres romains (II) et la page en chiffres arabes.

Les renseignements sur la vie de Senancour proviennent dans l'ensemble de l'étude de A. Monglond, *Le Journal intime d'Oberman* (Arthaud, 1947). Abréviation utilisée : *Jour. int. Ob.*, suivie de la page en chiffres arabes. Nous renvoyons en outre à la « Vie inédite de Senancour » rédigée par sa fille en 1850 et reproduite par G. Michaut dans la *Revue bleue*, en juillet-août 1906. Abréviation utilisée : *Vie in.*

Pour les notes de lexicologie, nous avons utilisé *Le Dictionnaire de la langue française* de E. Littré, le *Grand Dictionnaire universel du XIXe siècle* de P. Larousse, le *Dictionnaire historique de la langue française* de A. Rey.

Pour la localisation des divers éléments de géographie (villes, sommets, rivières, etc.) cités par Senancour, nous renvoyons aux deux cartes, de la Suisse et de la forêt de Fontainebleau, reproduites dans le dossier, p. 548-551.

Oberman

OBSERVATIONS [1]

On verra dans ces lettres l'expression d'un homme qui sent, et non d'un homme qui travaille. Ce sont des mémoires [2] très indifférents aux [a] étrangers, mais qui peuvent intéresser les adeptes [3]. Plusieurs verront avec plaisir ce que l'un d'eux a senti : plusieurs ont senti de même ; il s'est trouvé que celui-ci l'a dit, ou a essayé de le dire. Mais il doit être jugé par l'ensemble de sa vie, et non par ses premières années ; par toutes ses lettres, et non par tel passage ou hasardé, ou romanesque [4] [b], ou peut-être faux.

De semblables lettres sans art, sans intrigue, doivent avoir mauvaise grâce hors de la société éparse et secrète dont la nature avait fait membre celui qui les écrivit [5]. Les individus qui la composent sont la plupart inconnus : cette espèce de monument [6] privé que laisse un homme comme eux, ne peut leur être adressé que par la voie publique, au risque d'ennuyer un grand nombre de personnes graves, instruites ou aimables. Le devoir d'un éditeur est seulement de prévenir qu'on n'y trouve ni esprit, ni science ; que ce n'est pas un *ouvrage*, et que peut-être même on dira : ce n'est pas un livre *raisonnable*.

Nous avons beaucoup d'écrits où le genre humain se trouve peint en quelques lignes. Si cependant ces longues lettres faisaient à peu près connaître un seul homme, elles pourraient être, et neuves, et utiles [7]. Il s'en faut de beaucoup qu'elles remplissent même cet objet borné ; mais si elles ne contiennent point tout ce que l'on pourrait attendre, elles contiennent du moins quelque chose ; c'est assez peut-être pour les faire excuser [c].

Ces lettres ne sont pas un *roman* * [8]. Il n'y a point de mouvement dramatique, d'événements préparés et conduits, point de dénouement ; rien de ce qu'on appelle l'intérêt d'un ouvrage, de cette série progressive, de ces incidents, de cet aliment de la

---

a. à des
b. ou romanesque peut-être.
c. et c'est assez pour les faire excuser.
* Je suis loin d'inférer de là qu'un bon roman ne soit pas un bon livre. De plus, outre ce que j'appellerais les véritables romans, il est des écrits agréables ou d'un vrai mérite, que l'on range communément dans cette classe, tels que *Numa*, *la Chaumière Ind.*, etc.

curiosité, magie de plusieurs bons écrits, et charlatanisme de plusieurs mauvais [a].

On y trouvera des descriptions ; de celles qui servent à mieux faire entendre les choses naturelles, et à donner des lumières, peut-être trop négligées, sur les rapports de l'homme avec ce qu'il appelle l'*inanimé* [9].

On y trouvera des passions ; mais celles d'un homme qui était né pour recevoir ce qu'elles promettent, et pour n'avoir point une passion ; pour tout employer, et pour n'avoir qu'une seule fin.

On y trouvera de l'amour : mais l'amour senti d'une manière qui peut-être n'avait pas été dite [b].

On y trouvera des longueurs : elles peuvent être dans la nature ; le cœur est rarement précis, il n'est point dialecticien [10]. On y trouvera des répétitions : mais si les choses sont bonnes, pourquoi éviter soigneusement d'y revenir ? Les répétitions de *Clarisse* [11], le désordre (et le prétendu égoïsme) de Montaigne [12] n'ont jamais rebuté que des lecteurs seulement ingénieux. L'éloquent J.-J. [c] était souvent diffus. Celui qui écrivit ces lettres paraît n'avoir pas craint les longueurs et les écarts d'un style libre : il a écrit sa pensée. Il est vrai que J.-J. [d] avait le droit d'être un peu long : pour lui, s'il a usé de la même liberté, c'est tout simplement parce qu'il la trouvait bonne et naturelle [e].

On y trouvera des contradictions, du moins ce qu'on nomme souvent ainsi. Mais pourquoi serait-on choqué de voir, dans des matières incertaines, le pour et le contre dits par le même homme ? Puisqu'il faut qu'on les réunisse pour s'en approprier le sentiment, pour peser, décider, choisir, n'est-ce pas une même chose qu'ils soient dans un seul livre ou dans des livres différents ? Au contraire, exposés par le même homme, ils le sont avec une force plus égale, d'une manière plus analogue, et vous voyez mieux ce qu'il vous convient d'adopter. Nos affections, nos désirs, nos sentiments mêmes, et jusqu'à nos opinions, changent avec les leçons des événements, les occasions de la réflexion, avec l'âge, avec tout notre être. Ne voyez-vous pas que celui qui est si exactement d'accord avec lui-même [f], vous trompe, ou se trompe ? Il a un système ; il joue un rôle. L'homme

---

a. plusieurs autres.

b. [Phrase supprimée dans les dernières corrections manuscrites relevées par B. Le Gall, II, 536]

c. Jean-Jacques

d. Jean-Jacques

e. [Les deux dernières phrases sont supprimées dans les dernières corrections manuscrites relevées par B. Le Gall, II, 536]

f. Celui qui est si exactement d'accord avec lui-même

sincère vous dit : j'ai senti comme cela, je sens comme ceci ; voilà mes matériaux, bâtissez vous-même l'édifice de votre pensée. Ce n'est pas à l'homme froid à juger les différences des sensations humaines ; puisqu'il n'en connaît pas l'étendue, il n'en connaît pas la versatilité. Pourquoi diverses manières de voir seraient-elles plus étonnantes dans les divers âges d'un même homme, et quelquefois au même moment, que dans des hommes différents ? On observe, on cherche ; on ne décide pas. Voulez-vous exiger que celui qui prend la balance rencontre d'abord le poids qui en fixera l'équilibre ? Tout doit être d'accord sans doute dans un ouvrage exact et raisonné sur des matières positives. Mais voulez-vous que Montaigne soit vrai à la manière de Hume [13], et Sénèque régulier comme Bézout [14] ? Je croirais même qu'on devrait attendre autant ou plus d'oppositions entre les différents âges d'un même homme, qu'entre plusieurs hommes éclairés du même âge. C'est pour cela qu'il n'est pas bon que les législateurs soient tous des vieillards ; à moins que ce ne soit un corps d'hommes vraiment choisis, et capables de suivre leurs conceptions générales et leurs souvenirs, plutôt que leur pensée présente. L'homme qui ne s'occupe que des sciences exactes, est le seul qui n'ait point à craindre d'être jamais surpris de ce qu'il a écrit dans un autre âge.

Ces lettres sont aussi inégales, aussi irrégulières dans leur style que dans le reste. Une chose seulement m'a plu ; c'est de n'y point trouver ces expressions exagérées et triviales dans lesquelles un écrivain devrait toujours voir du ridicule, ou au moins de la faiblesse *. Ces expressions ont par elles-mêmes quelque chose de vicieux, ou bien leur trop fréquent usage, en en faisant des applications fausses, altéra leurs premières acceptions, et fit oublier leur énergie [15].

Ce n'est pas que je prétende justifier le style des [a] lettres. J'aurais quelque chose à dire sur des expressions qui pourront paraître hardies, et que pourtant je n'ai pas changées ; mais, quant aux incorrections, je n'y sais point d'excuse recevable. Je ne me dissimule pas qu'un critique trouvera beaucoup à

---

* Le genre pastoral, le genre descriptif ont beaucoup d'expressions rebattues, dont les moins tolérables, à mon avis, sont les figures employées quelques millions de fois, et qui, dès la première, affaiblissaient l'objet qu'elles prétendaient agrandir. L'émail des prés, l'azur des cieux, le cristal des eaux ; les lys et les roses de son teint ; les gages de son amour ; l'innocence du hameau ; des torrents s'échappèrent de ses yeux, il fondit et inonda les assistants ; contempler les merveilles de la nature ; jeter quelques fleurs sur sa tombe : et tant d'autres que je ne veux pas condamner exclusivement, mais que j'aime mieux ne point rencontrer.
a. de ces

reprendre : je n'ai point prétendu *enrichir le public* d'un ouvrage travaillé, mais donner à lire à quelques personnes éparses dans l'Europe, les sensations, les opinions, les songes libres et incorrects d'un homme souvent isolé, qui écrivit dans l'intimité, et non pour son libraire.

L'éditeur ne s'est proposé et ne se proposera qu'un seul objet : tout ce qui portera son nom tendra aux mêmes résultats : soit qu'il écrive, ou qu'il publie seulement, il ne s'écartera point d'un but moral. Il ne cherche pas encore à l'[a] *atteindre* ; un écrit important, et de nature à être utile, un véritable *ouvrage* que l'on peut seulement hasarder d'esquisser [b], mais non prétendre jamais finir, ne doit pas être publié [c] promptement, ni même entrepris trop tôt (A).

Les Notes sont toutes de l'Éditeur[d].

---

a. y
b. seulement esquisser
c. ne doit être ni publié
d. [note supprimée dès 1833, et remplacée par : « Les Notes indiquées par des lettres sont à la fin du volume. »]

Oberman

Lettres publiées par M... Senancour,
auteur de *Rêveries sur la nature de l'homme...*

« Étudie l'homme, et non les hommes. »
Pythagore

À Paris, chez Cérioux, libraire, quai Voltaire.
de l'imprimerie de la rue de Vaugirard, n° 939
An XII – 1804.
Titre de l'édition originale

Le présent ouvrage est mis sous la sauvegarde des lois et de la probité des Citoyens. Nous poursuivrons devant les tribunaux tout contrefacteur, distributeur ou débitant d'éditions contrefaites. Deux exemplaires de la présente édition originale sont, conformément à la loi, déposés à la Bibliothèque Nationale.

CÉRIOUX

LETTRE PREMIÈRE

Genève 8 juillet, première année

Il ne s'est passé que vingt jours depuis que je vous écrivis[a] de Lyon [16]. Je n'annonçais aucun projet nouveau, je n'en avais pas ; et maintenant j'ai tout quitté, me voici sur une terre étrangère.

Je crains que ma lettre ne vous trouve point à Chessel[*], et que vous ne puissiez[b] me répondre aussi vite que je le désirerais. J'ai besoin de savoir ce que vous pensez, ou du moins ce que vous penserez lorsque vous aurez lu [17]. Vous savez s'il me serait indifférent d'avoir des torts avec vous : cependant je crains que vous ne m'en trouviez, et je ne suis pas bien assuré moi-même de n'en point avoir. Je n'ai pas même pris le temps de vous consulter. Je l'eusse bien désiré dans un moment aussi décisif : encore aujourd'hui, je ne sais comment juger une résolution qui détruit tout ce qu'on avait arrangé, qui me transporte brusquement dans une situation nouvelle, qui me destine à des choses que je n'avais pas prévues et dont je ne saurais même pressentir l'enchaînement et les conséquences.

Il faut vous dire plus. L'exécution fut, il est vrai, aussi précipitée que la décision : mais ce n'est pas le temps seul qui m'a manqué pour vous en écrire. Quand même je l'aurais eu, je crois que vous l'eussiez ignoré de même. J'aurais craint votre prudence : j'ai cru sentir cette fois la nécessité de n'en avoir pas. Une prudence étroite et pusillanime dans ceux de qui le sort m'a fait dépendre, a perdu mes premières années, et je crois bien qu'elle m'a nui pour toujours. La sagesse veut marcher entre la défiance et la témérité ; le sentier est difficile : il faut la suivre dans les

---

a. vous ai écrit
* Campagne de celui à qui les lettres sont adressées.
b. ne puissiez pas

choses qu'elle voit ; mais dans les choses inconnues, nous n'avons que l'instinct [18]. S'il est plus dangereux que la prudence, il fait aussi de plus grandes choses : il nous perd, ou nous sauve : sa témérité devient quelquefois notre seul asile, et c'est peut-être à lui de réparer les maux que la prudence a pu faire.

Il fallait laisser le joug s'appesantir sans retour, ou le secouer inconsidérément : l'alternative me parut inévitable. Si vous en jugez de même, dites-le-moi pour me rassurer. Vous savez assez quelle misérable chaîne on allait river. On voulait que je fisse ce qu'il m'était impossible de faire bien ; que j'eusse un état pour son produit, que j'employasse les facultés de mon être à ce qui choque essentiellement sa nature. Aurais-je dû me plier à une condescendance momentanée ; tromper un parent en lui persuadant que j'entreprenais pour l'avenir, ce que je n'aurais commencé qu'avec le désir de le cesser ; et vivre ainsi dans un état violent, dans une répugnance perpétuelle ? Qu'il reconnaisse l'impuissance où j'étais de le satisfaire, qu'il m'excuse ! Il finira par sentir que les conditions si diverses et si opposées, où les caractères les plus contraires trouvent ce qui leur est propre, ne peuvent convenir indifféremment à tous les caractères ; que ce n'est pas assez qu'un état, qui a pour objet des intérêts et des démêlés contentieux, soit regardé comme honnête, parce qu'on y acquiert, sans voler, trente ou quarante mille livres de rente ; et qu'enfin je n'ai pu renoncer à être homme, pour être homme d'affaires [19].

Je ne cherche point à vous persuader, je vous rappelle les faits ; jugez. Un ami doit juger sans trop d'indulgence ; vous l'avez dit.

Si vous aviez été à Lyon, je ne me serais pas décidé sans vous consulter ; il eût fallu me cacher de vous, au lieu que j'ai eu seulement à me taire. Comme on cherche, dans le hasard même, des raisons qui autorisent aux choses que l'on croit nécessaires, j'ai trouvé votre absence favorable. Je n'aurais jamais pu agir contre votre opinion, mais je n'ai pas été fâché de le faire sans votre avis ; tant je sentais tout ce que pouvait alléguer la raison contre la loi que m'imposait une sorte de nécessité, contre le sentiment qui m'entraînait. J'ai écouté davantage ᵃ cette impulsion secrète, mais impérieuse, que ces froids motifs de balancer et de suspendre, qui, sous le nom de prudence, tenaient peut-être beaucoup à mon habitude paresseuse, et à quelque faiblesse dans l'exécution. Je suis parti, je m'en félicite : mais quel homme peut jamais savoir s'il a fait sagement, ou non, pour les conséquences éloignées des choses ?

Je vous ai dit pourquoi je n'ai pas fait ce qu'on voulait ; il faut vous dire pourquoi je n'ai pas fait autre chose. J'examinais si je rejetterais absolument le parti que l'on voulait me faire prendre ; cela m'a conduit à examiner quel autre je prendrais, et à quelle détermination je m'arrêterais.

Il fallait choisir, il fallait commencer, pour la vie peut-être, ce que tant de gens, qui n'ont en eux aucune autre chose, appellent un état. Je n'en trouvai point qui ne fût étranger à ma nature, ou contraire à ma pensée. J'interrogeai mon être, je considérai rapidement tout ce qui m'entourait ; je demandai aux hommes s'ils sentaient comme moi ; je demandai aux choses si elles étaient selon mes penchants ; et je vis qu'il n'y avait pas d'accord entre moi et la société ᵇ, ni entre mes besoins et les choses qu'elle a faites. Je m'arrêtai avec effroi, sentant que j'allais livrer ma vie à des ennuis intolérables, à des dégoûts sans terme comme sans objet. J'offris successivement à mon cœur ce que les hommes cherchent dans les divers états qu'ils embrassent. Je voulus même embellir, par le prestige de l'imagination, ces objets multipliés qu'ils proposent à leurs passions, et la fin chimérique à laquelle ils consacrent leurs années. Je le voulais, je ne le pus pas. Pourquoi la terre est-elle ainsi désenchantée [20] à mes yeux ? Je ne connais point la satiété, je trouve partout le vide.

Dans ce jour, le premier où je sentis tout le néant ᶜ qui m'environne, dans ce jour qui a changé ma vie, si les pages de ma destinée se fussent trouvées entre mes mains pour être déroulées ou fermées à jamais ; avec quelle indifférence j'eusse abandonné la vaine succession de ces heures si longues et si fugitives, que tant d'amertumes flé-

---

a. J'ai plus écouté
b. qu'il n'y avait d'accord ni entre moi et la société,
c. sentis le néant

trissent, et que nulle véritable joie ne consolera ! Vous le savez, j'ai le malheur de ne pouvoir être jeune : les longs ennuis de mes premiers ans ont apparemment détruit la séduction. Les dehors fleuris ne m'en imposent pas : et[a] mes yeux demi-fermés ne sont jamais éblouis ; trop fixes, ils ne sont point surpris.

Ce jour d'irrésolution fut du moins un jour de lumière : il me fit reconnaître en moi ce que je n'y voyais pas distinctement. Dans la plus grande anxiété où j'eusse jamais été, j'ai joui pour la première fois de la conscience de mon être. Poursuivi jusque dans le triste repos de mon apathie [21] habituelle, forcé d'être quelque chose, je fus enfin moi-même : et dans ces agitations jusqu'alors inconnues, je trouvai une énergie, d'abord contrainte et pénible, mais dont la plénitude fut une sorte de repos que je n'avais pas encore éprouvé. Cette situation douce et inattendue amena la réflexion qui me détermina. Je crus voir la raison de ce qu'on observe tous les jours, que les différences positives du sort ne sont pas les causes principales du bonheur ou du malheur des hommes.

Je me dis : la vie réelle de l'homme est en lui-même, celle qu'il reçoit du dehors n'est qu'accidentelle et subordonnée. Les choses agissent sur lui bien plus encore selon la situation où elles le trouvent, que selon leur propre nature. Dans le cours d'une vie entière, perpétuellement modifié par elles, il peut devenir leur ouvrage. Mais comme dans cette succession toujours mobile, lui seul subsiste quoique altéré, tandis que les objets extérieurs relatifs à lui changent entièrement ; il en résulte que chacune de leurs impressions sur lui, dépend bien plus pour son bonheur ou son malheur, de l'état où elle le trouve, que de la sensation qu'elle lui apporte, et du changement présent qu'elle fait en lui. Ainsi dans chaque moment particulier de sa vie, ce qui importe surtout à l'homme, c'est d'être ce qu'il doit être. Les dispositions favorables des choses viendront ensuite, c'est une utilité du second ordre pour chacun des moments présents. Mais la suite de ces impulsions devenant, par leur ensemble, le vrai principe des mobiles intérieurs de l'homme, si chacune de ces

---

a. pas : mes yeux [dès 1833]

impressions est à peu près indifférente, leur totalité fait pourtant notre destinée. Tout nous importerait-il également dans ce cercle de rapports et de résultats mutuels ? L'homme dont la liberté absolue est si incertaine, et la liberté apparente si limitée, serait-il contraint à un choix perpétuel qui demanderait une volonté constante, toujours libre et puissante ? Tandis qu'il ne peut diriger que si peu d'événements, et qu'il ne saurait régler la plupart de ses affections, lui importe-t-il, pour la paix de sa vie, de tout prévoir, de tout conduire, de tout déterminer dans une sollicitude qui, même avec des succès non interrompus, ferait encore le tourment de cette même vie ? S'il est[a] également nécessaire de maîtriser ces deux mobiles dont l'action est toujours réciproque ; si pourtant cet ouvrage est au-dessus des forces de l'homme, et si l'effort même qui tendrait à le produire est précisément opposé au repos qu'on en attend, comment obtenir à peu près ce résultat nécessaire en renonçant[b] au moyen impraticable qui paraît d'abord le pouvoir seul produire ? La réponse à cette question serait le grand œuvre de la sagesse humaine, et le principal objet que l'on puisse proposer à cette loi intérieure qui nous fait chercher la félicité. Je crus trouver à ce problème une solution analogue à mes besoins présents : peut-être contribuèrent-ils à me la faire adopter.

Je pensai que le premier état des choses était surtout important dans cette oscillation toujours réagissante, et qui par conséquent dérive toujours plus ou moins de ce premier état. Je me dis : soyons d'abord ce que nous devons être ; plaçons-nous où il convient à notre nature, puis livrons-nous au cours des choses, en nous efforçant seulement de nous maintenir semblables à nous-mêmes. Ainsi, quoi qu'il arrive, et sans sollicitudes étrangères, nous disposerons des choses ; non pas en les changeant elles-mêmes, ce qui nous importe peu, mais en maîtrisant les impressions qu'elles feront sur nous, ce qui seul nous importe, ce qui est le plus facile, ce qui maintient davantage notre être en le circonscrivant et en le reportant sur lui-même l'effort conservateur. Quelque effet que produisent

---

a. S'il paraît
b. ce résultat en renonçant

sur nous les choses par leur influence absolue que nous ne pourrons changer, du moins nous conserverons toujours beaucoup du premier mouvement imprimé, et nous approcherons, par ce moyen, plus que nous ne saurions l'espérer par aucun autre, de l'heureuse permanence[a] du sage.

Dès que l'homme réfléchit, dès qu'il n'est plus entraîné par le premier désir et par les lois inaperçues de l'instinct, toute équité, toute moralité devient en un sens une affaire de calcul, et sa[b] prudence est dans l'estimation du plus ou du moins. Je crus voir dans ma conclusion un résultat aussi clair que celui d'une opération sur les nombres. Comme je vous fais l'histoire de mes intentions, et non celle de mon esprit ; et que je veux bien moins justifier ma décision que vous dire comment je me suis décidé, je ne chercherai pas à vous rendre un meilleur compte de mon calcul.

Conformément à cette manière de voir, je quitte les soins éloignés et multipliés de l'avenir, qui sont toujours si fatigants et souvent si vains ; je m'attache seulement à disposer, une fois pour la vie, et moi et les choses. Je ne me dissimule point combien cet ouvrage doit sans doute rester imparfait, et combien je serai entravé par les événements : mais je ferai du moins ce que je trouverai en mon pouvoir.

J'ai cru nécessaire de changer les choses avant de me changer moi-même. Ce premier but pouvait être beaucoup plus promptement atteint que le second ; et ce n'eût point été[c] dans mon ancienne manière de vivre que j'eusse pu m'occuper sérieusement de moi. L'alternative du moment difficile où je me trouvais, me força de songer d'abord aux changements extérieurs. C'est dans l'indépendance des choses, comme dans le silence des passions, que l'on peut étudier son être[d]. Je vais choisir une retraite dans ces monts tranquilles dont la vue a frappé mon enfance elle-même *. J'ignore où je m'arrêterai, mais écrivez-moi à Lausanne [22].

---

a. heureuse persévérance
b. et la
c. et ce n'eût pas été
d. s'étudier.
* Depuis les portes de Lyon l'on voit distinctement à l'horizon les sommets des Alpes. [note remplacée en 1840 par : « Près de Lyon, les sommets des Alpes se voient distinctement. »]

LETTRE II

Lausanne *, 9 juillet I

J'arrivai de nuit à Genève : j'y logeai dans une assez triste auberge, où mes fenêtres donnaient sur une cour, je n'en fus point fâché. Entrant dans une aussi belle contrée, je me ménageais volontiers l'espèce de surprise d'un spectacle nouveau, je la réservais pour la plus belle heure du jour ; je le voulais avoir dans sa plénitude, et sans affaiblir son impression en l'éprouvant par degrés[a].

En sortant de Genève, je me mis en route, seul, libre, sans but déterminé, sans autre guide qu'une carte assez bonne, que je porte sur moi [23].

J'entrais dans l'indépendance. J'allais vivre dans le seul pays peut-être de l'Europe, où dans un climat assez favorable, on trouve encore les sévères beautés des sites naturels. Devenu calme par l'effet même de l'énergie que les circonstances de mon départ avaient éveillée en moi, content de posséder mon être pour la première fois de mes jours si vains, cherchant des jouissances simples et grandes avec l'avidité d'un cœur jeune, et cette sensibilité, fruit amer et précieux de mes longs ennuis ; j'étais ardent et paisible. Je fus heureux sous le beau ciel de Genève (B), lorsque le soleil paraissant au-dessus des hautes neiges, éclaira à mes yeux cette terre admirable. C'est près de Copet que je vis l'aurore, non pas inutilement belle comme je l'avais vue tant de fois, mais d'une beauté sublime et assez grande pour ramener le voile des illusions sur mes yeux découragés.

Vous n'avez point vu cette terre à laquelle Tavernier [24] ne trouvait comparable qu'un seul lieu dans l'Orient. Vous ne vous en ferez pas une idée juste ; les grands effets de la nature ne s'imaginent point tels qu'ils sont. Si j'avais moins senti la grandeur et l'harmonie de l'ensemble, si la

---
* On trouve souvent Lausanne avec un seul n ; effectivement il n'y en avait qu'un dans l'ancien nom *Lausane* ; mais il y a deux n dans les actes de la ville moderne. [note supprimée en 1840]
a. je le réservais pour la plus belle heure du jour, et je ne voulais pas en affaiblir l'impression en l'éprouvant par degrés. [*erratum*, 1804]

pureté de l'air n'y ajoutait pas une expression que les mots ne sauraient rendre, si j'étais un autre, j'essaierais de vous peindre ces monts neigeux et embrasés, ces vallées vaporeuses ; les noirs escarpements de la côte de Savoie ; les collines de la Vaux et du Jorat *, peut-être trop riantes, mais surmontées par les Alpes de Gruyère et d'Ormont ; et les vastes eaux du Léman, et le mouvement de ses vagues, et sa paix mesurée. Peut-être mon état intérieur ajouta-t-il au prestige de ces lieux ; peut-être nul homme n'a-t-il éprouvé à leur aspect tout ce que j'ai senti **.

C'est le propre d'une sensibilité profonde de recevoir une volupté plus grande de l'opinion d'elle-même que de ses jouissances positives : celles-ci laissent apercevoir leurs bornes ; mais celles que [promet] ce sentiment d'une puissance illimitée, sont immenses comme elle, et semblent nous indiquer le monde inconnu que nous cherchons toujours. Je n'oserais décider que l'homme dont l'habitude des douleurs a navré le cœur, n'ait point reçu de ses misères mêmes, une aptitude à des plaisirs inconnus des heureux, et ayant sur les leurs l'avantage d'une plus grande indépendance, et d'une durée qui soutient la vieillesse elle-même. Pour moi, j'ai éprouvé dans ce moment auquel il n'a manqué qu'un autre cœur qui sentît avec le mien, comment une heure de vie peut valoir une année d'existence ; combien tout est relatif dans nous, et hors de nous ; et comment nos misères viennent surtout de notre déplacement dans l'ordre des choses.

La grande route de Genève à Lausanne est partout agréable, elle suit généralement les rives du lac ; et comme elle me[a] conduisait vers les montagnes, je ne pensai point

---

* Ou petit Jura (C).
** Je n'ai pas été surpris de trouver dans ces lettres plusieurs passages un peu romanesques. Les cœurs mûris avant l'âge, joignent aux sentiments d'un autre temps, quelque chose de cette force exagérée et illusoire qui caractérise la première saison de la vie. Celui qui a reçu les facultés de l'homme, est, ou a été ce qu'on appelle romanesque : mais chacun l'est à sa manière. Les passions, les vertus, les faiblesses sont à peu près communes à tous ; mais elles ne sont pas semblables dans tous. Un homme par exemple, peut faire des chansons, ou des vers sur l'amour ; mais il y mettra moins de Flore, de Nymphes et de flamme que les poètes des almanachs.
a. et elle me

à la quitter. Je ne m'arrêtai qu'auprès de Lausanne sur une pente, d'où l'on n'apercevait pas la ville, et où j'attendis la fin du jour.

Les soirées sont désagréables dans les auberges, excepté lorsque le feu et la nuit aident à attendre le souper. Dans les longs jours on ne peut éviter cette heure d'ennui qu'en évitant aussi de voyager pendant la chaleur : c'est précisément ce que je ne fais point. Depuis mes courses au Forez [25], j'ai pris l'usage d'aller à pied si la campagne est intéressante ; et quand je marche, une sorte d'impatience ne me permet de m'arrêter que lorsque je suis presque arrivé. Les voitures sont nécessaires pour se débarrasser promptement de la poussière des grandes routes, et des ornières boueuses des plaines ; mais lorsqu'on est sans affaires et dans une vraie campagne, je ne vois pas de motif pour courir la poste, et je trouve qu'on est trop dépendant si l'on va avec ses chevaux. J'avoue qu'en arrivant à pied l'on est moins bien reçu d'abord dans les auberges ; mais il ne faut que quelques minutes à un aubergiste qui sait son métier, pour s'apercevoir que s'il y a de la poussière sur les souliers il n'y a pas de paquet sur l'épaule, et qu'ainsi l'on pourrait[a] être en état de le faire gagner assez pour qu'il ôte son chapeau d'une certaine manière. Vous verrez bientôt les servantes vous dire tout comme à un autre : « Monsieur a-t-il déjà donné ses ordres ? »

J'étais donc sous[b] les pins du Jorat : la soirée était belle, les bois silencieux, l'air calme, le couchant vaporeux, mais sans nuages. Tout paraissait fixe, éclairé, immobile : et dans un moment où je levai les yeux après les avoir tenus longtemps arrêtés sur la mousse qui me portait, j'eus une illusion imposante que mon état de rêverie prolongea. La pente rapide qui s'étendait jusqu'au lac se trouvait cachée pour moi sous[c] le tertre où j'étais assis ; et la surface du lac très inclinée, semblait élever dans les airs la rive opposée. Des vapeurs voilaient en partie les Alpes de Savoie confondues avec elles et revêtues des mêmes

---

a. peut
b. J'étais sous
c. sur

teintes : la lumière du couchant et le vague de l'air dans les profondeurs du Valais élevèrent ces montagnes et les séparèrent de la terre, en rendant leurs extrémités indiscernables ; et leur colosse sans forme, sans couleur, sombre et neigeux, éclairé et comme invisible, ne me parut qu'un amas de nuées orageuses suspendues dans l'espace : il n'était plus d'autre terre que celle qui me soutenait sur le vide, seul, au sein de [a] l'immensité [26].

Ce moment-là fut digne de la première journée d'une vie nouvelle : j'en éprouverai peu de semblables. Je me promettais de finir celle-ci en vous en parlant tout à mon aise, mais le sommeil appesantit ma tête et ma main : les souvenirs et le plaisir de vous les dire ne sauraient l'éloigner ; et je ne veux pas continuer à vous rendre si faiblement ce que j'ai mieux senti.

Près de Nyon j'ai vu le mont Blanc assez à découvert, et depuis ses bases apparentes ; mais l'heure n'était point favorable, il était mal éclairé.

LETTRE III

Cully, 11 juillet, I

Je ne veux point parcourir la Suisse en voyageur, ou en curieux. Je cherche à être là, parce qu'il me semble que je serais mal ailleurs : c'est le seul pays, voisin du mien, qui contienne généralement de ces choses que je désire [27].

J'ignore encore de quel côté je me dirigerai : je ne connais ici personne, et n'y ayant aucune sorte de relation, je ne puis choisir que d'après des raisons prises de la nature des lieux. Le climat est difficile en Suisse, surtout dans les situations [b] que je préférerais. Il me faut un séjour fixe pour l'hiver ; c'est ce que je voudrais d'abord décider : mais l'hiver est long dans les contrées élevées.

À Lausanne on me disait : « C'est ici la plus belle partie de la Suisse, celle que tous les étrangers aiment. Vous avez vu Genève et les bords du lac ; il vous reste à

---

a. seul, dans

b. en Suisse, dans les situations

voir Iverdun, Neuchâtel et Berne : on va encore au Locle qui est célèbre par son industrie [28]. Pour le reste de la Suisse, c'est un pays bien sauvage : on reviendra de la manie anglaise d'aller se fatiguer et s'exposer pour voir de la glace et dessiner des cascades. Vous vous fixerez ici : le pays de Vaud * est le seul qui convienne à un étranger, et même dans le pays de Vaud il n'y a que Lausanne, surtout pour un Français [29]. »

Je les ai assurés que je ne choisirais pas Lausanne, et ils ont cru que je me trompais. Le pays de Vaud a de grandes beautés, mais je suis persuadé d'avance que sa partie basse[a] est une de celles de la Suisse que j'aimerai le moins. La terre et les hommes y sont, à peu de chose près, comme ailleurs : je cherche d'autres mœurs, et une autre nature [b]. Si je savais l'allemand, je crois que j'irais du côté de Lucerne : mais l'on n'entend le français que dans un tiers de la Suisse, et ce tiers en est précisément la partie la plus riante et la moins éloignée des habitudes françaises, ce qui me met dans une grande incertitude. J'ai presque résolu de voir les bords de Neuchâtel, et le bas Valais ; après quoi j'irai près de Schwitz, ou dans l'Unterwalden, malgré l'inconvénient très grand d'une langue qui m'est tout à fait étrangère [30].

J'ai remarqué un petit lac que les cartes nomment de Bré, ou de Bray, situé à une certaine élévation dans les terres, au-dessus de Cully : j'étais venu dans cette ville pour en aller visiter les rives presque inconnues et éloignées des grandes routes. J'y ai renoncé ; je crains que le pays ne soit trop ordinaire, et que la manière de vivre des gens de la campagne, si près de Lausanne, ne me convienne encore moins.

---

* Le mot *Vaud* ne veut point dire ici vallée, mais il vient du Celtique dont on a fait Welches : les Suisses de la partie allemande appellent le pays de Vaud *Welschland*. Les Germains désignaient les Gaulois par le mot Wale ; d'où viennent les noms de la principauté de *Galles,* du pays de Vaud, de ce qu'on appelle dans la Belgique pays *Walon,* de la Gascogne, etc.
a. partie principale
b. Il est à croire que maintenant Obermann s'arrêterait volontiers dans le canton de Vaud, et pourrait le considérer comme une douce patrie [note ajoutée en 1840].

Je voulais traverser le lac * ; et j'avais, hier, retenu un bateau pour me rendre sur la côte de Savoie. Il a fallu renoncer à ce dessein ; le temps a été mauvais tout le jour, et le lac est encore fort agité. L'orage est passé, la soirée est belle. Mes fenêtres donnent sur le lac ; l'écume blanche des vagues est jetée quelquefois jusque dans ma chambre, elle a même mouillé le toit. Le vent souffle du Sud-Ouest, en sorte que c'est précisément ici que les vagues ont plus de force et d'élévation. Je vous assure que ce mouvement et ces sons mesurés donnent à l'âme une forte impulsion. Si j'avais à sortir de la vie ordinaire, si j'avais à vivre, et que pourtant je me sentisse découragé, je voudrais être un quart d'heure seul devant un lac agité : je crois qu'il ne serait plus [a] de grandes choses qui ne me fussent naturelles [31].

J'attends avec quelque impatience la réponse que je vous ai demandée ; et quoiqu'elle ne puisse en effet arriver encore, je pense à tout moment à envoyer à Lausanne pour voir si on ne néglige pas de me la faire parvenir. Sans doute elle me dira bien positivement ce que vous pensez, ce que vous présumez de l'avenir ; et si j'ai eu tort, étant moi, de faire ce qui chez beaucoup d'autres eût été une conduite pleine de légèreté. Je vous consultais sur des riens, et j'ai pris sans vous la résolution la plus importante. Vous ne refuserez pas pourtant de me dire votre opinion : il faut qu'elle me réprime, ou me rassure. Vous avez déjà oublié que je me suis arrangé en ceci comme si je voulais vous en faire un secret : les torts d'un ami peuvent entrer dans notre pensée, mais non dans nos sentiments. Je vous félicite d'avoir à me pardonner des faiblesses : sans cela je n'aurais pas tant de plaisir à m'appuyer sur vous ; ma propre force ne me donnerait pas la sécurité que me donne la vôtre.

Je vous écris comme je vous parlerais, comme on se parle à soi-même. Quelquefois on n'a rien à se dire l'un à l'autre, on a pourtant besoin de se parler ; c'est souvent alors que l'on bavarde [b] le plus à son aise. Je ne connais de

---

* De Genève ou Léman, et non pas lac Léman.
a. qu'il ne serait pas
b. que l'on jase

promenade qui donne un vrai plaisir que celle que l'on fait sans but, lorsque l'on va uniquement pour aller, et que l'on cherche sans vouloir aucune chose ; lorsque le temps est tranquille, un peu couvert, que l'on n'a point d'affaires, que l'on ne veut pas savoir l'heure, et que l'on se met à pénétrer au hasard dans les fondrières et les bois d'un pays inconnu ; lorsqu'on parle des champignons, des biches, des feuilles rousses qui commencent à tomber ; lorsque je vous dis : « Voilà une place qui ressemble bien à celle où mon père s'arrêta, il y a dix ans, pour jouer au petit palet [32] avec moi, et où il laissa son couteau de chasse que le lendemain l'on ne put jamais retrouver. » Lorsque vous me dites : « L'endroit où nous venons de traverser le ruisseau eût bien plu au mien. Dans les derniers temps de sa vie, il se faisait conduire à une grande lieue de la ville dans un bois bien épais, où il y avait quelques rochers et de l'eau ; alors il descendait de la calèche, et il allait, quelquefois seul, quelquefois avec moi, s'asseoir sur un grès : nous lisions les *Vies des Pères du Désert* [33]. Il me disait : « Si dans ma jeunesse j'étais entré dans un monastère, comme Dieu m'y appelait, je n'aurais pas eu tous les chagrins que j'ai eus dans le monde, je ne serais pas aujourd'hui si infirme et si cassé ; mais je n'aurais point de fils, et en mourant, je ne laisserais rien sur la terre... Et maintenant il n'est plus ! Ils ne sont plus ! »

Il y a des hommes qui croient se promener, à la campagne, lorsqu'ils marchent en ligne droite dans une allée sablée. Ils ont dîné, ils vont jusqu'à la statue, et ils reviennent au trictrac [34]. Mais quand nous nous perdions dans les bois du Forez, nous allions librement et au hasard. Il y avait quelque chose de solennel à ces souvenirs d'un temps déjà reculé, qui semblaient venir à nous dans l'épaisseur et la majesté des bois. Comme l'âme s'agrandit lorsqu'elle rencontre des choses belles, et qu'elle ne les a pas prévues ! Je n'aime point que ce qui appartient au cœur [a] soit préparé et réglé : laissons l'esprit chercher avec ordre, et symétriser ce qu'il travaille. Pour le cœur, il ne travaille pas ; et si vous lui demandez de produire, il ne produira rien : la culture le rend stérile. Vous vous rap-

---

a. que ce qui lui appartient

pelez des lettres que R... écrivait à L... qu'il appelait son ami [35]. Il y avait bien de l'esprit dans ces lettres, mais aucun abandon. Chacune contenait quelque chose de distinct, et roulait sur un sujet particulier ; chaque paragraphe avait son objet et sa pensée. Tout cela était arrangé comme pour l'impression ; c'était des chapitres [a] d'un livre didactique. Nous ne ferons point comme cela, je pense : aurions-nous besoin d'esprit ? Quand des amis se parlent c'est pour se dire tout ce qui leur vient en tête. Il y a une chose que je vous demande ; c'est que vos lettres soient longues, que vous soyez longtemps à m'écrire, que je sois longtemps à vous lire : souvent je vous donnerai l'exemple. Quant au contenu, je ne m'en inquiète point : nécessairement nous ne dirons que ce que nous pensons, ce que nous sentons : et n'est-ce pas cela qu'il faut que nous disions ? Quand on veut jaser, s'avise-t-on de dire : « Parlons sur telle chose, faisons des divisions, et commençons par celle-ci » ?

On apportait le souper lorsque je me suis mis à écrire, et voilà que l'on vient de me dire : « Mais, Monsieur, le poisson [b] est tout froid, il ne sera plus bon, au moins. » Adieu donc. Ce sont des truites du Rhône. Ils me les vantent, comme s'ils ne voyaient pas que je mangerai seul.

LETTRE IV

Thiel, 19 juillet I

J'ai passé à Iverdun * ; j'ai vu Neuchâtel, Bienne et leurs [c] environs. Je m'arrête quelques jours à Thiel [36] sur les frontières de Neuchâtel et de Berne. J'avais pris à Lausanne une de ces berlines de remise très communes en Suisse. Je ne craignais pas l'ennui de la voiture ; j'étais trop occupé de ma position, de mes espérances si vagues, de l'avenir incertain, du présent déjà inutile, et de l'intolérable vide que je trouve partout.

---

a. impression, comme des chapitres
b. Mais, le poisson
* Ou Yverdon. [note supprimée en 1840]
c. et les

Je vous envoie quelques mots écrits des divers lieux de mon passage.

D'Iverdun

J'ai joui un moment de me sentir libre et dans des lieux plus beaux ; j'ai cru y trouver une vie meilleure : mais je vous avouerai que je ne suis pas content. À Moudon, au centre du pays de Vaud, je me demandais : Vivrais-je heureux dans ces lieux si vantés[a] et si désirés ? mais un profond ennui m'a fait partir aussitôt. J'ai cherché ensuite à m'en imposer à moi-même, en attribuant principalement cette impression à l'effet d'une tristesse locale. Le sol de Moudon est boisé et pittoresque, mais il n'y a point de lac. Je me décidai à rester le soir à Iverdun, espérant retrouver sur ses[b] rives, ce bien-être mêlé de tristesse que je préfère à la joie. La vallée est belle, et la ville est l'une des plus jolies de la Suisse. Malgré le pays, malgré le lac, malgré la beauté du jour, j'ai trouvé Iverdun plus triste que Moudon. Quel lieu me faudra-t-il donc ?

De Neuchâtel

J'ai quitté ce matin Iverdun, jolie ville, agréable à d'autres yeux, et triste aux miens. Je ne sais pas bien encore ce qui peut la rendre telle pour moi ; mais je ne me suis point trouvé le même aujourd'hui. S'il fallait différer le choix d'un séjour tel que je le cherche, je me résoudrais plus volontiers à attendre un an près de Neuchâtel, qu'un mois près d'Iverdun.

De Saint-Blaise

Je reviens d'une course dans le Val de Travers [37]. C'est là que j'ai commencé à sentir dans quel pays je suis. Les bords du lac de Genève sont admirables sans doute, cependant il semble que l'on pourrait trouver ailleurs les mêmes beautés, car pour les hommes on voit d'abord qu'ils y sont

---

a. lieux vantés
b. sur ces

comme dans les plaines, eux et ce qui les concerne *. Mais ce vallon, creusé dans le Jura, porte un caractère grand et simple ; il est sauvage et animé ; il est à la fois paisible et romantique [38] ; et quoiqu'il n'ait point de lac, il m'a frappé davantage que [a] les bords de Neuchâtel et même de Genève. La terre paraît ici moins assujettie à l'homme, et l'homme moins abandonné à des convenances misérables. L'œil n'y est pas importuné sans cesse par des terres labourées, des vignes et des maisons de plaisance, odieuses [b] richesses de tant de pays malheureux. Mais de gros villages ; mais des maisons de pierre ; mais de la recherche, de la vanité, des titres, de l'esprit, de la causticité ! Où m'emportaient de vains rêves ? À chaque pas que l'on fait ici, l'illusion revient et s'éloigne ; à chaque pas on espère, on se décourage ; on est perpétuellement changé sur cette terre si différente et des autres et d'elle-même. Je vais dans les Alpes.

De Thiel

J'allais à Vevey par Morat, et je ne croyais pas m'arrêter ici : mais hier j'ai été frappé, à mon réveil, du plus beau spectacle que l'aurore puisse produire dans une contrée dont la beauté réelle [c], est pourtant plus riante que sublime [39] [d]. Cela m'a entraîné à passer ici quelques jours.

Ma fenêtre était restée ouverte la nuit, selon mon usage. Vers les quatre heures [e], je fus éveillé par l'éclat du jour et par l'odeur des foins que l'on avait coupés pendant la fraîcheur, à la lumière de la lune. Je m'attendais à une vue ordinaire ; mais j'eus un instant d'étonnement. Les pluies du solstice avaient conservé l'abondance des eaux accrues précédemment par la fonte des neiges du Jura. L'espace entre le lac et la Thièle était inondé presque entièrement [40] ; les parties les plus élevées formaient des pâtu-

---

* Ceci ne serait pas juste, si on l'entendait de la rive septentrionale tout entière.
a. il m'a plus frappé que
b. trompeuses
c. particulière
d. qu'imposante.
e. Vers quatre heures

rages isolés au milieu de ces plaines d'eau sillonnées par le vent frais du matin. On apercevait les vagues du lac que le vent poussait au loin sur la rive demi-submergée. Des chèvres, des vaches, et leur conducteur, qui tirait de son cornet des sons agrestes, passaient en ce moment sur une langue de terre restée à sec entre la plaine inondée et la Thièle. Des pierres placées aux endroits les plus difficiles, soutenaient, ou continuaient cette sorte de chaussée naturelle : on ne distinguait point le pâturage que ces dociles animaux devaient atteindre ; et, à voir leur démarche lente et mal assurée, on eût dit qu'ils allaient s'avancer et se perdre dans le lac. Les hauteurs d'Anet, et les bois épais du Julemont, sortaient du sein des eaux comme une île encore sauvage et inhabitée. La chaîne montueuse du Vuilly bordait le lac à l'horizon. Vers le sud, l'étendue s'en prolongeait derrière les coteaux de Montmirail ; et par-delà tous ces objets, soixante lieues de glaces séculaires imposaient à toute la contrée la majesté inimitable de ces traits hardis de la nature, qui font les lieux sublimes.

Je dînai avec le receveur du péage [41]. Sa manière ne me déplut pas. C'est un homme plus occupé de fumer et de boire, que de haïr, de projeter, de s'affliger. Il me semble que j'aimerais assez dans les autres ces habitudes que je ne prendrai point. Elles font échapper à l'ennui ; elles remplissent les heures, sans que l'on ait l'inquiétude de les remplir : elles dispensent un homme de beaucoup de choses plus mauvaises, et mettent du moins à la place de ce calme du bonheur qu'on ne voit sur aucun front, celui d'une distraction suffisante qui concilie tout, et ne nuit qu'aux acquisitions de l'esprit.

Le soir je pris la clef pour rentrer dans[a] la nuit, et n'être point assujetti à l'heure [42]. La lune n'était pas levée, je me promenais le long des eaux vertes de la Thièle. Mais me sentant disposé à rêver longtemps, et trouvant dans la chaleur de la nuit la facilité de la passer tout entière au-dehors, je pris la route de Saint-Blaise : je la quittai à un petit village nommé Marin, qui a le lac au sud ; je descendis une pente escarpée, et je me plaçai sur le sable où venaient expirer les vagues. L'air était calme, on n'apercevait

---

a. rentrer pendant

aucune voile sur le lac. Tous reposaient, les uns dans l'oubli des travaux, d'autres dans celui des douleurs. La lune parut : je restai longtemps. Vers le matin, elle répandait sur les terres et sur les eaux l'ineffable mélancolie de ses dernières lueurs. La nature paraît bien grande à l'homme, lorsque, dans un long recueillement, il entend [a] le roulement des ondes sur la rive solitaire, dans le calme d'une nuit encore ardente et éclairée par la lune qui finit.

Indicible sensibilité ! charme et tourment de nos vaines années ; vaste conscience d'une nature partout accablante et partout impénétrable ! passion universelle, indifférence, sagesse [b] avancée, voluptueux abandon : tout ce qu'un cœur mortel peut contenir de besoins et d'ennuis profonds ; j'ai tout senti, tout éprouvé dans cette nuit mémorable. J'ai fait un pas sinistre vers l'âge d'affaiblissement : j'ai dévoré dix années de ma vie. Heureux l'homme simple dont le cœur est toujours jeune [43] !

Là, dans la paix de la nuit, j'interrogeai ma destinée incertaine, mon cœur agité, et cette nature inconcevable qui, contenant toutes choses, semble pourtant ne pas contenir ce que cherchent mes désirs. Qui suis-je donc, me disais-je ? Quel triste mélange d'affection universelle, et d'indifférence pour tous les objets de la vie positive ! Une imagination romanesque [c] me porte-t-elle à chercher, dans un ordre bizarre, des objets préférés par cela seul que leur existence chimérique pouvant se modifier arbitrairement, se revêt à mes yeux de formes spécieuses, et d'une beauté pure et sans mélange plus fantastique [44] encore.

Ainsi, voyant dans les choses des rapports qui n'y sont point [d], et cherchant toujours ce que je n'obtiendrai jamais, étranger dans la nature réelle, ridicule au milieu des hommes, je n'aurai que des affections vaines : et soit que je vive selon moi-même, soit que je vive selon les hommes, je n'aurai dans l'oppression extérieure, ou dans ma propre contrainte, que l'éternel tourment d'une vie toujours réprimée et toujours misérable. Mais les écarts

---

a. grande lorsque, dans un long recueillement on entend
b. passion universelle, sagesse
c. L'imagination
d. qui n'y sont guère

d'une imagination ardente et immodérée sont sans constance comme sans règle : jouet de ses passions mobiles et de leur ardeur aveugle et indomptée, un tel homme n'aura ni continuité dans ses goûts, ni paix dans son cœur.

Que puis-je avoir de commun avec lui ? Tous mes goûts sont uniformes, tout ce que j'aime est facile et naturel : je ne veux que des habitudes simples, des amis paisibles, une vie toujours la même. Comment mes vœux seraient-ils désordonnés ? je n'y vois que les besoins [a], que le sentiment de l'harmonie et des convenances. Comment mes affections seraient-elles odieuses aux hommes ? je n'aime que ce qu'ont aimé les meilleurs d'entre eux [b] ; je ne cherche rien aux dépens d'aucun d'eux ; je cherche ce que chacun peut avoir, ce qui est nécessaire aux besoins de tous, ce qui finirait leurs misères, ce qui rapproche, unit, console : je ne veux que la vie des peuples bons, ma paix dans la paix de tous *. Je n'aime, il est vrai, que la nature ; mais c'est pour cela qu'en m'aimant moi-même, je ne m'aime point exclusivement ; et que les autres hommes sont encore dans la nature, ce que j'en aime davantage. Un sentiment impérieux m'attache à toutes les impressions aimantes ; mon cœur plein de lui-même, de l'humanité, et de l'accord primitif des êtres, n'a jamais connu de passions personnelles ou irascibles. Je m'aime moi-même, mais c'est dans la nature, c'est dans l'ordre qu'elle veut, c'est en société avec l'homme qu'elle fit, et d'accord avec l'universalité des choses [45]. À la vérité, jusqu'à présent du moins, rien de ce qui existe n'a pleinement mon affection, et un vide inexprimable est la constante habitude de mon âme altérée. Mais tout ce que j'aime pourrait exister, la terre entière pourrait être selon mon cœur, sans que rien fût changé dans la nature ou dans l'homme lui-même, excepté les accidents éphémères de l'œuvre sociale.

Non, l'homme singulier ou romanesque n'est pas [c] ainsi. Sa folie a des causes factices. Il ne se trouve point

---

a. que le besoin
b. que ce que les meilleurs d'entre eux ont aimé
* Ses besoins ne seront pas toujours aussi simples : et ce sera peut-être parce qu'il n'aura pas eu cela qu'il voudra davantage.
c. singulier n'est pas

de suite ni d'ensemble [a] dans ses affections ; et comme il n'y a d'erreur et de bizarreries que dans les innovations humaines, tous les objets de sa démence sont pris dans l'ordre de choses qui excite les passions immodérées des hommes, et l'industrieuse fermentation de leurs esprits toujours agités en sens contraire.

Pour moi, j'aime les choses existantes ; je les aime comme elles sont. Je ne désire, je ne cherche, je n'imagine rien hors de la nature. Loin que ma pensée divague et se porte sur des objets difficiles ou bizarres, éloignés ou extraordinaires ; et qu'indifférent pour ce qui s'offre à moi, pour ce que la nature produit habituellement, j'aspire à ce qui m'est refusé, à des choses étrangères et rares, à des circonstances invraisemblables et à une destinée romanesque ; je ne veux au contraire, je ne demande à la nature et aux hommes, je ne demande pour ma vie entière que ce que la nature contient nécessairement, ce que les hommes doivent tous posséder, ce qui peut seul occuper nos jours et remplir nos cœurs, ce qui fait la vie. Comme il ne me faut point des choses difficiles ou privilégiées, il ne me faut pas non plus des choses nouvelles, changeantes, multipliées. Ce qui m'a plu, me plaira toujours ; ce qui a suffi à mes besoins, leur suffira dans tous les temps : le jour semblable au jour qui fut heureux, est encore un jour heureux pour moi ; et comme les besoins positifs de ma nature sont toujours à peu près les mêmes, ne cherchant que ce qu'ils exigent, je désire toujours à peu près les mêmes choses. Si je suis satisfait aujourd'hui, je le serai demain, je le serai toute l'année, je le serai toute la vie [b] : et si mon sort est toujours le même, mes vœux toujours simples, seront toujours remplis.

L'amour du pouvoir ou des richesses est presque aussi étranger à ma nature que l'envie, la vengeance ou les haines. Rien ne doit aliéner de moi les autres hommes, je ne suis le rival d'aucun d'eux : je ne puis pas plus les envier que les haïr ; je refuserais ce qui les passionne, je refuserais de triompher d'eux : je [c] ne veux pas même les

---

a. de suite ou d'ensemble
b. Si je suis satisfait aujourd'hui, je le serai toute ma vie
c. et je

surpasser en vertu. Je me repose dans ma bonté naturelle. Heureux qu'il ne me faille point d'efforts pour ne pas faire le mal, je ne me tourmenterai point sans nécessité ; et pourvu que je sois homme de bien, je ne prétendrai pas être vertueux. Ce mérite est très grand, mais j'ai le bonheur qu'il ne me soit pas indispensable, et je le leur abandonne : c'est détruire la seule rivalité qui pût subsister entre nous. Leurs vertus sont ambitieuses comme leurs passions : ils les étalent fastueusement ; et ce qu'ils y cherchent surtout, c'est la primauté. Je ne suis point leur concurrent ; je ne le serai pas même en cela. Que perdrai-je à leur abandonner cette supériorité ? Dans ce qu'ils appellent vertus, les unes, seules utiles, sont naturellement dans l'homme constitué comme je me trouve l'être, et comme je penserais volontiers que tout homme l'est primitivement ; les autres compliquées, difficiles, imposantes et superbes, ne dérivent point immédiatement de la nature de l'homme : c'est pour cela que je les trouve ou fausses ou vaines, et que je suis peu curieux d'en obtenir le mérite, au moins incertain. Je n'ai pas besoin d'effort pour atteindre ce qui est dans ma nature, et je n'en veux point faire pour parvenir à ce qui lui est contraire. Ma raison le repousse, et me dit que, dans moi du moins, ces vertus fastueuses seraient des altérations étrangères et un commencement [a] de déviation. Le seul effort que l'amour du bien exige de moi, c'est une vigilance soutenue, qui ne permette jamais aux maximes de notre fausse morale de s'introduire dans une âme trop droite pour les parer de beaux dehors, et trop simple pour les contenir. Telle est la vertu que je me dois à moi-même, et le devoir que je m'impose. Je sens irrésistiblement que mes penchants sont naturels : il ne me reste qu'à m'observer bien moi-même pour écarter de cette direction générale toute impulsion particulière qui pourrait s'y mêler ; pour me conserver toujours simple et toujours droit, au milieu des perpétuelles altérations et des bouleversements que peuvent me préparer l'oppression d'un sort précaire, et les subversions de tant de choses mobiles. Je dois rester, quoi qu'il arrive, toujours le même et toujours moi ; non pas précisément tel

---

a. des altérations et un commencement

que je suis dans des habitudes contraires à mes besoins ; mais tel que je me sens, tel que je veux être, tel que je suis dans cette vie intérieure, seul asile de mes tristes affections.

Je m'interrogerai, je m'observerai, je sonderai ce cœur naturellement vrai et aimant, mais que tant de dégoûts peuvent avoir déjà rebuté. Je déterminerai ce que je suis ; je veux dire ce que je dois être : et cet état une fois bien connu, je m'efforcerai de le conserver toute ma vie, convaincu que rien de ce qui m'est naturel n'est dangereux ou condamnable, persuadé que l'on n'est jamais bien que quand on est selon sa nature, et décidé à ne jamais réprimer en moi que ce qui tendrait à altérer ma forme originelle [46].

J'ai connu l'enthousiasme des vertus difficiles ; dans ma superbe erreur, je pensais remplacer tous les mobiles de la vie sociale par ce mobile aussi illusoire *. Ma fermeté stoïque bravait le malheur comme les passions ; et je me tenais assuré d'être le plus heureux des hommes, si j'en étais le plus vertueux. L'illusion a duré près d'un mois dans sa force ; un seul incident l'a dissipée. C'est alors que toute l'amertume d'une vie décolorée et fugitive vint remplir mon âme dans l'abandon du dernier prestige qui l'abusât. Depuis ce moment, je ne prétends plus employer ma vie, je cherche seulement à la remplir : je ne veux plus en jouir, mais seulement la tolérer : je n'exige point qu'elle soit vertueuse, mais qu'elle ne soit jamais coupable.

Et cela même, où l'espérer, où l'obtenir ? Où trouver des jours commodes, simples, occupés, uniformes ? Où fuir le malheur ? Je ne veux que cela. Mais quelle destinée

---

* Appliquer à la sagesse cette idée que tout est vanité, n'est-ce pas, pourra-t-on dire, la pousser jusqu'à l'exagération ?
On entend par sagesse cette doctrine des sages, qui est sublime et pourtant vaine, au moins dans un sens. Quant au moyen raisonné de passer ses jours en recevant et en produisant le plus de bien possible, on ne peut en effet l'accuser de vanité. La vraie sagesse a pour objet l'emploi de la vie, l'amélioration de notre existence ; et cette existence étant tout, quelque peu durable, quelque peu importante même qu'on la puisse supposer, il est évident que ce n'est point dans cette sagesse-là qu'O. trouve de l'erreur et de la vanité.

que celle où les douleurs restent, où les plaisirs ne sont plus ! Peut-être quelques jours paisibles me seront-ils donnés : mais plus de charme, plus d'ivresse, jamais un moment de pure joie ; jamais ! et je n'ai pas vingt et un ans ! et je suis né sensible, ardent ! et je n'ai jamais joui ! et après la mort... Rien non plus dans la vie : rien dans la nature... Je ne pleurai point, car je n'ai plus [a] de larmes. Je sentis que je me refroidissais ; je me levai, je marchai sur la grève ; et le mouvement [b] me fut utile.

Insensiblement je revins à ma première recherche. Comment me fixer ? le puis-je ? et quel lieu choisirai-je ? Comment, parmi les hommes, vivre autrement qu'eux ; ou comment vivre loin d'eux sur cette terre dont ils fatiguent les derniers recoins[47] ? Ce n'est qu'avec de l'argent que l'on peut obtenir même ce que l'argent ne paie pas, et que l'on peut éviter ce qu'il procure. La fortune que je pouvais attendre se détruit[48]. Le peu que je possède maintenant devient incertain. Mon absence achèvera peut-être de tout perdre ; et je ne suis point d'un caractère à me faire un sort nouveau. Je crois qu'il faut en cela laisser aller les choses. Ma situation tient à des circonstances dont les résultats sont encore éloignés. Il n'est pas certain que, même en sacrifiant les années présentes, je trouvasse les moyens de disposer à mon gré l'avenir. J'attendrai ; je ne veux pas écouter une prudence inutile qui me livrerait de nouveau à des ennuis devenus intolérables. Mais il m'est impossible maintenant de m'arranger pour toujours, de [c] prendre une position fixe, et une manière de vivre qui ne change plus. Il faut bien différer, et longtemps peut-être : ainsi se passe la vie ! Il faut livrer des années encore aux caprices du sort, à l'enchaînement des circonstances, à de prétendues convenances. Je vais vivre comme au hasard, et sans plan déterminé, en attendant le moment où je pourrai suivre le seul qui me convienne. Heureux encore si [d] dans le temps que j'abandonne, je parviens à préparer un temps meilleur : si je puis choisir, pour ma vie future, les lieux, la

---

a. point ; je n'ai plus
b. je marchai, et le mouvement
c. toujours, et de
d. Heureux si

manière, les habitudes, régler mes affections, me réprimer ; et retenir dans l'isolement et dans les bornes d'une nécessité accidentelle, ce cœur avide et simple, à qui rien ne sera donné : si je puis lui apprendre à s'alimenter lui-même dans son dénuement, à reposer dans le vide, à rester calme dans ce silence odieux, à subsister dans une nature muette.

Vous qui me connaissez, qui m'entendez ; mais qui, plus heureux peut-être et plus sage, cédez sans impatience aux habitudes de la vie ; vous savez quels sont en moi, dans l'éloignement où nous sommes destinés à vivre, les besoins qui ne peuvent être satisfaits. Il est une chose qui me console, c'est de vous avoir : ce sentiment ne cessera point. Mais, nous nous le sommes toujours dit ; il faut que mon ami sente comme moi ; il faut que notre destinée soit la même ; il faut qu'on puisse passer ensemble sa vie. Combien de fois j'ai regretté que nous ne soyons[a] pas ainsi l'un à l'autre ! Avec qui l'intimité sans réserve pourra-t-elle m'être aussi douce, m'être aussi naturelle ? N'avez-vous pas été jusqu'à présent ma seule habitude ? Vous connaissez ce mot admirable : *Est aliquid sacri in antiquis necessitudinibus* [49]. Je suis fâché qu'il n'ait pas été dit par Épicure [50], ou même par Léontium [51], plutôt que par un orateur *. Vous êtes le point où j'aime à me reposer dans l'inquiétude qui m'égare, où j'aime à revenir lorsque

---

a. fussions

* Cicéron ne fut point un homme ordinaire, il fut même un grand homme ; il eut de très grandes qualités, et de très grands talents ; il remplit un beau rôle ; il écrivit très bien sur des matières philosophiques : mais je ne vois pas qu'il ait eu l'âme d'un sage. O. n'aimait point qu'on en ait seulement la plume. Il trouvait d'ailleurs qu'un homme d'État rencontre l'occasion de se montrer tout ce qu'il est : il croyait encore qu'un homme d'État peut faire des fautes, mais ne peut pas être faible ; qu'un père de la patrie n'a pas besoin de flatter ; que la vanité est quelquefois la ressource presque inévitable de ceux qui restent inconnus, mais qu'un maître du monde ne peut en avoir que par petitesse d'âme. Je le soupçonne aussi de ne point aimer qu'un consul de Rome pleure *plurimis lacrymis*, parce que madame son épouse est obligée de changer de demeure. Voilà probablement sa manière de penser sur cet orateur dont le génie n'était peut-être pas aussi grand que les talents. Au reste, en interprétant son sentiment d'après la manière de voir que ses lettres annoncent, je crains de me tromper, car je m'aperçois que je lui prête tout à fait le mien. Je suis bien aise que l'auteur de *de Officiis* ait réussi dans l'affaire de Catilina ; mais je voudrais qu'il eût été grand dans ses revers.

j'ai parcouru toutes choses ; et que je me suis trouvé seul dans le monde. Si nous vivions ensemble, si nous nous suffisions, je m'arrêterais là, je connaîtrais le repos, je ferais quelque chose sur la terre, et ma vie commencerait. Mais il faut que j'attende, je cherche, que je me hâte vers l'inconnu, et que sans savoir où je vais, je fuie le présent comme si j'avais quelque espoir dans l'avenir.

Vous excusez mon départ ; vous le justifiez même : et, cependant, indulgent avec des étrangers, vous n'oubliez pas que l'amitié demande une justice plus austère. Vous avez raison, il le fallait ; c'est la force des choses. Je ne vois qu'avec une sorte d'indignation cette vie ridicule que j'ai quittée : mais je ne m'en impose pas sur celle que j'attends. Je ne commence qu'avec effroi des années pleines d'incertitudes [52], et je trouve quelque chose de sinistre à ce nuage épais qui reste devant moi.

LETTRE V

Saint-Maurice, 18 août, I

J'attendais pour vous écrire que j'eusse un séjour fixe. Enfin je suis décidé : je passerai l'hiver ici. Je ferai auparavant des courses peu considérables ; mais dès que l'automne sera avancé, je ne me déplacerai plus.

Je devais traverser le canton de Fribourg, et entrer dans le Valais par les montagnes ; mais les pluies m'ont forcé de me rendre à Vevey par Payerne et Lausanne. Le temps était remis lorsque j'entrai à Vevey, mais quelque temps qu'il eût fait, je n'eusse pu me résoudre à continuer ma route en voiture. Entre Lausanne et Vevey le chemin s'élève et s'abaisse continuellement, presque toujours à mi-côte, entre des vignobles assez ennuyeux à mon avis dans une telle contrée. Mais Vevey, Clarens, Chillon, les trois lieues depuis Saint-Saphorin jusqu'à Villeneuve surpassent ce que j'ai vu jusqu'ici. C'est du côté de Rolle qu'on admire le lac de Genève ; pour moi je ne veux pas en décider, mais c'est à Vevey, à Chillon surtout, que je le trouve dans toute sa beauté. Que n'y a-t-il dans cet admirable bassin, à la vue de la dent de Jaman, de l'aiguille du

Midi et des neiges du Velan, là devant les rochers de Meillerie, un sommet sortant des eaux, une île escarpée, bien ombragée, de difficile accès, et, dans cette île, deux maisons, trois au plus ! je n'irais pas plus loin [53]. Pourquoi la nature ne contient-elle presque jamais ce que notre imagination compose pour nos besoins ? Ne serait-ce point que les hommes nous réduisent à imaginer, à vouloir ce que la nature ne forme pas ordinairement ; et que, si elle se trouve l'avoir préparé quelque part, ils le détruisent bientôt ?

J'ai couché à Villeneuve, lieu triste dans un si beau pays. J'ai parcouru, avant la chaleur du jour, les collines boisées de Saint-Triphon, et les vergers continuels qui remplissent la vallée jusqu'à Bex. Je marchais entre deux chaînes d'Alpes d'une grande hauteur : au milieu de leurs neiges, je suivais une route unie le long d'un pays abondant, qui semble avoir été dans les temps reculés presque entièrement couvert par les eaux.

La vallée où coule le Rhône depuis Martigny jusqu'au lac, est coupée à peu près au milieu par des rochers couverts de pâturages et de forêts, qui forment les premiers gradins des dents de Morcles et du Midi, et qui ne sont séparés que par le lit du fleuve. Vers le nord, ces rocs sont en grande partie[a] couverts de bois de châtaigniers surmontés par des sapins. C'est dans ces lieux un peu sauvages, qu'est ma demeure sur la base de l'aiguille du Midi. Cette cime est l'une des plus belles des Alpes : elle en est aussi l'une des plus élevées, si l'on ne considère pas uniquement sa hauteur absolue, mais aussi son élévation visible, et l'amphithéâtre si bien ménagé qui développe toute la majesté de ses formes. De tous les sommets dont des calculs trigonométriques, ou les estimations du baromètre [54] ont déterminé la hauteur, je n'en vois aucun, d'après le simple aperçu des cartes et l'écoulement des eaux, dont la base soit assise dans des vallées aussi profondes ; je me crois fondé à lui donner une élévation apparente à peu près aussi grande qu'à aucun autre sommet de l'Europe.

À la vue de ces gorges habitées, fertiles, et pourtant sauvages, je quittai la route d'Italie qui se détourne en cet

---

a. en partie

endroit pour passer à Bex, et me dirigeant vers le pont du Rhône, je pris des sentiers à travers des prés tels que nos peintres n'en font guère. Le pont, le château et le cours du Rhône en cet endroit, forment un coup d'œil très pittoresque [55] : quant à la ville, je n'y vis de remarquable qu'une sorte de simplicité. Son site [a] est un peu triste, mais de la tristesse que j'aime. Les montagnes sont belles, la vallée est unie ; les rochers touchent la ville et semblent la couvrir ; le sourd roulement du Rhône remplit de mélancolie cette terre comme séparée du globe, et qui paraît creusée et fermée de toutes parts. Peuplée, cultivée, chargée de fruits et de vignes, elle [b] semble pourtant affligée et embellie [c] de toute l'austérité des déserts, lorsque des nuages noirs l'obscurcissent, roulent sur les flancs de ses [d] montagnes, en brunissent les sombres sapins, se rapprochent, s'entassent, s'arrêtent immobiles, et semblent la recouvrir tout entière comme un toit ténébreux [e] ; ou lorsque dans un jour sans nuages, l'ardeur du soleil s'y concentre, en fait fermenter les vapeurs invisibles, agite d'une ardeur importune ce qui respire sous le ciel aride, et fait de sa [f] solitude trop belle, un amer abandon.

Les pluies froides que je venais d'éprouver en passant le Jorat, qui n'est qu'une butte auprès des Alpes, et les neiges dont j'ai vu se blanchir alors les monts de la Savoie, au milieu de l'été, m'ont fait penser plus sérieusement à la rigueur, et plus encore à la durée des hivers dans la partie élevée de la Suisse. Je désirais réunir les beautés des montagnes et la température des plaines. J'espérais trouver dans les hautes vallées quelques pentes exposées au midi, précaution bonne pour les beaux froids, mais très peu suffisante contre les mois nébuleux, et surtout contre la lenteur du printemps. Décidé pourtant à ne point vivre ici dans les villes, je me croyais bien dédommagé de ces inconvénients si je pouvais avoir pour hôtes de bons montagnards, dans une simple vacherie, à l'abri des vents

---

a. Le site
b. Peuplée et cultivée, elle
c. affligée ou embellie
d. des
e. s'entassent, et s'arrêtent immobiles comme un toit ténébreux :
f. cette

compensate

froids, près d'un torrent, dans les pâturages et les sapins toujours verts.

L'événement en a décidé autrement. J'ai trouvé ici un climat doux ; non pas dans les montagnes, à la vérité, mais entre les montagnes. Je me suis laissé entraîner à rester près de Saint-Maurice. Je ne vous dirai point comment cela s'est fait ; et je serais très embarrassé s'il fallait que je m'en rendisse compte.

Ce que vous pourrez d'abord trouver bizarre, c'est que l'ennui profond que j'ai éprouvé ici pendant quatre jours pluvieux, a beaucoup contribué à m'y arrêter. Le découragement m'a pris : j'ai craint pour l'hiver, non pas l'ennui de la solitude, mais l'ennui de la neige. Du reste j'ai été décidé involontairement, sans choix, et par une sorte d'instinct qui semblait me dire que tel était ce qui arriverait.

Quand on vit que je songeais à m'arrêter dans le pays, plusieurs personnes me témoignèrent de l'empressement d'une manière obligeante et simple. Le propriétaire d'une maison fort jolie et voisine de la ville fut le seul avec qui je me liai. Il me pressa d'habiter sa campagne, ou de choisir entre d'autres, dont il me parla, et qui appartenaient à ses amis. Mais je voulais une situation pittoresque, et une maison où je fusse seul. Heureusement je sentis à temps, que si j'allais voir ces diverses demeures, je me laisserais engager par complaisance, ou par faiblesse, à en prendre une, quand même elles seraient toutes fort éloignées de ce que je désirais. Alors le regret d'un mauvais choix ne m'aurait laissé d'autre parti honnête à prendre que de quitter tout à fait l'endroit. Je lui dis franchement mes motifs, et il me parut les goûter assez. Je me mis à parcourir les environs, à visiter les sites qui me plaisaient davantage, et à chercher une demeure au hasard, sans m'informer même s'il y en avait dans ces endroits-là.

Je cherchais depuis deux jours : et c'était dans un pays où près de la ville on trouve des lieux reculés comme au fond des déserts, et où par conséquent je n'avais destiné que trois jours à des recherches que je ne voulais pas étendre au loin. J'avais vu beaucoup d'habitations dans des lieux qui ne me convenaient point, et plusieurs sites heureux sans bâtiments, ou dont les maisons de pierre et de construction misérable, commençaient à me faire renoncer à mon projet, lorsque j'aperçus un peu de fumée derrière de nombreux châtaigniers.

Les eaux, l'épaisseur des ombrages, la solitude des prés de toute cette pente me plaisaient beaucoup : mais elle est inclinée vers le nord, et comme je voulais une exposition plus favorable, je ne m'y serais pas arrêté sans cette fumée. Après avoir fait bien des détours, après avoir passé des ruisseaux rapides, je parvins à une maison isolée à l'entrée des bois et dans les prés les plus solitaires. Un logement passable, une grange en bois, un potager fermé d'un large ruisseau, deux fontaines d'une bonne eau, quelques rocs, le bruit des torrents, la terre partout inclinée, des haies vives, une végétation abondante, un pré universel prolongé sous les hêtres épars et sous les châtaigniers jusqu'aux sapins de la montagne : tel est Charrières [56]. Dès le même soir je pris des arrangements avec le fermier ; puis j'allai voir le propriétaire qui demeure à Monthey, une demi-lieue plus loin. Il me fit les offres les plus obligeantes. Nous convînmes aussitôt, mais d'une manière moins favorable pour moi que sa première proposition. Ce qu'il voulait d'abord, n'eût pu être accepté que par un ami ; et ce qu'il me força d'accepter, eût paru généreux de la part d'une ancienne connaissance. Il faut que cette manière d'agir soit comme naturelle dans quelques lieux, surtout dans certaines familles. Lorsque j'en parlai dans la sienne à Saint-Maurice, je ne vis point que cela surprît personne.

Je veux jouir de Charrières avant l'hiver. Je veux y être pour la récolte des châtaignes, et j'ai bien résolu de ne pas perdre le tranquille automne.

Dans vingt jours je prends possession de la maison, de la châtaigneraie, d'une partie des prés et des vergers. Je laisse aux fermiers [a] l'autre partie des pâturages et des fruits, le jardin potager, l'endroit destiné au chanvre, et surtout le terrain labouré.

Le ruisseau traverse circulairement la partie que je me suis réservée. Ce sont les plus mauvaises terres, mais les plus beaux ombrages et les recoins les plus solitaires. La mousse y nuit à la récolte des foins ; les châtaigniers, trop

---

a. au fermier

pressés, y donnent peu de fruit ; l'on n'y a ménagé aucune vue sur la longue vallée du Rhône ; tout y est sauvage et abandonné : on n'a pas même débarrassé un endroit resserré entre les rocs, où les arbres renversés par le vent et consumés de vétusté, arrêtent la vase et forment une sorte de digue : des aunes et des coudriers y prirent racine, et rendent ce passage comme impénétrable [a]. Cependant le ruisseau filtre à travers ces débris ; il en sort tout rempli d'écume pour former un bassin naturel d'une grande pureté. De là il s'échappe entre les rocs ; il roule sur la mousse ses flots précipités ; et, beaucoup plus bas, il ralentit son cours, quitte les ombrages, et passe devant la maison sous un pont de trois planches de sapin.

On dit que les loups, chassés par l'abondance des neiges, descendent, en hiver, chercher jusque-là les os et les restes des viandes qu'il faut à l'homme même dans les vallées pastorales. La crainte de ces animaux a longtemps laissé cette demeure inhabitée. Pour moi ce n'est pas les loups que j'y craindrai [b]. Que les hommes me laissent [c] libre, du moins près de leurs antres !

LETTRE VI

Saint-Maurice, 26 août, I

Un instant peut changer nos affections, mais ces instants sont rares.

C'était hier : j'ai remis au lendemain pour vous écrire ; je ne voulais pas que ce trouble passât si vite. J'ai senti que je touchais quelque chose dans le vide [d]. J'avais comme de la joie, je me suis laissé aller ; il est toujours bon de savoir ce que c'est.

N'allez pas rire de moi, parce que j'ai fait tout un jour comme si je perdais la raison. Il s'en est peu fallu, je vous assure, que je n'aie été [e] assez simple pour ne pas soutenir ma folie un quart d'heure.

---

a. ce passage impénétrable.
b. ce que j'y craindrai.
c. l'homme me laisse
d. touchais à quelque chose.
e. que je fusse

J'entrais à Saint-Maurice. Une voiture de voyage allait au pas, et plusieurs personnes descendaient aussi le pont. Vous savez déjà que de ce nombre était une femme. Mon habillement français me fit apparemment remarquer ; je fus salué. Sa bouche est ronde ; son regard... pour sa taille, pour tout le reste, je ne le sais pas plus que je ne sais son âge ; je ne m'inquiète pas de tout cela [a] ; il se peut même qu'elle ne soit pas très jolie.

Je n'ai point examiné dans quelle auberge ils allaient, mais je suis resté à Saint-Maurice. Je crois que l'aubergiste, (c'est chez lui que je vais toujours) m'aura mis à la même table parce qu'ils sont Français : il me semble qu'il me l'a proposé. Vous pensez bien que je n'ai pas fait chercher quelque chose de délicat pour le dessert afin de lui en offrir.

J'ai passé le reste de la journée près du Rhône. Ils doivent être partis ce matin ; ils vont jusqu'à Sion : c'est le chemin de Leuk [57], où l'un des voyageurs va prendre les bains. On dit que la route est belle.

C'est une chose étonnante que l'accablement où un homme qui a quelque force laisse consumer sa vie, pendant qu'il faut si peu pour le tirer de sa léthargie.

Croyez-vous qu'un homme qui achève son âge sans avoir aimé, soit vraiment entré dans les mystères de la vie, que son cœur lui soit bien connu, et que l'étendue de son existence lui soit dévoilée ! Il me semble qu'il est resté comme en suspens ; et qu'il n'a vu que de loin ce que le monde aurait été pour lui [58].

Je ne me tais pas avec vous, parce que vous ne direz point : le voilà amoureux. Jamais ce sot mot, qui rend ridicule celui qui le dit ou celui de qui on le dit, ne sera dit de moi, je l'espère, par d'autres que par des sots.

Quand deux verres de punch ont écarté nos défiances, ont pressé nos idées, dans cette impulsion qui nous soutient, nous croyons que désormais nous allons avoir plus de force dans le caractère et vivre plus libres ; mais le lendemain matin nous nous ennuyons un peu plus [59].

Si le temps n'était pas à l'orage, je ne sais comment je passerais la journée : mais le tonnerre retentit déjà dans les rochers, le vent devient très violent ; j'aime beaucoup tout

---

a. de cela

ce mouvement des airs. S'il pleut l'après-midi, il y aura de la fraîcheur, et du moins je pourrai lire auprès du feu.

Le courrier qui va arriver dans une heure, doit m'apporter des livres depuis [a] Lausanne où je suis abonné ; mais s'il m'oublie, je ferai mieux, et le temps se trouvera passé de même ; je vous écrirai, pourvu que j'aie seulement le courage de commencer.

LETTRE VII

Saint-Maurice, 3 septembre, I

Je suis monté hier jusqu'à [b] la région des glaces perpétuelles, sur la dent du Midi [60]. Avant que le soleil parût dans la vallée, j'étais déjà parvenu sur le massif de roc qui domine la ville, et je traversais le replain * en partie cultivé, qui le couvre. Je continuai par une pente rapide, à travers d'épaisses forêts de sapins dont plusieurs parties furent couchées par d'anciens hivers : ruines fécondes, vaste et confus amas d'une végétation morte et reproduite de ses vieux débris. À huit heures j'atteignis le sommet [c] découvert qui surmonte cette pente, et qui forme le premier degré remarquable de la masse étonnante dont la cime restait encore si loin de moi. Alors je renvoyai mon guide, je m'essayai avec mes propres forces ; je voulais que rien de mercenaire [61] n'altérât cette liberté alpestre, et que nul homme de la plaine n'affaiblît l'austérité d'une région sauvage. Je sentis s'agrandir mon être ainsi livré seul aux obstacles et aux dangers d'une nature difficile, loin des entraves factices et de l'industrieuse oppression des hommes.

Je voyais avec une sorte de fermeté voluptueuse, s'éloigner rapidement le seul homme que je dusse trouver dans ces vastes précipices. Je laissai à terre montre, argent, tout

---

a. de
b. J'ai été jusqu'à
* Ce mot, qu'il serait difficile de remplacer par une expression aussi juste, a été adopté ici apparemment pour cette raison : comme il est usité dans les Alpes, je ne l'ai point changé.
c. au sommet

ce qui était sur moi, et à peu près tous mes vêtements, et je m'éloignai sans prendre soin de les cacher. Ainsi, direz-vous, le premier acte de mon indépendance fut au moins une bizarrerie ; et je ressemblai à ces enfants trop contraints, qui ne font que des étourderies lorsqu'on les laisse à eux-mêmes. Je conviens qu'il y eut bien quelque puérilité dans mon empressement de tout abandonner, dans mon accoutrement nouveau ; mais enfin j'en marchais plus à mon aise, et tenant le plus souvent entre les dents la branche que j'avais coupée pour m'aider dans les descentes, je me mis à gravir avec les mains la crête de rocs qui joint ce sommet secondaire à la masse principale. Plusieurs fois je me traînai entre deux abîmes dont je n'apercevais pas le fond.

Mon guide m'avait dit que je ne pourrais pas m'élever davantage. Je fus en effet arrêté longtemps ; mais enfin je trouvai, en redescendant un peu, des passages plus praticables ; et les gravissant avec l'audace d'un montagnard, j'arrivai à une sorte de bassin rempli d'une neige glacée et encroûtée que les étés n'ont jamais fondue. Je montai encore beaucoup ; mais, parvenu au pied du pic le plus élevé de toute la dent, je ne pus en atteindre la pointe dont l'escarpement se trouvait à peine incliné, et qui m'a paru passer d'environ cinq cents pieds le point où j'étais.

Quoique j'eusse traversé peu de neiges, comme je n'avais pris aucune précaution contre elles, mes yeux fatigués de leur éclat et brûlés par la réflexion du soleil de midi sur leur surface glacée, ne purent bien discerner les objets. D'ailleurs beaucoup des sommets que j'apercevais me sont inconnus : je n'ai pu être certain que des plus remarquables. Depuis que je suis en Suisse, je ne lis que de Saussure [62], Bourrit [63], *Tableaux de la Suisse* [64], etc., mais je suis encore fort étranger dans les Alpes. Je n'ai pu néanmoins méconnaître la cime colossale du mont Blanc qui s'élevait sensiblement au-dessus de moi ; celle du Velan ; une autre plus éloignée, mais plus haute, que je suppose être le mont Rosa ; et la dent de Morcles de l'autre côté de la vallée, vis-à-vis, près de moi, mais plus bas, par-delà les abîmes. Le roc que je ne pouvais monter [a]

---

a. Le bloc que je ne pouvais escalader

nuisait beaucoup à la partie la plus frappante peut-être de cet immense tableau [a]. C'est derrière lui que s'étendaient les longues profondeurs du Valais, bordées de l'un et de l'autre côté par les glaciers de Sanetsch, de Lauterbrunnen et des Pennines, et terminées par les dômes du Gothard et du Titlis, les neiges de la Furka, les pyramides du Schreckhorn et du Finsteraarhorn.

Mais cette vue des sommets abaissés sous les pieds de l'homme, cette vue si grande, si imposante, si éloignée de la monotone nullité du paysage des plaines, n'était pas encore ce que je cherchais dans la nature libre, dans l'immobilité silencieuse, dans l'air pur. Sur les terres basses, c'est une nécessité que l'homme naturel soit sans cesse altéré, en respirant cette atmosphère sociale si épaisse, si orageuse, si pleine de fermentation, toujours ébranlée par le bruit des arts, le fracas des plaisirs ostensibles, les cris de la haine et les perpétuels gémissements de l'anxiété et des douleurs. Mais là, sur ces monts déserts, où le ciel est plus immense [b]; où l'air est plus fixe, et les temps moins rapides, et la vie plus permanente : là, la nature entière exprime éloquemment un ordre plus grand, une harmonie plus visible, un ensemble éternel : là, l'homme retrouve sa forme altérable mais indestructible ; il respire l'air sauvage loin des émanations sociales ; son être est à lui comme à l'univers : il vit d'une vie réelle dans l'unité sublime.

Voilà ce que je voulais éprouver ; ce que je cherchais du moins. Incertain de moi-même dans l'ordre de choses arrangé à grand frais par d'ingénieux enfants *, je suis

---

a. de cette vaste perspective.
b. est immense

* Jeune homme qui sentez comme lui, ne décidez point que vous sentirez toujours de même. Vous ne changerez pas, mais les temps vous calmeront · vous mettrez ce qui est, à la place de ce que vous aimiez. Vous vous lasserez , vous voudrez une vie commode : ce consentement est très commode. Vous direz . Si l'espèce subsiste, chaque individu ne faisant que passer, c'est peu la peine qu'il raisonne pour lui-même et qu'il s'inquiète. Vous chercherez des délassements, vous vous mettrez à table, vous verrez le côté bizarre de chaque chose, vous sourirez dans l'intimité. Vous trouverez une sorte de mollesse assez heureuse dans votre ennui même ; et vous passerez, en oubliant que vous n'avez pas vécu. Plusieurs ont enfin passé de même.

monté[a] demander à la nature pourquoi je suis mal au milieu d'eux. Je voulais savoir enfin si mon existence est étrangère dans l'ordre humain, ou si l'ordre social actuel s'éloigne de l'harmonie éternelle, comme une sorte d'irrégularité ou d'exception accidentelle dans le mouvement du monde. Enfin je crois être sûr de moi. Il est des moments qui dissipent la défiance, les préventions, les incertitudes, et où l'on connaît ce qui est, par une impérieuse et inébranlable conviction.

Qu'il soit donc ainsi. Je vivrai misérable et presque ridicule sur une terre assujettie aux caprices de ce monde éphémère ; opposant à mes ennuis cette conviction qui me place intérieurement auprès de l'homme tel qu'il serait. Et s'il se rencontre quelqu'un d'un caractère assez peu flexible pour que son être formé sur le modèle antérieur, ne puisse être livré aux empreinte sociales : si, dis-je, le hasard me fait rencontrer un tel homme, nous nous entendrons ; il me restera ; je serai à lui pour toujours ; nous reporterons l'un vers l'autre nos rapports avec le reste du monde ; et, quittés des autres hommes dont nous plaindrons les vains besoins, nous suivrons, s'il se peut, une vie plus naturelle, plus égale. Cependant qui pourra dire si elle serait plus heureuse, sans accord avec les choses, et passée au milieu des peuples souffrants ?

Je ne saurais vous donner une idée juste de ce monde nouveau ; ni vous exprimer[b] la permanence des monts, dans une langue des plaines. Les heures m'y semblaient à la fois et plus tranquilles et plus fécondes : et comme si le roulement des astres eût été ralenti dans le calme universel, je trouvais dans la lenteur et l'énergie de ma pensée, une succession que rien ne précipitait et qui pourtant devançait son cours habituel. Quand je voulus estimer sa durée, je vis que le soleil ne l'avait pas suivie ; et je jugeai que le sentiment de l'existence est réellement plus pesant et plus stérile dans l'agitation des terres humaines. Je vis que malgré la lenteur des mouvements apparents, c'est dans les montagnes, sur leurs cimes paisibles, que la pensée, moins pressée, est plus véritablement active :

a. je montai
b. ni exprimer

l'homme des vallées consume, sans en jouir, sa durée inquiète et irritable ; semblable à ces insectes toujours mobiles qui perdent leurs efforts en vaines oscillations, et que d'autres, aussi faibles mais plus tranquilles, laissent derrière eux dans leur marche directe et toujours soutenue.

La journée était ardente, l'horizon fumeux, et les vallées vaporeuses. L'éclat des glaces remplissait l'atmosphère inférieure de leurs reflets lumineux ; mais une pureté inconnue semblait essentielle à l'air que je respirais. À cette hauteur, nulle exhalaison des lieux bas, nul accident de lumière ne troublait, ne divisait la vague et sombre profondeur des cieux. Leur couleur apparente n'était plus ce bleu pâle et éclairé, doux revêtement des plaines, agréable et délicat mélange qui forme à la terre habitée une enceinte visible où l'œil se repose et s'arrête. Là l'éther indiscernable laissait la vue se perdre dans l'immensité sans bornes ; au milieu de l'éclat du soleil et des glacières [65] [a], chercher d'autres mondes et d'autres soleils comme sous le vaste ciel des nuits ; et par-dessus l'atmosphère embrasée des feux du jour, pénétrer un univers nocturne.

Insensiblement des vapeurs s'élevèrent des glacières [b] et formèrent des nuages sous mes pieds. L'éclat des neiges ne fatigua plus mes yeux, et le ciel devint plus sombre encore et plus profond. Un brouillard couvrit les Alpes, quelques pics isolés sortaient seuls de cet océan de vapeurs ; des filets de neige éclatante retenus dans les fentes de leurs aspérités, rendaient le granit plus noir et plus sévère. Le dôme neigeux du mont Blanc élevait sa masse inébranlable sur cette mer grise et mobile, sur ces brumes amoncelées que le vent creusait et soulevait en ondes immenses. Un point noir parut dans leurs abîmes ; il s'éleva rapidement, il vint droit à moi, c'était le puissant aigle des Alpes, ses ailes étaient humides et son œil farouche ; il cherchait une proie, mais à la vue d'un homme il se mit à fuir avec un cri sinistre ; il disparut en se précipitant dans les nuages. Ce cri fut vingt fois répété ; mais par des sons secs, sans aucun prolongement, semblables à autant de cris isolés dans le silence universel.

a. glaciers
b. glaciers

Puis tout rentra dans un calme absolu ; comme si le son lui-même eût cessé d'être, et que la propriété des corps sonores eût été effacée de l'univers. Jamais le silence n'a été connu dans les vallées tumultueuses : ce n'est que sur les cimes froides que règne cette immobilité, cette solennelle permanence que nulle langue n'exprimera, que l'imagination n'atteindra pas. Sans les souvenirs apportés des plaines, l'homme n'y pourrait croire [a] qu'il soit hors de lui quelque mouvement dans la nature ; le cours même des astres [b] lui serait inexplicable ; et jusqu'aux variations des vapeurs tout lui semblerait subsister dans le changement même. Chaque moment présent lui paraissant continu, il aurait la certitude sans avoir jamais le sentiment de la succession des choses ; et les perpétuelles mutations de l'univers seraient à sa pensée un mystère impénétrable.

Je voudrais avoir conservé des traces plus sûres, non pas de mes sensations générales dans ces contrées muettes, elles ne seront point oubliées, mais des idées qu'elles amenèrent et dont ma mémoire n'a presque rien gardé. Dans des lieux si différents, l'imagination peut à peine rappeler un ordre de pensées que semblent repousser tous les objets présents. Il eût fallu écrire ce que j'éprouvais ; mais alors j'eusse bientôt cessé de sentir d'une manière extraordinaire. Il y a dans ce soin de conserver sa pensée pour la retrouver ailleurs, quelque chose de servile, et qui tient aux soins d'une vie dépendante. Ce n'est pas dans les moments d'énergie que l'on s'occupe des autres temps ou des autres hommes : on ne penserait pas alors pour des convenances factices, pour la renommée, ou même pour l'utilité publique. On est plus naturel, on ne pense pas même pour user du moment présent : on ne commande pas à ses idées, on ne veut pas réfléchir, on ne demande pas à son esprit d'approfondir une matière, de découvrir des choses cachées, de trouver ce qui n'a pas été dit. La pensée n'est pas active et réglée, mais passive et libre [c] : on songe, on s'abandonne ; on est profond sans esprit, grand sans enthousiasme, énergique sans volonté ; on rêve, on ne

---

a. ne pourrait croire
b. le cours des astres
c. passive ou libre

médite point [66]. Ne soyez pas surpris que je n'aie rien à vous dire après avoir eu pendant plus de six heures des sensations et des idées que ma vie entière ne ramènera peut-être pas [67]. Vous savez comment fut trompée l'attente de ces hommes du Dauphiné qui herborisaient avec J. J. [a]. Ils parvinrent à un sommet dont la position était propre à échauffer un génie poétique : ils attendaient un beau morceau d'éloquence ; l'auteur de Julie s'assit à terre, se mit à jouer avec quelques brins d'herbe, et ne dit mot.

Il pouvait être cinq heures lorsque je remarquai combien les ombres s'allongeaient, et que j'éprouvai quelque froid dans l'angle ouvert au couchant où j'étais resté longtemps immobile sur le granit. Je n'y pouvais prendre de mouvement : la marche était trop difficile sur ces escarpements. Les vapeurs étaient dissipées ; et je vis que la soirée serait belle, même dans les vallées.

J'aurais été dans un vrai danger si les nuages se fussent épaissis ; mais je n'y avais pas songé jusqu'à ce moment. La couche d'air grossier qui enveloppe la terre m'était trop étrangère dans l'air pur que je respirais, vers les confins de l'éther (D) : et toute prudence [b] s'était éloignée de moi, comme si elle n'eût été qu'une convenance de la vie factice.

En redescendant sur la terre habitée, je sentis que je reprenais la longue chaîne des sollicitudes et des ennuis [68]. Je rentrai à dix heures : la lune donnait sur ma fenêtre. Le Rhône roulait avec bruit : il ne faisait aucun vent ; tout dormait dans la ville. Je songeai aux monts que je quittais, à Charrières que je vais habiter, à la liberté que je me suis donnée.

LETTRE VIII

Saint-Maurice, 14 septembre, I

Je reviens d'une course de plusieurs jours dans les montagnes. Je ne vous en dirai rien ; j'ai bien d'autres choses [c]

---

a. avec Jean-Jacques.
b. éther : toute prudence
c. j'ai d'autres choses

à vous apprendre. J'avais découvert un site étonnant, et je me promettais d'y retourner plusieurs fois, car il n'est pas loin[a] de Saint-Maurice [69]. Avant de me coucher, j'ouvris une lettre ; elle n'était point de votre écriture : le mot « pressée », écrit d'une manière très apparente, me donna de l'inquiétude. Tout est suspect à celui qui n'échappe qu'avec peine à d'anciennes contraintes. Dans mon repos, tout changement devait me répugner ; je n'attendais rien de favorable, et je pouvais beaucoup craindre.

Je crois que vous soupçonnerez facilement ce dont il s'agit. Je fus frappé, accablé ; puis je me décidai à tout négliger, à tout surmonter, à abandonner pour toujours ce qui me rapprocherait des choses que j'ai quittées. Cependant après bien des incertitudes, plus sensé ou plus faible, j'ai cru voir qu'il fallait perdre un temps pour assurer le repos de l'avenir. Je cède ; j'abandonne Charrières, et je me prépare à partir. Nous parlerons de cette malheureuse affaire.

Ce matin je ne pouvais supporter la pensée d'un si grand changement ; et même je me mis à délibérer de nouveau. Enfin j'allai à Charrières prendre d'autres dispositions et annoncer mon départ. C'est là que je me suis décidé irrévocablement. Je voulais écarter l'idée de la saison qui s'avance, et des ennuis dont je sens déjà le poids. J'ai été dans les prés ; on les fauchait pour la dernière fois. Je me suis arrêté sur un roc pour ne voir que le ciel, il se voilait de brumes. J'ai regardé les châtaigniers, j'ai vu des feuilles qui tombaient. Alors je me suis rapproché du ruisseau, comme si j'eusse craint qu'il ne fût aussi tari ; mais il coulait toujours.

Inexplicable nécessité des choses humaines ! Je vais à Lyon. J'irai à Paris, voilà qui est résolu. Adieu. Plaignons l'homme qui trouve bien peu, et à qui ce peu est encore enlevé.

Enfin, du moins, nous nous verrons à Lyon.

---

a. plusieurs fois : il n'est pas loin

LETTRE IX

Lyon, 22 octobre, I

Je partis pour Méterville [70] le surlendemain de votre départ de Lyon. J'y ai passé dix-huit jours. Vous savez quelle inquiétude m'environne, et de quels misérables soins je suis embarrassé sans avoir rien de satisfaisant à m'en promettre. Mais attendant une lettre qui ne pouvait arriver qu'au bout de douze à quinze jours, j'allai passer ce temps à Méterville.

Si je ne sais pas rester indifférent et calme au milieu des ennuis dont je dois m'occuper, et dont l'issue paraît dépendre de moi ; je me sens au moins capable de les oublier absolument dès que je n'y puis rien faire. Je sais attendre avec sécurité l'avenir quelque alarmant qu'il puisse être, dès que le soin de le prévenir ne demandant plus mon attention présente, je puis en suspendre le souvenir et en détourner ma pensée.

En effet je ne chercherais pas, pour les plus beaux jours de ma vie, une paix plus profonde que la sécurité de ce court intervalle. Il fut pourtant obtenu entre des sollicitudes dont le terme ne saurait être prévu : et comment ? par des moyens si simples qu'ils feraient rire tant d'hommes à qui ce calme ne sera jamais connu.

Cette terre est peu considérable, et dans une situation plus tranquille que brillante. Vous en connaissez les maîtres, vous savez leur caractère [a], leurs procédés, leur amitié simple, leurs manières attachantes. J'y arrivai dans un moment favorable. On devait le lendemain commencer à cueillir le raisin d'un grand treillage exposé au midi et qui regarde les bois d'Armand [71]. Il fut décidé à souper que ce raisin destiné à faire une pièce de vin soigné, serait cueilli par nos mains seules, et avec choix, pour laisser quelques jours à la maturité des grappes les moins avancées. Le lendemain, dès que le brouillard fut un peu dissipé, je mis un van sur une brouette ; et j'allai le premier au fond du clos commencer la récolte : je la fis presque seul, sans chercher un moyen plus prompt ; j'aimais cette

---

a. Vous en connaissez les maîtres, leurs caractères,

lenteur ; je voyais à regret quelque autre y travailler : elle dura, je crois, douze jours. Ma brouette allait et revenait dans des chemins négligés et remplis d'une herbe humide ; je choisissais les moins unis, les plus difficiles : et les jours coulaient ainsi dans l'oubli, au milieu des brouillards, parmi les fruits, au soleil d'automne. Et quand le soir était venu, on versait du thé dans du lait encore chaud, on riait des hommes qui cherchent le plaisir [a], on se promenait derrière de vieilles charmilles, et l'on se couchait content. J'ai vu les vanités de la vie, et je porte en mon cœur l'ardent principe de ses plus [b] vastes passions. J'y porte aussi le sentiment des grandes choses sociales, et celui de l'ordre philosophique : j'ai lu Marc Aurèle [72], il ne m'a point surpris ; je conçois les vertus difficiles, et jusqu'à l'héroïsme des monastères. Tout cela peut animer mon âme, et ne la remplit pas. Cette brouette que je charge de fruits et pousse doucement, la soutient mieux. Il semble qu'elle voiture paisiblement mes heures, et que son mouvement utile et lent, sa marche [c] mesurée conviennent à l'habitude ordinaire de la vie [73].

LETTRE X

Paris, 20 juin, seconde année

Rien ne se termine : les misérables affaires qui me retiennent ici se prolongent chaque jour ; et plus je m'irrite de ces retards, plus leur terme [d] devient incertain [74]. Les faiseurs d'affaires pressent les choses avec le sang-froid de gens à qui leur durée est habituelle, et qui d'ailleurs se plaisent dans cette marche lente et embarrassée digne de leur âme astucieuse, et si commode pour leurs ruses cachées. J'aurais plus de mal à vous en dire s'ils m'en faisaient moins : au reste vous savez mon opinion constante sur [e]

---

a. des plaisirs
b. des plus
c. ce mouvement..., cette marche...
d. le terme
e. mon opinion sur

ce métier que j'ai toujours regardé comme le plus plat et le plus funeste [a]. Un homme de loi me promène de difficultés en difficultés : croyant que je dois être intéressé et sans droiture, il marchande pour sa partie ; il pense, en m'excédant de lenteurs et de formalités, me réduire à donner ce que je ne puis accorder, puisque je ne l'ai pas. Ainsi après avoir passé six mois à Lyon malgré moi, je suis encore condamné à en passer davantage peut-être ici.

L'année s'écoule : en voilà une encore à retrancher de mon existence. J'ai perdu le printemps presque sans murmure, mais l'été dans Paris ! Je passe une partie du temps dans les dégoûts inséparables de ce qu'on appelle faire ses affaires ; et quand je voudrais rester en repos le reste du jour, et chercher dans ma demeure une sorte d'asile contre ces longs ennuis, j'y trouve un ennui plus intolérable. J'y suis dans le silence au milieu du bruit ; et seul je n'ai rien à faire dans un monde turbulent [75]. Il n'y a point ici de milieu entre l'inquiétude [76] et l'inaction ; il faut s'ennuyer si l'on n'a des affaires et des passions. Je suis là, ne sachant que faire, dans ma chambre ébranlée [b] du retentissement perpétuel de tous les cris, de tous les travaux, de toute l'inquiétude d'un peuple actif. J'ai sous ma fenêtre une sorte de place publique remplie de charlatans, de faiseurs de tours, de marchandes de fruits et de crieurs [77] de tous genres. Vis-à-vis est le mur élevé d'un monument public ; le soleil l'éclaire depuis deux heures jusqu'au soir : cette masse blanche et aride tranche durement sur le ciel bleu ; et les plus beaux jours sont pour moi les plus pénibles. Un colporteur [78] infatigable répète les titres de ses journaux : sa voix dure et monotone semble ajouter à l'aridité de cette place brûlée du soleil : et si j'entends quelque blanchisseuse chanter à sa fenêtre sous les toits, je perds patience et je m'en vais. Voici trois jours qu'un pauvre estropié et ulcéré se place au coin d'une rue tout près de moi, et là il demande d'une voix élevée et lamentable durant douze grandes heures [79]. Imaginez l'effet de cette plainte répétée à intervalles égaux pendant les beaux jours fixes. Il faut que je reste dehors tout le jour jusqu'à

a. le plus suspect ou le plus funeste.
b. Je suis dans une chambre ébranlée

ce qu'il change de place. Mais où aller ? je connais ici très peu de monde ; ce serait un grand hasard que dans si peu de personnes il y en eût une seule à qui je convinsse : aussi ne vais-je nulle part. Pour les promenades publiques il y en a de fort belles à Paris ; mais pas une où je puisse rester une demi-heure sans ennui.

Je ne connais rien qui fatigue tant nos jours que cette perpétuelle lenteur de toutes choses. Elle retient sans cesse dans un état d'attente ; elle fait que la vie s'écoule avant que l'on ait atteint le point où l'on prétendait commencer à vivre. De quoi me plaindrai-je pourtant ? combien peu d'hommes ne perdent pas leur vie ! Et ceux qui la passent dans les cachots construits par la bienfaisance des lois ! Mais comment peut-il se résoudre à vivre celui qui supporte dans un cachot vingt années de jeunesse ? il ignore toujours combien il y doit rester encore : si le moment de la délivrance était proche ! J'oubliais ceux qui n'oseraient finir volontairement : les hommes ne leur ont pas au moins permis de mourir. Et nous osons gémir sur nous-mêmes !

LETTRE XI

Paris, 27 juin, II

Je passe assez souvent deux heures à la bibliothèque [80], non pas précisément pour m'instruire, ce désir-là se refroidit sensiblement ; mais parce que ne sachant trop avec quoi remplir ces heures qui pourtant coulent irréparables, je les trouve moins pénibles quand je les emploie au-dehors, que s'il faut les consumer chez moi. Des occupations un peu commandées me conviennent dans mon découragement : trop de liberté me laisserait dans l'indolence. J'ai plus de tranquillité entre des gens silencieux comme moi, que seul au milieu d'une population tumultueuse. J'aime ces longues salles, les unes solitaires, les autres remplies de gens attentifs, antique et froid dépôt des efforts et de toutes les vanités humaines.

Quand je lis Bougainville [81], Chardin [82], Laloubère [83], je me pénètre de l'ancienne mémoire des terres épuisées, de la renommée d'une sagesse lointaine, ou de la jeunesse des îles heureuses : mais oubliant enfin et Persépolis, et Bénarès, et Tinian même [84], je réunis les temps et les lieux dans le point présent où les conceptions humaines les perçoivent tous. Je vois ces esprits avides qui acquièrent dans le silence et la contention, tandis que l'éternel oubli, roulant sur leurs têtes savantes et séduites, amène leur mort nécessaire, et va dissiper en un moment de la nature, et leur être, et leur pensée, et leur siècle [85].

Les salles environnent une cour longue, tranquille, couverte d'herbe, où sont deux ou trois statues, quelques ruines, et un bassin d'eau verte qui paraît ancienne comme ces monuments. Je sors rarement sans m'arrêter un quart d'heure dans cette enceinte silencieuse. J'aime à rêver en marchant sur ces vieux pavés que l'on a tirés des carrières, pour préparer aux pieds de l'homme une surface sèche et stérile. Mais le temps et l'abandon les remettent en quelque sorte sous la terre en les recouvrant d'une couche nouvelle, et en redonnant au sol sa végétation et des teintes de son aspect naturel. Quelquefois je trouve ces pavés plus éloquents que les livres que je viens d'admirer.

Hier, en consultant l'*Encyclopédie*, j'ouvris le volume à un endroit que je ne cherchais pas, et je ne me rappelle pas quel était cet article : mais il s'agissait d'un homme qui, fatigué d'agitations et de revers, se jeta dans une solitude absolue par une de ces résolutions victorieuses des obstacles, et qui font qu'on s'applaudit tous les jours d'en avoir eu un [a] de volonté forte. L'idée de cette vie indépendante n'a rappelé à mon imagination ni les libres solitudes de l'Imaüs, ni les îles faciles du Pacifique, ni les Alpes plus accessibles et déjà tant regrettées. Mais un souvenir distinct, m'a présenté d'une manière frappante, et avec une sorte de surprise et d'inspiration, les rochers stériles et les bois de Fontainebleau.

Il faut que je vous parle davantage de ce lieu un peu étranger au milieu de nos campagnes. Vous comprendrez mieux alors comment je m'y suis fortement attaché.

Vous savez que, jeune encore, je demeurai quelques années à Paris. Les parents avec qui j'étais, malgré leur goût pour la ville, passèrent plusieurs fois le mois de sep-

---

a. une

tembre à la campagne chez des amis. Une année ce fut à Fontainebleau, et deux autres fois depuis nous allâmes chez ces mêmes personnes qui demeuraient alors au pied de la forêt, vers la rivière. J'avais, je crois, quatorze, quinze et dix-sept ans lorsque je vis Fontainebleau [86]. Après une enfance casanière, inactive et ennuyée, si je sentais en homme à certains égards, j'étais enfant à beaucoup d'autres. Embarrassé, incertain ; pressentant tout peut-être, mais ne connaissant rien ; étranger à ce qui m'environnait, je n'avais d'autre caractère décidé que d'être inquiet et malheureux. La première fois je n'allais [a] point seul dans la forêt ; je me rappelle peu de ce que j'y éprouvais [b], je sais seulement que je préférais ce lieu à tous ceux que j'avais vus, et qu'il fut le seul où je désirai de retourner. L'année suivante, je parcourus avidement ces solitudes ; je m'y égarais à dessein, content lorsque j'avais perdu toute trace de ma route et que je n'apercevais aucun chemin fréquenté. Quand j'atteignais l'extrémité de la forêt, je voyais avec peine ces vastes plaines nues et ces clochers dans l'éloignement. Je retournais [c] aussitôt, je m'enfonçais dans le plus épais du bois ; et quand je trouvais un endroit découvert et fermé de toutes parts, où je ne voyais que des sables et des genièvres, j'éprouvais un sentiment de paix, de liberté, de joie sauvage, pouvoir de la nature sentie pour la première fois dans l'âge facilement heureux. Je n'étais pas gai pourtant : presque heureux, je n'avais que l'agitation du bien-être. Je m'ennuyais en jouissant, et je rentrais toujours triste. Plusieurs fois j'étais dans les bois avant que le soleil parût. Je gravissais les sommets encore dans l'ombre ; je me mouillais dans la bruyère pleine de rosée ; et quand le soleil paraissait, je regrettais la clarté incertaine qui précède l'aurore. J'aimais les fondrières, les vallons obscurs, les bois épais ; j'aimais les collines couvertes de bruyère ; j'aimais beaucoup les grès renversés et les rocs ruineux ; j'aimais bien plus ces sables vastes et mobiles [d], dont nul pas d'homme ne mar-

---

a. allai [dès 1833]
b. éprouvai
c. me retournais
d. ces sables mobiles

quait l'aride surface sillonnée çà et là par la trace inquiète de la biche ou du lièvre en fuite. Quand j'entendais un écureuil, quand je faisais partir un daim, je m'arrêtais, j'étais assez bien [a], et pour un moment je ne cherchais plus rien. C'est à cette époque que je remarquai le bouleau, arbre solitaire qui m'attristait déjà et que depuis je ne rencontre jamais sans plaisir. J'aime le bouleau ; j'aime cette écorce blanche, lisse et crevassée ; cette tige agreste ; ces branches qui s'inclinent vers la terre ; la mobilité des feuilles ; et tout cet abandon, simplicité de la nature, attitude des déserts [87].

Temps perdus, et qu'on ne saurait oublier ! Illusion trop vaine d'une sensibilité expansive ! Que l'homme est grand dans son inexpérience : qu'il serait fécond, si le regard froid de son semblable, si le souffle aride de l'injustice ne venait pas sécher [b] son cœur ! J'avais besoin de bonheur. J'étais né pour souffrir. Vous connaissez ces jours sombres, voisins des frimas, dont l'aurore elle-même épaississant les brumes, ne commence la lumière que par des traits sinistres d'une couleur ardente sur les nues amoncelées. Ce voile ténébreux, ces rafales orageuses, ces lueurs pâles, ces sifflements à travers les arbres qui plient et frémissent, ces déchirements prolongés semblables à des gémissements funèbres : voilà le matin de la vie : à midi, des tempêtes plus froides et plus continues ; le soir, des ténèbres plus épaisses : et la journée de l'homme est achevée [88].

Le prestige spécieux, infini, qui naît avec le cœur de l'homme, et qui semblait devoir subsister autant que lui, se ranima un jour : j'allai jusqu'à croire que j'aurais des désirs satisfaits. Ce feu subit et trop impétueux, brûla dans le vide, et s'éteignit sans avoir rien éclairé. Ainsi, dans la saison des orages, apparaissent pour l'effroi de l'être vivant, des éclairs instantanés dans la nuit ténébreuse.

C'était en mars : j'étais à Lu** [89]. Il y avait des violettes au pied des buissons et des lilas, dans un petit pré bien printanier, bien tranquille, incliné au soleil de midi. La maison était au-dessus, beaucoup plus haut. Un jardin en

---

a. j'étais mieux
b. dessécher

terrasse ôtait la vue des fenêtres. Sous le pré, des rocs difficiles et droits comme des murs : au fond, un large torrent ; et par-delà, d'autres rochers couverts de prés, de haies, et de sapins ! Les murs antiques de la ville passaient à travers tout cela : il y avait un hibou dans leurs vieilles tours. Le soir, la lune éclairait : des cors se répondaient dans l'éloignement ; et la voix que je n'entendrai plus... ! Tout cela m'a trompé. Ma vie n'a encore eu que cette seule erreur. Pourquoi donc ce souvenir de Fontainebleau, et non pas celui de Lu ** ?

LETTRE XII

28 juillet, II

Enfin je me crois dans le désert. Il y a ici des espaces où l'on n'aperçoit aucune trace d'hommes. Je me suis soustrait pour une saison, à ces soins inquiets qui usent notre durée, qui confondent notre vie avec les ténèbres qui la précèdent et les ténèbres qui la suivent, ne lui laissant d'autre avantage que d'être elle-même un néant moins tranquille.

Quand je passai, le soir, le long de la forêt, et que je descendis à Valvins, sous les bois, dans le silence, il me sembla que j'allais me perdre dans des torrents, des fondrières, des lieux romantiques et terribles. J'ai trouvé des collines de grès culbutés, des formes petites, un sol assez plat et à peine pittoresque ; mais le silence, et l'abandon, et la stérilité m'ont suffi.

Entendez-vous bien le plaisir que je sens quand mon pied s'enfonce dans un sable mobile et brûlant : quand j'avance avec peine, et qu'il n'y a point d'eau, point de fraîcheur, point d'ombrage ? Je vois un espace inculte et muet ; des roches ruineuses, dépouillées et ébranlées : et [a] les forces de la nature assujetties à la force des temps. N'est-ce pas comme si j'étais paisible, quand je trouve, au-dehors, sous le ciel ardent, d'autres difficultés et d'autres excès que ceux de mon cœur.

---

a. dépouillées, ébranlées, et

Je ne m'oriente point : au contraire, je m'égare quand je puis. Souvent je vais en ligne droite, sans suivre de sentiers. Je cherche à ne conserver aucun renseignement, et à ne pas connaître la forêt, afin d'avoir toujours quelque chose à y trouver. Il y a un chemin que j'aime à suivre : il décrit un cercle comme la forêt elle-même, en sorte qu'il ne va ni aux plaines ni à la ville ; il ne suit aucune direction ordinaire ; il n'est ni dans les vallons, ni sur les hauteurs ; il semble n'avoir point de fin ; il passe à travers tout, et n'arrive à rien : je crois que j'y marcherais toute ma vie.

Le soir, il faut bien rentrer, dites-vous ; et vous plaisantez déjà de [a] ma prétendue solitude : mais vous vous trompez ; vous me croyez à Fontainebleau, ou dans un village, dans une chaumière. Rien de tout cela. Je n'aime pas plus les maisons *champêtres* de ces pays-ci que leurs villages, ni leurs villages que leurs villes. Si je condamne le faste, je hais la misère. Autrement, il eût mieux vallu rester à Paris ; j'y eusse trouvé l'un et l'autre.

Mais voici ce que je ne vous ai point dit dans ma dernière lettre remplie de l'agitation qui me presse quelquefois.

Un jour que [b] je parcourais ces bois-ci, je vis, dans un lieu épais, deux biches fuir devant un loup. Il était assez près d'elles ; je jugeai qu'il les devait atteindre, et je m'avançai du même côté pour voir la résistance, et l'aider s'il se pouvait. Elles sortirent du bois dans une place découverte, occupée par des roches et des bruyères ; mais lorsque j'arrivai je ne les vis plus. Je descendis dans tous les fonds de cette sorte de lande creusée et inégale, où l'on avait taillé beaucoup de grès pour les pavés [90] : je ne trouvai rien. En suivant une autre direction pour rentrer dans le bois, je vis un chien, qui d'abord me regardait en silence, et qui n'aboya que lorsque je m'éloignai de lui. En effet, j'arrivais presque à l'entrée de la demeure pour laquelle il veillait. C'était une sorte de souterrain fermé en partie naturellement par les rocs, et en partie par des grès rassemblés, par des branches de genévriers, de la bruyère

---

a. plaisantez au sujet de
b. Jadis, comme

et de la mousse. Un ouvrier qui, pendant plus de trente ans avait taillé des pavés dans les carrières voisines, n'ayant ni bien ni famille, s'était retiré là pour quitter, avant de mourir, un travail forcé, pour échapper aux mépris et aux hôpitaux [91]. Je lui vis un lit et une armoire [a] : il y avait auprès de son rocher quelques légumes dans un terrain assez aride ; et ils vivaient lui, son chien et son chat, d'eau, de pain et de liberté. J'ai beaucoup travaillé, me dit-il, je n'ai jamais rien eu ; mais enfin je suis tranquille, et puis je mourrai bientôt. Cet homme grossier me disait l'histoire humaine. Mais la savait-il ? Croyait-il d'autres hommes plus heureux ? Souffrait-il en se comparant à d'autres ? Je n'examinerai [b] point tout cela. J'étais bien jeune. Son air rustre et un peu farouche, m'occupait beaucoup. Je lui avais offert un écu ; il l'accepta, et me dit qu'il aurait du vin ; ce mot-là diminua de mon estime pour lui. Du vin ! me disais-je ; il y a des choses plus utiles : c'est peut-être le vin, l'inconduite qui l'auront mené là, et non pas le goût de la solitude. Pardonne, homme simple, malheureux solitaire ! Je n'avais point appris alors que l'on buvait l'oubli des douleurs. Maintenant je suis homme, je connais [c] l'amertume qui navre, et les dégoûts qui ôtent les forces : je sais respecter celui dont le premier besoin est de cesser un moment de gémir. Je suis indigné quand je vois des hommes à qui la vie est facile, reprocher durement à un pauvre qu'il boit du vin, et qu'il n'a pas de pain. Quelle âme ont donc reçue ces gens-là qui ne connaissent pas de plus grande misère que d'avoir faim ?

Vous concevez à présent la force de ce souvenir qui me vint inopinément à la bibliothèque. Son idée [d] rapide me livra à tout le sentiment d'une vie réelle, d'une sage simplicité, de l'indépendance de l'homme dans une nature possédée.

Ce n'est pas que je prenne pour une telle vie celle que je mène ici : et que, dans mes grès, au milieu des plaines misérables, je me croie l'homme de la nature. Autant vau-

---

a. vis une armoire.
b. n'examinai
c. Maintenant je connais
d. Cette idée

drait, comme un homme du quartier Saint-Paul [92], montrer à mes voisins les beautés champêtres d'un pot de réséda appuyé sur la gouttière, et d'un jardin de persil encaissé sur un côté de la fenêtre, ou donner à un demi-arpent de terre entouré d'un ruisseau, des noms de promontoires et de solitudes maritimes d'un autre hémisphère, pour rappeler de grands souvenirs et des mœurs lointaines entre les plâtres et les toits de chaume d'une paroisse champenoise.

Seulement, puisque je suis condamné à toujours attendre la vie, je m'essaie à végéter absolument seul et isolé : j'ai mieux aimé passer quatre mois ainsi, que de les perdre à Paris dans d'autres puérilités plus grandes et plus misérables. Je veux vous dire, quand nous nous verrons, comment je me suis choisi un manoir [93], et comment je l'ai fermé ; comment j'y ai transporté le peu d'effets que j'ai amenés ici sans mettre personne dans mon secret ; comment je me nourris de fruits et de certains légumes ; où je vais chercher de l'eau ; comment je suis vêtu quand il pleut ; et toutes les précautions que je prends pour rester bien caché, et pour que nul Parisien, passant huit jours à la campagne, ne vienne ici se moquer de moi.

Vous rirez aussi, mais j'y consens ; car votre rire [a] ne sera point [b] comme le leur ; et j'ai ri de tout ceci avant vous. Je trouve pourtant que cette vie a bien de la douceur, quand, pour en mieux sentir l'avantage, je sors de la forêt, que je pénètre dans les terres cultivées, que je vois au loin un château fastueux dans les campagnes nues : quand, après une lieue labourée et déserte, j'aperçois cent chaumières entassées, odieux amas dont les rues, les étables et les potagers, les murs, les planchers, les toits humides, et jusqu'aux hardes et aux meubles, ne paraissent qu'une même fange, dans laquelle toutes les femmes crient, tous les enfants pleurent, tous les hommes suent. Et si, parmi tant d'avilissement et de douleurs, je cherche, pour ces malheureux, une paix morale et des espérances religieuses ; je vois pour patriarche, un prêtre avide, sinistre, aigri [c] par les regrets, séparé trop tôt du monde ; un jeune

---

a. consens : votre rire
b. pas
c. avide, aigri

homme chagrin, sans dignité, sans sagesse, sans onction, que l'on ne vénère pas, que l'on voit vivre, qui damne les faibles, et ne console pas les bons : et pour tout signe d'espérance et d'union, ce signe [a] de crainte et d'abnégation ; ce gibet sanctifié, étrange emblème [b], triste reste d'institutions antiques et grandes que l'on a misérablement perverties.

Il est pourtant des hommes qui voient cela bien tranquillement, et qui ne se doutent même pas qu'on puisse le voir d'une autre manière.

Triste et vaine conception d'un monde meilleur ! Indicible extension d'amour ! Regret des temps qui coulent inutiles ! Sentiment universel [94] *, soutiens et dévore ma

---

a. un signe
b. abnégation, étrange emblème
* On a communément une idée trop étroite de l'homme sensible : on en fait un personnage ridicule, j'en ai vu faire une femme, je veux dire une de ces femmes qui pleurent sur l'indisposition de leur oiseau, que le sang d'une piqûre d'aiguille fait pâmer, et qui frémissent au son de certaines syllabes, comme serpent, araignée, fossoyeur, petite vérole, tombeau, vieillesse.
J'imagine une certaine modération dans ce qui nous émeut, une combinaison subite des sentiments contraires, une habitude de supériorité sur l'affection même qui nous commande ; une gravité de l'âme, et une profondeur de la pensée ; une étendue qui appelle aussitôt en nous la perception secrète que la nature voulut opposer à la sensation visible ; une sagesse du cœur dans sa perpétuelle agitation ; un mélange enfin, une harmonie de toutes choses qui n'appartient qu'à l'homme d'une vaste sensibilité ; dans sa force, il a pressenti tout ce qui est destiné à l'homme ; dans sa modération, lui seul a connu la mélancolie du plaisir, et les grâces de la douleur. L'homme qui sent avec chaleur, et même avec profondeur mais sans modération, consume dans des choses indifférentes, cette force presque surnaturelle. Je ne dis pas qu'il ne la trouvera plus dans les occasions du génie : il est des hommes grands dans les petites choses, et qui pourtant le sont encore dans les grandes circonstances. Malgré leur mérite réel, ce caractère a deux inconvénients. Ils seront regardés comme fous par les sots et par plusieurs gens d'esprit, et ils seront prudemment évités par des hommes même qui sentiront leur prix, et qui concevront d'eux une haute opinion. Ils dégradent le génie en le prostituant à des choses tout à fait vulgaires, et parmi les derniers des hommes. Par là ils fournissent à la foule des prétextes spécieux pour prétendre que le bon sens vaut mieux que le génie, parce qu'il n'a pas ses écarts ; et pour prétendre, ce qui est plus funeste, que les hommes droits, forts, expansifs, généreux, ne sont pas au-dessus des hommes prudents, ingénieux, réguliers, toujours retenus, et souvent personnels.

vie : que serait-elle sans ta beauté sinistre ? C'est par toi qu'elle est sentie : c'est par toi qu'elle périra.

Que quelquefois encore, sous le ciel d'automne, dans ces derniers beaux jours que les brumes remplissent d'incertitude, assis près de l'eau qui emporte la feuille jaunie, j'entende les accents simples et profonds d'une mélodie primitive [95]. Qu'un jour, montant le Grimsel ou le Titlis [96], seul avec l'homme des montagnes, j'entende sur l'herbe courte, auprès des neiges, les sons romantiques que connaissent les vaches [a] d'Unterwalden et d'Hasli : et que là, une fois avant la mort, je puisse dire à un homme qui m'entende : « Si nous avions vécu ! »

LETTRE XIII

Fontainebleau, 31 juillet, II

Quand un sentiment invincible nous entraîne loin des choses que l'on possède, et nous remplit de volupté, puis de regrets, en nous faisant pressentir des biens que rien ne peut donner, cette sensation profonde et fugitive n'est qu'un témoignage intérieur de la supériorité de nos facultés sur notre destinée. C'est cette raison même qui le rend si court, et le change aussitôt en regret : il est délicieux, puis déchirant. L'abattement suit toute impulsion immodérée. Nous souffrons de n'être pas ce que nous pourrions être ; mais si nous nous trouvions dans l'ordre de choses qui manque à nos désirs, nous n'aurions plus ni cet excès des désirs, ni cette surabondance des facultés : nous ne jouirions plus du plaisir d'être au-delà de nos destinées, d'être plus grand que ce qui nous entoure, plus fécond que nous n'avons besoin de l'être. Dans l'occasion de ces voluptés mêmes que [b] nos conceptions pressentaient si ardemment, nous resterons froids et souvent rêveurs, indifférents, ennuyés même ; parce qu'on ne peut pas être d'une manière effective plus que soi-même : parce que nous sentons alors la limite irrésistible de la nature des

---

a. romantiques bien connus des vaches
b. de ces voluptés que

êtres, et qu'employant nos facultés à des choses positives, nous ne les trouvons plus pour nous transporter au-delà, dans la région supposée des choses idéales soumises à l'empire de l'homme réel.

Mais pourquoi ces choses seraient-elles purement idéales ? C'est ce que je ne saurais concevoir. Pourquoi ce qui n'est point, semble-t-il davantage [a] selon la nature de l'homme que ce qui est ? La vie positive est aussi comme un songe ; c'est elle qui n'a point d'ensemble, point de suite, point de but. Elle a des parties certaines et fixes : elle en a d'autres qui ne sont que hasard et discordance, qui passent comme des ombres, et dans lesquelles on ne trouve jamais ce qu'on a vu. Ainsi, dans le sommeil, on pense en même temps des choses vraies et suivies, et d'autres bizarres, désunies et chimériques, qui se lient, je ne sais comment, aux premières. Le même mélange compose, et les rêves de la nuit, et les sentiments du jour. La sagesse antique a dit que le moment du réveil viendrait enfin... [97].

LETTRE XIV

Fontainebleau, 7 août, II

Mr .* que vous connaissez, disait dernièrement : « Quand je prends ma tasse de café j'arrange bien le monde. » Je me permets aussi ces sortes de songes ; et lorsque je marche dans les bruyères, entre les genièvres encore humides, je me surprends quelquefois à imaginer les hommes heureux. Je vous l'assure, il me semble qu'ils pourraient l'être. Je ne veux pas faire une autre espèce, ni un autre globe ; je ne veux pas tout réformer : ces sortes d'hypothèses ne mènent à rien, dites-vous, puisqu'elles ne sont applicables à rien de connu. Eh bien, prenons ce qui existe nécessairement ; prenons-le tel qu'il est, en arrangeant seulement ce qu'il y a d'accidentel. Je ne veux pas des espèces chimériques, ou nouvelles ; mais, voilà mes matériaux, d'après eux je fais mon plan selon ma pensée.

---

a. plus

Je voudrais deux points ; un climat fixe, des hommes vrais. Si je sais quand la pluie fera déborder les eaux, quand le soleil séchera [a] mes plantes, quand l'ouragan ébranlera ma demeure, c'est à mon industrie [98] à lutter contre les forces naturelles contraires à mes besoins : mais quand j'ignore le moment de chaque chose, quand le mal m'opprime sans que le danger m'ait averti, quand la prudence peut me perdre, et que les intérêts des autres confiés à mes précautions m'interdisent l'insouciance, et jusqu'à la sécurité, n'est-ce pas une nécessité que ma vie soit inquiète et malheureuse ? N'en est-ce pas une que l'inaction succède à des travaux forcés, et que, comme l'a si bien dit Voltaire, je consume tous mes jours dans les convulsions de l'inquiétude, ou dans la léthargie de l'ennui [99].

Si les hommes sont presque tous dissimulés, si la duplicité des uns force au moins les autres à la réserve, n'est-ce pas une nécessité qu'ils joignent au mal inévitable que plusieurs cherchent à faire aux autres en leur propre faveur, une masse beaucoup plus grande de maux inutiles ? N'est-ce pas une nécessité que l'on se nuise réciproquement, malgré soi, que chacun s'observe et se prévienne, que les ennemis soient inventifs [100], et que les amis soient prudents ? N'est-ce pas une nécessité qu'un homme de bien soit perdu dans l'opinion par un propos indiscret [101], par un faux jugement ; qu'une inimitié, née d'un soupçon mal fondé, devienne mortelle ; que ceux qui auraient voulu bien faire soient découragés ; que de faux principes s'établissent ; que la ruse soit plus utile que la sagesse, la valeur, la magnanimité ; que des enfants reprochent à un père de famille de n'avoir pas fait ce qu'on appelle une rouerie, et que des États périssent pour ne s'être pas [b] permis un crime ? Dans cette perpétuelle incertitude, je demande ce que devient la morale ; et dans l'incertitude des choses, ce que devient la sûreté : sans sûreté, sans morale, je demande si le bonheur n'est pas un rêve d'enfant ?

---

a. desséchera
b. ne pas s'être

L'instant de la mort resterait inconnu : il n'y a pas de mal sans durée ; et pour vingt autres raisons, la mort ne doit pas être mise au nombre des malheurs. Il est bon [a] d'ignorer quand tout doit finir ; car on commencerait [b] rarement ce que l'on saurait ne pas achever. Je veux donc que chez l'homme, à peu près tel qu'il est, l'ignorance de la durée de la vie ait plus d'utilité que d'inconvénients ; mais l'incertitude des choses de la vie n'est point comme celle de leur terme. Un incident que vous n'avez pu prévoir dérange votre plan, et vous prépare de longues contrariétés : pour la mort elle anéantit votre plan, elle ne le dérange pas ; vous ne souffrirez point de ce que vous ne saurez pas. Le plan de ceux qui restent en peut être contrarié : mais c'est avoir assez de certitude que d'avoir celle de ses propres affaires ; et je ne veux pas imaginer des choses tout à fait bonnes selon l'homme. Le monde que j'arrange me serait suspect s'il ne contenait plus de mal, et je ne supposerais qu'avec une sorte d'effroi une harmonie parfaite : il me semble que la nature n'en admet pas de telle.

Un climat fixe, et surtout des hommes vrais, inévitablement vrais, cela me suffit. Je suis heureux, si je sais ce qui est. Je laisse au ciel ses orages et ses foudres ; à la terre les boues, les sécheresses ; au sol la stérilité ; à nos corps leur faiblesse, leurs besoins, leur dégénération [102 c] ; aux hommes leurs différences et leurs incompatibilités, leur inconstance, leurs erreurs, leurs vices mêmes, et leur nécessaire égoïsme ; au temps sa lenteur et son irrévocabilité : ma cité est heureuse si les choses sont réglées, si les pensées sont connues. Il ne lui faut plus qu'une bonne législation : et, si les pensées sont connues, il est impossible qu'elle ne l'ait pas.

---

a. Il est bien
b. finir : on commencerait
c. leur faiblesse, leur dégénération ;

LETTRE XV

Fontainebleau, 9 août, II

Parmi quelques volumes d'un format commode que j'apportai ici je ne sais trop pourquoi, j'ai trouvé le roman ingénieux de *Phrosine et Mélidor* [103]. Je l'ai parcouru, j'en ai lu et relu la fin. Il est des jours pour les douleurs : nous aimons à les chercher dans nous, à suivre leurs profondeurs, et à rester surpris devant leurs proportions démesurées : nous essayons, du moins dans les misères humaines, cet infini que nous voulons donner à notre ombre avant qu'un souffle du temps l'efface [104].

Ce moment déplorable, cette situation sinistre, cette mort nocturne au milieu des voluptés mystérieuses ! Dans ces brouillards ténébreux, tant d'amour, tant de pertes et d'affreuses vengeances ! et ce déchirement d'un cœur trompé quand Phrosine, cherchant à la nage le roc et le flambeau, entraînée par la lueur perfide, périt épuisée dans la vaste mer !...

Je ne connais pas de dénouement plus beau, de mort plus lamentable [105 a]. Le jour finissait, il n'y avait point de lune : il n'y avait point de mouvement ; le ciel était calme, les arbres immobiles. Quelques insectes sous l'herbe, un seul oiseau éloigné chantaient dans la chaleur du soir. Je m'assis, je restai longtemps : il me semble que je n'eus que des idées vagues. Je parcourais la terre et les siècles ; je frémissais de l'œuvre de l'homme. Je reviens à moi, je me trouve dans ce chaos ; j'y vois ma vie perdue ; je pressens les temps futurs du monde. Rochers de Rigi ! si j'avais eu là vos abîmes * !

La nuit était déjà sombre. Je me retirai lentement ; je marchais au hasard, j'étais rempli d'ennui. J'avais besoin de larmes, mais je ne pus que gémir. Les premiers temps ne sont plus : j'ai les tourmentes de la jeunesse, et n'en ai point les consolations. Mon cœur encore fatigué du feu d'un âge inutile, est flétri et desséché comme s'il était dans

---

a. [Cette phrase termine le paragraphe précédent en 1840.]
* Le mont Rigi est près de Lucerne ; le lac est au pied de ses rocs perpendiculaires.

l'épuisement de l'âge refroidi. Je suis éteint, sans être calmé. Il y en a qui jouissent de leurs maux ; mais pour moi tout a passé : je n'ai ni joie, ni espérance, ni repos : il ne me reste rien, je n'ai plus de larmes.

LETTRE XVI

Fontainebleau, 12 août, II

Que de sentiments augustes[a] ! Que de souvenirs ! Quelle majesté tranquille dans une nuit douce, calme, éclairée ! Quelle grandeur ! Cependant l'âme est accablée d'incertitudes[b]. Elle voit que le sentiment qu'elle a reçu des choses la livre aux erreurs : elle voit qu'il y a des vérités, mais qu'elles sont dans un grand éloignement. On ne saurait comprendre la nature, à la vue de ces astres immenses dans le ciel toujours le même [106].

Il y a là une permanence qui nous confond : c'est pour l'homme une effrayante éternité. Tout passe ; l'homme passe ; et les mondes ne passent pas ?[c] La pensée est dans un abîme entre les vicissitudes de la terre et les cieux immuables *.

LETTRE XVII

Fontainebleau, 14 août, II

Je vais dans les bois avant que le soleil éclaire ; je le vois se lever pour un beau jour ; je marche dans la fougère encore humide, dans les ronces, parmi les biches, sous les bouleaux du mont Chauvet ; un sentiment de ce bonheur qui était possible, m'agite avec force, me pousse et m'oppresse. Je monte, je descends, je vais comme un homme qui veut jouir : puis un soupir, quelque humeur, et tout un jour misérable.

---

a. généreux
b. d'incertitude
c. pas !
* Les cieux ne sont pas immuables : chaque écolier dira cela.

LETTRE XVIII

Fontainebleau, 17 août, II

Même ici, je n'aime que le soir. L'aurore me plaît un moment : je crois que je sentirais sa beauté, mais le jour qui va la suivre doit être si long ! J'ai bien une terre libre à parcourir ; mais elle n'est pas assez sauvage, assez imposante. Les formes en sont basses ; les roches petites et monotones ; la végétation n'y a pas en général cette force, cette profusion qui m'est nécessaire ; on n'y entend bruire aucun torrent dans des profondeurs inaccessibles : c'est une terre des plaines [107]. Rien ne m'opprime ici, rien ne me satisfait. Je crois même que l'ennui augmente : c'est que je ne souffre pas assez. Je suis donc plus heureux ? Point du tout : souffrir ou être malheureux, ce n'est pas la même chose ; jouir ou être heureux, ce n'est pas non plus une même chose.

Ma situation est douce, et je mène une triste vie. Je suis ici on ne peut mieux ; libre, tranquille, bien portant, sans affaires, indifférent sur l'avenir dont je n'attends rien, et perdant sans peine le passé dont je n'ai pas joui. Mais il y a dans moi [a] une inquiétude qui ne me quittera pas ; c'est un besoin que je ne connais pas, que je ne conçois pas, qui me commande [b], qui m'absorbe, qui m'emporte au-delà des êtres périssables... Vous vous trompez, et je m'y étais trompé moi-même : ce n'est pas le besoin d'aimer. Il y a une distance bien grande du vide de mon cœur à l'amour qu'il a tant désiré ; mais il y a l'infini entre ce que je suis, et ce que j'ai besoin d'être. L'amour est immense, il n'est pas infini. Je ne veux point jouir ; je veux espérer, je voudrais savoir ! Il me faut des illusions sans bornes, qui s'éloignent pour me tromper toujours. Que m'importe ce qui peut finir ? L'heure qui arrivera dans soixante années est là tout auprès de moi [c]. Je n'aime point ce qui se prépare, s'approche, arrive, et n'est plus. Je veux un bien, un rêve, une espérance enfin qui soit toujours devant moi, au-

---

a. Mais il est en moi
b. que je ne connais pas, qui me commande,
c. près de moi.

delà de moi, plus grande que mon attente elle-même, plus grande que tout ce qui ᵃ passe. Je voudrais être tout intelligence, et que l'ordre éternel du monde... Et, il y a trente ans, l'ordre était, et je n'étais point !

Accident éphémère et inutile, je n'existais pas, je n'existerai pas : je trouve avec étonnement mon idée plus vaste que mon être ; et, si je considère que ma vie est ridicule à mes propres yeux, je me perds dans des ténèbres impénétrables. Plus heureux, sans doute, celui qui coupe du bois, qui fait du charbon, et qui prend de l'eau bénite quand le tonnerre gronde ! Il vit comme la brute ?ᵇ Non : mais il chante en travaillant. Je ne connaîtrai point sa paix, et je passerai comme lui. Le temps aura fait couler sa vie ; l'agitation, l'inquiétude, les fantômes d'une puérile grandeurᶜ égarent et précipitent la mienne.

LETTRE XIX

Fontainebleau, 18 août, II

Il est pourtant des moments où je me vois plein d'espérance et de liberté ; le temps et les choses descendent devant moi avec une majestueuse harmonie ; et je me sens heureux, comme si je pouvais l'être : je me suis surpris revenant à mes anciennes années ; j'ai retrouvé dans la rose les beautés du plaisir et sa céleste éloquence. Heureux ! moi ? Cependant je le suis ; et heureux avec plénitude, comme celui qui se réveille des alarmes d'un songe pour rentrer dans une vie de paix et de liberté ; comme celui qui sort de la fange des cachots, et revoit, après dix ans, la sérénité du ciel ; heureux comme l'homme qui aime... celle qu'il a sauvée de la mort ! Mais l'instant passe : un nuage devant le soleil intercepte sa lumière féconde ; les oiseaux se taisent ; l'ombre en s'étendant, entraîne et chasse devant elle et mon rêve et ma joie.

---

a. que ce qui
b. brute.
c. d'une grandeur inconnue

Alors je me mets à marcher ; je vais, je me hâte pour rentrer tristement : et bientôt je retourne dans les bois parce que le soleil peut paraître encore. Il y a dans tout cela quelque chose qui tranquillise et qui console. Ce que c'est ? je ne le sais pas bien : mais quand la douleur m'endort, le temps ne s'arrête point [a] ; et j'aime à voir mûrir le fruit qu'un vent d'automne fera tomber.

LETTRE XX

Fontainebleau, 27 août, II

Combien peu il faut à l'homme qui veut seulement vivre : et combien il faut à celui qui veut vivre content et employer ses jours ! Celui-là serait bien plus heureux qui aurait la force de renoncer au bonheur, et de voir qu'il est trop difficile : mais faut-il donc qu'il reste toujours seul [b] ? La paix elle-même est un triste bien si on n'espère point la partager.

Je sais que plusieurs trouvent assez de permanence dans un bien du moment ; et que d'autres savent se borner à une manière d'être sans ordre et sans goût. J'en ai vu se faire la barbe devant un miroir cassé. Les langes des enfants étaient étendus à la fenêtre : une de leurs robes pendait contre le tuyau du poêle : leur mère les lavait auprès de la table sans nappe, où étaient servis sur des plats recousus, du bouilli réchauffé avec des petits oignons, et les restes [c] du dindon du dimanche. Il y aurait eu de la soupe grasse si [d] le chat n'eût pas renversé le bouillon (E). On appelle cela une vie simple : pour moi je l'appelle une vie malheureuse, si elle est momentanée ; je l'appelle une vie de misère, si elle est forcée et durable ; mais si elle est volontaire, si l'on ne s'y déplaît pas, si l'on compte subsister ainsi, je l'appelle une existence ridicule.

---

a. pas
b. mais faut-il rester toujours seul ?
c. du bouilli réchauffé et les restes
d. de la soupe si

Lettre XX

C'est une bien belle chose, dans les livres, que le mépris des richesses ; mais avec un *ménage* et point d'argent, il faut ou ne rien sentir, ou avoir une force inébranlable ; or je doute qu'avec un grand caractère on se soumette à une telle vie. On supporte tout ce qui est accidentel ; mais c'est adopter cette misère que d'y plier pour toujours sa volonté. Ces stoïciens-là manqueraient-ils du sentiment des choses convenables qui apprend à l'homme que vivre ainsi n'est point vivre selon sa nature ? Leur simplicité sans ordre, sans délicatesse, sans honte, ressemble plus, à mon avis, à la sale abnégation d'un moine mendiant, à la grossière pénitence d'un fakir, qu'à la fermeté, qu'à l'indifférence philosophique.

Il est une propreté, un soin, un accord, un ensemble dans la simplicité elle-même. Mais ces gens [a] dont je parle, n'ont pas un miroir de vingt sous, et ils vont au spectacle : ils ont de la faïence écornée, et des habits de fin drap : ils ont des manchettes bien plissées à des chemises d'une toile grossière : s'ils se promènent, c'est aux Champs-Élysées ; ces solitaires y vont voir les passants, disent-ils : et pour voir ces passants, ils vont s'en faire mépriser et s'asseoir sur quelques restes d'herbe parmi la poussière que fait la foule. Dans leur flegme philosophique ils dédaignent ces [b] convenances arbitraires, et mangent leurs brioches [c], à terre, entre les enfants et les chiens, entre les pieds de ceux qui vont et reviennent. Là ils étudient l'homme en jasant avec les bonnes et les nourrices : là ils méditent une brochure, où les rois seront avertis des dangers de l'ambition ; où le luxe de la bonne société sera réformé ; où tous les hommes apprendront qu'il faut modérer ses désirs, vivre selon la nature, manger des gâteaux de Nanterre [108][d] et boire *à la fraîche* [109].

Je ne veux pas vous en dire plus. Si j'allais vous mener trop loin dans la disposition à plaisanter certaines [e] choses, vous pourriez rire aussi de la manière bizarre dont je vis

---

a. simplicité même. Les gens
b. les
c. leur brioche
d. nature, et manger des gâteaux de Nanterre
e. plaisanter sur de certaines

dans ma forêt : car il y a bien ᵃ quelque puérilité à se faire un désert [110] auprès d'une capitale. Il faut que vous conveniez pourtant qu'il reste encore de la distance entre mes bois près de Paris, et un tonneau dans Athènes [111] (F) : et je vous accorderai de mon côté que les Grecs, policés comme nous, pouvaient faire plus que nous des choses singulières, parce qu'ils étaient plus près des anciens temps. Le tonneau fut choisi pour y mener publiquement, et dans la maturité de l'âge, la vie d'un sage. Cela est bien extraordinaire ; mais l'extraordinaire ne choquait pas excessivement les Grecs. L'usage, les choses reçues ne formaient point leur code suprême. Tout chez eux pouvait avoir son caractère particulier : et ce qu'il était rare d'y rencontrer, c'était une chose qui leur fût ordinaire et universelle. Comme un peuple qui fait, ou qui continue, l'essai de la vie sociale, ils semblaient chercher l'expérience des institutions et des usages, et ignorer encore quelles étaient les habitudes exclusivement bonnes. Mais nous à qui il ne reste plus aucun doute ᵇ là-dessus, nous qui avons, en tout, adopté le mieux possible, nous faisons bien de consacrer nos moindres manières, et de punir de mépris l'homme assez stupide pour sortir d'une trace si bien connue. Au reste, ce qui m'excuse sérieusement, moi qui n'ai nulle envie d'imiter les cyniques, c'est que je ne prétends point ᶜ me faire honneur d'un caprice de jeune homme ; ni, au milieu des hommes, opposer directement ma manière à la leur, dans des ᵈ choses que le devoir ne me prescrit point. Je me permets une singularité indifférente par elle-même, et que je juge m'être bonne à certains égards. Elle choquerait leur manière de penser : il me semble que c'est le seul inconvénient qu'elle puisse avoir, et je la leur cache afin de l'éviter.

---

a. forêt il y a bien
b. il ne reste aucun doute
c. je ne prétends ni
d. dans les

LETTRE XXI

Fontainebleau, 1er septembre, II

Il fait de bien beaux jours et je suis dans une paix profonde. Autrefois j'aurais joui davantage dans cette liberté entière, dans cet abandon de toute affaire, de tout projet, dans cette indifférence sur tout ce qui peut arriver.

Je commence à sentir que j'avance dans la vie. Ces impressions délicieuses, ces émotions subites qui m'agitaient autrefois et m'entraînaient si loin d'un monde de tristesse, je ne les retrouve plus qu'altérées et affaiblies. Ce désir ineffable que réveillait dans moi [a] chaque sentiment de quelque beauté dans les choses naturelles, cette espérance pleine d'incertitudes [b] et de charme, ce feu céleste qui éblouit et consume un cœur jeune, cette volupté expansive dont il éclaire devant lui le fantôme immense, tout cela n'est déjà plus. Je commence à voir ce qui est utile, ce qui est commode, et non plus ce qui est beau.

Vous qui connaissez mes besoins sans bornes, dites-moi ce que je ferai de la vie, quand j'aurai perdu ces moments d'illusions qui brillaient dans ses ténèbres comme les lueurs orageuses dans une nuit sinistre ? [c] Ils la rendaient plus sombre, je l'avouerai, mais ils montraient qu'elle pouvait changer, et que la lumière subsistait encore. Maintenant que deviendrai-je s'il faut que je me borne à ce qui est ; et que je reste contenu dans ma manière de vivre, dans mes intérêts personnels, dans le soin de me lever, de m'occuper, de me coucher ?

J'étais bien différent dans ces temps où il était possible que j'aimasse. J'avais été romanesque dans mon enfance, et alors encore j'imaginai une retraite selon mes goûts. J'avais faussement réuni dans un point du Dauphiné, l'idée des formes alpestres à celles d'un climat d'oliviers, de citronniers ; mais enfin le mot de *Chartreuse* m'avait frappé : et c'était là [d], près de Grenoble, que je rêvais ma

---
a. Ce désir que réveillait en moi
b. d'incertitude
c. sinistre !
d. frappé : c'était

demeure. Je croyais alors que des lieux heureux faisaient beaucoup pour une vie heureuse ; et que là, avec une femme aimée, je posséderais cette félicité inaltérable dont le besoin remplissait mon cœur trompé.

Mais voici une chose bien étrange, dont je ne puis rien conclure, et dont je n'affirmerai rien sinon que le fait est tel. Je n'avais jamais rien vu, ni rien lu [a], que je sache, qui m'eût donné quelque connaissance du local [112] de la Grande-Chartreuse [113]. Je savais uniquement que cette solitude était dans les montagnes du Dauphiné. Mon imagination composa d'après cette notion confuse et d'après ses propres penchants, le site où devait être le monastère, et, près de lui, ma demeure. Elle approcha singulièrement de la vérité ; car, voyant [b] longtemps après une gravure qui représentait ces mêmes lieux, je me dis avant d'avoir lu : voilà la Grande-Chartreuse, tant elle me rappela ce que j'avais imaginé. Et quand il se trouva que c'était elle effectivement, cela me fit frémir de surprise et de regret : et il me sembla [c] que j'avais perdu une chose qui m'était comme destinée. Depuis ce projet de ma première jeunesse, je n'entends point sans une émotion pleine d'amertume, ce mot Chartreuse.

Plus je rétrograde [114] dans ma jeunesse, plus je trouve les impressions profondes. Si je passe l'âge où les idées ont déjà de l'étendue ; si je cherche dans mon enfance ces premières fantaisies d'un cœur mélancolique qui n'a jamais eu de véritable enfance, et qui s'attachait aux émotions fortes et aux choses extraordinaires avant qu'il fût seulement décidé s'il aimerait, ou n'aimerait pas les jeux ; si, dis-je, je cherche ce que j'éprouvais à sept ans, à six ans, à cinq ans, je trouve des impressions aussi ineffaçables, plus confiantes, plus douces et formées par ces illusions entières dont aucun autre âge n'a possédé le bonheur.

Je ne me trompe point d'époque : je sais, avec certitude, quel âge j'avais lorsque j'ai pensé à telles choses, lorsque j'ai lu tel livre. J'ai lu l'histoire du Japon de Kœmpfer [115],

---

a. rien vu, rien lu

b. vérité. Voyant

c. regret ; il me sembla

dans ma place ordinaire, auprès d'une certaine fenêtre, dans cette maison près du Rhône, que mon père a quittée un peu avant[a] sa mort. L'été suivant, j'ai lu *Robinson Crusoé*. C'est alors que je perdis cette exactitude que l'on avait remarquée en moi : il me devint impossible de faire sans plume, des calculs moins compliqués que celui que j'avais fait à quatre ans et demi, sans rien écrire et sans savoir aucune règle d'arithmétique, si ce n'est l'addition ; calcul qui avait tant surpris toutes les personnes rassemblées chez Mme Belp.[116] dans cette soirée dont vous savez l'histoire.

La faculté de percevoir les rapports indéterminés l'emporta alors sur celle de combiner des rapports mathématiques. Les relations morales devenaient sensibles : le sentiment du beau commençait à naître...

2 septembre

J'ai vu qu'insensiblement j'allais raisonner. Je me suis arrêté. Lorsqu'il ne s'agit que du sentiment on peut ne consulter que soi, mais dans les choses qui doivent être discutées, il y a toujours beaucoup à gagner quand on peut savoir ce qu'en ont pensé d'autres hommes. J'ai précisément ici un volume qui contient *Les Pensées philosophiques* de Diderot, son *Traité du beau*, etc. Je l'ai pris, et je suis sorti[117].

Si je suis de l'avis de Diderot, peut-être il paraîtra que c'est parce qu'il parle le dernier, et je conviens que cela fait ordinairement beaucoup : mais je modifie sa pensée à ma manière, car je parle encore après lui.

Laissant Wolf[118], Crouzaz[119], et le sixième sens d'Hutcheson[120], je pense à peu près comme tous les autres : et c'est pour cela que je ne pense point que la définition du beau puisse être exprimée d'une manière si simple, et si brève, que l'a fait Diderot. Je crois, comme lui, que le sentiment de la beauté ne peut exister hors de la perception des rapports ; mais de quels rapports ? S'il arrive que l'on songe au beau quand on voit des rapports quelconques, ce n'est pas qu'on en ait alors la perception, l'on ne fait que

---

a. peu de temps avant

l'imaginer. Parce qu'on voit des rapports, on suppose un centre, on pense à des analogies, on s'attend à une extension nouvelle de l'âme et des idées ; mais ce qui est beau ne fait pas seulement penser à tout cela comme par réminiscence ou par occasion, il le contient et le montre. C'est un avantage sans doute quand une définition peut être exprimée par un seul mot : mais il ne faut pas que cette concision la rende trop générale et dès lors fausse.

Je dirais [a] donc : *Le beau est ce qui excite en nous l'idée de rapports disposés vers une même fin, selon des convenances analogues à notre nature.* Cette définition renferme les notions d'ordre, de proportions, d'unité, et même d'utilité.

Ces rapports sont ordonnés vers un centre, ou un but ; ce qui fait l'ordre et l'unité. Ils suivent des convenances qui ne sont autre chose que la proportion, la régularité, la symétrie, la simplicité selon que l'une ou l'autre de ces convenances se trouve plus ou moins essentielle à la nature du tout que ces rapports composent. Ce tout est l'unité sans laquelle il n'y a pas de résultat, ni d'ouvrage [b] qui puisse être beau, parce qu'alors il n'y a pas même d'ouvrage. Tout produit doit être un : on n'a rien fait si on n'a pas mis d'ensemble à ce qu'on a fait. Une chose n'est pas belle sans ensemble ; elle n'est pas une chose, mais un assemblage de choses qui pourront produire l'unité et la beauté, lorsque unies à ce qui leur manque encore, elles formeront un tout. Jusque-là ce sont des matériaux : leur réunion n'opère point de beauté, quoiqu'ils puissent être beaux en particulier, comme ces composés individuels, entiers et complets peut-être, mais dont l'assemblage encore informe, n'est pas un ouvrage : ainsi une compilation des plus belles pensées morales éparses et sans liaison, ne forme point un traité de morale.

Dès lors que [c] cet ensemble plus ou moins composé, mais pourtant un et complet, a des analogies sensibles avec la nature de l'homme, il lui est utile directement ou indirectement. Il peut servir à ses besoins, ou du moins

---

a. dirai
b. résultat, pas d'ouvrage
c. Dès que

étendre ses connaissances ; il peut être pour lui un moyen nouveau, ou l'occasion d'une industrie nouvelle ; il peut ajouter à son être, et plaire à son espoir [a] inquiet, à son avidité.

La chose est plus belle, il y a vraiment unité, lorsque les rapports perçus sont exacts, lorsqu'ils concourent à un centre commun : et s'il n'y a précisément que ce qu'il faut pour coopérer à ce résultat, la beauté est plus grande, il y a simplicité. Toute qualité est altérée par le mélange d'une qualité étrangère : lorsqu'il n'y a point de mélange, la chose est plus exacte, plus symétrique, plus simple, plus une, plus belle ; elle est parfaite.

La notion d'utilité entre principalement de deux manières dans celle de la beauté. D'abord l'utilité de chaque partie pour leur fin commune ; puis l'utilité du tout pour nous qui avons des analogies avec ce tout.

On lit dans *Philosophie de la nature* [121] : *Il me semble que le philosophe peut définir la beauté, l'accord expressif d'un tout avec ses parties.*

J'ai trouvé dans une note, que vous l'aviez ainsi définie autrefois : *La convenance des diverses parties d'une chose avec leur destination commune, selon les moyens les plus féconds à la fois et les plus simples.* Ce qui se rapproche du sentiment de Crouzas, à l'assaisonnement près. Car il compte [b] cinq caractères du beau ; et il définit ainsi la proportion qui en est un, *l'unité* assaisonnée *de variété, de régularité et d'ordre dans chaque partie.*

Si la chose bien ordonnée, analogue à nous et dans laquelle nous trouvons de la beauté, nous paraît supérieure ou égale à ce que nous contenons en nous, nous la disons belle. Si elle nous paraît inférieure, nous la disons jolie. Si ses analogies avec nous sont relatives à des choses de peu d'importance, mais qui servent directement à nos habitudes et à nos désirs présents, nous la disons agréable. Quand elle suit les convenances de notre âme, en animant, en étendant notre pensée, en généralisant, en exaltant nos affections, en nous montrant dans les choses extérieures des analogies grandes ou nouvelles, qui nous donnent une

---

a. esprit
b. près. Il compte

extension inespérée et le sentiment d'un ordre immense, universel [a], d'une fin commune à beaucoup d'êtres, nous la disons sublime.

La perception des rapports ordonnés, produit l'idée de la beauté : et l'extension de l'âme, occasionnée par leur analogie avec notre nature, en est le sentiment.

Quand les rapports indiqués ont quelque chose de vague et d'immense ; quand l'on sent bien mieux qu'on ne voit, leurs convenances avec nous et avec une partie de la nature, il en résulte un sentiment délicieux, plein d'espoir et d'illusions, une jouissance indéfinie qui promet des jouissances sans bornes. Voilà le genre de beauté qui charme, qui entraîne. Le joli amuse la pensée, le beau soutient l'âme, le sublime l'étonne ou l'exalte ; mais ce qui séduit et passionne les cœurs, ce sont des beautés plus vagues et plus étendues encore, peu connues, jamais expliquées, mystérieuses et ineffables.

Ainsi dans les cœurs faits pour aimer, l'amour embellit toutes choses, et rend délicieux le sentiment de la nature entière. Comme il établit en nous le rapport le plus grand qu'on puisse connaître hors de soi, il nous rend habiles au sentiment de tous les rapports, de toutes les harmonies ; il découvre à nos affections un monde nouveau. Emportés par ce mouvement rapide, séduits par cette énergie qui promet tout, et dont rien encore n'a pu nous désabuser, nous cherchons, nous sentons, nous aimons, nous voulons tout ce que la nature contient pour l'homme [122].

Mais les dégoûts de la vie viennent nous comprimer et nous forcer de nous replier en nous-mêmes. Dans notre marche rétrograde, nous nous attachons à abandonner les choses extérieures, et à nous contenir dans nos besoins positifs ; centre de tristesse, où l'amertume et le silence de tant de choses n'attendent pas la mort, pour creuser à nos cœurs ce vide du tombeau où se consument et s'éteignent [b] tout ce qu'ils pouvaient avoir de candeur, de grâces, de désirs et de bonté primitive.

---

a. qui nous donnent le sentiment d'un ordre universel,
b. où se consume et s'éteint

LETTRE XXII

Fontainebleau, 12 octobre, II

Il fallait bien revoir une fois tous les sites que j'aimais à fréquenter. Je parcours les plus éloignés, avant que les nuits soient froides, que les arbres se dépouillent, que les oiseaux s'éloignent.

Hier je me mis en chemin avant le jour ; la lune éclairait encore, et malgré l'aurore on pouvait discerner les ombres. Le vallon de Changis restait dans la nuit ; déjà j'étais sur les sommités d'Avon. Je descendis aux Basses Loges, et j'arrivais à Valvins, lorsque le soleil, s'élevant derrière Samoreau, colora les rochers de Samois.

Valvins n'est point un village, et n'a pas de terres labourées. L'auberge est isolée, au pied d'une éminence, sur une petite plage facile, entre la rivière et les bois. Il faudrait supporter l'ennui du coche, voiture très désagréable, et arriver à Valvins ou à Thomery par eau [123], le soir, quand la côte est sombre et que les cerfs brament dans la forêt. Ou bien, au lever du soleil, quand tout repose encore, quand le cri du batelier fait fuir les biches, quand il retentit sous les hauts peupliers et dans les collines de bruyère toutes fumantes sous les premiers feux du jour.

C'est beaucoup si l'on peut, dans un pays plat, rencontrer ces faibles effets, qui du moins sont intéressants à certaines heures. Mais le moindre changement les détruit : dépeuplez de bêtes fauves les bois voisins, ou coupez ceux qui couvrent le coteau, Valvins ne sera plus rien. Tel qu'il est même, je ne me soucierais pas de m'y arrêter : dans le jour, c'est un lieu très ordinaire ; de plus l'auberge n'est pas logeable.

En quittant Valvins je montai vers le nord ; je passai près d'un amas de grès dont la situation, dans une terre unie et découverte, entourée de bois et inclinée vers le couchant d'été, donne un sentiment d'abandon mêlé de quelque tristesse. En m'éloignant, je comparais ce lieu à un autre qui m'avait fait une impression opposée près de Bourron. Trouvant ces deux lieux fort semblables, excepté sous le rapport de l'exposition, j'entrevis enfin la raison de ces effets contraires que j'avais éprouvés, vers les Alpes, dans des lieux en apparence les mêmes. Ainsi m'ont attristé Bulle et Planfayon, quoique leurs pâturages, sur les limites de la Gruyère, en portent le caractère, et qu'on reconnaisse aussitôt dans la manière de leurs sites [a], les habitudes et le ton de la montagne. Ainsi j'ai regretté, jadis, de ne pouvoir rester dans une gorge perdue et stérile de la dent du Midi. Ainsi je trouvai l'ennui à Iverdun ; et, sur le même lac de Neuchâtel, un bien-être remarquable : ainsi s'expliqueront la douceur de Vevey, la mélancolie de l'Unterwalden ; et par des raisons semblables peut-être, les divers caractères de tous les peuples. Ils sont modifiés par les différences des expositions, des climats, des vapeurs, autant et plus encore que par celles des lois et des habitudes * [124]. En effet, ces dernières oppositions ont eu elles-mêmes, dans le principe, de semblables causes physiques.

Ensuite je tournai vers le couchant, et je cherchai la fontaine du mont Chauvet. On a pratiqué, avec les grès dont tout cet endroit est couvert, un abri qui protège sa source [b] contre le soleil et l'éboulement du sable, ainsi qu'un banc circulaire où l'on vient déjeuner en puisant de son eau. L'on y rencontre quelquefois des chasseurs, des promeneurs, des ouvriers ; mais quelquefois aussi, une triste société de valets de Paris et de marchandes [c] du quartier Saint-Martin ou de la rue Saint-Jacques, retirés dans une ville où le roi *fait des voyages*. Ils sont attirés, de ce côté, par l'eau qu'il est commode de trouver quand on veut manger entre voisins un pâté froid : et par un certain grès creusé naturellement, qu'on rencontre sur le chemin, et qu'ils s'amusent beaucoup à voir. Ils le vénèrent, ils le nomment *confessionnal* ; ils y reconnaissent avec attendrissement ces *jeux de la nature* qui imitent les choses saintes, et qui attestent que la religion de Jésus crucifié [d] est la fin de toutes choses.

---

a. aussitôt dans leurs sites
* Il faudrait pourtant sans doute en excepter les mœurs nationales chez les peuples qui ont eu des législateurs, comme les Spartiates, les Hébreux, les Péruviens, les Parsis.
b. la source
c. marchands
d. que la religion du pays

Pour moi je descendis dans le vallon retiré où cette eau trop faible se perd sans former de ruisseau. En tournant vers la croix du Grand-Veneur, je trouvai une solitude austère comme l'abandon que je cherche. Je passai derrière les rochers de Cuvier ; j'étais plein de tristesse : je m'arrêtai longtemps dans les gorges d'Apremont. Vers le soir, je m'approchai des solitudes du Grand-Franchard, ancien monastère isolé dans les collines et les sables ; ruines abandonnées que même loin des hommes, les vanités humaines consacrèrent au fanatisme de l'humilité, à la passion d'étonner le peuple [125]. Depuis ce temps, des brigands y remplacèrent, dit-on, les moines ; ils y ramenèrent des principes de liberté, mais pour le malheur de ce qui n'était pas libre avec eux. La nuit approchait ; je me choisis une retraite dans une sorte de parloir dont j'enfonçai la porte antique, et où je rassemblai quelques débris de bois avec de la fougère et d'autres herbes, afin de ne point passer la nuit sur la pierre. Alors je m'éloignai pour quelques heures encore, car la lune [a] devait éclairer.

Elle éclaira en effet, et faiblement, comme pour ajouter à la solitude de ce monument désert. Pas un cri, pas un oiseau, pas un mouvement n'interrompit le silence durant la nuit entière. Mais quand tout ce qui nous opprime est suspendu, quand tout dort et nous laisse au repos, les fantômes veillent dans notre propre cœur.

Le lendemain, je pris au midi : pendant que j'étais entre les hauteurs, il fit un orage que je vis se former avec beaucoup de plaisir. Je trouvai facilement un abri dans ces rocs presque partout creusés ou suspendus les uns sur les autres. J'aimais à voir, du fond de mon antre, les genévriers et les bouleaux résister à l'effort des vents, quoique privés d'une terre féconde et d'un sol commode ; et conserver leur existence libre et pauvre, quoiqu'ils n'eussent d'autre soutien que les parois des roches entrouvertes entre lesquelles ils se balançaient, ni d'autre nourriture qu'une humidité terreuse amassée dans les fentes où leurs racines s'étaient introduites.

Dès que la pluie diminua, je m'enfonçai dans les bois humides et embellis. Je suivis les bords de la forêt vers

---

a. encore : la lune

Recloses, la Vignette et Bourron. Me rapprochant ensuite du petit mont Chauvet jusqu'à la croix Hérant [126], je me dirigeai entre Malmontagne et la route aux Nymphes. Je rentrai vers le soir avec quelque regret, et content de ma course ; si toutefois quelque chose peut me donner précisément du plaisir ou du regret.

Il y a dans moi un dérangement, une sorte de délire, qui n'est pas celui des passions, qui n'est pas non plus de la folie : c'est le désordre des ennuis ; c'est la discordance qu'ils ont commencée entre moi et les choses ; c'est l'inquiétude que des besoins longtemps comprimés ont mise à la place des désirs.

Je ne veux plus de désirs, ils ne me trompent point. Je ne veux pas qu'ils s'éteignent, ce silence absolu serait plus sinistre encore. Cependant c'est la vaine beauté d'une rose devant l'œil qui ne s'ouvre plus ; ils montrent ce que je ne saurais posséder, ce que je puis à peine voir. Si l'espérance semble encore jeter une lueur dans la nuit qui m'environne, elle n'annonce rien que l'amertume qu'elle exhale en s'éclipsant ; elle n'éclaire que l'étendue de ce vide où je cherchais, et où je n'ai rien trouvé.

De doux climats, de beaux lieux, le ciel des nuits, des sons ineffables [a], d'anciens souvenirs ; les temps, l'occasion ; une nature belle, expressive, des affections sublimes, tout a passé devant moi ; tout m'appelle, et tout m'abandonne. Je suis seul ; les forces de mon cœur ne sont point communiquées, elles réagissent dans lui, elles attendent : me voilà dans le monde, errant, solitaire au milieu de la foule qui ne m'est rien ; comme l'homme frappé dès longtemps d'une surdité accidentelle, dont [b] l'œil avide se fixe sur tous ces êtres muets qui passent et s'agitent devant lui. Il voit tout, et tout lui est refusé : il devine les sons qu'il aime, il les cherche, et ne les entend pas : il souffre le silence de toutes choses au milieu du bruit du monde. Tout se montre à lui, il ne saurait rien saisir : l'harmonie universelle est dans les choses extérieures, elle est dans son imagination, elle n'est plus dans son cœur : il est séparé de l'ensemble des êtres, il n'y a

---

a. particuliers,
b. accidentelle, et dont

plus de contact ; tout existe en vain devant lui, il vit seul, il est absent dans le monde vivant.

LETTRE XXIII

Fontainebleau, 18 octobre, II

L'homme connaîtrait-il aussi la longue paix de l'automne, après l'inquiétude de ses fortes années ? Comme le feu, après s'être hâté de consumer, dure en s'éteignant.

Longtemps avant l'équinoxe, les feuilles tombaient en quantité ; cependant la forêt conserve [a] encore beaucoup de sa verdure, et toute sa beauté. Il y a plus de quarante jours, tout paraissait devoir finir avant le temps : et voici que tout subsiste par-delà le terme prévu ; recevant aux limites de la destruction, une durée prolongée, qui, sur le penchant de sa ruine, s'arrête avec beaucoup de grâce et [b] de sécurité, et qui s'affaiblissant dans une douce lenteur, semble tenir à la fois et du repos de la mort qui s'offre, et du charme de la vie perdue.

LETTRE XXIV

Fontainebleau, 28 octobre, II

Lorsque les frimas s'éloignent, je m'en aperçois à peine : le printemps passe, et ne m'a pas attaché ; l'été passe, je ne le regrette point ; mais je me plais à marcher sur les feuilles tombées, aux derniers beaux jours, dans la forêt dépouillée.

D'où vient à l'homme la plus durable des jouissances de son cœur, cette volupté de la mélancolie, ce charme plein de secrets, qui le fait vivre de ses douleurs et s'aimer encore dans le sentiment de sa ruine ? Je m'attache à la saison heureuse qui bientôt ne sera plus : un intérêt tardif,

---

a. conservait
b. ou

un plaisir qui paraît contradictoire m'amène à elle alors qu'elle ᵃ va finir. Une même loi morale me rend pénible l'idée de la destruction, et m'en fait aimer ici le sentiment dans ce qui doit cesser avant moi. Il est naturel que nous jouissions mieux de l'existence périssable, lorsque, avertis de toute sa fragilité, nous la sentons néanmoins durer en nous. Quand la mort nous sépare de tout, tout reste pourtant ; tout subsiste sans nous ᵇ. Mais, à la chute des feuilles, la végétation s'arrête, elle meurt ; nous, nous restons pour des générations nouvelles : et l'automne ᶜ est délicieux parce que le printemps doit venir encore pour nous.

Le printemps est plus beau dans la nature ; mais l'homme a tellement fait que l'automne est plus doux. La verdure qui naît, l'oiseau qui chante, la fleur qui s'ouvre ; et ce feu qui revient affirmer la vie, ces ombrages qui protègent d'obscurs asiles ; et ces herbes fécondes, ces fruits sans culture, ces nuits faciles qui permettent l'indépendance ! Saison du bonheur ᵈ ! je vous redoute trop dans mon ardente inquiétude. Je trouve plus de repos vers le soir de l'année : et la saison ᵉ où tout paraît finir, est la seule où je dorme en paix sur la terre de l'homme [127].

LETTRE XXV

Fontainebleau, 6 novembre, II

Je quitte mes bois. J'avais eu quelque intention d'y rester pendant l'hiver : mais si je veux me délivrer enfin des affaires qui m'ont rapproché de Paris, je ne puis les négliger plus longtemps. On me rappelle, on me presse, on me fait entendre que puisque je reste tranquillement à la campagne, apparemment je puis me passer que tout cela finisse. Ils ne se doutent guère de la manière dont j'y vis ;

---

a. lorsqu'elle
b. Quand la mort nous sépare des choses, elles subsistent sans nous.
c. nouvelles. L'automne
d. de bonheur
e. année : la saison

Lettre XXV

car s'ils le savaient[a], ils diraient plutôt le contraire, ils croiraient bonnement que c'est par économie[b].

Je crois encore que même sans cela, je me serais décidé à quitter la forêt. C'est avec beaucoup de bonheur que je suis parvenu à être ignoré jusqu'à présent. La fumée me trahirait ; je ne saurais échapper aux bûcherons, aux charbonniers, aux chasseurs : je n'oublie pas que je suis dans un pays très policé. D'ailleurs je n'ai pu prendre les arrangements qu'il faudrait pour vivre ainsi en toute saison ; il pourrait m'arriver de ne savoir trop que devenir pendant les neiges molles, pendant les dégels et les pluies froides.

Je vais donc laisser la forêt, le mouvement, l'habitude rêveuse, et la faible mais paisible image d'une terre libre.

Vous me demandez ce que je pense de Fontainebleau, indépendamment et des souvenirs qui pouvaient me le rendre plus intéressant, et de la manière dont j'y ai passé ces moments-ci.

Cette terre-là est peu de chose en général, et il faut aussi fort peu de chose pour en gâter les meilleurs recoins. Les sensations que peuvent donner les lieux auxquels la nature n'a point imprimé un grand caractère, sont nécessairement variables et en quelque sorte précaires. Il faut vingt siècles pour changer une *Alpe*. Un vent de nord, quelques arbres abattus, une plantation nouvelle, la comparaison avec d'autres lieux suffisent pour rendre des sites ordinaires très différents d'eux-mêmes. Une forêt remplie de bêtes fauves perdra beaucoup si elle n'en contient plus ; et un endroit qui n'est qu'agréable perdra plus encore si on le voit avec les yeux d'un autre âge.

J'aime ici l'étendue de la forêt, la majesté des bois dans quelques parties, la solitude des petites vallées, la liberté des landes sablonneuses ; beaucoup de hêtres et de bouleaux ; une sorte de propreté et d'aisance extérieure dans la ville ; l'avantage assez grand de n'avoir jamais de boues, et celui non moins rare de voir peu de misère ; de belles routes, une grande diversité de chemins ; et une multitude d'*accidents*, quoique à la vérité trop petits et

---

a. vis : s'ils le savaient

b. croiraient que c'est par économie.

...op semblables. Mais ce séjour ne saurait convenir réellement qu'à celui qui ne connaît et n'imagine rien de plus. Il n'est pas un site d'un grand caractère auquel on puisse sérieusement comparer ces terres basses qui n'ont ni vagues, ni torrents, rien qui étonne ou qui attache ; surface monotone à qui il ne resterait plus aucune beauté si l'on en coupait les bois ; assemblage trivial et muet de petites plaines de bruyère, de petits ravins, et de rochers mesquins uniformément amassés ; terre des plaines dans laquelle on peut trouver beaucoup d'hommes avides du sort qu'ils se promettent, et pas un satisfait de celui qu'il a.

La paix d'un lieu semblable n'est que le silence d'un abandon momentané ; sa solitude n'est point assez sauvage. Il faut à cet abandon un ciel pur du soir, un ciel incertain mais calme d'automne [128], le soleil de dix heures entre les brouillards. Il faut des bêtes fauves errantes dans ces solitudes : elles sont intéressantes et pittoresques, quand on entend des cerfs bramer la nuit à des distances inégales, quand l'écureuil saute de branche en branche dans les beaux bois de Tillas avec son petit cri d'alarme. Sons isolés de l'être vivant ! vous ne peuplez point les solitudes, comme le dit mal l'expression vulgaire, vous les rendez plus profondes, plus mystérieuses ; c'est par vous qu'elles sont romantiques [129].

LETTRE XXVI

Paris, 9 février, troisième année [130]

Il faut que je vous dise toutes mes faiblesses, afin que vous me souteniez ; car je suis bien incertain : quelquefois j'ai pitié de moi-même, et quelquefois aussi je sens autrement.

Quand je rencontre un cabriolet [131] mené par une femme telle à peu près que j'en imagine, je vais droit le long du cheval jusqu'à ce que la roue me touche presque ; alors je ne regarde plus, je serre le bras en me courbant un peu, et la roue passe.

Une fois j'étais ainsi dans l'imaginaire, les yeux occupés sans être précisément fixes. Aussi fut-elle obligée d'arrêter, j'avais oublié la roue ; elle avait et de la jeunesse et de la maturité ; elle était presque belle, et extrêmement aimable [132]. Elle retint son cheval, sourit à peu près, et parut ne pas vouloir sourire. Je la regardais encore, et sans voir ni le cheval ni la roue, je me trouvai lui répondre... Je suis sûr que mon œil était déjà rempli de douleur. Le cheval fut détourné, elle se penchait pour voir si la roue ne me toucherait point [a]. Je restai dans mon songe ; mais un peu plus loin, je heurtai du pied ces fagots que les fruitiers font pour vendre à des pauvres : alors je ne vis plus rien. – Ne serait-il pas temps de prendre de la fermeté, d'entrer dans l'oubli ? Je veux dire, de ne s'occuper que de... ce qui convient à l'homme. Ne faut-il pas laisser toutes ces puérilités qui me fatiguent et m'affaiblissent.

Je les voudrais bien ôter de moi : mais, je ne sais que mettre à la place ; et quand je me dis, il faut être homme enfin, je ne trouve que de l'incertitude. Dans votre première lettre, dites-moi ce que c'est qu'être homme.

LETTRE XXVII

Paris, 11 février, III

Je ne conçois pas du tout ce qu'ils entendent par amour-propre [133]. Ils le blâment, et ils disent qu'il faut en avoir : j'aurais conclu de là que cet amour de soi et des convenances est bon et nécessaire, qu'il est inséparable du sentiment de l'honneur, et que l'excès seul en étant funeste comme le doivent être tous les excès, il faut considérer si les choses qu'on fait par amour-propre sont bonnes ou mauvaises, et non les critiquer uniquement, parce que c'est l'amour-propre qui paraît les faire faire.

Ce n'est pas cela pourtant. Il faut avoir de l'amour-propre ; quiconque n'en a pas est un pied-plat [134] : et il ne faut rien faire par amour-propre ; ce qui est bon pour soi-même, ou au moins indifférent, devient mauvais quand c'est l'amour-propre qui nous y porte. Vous qui connaissez mieux la société, expliquez-moi, je vous prie, ses secrets.

---

a. pas.

J'imagine qu'il vous sera plus facile de répondre à cette question-ci qu'à celle de ma dernière lettre. Au reste, comme vous êtes brouillé avec l'idéal, voici un exemple, afin que le problème qu'il faut résoudre en soit un de science pratique.

Un étranger demeure depuis peu à la campagne chez des amis opulents : il croit devoir à ses amis et à lui-même de ne pas s'avilir dans l'opinion des gens de la maison, et il suppose que les apparences sont tout pour cette classe d'hommes. Il ne recevait point chez lui, il ne voyait personne de la ville : un seul individu, un parent qui vient par hasard, se trouve être un homme original et d'ailleurs peu aisé, dont la manière bizarre et l'extérieur assez commun, doivent donner à des domestiques l'idée d'une condition basse. On ne parle pas à ces gens-là ; on ne peut pas les mettre au fait par un mot, on ne s'explique pas avec eux, ils ne savent pas qui vous êtes ; ils ne vous voient d'autre connaissance qu'un homme qui est loin de leur en imposer [a] et dont ils se permettent de rire. Aussi la personne dont je parle fut très contrariée [b] ; on l'en blâme d'autant plus, que c'est à l'occasion [135] d'un parent, voilà une réputation d'amour-propre établie ; et cependant je trouve qu'elle l'est bien mal à propos [c].

LETTRE XXVIII

Paris, 27 février, III

Vous ne pouviez me demander plus à propos d'où vient l'expression de pied-plat. Ce matin, je ne le savais pas davantage [d] que vous ; je crains bien de ne le pas savoir mieux ce soir, quoiqu'on m'ait dit ce que je vais vous rendre.

Puisque les Gaulois ont été soumis aux Romains, c'est qu'ils étaient faits pour servir ; puisque les Francs ont

---

a. de leur imposer
b. Aussi le personnage... contrarié
c. qu'elle n'est pas méritée.
d. plus

envahi les Gaules, c'est qu'ils étaient nés pour vaincre : conclusions frappantes. Or, les Galles ou Welches avaient les pieds fort plats, et les Francs les avaient fort élevés. Les Francs méprisèrent tous ces pieds plats, ces vaincus, ces serfs, ces cultivateurs : et maintenant que les descendants des Francs sont très exposés à obéir aux enfants des Gaulois ; un pied-plat est encore un homme fait pour servir. Je ne me rappelle point où je lisais dernièrement, qu'il n'y a pas en France une famille qui puisse prétendre, avec quelque fondement, descendre de cette horde du Nord qui prit un pays déjà pris que ses maîtres[a] ne savaient comment garder. Mais ces origines qui échappent à l'art par excellence, à la science héraldique se trouvent prouvées par le fait : dans la foule la plus confuse on distinguera facilement les petits-neveux des Scythes*, et tous les pieds-plats reconnaîtront leurs maîtres. Je ne me ressouviens point des formes plus ou moins nobles de votre pied ; mais je vous avertis que le mien est celui des conquérants : c'est à vous de voir si vous pouvez conserver avec moi le ton familier.

LETTRE XXIX

Paris, 2 mars, III

Je n'aime point[b] un pays où le pauvre est réduit à demander au nom de Dieu[c]. Quel peuple que celui chez qui l'homme n'est rien par lui-même !

Quand ce malheureux me dit : que le bon Jésus ! que la Vierge... ![d] Quand il m'exprime ainsi sa triste reconnaissance, je ne me sens point porté à m'applaudir dans un secret orgueil, parce que je suis libre de chaînes ridicules

---

a. pris, et que ses maîtres
* Plusieurs savants prétendent que les Francs sont le même peuple que les Russes, et qu'ainsi ils sont originaires de cette contrée dont les hordes semblent destinées de temps immémorial, à dompter les nations, et à... recommencer leur ouvrage.
b. pas
c. au nom du ciel.
d. dit : Que la bonne Vierge !...

ou adorées, et de ces préjugés contraires qui mènent aussi le monde. Mais plutôt ma tête se baisse sans que j'y songe, mes yeux se fixent vers la terre : je me sens affligé, humilié, en voyant l'esprit de l'homme si vaste et si stupide.

Lorsque c'est un homme infirme qui mendie tout un jour, avec le cri des longues douleurs, au milieu d'une ville populeuse, je m'indigne, et je heurterais volontiers ces gens qui font un détour en passant auprès de lui, qui le voient et ne l'entendent pas. Je me trouve avec humeur au milieu de cette tourbe de plats tyrans : j'imagine un plaisir juste et mâle à voir l'incendie vengeur anéantir ces villes et tout leur ouvrage, ces arts de caprice, ces livres inutiles, ces ateliers, ces forges, ces chantiers. Cependant, sais-je ce qu'il faudrait, ce que l'on peut faire ? Je ne voudrais rien.

Je regarde les choses positives : je rentre dans le doute ; je vois une obscurité profonde. J'abandonnerai l'idée même d'un monde meilleur ! Las et rebuté, je plains seulement une existence stérile et des besoins fortuits. Ne sachant où je suis, j'attends le jour qui doit tout terminer, et ne rien éclaircir.

À la porte d'un spectacle, à l'entrée pour les premières loges, l'infortuné [136] n'a pas trouvé un seul individu qui lui donnât : ils n'avaient rien ; et la sentinelle qui veillait pour les gens comme il faut, le repoussa rudement. Il alla vers le bureau du parterre, où la sentinelle chargée d'un ministère moins auguste tâcha de ne pas l'apercevoir. Je l'avais suivi des yeux. Enfin, un homme qui me parut un garçon de boutique et qui tenait déjà la pièce qu'il fallait pour son billet, le refusa doucement, hésita, chercha dans sa poche et n'en tira rien ; il finit par lui donner la pièce d'argent, et s'en retourna. Le pauvre sentit le sacrifice ; il le regardait s'en aller et fit quelques pas selon ses forces, il était entraîné à le suivre : je vis qu'il le sentait bien [a].

---

a. à le suivre.

LETTRE XXX

Paris, 7 mars, III

Il faisait sombre et un peu froid ; j'étais abattu, je marchais parce que je ne pouvais rien faire. Je passai auprès de quelques fleurs posées sur un mur à hauteur d'appui. Une jonquille [137] était fleurie. C'est la plus forte expression du désir : c'était le premier parfum de l'année. Je sentis tout le bonheur destiné à l'homme. Cette indicible harmonie des êtres, le fantôme du monde idéal fut tout entier dans moi : jamais je n'éprouvai quelque chose de plus grand, et de si instantané. Je ne saurais trouver quelle forme, quelle analogie, quel rapport secret a pu me faire voir dans cette fleur une beauté illimitée, l'expression, l'élégance, l'attitude d'une femme heureuse et simple dans toute la grâce et la splendeur de la saison d'aimer. Je ne concevrai point cette puissance, cette immensité que rien n'exprimera, cette forme que rien ne contiendra, cette idée d'un monde meilleur, que l'on sent et que la nature n'aurait pas fait ; cette lueur céleste que nous croyons saisir, qui nous passionne, qui nous entraîne, et qui n'est qu'une ombre indiscernable, errante, égarée dans le ténébreux abîme.

Mais cette ombre, cette image élyséenne, embellie[a] dans le vague, puissante de tout le prestige de l'inconnu, devenue nécessaire dans nos misères, devenue naturelle à nos cœurs opprimés, quel homme a pu l'entrevoir une fois seulement et l'oublier jamais ?

Quand la résistance, quand l'inertie d'une puissance morte, brute, immonde nous entrave, nous enveloppe, nous comprime, nous retient plongés dans les incertitudes, les dégoûts, les puérilités, les folies imbéciles ou cruelles ; quand on ne sait rien ; quand on ne possède rien ; quand tout passe devant nous comme les figures bizarres d'un songe odieux et ridicule ; qui réprimera dans nos cœurs le besoin d'un autre ordre, d'une autre nature ?

Cette lumière ne serait-elle qu'une lueur fantastique ? Elle séduit, elle subjugue dans la nuit universelle. On s'y attache, on la suit : si elle nous égare, elle nous éclaire et

---

a. cette image embellie

nous embrase. Nous imaginons, nous voyons une terre de paix, d'ordre, d'union, de justice ; où tous sentent, veulent et jouissent avec la délicatesse qui fait les plaisirs, avec la simplicité qui les multiplie. Quand on a eu la perception des délices inaltérables et permanentes ; quand on a imaginé la candeur de la volupté ; combien les soins, les vœux, les plaisirs du monde visible sont vains et misérables ! Tout est froid, tout est vide : on végète dans un lieu d'exil ; et, du sein des dégoûts, on fixe dans sa patrie imaginaire ce cœur chargé d'ennuis. Tout ce qui l'occupe ici, tout ce qui l'arrête n'est plus qu'une chaîne avilissante : on rirait de pitié, si l'on n'était accablé de douleurs. Et lorsque l'imagination reportée vers ces lieux meilleurs, compare un monde raisonnable au monde où tout fatigue et tout ennuie, l'on ne sait plus si cette grande conception n'est qu'une idée heureuse et qui peut distraire [138] des choses réelles, ou si la vie sociale n'est pas elle-même une longue distraction.

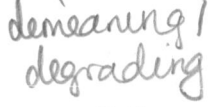

LETTRE XXXI

Paris, 30 mars, III

J'ai beaucoup de soins dans les petites choses ; je songe alors à mes intérêts. Je ne néglige rien dans les détails, dans ces minutes qui feraient sourire de pitié des hommes raisonnables : et si[a] les choses sérieuses me semblent petites, les petites ont pour moi de la valeur. Il faudra que je me rende raison de ces bizarreries ; que je voie si je suis, par caractère, étroit et minutieux ? S'il s'agissait de choses vraiment importantes, si j'étais chargé de la félicité d'un peuple, je sens que je trouverais une énergie égale à ma destinée sous ce poids difficile et beau. Mais j'ai honte des affaires de la vie civile : tous ces soins d'hommes ne sont, à mes tristes yeux, que des soucis d'enfants. Beaucoup de grandes choses ne me paraissent que des embarras misérables, où l'on s'engage avec plus de légèreté que d'énergie ; et dans lesquels l'homme ne chercherait pas sa grandeur, s'il n'était affaibli et troublé dans[b] une perfection trompeuse.

---

a. raisonnables : si
b. par

Je vous le dis avec simplicité, si je vois ainsi, ce n'est pas ma faute, et je ne m'entête pas d'une vaine prétention : souvent j'ai voulu voir autrement, je ne l'ai jamais pu. Que vous dirai-je ? plus misérable qu'eux, je souffre parmi eux, parce qu'ils sont faibles ; et dans une nature plus forte, je souffrirais encore, parce qu'ils m'ont affaibli comme eux.

Si vous pouviez voir [a] comme je m'occupe de ces riens qu'on quitterait à douze ans : comme j'aime ces ronds de [b] bois dur et propre, qui servent d'assiette vers les montagnes : comme je conserve de vieux journaux, non pas pour les relire, mais on pourrait envelopper quelque chose, un papier souple est si commode [c] ! comme à la vue d'une planche bien régulière, bien unie, je dirais volontiers, que cela est beau ! tandis qu'un bijou bien travaillé me semble à peine curieux, et qu'une chaîne de diamants me fait hausser les épaules.

Je ne vois que l'utilité première : les rapports indirects ont peine à me devenir familiers ; et je perdrais [d] dix louis avec moins de regret, qu'un couteau bien proportionné que j'aurai longtemps porté sur moi.

Vous me disiez, il y a déjà du temps : Ne négligez point vos affaires ; n'allez pas perdre ce qui vous reste, car vous n'êtes point [e] de caractère à acquérir. Je crois que vous ne serez pas aujourd'hui d'un autre avis.

Suis-je borné aux petits intérêts ? Attribuerai-je ces singularités au goût des choses simples, à l'habitude des ennuis, ou bien sont-elles une manie puérile, signe d'inaptitude aux [f] choses solides, mâles et généreuses ? – C'est quand je vois tant de grands enfants séchés [g] par l'âge et par l'intérêt, parler d'occupations *sérieuses* : c'est quand je porte l'œil du dégoût sur ma vie réprimée ; quand je considère tout ce que l'espèce humaine demande, et ce que nul ne fait : c'est alors que je fronce le sourcil, que mon œil se fixe, et qu'un frémissement involontaire fait trembler mes lèvres.

---

a. savoir

b. d'un

c. quelque chose avec un papier souple !

d. familiers . je perdrais

e. affaires, et n'allez pas perdre ce qui vous reste ; vous n'êtes point

f. quant aux

g. desséchés

Aussi mes yeux se creusent et s'abattent, et je deviens comme un homme fatigué de veilles. Un important m'a dit : Vous travaillez donc beaucoup ! Heureusement je n'ai pas ri. L'air laborieux manquait à ma honte.

Tous ces hommes qui, dans le fait, ne sont rien, et que pourtant il faut bien voir quelquefois, me dédommagent un peu de l'ennui qu'inspirent leurs villes. J'en aime assez les plus raisonnables ; ceux-là m'amusent.

LETTRE XXXII

Paris, 29 avril, III

Il y a quelque temps qu'à la bibliothèque j'entendis nommer près de moi le célèbre L... Une autre fois je me trouvai à la même table que lui ; l'encre manquait, je lui passai mon écritoire : ce matin je l'aperçus en arrivant, et je me plaçai auprès de lui. Il eut la complaisance de me communiquer des idylles [139] qu'il trouva dans un vieux manuscrit latin, et qui sont d'un auteur grec fort peu connu. Je copiai seulement la moins longue, car l'heure de sortir approchait. La voici telle que je viens de la traduire [a].

Je suis hors d'état de m'attacher à aucune chose, et je ne saurais plus m'occuper d'aucune. Malgré tous mes efforts, je reviens toujours à toi ; et mes idées, que je voudrais un moment tourner vers d'autres objets, me présentent toujours ton image. Il semble que mon existence soit liée à la tienne, et que je ne sois pas tout entier là où tu n'es pas : toutes mes facultés seraient perdues si je ne t'aimais point.

Écoute : je vais te parler simplement et comme un homme qui n'a pas besoin de cacher ce qu'il désire. Depuis que je t'ai vue, voici deux fois que l'hiver a glacé nos ruisseaux et blanchi nos prés ; mais il n'a pas refroidi mon cœur. Que deviendrai-je si je cesse de t'aimer ? Où seront mes plaisirs, et à quoi passerai-je ma vie ? Si tu m'ôtes l'espérance, que restera-t-il pour me soutenir ? Vois la fleur épuisée par les feux du soleil ; si l'on cesse de l'arroser, elle se flétrit, elle souffre, elle meurt.

---

a. longue : l'heure de sortir approchait. [L'idylle est supprimée en 1840.]

Je suis bien jeune encore : si tu le veux, je t'aimerai longtemps. Nous vivrons dans la même vallée, et nos troupeaux iront dans les mêmes pâturages. Si les loups avides enlèvent tes agneaux, j'accourrai, je combattrai le loup furieux, je rapporterai près de toi l'agneau encore épouvanté. Tu me souriras en le rassurant ; et, comme lui, j'oublierai le danger. Si la mortalité s'attache à mes brebis et qu'elle respecte les tiennes, je me consolerai en voyant qu'elle ne t'a rien enlevé. Si elle ravage ton troupeau, je t'offrirai mes brebis les plus douces, mes béliers les plus beaux ; je les aimerai davantage si tu les acceptes, ils seront plus à moi quand je te les aurai donnés.

Lorsque les vents d'hiver souffleront dans la vallée, quand les frimas couvriront nos prairies, j'irai dans les forêts et je rapporterai les branches des ifs et des pins que l'hiver ne dépouille point : je couvrirai ton toit d'une verdure nouvelle, et la neige ne pénétrera pas dans tes foyers. Quand l'herbe renaîtra, et que la saison sera encore mauvaise, j'appellerai tes brebis ; elles sortiront avec les miennes, et tu resteras dans ta demeure. Mais aussi, dès qu'il y aura de beaux moments, j'observerai la fleur encore fermée ; j'écarterai l'ombre qui la retarderait, je t'apporterai la première qui fleurira.

Mais si tu me commandes de te fuir, j'oublierai la feuille nouvelle. Le soleil du printemps et les jours d'été seront pour moi comme les brouillards qui finissent l'année, comme les nuits sombres de l'hiver. Je serai seul au milieu des pasteurs, comme si j'étais abandonné dans un pays stérile ; je serai muet au milieu de leurs chants ; et je m'éloignerai des sacrifices et des danses, afin de ne point importuner de ma tristesse ceux qui peuvent avoir du plaisir [140] *.

---

* La scène paraît être dans la partie élevée du Péloponnèse. Ces peuples pasteurs étaient connus pour leurs mœurs simples et heureuses, entre Corinthe et Lacédémone déjà très changée. Il y a beaucoup de fictions sans doute dans ce qui a été dit des Arcadiens ; mais l'Arcadie était dans la Grèce ce qu'est la Suisse dans l'Europe occidentale. Même sol, même climat, mêmes habitudes, autant que cette ressemblance peut exister dans des lieux éloignés et dans des siècles fort différents.

Les Arcadiens avaient la manie de donner leurs hommes aux puissances voisines, et de les donner à la première venue, en sorte qu'ils se trouvaient quelquefois réduits à se battre les uns contre les autres. Voyez Thucydide, liv. 7.

.../...

LETTRE XXXIII

Paris, 7 mai, III

Si je ne me trompe, mes idylles ne sont pas fort intéressantes pour vous, me dit hier l'auteur dont je vous ai parlé, qui me cherchait des yeux et qui me fit signe lorsque j'arrivai. J'allais tâcher de répondre quelque chose qui fût honnête [141] et pourtant vrai, lorsqu'en me regardant, il

---

Ce service dans l'étranger, considéré sous d'autres rapports, a fait plus de mal aux Suisses qu'il n'en avait fait aux Arcadiens. Les Arcadiens différaient beaucoup des peuples chez lesquels leur jeunesse servait. Mais les vallées suisses devaient différer plus encore des capitales de leurs voisins. Les mœurs modernes ne sont à peu près que des habitudes ; elles n'ont pas la force, la sanction que des moyens perdus maintenant, donnaient aux institutions anciennes. Les Suisses avaient donc doublement à craindre de perdre les leurs, lorsque la jeunesse dont l'audace, l'inexpérience et l'activité frondent si volontiers les vieux usages, rapporterait les manières brillantes des grandes villes dans des rochers trop rustiques à leurs yeux.

Les Suisses ont été reconnus pour sages, parce qu'en effet ils ont eu des vues nationales lorsque les autres cabinets en avaient de ministérielles : mais pourquoi leurs guerres en Italie ? Pourquoi ?... et surtout pourquoi ce service dans l'étranger ? Pour entretenir le peuple dans l'art des guerriers, sans pourtant partager les fléaux de la perpétuelle agitation de l'Europe. Ce motif, plausible, n'était pas suffisant : le temps en a fait voir les raisons, et elles seraient trop longues à dire. Pour remédier à un excédent de population. Telle est la faiblesse de notre politique : elle sait éluder les maux, mais non les réparer ; elle n'ose surtout les prévenir.

Comment les anciens de la Suisse n'empêchèrent-ils pas ce mal dont ils ne pouvaient ignorer les dangers et la honte ? c'est qu'un peuple pauvre, au milieu des peuples qui aiment l'argent, et qui en ont, l'aime excessivement lui-même, dès qu'il commence à le connaître. C'est que dans les conseils et dans les assemblées des cantons, tandis que les affaires du second ordre étaient réglées par des hommes mûrs, qui formaient le gouvernement, les questions importantes passaient à la pluralité des voix dans le corps en qui résidait la souveraineté. Or le souverain y était principalement composé de jeunes gens plus ou moins surpris de conduire l'État, ou plus avides de courses, de dangers et d'honneurs, que d'une prospérité obscure et tranquille ; de jeunes gens plus occupés de montrer leur pouvoir, et d'entraîner les vieillards sous leurs lois, que de se soumettre eux-mêmes aux mœurs antiques et aux maximes que les vieillards voulaient conserver. C'est enfin que la Suisse n'avait pas une véritable diète ; et que son union imparfaite, et troublée, selon les temps, soit par l'ambition de quelques-uns de ses confédérés, soit par l'opposition des religions, ne permettait guère de statuer sur ce qui eût paru attaquer l'indépendance individuelle des cantons.

.../...

m'en évita le soin, et ajouta aussitôt : « Peut-être aimerez-vous mieux un fragment moral ou philosophique, qui a été attribué à Aristippe [142], dont Varron [143] a parlé, et que depuis l'on a cru perdu. Il ne l'était pas pourtant, puisqu'il a été traduit au quinzième siècle en français de ce temps-là. Je l'ai trouvé manuscrit, et ajouté à la suite de Plutarque dans un exemplaire imprimé d'Amyot [144], que personne n'ouvrait parce qu'il y manque beaucoup de feuilles. »

J'ai avoué que n'étant pas un érudit, j'avais en effet le malheur d'aimer mieux les choses que les mots, et que j'étais beaucoup plus curieux des sentiments d'Aristippe que d'une églogue [145], fût-elle de Bion [146], ou de Théocrite [147].

On n'a point, à ce qu'il m'a paru, de preuves suffisantes que ce petit écrit soit d'Aristippe ; et l'on doit à sa mémoire de ne pas lui attribuer ce que peut-être il désavouerait. Mais s'il est de lui, ce Grec célèbre, aussi mal jugé qu'Épicure, et que l'on a cru voluptueux avec mol-

---

Quoique cette confédération mérite d'être respectée autant peut-être qu'aucune de celles dont l'histoire ait parlé, on pourrait observer que les cantons réunis en nombre suffisant, et à peu près délivrés de la crainte de l'Autriche, eussent dû revoir leurs constitutions dans une assemblée générale. En gardant chacun leur souveraineté et la différence de leurs lois, ils eussent consenti tous à régler selon l'intérêt commun, ce que l'intérêt de la patrie exigeait de tous. On eût réparé les fautes qu'avait faites une politique fausse ou personnelle. Ces hommes simples et d'un sens droit, ces magistrats d'alors qui avaient une patrie, et dont l'âme était pure, eussent achevé et consolidé le bonheur d'un pays, que sa situation, sa révolution très heureuse, et d'autres circonstances destinaient au bonheur. Ils eussent senti, par exemple, que Berne, Fribourg, etc. eurent des vues étroites, lorsque pour réprimer la noblesse, ils la gênèrent en la laissant subsister : c'était entretenir exprès un ennemi intérieur. Admettre des nobles, et leur ôter des prérogatives que l'on en réserve à d'autres, ce n'est pas les contenir, c'est les mécontenter : c'est préparer des troubles. Un corps dont la nature est de chercher et de vouloir les distinctions, qui ne peut cesser d'y prétendre, et dont l'existence est fondée sur elles, doit être ou expulsé ou réduit à une entière impuissance, ou enfin mis au-dessus de tout, si ce n'est par le pouvoir, au moins par les honneurs. Mais il est contradictoire de recevoir des nobles, et de leur interdire ce que la noblesse cherche nécessairement ; de marquer la limite de leur élévation, tandis que la nature de la noblesse est de s'élever toujours ; et d'exiger de ceux d'entre eux à qui on accorde du pouvoir, qu'ils renoncent aux titres que l'opinion met au-dessus, et pour lesquels seuls ordinairement les nobles cherchent le pouvoir.
Cette longue note s'écarte trop de son premier objet ; il est temps de la terminer.

lesse, ou d'une philosophie trop facile, avait cependant cette sévérité qu'exigent la prudence et l'ordre, seule sévérité qui convienne à l'homme né pour jouir et passager sur la terre.

J'ai changé comme j'ai pu, en français moderne, ce langage quelquefois heureux, mais suranné, que j'ai eu de la peine à comprendre en plusieurs endroits. Voici donc tout ce morceau intitulé dans le manuscrit *Manuel de Pseusophanes*, à l'exception de près de deux lignes que l'on [a] n'a pu déchiffrer.

MANUEL

Tu viens de t'éveiller sombre, abattu, déjà fatigué du temps qui commence. Tu as porté sur la vie le regard du dégoût : tu l'as trouvé vaine, pesante ; dans une heure tu la sentiras plus tolérable : aura-t-elle donc changé ?

Elle n'a point de forme déterminée. Tout ce que l'homme éprouve est dans son cœur : ce qu'il connaît est dans sa pensée. Il est tout entier dans lui-même.

Quelles pertes peuvent t'accabler ainsi ? Que peux-tu perdre ? Est-il hors de toi quelque chose qui soit à toi ? Qu'importe ce qui peut périr ? Tout passe, excepté la justice cachée sous le voile des choses inconstantes. Tout est vain pour l'homme, s'il ne s'avance point d'un pas égal et tranquille, selon les lois de l'intelligence.

Tout s'agite autour de toi, tout menace : si tu te livres aux [b] alarmes, tes sollicitudes seront sans terme. Tu ne posséderas point [c] les choses qui ne sauraient être possédées, et tu perdras ta vie qui t'appartenait. Ce qui arrive, passe à jamais. Ce sont des accidents nécessaires qui s'engendrent en un cercle éternel, ils s'effacent comme l'ombre imprévue et fugitive.

Quels sont tes maux ? des craintes imaginaires, des besoins d'opinion, des contrariétés d'un jour. Faible esclave ! tu t'attaches à ce qui n'est point, tu sers des fan-

---

a. qu'on
b. à des
c. pas

tômes. Abandonne à la foule trompée ce qui est illusoire, vain et mortel. Ne songe qu'à l'intelligence qui est le principe de l'ordre du monde, et à l'homme qui en est l'instrument : à l'intelligence qu'il faut suivre, à l'homme qu'il faut aider.

L'intelligence lutte contre la résistance de la matière, contre ces lois aveugles dont l'effet inconnu fut nommé le hasard. Quand la force qui t'a été donnée a suivi l'intelligence, quand tu as servi à l'ordre du monde que veux-tu davantage ? Tu as fait selon ta nature : et qu'y a-t-il de meilleur pour l'être qui sent et qui connaît, que de subsister selon sa nature ?

Chaque jour, en naissant à une nouvelle vie, souviens-toi que tu as résolu de ne point passer en vain sur cette terre. Le monde s'avance vers son but. Mais toi, tu t'arrêtes, tu rétrogrades, tu restes dans un état de suspension et de langueur. Tes jours écoulés se reproduiront-ils dans un temps meilleur ? La vie se fond tout entière dans ce présent que tu négliges pour le sacrifier à l'avenir : le présent est le temps, l'avenir n'est que son apparence [a].

Vis en toi-même, et cherche ce qui ne périt point. Examine ce que veulent nos passions inconsidérées : de tant de choses, en est-il une qui suffise à l'homme ? L'intelligence ne trouve qu'en elle-même l'aliment de sa vie : sois juste et fort. Nul ne connaît le jour qui doit suivre : tu ne trouveras point de paix dans les choses ; cherche-la dans ton cœur. La force est la loi de la nature : la puissance c'est la volonté ; l'énergie dans les peines est meilleure que l'apathie dans les voluptés. Celui qui obéit et qui souffre, est souvent plus grand que celui qui jouit ou qui commande. Ce que tu crains est vain, ce que tu désires est vain. Une seule chose te sera bonne, c'est d'être ce que la nature a voulu.

Tu es intelligence et matière. Le monde n'est pas autre chose. L'harmonie modifie les corps : et le tout tend à la perfection par l'amélioration perpétuelle de ses diverses parties. Cette loi de l'univers est aussi la loi des individus :

....

a. n'en est que l'apparence.

....

Ainsi tout est bon quand l'intelligence le dirige ; et tout est mauvais quand l'intelligence l'abandonne. Use des biens du corps, mais avec la prudence qui les soumet à l'ordre. Une volupté que l'on possède selon la nature universelle, est meilleure qu'une privation qu'elle ne demande pas : et l'acte le plus indifférent de notre vie est moins mauvais que l'effort de ces vertus sans but qui retardent la sagesse.

Il n'y a pas d'autre morale que celle [a] du cœur de l'homme ; ni d'autre science [b] ou d'autre sagesse que la connaissance de ses besoins, et la juste estimation des moyens de bonheur. Laisse la science inutile, et les systèmes surnaturels, et les dogmes mystérieux. Laisse à des intelligences supérieures ou différentes, ce qui est loin de toi, ce que ton intelligence ne discerne pas bien : cela ne lui fut point destiné.

Console, éclaire et soutiens tes semblables : ton rôle a été marqué par la place que tu occupes dans l'immensité de l'être vivant. Connais et suis les lois de l'homme ; et tu aideras les autres hommes à les connaître, à les suivre. Considère, et montre-leur le centre et la fin des choses : qu'ils voient la raison de ce qui les surprend, l'instabilité de ce qui les trouble, le néant de ce qui les entraîne.

Ne t'isole point de l'ensemble du monde ; regarde toujours l'univers, et souviens-toi de la justice. Tu auras rempli ta vie : tu auras fait ce qui est de l'homme.

LETTRE XXXIV

EXTRAIT DE DEUX LETTRES

Paris, 2 et 4 juin, III

Les premiers acteurs vont quelquefois à Bordeaux, à Marseille, à Lyon ; mais le spectacle n'est bon qu'à Paris [148]. La tragédie et la vraie comédie exigent un ensemble trop difficile à trouver ailleurs. L'exécution des

---

a. morale pour nous que celle
b. l'homme ; d'autre science

meilleures pièces devient indifférente, ou même ridicule, si elles ne sont pas jouées avec un talent qui approche de la perfection : un homme de goût n'y trouve aucun agrément lorsqu'il n'y peut pas applaudir à une imitation noble et exacte de l'expression naturelle. Pour les pièces dont le genre est le comique du second ordre, il peut suffire que l'acteur principal ait un vrai talent. Le burlesque n'exige pas le même accord, la même harmonie ; il souffre plutôt des discordances, parce qu'il est fondé lui-même sur le sentiment délicat de quelques discordances : mais dans un sujet héroïque on ne peut supporter des fautes qui font rire le parterre.

Il est des spectateurs heureux qui n'ont pas besoin d'une grande vraisemblance : ils croient toujours voir une chose réelle ; et de quelque manière qu'on joue, c'est une nécessité qu'ils pleurent dès qu'il y a des soupirs ou un poignard. Mais ceux qui ne pleurent pas ne vont guère au spectacle pour entendre ce qu'ils pourraient lire chez eux : ils y vont pour voir comment on l'exprime, et pour comparer dans un même passage, le jeu de tel avec celui de tel autre.

....

J'ai vu, à peu de jours de distance, le rôle difficile de Mahomet [149] par les trois acteurs seuls capables de l'essayer. M.[a] mal costumé, débitant ses tirades d'une manière trop animée, trop peu solennelle, et pressant surtout à l'excès la dernière, ne m'a fait plaisir que dans trois ou quatre passages où j'ai reconnu ce *tragédien* supérieur qu'on admire dans les rôles qui lui conviennent mieux.

S.[b] joue bien ce rôle, il l'a bien étudié, il le raisonne assez bien ; mais il est toujours acteur, et n'est point Mahomet.

B. m'a paru entendre vraiment ce rôle extraordinaire. Sa manière extraordinaire elle-même, paraissait bien celle d'un prophète de l'Orient : mais peut-être elle n'était pas aussi grande, aussi auguste, aussi imposante qu'il l'eût fallu pour un législateur conquérant, un envoyé du ciel destiné à convaincre par l'étonnement, à soumettre, à

---

a. La R...,
b. S.-P. joue

triompher, à régner. Il est vrai que Mahomet, *chargé des soins de l'autel et du trône* [150], n'était pas aussi fastueux [151] que Voltaire l'a fait, comme il n'était pas non plus aussi fourbe. Mais l'acteur dont je parle n'est peut-être pas même le Mahomet de l'histoire, tandis qu'il devrait être celui de la tragédie. Cependant il m'a plus satisfait que les deux autres, quoique le second ait un physique plus beau, et que le premier possède des moyens en général bien plus grands. B. seul a bien arrêté l'imprécation de Palmyre [152]. S.[a] a tiré son *sabre* : je craignais qu'on ne se mît à rire. M.[b] y a porté la main, et son regard atterrait Palmyre : à quoi servait donc cette main sur le cimeterre, cette menace contre une femme, contre Palmyre jeune et aimée. B. n'était pas même armé, ce qui m'a fait plaisir. Lorsque, lassé[c] d'entendre Palmyre, il voulut enfin l'arrêter, son regard profond et terrible[d] sembla le lui commander au nom d'un Dieu, et la forcer de rester suspendue entre la terreur de son ancienne croyance, et ce désespoir de la conscience et de l'amour trompés.

....

Comment peut-on prétendre sérieusement que la manière d'exprimer est une affaire de convention ? C'est la même erreur que celle de ce proverbe si faux dans l'acception qu'on lui donne ordinairement : il ne faut pas disputer des goûts et des couleurs.

Que prouvait M. R. * en chantant sur les mêmes notes : *J'ai perdu mon Eurydice, J'ai trouvé mon Eurydice* [153] ? Les mêmes notes peuvent servir à exprimer la plus grande joie, ou la douleur la plus amère ; on n'en disconvient pas : mais le sens musical est-il tout entier dans les notes ? Quand vous substituez le mot trouvé au mot perdu, quand vous mettez la joie à la place de la douleur, vous conservez les mêmes notes ; mais vous changez absolument les moyens secondaires de l'expression. Il est incontestable qu'un étranger, qui ne comprendrait ni l'un ni l'autre de ces deux mots, ne s'y tromperait pourtant pas. Ces moyens

---

a. S.-P.

b. La R...

c. las

d. profond, terrible

secondaires font aussi partie de la musique : qu'on dise, si l'on veut, que la note est arbitraire ;

Cette pièce (*Mahomet*) est l'une des plus belles de Voltaire ; mais peut-être chez un autre peuple, n'eût-il point fait du prophète conquérant l'amant de Palmyre. Il est vrai que l'amour de Mahomet est mâle, absolu, et même un peu farouche : il n'aime point comme Titus [154], mais peut-être serait-il mieux qu'il n'aimât point. On connaît la passion de Mahomet pour les femmes ; mais il est probable que dans ce cœur ambitieux et profond, après tant d'années de dissimulation, de retraite, de périls et de triomphes, cette passion n'était pas de l'amour.

Cet amour pour Palmyre était peu convenable à ses hautes destinées, et à son génie : l'amour n'est point à sa place dans un cœur sévère que ses projets remplissent, que le besoin de l'autorité vieillit, qui ne connaît de plaisirs que par oubli, et pour qui le bonheur même ne serait qu'une distraction.

Que signifie : « L'amour seul me console [155] ? » Qui le forçait à chercher le trône de l'Orient, à quitter ses femmes et son obscure indépendance pour porter l'encensoir et le sceptre et les armes ? « L'amour seul me console ! » Régler le sort des peuples, changer le culte et les lois d'une partie du globe, sur les débris du monde élever l'Arabie, est-ce donc une vie si triste, une inaction si léthargique [156] ? C'est un soin difficile : sans doute [a], mais c'est précisément le cas de ne pas aimer. Ces nécessités * du cœur commencent dans le vide de l'âme : qui a de grandes choses à faire, a bien moins besoin d'amour.

Si du moins cet homme qui, dès longtemps [157] n'a plus d'égaux, et qui doit régir en Dieu l'univers prévenu ; si ce favori du Dieu des batailles aimait une femme qui pût l'aider à tromper l'univers, ou une femme née pour régner, une Zénobie [158] ; si du moins il était aimé : mais ce Mahomet qui asservit la nature à son austérité, le voilà ivre d'amour pour un enfant qui ne pense pas à lui.

---
a. difficile, sans doute,
* On sait que Cicéron a employé la même expression en parlant de l'amitié. [note supprimée en 1840]

Je sais qu'une nuit de Palmyre est [159] [a] le plus grand plaisir de l'homme ; mais enfin ce n'est qu'un plaisir. S'occuper d'une femme extraordinaire et dont on est aimé, c'est davantage : c'est un plaisir très grand, c'est un devoir même [b], mais enfin ce n'est qu'un devoir secondaire.

Je ne conçois pas ces *puissances* à qui un regard d'une maîtresse fait la loi. Je crois sentir ce que peut l'amour ; mais un homme qui gouverne n'est pas à lui. L'amour entraîne à des erreurs, à des illusions, à des fautes ; et les fautes de l'homme puissant sont trop importantes, trop funestes, elles sont des malheurs publics.

Je n'aime pas ces hommes chargés d'un grand pouvoir, qui oublient de gouverner dès qu'ils trouvent à s'occuper autrement ; qui placent leurs affections avant leur affaire, et croient que si tout leur est soumis c'est pour leur amusement ; qui arrangent selon les fantaisies de leur vie privée, les besoins des nations ; et qui feraient hacher leur armée pour voir leur maîtresse. Je plains les peuples que leur maître n'aime qu'après toutes les autres choses qu'il aime ; ces peuples qui seront livrés, si la fille de chambre d'une favorite s'aperçoit qu'on peut gagner quelque chose à les trahir [160].

LETTRE XXXV

Paris, 8 juillet, III

Enfin, j'ai un homme sûr pour finir les choses dont le soin me retenait ici. D'ailleurs elles sont presque achevées : il n'y a plus de remède, et il est bien connu que me voilà ruiné [161]. Il ne me reste pas même de quoi subsister jusqu'à ce qu'un événement, peut-être très éloigné, vienne changer ma situation. Je ne sens pas d'inquiétude ; et je ne vois pas que j'aie beaucoup perdu en perdant tout, puisque je ne jouissais de rien. Je puis devenir, il est vrai, plus malheureux que je n'étais ; mais je ne deviendrai pas moins heureux. Je suis seul, je n'ai que mes propres

---

a. Il se peut qu'une nuit avec Laïs soit
b. davantage, c'est un devoir même ;

besoins : assurément tant que je ne serai ni malade, ni dans les fers, mon sort sera toujours supportable. Je crains peu le malheur, tant je suis las d'être inutilement heureux. Il faut bien que la vie ait des temps de revers ; c'est le moment de la résistance et du courage. On espère alors ; on se dit : je passe la saison de l'épreuve, je consume mon malheur, il est vraisemblable que le bien lui succédera. Mais dans la prospérité, lorsque les choses extérieures semblent nous mettre au nombre des heureux, et que pourtant le cœur ne jouit de rien, on supporte impatiemment de voir ainsi se perdre ce que la fortune n'accordera pas toujours. On déplore la tristesse du plus beau temps de la vie : on craint ce malheur inconnu que l'on attend de l'instabilité des choses : on le craint d'autant plus, qu'étant malheureux même sans lui, on doit regarder comme tout à fait insupportable ce poids nouveau dont il doit nous surcharger. C'est ainsi que ceux qui vivent dans leurs terres, supportent mieux de s'y ennuyer pendant l'hiver qu'ils appellent d'avance la saison triste, que l'été dont ils attendent les agréments de la campagne.

Il ne me reste aucun moyen de remédier à rien de ce qui est fait ; et je ne saurais voir quel parti je dois prendre jusqu'à ce que nous en ayons parlé ensemble ; ainsi je ne songe qu'au présent. Me voilà débarrassé de tous soins : jamais je n'ai été si tranquille. Je pars pour Lyon ; je passerai chez vous dix jours dans la plus douce insouciance, et nous verrons ensuite.

PREMIER FRAGMENT

Cinquième année [162]

Si le bonheur suivait la proportion de nos privations ou de nos biens, il y aurait trop d'inégalité entre les hommes. Si le bonheur dépendait uniquement du caractère, cette inégalité serait trop grande encore. S'il dépendait absolument de la combinaison du caractère et des circonstances, les hommes que favorisent de concert, et leur prudence et leur destinée, auraient trop d'avantages. Il y aurait des hommes très heureux et des hommes excessivement malheureux ; mais ce ne sont pas les circonstances seules qui font notre sort : ce n'est pas même le seul concours des circonstances actuelles avec la trace, ou avec l'habitude laissée par les circonstances passées, ou avec les dispositions particulières de notre caractère. La combinaison de ces causes a des effets très étendus ; mais elle ne fait pas seule notre humeur difficile et chagrine, notre ennui, notre mécontentement [a], notre dégoût des choses, et des hommes, et de toute la vie humaine. Nous avons en nous-mêmes ce principe général de refroidissement, et d'aversion ou d'indifférence : nous l'avons tous, indépendamment de ce que nos inclinations individuelles et nos habitudes peuvent faire pour y ajouter ou pour en affaiblir les suites. Une certaine modification de nos humeurs, une certaine situation de tout notre être [b] doivent produire en nous cette affection morale. C'est une nécessité que nous ayons de la douleur, comme de la joie : nous avons besoin de nous fâcher contre les choses, comme nous avons besoin d'en jouir.

L'homme ne saurait désirer et posséder sans interruption, comme il ne peut toujours souffrir. La continuité d'un ordre de sensations heureuses ou de sensations malheureuses, ne peut subsister longtemps dans la privation absolue des sensations contraires. La mutabilité des choses de la vie ne permet pas cette constance dans les affections que nous en recevons ; et quand même il en serait autrement, notre organisation n'est pas susceptible d'invariabilité.

Si l'homme qui croit à sa fortune ne voit point le malheur venir du dehors à sa rencontre, il ne saurait [c] tarder à le découvrir dans lui-même. Si l'infortuné ne reçoit pas de consolations extérieures, il en trouvera bientôt dans son cœur.

Quand nous avons tout arrangé, tout obtenu pour jouir toujours, nous avons peu fait pour le bonheur. Il faut bien que quelque chose nous mécontente et nous afflige ; et si [d]

---

a. chagrine, notre mécontentement,
b. de notre être
c. du dehors, il ne saurait
d. afflige ; si

nous sommes parvenus à écarter tout le mal, ce sera le bien lui-même qui nous déplaira.

Mais si la faculté de jouir ou celle de souffrir ne peut être exercée [a], ni l'une ni l'autre, à l'exclusion totale de celle que notre nature destine à la contrebalancer, chacune du moins peut l'être accidentellement beaucoup plus que l'autre : ainsi les circonstances, sans être tout pour nous, auront pourtant une grande influence sur notre habitude intérieure. Si les hommes que le sort favorise n'ont pas de grands sujets de douleur, les plus petites choses suffiront pour en exciter en eux ; au défaut de causes, tout deviendra occasion. Ceux que l'adversité poursuit, ayant de grandes occasions de souffrir, souffriront fortement ; mais ayant assez souffert à la fois, ils ne souffriront pas habituellement : aussitôt que les circonstances les laisseront à eux-mêmes, ils ne souffriront plus, car [b] le besoin de souffrir est satisfait en eux ; et même ils jouiront, parce que le besoin opposé réagit d'autant plus constamment que l'autre besoin rempli, nous a emportés plus loin dans la direction contraire *.

Ces deux forces contraires tendent à l'équilibre ; mais elles n'y arrivent point, à moins que ce ne soit pour l'espèce entière. S'il n'y avait pas de tendance à l'équilibre, il n'y aurait pas d'ordre : si l'équilibre s'établissait dans les détails, tout serait fixe, il n'y aurait pas de mouvement. Dans chacune de ces suppositions, il n'y aurait point un ensemble unique et varié, le monde ne serait pas.

Il me semble que l'homme très malheureux, mais inégalement et par reprises isolées, doit avoir une propension habituelle à la joie, au calme, aux jouissances affectueuses, à la confiance, à l'amitié, à la droiture.

L'homme très malheureux, mais également, lentement, uniformément, sera dans une lutte perpétuelle des deux principes moteurs [c] ; il sera d'une humeur incertaine, difficile, irritable. Toujours imaginant le bien, et toujours par

---

a. ne peuvent être exercées
b. plus, parce que
* Dans l'état de malheur, la réaction doit être plus forte ; puisque la nature de l'être organisé le pousse plus particulièrement à son bien-être comme à sa conservation.
c. des deux moteurs ;

cette raison même, s'irritant du mal, minutieux dans le sentiment de cette alternative, il sera plus fatigué que séduit par les moindres illusions ; il est aussitôt détrompé ; tout le décourage, comme tout l'intéresse.

Celui qui est continuellement moitié heureux, en quelque sorte, et moitié malheureux, approchera de l'équilibre : assez égal, il sera bon, plutôt que d'un grand caractère ; sa vie sera plus douce qu'heureuse ; il aura du jugement, et peu de génie.

Celui qui jouit habituellement, et sans avoir jamais de malheur visible, ne sera séduit par rien : car il n'a plus besoin[a] de jouir ; et dans son bien-être extérieur, il éprouve secrètement un perpétuel besoin de souffrir. Il ne sera pas expansif, indulgent, aimant ; mais il sera indifférent dans la jouissance des plus grands biens, et susceptible de trouver un malheur dans le plus petit inconvénient. Habitué à ne point[b] éprouver de revers, il sera confiant, mais confiant en lui-même ou dans son sort, et non point envers les autres hommes : il ne sent pas le besoin de leur appui ; et comme sa fortune est meilleure que celle du plus grand nombre, il est bien près de se sentir plus sage que tous. Il veut toujours jouir, et surtout il veut paraître jouir beaucoup, et cependant il éprouve un besoin interne de souffrir ; ainsi dans le moindre prétexte, il trouvera facilement un motif de se fâcher contre les choses, d'être indisposé contre les hommes. N'étant pas vraiment bien, mais n'ayant pas à espérer d'être mieux, il ne désirera rien d'une manière positive ; mais il aimera le changement en général, et il l'aimera dans les détails plus que dans l'ensemble. Ayant trop, il sera prompt à tout quitter. Il trouvera quelque plaisir, il mettra une sorte de vanité à être irrité, aliéné, souffrant, mécontent. Il sera difficile, il sera exigeant : sans cela que lui resterait-il de cette supériorité qu'il prétend avoir sur les autres hommes, et qu'il affecterait encore si même il n'y prétendait plus. Il sera dur, il cherchera à s'entourer d'esclaves, pour que d'autres avouent cette supériorité ; pour qu'ils en souffrent du moins, quand lui-même n'en jouit pas.

---

a. rien : il n'a plus besoin
b. ne pas

Je doute qu'il soit bon à l'homme actuel d'être habituellement fortuné, sans avoir jamais eu le sort contre lui. Peut-être l'homme heureux, parmi nous, est celui qui [a] a beaucoup souffert ; mais non pas habituellement et de cette manière lentement comprimante qui abat les facultés sans être assez extrême pour exciter l'énergie secrète de l'âme, pour la réduire heureusement à chercher en elle des ressources qu'elle ne se connaissait pas *.

C'est un avantage pour la vie entière d'avoir été malheureux dans l'âge où la tête et le cœur commencent à vivre. C'est la leçon du sort : elle forme les hommes bons ** ; elle étend les idées, et mûrit les cœurs avant que la vieillesse les ait affaiblis ; elle fait l'homme assez tôt pour qu'il soit entièrement homme. Si elle ôte la joie et les plaisirs, elle inspire le sentiment de l'ordre et le goût des biens domestiques : elle donne le plus grand bonheur que nous devions attendre, celui de n'en attendre d'autre que de végéter utiles et paisibles. On est bien moins malheureux quand on ne veut plus que vivre : on est plus près d'être utile, lorsque, étant encore dans la force de l'âge, on ne cherche plus rien pour soi. Je ne vois que le malheur qui puisse, avant la vieillesse, mûrir ainsi les hommes ordinaires.

La vraie bonté exige des conceptions étendues, une âme grande et des passions réprimées. Si la bonté est le premier mérite de l'homme, si les perfections morales sont essentielles au bonheur ; c'est parmi ceux qui ont beaucoup souffert dans les premières années de la vie du cœur, que l'on trouvera les hommes les mieux organisés pour eux-mêmes et pour l'intérêt de tous : les hommes les plus justes, les plus sensés, les moins éloignés du bonheur et les plus invariablement attachés à la vertu.

Qu'importe à l'ordre social qu'un vieillard ait renoncé aux objets des passions, et qu'un homme faible n'ait pas le projet de nuire ? De bonnes gens ne sont pas des hommes bons ; ceux qui ne font bien que [b] par faiblesse, pourront

---

a. est-il celui qui
* Tout cela, quoique exprimé d'une manière positive, ne doit pas être regardé comme vrai *rigoureusement*.
** Il y a des hommes qu'elle aigrit ; c'est ceux qui ne sont point méchants, et non pas ceux qui sont bons.
b. ne font le bien que

faire beaucoup de mal dans des circonstances différentes. Susceptible de défiance, d'animosité, de superstitions, et surtout d'entêtement, l'instrument aveugle de plusieurs choses louables où le portait son penchant, sera le vil jouet d'une idée folle qui dérangera sa tête, d'une manie [163] qui gâtera son cœur, ou de quelque projet funeste auquel un fourbe saura l'employer.

Mais l'homme de bien est invariable : il n'a les passions d'aucune coterie, ni les habitudes d'aucun état ; on ne l'emploie pas : il ne peut avoir ni animosité, ni ostentation, ni manies : il n'est étonné ni du bien, parce qu'il l'eût fait également, ni du mal, parce qu'il est dans la nature : il s'indigne contre le crime, et ne hait pas le coupable ; il méprise la bassesse de l'âme, mais il ne s'irrite pas contre un ver à cause que le malheureux n'a point d'ailes.

Il n'est pas l'ennemi du superstitieux, car il n'a pas [a] de superstitions contraires : il cherche l'origine souvent très sage * de tant d'opinions devenues insensées, et il rit de ce qu'on a ainsi pris le change [164]. Il a des vertus, non par fanatisme [165], mais parce qu'il cherche l'ordre : il fait le bien pour diminuer l'inutilité de sa vie : il préfère les jouissances des autres aux siennes, car les autres peuvent jouir, et lui ne le peut guère : il aime seulement à se réserver ce qui procure les moyens d'être bon à quelque chose, et aussi de vivre sans trouble, car il faut [b] du calme à qui n'attend pas de plaisirs. Il n'est point défiant ; mais comme il n'est pas séduit, il pense quelquefois à contenir la facilité [166] de son cœur : il sait s'amuser à être un peu victime, mais il n'entend pas qu'on le prenne pour dupe. Il peut avoir à souffrir de quelques fripons : il n'est pas leur jouet. Il laissera parfois à certains [c] hommes à qui il est utile, le petit plaisir de se donner en cachette les airs de le protéger. Il n'est pas content de ce qu'il fait, parce qu'il

---

a. superstitieux ; il n'a pas

* Les idées obscures ou profondes s'altèrent avec le temps, et on s'habitue à les considérer sous un autre aspect : lorsqu'elles commencent à devenir absurdes, le peuple commence à les trouver divines ; lorsqu'elles le sont tout à fait, il veut mourir pour elles. Ce n'est que vingt siècles après qu'il aime autant travailler et boire.

b. trouble : il faut

c. à de certains

sent qu'on pourrait faire beaucoup plus : il l'est seulement un peu de ses intentions, sans être plus fier de cette organisation intérieure qu'il ne le serait d'avoir reçu un nez d'une belle forme. Il consumera ainsi ses heures en se traînant vers le mieux ; quelquefois d'un pas énergique quoique embarrassé ; plus souvent avec incertitude, avec un peu de faiblesse, avec le sourire du découragement.

Quand il est nécessaire d'opposer le mérite de l'homme à quelques autres mérites feints ou inutiles, par lesquels on prétend tout confondre et tout avilir ; il dit que le premier mérite est l'imperturbable droiture de l'homme de bien, puisque c'est le plus certainement utile ; on lui répond qu'il est orgueilleux, et il rit. Il souffre les peines, il pardonne les torts domestiques : on lui dit, que ne faites-vous de plus grandes choses ? il rit. Ces grandes choses lui sont confiées ; il est accusé par les amis d'un traître, et condamné par celui qu'on trahit : il sourit, et s'en va. Les siens lui disent que c'est une injustice inouïe ; et il rit davantage.

....
....
....

SECOND FRAGMENT

Sixième année [167]

Je ne suis pas surpris que la justesse des idées soit assez rare en morale. Les anciens qui n'avaient pas l'expérience des siècles, ont plusieurs fois songé à mettre la destinée du cœur de l'homme entre les mains des sages. La politique moderne est plus profonde ; elle a livré l'unique science aux prédicateurs, et à cette foule que les imprimeurs appellent hommes de lettres : mais elle protège solennellement l'art de faire des fleurs en sucre, et l'invention des perruques d'une nouvelle forme.

Dès que l'on observe les peines d'une certaine classe d'hommes, et qu'on commence à découvrir leurs causes [a], on reconnaît qu'une des choses les plus nouvelles et les plus utiles que l'on pût faire, serait de les prémunir contre

---

a. à en découvrir les causes

des vérités qui les trompent, contre des vertus qui les perdent ....

Le mépris de l'or est une chose absurde. Sans doute préférer l'or à son devoir est un crime : mais ne sait-on pas que la raison prescrit de préférer le devoir à la vie comme aux richesses. Si la vie n'en est pas moins un bien en général, pourquoi l'or n'en serait-il pas aussi un. Quelques hommes indépendants et isolés font très bien de s'en passer : mais tous ne sont pas dans ce cas ; et ces déclamations si vaines, qui ont un côté faux, nuisent beaucoup à la vertu. Vous avez rendu contradictoires les principes de conduite : si la vertu n'est que l'effort vers l'ordre, est-ce par tant de désordre et de confusion que vous prétendez y amener les hommes ? Pour moi qui estime encore plus dans l'homme les qualités du cœur que celles de l'esprit, je pense néanmoins que l'instituteur d'un peuple trouverait plus de ressources pour contenir de mauvais cœurs, que pour concilier des esprits faux.

Les chrétiens, et d'autres, ont soutenu que la continence perpétuelle était une vertu ; ils ne l'ont pas exigée des hommes, ils ne l'ont même conseillée qu'à ceux qui prétendraient à la perfection. Quelque absolue et quelque indiscrète [168] que doive être une loi qui vient du ciel, elle n'a pas osé davantage. Quand on demande aux hommes de ne pas aimer l'argent, on ne saurait y mettre trop[a] de modération et de justesse. L'abnégation religieuse ou philosophique a pu conduire plusieurs individus à une indifférence sincère pour les richesses et même pour toute propriété ; mais dans la vie ordinaire le désir de l'or est inévitable. Avec l'or, dans quelque lieu habité que je paraisse, je fais un signe ; ce signe dit : Que l'on me prévienne, que l'on me nourrisse, que l'on m'habille, que l'on me désennuie, que l'on me considère, que l'on serve moi et les miens, que tout jouisse auprès de moi ; si quelqu'un souffre qu'il le déclare, ses peines sont finies ! Et comme il a été dit, il est fait.

Ceux qui méprisent l'or sont comme ceux qui méprisent la gloire, qui méprisent les femmes, qui méprisent les talents, la valeur, le mérite. Quand l'imbécillité de l'esprit,

---

a. y mettre aussi trop

l'impuissance des organes, ou la grossièreté de l'âme rendent incapable d'user d'un bien sans le pervertir, on calomnie ce bien, ne voyant pas que c'est sa propre bassesse que l'on accuse. Un homme crapuleux [169] [a] méprise les femmes, un raisonneur épais blâme l'esprit, un sophiste moralise contre l'argent. Sans doute les faibles esclaves de leurs passions, des sots ingénieux, les [b] bourgeois étonnés seront plus malheureux ou plus méchants quand ils seront riches. Ces gens-là doivent avoir peu, parce que, posséder ou abuser, c'est pour eux la même chose. Sans doute encore, celui qui devient riche, et qui se met à vivre le plus qu'il peut en riche, ne gagne pas, et quelquefois perd à changer de situation. Mais pourquoi n'est-il pas mieux qu'auparavant, c'est qu'il n'est pas plus riche : plus opulent, il est plus gêné et plus inquiet. Il a de grands revenus, et il s'arrange si bien que le moindre incident les dérange, et qu'il accumule des dettes jusqu'à sa ruine. Il est clair que cet homme est pauvre. Centupler ses besoins ; faire tout pour l'ostentation ; avoir vingt chevaux parce qu'un tel en a quinze, et si demain il en a vingt, en avoir bien vite trente ; c'est s'embarrasser dans les chaînes d'une pénurie plus pénible et plus soucieuse [170] que la première. Mais avoir une maison commode et saine, un intérieur bien ordonné, de la propreté, une certaine abondance, une élégance simple, s'arrêter là quand même la fortune deviendrait quatre fois plus grande, employer le reste à tirer un ami d'embarras, à parer d'avance aux événements funestes, à donner à l'homme bon devenu malheureux ce qu'il a donné dans sa jeunesse à de plus heureux que lui, à remplacer la vache de cette mère de famille qui n'en avait qu'une, à envoyer du grain chez ce cultivateur dont le champ vient d'être grêlé, à réparer le chemin où des chars * sont versés [c], où les chevaux se blessent ; s'occu-

---

a. Un homme de mauvaises mœurs
b. des
* Le mot *char* n'est pas usité en ce sens, du moins dans la plus grande partie de la France, où les charrettes à deux roues sont plus en usage. Mais en Suisse et dans plusieurs autres endroits, on nomme ainsi les chariots légers, les voitures de campagne à quatre roues qui y servent au lieu de charrettes.
c. ont versé

per selon ses facultés et ses goûts ; donner à ses enfants des connaissances, l'esprit d'ordre et des talents : tout cela vaut bien la misère gauchement prônée par la fausse sagesse [171].

Le mépris de l'or, inconsidérément recommandé dans l'âge qui ignore sa valeur [a], a souvent ôté à des hommes supérieurs, l'un des plus [b] grands moyens, et peut-être le plus sûr de ne point vivre inutiles comme la foule.

Combien de jeunes personnes, dans le choix d'un maître, se piquent de compter les biens pour rien ; et se précipitent ainsi dans tous les dégoûts d'un sort gêné et précaire [c], et dans l'ennui habituel qui seul contient tant de maux ....

Un homme sensé, tranquille, et qui méprise un caractère folâtre, se laisse séduire par quelque conformité dans les goûts ; il abandonne au vulgaire la gaieté, l'humeur riante, et même la vivacité, l'activité : il prend une femme sérieuse, triste, que la première contrariété rend mélancolique, que les chagrins aigrissent, qui avec l'âge devient taciturne, impérieuse, austère et brusque [d] ; et qui s'attachant avec humeur à se passer de tout, et se passant bientôt de tout par humeur et pour en donner aux autres la leçon, rendra toute sa maison malheureuse [172].

Ce n'était pas dans un sens trivial [173] qu'Épicure disait : « Le sage choisit pour ami un caractère gai et complaisant. » Un philosophe de vingt ans passe légèrement sur ce conseil ; et c'est beaucoup s'il n'en est pas révolté, car il a rejeté les préjugés communs ; mais il en sentira l'importance quand il aura quitté ceux de la sagesse.

C'est peu de chose de n'être point comme le vulgaire des hommes ; mais c'est avoir fait un pas vers la sagesse, que de n'être plus comme le vulgaire des sages.

---

a. qui en ignore la valeur
b. un des plus
c. d'un sort précaire
d. devient taciturne, brusque, impérieuse, austère,

LETTRE XXXVI

Lyon, 7 avril, VI

....
....

Monts superbes, écroulement des neiges amoncelées, paix solitaire du vallon dans la forêt, feuilles jaunies qu'emporte le ruisseau silencieux ! que seriez-vous à l'homme si vous ne lui parliez point des autres hommes. La nature serait muette, s'ils n'étaient plus. Si je restais seul sur la terre, que me feraient, et les sons de la nuit austère, et le silence solennel des grandes vallées, et la lumière du couchant dans un ciel rempli de mélancolie, sur les eaux calmes. La nature sentie n'est que dans les rapports humains ; et l'éloquence des choses n'est rien que l'éloquence de l'homme. La terre féconde, les cieux immenses, les eaux passagères ne sont qu'une expression des rapports que nos cœurs produisent et contiennent.

Convenance entière : amitié des anciens ! Quand celui qui possédait l'affection sans bornes, recevait des tablettes où il voyait les traits de la main d'un ami, lui restait-il des yeux pour examiner alors les beautés d'un site, ou les dimensions d'un glacier. Mais les relations de la vie humaine sont multipliées ; la perception de ces rapports est incertaine, inquiète, pleine de froideurs et de dégoûts ; l'amitié antique est toujours loin de nos cœurs, ou de notre destinée. Les liaisons restent incomplètes entre l'espoir et les précautions, entre les délices que l'on attend et l'amertume qu'on éprouve. L'intimité elle-même est entravée par les ennuis, ou affaiblie par le partage, ou arrêtée par les circonstances. L'homme vieillit, et son cœur rebuté vieillit avant lui. Si tout ce qu'il peut aimer est dans l'homme, tout ce qu'il évite est aussi dans lui. Là où sont tant de convenances sociales, là et par des conséquences d'une nécessité invincible [a], se trouvent aussi toutes les discordances. Ainsi, celui qui craint plus qu'il n'espère, reste un peu éloigné de l'homme. Les choses mortes sont moins puissantes, mais elles sont plus à nous, elles sont ce que

---

a. et par une nécessité invincible

nous les faisons. Elles contiennent moins ce que nous cherchons ; mais nous sommes plus assurés d'y trouver, à notre choix, les choses qu'elles contiennent. Ce sont les biens de la médiocrité, bornés mais certains. La passion cherche l'homme ; quelquefois la raison se trouve réduite à le quitter pour des choses moins bonnes et moins funestes. Ainsi s'est formé un lien puissant de l'homme à [a] cet ami de l'homme pris hors de son espèce, et qui lui convient tant, parce qu'il est moins que nous et qu'il est plus que les choses insensibles. S'il fallait que l'homme prît au hasard un ami, il lui vaudrait mieux le prendre dans l'espèce des chiens que dans celle des hommes. Le dernier de ses semblables lui donnerait moins de consolations et moins de paix que le dernier de ces animaux.

Et quand une famille est dans la solitude, non pas dans celle du désert, mais dans celle de l'isolement ou de la misère ; quand [b] ces êtres faibles, souffrants, qui ont tant de moyens d'être malheureux, et si peu d'être satisfaits, qui n'ont que des instants pour jouir et qu'un jour pour vivre ; quand le père et sa femme, quand la mère et ses filles n'ont point de condescendance, n'ont point d'union, qu'ils ne veulent pas aimer les mêmes choses, qu'ils ne savent pas se soumettre aux mêmes misères, et soutenir ensemble, à distances égales, la **chaîne des douleurs** ; quand par égoïsme ou par humeur, chacun refusant ses forces, la laisse traîner pesamment sur le sol inégal, et creuser le long sillon où germent avec une fécondité sinistre, les ronces qui les déchirent tous : Ô hommes ! qu'êtes-vous donc pour l'homme ?

Quand une attention, une parole de paix, de bienveillance, de pardon généreux, sont reçues avec dédain, avec humeur, avec une indifférence qui glace... Nature universelle ! tu l'as fait ainsi pour que la vertu fût sublime [c], et que le cœur de l'homme devînt meilleur encore et plus résigné sous le poids qui l'écrase.

---

a. de l'homme avec
b. de l'isolement ; quand
c. fût grande

LETTRE XXXVII

Lyon, 2 mai, VI

J'ai des moments où je désespérerais de contenir l'inquiétude qui m'agite : tout m'entraîne alors et m'enlève avec une force immodérée ; et de cette hauteur [a], je retombe avec épouvante, et je me perds dans l'abîme qu'elle a creusé.

Si j'étais absolument seul, ces moments-là seraient intolérables ; mais j'écris, et il semble que le soin de vous exprimer ce que j'éprouve soit une distraction qui en adoucisse le sentiment. À qui m'ouvrirais-je ainsi ? quel autre supporterait le fatigant bavardage d'une manie sombre, d'une sensibilité si vaine ? C'est mon seul plaisir de vous conter ce que je ne puis dire qu'à vous, ce que je ne voudrais dire à nul autre, ce que d'autres ne voudraient pas entendre. Que m'importe le contenu de mes lettres ? plus elles sont longues et plus j'y mets de temps, plus elles valent pour moi : et si je ne me trompe, l'épaisseur du paquet ne vous a jamais rebuté. On parlerait ensemble pendant dix heures, pourquoi ne s'écrirait-on pas pendant deux ?

Je ne veux point [b] vous faire un reproche. Vous êtes moins long, moins diffus que moi. Vos affaires vous fatiguent, vous écrivez avec moins de plaisir même à ceux que vous aimez. Vous me dites ce que vous avez à me dire dans l'intimité : mais moi solitaire, moi rêveur au moins bizarre, je n'ai rien à dire, et j'en suis d'autant plus long. Tout ce qui me passe par la tête, tout ce que je dirais en jasant, je l'écris si l'occasion se présente : mais tout ce que je pense, tout ce que je sens, je vous l'écris nécessairement ; c'est un besoin pour moi. Quand je cesserai, dites que je ne sens plus rien, que mon âme s'éteint, que je suis devenu tranquille et raisonnable, que je passe enfin mes jours à manger, dormir, jouer aux cartes. Je serais plus heureux !

---

a. immodérée : de cette hauteur
b. pas

Je voudrais avoir un métier ; il animerait mes bras, et endormirait ma tête. Un talent ne vaudrait pas cela : cependant si je savais peindre ; je crois que je serais moins inquiet. J'ai été longtemps dans la stupeur ; je regrette de m'être éveillé. J'étais dans un abattement plus tranquille que l'abattement actuel.

De tous les moments rapides et incertains où j'ai cru dans ma simplicité qu'on était sur la terre pour y vivre, aucun ne s'est embelli d'une erreur aussi durable, aucun ne m'a laissé de si profonds souvenirs que ces vingt jours d'oubli et d'espérance, où vers l'équinoxe de mars, devant les rochers, près du torrent [a], entre la jacinthe heureuse et la simple violette, j'allai m'imaginer qu'il me serait donné d'aimer.

Je touchai ce que je ne devais jamais saisir. Sans goûts, sans espérance, j'aurais pu végéter ennuyé mais tranquille : je pressentais l'énergie humaine, mais dans ma vie ténébreuse, je supportais mon sommeil. Quelle force sinistre m'a ouvert le monde pour m'ôter les consolations du néant ?

Entraîné dans une activité expansive ; avide de tout aimer, de tout soutenir, de tout consoler ; toujours combattu entre le besoin de voir changer tant de choses funestes, et cette conviction qu'elles ne seront point changées ; je reste fatigué des maux de la vie, et plus indigné de la perfide séduction de ses plaisirs [b], l'œil toujours arrêté sur l'immense amas des haines, des iniquités, des opprobres et des misères de la terre égarée.

Et moi ! voici ma vingt-septième année : les beaux jours sont passés, je ne les ai pas même vus. Malheureux dans l'âge du bonheur, qu'attendrai-je des autres âges ? J'ai passé dans le vide et les ennuis la saison heureuse de la confiance et de l'espoir. Partout comprimé, souffrant, le cœur vide et navré, j'ai atteint, jeune encore, les regrets de la vieillesse. Dans l'habitude de voir toutes les fleurs de la vie se flétrir sous mes pas stériles, je suis comme ces vieillards que tout a fui [c] : mais plus malheureux qu'eux,

---

a. mars, près du torrent, devant les rochers,

b. des plaisirs

c. fuis

j'ai tout perdu longtemps avant de finir moi-même. Avec une âme avide, je ne puis reposer dans ce silence de mort.

Souvenir des ans dès longtemps passés, des choses à jamais effacées, des lieux qu'on ne reverra pas, des hommes qui ont changé ! Sentiment de la vie perdue !

Quels lieux furent jamais pour moi ce qu'ils sont pour les autres hommes ? quels temps furent tolérables, et sous quel ciel ai-je trouvé le repos du cœur ? J'ai vu le remuement des villes, et le vide des campagnes, et l'austérité des monts ; j'ai vu la grossièreté de l'ignorance, et le tourment des arts ; j'ai vu les vertus inutiles, les succès indifférents et tous les biens perdus dans tous les maux ; l'homme et le sort, toujours inégaux, se trompant sans cesse, et dans la lutte effrénée de toutes les passions, l'odieux vainqueur recevoir pour prix de son triomphe le plus pesant chaînon des maux qu'il a su faire.

Si l'homme était conformé pour le malheur, je le plaindrais bien moins ; et considérant sa durée passagère, je mépriserais pour lui comme pour moi le tourment d'un jour. Mais tous les biens l'environnent, mais toutes ses facultés lui commandent de jouir, mais tout lui dit, sois heureux : et l'homme a dit, le bonheur sera pour la brute ; l'art, la science, la gloire, la grandeur, seront pour moi. Sa mortalité, ses douleurs, ses crimes eux-mêmes ne sont que la plus faible moitié de sa misère. Je déplore ses pertes ; l'indifférence, l'union[a], la possession tranquille. Je déplore cent années que mille millions[b] d'êtres sensibles épuisent dans les sollicitudes et la contrainte, au milieu de ce qui ferait la sécurité, la liberté, la joie ; et vivant d'amertume sur une terre voluptueuse, parce qu'ils ont voulu des biens imaginaires, et des biens exclusifs.

Cependant tout cela est peu de chose ; car je ne le voyais point[c] il y a un demi-siècle, et dans un demi-siècle je ne le verrai point[d].

Je me disais : s'il n'appartient pas à ma destinée inféconde de ramener[e] à des mœurs primordiales une contrée

---

a. pertes, le calme, le choix, l'union,

b. des millions

c. chose : je ne le voyais point

d. pas

e. ma destinée de ramener

circonscrite et isolée [174] : si je dois m'efforcer d'oublier le monde, et me croire assez heureux d'obtenir pour moi des jours tolérables sur cette terre séduite [175] ; je ne demande alors qu'un bien, qu'une ombre dans ce songe vain dont [a] je ne veux plus m'éveiller. Il reste sur la terre telle qu'elle est, une illusion qui peut encore m'abuser : elle est la seule ; j'aurais la sagesse d'en être trompé ; le reste n'en vaut pas l'effort. Voilà ce que je me disais alors : mais le hasard seul pouvait m'en permettre l'inestimable erreur. Le hasard est lent et incertain ; la vie rapide, irrévocable : son printemps passe ; et ce besoin trompé, en achevant de perdre ma vie, doit enfin aliéner mon cœur et altérer ma nature. Quelquefois déjà je sens que je m'aigris ; je m'indigne, mes affections se resserrent ; l'impatience rendra ma volonté farouche ; et une sorte de mépris me porte à des desseins grands mais austères. Cependant cette amertume ne dure point dans toute sa force ; et je m'abandonne [b] ensuite, comme si je sentais que les hommes distraits, et les choses incertaines, et ma vie si courte ne méritent pas l'inquiétude d'un jour, et qu'un réveil sévère est inutile quand on doit sitôt s'endormir pour jamais.

LETTRE XXXVIII

Lyon, 8 mai, VI

J'ai été jusqu'à Blammont [176], chez le chirurgien qui a remis si adroitement le bras de cet officier tombé de cheval en revenant de Chessel.

Vous n'avez pas oublié comment, lorsque nous entrâmes chez lui, à cette occasion, il y a plus de douze ans, il se hâta d'aller cueillir dans son jardin les plus beaux abricots ; et comment, en revenant les mains pleines, ce vieillard, déjà infirme, heurta du pied le pas de la porte, ce qui fit tomber à terre presque tout le fruit qu'il tenait. Sa fille lui dit brusquement : « Voilà comme vous faites

---

a. ce songe dont
b. force : je m'abandonne

toujours ; vous voulez vous mêler de tout, et c'est pour tout gâter ; ne pouvez-vous pas rester sur votre chaise ? c'est bien présentable à présent. » Nous avions le cœur navré ; car il souffrait et ne répondait rien. Le malheureux ! il est plus malheureux encore. Il est paralytique ; il est couché dans un véritable lit de douleurs, il n'a auprès de lui que cette misérable qui est sa fille. Depuis plusieurs mois il ne parle plus, mais le bras droit n'est pas encore attaqué, il s'en sert pour faire des signes. Il en fit que j'eus le chagrin de ne pouvoir expliquer : il voulait dire à sa fille de m'offrir quelque chose. Elle ne l'entendit pas, et cela arrive très souvent. Lorsqu'il lui survint quelques affaires au-dehors, j'en profitai pour que son malheureux père sût du moins que ses maux étaient sentis, car il a[a] encore une oreille assez bonne. Il me fit comprendre que cette fille, regardant sa fin comme très prochaine, se refusait à tout ce qui pourrait diminuer de quelques sous l'héritage assez considérable qu'il lui laisse : mais que quoiqu'il en eût eu bien des chagrins, il lui pardonnait tout, afin de ne pas cesser d'aimer, à son dernier moment, le seul être qui lui restât à aimer. Un vieillard voir ainsi expirer sa vie ! un père finir avec tant d'amertume dans sa propre maison ! Et nos lois ne peuvent rien !

Il faut qu'un tel abîme de misères touche aux perceptions de l'immortalité. S'il était possible que dans un âge de raison, j'eusse manqué essentiellement à mon père, je serais malheureux toute la vie, parce qu'il n'est plus, et que ma faute serait aussi irréparable que monstrueuse. On pourrait dire, il est vrai, qu'un mal fait à celui qui ne le sent plus, qui n'existe plus, est actuellement chimérique en quelque sorte et indifférent, comme le sont les choses tout à fait passées. Je ne saurais le nier ; et cependant[b] j'en serais inconsolable. La raison de ce sentiment est bien difficile à trouver ; car s'il n'était autre[c] que le sentiment d'une chute avilissante dont on a perdu l'occasion de se relever avec une noblesse qui puisse consoler intérieurement, on trouverait ce même dédommagement dans la

---

a. sentis : il a
b. nier ; cependant
c. trouver. S'il n'était autre

vérité de l'intention. Lorsqu'il ne s'agit que de notre propre estime, le désir d'une chose louable doit nous satisfaire comme son exécution. Celle-ci ne diffère du désir que par ses suites, et il n'en peut être aucune pour l'offensé qui ne vit plus. L'on [a] voit pourtant le sentiment de cette injustice dont les effets ne subsistent plus, nous accabler encore, nous avilir, nous déchirer comme si elle devait avoir des résultats éternels. On dirait que l'offensé n'est qu'absent, et que nous devons retrouver les rapports que nous avions avec lui, mais dans un état de permanence qui [b] ne permettra plus de rien changer, de rien réparer, et où le mal sera perpétuel malgré nos remords [177].

L'esprit humain trouve toujours à se perdre dans cette liaison des choses effectuées avec leurs conséquences inconnues. Il pourrait imaginer que ces conceptions d'un ordre futur et d'une suite sans borne aux choses présentes, n'ont d'autres fondements que la possibilité de leurs suppositions, et qu'elles [c] doivent être comptées parmi les moyens qui retiennent l'homme dans la diversité, dans les oppositions et dans la perpétuelle incertitude [d], où le plonge la perception incomplète des propriétés et de l'enchaînement des choses.

Puisque ma lettre n'est pas fermée, il faut que je vous cite [e] Montaigne. Je viens de rencontrer par hasard un passage si analogue à l'idée dont j'étais occupé, que j'en ai été frappé et satisfait. Il y a dans cette conformité des pensées [f], un principe de joie secrète : c'est elle qui rend l'homme nécessaire à l'homme, parce qu'elle rend nos idées fécondes, parce qu'elle donne de l'assurance à notre imagination et confirme en nous l'opinion de ce que nous sommes.

On ne trouve point dans Montaigne ce que l'on cherche, on rencontre ce qui s'y trouve. Il faut l'ouvrir au hasard et c'est rendre une sorte d'hommage à sa manière. Elle est très indépendante sans être burlesque [178], ou affectée ; et je

---

a. On
b. état qui
c. suppositions ; qu'elles
d. oppositions, dans la perpétuelle incertitude
e. que je cite
f. de pensées [dès 1833]

ne suis pas surpris qu'un Anglais ait mis les *Essais* au-dessus de tout. On a reproché à Montaigne deux choses qui le font admirable, et dont je n'ai nul besoin de le disculper entre nous.

C'est au chapitre huitième du livre second qu'il dit : « Comme je scay, par une trop certaine expérience, il n'est aucune si douce consolation en la perte de nos amis, que celle que nous apporte la science de n'avoir rien oublié à leur dire, et d'avoir eu avec eux une parfaite et entière communication [179]. »

Cette entière communication avec l'être moral semblable à nous et mis auprès de nous dans des rapports respectés, semble une partie essentielle du rôle qui nous est départi pour l'emploi de notre durée. Nous sommes mécontents de nous quand l'acte étant fini, nous avons perdu sans retour le mérite de l'exécution dans la scène qui nous était confiée.

Ceci prouve, me direz-vous peut-être, que nous pressentons une autre durée. Je vous l'accorde ; et nous conviendrons aussi que le chien, qui ne veut plus alimenter sa vie parce que son maître a perdu la sienne, et qui s'élance dans le bûcher embrasé où l'on consume son corps, veut mourir avec lui, parce qu'il croit fermement le dogme de l'immortalité [a], et qu'il a la certitude consolante de le rejoindre dans un autre monde.

Je n'aime pas à rire de ce qu'on veut mettre à la place du désespoir, et cependant j'allais plaisanter si je ne m'étais retenu. La confiance dont l'homme se nourrit dans les opinions qu'il aime, et où il ne peut rien voir, est respectable, puisqu'elle diminue quelquefois l'amertume de ses misères ; mais il y a quelque chose de comique dans cette inviolabilité religieuse dont il prétend l'environner. Il n'appellerait pas sacrilège celui qui assurerait qu'un fils peut sans crime égorger son père ; il le conduirait à la maison des fous, et ne se fâcherait pas : mais il devient furieux si on ose lui dire que peut-être il mourra comme un chêne ou un renard, tant il a peur de le croire. Ne saurait-il s'apercevoir qu'il prouve sa propre incertitude. Sa foi est aussi fausse que celle de certains dévots qui crieraient à

---

a. fermement à l'immortalité

l'impiété si l'on doutait qu'un poulet mangé, le vendredi, pût nous plonger dans l'enfer, et qui pourtant en mangent en secret ; tant il y a de proportion entre la terreur d'un supplice éternel, et le plaisir de manger deux bouchées de viande sans attendre le dimanche.

Que ne prend-on le parti de laisser à la libre fantaisie de chacun les choses dont on peut rire, et même les espérances que tous ne peuvent également recevoir. La morale gagnerait beaucoup à abandonner la force d'un fanatisme éphémère, pour s'appuyer avec majesté sur l'inviolable évidence. Si vous voulez des principes qui parlent au cœur, rappelez ceux qui sont dans le cœur de tout homme bien organisé.

Dites : sur une terre de plaisirs, et de tristesse, la destination de l'homme est d'accroître le sentiment de la joie, de féconder l'énergie expansive ; et de combattre, dans tout ce qui sent, le principe de l'avilissement et des douleurs ....
....

TROISIÈME FRAGMENT

De l'expression romantique, et du RANZ DES VACHES.

... Le romanesque séduit les imaginations vives et fleuries ; le romantique suffit seul aux âmes profondes, à la véritable sensibilité. La nature est pleine d'effets romantiques dans les pays simples : une longue culture les détruit dans les terres vieillies, surtout dans les plaines dont l'homme s'assujettit facilement toutes les parties [a].

Les effets romantiques sont les accents d'une langue primitive que les hommes ne connaissent pas tous, et qui devient étrangère à plusieurs contrées. On cesse bientôt de les entendre, quand on ne vit plus avec eux ; et cependant cette harmonie romantique est la seule qui conserve à nos cœurs les couleurs de la jeunesse et la fraîcheur de la vie. L'homme de la société ne sent plus ces effets trop éloignés de ses habitudes : il finit par dire, « Que m'importe ? » Il

---

a. L'acception du mot romantique a changé depuis l'époque où ces lettres ont été écrites [note ajoutée en 1840].

est comme ces tempéraments fatigués du feu desséchant d'un poison lent et habituel ; il se trouve vieilli dans l'âge de la force, et les ressorts de la vie sont relâchés en lui, quoiqu'il garde l'extérieur d'un homme.

Mais vous, que le vulgaire croit semblables à lui, parce que vous vivez avec simplicité, parce que vous avez du génie sans avoir les prétentions de l'esprit, ou simplement parce qu'il vous voit vivre, et que, comme lui, vous mangez et vous dormez ; hommes primitifs, jetés çà et là dans le siècle vain, pour conserver la trace des choses naturelles, vous vous reconnaissez, vous vous entendez dans une langue que la foule ne sait point, quand le soleil d'octobre paraît dans les brouillards sur les bois jaunis ; quand un filet d'eau coule et tombe dans un pré fermé d'arbres, au coucher de la lune ; quand sous le ciel d'été, dans un jour sans nuages, une voix de femme chante à quatre heures, un peu au loin, au milieu des murs et des toits d'une grande ville.

Imaginez une plaine d'une eau limpide et blanche. Elle est vaste, mais circonscrite ; sa forme oblongue et un peu circulaire, se prolonge vers le couchant d'hiver. Des sommets élevés, des chaînes majestueuses la ferment de trois côtés. Vous êtes assis sur la pente de la montagne, au-dessus de la grève du nord, que les flots quittent et recouvrent. Des rochers perpendiculaires sont derrière vous ; ils montent [a] jusqu'à la région des nues ; le triste vent du pôle n'a jamais soufflé sur cette rive heureuse. À votre gauche, les montagnes s'ouvrent, une vallée tranquille s'étend dans leurs profondeurs, un torrent descend des cimes neigeuses qui la ferment : et quand le soleil du matin paraît entre leurs dents glacées [b], sur les brouillards, quand des voix de la montagne indiquent les chalets, au-dessus des prés encore dans l'ombre ; c'est le réveil d'une terre primitive, c'est un monument de nos destinées méconnues !

Voici les premiers moments nocturnes ; l'heure du repos et de la tristesse sublime. La vallée est fumeuse, elle commence à s'obscurcir. Vers le midi, le lac est dans la

---

a. ils s'élèvent
b. entre les pics glacés,

nuit : les immenses rochers [a] qui le ferment, sont une zone ténébreuse sous le dôme glacé qui les surmonte, et qui semble retenir dans ses frimas la lumière du jour. Ses derniers feux jaunissent les nombreux châtaigniers sur les rocs sauvages ; ils passent en longs traits sous les hautes flèches du sapin alpestre ; ils brunissent les monts ; ils allument les neiges ; ils embrasent les airs ; et l'eau sans vagues, brillante de lumière et confondue avec les cieux, est devenue infinie comme eux, et plus pure encore, plus éthérée, plus belle. Son calme étonne, sa limpidité trompe, la splendeur aérienne qu'elle répète semble creuser ses profondeurs ; et sous ses [b] monts séparés du globe et comme suspendus dans les airs, vous trouvez à vos pieds le vide des cieux et l'immensité du monde. Il y a là un temps de prestige et d'oubli. L'on ne sait plus où est le ciel, où sont les monts, ni sur quoi l'on est porté soi-même ; on ne trouve plus de niveau, il n'y a plus d'horizon ; les idées sont changées, les sensations inconnues, vous êtes sortis de la vie commune. Et lorsque l'ombre a couvert cette vallée d'eau ; lorsque l'œil ne discerne plus ni les objets, ni les distances ; lorsque le vent du soir a soulevé les ondes : alors, vers le couchant, l'extrémité du lac reste seule éclairée d'une pâle lueur, mais tout ce que les monts entourent n'est qu'un gouffre indiscernable ; et au milieu des ténèbres et du silence, vous entendez à mille pieds sous vous, s'agiter ces vagues toujours répétées, qui passent et ne cessent point, qui frémissent sur la grève à intervalles égaux, qui s'engouffrent dans les roches, qui se brisent sur la rive, et dont les bruits romantiques semblent [c] résonner d'un long murmure dans l'abîme invisible.

C'est dans les sons que la nature a placé la plus forte expression du caractère romantique : et c'est surtout au sens de l'ouïe que l'on peut rendre sensibles, en peu de traits et d'une manière énergique, les lieux et les choses extraordinaires [180]. Les odeurs occasionnent des perceptions rapides et immenses, mais vagues : celles de la vue

---

a. les rochers

b. ces

c. les bruits semblent

semblent intéresser davantage ᵃ l'esprit que le cœur : on admire ce qu'on voit, mais on sent ce qu'on entend * [181]. La voix d'une femme aimée sera plus belle encore que ses traits ; les sons que rendent des lieux sublimes feront une impression plus profonde et plus durable que leurs formes. Je n'ai point vu de tableau des Alpes qui me les rendît présentes, comme le peut faire un air vraiment alpestre.

Le *Ranz des Vaches* [182] ne rappelle pas seulement des souvenirs, il peint. Je sais que Rousseau a dit le contraire, mais je crois qu'il s'est trompé. Cet effet n'est point imaginaire : il est arrivé que deux personnes parcourant séparément les planches de ᵇ *Tableaux pittoresques de la Suisse* [183], ont dit toutes deux à la vue du Grimsel : voilà où il faut entendre le ranz des vaches. S'il est exprimé d'une manière plus juste que savante, si celui qui le joue le sent bien ; les premiers sons vous placent ᶜ dans les hautes vallées, près des rocs nus et d'un gris roussâtre, sous le ciel froid, sous le soleil ardent. On est sur la croupe des sommets arrondis et couverts de pâturages. On se pénètre de la lenteur des choses, et de la grandeur des lieux : on y trouve la marche tranquille des vaches, et le mouvement mesuré de leurs grosses cloches, près des nuages, dans l'étendue doucement inclinée depuis la crête des granits inébranlables jusqu'aux granits ruinés des ravins neigeux. Les vents frémissent d'une manière austère dans les mélèzes éloignés : on discerne le roulement du torrent caché dans les précipices qu'il s'est creusé ᵈ durant de longs siècles. À ces bruits solitaires dans l'espace, succèdent les accents hâtés et pesants des Küheren **, expression nomade d'un plaisir sans gaieté, d'une joie des montagnes. Les chants cessent ; l'homme s'éloigne ; les cloches ont passé les

---

a. plus
* Le clavecin des couleurs était ingénieux ; celui des odeurs eût intéressé davantage.
b. des [dès 1833]
c. nous placent
d. creusés
** *Küher* en allemand, *Armailli* en *roman*, homme qui conduit les vaches aux montagnes, qui passe la saison entière dans les pâturages élevés, et y fait des fromages. En général, les Armaillis restent ainsi quatre et cinq mois dans les hautes Alpes, entièrement séparés des femmes, et souvent même des autres hommes.

mélèzes : on n'entend plus que le choc des cailloux roulants, et la chute interrompue des arbres que le torrent pousse vers les vallées. Le vent apporte ou recule ces sons alpestres ; et quand il les perd, tout paraît froid, immobile et mort. C'est le domaine de l'homme qui n'a pas d'empressement : il sort du toit, bas et large, que de[a] lourdes pierres assurent contre les tempêtes : si le soleil est brûlant, si le vent est fort, si le tonnerre roule sous ses pieds, il ne le sait pas. Il marche du côté où les vaches doivent être, elles y sont ; il les appelle, elles se rassemblent, elles s'approchent successivement ; et il retourne avec la même lenteur, chargé de ce lait destiné aux plaines qu'il ne connaîtra pas. Les vaches s'arrêtent, elles ruminent ; il n'y a plus de mouvement visible, il n'y a plus d'hommes. L'air est froid, le vent a cessé avec la lumière du soir ; il ne reste que la lueur des neiges antiques, et la chute des eaux dont le bruissement sauvage, en s'élevant des abîmes, semble ajouter à la permanence silencieuse des hautes cimes et des glaciers, et de la nuit (G).

LETTRE XXXIX

Lyon, 11 mai, VI

Ce que peut avoir de séduisant la multitude de rapports qui lie chaque individu à ceux de son espèce[b] et à l'univers ; cette attente expansive que donne à un cœur jeune tout un monde à expérimenter ; ce dehors inconnu et fantastique, ce prestige [184] est décoloré, fugitif, évanoui. Ce monde terrestre offert à l'action de mon être est devenu aride et nu ; j'y cherchais la vie de l'âme, il ne la contient pas.

J'ai vu la vallée doucement éclairée dans l'ombre, sous le voile humide, charme vaporeux du matin ; elle était belle. Je l'ai vue changer et se flétrir : l'astre qui consume a passé sur elle ; il l'a embrasée, il l'a fatiguée de lumière ; il l'a laissée sèche, vieillie et d'une stérilité pénible à voir. Ainsi s'est levé lentement, ainsi s'est dissipé le voile heu-

---

a. que les
b. à son espèce

reux de nos jours. Il n'y a plus de ces demi-ténèbres, de ces espaces cachés qui plaisent tant à pénétrer. Il n'y a plus de clartés douteuses où se puissent reposer mes yeux. Tout est aride et fatigant, comme le sable qui brûle sous le ciel de Sahara : et toutes [a] les choses de la vie dépouillées de ce revêtement, présentent, dans une vérité rebutante, le savant et triste mécanisme de leur squelette découvert. Leurs mouvements continus, nécessaires, irrésistibles m'entraînent sans m'intéresser, et m'agitent sans me faire vivre.

Voilà plusieurs années que le mal menace, se prépare, se décide, se fixe. Si le malheur du moins ne vient rompre [b] cet uniforme ennui, il faudra que tout cela finisse.

LETTRE XL

Lyon, 14 mai, VI

J'étais près de la Saône, derrière le long mur où nous marchions autrefois ensemble, lorsque nous parlions de Tinian [185] au sortir de l'enfance, que nous aspirions au bonheur, que nous avions l'intention de vivre. Je considérais cette rivière qui coulait de même qu'alors ; et ce ciel d'automne aussi tranquille, aussi beau que dans ces temps-là dont il ne subsiste plus rien. Une voiture venait : je me retirai insensiblement ; et je continuai à marcher les yeux occupés des feuilles jaunies que le vent promenait sur l'herbe sèche, et dans la poussière du chemin. La voiture s'arrêta, Mme Del *** [186] était seule avec sa fille, âgée de six ans. Je montai et j'allai jusqu'à sa campagne, où je ne voulus pas entrer. Vous savez que Mme Del *** n'a pas vingt-cinq ans, et qu'elle est bien changée : mais elle parle avec la même grâce simple et parfaite ; ses yeux ont une expression plus douloureuse et non moins belle. Nous n'avons rien dit de son mari : vous vous rappelez qu'il n'a guère que trente ans de plus [c] qu'elle, et que c'est une sorte de financier fort instruit quand il s'agit de l'or, mais nul

---

a. Sahara : toutes
b. ne vient pas rompre
c. qu'il a trente ans de plus

dans tout le reste. Femme infortunée ! Voilà une vie perdue : et le sort semblait la lui promettre si heureuse ! Que lui manquait-il pour mériter le bonheur, et pour faire le bonheur d'un autre ! Quel esprit ! quelle âme ! quelle pureté d'intentions [a] ! Tout cela est inutile. Il y a bientôt cinq ans que je ne l'avais vue. Elle renvoyait sa voiture à la ville : je me fis descendre auprès de l'endroit où elle m'avait rencontré ; j'y restai fort tard.

Comme j'allais rentrer, un homme âgé, faible, et qui paraissait abattu par la misère, s'approcha de moi en me regardant beaucoup : il me nomma, et me demanda quelques secours. Je ne sus pas le reconnaître pour le moment ; mais ensuite je fus accablé en me rappelant que ce ne pouvait être que ce professeur de *troisième* [187], si laborieux [188] et si bon. Je me suis informé ce matin : mais je ne sais si je pourrai découvrir le triste grenier où sans doute il passe ses derniers jours. L'infortuné aura cru que je ne voulais pas le reconnaître. Si je le trouve, il faut qu'il ait une chambre et quelques livres qui lui rendent ses habitudes ; car il me semble [b] qu'il y voit encore bien. Je ne sais ce que je dois lui promettre de votre part, marquez-le-moi : comme il ne s'agit pas [c] d'un moment, mais du reste de sa vie, je ne ferai rien sans avoir [d] vos intentions.

J'avais passé plus d'une heure je crois, à hésiter de quel côté j'irais pour marcher un peu. Quoique cet endroit fût plus loin de ma demeure, j'y fus comme entraîné : [e] apparemment c'était par le besoin d'une tristesse qui pût convenir à celle dont j'étais déjà rempli.

J'aurais volontiers affirmé que je ne la reverrais jamais. C'était une chose comme résolue, et cependant... Son idée quoique affaiblie par le découragement, par le temps, par l'affaiblissement même de ma confiance à un genre d'affections trop trompées et trop inutiles [f], son idée se trouvait comme liée [g] aux sentiments de mon existence et

---

a. d'intention
b. habitudes : il me semble
c. marquez-le-moi : il ne s'agit pas
d. savoir
e. j'y fus entraîné ;
f. ou trop inutiles
g. se trouvait liée

de ma durée au milieu des choses. Je la voyais en moi, mais comme le souvenir ineffaçable d'un songe passé, comme ces idées de bonheur dont on garde l'empreinte, et qui ne sont plus de mon âge.

Car je suis un homme fait : les dégoûts m'ont mûri : grâce à ma destinée, je n'ai d'autre maître que ce peu de raison qu'on reçoit d'en haut, sans savoir pourquoi. Je ne suis point sous le joug des passions ; les désirs ne m'égarent point [a] ; la volupté ne me corrompra pas. J'ai laissé là toutes ces futilités des âmes fortes : je n'aurai point le ridicule de jouir des choses romanesques dont on doit revenir, ni d'être dupe [b] d'un beau sentiment. Je me sens en état de voir avec indifférence un site heureux, un beau ciel, une action vertueuse, une scène touchante ; et si j'y mettais assez d'importance, je pourrais, comme l'homme du meilleur ton, bâiller toujours en souriant toujours, m'amuser consumé de chagrins, et mourir d'ennui avec beaucoup de calme et de dignité.

Dans le premier moment, j'ai été surpris de *la* voir, et maintenant je le suis encore, parce que je ne vois pas à quoi cela peut mener. Mais quelle nécessité y a-t-il que cela mène à quelque chose ? que d'incidents isolés dans le cours du monde, ou qui n'ont pas de résultats que nous puissions connaître ! Je ne parviens pas à me défaire de cette sorte d'instinct qui cherche une suite et des conséquences à chaque chose, surtout à celles que le hasard amène. Je veux toujours y voir, et l'effet d'une intention, et un moyen de la nécessité. Je m'amuse de ce singulier penchant : il nous a fourni plus d'une occasion de rire ensemble ; et, dans ce moment-ci, je ne le trouve point du tout incommode.

Il est certain que si j'avais su la rencontrer, je n'aurais pas été de ce côté : je crois pourtant que j'aurais eu tort. Un rêveur doit tout voir ; et un rêveur n'a malheureusement pas grand-chose à craindre. Faudrait-il d'ailleurs éviter tout ce qui tient à la vie de l'âme, et tout ce qui l'avertit de ses pertes ? le pourrait-on ? Une odeur, un son, un trait de lumière me diront de même qu'il y a autre

---

a. pas
b. ou d'être dupe

chose dans la nature humaine que digérer et m'assoupir[a]. Un mouvement de joie dans le cœur du malheureux, ou le soupir de celui qui jouit, tout m'avertira de cette mystérieuse combinaison dont l'intelligence entretient et change sans cesse la suite infinie, et dont les corps ne sont que les matériaux qu'une idée éternelle arrange comme les figures d'une chose invisible, qu'elle roule comme des dés, qu'elle calcule comme des nombres.

Revenu sur le bord de la Saône, je me disais après l'avoir quittée : l'œil[b] est incompréhensible ! Non seulement il reçoit pour ainsi dire l'infini, mais il semble le reproduire. Il voit tout un monde ; et ce qu'il rend, ce qu'il peint, ce qu'il exprime est plus vaste encore. Une grâce qui entraîne tout, une éloquence douce et profonde, une expression plus étendue que les choses exprimées, l'harmonie qui fait le lien universel, tout cela est dans l'œil d'une femme. Tout cela, et plus encore, est dans la voix illimitée de celle qui sent. Lorsqu'elle parle, elle tire de l'oubli les affections et les idées, elle éveille l'âme de sa léthargie, elle l'entraîne et la conduit dans tout le domaine de sa vie[c] morale. Lorsqu'elle chante, il semble qu'elle agite les choses, qu'elle les déplace, qu'elle les forme, et qu'elle crée des sentiments nouveaux. La vie naturelle n'est plus la vie ordinaire : tout est romantique, animé, enivrant. Là, assise en repos, ou occupée d'autre chose, elle nous emporte, elle nous précipite avec elle dans le monde immense ; et notre vie s'agrandit de ce mouvement sublime et calme. Combien, alors, paraissent froids ces hommes qui se remuent tant pour de si petites choses ; dans quel néant ils nous retiennent, et qu'il est fatigant de vivre parmi des êtres turbulents et muets !

Mais quand tous les efforts, tous les talents, tous les succès, et tous les dons du hasard ont formé un visage admirable, un corps parfait, une manière fine, une âme grande, un cœur délicat, un esprit étendu ; il ne faut qu'un jour pour que l'ennui et le découragement commencent à tout anéantir dans le vide d'un cloître, dans les dégoûts

---

a. et s'endormir.
b. disais : l'œil
c. de la vie

d'un mariage trompeur, dans la nullité d'une vie fastidieuse.

Je veux continuer à la voir. Elle n'attend plus rien ; nous serons bien ensemble. Elle ne sera pas surprise que je sois consumé d'ennui, et je n'ai point ᵃ à craindre d'ajouter au sien. Notre situation est fixe, et tellement, que je ne changerai pas la mienne en allant chez elle dès qu'elle aura quitté la campagne.

Je me figure déjà avec quelle grâce riante et fatiguée, elle reçoit une société qui l'excède ; et avec quelle impatience elle attend le lendemain des jours de plaisir.

Je vois tous les jours à peu près les mêmes ennuis. Les concerts, les soirs, tous ces passe-temps sont le travail des prétendus heureux : il leur est à charge, comme celui de la vigne l'est à l'homme de journée ; et davantage, car il ne porte pas ᵇ avec lui sa consolation, il ne produit rien.

LETTRE XLI

Lyon, 18 mai, VI

L'on ᶜ dirait que le sort s'attache à ramener l'homme sous la chaîne qu'il a voulu secouer malgré le sort. Que m'a-t-il servi de tout quitter pour chercher une vie plus libre ? Si j'ai vu des choses selon ma nature, ce ne fut qu'en passant, sans en jouir, et comme pour redoubler en moi l'impatience de les posséder.

Je ne suis point l'esclave des passions, je suis plus malheureux, leur vanité ne me trompera point ; mais enfin ne faut-il pas que la vie soit remplie par quelque chose ? Quand l'existence est vide, peut-elle satisfaire ? Si la vie du cœur n'est qu'un néant agité, ne vaut-il pas mieux la laisser pour un néant plus tranquille [189] ? Il me semble que l'intelligence cherche un résultat : je voudrais que l'on me dît quel est celui de ma vie. Je veux quelque chose qui voile et entraîne mes heures ; car je ne saurais ᵈ toujours

---

a. pas
b. davantage : il ne porte pas
c. On
d. heures : je ne saurais

les sentir rouler si pesamment sur moi, seules et lentes, sans désirs, sans illusions, sans but. Si je ne puis connaître de la vie que ses misères, est-ce un bien de l'avoir reçue ? Est-ce une sagesse de la conserver ?

Vous ne pensez pas que trop faible contre les maux de l'humanité, je n'ose même en soutenir la crainte : vous me connaissez mieux. Ce n'est point dans le malheur que je songerais à rejeter la vie : la résistance éveille l'âme et lui donne une attitude plus fière ; l'on se retrouve enfin, quand il faut lutter contre de grandes douleurs ; on peut se plaire dans son énergie, on a du moins quelque chose à faire. Mais ce sont les embarras, les ennuis, les contraintes, l'insipidité de la vie qui me fatiguent et me rebutent. L'homme passionné peut se résoudre à souffrir, puisqu'il prétend jouir un jour ; mais quelle considération peut soutenir l'homme qui n'attend rien. Je suis las de mener une vie si vaine. Il est vrai que je pourrais prendre patience encore ; mais ma vie passe sans que je fasse rien d'utile, et sans que je jouisse, sans espoir, comme sans paix. Pensez-vous qu'avec une âme indomptable, tout cela puisse durer de longues années ?

Je croirais qu'il y a aussi une raison des choses physiques ; et que la nécessité elle-même a une marche suivie, une sorte de fin que l'intelligence peut pressentir. Je me demande quelquefois où me conduira cette contrainte qui m'enchaîne à l'ennui, cette apathie d'où je ne puis jamais sortir ; cet ordre de choses nul et insipide dont je ne saurais me débarrasser, où tout manque, diffère, s'éloigne ; où toute probabilité s'évanouit ; où l'effort est détourné ; où tout changement avorte ; où l'attente est toujours trompée, même celle d'un malheur du moins énergique ; où l'on dirait qu'une volonté ennemie s'attache à me retenir dans un état de suspension et d'entraves, à me leurrer par des choses vagues et des espérances évasives, afin de consumer ma durée entière sans qu'elle ait rien atteint, rien produit, rien possédé. Je revois le triste souvenir des longues années perdues. J'observe comment cet avenir qui séduit toujours, change et s'amoindrit en s'approchant. Frappé d'un souffle de mort à la lueur funèbre du présent, il se décolore dès l'instant où l'on veut jouir ; et laissant derrière lui les séductions qui le masquaient et le prestige déjà vieilli, il passe seul, abandonné, traînant avec pesanteur son spectre épuisé et hideux, comme s'il insultait à la fatigue que donne le glissement sinistre de sa chaîne éternelle : lorsque je pressens cet espace désenchanté où vont se traîner les restes de ma jeunesse et de ma vie ; et que ma pensée [a] cherche à suivre d'avance la pente uniforme où tout coule et se perd ; que trouvez-vous que je puisse attendre à son terme, et qui pourrait me cacher l'abîme où tout cela va finir ? Ne faudra-t-il pas bien que, las et rebuté, quand je suis assuré de ne pouvoir rien, je cherche au moins du repos ? Et quand une force inévitable pèse sur moi sans relâche, comment reposerai-je, si ce n'est en me précipitant moi-même ?

Il faut que toute chose ait une fin selon sa nature. Puisque ma vie relative est retranchée du cours du monde, pourquoi végéter longtemps encore inutile au monde et fatigant à moi-même ? Pour le vain instinct d'exister ! Pour respirer et avancer en âge ! Pour m'éveiller amèrement quand tout repose, et chercher les ténèbres quand la terre fleurit : pour n'avoir que le besoin des désirs, et ne connaître que le songe de l'existence : pour rester déplacé, isolé sur la scène des afflictions humaines, quand nul n'est heureux par moi, quand je n'ai que l'idée du rôle d'un homme : pour tenir à une vie perdue, lâche esclave que la vie repousse et qui s'attache à son ombre, avide de l'existence, comme si l'existence réelle lui était laissée, et voulant être misérablement faute d'oser n'être plus !

Que me feront tous ces sophismes [b] d'une philosophie douce et flatteuse, vain déguisement d'un instinct pusillanime, vaine sagesse des patients qui perpétue les maux si bien supportés, et qui légitime notre servitude par une nécessité imaginaire.

Attendez, me dira-t-on, le mal moral s'épuise par sa durée même : attendez ; les temps changeront, et vous serez satisfait ; ou s'ils restent semblables, vous serez changé vous-même. En usant du présent tel qu'il est, vous aurez affaibli le sentiment trop impétueux d'un avenir

---

a. vie, lorsque ma pensée
b. les sophismes

meilleur ; et quand vous aurez toléré la vie, elle deviendra bonne à votre cœur plus tranquille. – Une passion cesse, une perte s'oublie, un malheur se répare : moi, je n'ai point de passions, je ne plains ni perte ni malheur, rien qui puisse cesser, qui puisse être oublié, qui puisse être réparé. Une passion nouvelle peut distraire de celle qui vieillit : mais où trouverai-je un aliment pour mon cœur quand il aura perdu cette soif qui le consume ? Il désire tout, il veut tout, il contient tout. Que mettre à la place de cet infini qu'exige ma pensée ? Les regrets s'oublient, d'autres biens les effacent : mais quels biens pourront tromper des regrets universels ? Tout ce qui est propre à la nature humaine appartient à mon être ; il a voulu s'en nourrir selon sa nature, il s'est épuisé sur une ombre impalpable : savez-vous quelque bien qui console du regret du monde ? Si mon malheur est dans le néant de ma vie, le temps calmera-t-il des maux que le temps aggrave : et dois-je espérer qu'ils cessent ; quand c'est par leur durée même qu'ils sont intolérables ? – Attendez : des temps meilleurs produiront peut-être ce que semble vous interdire votre destinée présente. – Hommes d'un jour, qui projetez en vieillissant, et qui raisonnez, pour un avenir reculé quand la mort est sur vos pas ; en rêvant des illusions consolantes dans l'instabilité des choses, ne sentirez-vous jamais leur[a] cours rapide ; ne verrez-vous point que votre vie s'endort en se balançant ; et que cette vicissitude qui soutient votre cœur trompé, ne l'agite que pour l'éteindre à jamais dans[b] une secousse dernière et prochaine ? Si la vie de l'homme était éternelle[c], si seulement elle était plus longue, si seulement elle restait semblable jusque près de sa dernière heure, alors l'espérance pourrait me séduire, et j'attendrais peut-être ce qui du moins serait possible. Mais y a-t-il quelque permanence dans la vie ? Le jour futur peut-il avoir les besoins du jour présent, et ce qu'il fallait aujourd'hui sera-t-il bon demain ? Notre cœur change plus rapidement que les saisons annuelles ; leurs vicissitudes souffrent du moins

---

a. n'en sentirez-vous jamais le

b. l'éteindre dans

c. perpétuelle,

quelque permanence [a], parce qu'elles [b] se répètent dans l'étendue des siècles. Mais nos jours que rien ne renouvelle, n'ont pas deux heures qui puissent être semblables : leurs saisons, qui ne se réparent pas, ont chacune leurs besoins ; s'il en est une qui ait perdu ce qui lui était propre, elle l'a perdu sans retour, et nul autre âge ne saurait posséder ce que l'âge puissant n'a pas atteint. – C'est le propre de l'insensé de prétendre lutter contre la nécessité. Le sage reçoit les choses telles que sa destinée [c] les donne ; il ne s'attache qu'à les considérer sous les rapports qui peuvent les lui rendre heureuses : sans s'inquiéter inutilement dans quelles voies il erre sur ce globe, il sait posséder, à chaque gîte qui marque sa course, et les douceurs des convenances, et la sécurité du repos ; et devant sitôt trouver, quoi qu'il arrive, le terme [d] de sa marche, il va sans effort, il s'égare même sans inquiétude. Que lui servirait de vouloir davantage, de résister à la force du monde, et de chercher à éviter des chaînes et une ruine inévitable ? Nul individu ne saurait arrêter le cours universel, et rien n'est plus vain que la plainte des maux attachés nécessairement à notre nature. – Si tout est nécessaire, que prétendez-vous opposer à mes ennuis ? Pourquoi les blâmer ; puis-je sentir autrement ? Si au contraire notre sort particulier est dans nos mains, si l'homme peut choisir et vouloir, il existera pour lui des obstacles qu'il ne saurait vaincre, et des misères auxquelles il ne pourra soustraire sa vie : mais tout l'effort du genre humain ne pourrait faire plus contre lui que de l'anéantir. Celui-là seul peut être soumis à tout, qui veut absolument vivre ; mais celui qui ne prétend à rien, ne peut être soumis à rien. Vous exigez que je me résigne à des maux inévitables ; je le veux bien aussi : mais quand je consens à tout quitter, il n'y a plus pour moi de maux inévitables.

Les biens nombreux qui restent à l'homme dans le malheur même ne sauraient me retenir. Il y a plus de biens que de maux, cela est vrai dans le sens absolu, et pourtant ce serait s'abuser étrangement que de compter ainsi. Un seul

---

a. quelque constance
b. puisqu'elles
c. telles que la destinée
d. trouver le terme

mal que nous ne pouvons oublier anéantit l'effet de vingt biens dont nous paraissons jouir ; et malgré les promesses du raisonnement, il est beaucoup de maux que l'on ne saurait cesser de sentir qu'avec des efforts et du temps, si du moins l'on n'est sectaire [190] et un peu fanatique. Le temps, il est vrai, dissipe ces maux, et la résistance du sage les use plus vite encore ; mais l'industrieuse imagination des autres hommes les a tellement multipliés, qu'ils seront toujours remplacés avant leur terme : et comme les biens passent ainsi que les douleurs, y eût-il dans l'homme dix plaisirs pour une seule peine, si l'amertume d'une seule peine corrompt cent plaisirs pendant toute sa durée, la vie sera au moins indifférente et inutile à qui n'a plus d'illusions. Le mal reste, le bien n'est plus : par quel prestige, pour quelle fin porterais-je la vie ? Le dénouement est connu ; qu'y a-t-il à faire encore ? La perte vraiment irréparable est celle des désirs.

Je sais qu'un penchant naturel attache l'homme à la vie ; mais c'est en quelque sorte un instinct d'habitude, il ne prouve nullement que la vie soit bonne. L'être, par cela qu'il existe, doit tenir à l'existence : la raison seule peut lui faire voir le néant sans effroi. Il est remarquable que l'homme dont la raison affecte tant de mépriser l'instinct, s'autorise de ce qu'il a de plus aveugle, pour justifier les sophismes de cette même raison.

On objectera que l'impatience de la vie tient [a] à l'impétuosité des passions ; et que le vieillard s'y attache à mesure que [b] l'âge le calme et l'éclaire. Je ne veux pas examiner en ce moment, si la raison de l'homme qui s'éteint vaut plus que celle de l'homme dans sa force ; si chaque âge n'a pas sa manière de sentir convenable alors, et déplacée dans d'autres temps ; si enfin nos institutions stériles, si nos vertus de vieillards, ouvrages [c] de la caducité, du moins dans leur principe, prouvent solidement en faveur de l'âge refroidi. Je répondrais seulement : toute chose mélangée est regrettée au moment de sa perte ; une perte sans retour n'est jamais vue froidement après une longue possession ; et notre imagination [d], que nous voyons tou-

---

a. que l'impatience habituelle tient
b. s'attache à la vie à mesure que
c. ouvrage
d. possession · notre imagination

jours dans la vie abandonner un bien dès qu'il est atteint [a], pour fixer nos efforts sur celui qui nous reste à acquérir, ne s'arrête dans ce qui finit que sur le bien qui nous est enlevé, et non sur le mal dont nous sommes délivrés.

Ce n'est pas ainsi que l'on doit estimer la valeur de la vie effective pour la plupart des hommes. Mais chaque jour de cette existence dont ils espèrent sans cesse, demandez-leur si le moment présent les satisfait, les mécontente, ou leur est indifférent : vos résultats seront sûrs alors. Toute autre estimation n'est qu'un moyen de s'en imposer à soi-même ; et je veux mettre une vérité claire et simple, à la place des idées confuses, et des sophismes rebattus.

L'on me dira sérieusement : arrêtez vos désirs, bornez ces besoins trop avides : mettez vos affections dans les choses faciles : pourquoi chercher ce que les circonstances éloignent ? pourquoi exiger ce dont les hommes se passent si bien ? pourquoi vouloir des choses utiles, tant d'autres n'y pensent même pas ? pourquoi vous plaindre des douleurs publiques ; voyez-vous qu'elles troublent le sommeil d'un seul heureux ? que servent ces pensées d'une âme forte et cet instinct des choses sublimes ? ne sauriez-vous rêver la perfection sans y prétendre amener la foule qui s'en rit, tout en gémissant ? et vous faut-il, pour jouir de votre vie, une existence grande ou simple, des circonstances énergiques, des lieux choisis, des hommes et des choses selon votre cœur ? Tout est bon à l'homme pourvu qu'il existe ; et partout où il peut vivre, il peut vivre bien [b]. S'il a une bonne réputation, quelques connaissances qui lui veuillent du bien, une maison et de quoi se présenter dans le monde, que lui faut-il davantage ? Certes je n'ai rien à répondre à ces conseils qu'un homme mûr me donnerait, et je les crois très bons en effet pour ceux qui les trouvent tels.

Cependant je suis plus calme maintenant, et je commence à me lasser de mon impatience elle-même [c]. Des idées sombres, mais tranquilles, me deviennent plus familières. Je songe volontiers à ceux qui, dans le matin [d] de

---

a. dès qu'il est acquis
b. vivre content.
c. impatience même.
d. qui, le matin

leurs jours, ont trouvé leur éternelle nuit : ce sentiment me repose et me console ; c'est l'instinct du soir. Mais pourquoi ce besoin des ténèbres ? pourquoi la lumière m'est-elle pénible ? Ils le sauront un jour ; quand ils auront changé ; quand je ne serai plus.

Quand vous ne serez plus ! méditez-vous un crime ? – Si, fatigué des maux de la vie, et surtout désabusé de ses biens, déjà suspendu sur l'abîme marqué pour le moment suprême, retenu par l'ami, accusé par le moraliste, condamné par ma patrie, coupable aux yeux de l'homme social, j'avais à répondre à ses efforts, à ses reproches ; voici ce me semble ce que je pourrais dire.

J'ai tout examiné, tout connu ; si je n'ai pas tout éprouvé, j'ai du moins tout pressenti. Vos douleurs ont flétri mon âme : elles sont intolérables parce qu'elles sont sans but. Vos plaisirs sont illusoires, fugitifs, un jour suffit pour les connaître et les quitter. J'ai cherché en moi le bonheur, mais sans fanatisme ; j'ai vu qu'il n'était pas fait pour l'homme seul : je le proposai à ceux qui m'environnaient, ils n'avaient pas le loisir d'y songer. J'interrogeai la multitude que flétrit la misère, et les privilégiés que l'ennui opprime ; ils m'ont dit, nous souffrons aujourd'hui, mais nous jouirons demain. Pour moi je sais que le jour qui se prépare va marcher sur la trace du jour qui s'écoule. Vivez, vous que peut tromper encore un prestige heureux ; mais moi, fatigué de ce qui peut égarer l'espoir, sans attente et presque sans désir, je ne dois plus vivre. Je juge la vie comme l'homme qui descend dans la tombe, qu'elle s'ouvre donc pour moi : reculerais-je le terme quand il est déjà atteint ? La nature offre des illusions à croire et à aimer ; elle ne lève le voile qu'au moment marqué pour la mort : elle ne l'a pas levé pour vous, vivez : elle l'a levé pour moi, ma vie n'est déjà plus.

Il se peut que le vrai bien de l'homme soit son indépendance morale, et que ses misères ne soient que le sentiment de sa propre faiblesse dans des situations multipliées ; que tout soit songe hors de lui, et que la paix soit dans le cœur inaccessible aux illusions. Mais sur quoi se reposera sa pensée [a] désabusée ? que faire dans la vie quand on est

---

a. la pensée

indifférent à tout ce qu'elle renferme ? Quand la passion de toutes choses, quand ce besoin universel des âmes fortes a consumé nos cœurs ; quand le charme [a] abandonne nos désirs détrompés, l'irrémédiable ennui [b] naît de ces cendres refroidies : funèbre, sinistre, il absorbe tout espoir, il règne sur les ruines, il dévore, il éteint. D'un effort invincible, il creuse notre tombe, asile qui donnera du moins le repos par l'oubli, le calme dans le néant.

Sans les désirs, que faire de la vie ? Végéter stupidement ; se traîner sur la trace inanimée des soins et des affaires ; ramper énervés [c] dans la bassesse de l'esclave, ou la nullité de la foule ; penser sans servir l'ordre universel ; sentir sans vivre ! Ainsi, jouet lamentable d'une destinée que rien n'explique, l'homme abandonnera sa vie aux hasards et des choses et des temps. Ainsi, trompé par l'opposition de ses vœux, de sa raison, de ses lois, de sa nature, il se hâte d'un pas riant et plein d'audace vers la nuit sépulcrale. L'œil ardent, mais inquiet au milieu des fantômes, et le cœur chargé de douleurs, il cherche et s'égare, il végète et s'endort.

Harmonie du monde ! Rêve sublime ! Fin morale, reconnaissance sociale, lois, devoirs, mots sacrés parmi les hommes ! je ne puis vous braver qu'aux yeux de la foule trompée.

À la vérité j'abandonne des amis que je vais affliger, ma patrie dont je n'ai point assez payé les bienfaits, tous les hommes que je devais servir : ce sont des regrets et non pas des remords. Qui, plus que moi, pourra sentir le prix de l'union, l'autorité des devoirs, le bonheur d'être utile ? J'espérais faire quelque bien, ce fut le plus flatteur, le plus insensé de mes rêves. Dans la perpétuelle incertitude d'une existence toujours agitée, précaire, asservie, vous suivez tous, aveugles et dociles, la trace battue de l'ordre établi ; abandonnant ainsi votre vie à vos habitudes, et la perdant sans peine comme vous perdriez un jour. Je pourrais, entraîné de même par cette déviation universelle, laisser quelques bienfaits dans ces voies d'erreur : mais ce bien,

---

a. cœurs, le charme
b. détrompés, et l'irrémédiable ennui
c. énervé

facile à tous, sera fait sans moi par les hommes bons. Il en est ; qu'ils vivent, et qu'utiles à quelque chose, ils se trouvent heureux. Pour moi, au sein de cet abîme [a] de maux, je ne serai point consolé, je l'avoue, si je ne fais pas plus. Un infortuné près de moi sera peut-être soulagé, cent mille gémiront : et moi, impuissant au milieu d'eux, je verrai sans cesse attribuer à la nature des choses, les fruits amers de l'égarement humain ; et se perpétuer comme l'œuvre inévitable de la nécessité, ces misères où je crois sentir le caprice accidentel d'une perfectibilité qui s'essaie ! Que l'on me condamne sévèrement, si je refuse le sacrifice d'une vie heureuse au bien général ; mais lorsque, devant rester inutile, j'appelle une mort trop longtemps attendue [b], j'ai des regrets, je le répète, et non pas des remords.

Sous le poids d'un malheur passager, considérant la mobilité des impressions et des événements, sans doute je devrais attendre des jours plus favorables. Mais le mal qui pèse sur mes ans, n'est point un mal passager. Ce vide dans lequel ils s'écoulent lentement, qui le remplira ! Qui rendra des désirs à ma vie, et une attente à ma volonté ? C'est le bien lui-même que je trouve inutile ; fassent les hommes qu'il n'y ait plus que des maux à déplorer ! Durant l'orage, l'espoir soutient ; et l'on s'affermit contre le danger parce qu'il peut finir ; mais si le calme lui-même vous fatigue, qu'espérerez-vous alors ? Si demain peut être bon, je veux bien attendre ; mais si ma destinée est telle que demain ne pouvant être meilleur, puisse être plus malheureux encore, je ne verrai point [c] ce jour funeste.

Si c'est un devoir réel d'achever la vie qui m'a été donnée, sans doute je braverai ses misères [d] ; le temps rapide les entraînera bientôt. Quelque opprimés que puissent être nos jours, ils sont tolérables, puisqu'ils sont bornés. La mort et la vie sont en mon pouvoir ; je ne tiens pas à l'une, je ne désire point l'autre, que la raison décide si j'ai le droit de choisir entre elles.

---

a. dans cet abîme
b. j'appelle un repos trop longtemps attendu
c. pas
d. j'en braverai les misères ;

C'est un crime, me dit-on, de déserter la vie ; mais ces mêmes sophistes qui me défendent la mort, m'exposent ou m'envoient à elle. Leurs innovations la multiplient autour de moi, leurs préceptes m'y conduisent, ou leurs lois me la donnent. C'est une gloire de renoncer à la vie quand elle est bonne, c'est une justice de tuer celui qui veut vivre ; et cette mort que l'on doit chercher quand on la redoute, ce serait un crime de s'y livrer quand on la désire ! Sous cent prétextes, ou spécieux, ou ridicules, vous vous jouez de mon existence : moi seul je n'aurais plus de droits sur moi-même ?[a] Quand j'aime la vie, je dois la mépriser ; quand je suis heureux, vous m'envoyez mourir : et si je veux la mort, c'est alors que vous me la défendez ; vous m'imposez la vie quand je l'abhorre * [191].

---

a. sur moi-même !
* Beccaria a dit d'excellentes choses contre la peine de mort ; mais je ne saurais penser comme lui sur celles-ci. Il prétend que le citoyen *n'ayant pu aliéner que la portion de sa liberté la plus petite possible*, n'a pu consentir à la perte de sa vie : il ajoute que *n'ayant pas le droit de se tuer lui-même*, il n'a pu céder à la cité le droit de le tuer.
Je crois qu'il importe de ne dire que des choses justes et incontestables, lorsqu'il s'agit des principes qui servent de base aux lois positives ou à la morale. Il y a du danger à appuyer les meilleures choses par des raisons seulement spécieuses. Lorsqu'un jour leur illusion se trouve évanouie, la vérité même qu'elles paraissent soutenir en est ébranlée. Les choses vraies ont leur raison réelle, il n'en faut pas chercher d'arbitraires. Si la législation morale et politique de l'Antiquité n'avait été fondée que sur des principes évidents, sa puissance moins persuasive, il est vrai, dans les premiers temps, et moins propre à faire des enthousiastes, fût restée inébranlable. Si l'on essayait maintenant de construire cet édifice que l'on n'a pas encore élevé, je conviens que peut-être il ne serait utile que quand les années l'auraient cimenté, mais cette considération ne détruit point sa beauté, et ne dispense pas de l'entreprendre.
O. ne fait que douter, supposer, chercher, rêver ; il pense et ne raisonne guère ; il examine et ne décide pas, n'établit pas. Ce qu'il dit n'est rien, si l'on veut, mais peut mener à quelque chose. Si dans sa manière indépendante et sans système, il suit pourtant quelque principe, c'est surtout celui de ne dire que des vérités en faveur de la vérité même, et de ne rien admettre que tous les temps ne puissent avouer ; de ne pas confondre la bonté de l'intention avec la justesse des preuves, et de ne pas croire qu'il soit indifférent par quelle voie l'on persuade les meilleures choses. L'histoire de tant de sectes religieuses et politiques a prouvé que les moyens expéditifs ne produisent que l'ouvrage d'un jour. Cette manière de voir m'a paru d'une grande importance, et c'est principalement à cause d'elle que je publie ces lettres si vides sous d'autres rapports, et si vagues.

Si je ne puis m'ôter la vie, je ne puis non plus m'exposer à une mort probable. Est-ce là cette prudence que vous demandez de vos sujets ? Sur le champ de bataille, ils doivent ᵃ calculer les probabilités avant de marcher à l'ennemi, et vos héros sont tous des criminels. L'ordre que vous leur donnez ne les justifie point : vous n'avez pas le droit de les envoyer à la mort, s'ils n'ont pas eu le droit de consentir à y être envoyés. Une même démence autorise vos fureurs et dicte vos préceptes : et tant d'inconséquence pourrait justifier tant d'injustice ! Si je n'ai point sur moi-même de droit de mort, qui l'a donné à la société ? Ai-je cédé ce que je n'avais point ? Quel principe social avez-vous inventé, qui m'explique comment un corps acquiert un pouvoir interne et réciproque que ses membres n'avaient point ᵇ, et comment j'ai donné pour m'opprimer, un droit que je n'avais pas même pour échapper à l'oppression ? Dira-t-on que si l'homme isolé jouit de ce droit naturel, il l'aliène en devenant membre de la société ? Mais ce droit est inaliénable par sa nature, et nul ne saurait faire une convention qui lui ôte tout pouvoir de la rompre quand on la fera servir à son préjudice. On a prouvé, avant moi, que l'homme n'a pas le droit de renoncer à sa liberté, ou en d'autres termes, de cesser d'être homme : comment perdrait-il le droit le plus essentiel, le plus sûr, le plus irrésistible de cette même liberté, le seul qui garantisse son indépendance, et qui lui reste toujours contre le malheur ? Jusques à quand de palpables absurdités [192] asserviront-elles les hommes ?

Si ce pouvait être un crime d'abandonner la vie, c'est vous que j'accuserais, vous dont les innovations funestes m'ont conduit à vouloir la mort, que sans vous j'eusse éloignée ; cette mort, perte universelle que rien ne répare, triste et dernier refuge qu'encore vous osez ᶜ m'interdire, comme s'il vous restait quelque prise sur ma dernière heure, et que là aussi les formes de votre législation pussent limiter des droits placés hors du monde qu'elle gouverne. Opprimez ma vie ; la loi est souvent aussi le droit

---

a. ils devraient
b. pas
c. que même vous osez

du plus fort : mais la mort est la borne que je veux poser à votre pouvoir. Ailleurs vous commanderez, ici il faut prouver.

Dites-moi clairement, sans vos détours habituels, sans cette vaine éloquence des mots qui ne me trompera pas, sans ces grands noms mal entendus de force, de vertu, d'ordre éternel, de destination morale ; dites-moi simplement si les lois de la société sont faites pour le monde actuel et vrai, ou pour une vie future et éloignée de nous ª ? Si elles sont faites pour le monde positif, dites-moi comment des lois relatives à un ordre de choses, peuvent m'obliger quand cet ordre n'est plus ; comment ce qui règle la vie peut s'étendre au-delà ; comment le mode selon lequel nous avons déterminé nos rapports peut subsister quand ces rapports ont fini ; et comment j'ai pu jamais consentir que nos conventions me retinssent quand je n'en voudrais plus ? Quel est le fondement, je veux dire le prétexte de vos lois ? N'ont-elles pas promis *le bonheur de tous* ; quand je veux la mort, apparemment je ne me sens pas heureux. Le pacte qui m'opprime, doit-il être irrévocable ? Un engagement onéreux dans les choses particulières de la vie, peut trouver au moins des compensations ; et l'on ᵇ peut sacrifier un avantage quand il nous reste la faculté d'en posséder d'autres : mais l'abnégation totale peut-elle entrer dans l'idée d'un homme qui conserve quelque notion de droit et de vérité ? Toute société est fondée sur une réunion de facultés, un échange de services : mais quand je nuis à la société, ne refuse-t-elle pas de me protéger ? Si donc elle ne fait rien pour moi, ou si elle fait beaucoup contre moi, j'ai aussi le droit de refuser de la servir. Notre pacte ne lui convient plus, elle le rompt : il ne me convient plus, je le romps aussi : je ne me révolte pas, je sors.

C'est un dernier effort de votre tyrannie jalouse. Trop de victimes vous échapperaient ; trop de preuves de la misère publique s'élèveraient contre le vain bruit de vos promesses, et découvriraient vos codes astucieux dans leur nudité aride et leur corruption financière. J'étais simple de

---

a. actuel et visible, ou pour une vie future, éloignée de nous ?
b. on

vous parler de justice ! j'ai vu le sourire de la pitié dans votre regard paternel. Il me dit que c'est la force et l'intérêt qui mènent les hommes. Vous l'avez voulu : eh bien ! comment votre loi sera-t-elle maintenue ? Qui punira-t-elle de son infraction ? Atteindra-t-elle celui qui n'est plus ? Vengera-t-elle sur les siens son effort[a] méprisé ? Quelle démence inutile ! Multipliez nos misères, il le faut pour les grandes choses que vous projetez, il le faut pour le genre de gloire que vous cherchez : asservissez, tourmentez, mais du moins ayez un but ; soyez iniques et froidement atroces ; mais du moins ne le soyez pas en vain. Quelle dérision qu'une loi de servitude qui ne sera ni obéie ni vengée !

Où votre force finit, vos impostures commencent : tant il est nécessaire à votre empire que vous ne cessiez pas de vous jouer des hommes ! C'est la nature, c'est l'intelligence suprême qui veulent que je plie ma tête sous le joug insultant et lourd. Elles veulent que je m'attache à ma chaîne, et que je la traîne docilement, jusqu'à l'instant où il vous plaira de la briser sur ma tête. Quoi que vous fassiez, un Dieu vous livre ma vie ; et l'ordre du monde serait interverti si votre esclave échappait.

L'Éternel m'a donné l'existence et m'a chargé de mon rôle individuel dans[b] l'harmonie de ses œuvres ; je dois le remplir jusqu'à la fin, et je n'ai pas le droit de me soustraire à son empire. – Vous oubliez trop tôt l'âme que vous m'avez donnée. Ce corps terrestre n'est que poussière, ne vous en souvient-il plus ? Mais mon intelligence, souffle impérissable, émanée de l'intelligence universelle, ne pourra jamais se soustraire à sa loi. Comment quitterais-je l'empire du maître de toutes choses ? Je ne change que de lieu ; les lieux ne sont rien pour celui qui contient et gouverne tout. Il ne m'a pas placé plus exclusivement sur la terre que dans la contrée où il m'a fait naître.

La nature veille à ma conservation ; je dois aussi me conserver pour obéir à ses lois ; et puisqu'elle m'a donné la crainte de la mort, elle me défend de la chercher. C'est une belle phrase : mais la nature me conserve, ou

---

a. un effort

b. rôle, dites-vous, dans

m'immole à son gré ; du moins le cours des choses n'a point en cela de loi connue. Lorsque je veux vivre, un gouffre s'entrouvre pour m'engloutir, la foudre descend me consumer. Si la nature m'ôte la vie qu'elle m'a fait aimer, je me l'ôte quand je ne l'aime plus : si elle m'arrache un bien, je regrette un mal : si elle livre mon existence au cours arbitraire des événements, je la quitte ou la conserve avec choix. Puisqu'elle m'a donné la faculté de vouloir et de choisir, j'en use dans la circonstance où j'ai à décider entre les plus grands intérêts ; et je ne saurais comprendre que faire servir la liberté reçue d'elle, à choisir ce qu'elle m'inspire, ce soit l'outrager. Ouvrage de la nature, j'interroge ses lois, j'y trouve ma liberté. Placé dans l'ordre social, je réponds aux préceptes erronés des moralistes, et je rejette des lois que nul législateur n'avait le droit de faire.

Dans tout ce que n'interdit pas une loi supérieure et évidente, mon désir est ma loi, puisqu'il est le signe de l'impulsion naturelle ; il est mon droit par cela seul qu'il est mon désir. La vie n'est pas bonne pour moi si, désabusé de ses biens, je n'ai plus d'elle que ses maux : elle m'est funeste alors ; je la quitte, c'est le droit de l'être qui choisit et qui veut *.

Si j'ose prononcer où tant d'hommes ont douté, c'est d'après une conviction intime : si ma décision se trouve conforme à mes besoins, elle n'est dictée du moins par aucune partialité : si je suis égaré, j'ose affirmer que je ne suis pas coupable, ne concevant pas comment je pourrais l'être.

J'ai voulu savoir ce que je pouvais faire : je ne décide point [a] ce que je ferai. Je n'ai ni désespoir, ni passion : il suffit à ma sécurité d'être certain que le poids inutile pourra être secoué quand il me pressera trop. Dès longtemps la vie me fatigue, et elle me fatigue tous les jours

---

* Je sens combien cette lettre est propre à scandaliser. Je dois avertir que l'on verra dans la suite la manière de penser d'un autre âge sur la même question. J'ai déjà lu le passage que j'indique ; il blâme le suicide, et peut-être il scandalisera tout autant que celui-ci ; mais il ne choquera que les mêmes personnes.
a. je ne dis point

davantage : mais je ne suis point passionné ᵃ. Je trouve aussi quelque répugnance à perdre irrévocablement mon être. S'il fallait choisir à l'instant, ou de briser tous les liens, ou d'y rester nécessairement attaché pendant vingt ans ᵇ encore, je crois que j'hésiterais peu : mais je me hâte moins, parce que dans quelques mois je le pourrai comme aujourd'hui, et que les Alpes sont le seul lieu qui convienne à la manière dont je voudrais m'éteindre [193].

LETTRE XLII

Lyon, 29 mai, VI

J'ai lu plusieurs fois votre lettre entière. Un intérêt trop vif l'a dictée. Je respecte l'amitié qui vous trompe : j'ai senti que je n'étais pas aussi seul que je le prétendais. Vous faites valoir ingénieusement des motifs très louables : mais croyez que s'il y a beaucoup à dire à l'homme passionné que le désespoir entraîne, il n'y a pas un mot solide à répondre à l'homme tranquille qui raisonne sa mort.

Ce n'est pas que j'aie rien décidé. L'ennui m'accable, le dégoût m'atterre. Je sais que ce mal est en moi. Que ne puis-je être content de manger et de dormir ? ᶜ car enfin je mange et je dors. La vie que je traîne n'est pas très malheureuse. Chacun de mes jours est supportable, mais leur ensemble m'accable. Il faut que l'être organisé agisse, et qu'il agisse selon sa nature. Lui suffit-il d'être bien abrité, bien chaudement, bien mollement couché, nourri de fruits délicats, environné du murmure des eaux et du parfum des fleurs. Vous le retenez immobile : cette mollesse [194] le fatigue, ces essences l'importunent, ces aliments choisis ne le nourrissent pas. Retirez vos dons et vos chaînes ; qu'il agisse, qu'il souffre même ; qu'il agisse, c'est jouir et vivre.

Cependant l'apathie m'est devenue comme naturelle ; il semble que l'idée d'une vie active m'effraie ou m'étonne.

---

a. point exaspéré.
b. quarante ans
c. dormir !

Les choses étroites me répugnent, et leur habitude m'attache. Les grandes choses me séduiront toujours, et ma paresse les craindrait. Je ne sais ce que je suis, ce que j'aime, ce que je veux ; je gémis sans cause, je désire sans objet, et je ne vois rien, sinon que je ne suis pas à ma place.

Ce pouvoir que l'homme ne saurait perdre, ce pouvoir de cesser d'être, je l'envisage non pas comme l'objet d'un désir constant, non pas comme celui d'une résolution irrévocable, mais comme la consolation qui reste dans les maux prolongés, comme le terme toujours possible des dégoûts et de l'importunité. C'est là ma chimère ? Tout homme a fait, dit-on, des châteaux en Espagne. Quelquefois le sort les réalise [a].

———

Vous me rappelez le mot éloquent qui [b] termine une lettre de *Mylord Édouard*. Je n'y vois pas une preuve contre moi. Je pense de même sur le principe ; mais la loi sans exception, qui défend de quitter volontairement la vie, ne m'en paraît pas une conséquence.

La moralité de l'homme, et son enthousiasme, l'inquiétude de ses vœux, le besoin d'extension qui lui est habituel, semblent annoncer que sa fin n'est pas dans les choses fugitives ; que son action n'est pas bornée aux spectres visibles ; que sa pensée a pour objet les concepts nécessaires et éternels ; que son affaire est de travailler à l'amélioration ou à la réparation du monde [195] ; que sa destination est, en quelque sorte, d'élaborer, de subtiliser [196], d'organiser, de donner à la matière plus d'énergie, aux êtres plus de puissance, aux organes plus de perfection, aux germes plus de fécondité, aux rapports des choses plus de rectitude, à l'ordre plus d'empire.

On le regarde comme l'agent de la nature, employé par elle à achever, à polir son ouvrage ; à mettre en œuvre les portions de la matière brute qui lui sont accessibles ; à soumettre aux lois de l'harmonie les composés informes ; à purifier les métaux, à embellir les plantes ; à dégager ou combiner les principes ; à changer les substances grossières en substances volatiles, et la matière inerte en

---

a. importunité. [alinéa] Vous me rappelez
b. le mot qui

matière active ; à rapprocher de lui les êtres moins avancés, et à s'élever et s'avancer lui-même vers le principe universel de feu, de lumière, d'ordre, d'harmonie, d'activité.

Dans cette hypothèse, l'homme qui est digne d'un aussi grand ministère, vainqueur des obstacles et des dégoûts, reste à son poste jusqu'au dernier moment. Je respecte cette constance ; mais il ne m'est pas prouvé que ce soit là son poste. Si l'homme survit à la mort apparente, pourquoi, je le répète, son poste exclusif est-il plutôt sur la terre que dans la condition, dans le lieu où il est né. Si au contraire la mort est le terme absolu de son existence, de quoi peut-il être chargé si ce n'est d'une amélioration sociale. Ses devoirs subsistent, mais nécessairement bornés à la vie présente, ils ne peuvent ni l'obliger au-delà, ni l'obliger de rester obligé. C'est dans l'ordre social qu'il doit contribuer à l'ordre. Parmi les hommes il doit servir les hommes. Sans doute l'homme de bien ne quittera pas la vie tant qu'il pourra y être utile : être utile et être heureux sont pour lui une même chose ; s'il souffre et qu'en même temps il fasse beaucoup de bien, il est plus satisfait que mécontent. Mais quand le mal qu'il éprouve est plus grand que le bien qu'il opère, il peut tout quitter : il le devrait quand il est inutile et malheureux, s'il pouvait être assuré que sous ces deux rapports, son sort ne changera pas. On lui a donné la vie sans son consentement ; s'il était encore forcé de la garder, quelle liberté lui resterait-il ? Il peut aliéner ses autres droits, mais jamais celui-là : sans ce dernier asile, sa dépendance est affreuse. Souffrir beaucoup pour être un peu utile, c'est une vertu qu'on peut conseiller dans la vie, mais non un devoir qu'on puisse prescrire à celui qui s'en retire. Tant que vous usez des choses, c'est une vertu obligatoire ; à ces conditions, vous êtes membre de la cité : mais quand vous renoncez au pacte, le pacte ne vous oblige plus. Qu'entend-on d'ailleurs par être utile, en disant que chacun peut l'être. Un cordonnier, en faisant bien son métier, sauve à ses pratiques [197] le désagrément d'avoir des cors : cependant [a] je doute qu'un cordonnier très malheureux, soit en conscience obligé de

---

a. des désagréments ; cependant

ne mourir que de paralysie, afin de continuer à bien prendre la mesure du pied. Quand c'est ainsi que nous sommes utiles, il nous est bien permis de cesser de l'être. L'homme est souvent admirable en supportant la vie ; mais ce n'est pas à dire qu'il y soit toujours obligé.

Il me semble que voilà beaucoup de mots pour une chose très simple. Mais quelque simple que je la trouve, ne pensez pas que je m'entête de cette idée, et que je mette plus d'importance à l'acte volontaire qui peut terminer la vie, qu'à un autre acte de cette même vie. Je ne vois pas que mourir soit une si grande affaire ; tant d'hommes meurent sans avoir le temps d'y penser, sans même le savoir. Une mort volontaire doit être réfléchie sans doute, mais il en est de même de toutes les actions dont les conséquences ne sont pas bornées à l'instant présent.

Quand une situation devient probable, voyons aussitôt ce qu'elle pourra exiger de nous. Il est bon d'y avoir pensé d'avance, afin de ne se pas trouver dans l'alternative d'agir sans avoir délibéré, ou de perdre en délibérations l'occasion d'agir. Un homme qui sans s'être fait des principes, se trouve seul avec une femme, ne se met pas à raisonner ses devoirs ; il commence par manquer aux engagements les plus saints, il y pensera peut-être ensuite. Combien d'actions [a] héroïques n'eussent pas été faites s'il eût fallu avant de hasarder sa vie, donner une heure à la discussion.

Je vous le répète [b], je n'ai point pris de résolution : mais j'aime à voir qu'une ressource infaillible par elle-même, et dont l'idée peut souvent diminuer mon impatience, ne m'est pas interdite.

LETTRE XLIII

Lyon, 30 mai, VI

La Bruyère a dit : « Je ne haïrais pas d'être livré par la confiance à une personne raisonnable et d'en être gouverné en toutes choses, et absolument, et toujours. Je

---

a. Combien aussi d'actions
b. Je le répète

serais sûr de bien faire, sans avoir le soin de délibérer : je jouirais de la tranquillité de celui qui est gouverné par la raison [198]. »

Moi je vous dis que je voudrais être esclave afin d'être indépendant : mais je ne le dis qu'à vous. Je ne sais si vous appellerez cela une plaisanterie. Un homme chargé d'un rôle dans ce monde et qui peut faire céder les choses à sa volonté est sans doute plus libre qu'un esclave, ou du moins il a une vie plus satisfaisante, puisqu'il peut vivre selon sa pensée. Mais il y a des hommes entravés de toutes parts. S'ils font un mouvement, cette chaîne inextricable qui les enveloppe comme un filet, les repousse dans leur nullité ; c'est un ressort qui réagit d'autant plus qu'il est heurté avec plus de force. Que voulez-vous que fasse un pauvre homme ainsi embarrassé. Malgré sa liberté apparente, il ne peut pas plus *produire au-dehors des actes de sa vie* que celui qui consume la sienne dans un cachot. Ceux qui ont trouvé à leur cage un côté faible, et dont le sort avait oublié de river les fers, s'attribuant ce hasard heureux, viennent vous dire : courage ! il faut entreprendre, il faut oser [199] ; faites comme nous. Ils ne voient point que ce n'est pas eux qui ont fait. Je ne dis pas que le hasard [200] produise les choses : mais [a] je crois qu'elles sont conduites au moins en partie, par une force étrangère à l'homme ; et qu'il faut, pour réussir, un concours indépendant de notre volonté.

S'il n'y avait pas une force morale qui modifiât ce que nous appelons les probabilités du hasard, le cours du monde serait dans une incertitude bien plus grande. Un calcul changerait plus souvent le sort d'un peuple : toute destinée serait livrée à une supputation obscure : le monde serait autre, il n'aurait plus de lois, puisqu'elles n'auraient plus de suite. Qui n'en voit l'impossibilité ? il y aurait contradiction ; des hommes de bien deviendraient fortunés ! [b]

S'il n'y a point une force générale qui entraîne toutes choses, quel singulier prestige empêche les hommes de voir avec effroi, que pour avoir des miroirs, des

---

a. les choses humaines ; mais
b. des hommes bons deviendraient libres dans leurs projets.

chandelles [201] a romaines, des cravates élastiques et des dragées de baptême, ils ont tout arrangé de manière qu'une seule faute ou un seul événement peut flétrir et corrompre toute une existence d'homme. Une femme, pour avoir oublié l'avenir durant moins d'une minute b, n'a plus dans cet avenir que neuf mois d'amères sollicitudes et une vie d'opprobre. L'odieux étourdi qui vient de tuer sa victime, va le lendemain perdre à jamais sa santé en oubliant à son tour. Et vous ne voyez pas que cet état des choses c où un incident perd la vie morale, où un seul caprice enlève mille hommes, et que vous appelez l'édifice social, n'est qu'un amas de misères masquées et d'erreurs illusoires, et que vous êtes ces enfants qui pensent avoir des jouets d'un grand prix parce qu'ils sont couverts de papier doré. Vous dites tranquillement : c'est comme cela que le monde est fait. Sans doute ; et n'est-ce pas une preuve que nous ne sommes autre chose dans l'univers que des figures burlesques qu'un charlatan agite, oppose, promène en tous sens ; fait rire, battre, pleurer, sauter, pour amuser... qui [202] ? Je ne le sais pas. Mais c'est pour cela que je voudrais être esclave : ma volonté serait soumise, et ma pensée serait libre. Au contraire, dans ma prétendue indépendance, il faudrait que je fisse selon ma pensée : cependant je ne le puis pas, et je ne saurais voir clairement pourquoi je ne le pourrais pas ; il s'ensuit que tout mon être est dans l'assujettissement, sans se résoudre à le souffrir.

Je ne sais pas bien ce que je veux. Heureux celui qui ne veut que faire ses affaires ; il peut se montrer à lui-même son but. Rien de grand (je le sens profondément), rien de ce qui est possible à l'homme et sublime selon sa pensée, n'est inaccessible à ma nature ; et pourtant, je le sens de même, ma fin est manquée, ma vie est perdue, stérilisée : elle est déjà frappée de mort : son agitation est aussi vaine qu'immodérée ; elle est puissante, mais stérile, oisive et ardente au milieu du paisible et éternel travail des êtres. Je ne sais que vouloir ; il faut donc que je veuille toutes choses, car enfin je ne puis trouver de repos quand je suis

a. pour avoir des chandelles
b. durant une minute
c. cet état de choses

consumé de besoins, je ne puis m'arrêter à rien dans le vide. Je voudrais être heureux ! Mais quel homme aura le droit d'exiger le bonheur sur une terre où presque tous s'épuisent tout entiers seulement à diminuer leurs misères.

Si je n'ai point la paix du bonheur, il me faut l'activité d'une vie forte. Certes je ne veux pas me traîner de degrés en degrés ; prendre place dans la société ; avoir des supérieurs, avoués pour tels, afin d'avoir des inférieurs à mépriser. Rien n'est burlesque comme cette hiérarchie des mépris qui descend selon des proportions très exactement nuancées, et embrasse tout l'état, depuis le prince soumis à Dieu seul, dit-il, jusqu'au plus pauvre décrotteur [203] du faubourg, soumis à la femme qui le loge la nuit sur de la paille usée. Un maître d'hôtel n'ose marcher dans l'appartement de monsieur ; mais dès qu'il s'est retourné vers la cuisine, le voilà qui règne. Vous prendriez pour le dernier des hommes le marmiton qui tremble sous lui : pas du tout ; car il commande très durement [a] à la femme pauvre qui vient emporter les ordures, et qui gagne quelques sous par sa protection. Le valet que l'on charge des commissions est homme de confiance : il donne lui-même ses commissions au valet dont la figure moins heureuse est laissée aux gros ouvrages ; et le mendiant qui a su se mettre en vogue [204], accable de tout son génie le mendiant qui n'a pas d'ulcère.

Celui-là seul aura pleinement vécu qui passe sa vie entière dans la position à laquelle son caractère le rend propre : ou bien celui-là encore dont le génie embrasse les divers objets, que sa destinée conduit dans toutes les situations possibles à l'homme, et qui dans toutes, sait être ce que sa situation demande. Dans les dangers, il est Morgan [205] ; maître d'un peuple, il est Lycurgue [206] ; chez des barbares, il est Odin [207] ; chez les Grecs, il est Alcibiade [208] ; dans le crédule Orient, il est Zerdust [209] : il vit dans la retraite comme Philoclès [210] ; maître du monde, il gouverne comme Trajan [*][211] ; dans une terre sauvage, il

---

a. ? Pas du tout : il commande durement
[*] Si O. avait lu davantage, et écrit plus tard, il aurait pu apprendre que Théodose fut bien plus grand que Trajan : cela se dit maintenant, en attendant qu'on le dise aussi de Constantin.

s'affermit pour d'autres temps, il dompte les caïmans, il traverse les fleuves à la nage, il poursuit le bouquetin sur les granits glacés, il allume sa pipe à la lave des volcans *[212], il détruit autour de son asile l'ours du Nord, percé des flèches que lui-même a faites. Mais l'homme doit si peu vivre, et la durée de ce qu'il laisse après lui a tant d'incertitude ! Si son cœur n'était pas avide, peut-être sa raison lui dirait-elle de vivre seulement sans douleurs, en donnant auprès de lui le bonheur à quelques amis dignes d'en jouir sans détruire son ouvrage.

Les sages, dit-on, vivant sans passion, vivent sans impatience ; et comme ils voient toutes choses d'un même œil, ils trouvent dans leur quiétude la paix et la dignité de la vie. Mais de grands obstacles s'opposent souvent à cette tranquille indifférence. Pour recevoir le présent comme il s'offre, et mépriser l'espoir ainsi que les craintes de l'avenir, il n'est qu'un moyen sûr, facile et simple, c'est d'éloigner de son idée cet avenir dont la pensée agite toujours, puisqu'elle est toujours incertaine. Pour n'avoir ni craintes, ni désir, il faut tout abandonner à l'événement comme à une sorte de nécessité, jouir ou souffrir selon qu'il arrive ; et, l'heure suivante dût-elle amener la mort, n'en pas user moins paisiblement de l'instant présent. Une âme ferme habituée à des considérations élevées, peut parvenir à l'indifférence du sage sur ce que les hommes inquiets ou prévenus appellent des malheurs et des biens : mais quand il faut songer à cet avenir, comment n'en être pas inquiété ? S'il faut le disposer, comment l'oublier ? S'il faut arranger, projeter, conduire, comment n'avoir point de sollicitude ? On doit prévoir les incidents, les obstacles, les succès ; or, les prévoir, c'est les craindre ou les espérer. Pour faire, il faut vouloir ; et vouloir, c'est être dépendant. Le grand mal est d'être forcé d'agir librement. L'esclave a bien plus de facilité pour être véritablement libre. Il n'a que des devoirs personnels ; il est conduit par la loi de sa nature : c'est la loi naturelle à l'homme, et elle

---

* Ceci a beaucoup de rapport à un fait rapporté dans l'*Histoire des voyages*. Un Islandais a dit à un savant danois, qu'il avait allumé plusieurs fois sa pipe à un ruisseau de feu qui coula en Islande pendant près de deux années.

est simple. Il est encore soumis à son maître ; mais cette loi-là est claire. Épictète [213] fut plus heureux que Marc Aurèle. L'esclave est exempt de sollicitudes, elles sont pour l'homme libre : l'esclave n'est pas obligé de chercher sans cesse à accorder lui-même avec le cours des choses ; concordance toujours incertaine et inquiétante, perpétuelle difficulté de la vie de l'homme qui veut raisonner sa vie. Certainement c'est une nécessité, c'est un devoir de songer à l'avenir, de s'en occuper, d'y mettre même ses affections lorsqu'on est responsable du sort des autres. L'indifférence alors n'est plus permise ; et quel est l'homme, même isolé en apparence, qui ne puisse être bon à quelque chose, et qui par conséquent ne doive en chercher les moyens ? Quel est celui dont l'insouciance n'entraînera jamais d'autres maux que les siens propres ?

Le sage d'Épicure ne doit avoir ni femme ni enfants [214], mais cela même ne suffit pas encore. Dès lors que [a] les intérêts de quelque autre sont attachés à notre prudence, des soins petits et inquiétants altèrent notre paix, inquiètent notre âme, et souvent même éteignent notre génie.

Qu'arrivera-t-il à celui que de telles entraves compriment, et qui est né pour s'en irriter ? Il luttera péniblement entre ces soins auxquels il se livre malgré lui, et le dédain qui les lui rend étrangers. Il ne sera ni au-dessus des événements parce qu'il ne le doit pas, ni propre à en bien user. Il sera variable dans la sagesse, et impatient ou gauche dans les affaires : et il ne fera [b] rien de bon parce qu'il ne pourra rien faire selon sa nature. Il ne faut être ni père ni époux, si l'on veut vivre indépendant : il faudrait [c] peut-être n'avoir pas même d'amis ; mais être ainsi seul, c'est vivre bien tristement, c'est vivre inutile. Un homme qui règle la destinée publique, qui médite et fait de grandes choses, peut ne tenir à aucun individu en particulier, les peuples sont ses amis ; et, bienfaiteur des hommes, il peut se dispenser de l'être d'un homme : mais il me semble que dans la vie obscure, il faut au moins chercher quelqu'un avec qui l'on ait des devoirs à remplir. Cette indépendance

---

a. mais cela ne suffit pas encore. Dès que

b. affaires : il ne fera

c. indépendant, et il faudrait

philosophique est une vie commode, mais froide. Celui qui n'est pas enthousiaste doit la trouver insipide à la longue. Il est affreux de finir ses jours en disant : nul cœur n'a été heureux par mon moyen ; nulle félicité d'homme n'a été mon ouvrage ; j'ai passé impassible et nul, comme le glacier qui dans les antres des montagnes, a résisté aux feux du midi, mais qui n'est pas descendu dans la vallée protéger de ses eaux les pâturages flétris ᵃ sous leurs rayons brûlants.

La religion finit toutes ces anxiétés (H) ; elle fixe tant d'incertitudes ; elle donne un but qui n'étant jamais atteint, n'est jamais dévoilé ; elle nous assujettit pour nous mettre en paix avec nous-mêmes ; elle nous promet des biens dont l'espoir reste toujours, parce que nous ne saurions en faire l'épreuve ; elle écarte l'idée du néant, elle écarte les passions de la vie ; elle nous débarrasse de nos maux désespérants, de nos biens fugitifs ; et elle met à la place un songe dont l'espérance, meilleure peut-être que tous les biens réels, dure du moins jusqu'à la mort. Elle est aussi bienfaisante qu'elle est solennelle : mais elle semble n'exister que pour ouvrir au cœur de l'homme des abîmes ᵇ nouveaux. Elle est fondée sur des dogmes que plusieurs ne peuvent croire : en désirant ses effets, ils ne peuvent les éprouver ; en regrettant sa sécurité ᶜ, ils ne sauraient en jouir : ils cherchent ces célestes espérances, et ils ne voient qu'un rêve des mortels ; ils aiment la récompense de l'homme bon, mais ils ne voient pas qu'ils aient mérité de la nature ; ils voudraient perpétuer leur être, et ils voient que tout passe. Tandis que le novice à peine tonsuré, entend distinctement les anges qui célèbrent ses jeûnes et ses mérites, eux qui ᵈ ont le sentiment de la vertu, savent assez qu'ils n'atteignent point sa sublime hauteur ᵉ : accablés de leur faiblesse et du vide de leurs

---

a. de son eau le pâturage flétri

b. mort. Si elle n'annonçait d'épouvantables châtiments, elle paraîtrait aussi bienfaisante que solennelle ; mais elle entraîne la pensée de l'homme vers des abîmes

c. cette sécurité

d. Tandis que des novices à peine tonsurés entendent distinctement un ange qui célèbre leurs jeûnes et leurs mérites, ceux qui

e. qu'ils n'atteignent pas à cette hauteur :

destins, ils n'ont pas une autre attente que de désirer, de s'agiter, et de passer comme l'ombre qui n'a rien connu.

LETTRE XLIV

Lyon, 15 juin, VI

J'ai relu, j'ai pesé vos objections, ou si vous voulez, vos reproches : c'est ici une question sérieuse ; je vais y répondre à peu près. Si les heures que l'on passe à discuter sont ordinairement perdues, celles qu'on passe à s'écrire ne le sont point.

Croyez-vous bien sérieusement que cette opinion, qui, dites-vous, ajoute à mon malheur, dépende de moi ? Le plus sûr est de croire : je ne le conteste pas. Vous me rappelez aussi ce que l'on n'a pas moins dit, que cette croyance est nécessaire pour sanctionner la morale [215].

J'observe d'abord que je ne prétends point décider ; que j'aimerais même à ne pas nier, mais que je trouve au moins téméraire d'affirmer. Sans doute c'est un malheur que de pencher à croire impossible ce dont on désirerait la réalité, mais j'ignore comment on peut échapper à ce malheur * quand on y est tombé.

La mort, dites-vous, n'existe point pour l'homme. Vous trouvez impie le *hic jacet* [216]. L'homme de bien, l'homme de génie n'est pas là sous ce marbre froid, dans cette cendre morte. Qui dit cela ? Dans ce sens *hic jacet* sera faux sur la tombe d'un chien : son instinct fidèle et industrieux n'est plus là. Où est-il ? Il n'est plus.

Vous me demandez ce qu'est devenu le mouvement, l'esprit, l'âme de ce corps qui vient de pourrir[a] : la réponse est très simple. Quand le feu de votre cheminée s'éteint, sa lumière, sa chaleur, son mouvement enfin le quitte, comme chacun sait, et s'en va dans un autre monde pour y être éternellement récompensé s'il a réchauffé vos pieds, et éternellement puni s'il a brûlé vos pantoufles.

---
* En lisant la *Démonstration Évangélique*. [note supprimée en 1840, et remplacée par : « Peut-être par quelque réflexion plus profonde, qui ramènerait des doutes plus religieux dans leur indépendance. »]
a. de se dissoudre :

Ainsi l'harmonie de la lyre que l'Éphore [217] vient de faire briser, passera de pipeaux en sifflets, jusqu'à ce qu'elle ait expié par des sons plus austères ces modulations voluptueuses qui corrompaient la morale.

Rien ne peut être anéanti. Non : un être, un corpuscule n'est pas anéanti ; mais une forme, un rapport, une faculté le sont. Je voudrais bien que l'âme de l'homme bon et infortuné lui survécût pour un bonheur immortel. Mais si l'idée de cette félicité céleste a quelque chose de céleste elle-même, cela ne prouve point qu'elle ne soit pas un rêve. Ce dogme est beau et consolant sans doute ; mais ce que j'y vois de beau, ce que j'y trouverais de consolant, loin de me le prouver, ne me donne pas même l'espérance de le croire. Quand un sophiste s'avisera de me dire que si je suis dix jours soumis à sa doctrine, je recevrai au bout de ce temps des facultés surnaturelles, que je resterai invulnérable, toujours jeune, possédant tout ce qu'il faut au bonheur, puissant pour faire le bien, et dans une sorte d'impuissance de vouloir aucun mal ; ce songe flattera sans doute mon imagination, j'en regretterai peut-être les promesses séduisantes, mais je ne pourrai pas y voir la vérité.

En vain il m'objectera que je ne cours aucun risque à le croire. S'il me promettait plus encore pour être persuadé que le soleil luit à minuit, cela ne serait pas en mon pouvoir. S'il me disait ensuite : à la vérité, je vous faisais un mensonge, et je trompe de même les autres hommes ; mais ne les avertissez point, car c'est pour les consoler ; ne pourrais-je lui répliquer que sur ce globe âpre et fangeux, où discutent et souffrent dans une même incertitude, quelque cent millions d'immortels gais ou navrés, ivres ou moroses, sémillants ou imbéciles [218], trompés ou atroces, nul [a] n'a encore prouvé que ce fût un devoir de dire ce qu'on croit consolant, et de taire ce que l'on croit vrai.

Très inquiets et plus ou moins malheureux, nous attendons sans cesse l'heure suivante, le jour suivant, l'année suivante. Il nous faut à la fin une vie suivante. Nous avons existé sans vivre ; nous vivrons donc un jour : conséquence plus flatteuse que juste. Si elle est une consolation pour le malheureux ; cela même est une raison de plus

---

a. sémillants ou trompés, nul

pour que la vérité m'en soit suspecte. C'est un assez beau rêve qui dure jusqu'à ce qu'on s'endorme pour jamais. Conservons cet espoir : heureux celui qui l'a ! Mais convenons que la raison qui le rend si universel n'est pas difficile à trouver.

Il est vrai qu'on ne risque rien d'y croire quand on peut :[a] mais il ne l'est pas moins que le grand Pascal a dit[b] une puérilité quand il a dit : « Croyez, parce que vous ne risquez rien de croire, et que vous risquez beaucoup en ne croyant pas. » Ce raisonnement est décisif, s'il s'agit de la conduite, il est absurde quand c'est la foi que l'on demande. Croire a-t-il jamais dépendu de la volonté [219] ?

L'homme de bien ne peut que désirer l'immortalité. On a osé dire d'après cela : le méchant seul n'y croit pas. Ce jugement téméraire place dans la classe de ceux qui ont à redouter une justice éternelle, plusieurs des plus sages et des plus grands des hommes. Ce mot de l'intolérance serait atroce, s'il n'était pas imbécile.

Tout homme qui croit finir en mourant est l'ennemi de la société ; il est nécessairement égoïste et méchant avec prudence : autre erreur. Helvétius [220] connaissait mieux les différences du cœur humain, lorsqu'il disait : « Il y a des hommes si malheureusement nés qu'ils ne sauraient se trouver heureux que par des actions qui mènent à la Grève. » Il y a aussi des hommes qui ne peuvent être bien qu'au milieu des hommes contents, qui se sentent dans tout ce qui jouit et souffre, et qui ne sauraient être satisfaits d'eux-mêmes que s'ils contribuent à l'ordre des choses et à la félicité des hommes. Ceux-là tâchent de bien faire sans croire beaucoup à l'étang de soufre.

Au moins, objectera-t-on, la foule n'est pas ainsi organisée. Dans le vulgaire des hommes, chaque individu ne cherche que son intérêt personnel, et sera méchant s'il n'est utilement trompé. Ceci peut être vrai jusqu'à un certain point. Si les hommes ne devaient et ne pouvaient jamais être détrompés, il n'y aurait plus qu'à décider si l'intérêt public donne le droit de tromper[c], et si c'est un

---

a. quand on le peut ;

b. que Pascal a dit

c. le droit de mentir,

crime ou du moins un mal de dire la vérité contraire. Mais, si cette erreur utile, ou donnée pour telle, ne peut avoir qu'un temps ; s'il est ᵃ inévitable qu'un jour on cesse de croire sur parole ; ne faut-il point ᵇ avouer que tout votre édifice moral restera sans appui quand une fois ce brillant échafaudage se sera écroulé. Pour prendre des moyens plus faciles et plus courts d'assurer le présent, vous exposez l'avenir à la subversion la plus sinistre et peut-être la plus irrémédiable ᶜ. Si au contraire vous eussiez su trouver dans le cœur humain les bases naturelles de sa moralité ; si vous eussiez su y mettre ce qui pouvait manquer au mode social, aux institutions de la cité ; votre ouvrage plus difficile, il est vrai, et plus savant, eût été durable comme le monde.

Si donc il arrivait que mal persuadé de ce que n'ont pas cru eux-mêmes plusieurs des plus vénérés d'entre vous, on vînt à dire : « les nations commencent à vouloir des certitudes et à distinguer les choses positives ; la morale se déprave ᵈ et la foi n'est plus. Il faut se hâter de prouver aux hommes qu'indépendamment d'une vie future, la justice est nécessaire à leurs cœurs ; que pour l'individu même, il n'y a point de bonheur sans la raison ; et que les vertus morales sont ᵉ des lois de la nature aussi nécessaires à l'homme en société que les lois des besoins des sens. » Si, dis-je, il était de ces hommes justes et amis de l'ordre par leur nature, dont le premier besoin fût de ramener les hommes à plus d'union, de conformités et de jouissances : si, laissant dans le doute ce qui n'a jamais été prouvé, ils rappelaient aux hommes les principes ᶠ de justice et d'amour universel qu'on ne saurait contester : s'ils se permettaient de leur parler ᵍ des voies invariables du bonheur : si, entraînés par la vérité qu'ils sentent, qu'ils voient et que vous reconnaissez vous-mêmes, ils consacraient leur vie à l'annoncer de différentes manières et à la

---

a. temps, et s'il est
b. pas
c. à une subversion peut-être irrémédiable.
d. se modifie
e. les vertus sont
f. ils rappelaient les principes
g. de parler

persuader avec le temps : pardonnez, ministres de vérité, à des moyens ª qui ne sont pas précisément les vôtres, mais qui serviront la vérité ; considérez ᵇ, je vous prie, qu'il n'est plus d'usage de lapider, que les miracles ²²¹ modernes ont fait beaucoup rire, que les temps sont changés, et qu'il faudra que vous changiez avec eux.

Je quitte les interprètes du ciel, que leur grand caractère rend très utiles ou très funestes, tout à fait bons ou tout à fait méchants, les uns vénérables, les autres dignes d'exécration ᶜ. Je reviens à votre lettre. Je ne réponds pas à tous ses points ᵈ, parce que la mienne serait trop longue ; mais je ne saurais laisser passer une objection spécieuse en effet, sans observer qu'elle n'est pas aussi fondée qu'elle pourrait d'abord le paraître.

La nature est conduite par des forces inconnues et selon des lois mystérieuses : l'ordre est sa mesure, l'intelligence est son mobile : il n'y a pas bien loin, dit-on, de ces données prouvées et obscures, à nos dogmes inexplicables. Plus loin qu'on ne pense *.

Beaucoup d'hommes extraordinaires ont cru aux présages, aux songes, aux moyens secrets des forces invisibles ; beaucoup d'hommes extraordinaires ont donc été superstitieux ²²² : je le veux bien, mais du moins ce ne fut pas à la manière des petits esprits. L'historien d'Alexandre dit qu'il était superstitieux, frère Labre ²²³ l'était aussi : mais Alexandre et frère Labre ne l'étaient pas de la même manière, il y avait bien quelques différences entre leurs pensées. Je crois que nous reparlerons de cela une autre fois.

Pour les efforts presque surnaturels que la religion fit faire, je n'y vois pas une grande preuve d'origine divine.

---

a. ministre de certaine vérité, des moyens
b. vôtres ; considérez,
c. les autres méprisables.
d. à tous les points
* Il y a effectivement quelque différence entre avouer qu'il existe des choses inexplicables à l'homme, ou affirmer que l'explication inconcevable de ces choses est juste et infaillible. Il est encore différent de dire, dans les ténèbres : je ne vois pas, ou de dire : je vois une lumière divine, vous qui me suivez, non seulement ne dites point que vous ne la voyez pas, mais voyez-la, sinon vous êtes anathème.

Tous les genres de fanatisme ont produit des choses qui surprennent quand on est de sang-froid.

Quand vos dévots ont trente mille livres de rente, et qu'ils donnent beaucoup de sous aux pauvres, on vante leurs aumônes. Quand les bourreaux leur *ouvrent le ciel*, on crie que sans la grâce d'en haut, ils n'auraient jamais eu la force d'accepter une félicité éternelle. En général, je n'aperçois point ce que leurs vertus peuvent avoir qui m'étonnât à leur place. Le prix est assez grand : mais eux sont souvent bien petits. Pour aller droit, ils ont sans cesse besoin de voir l'enfer à gauche, le purgatoire à droite, et le ciel en face. Je ne dis pas qu'il n'y ait point d'exception ; il me suffit qu'elles soient rares.

Si la religion a fait de grandes choses, c'est avec des moyens immenses. Celles que la bonté du cœur a faites [a] tout naturellement, sont moins éclatantes, peut-être, moins opiniâtres et moins prônées, mais plus sûres comme plus utiles.

Le stoïcisme eut aussi ses héros. Il les eut sans promesses éternelles, sans menaces infinies. Si un culte eût fait tant avec si peu, on en tirerait de belles preuves de son institution divine.

À demain.

Examinez deux choses : si la religion n'est pas un des plus faibles moyens sur la classe qui reçoit ce qu'on appelle de l'éducation : et s'il n'est pas absurde qu'il ne soit donné de l'éducation qu'à la dixième partie des hommes.

Quand on dit que le stoïcien n'avait qu'une fausse vertu, parce qu'il ne prétendait pas à la vie éternelle, on a porté l'imprudence du zèle [224] à un excès rare.

C'est un exemple non moins curieux de l'absurdité où la fureur du dogme peut entraîner même un bon esprit, que ce mot du célèbre Tillotson [225] : « La véritable raison pour laquelle un homme est athée, c'est qu'il est méchant. »

Je veux que les lois civiles se trouvent insuffisantes pour cette multitude que l'on ne forme pas, dont on ne s'inquiète pas, que l'on fait naître et qu'on abandonne au

---

a. Celles que la bonté a faites

hasard des affections ineptes et des habitudes crapuleuses. Cela prouve seulement qu'il n'y a que misère et confusion sous le calme apparent des vastes États ; que la politique, dans la véritable acception de ce mot [226], s'est absentée de notre terre où la diplomatie, où l'administration financière font des pays florissants pour les poèmes, et gagnent des victoires pour les gazettes.

Je ne veux point discuter une question compliquée : que l'histoire prononce ! Mais n'est-il pas notoire que les terreurs de l'avenir ont retenu bien peu de gens disposés à n'être retenus par aucune autre chose. Pour le reste des hommes, il est des freins plus naturels, plus directs, et dès lors plus puissants. Puisque l'homme avait reçu le sentiment de l'ordre, puisqu'il était dans sa nature, il fallait en rendre le besoin sensible à tous les individus. Il fût resté moins de scélérats [227] que vos dogmes n'en laissent ; et vous eussiez eu de moins tous ceux qu'ils font.

On dit que les premiers crimes mettent aussitôt dans le cœur le supplice du remords, et qu'ils y laissent pour toujours le trouble ; et l'on dit [a] qu'un athée, s'il est conséquent, doit voler son ami et assassiner son ennemi : c'est une des contradictions que je croyais voir dans les écrits des défenseurs de la foi. Mais il ne peut y en avoir, puisque les hommes qui écrivent sur des choses révélées n'auraient aucun prétexte qui excusât l'incertitude et les variations : ils en sont tellement éloignés, qu'ils n'en pardonnent pas même l'apparence à ces profanes qui annoncent avoir reçu en partage une raison faible et non inspirée, le doute et non l'infaillibilité.

Qu'importe, diront-ils encore, d'être content de soi-même si l'on ne croit pas à la vie future ? Il importe au repos de celle-ci, laquelle est tout alors.

S'il n'y avait point d'immortalité, poursuivent-ils, qu'est-ce que l'homme vertueux aurait gagné à bien faire ? Il y aurait gagné tout ce que [b] l'homme vertueux estime, et perdu seulement ce que l'homme vertueux n'estime pas, c'est-à-dire ce que vos passions ambitionnent souvent malgré votre croyance.

---

a. et on dit
b. gagné ce que

Sans l'espérance et la terreur de la vie future, vous ne reconnaissez point de mobile : mais la tendance à l'ordre ne peut-elle faire une partie essentielle de nos inclinations, de notre *instinct*, comme la tendance à la conservation, à la reproduction ? N'est-ce rien que de vivre [a] dans le calme et la sécurité du juste ?

Dans l'habitude trop exclusive de lier à vos désirs immortels, à vos idées célestes, tout sentiment magnanime, toute idée droite et pure, vous supposez toujours que tout ce qui n'est pas surnaturel est vil, que tout ce qui n'exalte pas l'homme jusqu'au séjour des béatitudes, le rabaisse nécessairement au niveau de la brute ; que des vertus terrestres ne sont qu'un déguisement misérable ; et qu'une âme bornée à la vie présente n'a que des désirs infâmes et des pensées immondes. Ainsi l'homme juste et bon, qui, après quarante ans de patience dans les douleurs, d'équité parmi les fourbes, et d'efforts généreux que le ciel doit couronner, viendrait à reconnaître la fausseté des dogmes qui faisaient sa consolation, et qui soutenaient sa vie laborieuse dans l'attente d'un repos céleste [b] ; ce sage dont l'âme est nourrie du calme de la vertu, et pour qui bien faire c'est vivre, changeant de besoins présents parce qu'il a changé de système sur l'avenir, et ne voulant plus du bonheur actuel parce qu'il pourrait bien ne pas durer toujours, va tramer une perfidie contre l'ancien ami qui n'a jamais douté de son cœur ; [c] il va s'occuper des moyens vils mais secrets d'obtenir de l'or et du pouvoir ; et pourvu qu'il échappe à la justice des hommes, il va croire que son intérêt se trouve désormais à tromper les bons, à opprimer les malheureux, à ne garder de l'honnête homme qu'un dehors prudent, et à mettre dans son cœur tous les vices qu'il avait abhorrés jusqu'alors ? Sérieusement, je n'aimerais pas faire une pareille question à vos sectaires, à ces vertueux exclusifs ; car s'ils [d] me répondaient par la négative, je leur dirais qu'ils sont très inconséquents, or il ne faut jamais perdre

---

a. rien de vivre

b. d'un long repos ;

c. de lui ?

d. exclusifs : s'ils

de vue que des inspirés ᵃ n'ont pas d'excuse en cela ; et s'ils osaient avancer l'affirmative, ils me feraient pitié.

Si l'idée de l'immortalité a tous les caractères d'un songe admirable, celle de l'anéantissement n'est pas susceptible d'une démonstration rigoureuse. L'homme de bien désire nécessairement de ne pas périr tout entier : n'est-ce pas assez pour l'affirmer ?

Si, pour être juste, on avait besoin de l'espoir d'une vie future, cette possibilité vague serait encore suffisante. Elle est superflue pour celui qui raisonne sa vie ; les considérations du temps présent peuvent lui donner moins de satisfaction, mais elles le persuadent de même ; car il a ᵇ le besoin présent d'être juste. Les autres hommes n'écoutent que les intérêts du moment. Ils pensent au paradis quand il s'agit de rites religieux ; mais dans les choses morales, la crainte des suites, celle de l'opinion, celle des lois, les penchants de l'âme sont leur seule règle. Les devoirs imaginaires sont fidèlement observés par quelques-uns ; les véritables sont sacrifiés par presque tous quand il n'y a pas de danger temporel.

Donnez aux hommes la justesse de l'esprit et la bonté du cœur, vous aurez une telle majorité d'hommes de bien, que le reste sera entraîné par ses intérêts même les plus directs et les plus grossiers. Au contraire, vous rendez les esprits faux et les âmes petites. Depuis trente siècles, les résultats sont dignes de la sagesse des moyens. Tous les genres de contrainte ont des effets funestes, et des résultats éphémères : il faudra enfin persuader.

J'ai de la peine à quitter un sujet aussi important qu'inépuisable.

Je suis si loin d'avoir de la partialité contre le christianisme, que je déplore ce que ᶜ la plupart de ses zélateurs ne pensent guère à déplorer eux-mêmes. Je me plaindrais volontiers comme eux, de la perte du christianisme : avec cette différence néanmoins qu'ils le regrettent tel qu'il fut exécuté, tel même qu'il existait il y a un demi-siècle ᵈ ; et

---

a. que des hommes inspirés

b. même : il a

c. déplore, en un sens, ce que

d. il y a un siècle,

que je ne trouve pas que ce christianisme-là soit bien regrettable.

Les conquérants, les esclaves, les poètes, les prêtres *païens* et les nourrices parvinrent à défigurer les traditions de la sagesse antique à force de mêler les races, de détruire les écrits, d'expliquer et de confondre les allégories, de laisser le sens profond et vrai pour chercher des idées absurdes qu'on puisse admirer, et de personnifier les êtres abstraits afin d'avoir beaucoup à adorer.

Les grandes conceptions étaient avilies. Le Principe de vie, l'Intelligence, la Lumière, l'Éternel n'était plus que le mari de Junon : l'Harmonie, la Fécondité, le lien des êtres, n'étaient plus que l'amante d'Adonis : la Sagesse impérissable n'était plus connue que par son hibou [228] : les grandes idées de l'immortalité et de la rémunération consistaient dans la crainte de tourner une roue [229] et dans l'espoir de se promener sous des rameaux verts. La Divinité indivisible était partagée en une multitude hiérarchique agitée de passions misérables : le résultat du génie des races primitives, les emblèmes des lois universelles n'étaient plus que des pratiques superstitieuses, dont les enfants riaient dans les villes.

Rome avait changé le monde [a], et Rome changeait. La terre inquiète, agitée, opprimée ou menacée, instruite et trompée, ignorante et désabusée, avait tout perdu sans avoir rien remplacé ; encore endormie dans l'erreur, elle était déjà étonnée [b] du bruit confus des vérités que la science cherchait.

Une même domination, les mêmes intérêts, la même terreur, le même esprit de ressentiment et de vengeance contre le peuple-roi, tout rapprochait les nations. Leurs habitudes étaient interrompues, leurs constitutions n'étaient plus ; l'amour de la cité, l'esprit de séparation, d'isolement, de haine pour les étrangers, s'était affaibli dans le désir général de résister aux vainqueurs de la terre, ou [c] dans la nécessité d'en recevoir des lois : le nom de

---
a. changé une partie du monde,
b. L'Occident inquiet, agité, opprimé ou menacé, instruit ou trompé, ignorant et désabusé, avait tout perdu sans avoir rien remplacé . encore endormi dans l'erreur, il était déjà étonné
c. aux vainqueurs, ou

Rome avait tout réuni. Les vieilles religions des peuples n'étaient plus que des traditions de province : le Dieu du Capitole avait fait oublier leurs Dieux, et l'apothéose des empereurs le faisait oublier lui-même ; partout, les autels [a] les plus fréquentés, étaient ceux des Césars.

C'était la plus grande époque [b] de l'histoire du monde : il fallait élever un monument majestueux et simple sur ces monuments ruinés des diverses régions connues [c].

Il fallait une croyance sublime puisque la morale [d] était méconnue : il fallait des dogmes impénétrables peut-être, mais nullement risibles, puisque les lumières s'étendaient. Puisque tous les cultes étaient avilis, il fallait un culte majestueux et digne de l'homme qui cherche à agrandir son âme par l'idée d'un Dieu du monde. Il fallait des rites imposants, rares, désirés, mystérieux mais simples, des rites comme surnaturels, mais aussi convenables à la raison de l'homme qu'à son cœur. Il fallait ce qu'un grand génie pouvait seul établir, et que je ne fais qu'entrevoir.

Mais vous avez fabriqué, raccommodé, essayé, corrigé, recommencé je ne sais quel amas incohérent de cérémonies triviales et de dogmes un peu propres à scandaliser les faibles : vous avez mêlé ce composé hasardeux à une morale quelquefois fausse, souvent fort belle, et habituellement austère, seul point sur lequel vous n'ayez pas été gauches. Vous passez quelques centaines d'années à arranger tout cela par inspiration ; et votre lent ouvrage, industrieusement réparé, mais mal conçu, n'est fait pour durer qu'à peu près autant de temps que vous en mettez à l'achever.

Jamais on ne fit une maladresse plus surprenante que de confier le sacerdoce aux premiers venus, et d'avoir une populace [e] d'hommes de Dieu. On multiplia hors de toute mesure ce sacrifice auguste dont [f] la nature était essentiellement l'unité : on parut ne voir jamais que les effets directs et les convenances du moment : on mit partout des

---

a. lui-même ; les autels
b. C'était une des grandes époques
c. ruinés de diverses régions.
d. une croyance morale, puisque la pure morale
e. un ramas
f. un sacrifice dont

sacrificateurs et des confesseurs ; on fit partout des prêtres et des moines, ils se mêlèrent de tout, et partout on en trouve [a] des troupes dans le luxe ou dans la mendicité.

Cette multitude est commode, dit-on, pour les fidèles. Mais il n'est pas bon qu'en cela le peuple trouve ainsi toutes ses commodités au coin de sa rue. Il est insensé de confier les fonctions religieuses à des millions [b] d'individus : c'est les abandonner continuellement aux derniers des hommes ; c'est en compromettre la sainte dignité [c] ; c'est effacer l'empreinte sacrée dans un commerce trop habituel ; c'est avancer de beaucoup l'instant où doit périr tout ce qui n'a pas des fondements [d] impérissables.

LETTRE XLV

Chessel [230], 27 juillet, VI

....
....

Je n'ai jamais affirmé [e] que ce fût une faiblesse d'avoir une larme pour des maux qui ne nous sont point personnels, pour un malheureux [f] qui nous est étranger, mais qui nous est connu [g]. Il est mort : c'est peu de chose, qui est-ce qui ne meurt pas ? mais il a été constamment malheureux et triste ; jamais l'existence ne lui a été bonne ; il n'a encore eu que [h] des douleurs, et maintenant il n'a plus rien. Je l'ai vu, je l'ai plaint : je le respectais, il était malheureux et bon. Il n'a pas eu des malheurs éclatants : mais en entrant dans la vie, il s'est trouvé sur une longue trace de dégoûts et d'ennuis ; il y est resté, il y a vécu, il y a vieilli avant l'âge, il s'y est éteint.

---

a. trouva
b. à un million
c. la dignité ;
d. de fondements
e. pensé
f. un malheur
g. nous est bien connu.
h. n'a eu que

Je n'ai pas oublié ce bien de campagne qu'il désirait, et que j'allai voir avec lui, parce que j'en connaissais le propriétaire. Je lui disais : « Vous y serez bien, vous y aurez des années meilleures, elles vous feront oublier les autres ; vous prendrez cet appartement-ci, vous y serez seul et tranquille. – J'y serais heureux, mais je ne le crois pas. – Vous le serez demain, vous allez passer l'acte. – Vous verrez que je ne l'aurai point. »

Il ne l'eut pas : vous savez comment tout cela tourna. La multitude des hommes vivants est sacrifiée à la prospérité de quelques-uns ; comme le plus grand nombre des enfants meurt, et est sacrifié à l'existence de ceux qui resteront ; comme des millions de glands le sont à la beauté des grands chênes qui doivent couvrir librement un vaste espace. Et, ce qui est déplorable, c'est que dans cette foule que le sort abandonne et repousse dans les marais bourbeux de la vie, il se trouve des hommes qui ne sauraient descendre comme leur sort, et dont l'énergie impuissante s'indigne en s'y consumant. Les lois générales sont fort belles : je leur sacrifierais [a] volontiers un an, deux, dix ans même de ma vie ; mais tout mon être, c'est trop : ce n'est rien dans la nature, c'est tout pour moi. Dans ce grand mouvement, sauve qui peut, dit-on : cela serait assez bien, si le tour de chacun venait tôt ou tard, ou si du moins on pouvait l'espérer toujours ; mais quand la vie s'écoule, quoique l'instant de la mort reste incertain, l'on sait bien du moins que l'on s'en va. Dites-moi où est l'espérance de l'homme qui arrive à soixante ans sans avoir encore autre chose que de l'espérance ! Ces lois de l'ensemble, ce soin des espèces, ce mépris des individus, cette marche des êtres est bien dure pour nous qui sommes des individus. J'admire cette providence qui taille tout en grand ; mais comme l'homme est culbuté parmi les rognures ! et que nous sommes plaisants de nous croire quelque chose ! Dieux par la pensée, insectes pour le bonheur, nous sommes ce Jupiter dont le temple est aux petites maisons [231] ; il prend pour une cassolette d'encens l'écuelle de bois où fume la soupe qu'on apporte dans sa loge ; il règne sur l'Olympe, jusqu'à l'instant où le plus vil

---

a. belles, et je leur sacrifierais

geôlier lui donnant un soufflet, le rappelle à la vérité, pour qu'il baise la main et mouille de larmes son pain moisi.

Infortuné ! vous avez vu vos cheveux blanchir, et dans tant [a] de jours, vous n'en avez pas eu un de contentement, pas un ; pas même le jour du mariage funeste, du mariage d'inclination qui vous a donné une femme estimable, et qui vous a perdus tous deux. Tranquilles, aimants, sages, vertueux, religieux [b], tous deux la bonté même, vous avez vécu plus mal ensemble que ces insensés que leurs passions entraînent, qu'aucun principe ne retient, et qui ne sauraient imaginer à quoi peut servir la bonté du cœur. Vous vous êtes mariés pour vous aider mutuellement, disiez-vous, pour adoucir vos peines en les partageant, pour faire votre salut : et le même soir, le premier soir, mécontents l'un de l'autre et de votre destinée, vous n'eûtes plus d'autre vertu ni d'autre [c] consolation à attendre que la patience de vous supporter jusqu'au tombeau. Quel fut donc votre malheur, votre crime ? de vouloir le bien, de le vouloir trop, de ne pouvoir jamais le négliger, de le vouloir minutieusement et avec assez de passion pour ne le considérer que dans le détail du moment présent.

Vous voyez que je les connaissais. On paraissait me voir avec plaisir : on voulait me convertir ; et quoique ce projet n'ait pas absolument réussi, nous jasions assez ensemble. C'est lui surtout dont le malheur me frappait. Sa femme n'était ni moins bonne, ni moins estimable ; mais plus faible, elle trouvait dans son abnégation un certain repos où devait s'engourdir sa douleur. Dévote avec tendresse, offrant ses amertumes, et remplie de l'idée d'une récompense future, elle souffrait, mais d'une manière qui n'était pas sans dédommagement. Il y avait d'ailleurs dans ses maux quelque chose de volontaire ; elle était malheureuse par goût ; et ses gémissements, comme ceux des saints, quoique très pénibles, quelquefois, lui étaient précieux et nécessaires.

---

a. et de tant
b. vertueux et pieux,
c. vertu, d'autre

Pour lui, il était religieux sans être absorbé par la dévotion : il était religieux par devoir, mais sans fanatisme, et sans faiblesses comme sans momerie [232] ; pour réprimer ses passions, et non pas pour ᵃ en suivre une plus particulière. Je n'assurerais pas même qu'il ait joui de cette conviction sans laquelle la religion peut plaire, mais ne saurait suffire.

Ce n'est pas tout : on voyait comment il eût pu être heureux ; on sentait même que les causes de son malheur n'étaient pas dans lui. Mais sa femme eût été à peu près la même, dans quelque situation qu'elle eût vécue : elle eût trouvé partout le moyen de se tourmenter et d'affliger les autres, en ne voulant que le bien, en ne s'occupant nullement d'elle-même, en croyant sans cesse se sacrifier pour tous ; mais en ne sacrifiant jamais ses idées, en prenant ᵇ sur elle tous les efforts, excepté celui de changer sa manière. Il semblait donc que son malheur appartînt en quelque sorte à sa nature ; et on était plus disposé à s'en consoler et à prendre là-dessus son parti, comme sur l'effet d'une destinée irrévocable. Au contraire, son mari eût vécu comme un autre, s'il eût vécu avec tout autre qu'avec elle. On sait quel remède trouver à un mal ordinaire, et surtout à un mal qui ne mérite pas de ménagement ; mais c'est une misère à laquelle on ne peut espérer de terme, de ne pouvoir que plaindre celle dont la perpétuelle manie nous déplaît avec amitié, nous harcèle avec douceur, et nous impatiente toujours sans se déconcerter jamais ; qui ne nous fait mal que par une sorte de nécessité, qui n'oppose à notre indignation que des larmes pieuses, qui en s'excusant fait pis encore qu'elle n'avait fait ; et qui avec de l'esprit, mais dans un aveuglement inconcevable, fait en gémissant tout ce qu'il faut pour nous pousser à bout.

Si quelques hommes ont été un fléau pour l'homme, ce sont bien les législateurs profonds qui ont rendu le mariage indissoluble, afin que l'on fût *forcé* de s'aimer [233]. Pour compléter l'histoire de la sagesse humaine, il nous en manque un, qui voyant la nécessité de s'assurer de

---

a. et non pour
b. mais ne sacrifiant jamais ses idées, et prenant

l'homme suspecté d'un crime et l'injustice de rendre malheureux en attendant son jugement celui qui peut être innocent, ordonne dans tous les cas vingt ans [a] de cachot provisoire [b], au lieu d'un mois de prison, afin que la nécessité de s'y faire adoucisse le sort du détenu et lui rende sa chaîne aimable.

On ne remarque pas assez quelle insupportable répétition de peines comprimantes, et souvent mortelles, produisent dans le secret des appartements, ces humeurs difficiles, ces manies tracassières, ces habitudes orgueilleuses à la fois et petites, où s'engagent, par hasard, sans le soupçonner et sans pouvoir s'en retirer, tant de femmes à qui on n'a jamais cherché à faire connaître le cœur humain. Elles achèvent leur vie avant d'avoir découvert qu'il est bon de savoir vivre avec les hommes : elles élèvent des enfants ineptes comme elles ; c'est une génération de maux, jusqu'à ce qu'il survienne un tempérament heureux qui se forme lui-même un caractère ; et tout cela, parce qu'on a cru leur donner une éducation très suffisante en leur apprenant à coudre, danser, mettre le couvert et lire les psaumes en latin.

Je ne sais pas quel bien il peut [c] résulter de ce qu'on ait des idées étroites, et je ne vois pas qu'une imbécile ignorance soit de la simplicité : l'étendue des vues produit au contraire moins d'égoïsme, moins d'opiniâtreté, plus de bonne foi, une délicatesse officieuse, et cent moyens de conciliation. Chez les gens trop bornés, à moins que le cœur ne soit d'une bonté extrême, ce qu'il faut rarement attendre, vous ne voyez qu'humeur, oppositions, entêtement ridicule, altercations perpétuelles ; et la plus faible altercation devient en deux minutes une dispute pleine d'aigreur. Des reproches amers, des soupçons hideux, des manières brutes, semblent, à la moindre occasion, brouiller ces gens-là pour jamais. Il y a cependant chez eux une chose heureuse, c'est que comme l'humeur est leur seul mobile, si quelque bêtise vient les divertir, ou si quelque tracasserie contre une autre personne vient les

---

a. deux ans
b. provisoirement
c. bien peut

réunir, voilà mes gens qui rient ensemble et se parlent à l'oreille, après s'être traités avec le dernier mépris ; une demi-heure plus tard, voici une fureur nouvelle ; un quart d'heure après cela chante [a] ensemble. Il faut rendre à de telles gens cette justice qu'il ne résulte ordinairement rien de leur brutalité, si ce n'est un dégoût insurmontable dans ceux que des circonstances particulières engageraient à vivre avec eux.

Vous êtes hommes, vous vous dites chrétiens : et cependant, malgré les lois que vous ne sauriez désavouer, et malgré celles que vous adorez, vous fomentez, vous perpétuez une extrême inégalité entre les lumières et les sentiments des hommes. Cette inégalité est dans la nature ; mais vous l'avez augmentée contre toute mesure, quand vous deviez au contraire travailler à la restreindre. Il faut bien que les prodiges de votre industrie soient une surabondance funeste, puisque vous n'avez ni le temps, ni les facultés de faire tant de choses indispensables. La masse des hommes est brute, inepte et livrée à elle-même ; tous vos maux viennent de là : ou ne les faites pas exister, ou donnez-leur une existence d'homme.

Que conclure, à la fin, de tous mes longs propos ? C'est que l'homme étant peu de chose dans la nature, et étant tout pour lui-même, il devrait bien s'occuper un peu moins des lois du monde, et un peu plus des siennes ; laisser peut-être celles des hautes sciences qui sont sublimes [b], et qui n'ont pas séché une seule larme dans les hameaux et au quatrième étage ; laisser peut-être certains arts admirables et inutiles ; laisser des passions héroïques et funestes ; tâcher, s'il se peut, d'avoir des institutions qui arrêtent l'homme et qui cessent de l'abrutir, d'avoir moins de science et moins d'ignorance ; et convenir enfin que si l'homme n'est pas un ressort aveugle qu'il faille abandonner aux forces de la fatalité, que si ses mouvements ont quelque chose de spontané, la morale est la seule science de l'homme livré à la providence de l'homme.

Vous laissez aller sa veuve dans un couvent : vous faites très bien, je crois. C'est là qu'elle eût dû vivre : elle était

---

a. après on chante
b. des sciences qui sont transcendantes

née pour le cloître, mais je soutiens qu'elle n'y eût pas trouvé plus de bonheur. Ce n'est donc pas pour elle que je dis que vous faites bien. Mais en la prenant chez vous, vous étaleriez une générosité inutile ; elle n'en serait pas plus heureuse. Votre bienfaisance prudente et éclairée se soucie peu des apparences, et ne considère dans le bien à faire, que la somme plus ou moins grande du bien qui doit en résulter.

LETTRE XLVI

Lyon, 2 août, VI

Quand le jour commence, je suis abattu ; je me sens triste et inquiet ; je ne puis m'attacher à rien ; je ne vois pas comment je remplirai tant d'heures. Quand il est dans sa force, il m'accable ; je me retire dans l'obscurité, je tâche de m'occuper, et je ferme tout pour ne pas savoir qu'il n'a point de nuages. Mais lorsque sa lumière s'adoucit, et que je sens autour de moi ce charme d'une soirée heureuse qui m'est devenu si étranger, je m'afflige, je m'abandonne ; dans ma vie commode, je suis fatigué de plus d'amertumes que l'homme pressé par le malheur. On m'a dit : vous êtes tranquille maintenant.

Le paralytique est tranquille dans son lit de douleur. Consumer les jours de l'âge fort, comme le vieillard passe les jours du repos ! Toujours attendre, et ne rien espérer ; toujours de l'inquiétude sans désirs, et de l'agitation sans objet ; des heures constamment nulles ; des conversations où l'on parle pour placer des mots, où l'on évite de dire des choses ; des repas où l'on [a] mange par excès d'ennui ; de froides parties de campagne dont on n'a jamais désiré que la fin ; des amis sans intimité ; des plaisirs pour l'apparence ; du rire pour contenter ceux qui bâillent comme vous ; et pas un sentiment de joie dans deux années ! Avoir sans cesse le corps inactif, la tête agitée, l'âme malheureuse, et n'échapper que fort mal dans le sommeil même à ce sentiment d'amertumes, de

---

a. où on

contrainte, et d'ennuis inquiets : c'est la lente agonie du cœur ; ce n'est pas ainsi que l'homme devait vivre.

3 août

S'il vit ainsi, me direz-vous, c'est donc ainsi qu'il devait vivre : ce qui existe est selon l'ordre ; où seraient les causes, si elles n'étaient pas dans la nature ? il faudra que j'en convienne avec vous : mais cet ordre de choses n'est que momentané ; il n'est point selon l'ordre essentiel, à moins que tout ne soit déterminé irrésistiblement. Si tout est nécessaire, il l'est que j'agisse comme s'il n'y avait point de nécessité : ce que nous disons est vain ; il n'y a point de sentiment préférable au sentiment contraire, point d'erreur, point d'utilité. Mais s'il en est autrement, avouons nos écarts ; examinons où nous en sommes ; cherchons comment on pourrait réparer tant de pertes. La résignation est souvent bonne aux individus ; elle ne peut être que fatale à l'espèce. C'est ainsi que va le monde, est le mot d'un bourgeois quand on le dit des misères publiques ; ce n'est celui du sage que dans les cas particuliers.

Dira-t-on qu'il ne faut pas s'arrêter au beau imaginaire, au bonheur absolu ; mais aux détails d'une utilité directe dans l'ordre actuel : et que la perfection n'étant pas accessible à l'homme, et surtout aux hommes, il est à la fois inutile et romanesque de les en entretenir. Mais la nature elle-même prépare toujours le plus pour obtenir le moins. Dans mille graines [a], une seule germera. Nous voudrions apercevoir quel serait le mieux possible, non pas précisément dans l'espoir de l'atteindre [b], mais afin de nous en approcher davantage que [c] si nous envisagions [d] seulement pour terme de nos efforts, ce qu'ils pourront en effet produire. Je cherche des données qui m'indiquent les besoins de l'homme ; et je les cherche dans moi, pour me tromper moins. Je trouve dans mes sensations un exemple limité,

---

a. De mille graines,
b. d'y atteindre
c. plus que
d. si nous en envisagions

mais sûr ; et en observant le seul homme que je puisse bien sentir, je m'attache à découvrir quel pourrait être l'homme en général.

Vous seuls savez remplir votre vie, hommes simples et justes, pleins de confiance et d'affections expansives, de sentiment et de calme ; qui sentez votre existence avec plénitude, et qui voulez voir l'œuvre de vos jours ! Vous placez votre joie dans l'ordre et la paix domestique, sur le front pur d'un ami, sur la lèvre heureuse d'une femme. Ne venez point vous soumettre dans nos villes à la médiocrité misérable, à l'ennui superbe. N'oubliez pas les choses naturelles : ne livrez pas votre cœur à la vaine tourmente des passions équivoques ; leur objet toujours indirect, fatigue et suspend la vie jusqu'à l'âge infirme qui déplore trop tard le néant où se perdit la faculté de bien faire.

Je suis comme ces infortunés en qui une impression trop violente a pour jamais irrité la sensibilité de certaines fibres, et qui ne sauraient éviter de retomber dans leur manie toutes les fois que l'imagination, frappée d'un objet analogue, renouvelle en eux cette première émotion. Le sentiment des rapports me montre toujours les convenances harmoniques comme l'ordre et la fin de la nature. Ce besoin de chercher les résultats dès que je vois les données, cet instinct à qui il répugne que nous soyons en vain... Croyez-vous que je le puisse vaincre ? Ne voyez-vous pas qu'il est dans moi, qu'il est plus fort que ma volonté, qu'il m'est nécessaire, qu'il faut qu'il m'éclaire ou m'égare, qu'il me rende malheureux et que je lui obéisse ? Ne voyez-vous pas que je suis déplacé, isolé, lassé ; que je ne trouve rien, que l'ennui me tue [a]. Je regrette [b] tout ce qui passe ; je me presse, je me hâte par dégoût ; j'échappe au présent, je ne désire point l'avenir ; je me consume, je dévore mes jours, et je me précipite vers le terme de mes ennuis, sans désirer rien après eux. On dit que le temps n'est rapide qu'à l'homme heureux : on dit faux ; je le vois passer maintenant avec une vitesse que je ne lui connaissais pas. Puisse le dernier des hommes n'être jamais heureux ainsi !

---

a. isolé, que je ne trouve rien ?
b. rejette

Je ne vous le[a] dissimule point, j'avais un moment compté sur quelque douceur intérieure : je suis bien désabusé. Qu'attendais-je en effet ? que les hommes sussent arranger ces détails que les circonstances leur abandonnent, user des avantages que peuvent offrir ou les facultés intérieures, ou quelque conformité de caractère, établir et régler ces riens dont on ne se lasse pas, et qui peuvent embellir ou tromper les heures ; qu'ils sussent ne point perdre dans l'ennui leurs années[b] les plus tolérables, et n'être pas plus malheureux par leur maladresse que par le sort lui-même[c] ; qu'ils sussent vivre ! Devais-je donc ignorer qu'il n'en est point ainsi ; et ne savais-je[d] pas assez que cette apathie, et surtout cette sorte de crainte, et de défiance mutuelles, cette incertitude, cette ridicule réserve qui étant l'instinct des uns, devient le devoir des autres, condamnaient tous les hommes à se voir avec ennui, à se lier avec indifférence, à s'aimer avec lassitude, à se convenir inutilement, et à bâiller tous les jours ensemble, faute de se dire une fois, ne bâillons plus.

En toutes choses, et partout, les hommes perdent leur existence ; ils se fâchent ensuite contre eux-mêmes, ils croient que ce fut leur faute. Malgré l'indulgence pour nos propres faiblesses, peut-être sommes-nous trop sévères en cela, trop portés à nous attribuer ce que nous ne pouvions éviter. Lorsque le temps est passé, nous oublions les détails de cette fatalité impénétrable dans ses causes, et à peine sensible dans ses résultats.

Tout ce qu'on espérait se détruit sourdement ; toutes les fleurs se flétrissent, tous les germes avortent ; tout tombe, comme ces fruits naissants qu'une gelée a frappés de mort, qui ne mûriront point[e], qui périront tous, mais qui végètent encore plus ou moins longtemps suspendus à la branche stérilisée, comme si la cause de leur ruine eût voulu rester inconnue.

On a la santé, l'intimité ; on voit dans ses mains ce qu'il faut pour une vie assez douce : les moyens sont tout

---

a. Je ne le
b. perdre leurs années
c. le sort même ;
d. ainsi ? ne savais-je
e. pas

simples, tout naturels ; nous les tenons, ils nous échappent pourtant. Comment cela se fait-il ? La réponse serait longue et difficile : je la préférerais à bien des traités de philosophie ; elle n'est pas même dans les trois mille *lois* de Pythagore [234].

Peut-être se laisse-t-on trop aller à négliger des choses indifférentes par elles-mêmes, et que pourtant il faut désirer, ou du moins recevoir, pour que les heures soient occupées sans langueur. Il y a une sorte de dédain, qui est une prétention fort vaine, mais à laquelle on se trouve entraîné sans y songer. On voit beaucoup d'hommes ; chacun d'eux, livré à d'autres goûts, est ou se montre insensible à bien des choses dont nous ne voulons pas alors paraître plus émus que lui. Il se forme dans nous une certaine habitude d'indifférence et de renoncement ; elle ne coûte point de sacrifices, mais elle augmente l'ennui. Ces riens qui pris chacun à part, étaient tous inutiles, devenaient bons par leur ensemble ; ils entretenaient cette activité des affections qui fait la vie. Ils n'étaient pas des causes suffisantes de sensations, mais ils nous faisaient échapper au malheur de n'en plus avoir. Ces biens, si faibles, convenaient mieux à notre nature, que la puérile grandeur qui les rejette, et qui ne les remplacera pas. Le vide devient fastidieux à la longue ; il dégénère en une morne habitude : et, bien trompés dans notre superbe indolence, nous laissons se dissiper en une triste fumée la lumière de la vie, faute du souffle qui l'animerait.

Je vous le répète, le temps fuit avec une vitesse qui s'accroît à mesure que l'âge change. Mes jours perdus s'entassent derrière moi : ils remplissent l'espace vague de leurs ombres sans couleur ; ils amoncèlent leurs squelettes atténués : c'est le ténébreux simulacre d'un monument funèbre. Et si mon regard inquiet se détourne et cherche à se reposer sur la chaîne, jadis plus heureuse, des jours que prépare l'avenir ; il se trouve que leurs formes pleines et leurs riantes [a] images ont beaucoup perdu. Leurs couleurs pâlissent : cet espace voilé qui les embellissait d'une grâce céleste dans la magie de l'incertitude, découvre maintenant à nu leurs fantômes arides et chagrins. À la lueur aus-

---

a. brillantes

tère qui les montre dans l'éternelle nuit, j'en discerne déjà le dernier qui s'avance seul sur l'abîme, et n'a plus rien devant lui.

Vous souvient-il de nos vains désirs, de nos projets d'enfants ? La joie d'un beau ciel, l'oubli du monde, et la liberté des déserts !

Jeune enchantement d'un cœur vierge, qui [a] croit au bonheur, qui veut ce qu'il désire, et ignore la vie ! Simplicité de l'espérance, qu'êtes-vous devenue ? Le silence des forêts, la pureté des eaux, les fruits naturels, l'habitude intime nous suffisaient alors. Le monde réel n'a rien qui remplace ces besoins d'un cœur juste, d'un esprit incertain, premier songe [b] de nos premiers printemps.

Quand une heure plus favorable vient placer sur nos fronts une sérénité imprévue, quelque nuance fugitive de paix et de bien-être, l'heure suivante se hâte d'y fixer les traits chagrins et fatigués, les rides abreuvées d'amertumes [c] qui en effacent pour jamais la candeur primitive.

Depuis cet âge qui est déjà si loin de moi, les instants épars qui ont pu rappeler l'idée du bonheur, ne forment pas dans ma vie un demi-jour [d] que je dusse consentir à voir renouveler. C'est ce qui caractérise ma fatigante destinée : d'autres sont bien plus malheureux, mais j'ignore s'il fut jamais un homme moins heureux. Je me dis, que l'on est porté à la plainte ; que l'on sent [e] tous les détails de ses propres misères, tandis qu'on affaiblit, ou qu'on ignore celles que l'on n'éprouve pas soi-même : et pourtant je me crois juste, en pensant que l'on ne saurait moins jouir, moins vivre, être plus constamment au-dessous de ses besoins.

Je ne suis pas souffrant, impatienté, irrité ; je suis lassé [f], abattu ; je suis dans l'accablement. Quelquefois, à la vérité, un mouvement imprévu m'élance [g] hors de la sphère étroite où je me sentais comprimé. Ce mouvement

---

a. d'un cœur qui

b. incertain, ce premier songe

c. d'amertume

d. un jour

e. plainte, et que l'on sent

f. las

g. vérité, par un mouvement imprévu, je m'élance

est si rapide, que je ne puis le prévenir : ce sentiment me remplit et m'entraîne sans que j'aie pensé à la vanité de son impulsion : je perds ainsi ce repos raisonné qui éternise nos maux, en les calculant avec son froid compas, avec ses formules savantes et mortelles.

Alors j'oublie ces considérations accidentelles, chaînons misérables dont ma faiblesse a tissu le fragile lien : je vois seulement, d'un côté, mon âme avec ses forces et ses désirs, comme un principe moteur borné [a] mais indépendant, que rien ne peut empêcher de s'éteindre à son terme, que rien aussi ne peut empêcher d'être selon sa nature ; et de l'autre, toutes choses sur la terre humaine comme [b] son domaine nécessaire, comme les moyens de son action, les matériaux de sa vie. Je méprise cette prudence timide et lente, qui pour des jouets qu'elle travaille, oublie la puissance du génie, laisse éteindre le feu du cœur, et perd à jamais ce qui fait la vie pour arranger des ombres puériles.

Je me demande ce que je fais ; pourquoi je ne me mets pas à vivre ; quelle force m'enchaîne, quand je suis libre ; quelle faiblesse me retient quand je sens une énergie dont l'effort réprimé me consume ; ce que j'attends, quand je n'espère rien ; ce que je cherche ici, quand je n'y aime rien, n'y désire rien ; quelle fatalité me force à faire ce que je ne veux point [c], sans que je voie comment elle me le fait faire ?

Il est facile de s'y soustraire ; il en est temps, il le faut : et à peine ce mot est dit, que l'impulsion s'arrête, l'énergie s'éteint, et me voilà replongé dans le sommeil où s'anéantit ma vie. Le temps coule uniformément : je me lève avec dégoût, je me couche fatigué, je me réveille sans désirs. Je m'enferme, et je m'ennuie : je vais dehors et je gémis. Si le temps est sombre, je le trouve triste ; et s'il est beau, je le trouve inutile. La ville m'est insipide, et la campagne m'est odieuse. La vue des malheureux m'afflige ; celle des heureux ne me trompe point. Je ris amèrement quand je vois des hommes qui se tourmentent ; et si

---

a. comme un moteur borné
b. sur la terre comme
c. pas

quelques-uns sont plus calmes, je ris [a], en songeant qu'on les croit contents.

Je vois tout le ridicule du personnage que je fais ; je me rebute, et je ris de mon impatience. Cependant je cherche dans chaque chose, le caractère bizarre et double qui la rend un moyen de nos misères ; et ce comique d'oppositions qui fait de la terre humaine une scène contradictoire où toutes choses sont importantes au sein de la vanité de toutes choses. Je me précipite ainsi, ne sachant plus de quel côté me diriger. Je m'agite, parce que je ne trouve point d'activité ; je parle, afin de ne point penser ; je m'anime, par stupeur. Je crois même que je plaisante : je ris de douleur, et l'on me trouve gai. Voilà qui va bien, disent-ils, il prend son parti. Il faut que je le prenne, car je n'y pourrai [b] plus tenir.

5 août

Je crois, je sens que tout cela va changer. Plus j'observe ce que j'éprouve, plus j'en viendrais [c] à me convaincre que les choses de la vie sont indiquées, préparées et mûries dans une marche progressive dirigée par une force inconnue.

Dès qu'une série d'incidents marche vers un terme, ce résultat qu'elle annonce, se trouve aussitôt un centre que beaucoup d'autres incidents environnent avec une tendance marquée. Cette tendance qui les unit au centre par des liens universels, nous le fait paraître comme un but qu'une intention de la nature se serait proposé, comme un chaînon qu'elle travaillerait à dessein selon ses lois générales, et où nous cherchons à découvrir, à pressentir dans des rapports individuels, la marche, l'ordre, et les harmonies du plan du monde.

Si nous y sommes trompés, c'est peut-être par notre seul empressement. Nos désirs cherchent toujours à anticiper sur l'ordre des événements, et leur impatience [d] ne saurait attendre cette tardive maturité.

---

a. je souris
b. prenne, je n'y pourrai
c. viendrai
d. notre impatience

On dirait aussi qu'une volonté inconnue, qu'une intelligence d'une nature indéfinissable nous entraîne par des apparences, par la marche des nombres, par des songes dont les rapports avec les faits surpassent de beaucoup les probabilités du hasard. On dirait que tous les moyens lui servent à nous séduire, que les sciences occultes, que les résultats extraordinaires de la divination, et les vastes effets dus à des causes imperceptibles, sont l'ouvrage de cette industrie cachée ; qu'elle précipite ainsi ce que nous croyons conduire ; qu'elle nous égare, afin de varier le monde. Si vous voulez avoir un sentiment de cette force invisible, et de l'impuissance où l'ordre même se trouve de produire la perfection, calculez toutes les forces bien connues, et vous verrez [a] qu'elles n'ont pas leur résultat direct. Faites plus ; imaginez un ordre de choses où toutes les convenances particulières soient observées, où toutes les destinations particulières soient remplies : vous trouverez, je crois, que l'ordre de chaque chose ne produirait pas le véritable ordre des choses ; que tout serait trop bien ; que non seulement ce n'est pas ainsi que va le monde, mais que ce n'est pas même ainsi qu'il pourrait aller, et qu'une perpétuelle déviation dans les détails opposés semble être la grande loi de l'universalité des choses.

Voici des faits sur un objet où les probabilités peuvent être calculées rigoureusement, des songes relatifs à la loterie de Paris. J'en ai connu douze ou quinze avant les tirages. La personne âgée qui les faisait, n'avait assurément ni le démon de Socrate [235], ni aucune donnée cabalistique : elle était pourtant mieux fondée à s'entêter de ses songes, que moi à l'en dissuader. La plupart furent réalisés : il y avait au moins vingt mille à parier contre un, que l'événement ne les justifierait pas ainsi. Elle fut séduite, elle rêva encore ; elle mit, et rien alors ne se réalisa.

On n'ignore pas que les hommes sont trompés et par de faux [b] calculs, et par la passion ; mais, dans ce qui peut être supputé mathématiquement, est-il bien vrai que tous les siècles croient à ce qui n'a en sa faveur qu'autant d'incidents que le hasard en doit donner ?

---

a. connues, vous verrez
b. trompés par de faux

Moi-même qui assurément ne m'occupais guère de ces sortes de rêves, il m'est arrivé trois fois de rêver que je voyais les numéros sortis. Un de ces songes n'eut point de rapport avec l'événement du lendemain : le second en eut un aussi frappant que si l'on eût deviné un nombre sur quatre-vingt mille. Le dernier fut plus étrange : j'avais vu, dans cet ordre : 7, 39, 72, 81. Je n'avais pas vu le cinquième numéro, et quant au troisième, je l'avais mal discerné, je n'étais pas assuré si c'était 72 ou 70. J'avais même noté tous deux, mais je penchai pour le 72. Pour cette fois [a], je voulus mettre au moins le quaterne [236] ; et je mis, 7, 39, 72, 81. Si j'eusse choisi le 70, j'eusse eu le quaterne, ce qui est déjà extraordinaire ; mais ce qui l'est bien davantage, c'est que ma note faite exactement selon l'ordre dans lequel j'avais vu les quatre numéros, porta un terne [237] déterminé, et que c'eût été un quaterne déterminé, si, en hésitant entre le 70 et le 72, j'eusse choisi le 70.

Est-il dans la nature une intention qui leurre les hommes, ou du moins beaucoup d'hommes ? Serait-ce un de ses moyens, une loi nécessaire pour les faire ce qu'ils sont ? ou bien, tous les peuples ont-ils été dans le délire, en trouvant que les choses réalisées surpassaient évidemment l'occurrence naturelle ? La philosophie moderne le nie ; elle nie tout ce qu'elle n'explique pas. Elle a remplacé celle qui expliquait ce qui n'était point.

Je suis loin d'affirmer, et même de croire [b] positivement, qu'il y ait en effet dans la nature une force qui séduise les hommes, indépendamment du prestige de leurs passions ; qu'il existe une chaîne occulte de rapports, soit dans les nombres, soit dans les affections, qui puisse faire juger, ou sentir d'avance, ces choses futures que nous croyons accidentelles. Je ne dis pas, cela est : mais n'y a-t-il point quelque témérité à dire, cela n'est pas * ?

---

a. Cette fois,

b. d'affirmer, de croire

* « C'est une sotte présomption d'aller dédaignant et condamnant pour faux ce qui ne nous semble pas vraisemblable : qui est un vice ordinaire de ceux qui pensent avoir quelque suffisance, outre la commune. J'en faisais ainsi autrefois... et à présent je trouve que j'étais pour le moins autant à plaindre moi-même. »

MONTAIGNE, *Essais*, liv. I, chap. 26. [référence supprimée en 1840]

Serait-il même impossible que les pressentiments appartinssent à un mode particulier d'organisation, et qu'ils fussent impossibles aux autres hommes ª ? Nous voyons, par exemple, que la plupart ne sauraient concevoir des rapports entre l'odeur qu'exhale une plante, et les moyens du bonheur du monde. Doivent-ils pour cela regarder comme une erreur de l'imagination le sentiment de ces rapports ? Ces deux perceptions si étrangères l'une à l'autre pour plusieurs esprits, le sont-elles pour le génie qui peut suivre ᵇ la chaîne qui les unit ? Celui qui abattait les hautes têtes des pavots, savait bien qu'il serait entendu : il savait aussi que ses esclaves ne le comprendraient point, qu'ils n'auraient point son secret [238].

Vous ne prendrez pas tout ceci plus sérieusement que je ne le dis. Mais je suis las des choses certaines, et je cherche partout des voies d'espérance.

Si vous venez bientôt, cela pourra me donner un peu de courage : celui d'attendre toujours des lendemains est du moins quelque chose pour qui n'en a pas d'autre.

LETTRE XLVII

Lyon, 18 août, VI

Vous renvoyez en deux mots tous mes possibles dans la région des songes. Pressentiments, propriétés secrètes des nombres, pierre philosophale, influences mutuelles des astres, sciences cabalistiques, haute magie, toutes chimères déclarées telles par la certitude une et infaillible. Vous avez l'empire ; on ne saurait mieux user du sacerdoce suprême. Cependant je suis opiniâtre comme tous les hérésiarques [239] : il y a plus, votre science certaine m'est suspecte, je vous soupçonne d'être heureux.

Supposons un moment que rien ne vous réussit : vous souffrirez alors que je vous expose jusqu'où vont mes doutes.

---

a. et qu'ils fussent refusés à d'autres hommes ?
b. pour quiconque peut suivre

On dit que l'homme conduit et gouverne, que le hasard n'est rien. Tout cela se peut : voyons pourtant si ce hasard ne ferait pas quelque chose. Je veux que ce soit l'homme qui fasse toutes les choses humaines : mais il les fait avec des moyens, avec des facultés ; d'où les a-t-il ? Les forces physiques, ou la santé, la justesse et l'étendue de l'esprit, les richesses, le pouvoir composent à peu près ces moyens. Il est vrai que la sagesse ou la modération peuvent maintenir la santé, mais le hasard donne et quelquefois rétablit une forte constitution. Il est vrai que la prudence évite quelques dangers, mais le hasard préserve à tout moment d'être blessé ou mutilé. Le travail améliore nos facultés morales ou intellectuelles ; le hasard les donne, et souvent il les développe, ou les préserve de tant d'accidents dont un seul pourrait les détruire. La sagesse fait parvenir au pouvoir un homme dans un siècle ; le hasard l'offre à tous les autres maîtres des destinées vulgaires. La prudence, la conduite élèvent lentement quelques fortunes ; tous les jours le hasard en fait rapidement. L'histoire du monde ressemble beaucoup à celle de ce commissionnaire qui gagna cent louis en vingt ans de courses et d'épargnes ; et qui ensuite mit à la loterie un seul écu, et en reçut soixante-quinze mille.

Tout est loterie. La guerre n'est plus qu'une loterie pour presque tous, à l'exception du général en chef, qui cependant n'en est rien moins que tout à fait exempt. Dans la tactique moderne, l'officier qui va être comblé d'honneurs et élevé à un grade supérieur, voit auprès de lui le guerrier aussi brave, plus savant, plus robuste, oublié pour jamais dans le tas des morts.

Si tant de choses se font par hasard [a], et que pourtant le hasard ne puisse rien faire ; il y a dans la nature, ou une grande force cachée, ou un nombre de forces inconnues qui suivent des lois inaccessibles aux démonstrations des sciences humaines.

On peut *prouver* que le fluide électrique n'existe pas. On peut prouver qu'un corps aimanté ne saurait agir sur un autre sans le toucher ; et que la faculté de se diriger vers tel point de la terre est une propriété occulte et par

---

a. au hasard

trop péripatéticienne [240]. On avait prouvé que l'on ne pouvait voyager dans les airs, que l'on ne pouvait brûler des corps éloignés de soi, que l'on ne pouvait précipiter la foudre ou allumer des volcans. On sait encore aujourd'hui que l'homme qui fait un chêne, ne peut pas faire de l'or. On sait que la lune peut causer les marées, mais non pas influer sur la végétation. Il est prouvé que tous les effets des affections de la mère sur le fœtus sont des contes de vieilles, et que tous les peuples qui les ont vus, ne les ont pas vus. On sait que l'hypothèse d'un fluide pensant n'est qu'une impiété absurde ; mais que certains hommes ont la permission de faire avant déjeuner une sorte d'âme universelle ou de nature métaphysique, que l'on peut rompre en autant d'âmes universelles que bon semble, afin que chacun digère la sienne [241].

Il est *certain* qu'un Châtillon reçut, selon la promesse de saint Bernard, cent fois autant de terres labourables à la charrue d'en haut, qu'il en avait donné ici-bas aux moines de Clairvaux. Il est certain que l'empire du Mogol est dans une grande prospérité, quand son maître pèse deux livres de plus que l'année précédente. Il est certain que l'âme survit au corps, excepté s'il est écrasé par la chute subite d'un roc, car alors [a] elle n'a pas le temps de s'enfuir * ; et il faut qu'elle meure là. Tout le monde a su que les comètes sont dans l'usage d'engendrer des monstres, et qu'il y a d'excellentes recettes pour se préserver de cette contagion. Tout le monde convient qu'un individu de ce petit globe où rampent nos génies impérissables, a trouvé les lois du mouvement [242] et de la position respective de cent milliards de mondes. Nous sommes admirablement certains, et c'est pure malice, si tous les temps et tous les peuples s'accusent mutuellement d'erreur.

Pourquoi chercher à rire des Anciens qui regardaient les nombres comme le principe universel. L'étendue, les

---

a. roc : alors
* On peut voir dans la cinquante-septième *Épître* de Sénèque cette opinion commune chez les stoïciens, et les raisons non moins remarquables par lesquelles Sénèque la réfute.

forces, la durée, toutes les propriétés des choses naturelles ne suivent-elles pas les lois des nombres ? Ce qui est à la fois réel et mystérieux, n'est-il pas ce qui nous avance le plus dans la profondeur des secrets de la nature ? N'est-elle pas elle-même une perpétuelle expression d'évidence et de mystère, visible et impénétrable, calculable et infinie, prouvée et inconcevable, contenant tous les principes de l'être et toute la vanité des songes ? Elle se découvre à nous et nous ne la voyons pas ; nous avons analysé ses lois, et nous ne saurions imaginer ses procédés ; elle nous a laissé prouver que nous remuerions un globe, mais le mouvement d'un insecte est l'abîme où elle nous abandonne. Elle nous donne une heure d'existence au milieu du néant ; elle nous montre et nous supprime ; elle nous produit pour que nous ayons été. Elle nous fait un œil qui pourrait tout voir ; elle met devant lui toute la mécanique [a], toute l'organisation des choses, toute la métaphysique de l'être infini [b] : nous regardons, nous allons connaître ; et voilà qu'elle ferme à jamais cet œil si admirablement préparé.

Pourquoi donc, ô hommes qui passez aujourd'hui ! voulez-vous des certitudes ? et jusques à quand faudra-t-il vous affirmer nos rêves pour que votre vanité dise : Je sais ? Vous êtes moins petits quand vous ignorez. Vous voulez qu'en parlant de la nature, on vous dise comme vos balances et vos chiffres : ceci est, ceci n'est pas. Et bien, voici un roman : sachez, soyez certains.

Le Nombre... [243]. Nos dictionnaires définissent le nombre une collection d'unités : en sorte que l'unité qui est le principe de tous les nombres, devient étrangère au terme qui les exprime. Je suis fâché que notre langue n'ait pas un mot qui comprenne l'unité, et tous ses produits plus ou moins directs, plus ou moins complexes. Supposons tous deux que le mot nombre veut dire cela : et puisque j'ai un songe à vous conter, je vais reprendre un peu le ton des grandes vérités que je veux vous envoyer par le courrier de demain.

---

a. tout le mécanisme,

b. tous les prodiges de l'être infini

Écoutez : c'est de l'Antiquité ; mais elle ne savait pas le calcul des fluxions * [244].

Le nombre est le principe de toute dimension, de toute harmonie, de toute propriété, de toute agrégation ; il est la loi de l'univers organisé.

Sans les lois des nombres, la matière serait une masse informe, indigeste ; elle serait le Chaos. La matière arrangée selon ces lois est le Monde. La nécessité de ces lois est le Destin ; leur puissance et leurs propriétés sont la Nature [a] : et la conception universelle de ces propriétés est Dieu.

Les analogies de ces propriétés forment la doctrine magique, secret de toutes les initiations, principe de tous les dogmes, base de tous les cultes, source des relations morales et de tous les devoirs.

Je me hâte ; et vous me saurez gré de tant de discrétion, car je pourrais suivre la filiation de toutes les idées cabalistiques et religieuses. Je rapporterais aux nombres les religions du feu ; je prouverais que l'idée même de l'Esprit pur est le résultat de certains calculs ; je réunirais dans un même enchaînement tout ce qui a pu asservir ou flatter l'imagination humaine. Cet aperçu d'un monde mystérieux ne serait pas sans intérêt ; mais il ne vaudrait pas l'odeur numérique exhalée de sept fleurs de jasmin que le souffle de l'air va porter et perdre dans le sable sur votre terrasse de Chessel.

Cependant sans les nombres, point de fleurs, point de terrasse. Tout phénomène est nombre ou proportion. Les formes, l'espace, la durée, sont des effets, des produits du nombre ; mais le nombre n'est produit, n'est modifié, n'est perpétué que par lui-même. La musique, c'est-à-dire la science de toute harmonie, est une expression des nombres. Notre musique elle-même, la musique des sons, source [b] des plus fortes impressions que l'homme puisse éprouver, est fondée sur les nombres.

---

* O. n'a pu avoir l'intention de plaisanter des sciences qu'il admirait, et qu'il ne possédait pas. Sans doute il désirait seulement que les vastes progrès modernes ne portassent pas si inconsidérément les demi-savants à mépriser l'Antiquité, à rire de ses conceptions profondes.
a. [chaos, monde, destin, nature sont écrits en italique et sans majuscule]
b. elle-même, source

Si j'étais versé dans l'astrologie, je vous dirais bien d'autres choses ; mais enfin toute la vie n'est-elle pas réglée sur les nombres : sans eux, qui saurait l'heure d'un office, d'un enterrement ; qui pourrait danser, qui saurait quand il est *bon couper les ongles* ?

L'Unité est assurément le principe, comme l'image de toute unité ; et dès lors de tout ouvrage complet, de tout concept, de tout projet, de tout achèvement, de la perfection, de l'ensemble. Ainsi tout nombre complexe est un, ainsi toute perception est une, ainsi l'univers est un.

Un est aux nombres engendrés, comme le rouge est aux couleurs, ou Adam aux générations humaines. Car Adam [a] était le premier, et le mot Adam signifie rouge. C'est ce qui fait que la matière du grand œuvre doit se nommer Adam lorsqu'elle est poussée au rouge, parce que la quintessence rouge de l'univers est comme Adam qu'Adonaï forma de quintessence.

Pythagore a dit : « Cultivez assidûment la science des nombres ; nos vices et nos crimes ne sont que des erreurs de calcul. » Ce mot si utile, et d'une vérité si profonde [b], est sans doute ce qui peut être dit de mieux sur les nombres. Mais voici ce que Pythagore n'a point dit * [245].

---

a. humaines. Adam

b. vérité profonde

* Dans toutes les sectes, les disciples, ou beaucoup d'entre les disciples sont moins grands hommes que leur maître. Ils défigurent sa pensée, surtout quand le fanatisme superstitieux, ou l'ambition d'innover se joignent aux erreurs de l'esprit.

Pythagore, ainsi que Jésus, n'a pas écrit (du moins les écrits de Pythagore, perdus maintenant, paraissent n'avoir pas été bien reconnus des Anciens eux-mêmes) : les successeurs, ou prétendus tels, de l'un et de l'autre, ont montré qu'ils sentaient tout l'avantage de cette circonstance. Considérons un moment le nombre comme Pythagore paraît l'avoir entendu.

Si depuis un lieu élevé et qui domine une vaste étendue, on discerne dans la plaine, entre les hautes forêts, quelques-uns de ces êtres qui se soutiennent debout ; si l'on vient à se rappeler que les forêts sont abattues, que les fleuves sont dirigés, que les pyramides sont élevées, que la terre est changée par eux, on éprouve de l'étonnement. Le temps est leur grand moyen, le temps est une série de nombres. Ce sont les nombres rassemblés ou successifs, qui font tous les phénomènes, les vicissitudes, les combinaisons, toutes les œuvres individuelles de l'univers. La force, l'organisation, l'espace, l'ordre, la durée ne sont rien sans les nombres.

Sans Un, il n'y aurait ni deux, ni trois : l'unité est donc le principe universel. Un est infini par ce qui sort de lui : il produit coéternellement deux et même trois, d'où vient tout le reste. Quoique infini, il est impénétrable ; il est assurément dans tout ; il ne peut cesser, nul ne l'a fait ; il ne saurait changer : de plus il n'est ni visible, ni bleu, ni large, ni épais, ni lourd : c'est comme qui dirait... plus qu'un nombre.

Pour Deux, c'est très différent. S'il n'y avait pas deux, il n'y aurait qu'un. Or, quand tout est un, tout est semblable ; quand tout est semblable, il n'y a pas de discordance ; là où il n'y a pas de discordance, là est la perfection : c'est donc deux qui brouille tout. Voilà le mauvais principe, c'est Satan. Aussi, de tous nos chiffres, le chiffre deux est celui qui a la forme la plus sinistre, l'angle le plus aigu.

Cependant sans deux, il n'y aurait point de composition, point de rapports, point d'harmonie. Deux est l'élément de toute chose composée en tant que composée. Deux est le symbole et le moyen de toute génération. Il y avait deux chérubins sur l'Arche, et les oiseaux ont deux ailes : ce qui fait de deux le principe de l'élévation.

Trois réunit l'expression de l'ensemble et celle de la composition ; c'est l'harmonie parfaite. La raison en est palpable, c'est un nombre composé qui ne peut être divisé que par un. De trois points placés dans des rapports égaux, naît la plus simple des figures. Cette figure triple n'est pourtant qu'une, ainsi que l'harmonie parfaite. Et, dans la sagesse orientale, la puissance qui créa [a], Brahma ; la puis-

---

Tous les moyens de la nature sont une suite des propriétés des nombres ; la réunion de ces moyens est la nature elle-même ; cette harmonie sans bornes est le principe infini par lequel tout ce qui existe existe ainsi : et le génie de Pythagore vaut bien les esprits qui ne l'entendent pas.

Pythagore paraît avoir dit que tout était fait selon les propriétés des nombres, mais non par leur vertu.

Voyez dans *De mysteriis numerorum* par Bungo, ce que Porphyre, Nicomaque, etc., ont dit sur les nombres.

Voyez *Lois* de Pythagore 2036, 2038, etc., dans *Voyages* de Pythagore. On peut remarquer en parcourant ce volume de l'ancienne sagesse, ces trois mille cinq cents sentences dites *Lois* de Pythagore, combien il y est peu question des nombres.

a. créa

sance qui conserve, Vishnou ; et la puissance qui détruira [a], Routren ; ces trois puissances réunies, n'est-ce pas Trimourti ? Dans Trimourti, ne reconnaissez-vous pas trois, c'est ce qui fait Chiven, l'Être Suprême [b].

Dans les choses de la terre, trente-trois, nombre exprimé par deux trois, n'est-il pas celui de l'âge de perfection pour l'homme ? et l'homme, qui est bien la plus belle œuvre de Chiven [c], n'a-t-il pas eu trois âmes autrefois ?

Trois est le principe de perfection : c'est le nombre de la chose composée, et ramenée à l'unité, de la chose élevée à l'agrégation, et achevée par l'unité. Trois est le nombre mystérieux du premier ordre : aussi y a-t-il trois règnes dans les choses terrestres ; et pour tout composé organique trois accidents, formation, vie, décomposition.

Quatre ressemble beaucoup au corps, parce que le corps a quatre facultés. Il renferme aussi toute la religion du serment : comment cela ? je l'ignore, mais puisqu'un maître l'a dit, sans doute ses disciples l'expliqueront.

Cinq est protégé par Vénus : car elle préside au mariage, et cinq a dans sa forme quelque chose d'heureux qu'on ne saurait définir. De là vient que nous avons cinq sens, et cinq doigts ; il n'en faut pas chercher d'autres raisons.

Je ne sais rien sur le nombre Six, sinon que le cube a six faces. Tout le reste m'a paru indigne des grandes choses que j'ai rassemblées sur d'autres nombres.

Mais Sept [246] est d'une importance extrême. Il représente toutes les créatures ; ce qui le rend d'autant plus intéressant qu'elles nous appartiennent toutes, droit divin transféré depuis longtemps et que prouvent la bride et le filet, malgré ce qu'en disent quelquefois les ours, les lions, les serpents. Cet empire a manqué être perdu par le péché ; mais il faut mettre deux sept ensemble, l'un détruira l'autre ; car le baptême étant aussi là-dedans, soixante-dix-sept signifie l'abolition de tous les péchés par le baptême, comme saint Augustin l'a démontré aux académies d'Afrique.

---

a. qui détruit,
b. fait Brahm, l'unique principe.
c. de Brahm,

On voit facilement dans Sept, l'union de deux [a] nombres parfaits, de deux principes de perfection ; union complétée en quelque sorte et consolidée par cette unité sublime qui lui imprime un grand caractère d'ensemble, et qui fait que sept n'est pas six. C'est là le nombre mystérieux du second ordre ; ou si l'on veut, le principe de tous les nombres très composés. Les divers aspects de la lune l'ont prouvé, et en conséquence on a choisi le septième jour pour celui du repos. Les fêtes religieuses rendirent ainsi ce nombre sacré chez tous les peuples [b]. De là l'idée des cycles septenaires, liée à celle du grand Cataclysme. « Dieu a imprimé partout dans l'univers le caractère sacré du nombre sept », dit Joachitès. Dans le *ciel étoilé*, tout a été fait par sept. Toute la mysticité ancienne est pleine du nombre sept : c'est le plus mystérieux des nombres apocalyptiques, des nombres du culte mithriaque et des mystères d'initiation. Sept étoiles du génie lumineux, sept Gâhanbards, sept Amschaspands ou anges d'Ormusd. Les Juifs ont leur semaine d'année ; et le carré de sept était le vrai nombre de leur période jubilaire. On remarquait que, du moins pour notre planète et même pour notre système planétaire [c], le nombre sept était le plus particulièrement indiqué par les phénomènes naturels. Sept planètes [d] du premier ordre * ; sept métaux ** ; sept odeurs *** [247] ;

---

a. des deux
b. chez les peuples
c. système solaire,
d. Sept sphères

* Apparemment cette époque est antérieure aux dernières d'entre les découvertes modernes : au reste neuf est comme sept, un nombre sacré. [en 1840, Senancour ajoute : « Quatre fragments ne vaudront qu'un tout »]

** Comme il en fallait sept, et qu'il était impossible de ne pas admettre le platine, on rejetait le mercure, qui semble avoir un caractère particulier, et différer des autres métaux par diverses propriétés, entre autres, par celle de rester dans un état de fusion, même à un degré de froid que l'on a cru longtemps passer le froid naturel de notre âge. Malheureusement la chimie moderne reconnaît un plus grand nombre de métaux ; mais il est probable alors qu'il y en aura quarante-neuf, ce qui revient au même.

*** Linnæus divisait les odeurs végétales en sept classes : de Saussure en admet une huitième ; mais on voit bien qu'il ne doit y en avoir que sept pour la gamme.

sept saveurs ; sept rayons de lumière ; sept tons ; sept articulations simples de la voix humaine *.

Sept années font une semaine de la vie ; et quarante-neuf la grande semaine. L'enfant qui naît à sept mois peut vivre. À quatorze soleils, il voit : à sept lunes il a des dents : à sept ans les dents se renouvellent ; et l'on fait commencer alors le discernement du bien et du mal [248]. À quatorze ans, l'homme peut engendrer : à vingt et un, il est parvenu à une sorte de maturité qui a fait [a] choisir ce temps pour la majorité politique et légale. Vingt-huit [b] est l'époque d'un grand changement dans les affections humaines et dans les couleurs de la vie. À trente-cinq, la jeunesse finit. À quarante-deux, la progression rétrograde de nos facultés commence. À quarante-neuf, la plus belle vie est à sa moitié, quant à la durée extrême, et à son automne pour les sensations : on aperçoit les premières rides physiques et morales. À cinquante-six, commence la vieillesse [c]. Soixante-trois est la première époque de la mort naturelle. (Je me rappelle que vous blâmez cette expression : nous dirons donc, mort nécessaire, mort amenée par les causes générales du déclin de la vie.) Je veux dire que si l'on meurt de vieillesse à quatre-vingt-quatre, à quatre-vingt-dix-huit ans, on meurt d'âge à soixante-trois : c'est la première époque où la vie finisse par les maladies de la décrépitude. Beaucoup de personnages célèbres sont morts à soixante-dix ans, à quatre-vingt-quatre, à quatre-vingt-dix-huit, à cent quatre (ou cent cinq). Aristote, Abélard, Héloïse, Luther, Constantin, chah Abbas, Nostradamus ** et Mahomet moururent à soixante-trois ; et Cléopâtre sentit bien qu'il fallait attendre vingt-huit jours pour mourir après Antoine.

---

* Les Grecs avaient sept voyelles. Les grammairiens français en reconnaissent aussi sept, les trois E, et les quatre autres.
a. qui fait
b. Vingt-huit ans
c. vieillesse la plus hâtive.
** Son tombeau est à Salon, petite ville à quatre lieues d'Aix. Il est dit dans l'épitaphe que Nostradamus (dont la plume fut divine à peu de chose près, *penè divino calamo*) vécut soixante-deux ans six mois et dix jours. [note supprimée en 1840]

Neuf ! Si l'on en croit les hordes Mongoles et plusieurs peuplades de la Nigritie [249], voilà le plus harmonique des nombres complexes [a]. C'est le carré du seul nombre qui ne soit divisible que par l'unité : c'est le principe des productions indirectes : c'est le mystère multiplié par le mystère. On peut voir dans le *Zend-Avesta* [250] combien neuf était vénéré d'une partie de l'Orient. Dans la Géorgie, dans l'Iranved, tout se fait par neuf : les Avares et les Chinois l'ont aimé particulièrement. Les Musulmans de la Syrie comptent quatre-vingt-dix-neuf attributs de la Divinité ; et les peuples de la partie orientale de l'Inde connaissent dix-huit mondes, neuf bons, neuf mauvais.

Mais le signe de ce nombre a la queue en bas, comme une comète qui sème* des monstres ; et neuf est l'emblème de toute vicissitude funeste : en Suisse, particulièrement, les bises destructives durent neuf jours. Quatre-vingt-un, ou neuf multiplié par lui-même, est le nombre de la grande climatérique** ; tout homme qui aime l'ordre doit mourir à cet âge, et Denys d'Héraclée [251] donna en cela un grand exemple au monde.

J'avoue que dix-huit ans passe pour un assez bel âge ; et pourtant c'est la destruction multipliée par le mauvais principe : mais il y a moyen de s'entendre. Dans dix-huit ans il y a deux cent seize mois, nombre très funeste et très compliqué. On y voit d'abord quatre-vingt-un multiplié par deux, ce qui est épouvantable. Dans l'excédent cinquante-quatre, on trouve un serment et Vénus. Quatre et cinq réunis, ressemblent donc fort au mariage, état qui séduit à dix-huit ans ; qui n'est bon à rien pour l'un et l'autre sexe, vers quarante-cinq ou cinquante-quatre ans ; qui ne laisse pas d'être ridicule à quatre-vingt-un ; et qui peut, en tout temps, par ses plaisirs même [b], altérer, désoler, dégrader la nature humaine d'après les horreurs attachées au culte du nombre cinq. Qu'y a-t-il de pire que d'empoisonner sa vie par une jouissance de cinq ? c'est à

---
a. des nombres.
* Voyez plus haut dans la même lettre. [note supprimée en 1840]
** Les climatériques d'Hippocrate sont les septièmes années, ce qui est analogue à ce qu'on a dit au nombre sept.
b. mêmes,

dix-huit ans que ces dangers sont dans leur force ; il n'est donc point d'âge plus funeste. Voilà ce qu'on ne pouvait découvrir que par les nombres ; et c'est ainsi que les nombres sont le fondement de la morale.

Que si vous trouvez dans tout cela quelque incertitude, repoussez le doute, redoublez de foi ; voici maintenant ce que disait la première lumière des premiers siècles *. Dix est justice et béatitude résultant de la créature qui est sept, et de la Trinité qui est trois. Onze, c'est le péché parce qu'il transgresse dix ou la justice. Vous voyez le plus haut point du sublime ; après quoi il faut se taire : saint Augustin lui-même n'en a pas su davantage.

S'il me restait assez de papier, je vous prouverais l'existence de la pierre philosophale. Je vous prouverais que tant d'hommes savants et célèbres n'étaient pas des radoteurs : [a] je vous prouverais qu'elle n'est pas plus étonnante que la boussole ; qu'elle n'est pas plus inconcevable que le chêne provenu du gland que vous avez semé ; mais qu'il l'est, ou qu'il devrait l'être, que des étourdis, qui en finissant leurs humanités ont fait un madrigal, décident que Stahl [252], Becher [253], Paracelse [254], ont mérité les petites maisons.

Allez voir vos jasmins : laissez mes doutes et mes preuves. Je cherche un peu de délire, afin de pouvoir au moins rire de moi : car il y a [b] un certain repos, un plaisir, bizarre si l'on veut, à considérer que tout est songe. Cela peut distraire de tant de rêves plus sérieux, et affaiblir ceux de notre inquiétude.

Vous ne voulez pas que l'imagination nous entraîne, parce qu'elle nous égare : mais quand il s'agit des jouissances individuelles de la pensée, notre destination présente ne serait-elle pas dans les écarts ? Tous les hommes ont rêvé ; tous en ont eu besoin : quand le génie du mal les fit vivre, le génie du bien les fit dormir et songer.

---

* De l'Église.
a. des insensés ;
b. moi : il y a

LETTRE XLVIII

Méterville, 1ᵉʳ septembre, VI

Dans quelque indifférence que l'on traîne ses années, il arrive pourtant que l'on aperçoive le ciel dans une nuit sans nuages. On voit les astres immenses ; ce n'est pas une fantaisie de l'imagination, ils sont là sous nos yeux : on voit leurs distances bien plus vastes [a], et ces soleils qui semblent montrer des mondes où des êtres différents de nous naissent, sentent et meurent.

La tige du jeune sapin est auprès de moi, droite et fixe, elle s'avance dans l'air, elle semble n'avoir ni vie ni mouvement ; mais elle subsiste, et si elle se connaît elle-même, son secret et sa vie sont dans elle ; [b] elle croît invisiblement. Elle est la même dans la nuit, et dans le jour ; elle est la même sous la froide neige, et sous le soleil des étés. Elle tourne avec la terre ; elle tourne immobile parmi tous ces mondes. La cigale s'agite pendant le repos de l'homme, elle mourra : le sapin tombera ; les mondes changeront. Où seront nos livres, nos renommées, nos craintes, notre prudence, et la maison que l'on voudrait bâtir, et le blé que la grêle n'a pas couché ? Pour quel temps amassez-vous ? pour quel siècle est votre espérance ? Encore la révolution [255] d'un astre, encore une heure de sa durée, et tout ce qui est vous ne sera plus : tout ce qui est vous, sera plus perdu, plus anéanti, plus impossible que s'il n'eût jamais été. Celui dont le malheur vous accable, sera mort. Celle qui est belle, sera morte. Le fils qui vous survivra sera mort.

Vous avez rassemblé les moyens des arts * ; vous voyez sur la lune comme si elle était près de vos télescopes [256] ; vous y cherchez du mouvement ; il n'y en a point ; il y en a eu, mais elle est morte. Et le lieu, le globe où vous êtes sera mort comme elle. À quoi vous arrêtez-vous ? Vous

---

a. leur distance bien plus vaste,
b. en elle :
* On est enfin parvenu au point d'amener la lune à une proximité apparente de notre œil, plus grande que celle des montagnes que dans certains climats l'œil nu distingue parfaitement, quoiqu'elles soient éloignées de plus d'une journée de marche.

auriez pu faire un mémoire pour votre procès, ou finir une ode dont on eût parlé demain au soir. Intelligence des mondes ! qu'ils sont vains les soins de l'homme ! Quelles risibles sollicitudes pour des incidents d'une heure ! Quels tourments insensés pour arranger les détails de cette vie qu'un souffle du temps va dissiper ! Regarder, jouir de ce qui passe, imaginer, s'abandonner ; ce serait là tout notre être. Mais, régler, établir, connaître, posséder ; que de démence !

Cependant celui qui ne veut point s'inquiéter pour des jours incertains, n'aura pas le repos qui laisse l'homme à lui-même, ou le délassement qui peut distraire de ces dégoûts qu'on préfère à la vie tranquille : il n'aura pas, quand il la voudra, la coupe pleine de café ou de vin qui doit écarter pour un moment le mortel ennui. Il n'y aura point d'ordre et de suite dans ce qu'il sera forcé de faire ; il n'y aura pas de sécurité pour les siens. Parce que sa pensée aura embrassé le monde dans ses hautes conceptions, il arrivera que son génie, éteint par la langueur, n'aura plus même ces hautes conceptions : parce que sa pensée aura cherché trop de vérités dans la nature des choses, il ne sera plus donné à sa pensée elle-même de se maintenir selon sa propre nature.

On ne parle que de réprimer ses passions, et d'avoir la force de faire ce qu'il faut : mais, au milieu de tant d'impénétrabilité, montrez donc ce qu'il faut. Pour moi, je ne le sais pas, et j'ose soupçonner que plusieurs autres l'ignorent. Tous les sectaires ont prétendu le dire, et le montrer avec évidence ; leurs preuves surnaturelles nous ont laissé dans un doute plus grand. Peut-être une connaissance certaine et un but connu, ne sont-ils ni selon notre nature, ni selon nos besoins. Cependant il faut vouloir. C'est une triste nécessité, c'est une sollicitude intolérable d'être toujours contraint d'avoir une volonté, quand on ne sait sur quoi la régler.

Souvent je me repose dans cette idée que le cours accidentel des choses et les effets directs de nos intentions ne sauraient être qu'une apparence, et que toute chose [a] humaine est nécessaire et déterminée par la marche irrésis-

---

a. toute action

tible de l'ensemble des choses. Il me semble que ᵃ c'est une vérité dont j'ai le sentiment : mais quand je perds de vue les considérations générales, je m'inquiète et je projette comme un autre. Quelquefois au contraire, je m'efforce d'approfondir tout ceci, pour savoir si ma volonté peut avoir une base, et si mes vues peuvent se rapporter à un plan suivi. Vous pensez bien que dans cette obscurité impénétrable, tout m'échappe, jusqu'aux probabilités elles-mêmes : je me lasse bientôt ; je me rebute ; et je ne vois rien de certain, si ce n'est peut-être l'inévitable incertitude de ce que les hommes voudraient connaître.

Ces conceptions étendues qui rendent l'homme si superbe, et si avide d'empire [257], d'espérances et de durée, sont-elles plus vastes que les cieux réfléchis sur la surface d'un peu d'eau de pluie qui s'évapore au premier vent ? Le métal que l'art a poli reçoit l'image d'une partie de l'univers ; nous la recevons comme lui. – Mais il n'a pas le sentiment de ce contact. – Ce sentiment a quelque chose d'étonnant qu'il nous plaît d'appeler divin. Et ce chien qui vous suit, n'a-t-il pas le sentiment des forêts, des piqueurs et du fusil, dont son œil reçoit l'empreinte en en répercutant ᵇ les figures ? Cependant après avoir poursuivi quelques lièvres, léché la main de ses maîtres, et déterré quelques taupes, il meurt ; vous l'abandonnez aux corbeaux, dont l'instinct perçoit les propriétés des cadavres, et vous avouez qu'il n'a plus ce sentiment.

Ces conceptions dont l'immensité surprend notre faiblesse, et remplit d'enthousiasme nos cœurs bornés, sont peut-être moins pour la nature que le plus imparfait des miroirs pour l'industrie humaine : et pourtant l'homme le brise sans regret. Dites qu'il est affreux à notre âme avide de n'avoir qu'une existence accidentelle ; dites qu'il est sublime d'espérer la réunion au principe de l'ordre impérissable : n'affirmez rien de plus.

L'homme qui travaille à s'élever, est comme ces ombres du soir qui s'étendent pendant une heure, qui deviennent plus vastes que leurs causes, qui semblent grandir en s'épuisant ; et qu'une seconde fait disparaître.

---

a. Il me paraît que
b. en répercutant

Et moi aussi j'ai des moments d'oubli, de force, de grandeur ; j'ai des besoins démesurés ; *sepulchri immemor* [258] ! Mais je vois les monuments des générations effacées ; je vois le caillou soumis à la main de l'homme, et qui existera cent siècles après lui. J'abandonne les soins de ce qui passe, et ces pensées du présent déjà perdu. Je m'arrête étonné : j'écoute ce qui subsiste encore ; je voudrais entendre ce qui subsistera : je cherche dans le mouvement de la forêt, dans le bruit des pins, quelques-uns des accents de la langue éternelle.

Force vivante ! Dieu du monde ! j'admire ton œuvre, si l'homme doit rester ; et j'en suis atterré, s'il ne reste pas.

LETTRE XLIX

Méterville, 14 septembre, VI

Ainsi, parce que je n'ai point d'horreur pour vos dogmes, je serais près de les révérer ? Je pense que c'est tout le contraire. Vous avez, je crois, projeté de me convertir : et vous n'avez pas ri [a] !

Dites-moi, me savez-vous quelque intérêt à ne pas admettre vos opinions religieuses ? Si je n'ai contre elles ni intérêt, ni partialité, ni passion, ni éloignement même : quelle prise auront-elles pour s'introduire dans une tête sans systèmes, et dans un cœur que le remords ne leur préparera jamais.

C'est l'intérêt des passions qui empêche d'être chrétien. Je dirais volontiers que voilà un argument bien misérable. Je vous parle en ennemi : nous sommes en état de guerre, vous en voulez un peu à ma liberté. Si vous accusez les non-crédules de n'avoir pas la conscience pure, j'accuserai les crédules de n'avoir pas un zèle sincère. Il résultera de tout cela de vains mots, un bavardage répété partout jusqu'à la satiété, et qui jamais ne prouvera rien.

Et si j'allais vous dire qu'il n'y a de chrétiens que les méchants, puisqu'il n'y a qu'eux qui aient besoin de chimères pour ne pas voler, égorger, trahir. Certains chrétiens

---

a. de me convertir. [alinéa] Dites-moi

dont l'humeur dévote et la croyance burlesque ont dérangé le cœur et l'esprit, se trouvent toujours entre le désir du crime et la crainte du diable. Selon la méthode vulgaire de juger des autres par soi-même, ils sont alarmés dès qu'ils voient un homme qui ne se signe point : il n'est pas des nôtres, il est contre nous ; il ne craint pas ce que nous craignons, donc il ne craint rien, donc il est capable de tout ; il n'a pas les mains jointes, c'est qu'il les cache ; il y a sûrement un stylet dans l'une et du poison dans l'autre.

Je n'en veux point à ces bonnes gens : comment croiraient-ils que l'ordre suffise, le désordre est dans leurs idées ? D'autres parmi eux me diront : Voyez tout ce que j'ai souffert, d'où aurais-je tiré ma force, si je ne l'avais pas reçue [a] d'en haut ? — Mon ami, d'autres ont souffert davantage, et n'ont rien reçu d'en haut : il y a encore cette différence qu'ils n'en font pas tant de bruit, et ne se croient pas bien grands pour cela. On souffre, comme on marche. Quel est l'homme qui peut faire vingt mille lieues ? Celui qui fait une lieue par jour et qui vit soixante ans. Chaque matin ramène des forces nouvelles ; et l'espérance éteinte, laisse encore un espoir vague.

Les lois sont évidemment insuffisantes. Eh bien, je veux vous montrer des êtres plus forts que vous, et qui sont presque toujours indomptés ; qui vivent au milieu de vous, non seulement sans frein religieux, mais même sans lois ; dont les besoins sont souvent très mal satisfaits ; qui rencontrent ce qu'on leur refuse, et ne font pas un mouvement pour l'arracher : et parmi eux, trente-neuf au moins sur quarante mourront sans avoir nui, tandis que vous prônez l'effet de la grâce, si, parmi vos chrétiens, il y en a dans ce cas, trois sur quatre [b]. — Où sont ces êtres miraculeux, ces sages ? — Ne vous fâchez point ; ce ne sont pas des philosophes, ce n'est pas du tout [c] des êtres miraculeux, ce n'est pas des chrétiens ; c'est tout [d] bonnement ces dogues qui ne sont ni muselés, ni gouvernés, ni catéchisés, et que vous rencontrez à tout moment, sans exiger que leur gueule ter-

---

a. si je ne l'avais reçue
b. trois ou quatre.
c. ce ne sont pas du tout
d. ce ne sont pas des chrétiens ; ce sont tout

rible fasse, pour vous rassurer, un signe sacré. – Vous plaisantez. – De bonne foi que voulez-vous qu'on fasse autre chose.

Toutes les religions s'anathématisent, parce que aucune ne porte un caractère divin. Je sais bien que la vôtre a ce caractère, mais que le reste de la terre ne le voit point, parce qu'il est caché : je suis comme le reste de la terre, je discerne fort mal ce qui est invisible.

On ne dit pas que [a] la religion chrétienne soit mauvaise ; mais que pour [b] la croire, il faut la croire divine, ce qui n'est pas aisé. Elle peut être fort belle, comme ouvrage humain ; mais une religion ne saurait être humaine, quelque terrestres que soient ses ministres.

Pour la sagesse, elle est humaine ; elle n'aime pas à s'élever dans les nues pour retomber en débris ; elle exalte moins les têtes, mais elle ne les expose point [c] à l'oubli des devoirs par le mépris de ses lois démasquées. Elle ne défend point d'examen, et ne craint point d'objections ; il n'y aura pas de prétexte pour la méconnaître ; la dépravation du cœur reste seule contre elle ; et si la sagesse humaine était la base des institutions morales, son empire serait à peu près universel, puisqu'on ne pourrait se soustraire à ses lois sans faire par là même un aveu formel de sa turpitude [d]. – Nous ne convenons pas de cela ; nous n'approuvons pas la sagesse. – C'est que vous êtes conséquents.

Je laisse les hommes de parti qui font semblant d'être de bonne foi, et qui vont jusqu'à se faire des amis pour qu'on sache qu'ils les ont convertis : je reviens à vous qui êtes vraiment persuadé, et qui voudriez me donner ce repos que je n'aurai point.

Je n'aime pas plus que l'on soit intolérant contre la religion qu'en sa faveur. Je n'approuve guère davantage [e] ses adversaires déclarés, que ses zélateurs fanatiques. Je ne décide pas que l'on doive se hâter, dans certains pays, de

---

a. Je ne dis pas que
b. mais pour
c. pas
d. de turpitude.
e. guère plus

détromper un peuple qui croit vraiment, pourvu qu'il ait passé le moment des guerres sacrées, et qu'il ne soit déjà plus dans la ferveur des conversions. Mais quand un culte est désenchanté [259], je trouve ridicule qu'on prétende ramener ses prestiges : [a] quand l'arche est usée, quand les lévites [260] embarrassés et pensifs autour de ses débris, me crient : n'approchez pas, votre souffle profane les ternirait ; je suis obligé de les examiner, pour voir s'ils parlent sérieusement. – Sérieusement ? Sans doute ; et l'Église qui ne périra point, va rendre à la foi des peuples, cette antique ferveur dont le retour vous paraît chimérique ? [b] – Je ne suis pas fâché que vous en fassiez l'expérience : je n'en conteste point le succès ; et je le désirerais volontiers ; ce serait un fait curieux.

Puisque c'est toujours à *eux* que je finis par m'adresser, il est temps de fermer une lettre qui n'est pas pour vous. Nous garderons chacun nos opinions sur ce point ; et nous nous entendrons très bien sur les autres. Les manies superstitieuses et les écarts du zèle, n'existent pas plus pour un véritable homme de bien, que les périls tant exagérés de ce qu'*ils* appellent ridiculement athéisme. Je ne désire point [c] que vous renonciez à cette croyance ; mais il est très utile qu'on cesse de la regarder comme indispensable au cœur de l'homme ; car si l'on [d] est conséquent, et qu'on prétende [e] qu'il n'y a pas de morale sans elle, il faut rallumer les bûchers.

LETTRE L

Lyon, 22 juin, septième année

Depuis que la mode [261] n'a plus cette uniformité locale qui en faisait aux yeux de tant de gens une manière d'être nécessaire, et à peu près une loi de la nature ; chaque

---

a. en ramener les prestiges ;
b. chimérique ! [dès 1833]
c. pas
d. l'homme, parce que si on
e. et si on prétend

femme pouvant choisir la mise qu'elle veut adopter, chaque homme veut aussi décider celle qui convient.

Les gens qui entrent dans l'âge où l'on aime à blâmer, ce qui n'est pas comme autrefois, trouvent de très mauvais goût que l'on n'ait plus les cheveux dressés au-dessus du front, le chignon relevé et empâté, la partie inférieure du corps tout à nu sous une voûte d'un noble diamètre, et les talons juchés sur de hautes pointes. Ces usages vénérables maintenaient une grande pureté de mœurs ; mais depuis, les femmes ont perverti leur goût, au point d'imiter les seuls peuples qui aient eu du goût : elles ont cessé d'être plus larges que hautes ; et ayant quitté par degrés les corps ferrés et baleinés, elles outragent la nature jusqu'à pouvoir respirer et manger quoique habillées.

Je conçois qu'une mise perfectionnée choque ceux à qui plaisait la raideur ancienne, la manière des Goths ; mais je ne puis les excuser de mettre une si risible importance à ces changements qui étaient inévitables.

Dites-moi si vous avez trouvé de nouvelles raisons de ce que nous avons déjà remarqué ensemble sur ces ennemis déclarés des mœurs actuelles. Ce sont presque infailliblement des hommes sans mœurs. Les autres, s'ils les blâment, n'y mettent du moins pas cette chaleur qui m'est suspecte.

Personne ne sera surpris que les hommes qui se sont joué des mœurs parlent ensuite de *bonnes mœurs* avec exclamation ; qu'ils en exigent si sévèrement des femmes, après avoir passé leur vie à tâcher de les leur ôter ; et qu'ils les méprisent toutes, parce que plusieurs d'elles ont eu le malheur de ne les pas mépriser eux-mêmes. C'est une petite hypocrisie dont je crois même qu'ils ne s'aperçoivent pas : c'est davantage encore et bien plus communément, un effet de la dépravation de leurs goûts, des excès de leurs habitudes, et du désir secret de trouver une résistance sérieuse pour avoir la vanité de la vaincre : c'est une suite de l'idée que d'autres ont probablement joui des mêmes faiblesses, et de la crainte qu'on leur manque à eux-mêmes, comme ils sont parvenus à faire manquer à d'autres en leur faveur.

Lorsque les années font qu'ils n'ont plus d'intérêt à introduire le mépris de tous les droits, l'intérêt de leurs passions, qui fut toujours leur seule loi, commence à les avertir qu'on violera ces mêmes droits à leur égard. Ils ont contribué à faire perdre les mœurs sévères qui les gênaient, ils déclament maintenant contre les mœurs libres qui les inquiètent. Ils prêchent bien vainement : des choses bonnes recommandées par de tels hommes, tombent dans le mépris, au lieu d'en recevoir une nouvelle autorité.

Aussi vainement quelques-uns disent que s'ils s'élèvent contre des mœurs licencieuses, c'est qu'ils en ont reconnu les dangers : cette cause, quelquefois réelle, n'est pas celle à laquelle on croit, parce qu'on sait bien qu'ordinairement l'homme qui a été injuste quand cela lui était commode pendant l'âge des passions, ne devient juste ensuite que par des motifs personnels. Sa justice, plus honteuse que sa licence même, est encore plus méprisée, parce qu'elle est moins franche.

Mais que des jeunes gens soient choqués subitement et avant la réflexion, par des choses dont la nature est de plaire à leurs sens, et qu'ils ne pourraient improuver [262] naturellement, qu'après y avoir pensé : voilà, à mon avis, la plus grande preuve d'une dépravation réelle. Je suis surpris que des gens sensés regardent cela comme une dernière voix de *la nature qui se révolte* [263] et qui rappelle au fond des cœurs ses lois méconnues. La corruption, disent-ils, ne peut franchir de certaines bornes : cela les rassure et les console.

Pour moi, je crois voir le contraire. Je voudrais savoir ce que vous en penserez, et si je serai seul à voir ainsi ; car je n'assure [a] point que ce soit la vérité, je conviens même que beaucoup d'apparences sont contre moi.

Ma manière de penser là-dessus ne pouvait guère résulter que de ce que j'éprouve personnellement : je n'étudie pas, je ne fais pas d'observations systématiques ; j'en [b] serais assez peu capable. Je réfléchis par occasion ; je me rappelle ce que j'ai senti. Quand cela me conduit à examiner ce que je ne sais pas par moi-même, c'est du moins en cherchant mes données dans ce qui m'est connu avec plus de certitude, c'est-à-dire dans moi : ces données

---

a. ainsi. Je n'assure

b. systématiques, et j'en

n'ayant rien de supposé ou d'hypothétique [a], servent à me découvrir plusieurs choses dans ce qui leur est analogue ou opposé.

Je sais qu'avec le vulgaire des hommes il y a des inconvénients à ce que gâte la bêtise de leurs idées, la brutalité de leurs sensations, et la fade suffisance qui abuse de [b] tout ce qui n'avertit pas que l'on sera réprimé. Je ne dis point que les femmes dont la mise paraît trop libre, soient tout à fait exemptes de blâme : celles d'entre elles qui n'en méritent pas un autre, oublient du moins qu'on vit parmi la foule, et cet oubli est une imprudence. Mais ce n'est point d'elles qu'il s'agit ; je parle de la sensation que la légèreté de leurs vêtements peut faire sur des hommes de différents caractères.

Je cherche pourquoi des hommes qui se permettent tout, et qui, loin de respecter ce qu'ils appellent pudeur, montrent jusque dans leurs discours qu'ils ne connaissent pas même les lois du goût, pourquoi des hommes qui ne raisonnent point leur conduite et qui s'abandonnent aux fantaisies de l'instant présent, s'avisent de trouver de l'indécence à des choses où je n'en sens point [c], et où la réflexion même ne blâmerait que l'inconvenance du moment. Comment en trouvent-ils à des choses qui par elles-mêmes et lorsqu'elles ne sont point déplacées, paraissent toutes simples à d'autres, et qui plairaient même à ceux qui aiment une pudeur réelle et non l'hypocrisie ou la superstition [264] de la pudeur.

C'est une erreur funeste de mettre aux mots et à la partie extérieure des choses, une importance si grande ; il suffira d'être familiarisé avec ces fantômes par quelque habitude, même légitime, pour cesser d'en mettre aux choses elles-mêmes.

Lorsqu'une dévote qui ne pouvait à seize ans souffrir qu'on l'embrassât dans des jeux de société ; qui, mariée à vingt-deux, n'envisageait qu'avec horreur la première nuit, reçoit à vingt-quatre son directeur dans ses bras ; je ne crois pas que ce soit tout à fait hypocrisie de sa part [265].

---

a. ou de paradoxal,
b. et une fade suffisance abusant de
c. pas,

J'y vois beaucoup plus la sottise des préceptes qui lui furent donnés. Il peut y avoir chez elle de la mauvaise foi, d'autant plus qu'une morale fausse altère toujours la candeur de l'âme, et qu'une longue contrainte inspire le déguisement et la duplicité. Mais s'il y a de la fausseté dans son cœur [a], il y a bien plus encore d'ineptie dans sa tête [266]. On lui a rendu l'esprit faux, on l'a retenue sans cesse dans la terreur des devoirs chimériques ; on ne lui a pas donné le moindre sentiment des devoirs réels. Au lieu de lui montrer la véritable fin des choses, on l'a habituée à tout rapporter à une fin imaginaire. Les rapports ne sont plus sensibles ; les proportions deviennent arbitraires ; les causes, les effets sont comptés pour rien ; les convenances des choses sont impossibles à découvrir. Elle n'imagine pas même qu'il puisse exister une raison du mal et du bien, hors de la règle qu'on lui a imposée, et dans d'autres rapports que les relations obscures entre ses habitudes les plus secrètes et la volonté impénétrable des intelligences qui veulent toujours autrement que l'homme.

On lui a dit : « Fermez les yeux ; puis marchez droit devant vous, c'est le chemin du bonheur et de la gloire ; c'est le seul ; la perte, l'horreur, les abîmes, l'éternelle damnation remplissent tout le reste de l'espace. » Elle va donc aveuglément, et elle s'égare en suivant une ligne oblique. Cela devait arriver : Si vous marchiez les yeux fermés, dans un espace ouvert de toute part [b], vous ne retrouveriez point votre première direction, lorsqu'une fois vous l'auriez perdue, et souvent même vous ne sauriez pas que vous la perdez. Si donc elle ne s'aperçoit point de son erreur, elle se détourne toujours davantage, elle se perd avec confiance. Si elle s'en aperçoit, elle se trouble et s'abandonne ; car elle ne connaît [c] pas de proportions dans le mal, elle croit n'avoir rien [d] de plus à perdre, dès qu'elle a perdu cette première innocence qu'elle estimait seule et qu'elle ne saurait retrouver.

---

a. Mais s'il y en a dans son cœur,
b. de toutes parts,
c. s'abandonne : elle ne connaît
d. n'avoir plus rien

On a vu des filles simples se maintenir avec ignorance dans la sagesse la plus sévère, et avoir horreur d'un baiser comme d'un sacrilège ; mais s'il est obtenu, elles pensent qu'il n'y a plus rien à conserver, et se livrent uniquement, parce qu'elles se croient déjà livrées. On ne leur avait jamais dit les conséquences plus ou moins grandes des diverses choses. On avait voulu les préserver seulement contre le premier pas, comme si l'on eût eu la certitude que ce premier pas ne serait jamais franchi, ou que l'on serait toujours là pour les retenir ensuite.

La dévote dont je parlais, n'évitait pas des imprudences, mais elle redoutait un fantôme. Il s'ensuivra naturellement que lorsqu'on lui aura dit à l'autel, de coucher avec son mari, elle l'égratignera les premiers jours, et quelques temps [a] après couchera avec un autre qui lui parlera du salut et des mortifications de la chair. Elle était effrayée quand on lui baisait la main, mais c'était par instinct ; elle s'y fait, et ne l'est plus quand on jouit d'elle. C'était son ambition d'être placée au ciel parmi les vierges ; mais elle n'est plus vierge ; cela est irrémédiable, que lui importe le reste ? Elle devait tout à Jésus son époux céleste [b], et à l'exemple que la Sainte Vierge [c] donna. Maintenant elle n'est plus la suivante de la Vierge, elle n'est plus épouse céleste ; un homme l'a possédée, si un autre homme la possède aussi, quel grand changement cela fera-t-il ? Les droits d'un mari font très peu d'impression sur elle ; elle n'a jamais réfléchi à des choses si mondaines ; il est très possible même qu'elle les ignore ; et il est très certain, du moins, qu'elle n'en est pas frappée, parce qu'elle n'en sent pas la raison.

À la vérité, elle a reçu l'ordre d'être fidèle ; mais c'est un mot dont l'impression a passé, parce qu'elle [d] appartenait à un ordre de choses sur lequel elle n'arrête pas ses idées, sur lequel elle rougirait de s'entretenir avec elle-même. Dès qu'elle a couché avec un homme, ce qui l'embarrassait le plus est fait ; et s'il arrive qu'en l'absence de son mari, un

---

a. quelque temps
b. tout à un époux céleste,
c. que la Vierge
d. parce qu'il

homme, plus saint que lui, ait l'adresse de répondre à ses scrupules dans un moment de désirs ou de besoins, elle cédera comme elle a cédé en se mariant ; elle jouira avec moins de terreur que lors de ses premières jouissances, parce que c'est une chose qui n'est plus nouvelle, et qui fait un moins grand changement dans son état. Comme elle ne s'inquiète point d'une prudence terrestre, comme elle aurait horreur de porter des précautions dans le péché, de l'attention et de la réflexion dans un acte qu'elle permet à ses sens, mais dont son âme écarte la souillure ; il arrivera encore qu'elle sera enceinte, et que souvent elle ignorera, ou doutera si son mari est le père de l'enfant dont elle le charge. Si même elle le sait, elle aimera mieux le laisser dans l'erreur, pourvu qu'elle ne prononce pas un mensonge, que de l'exposer à se mettre dans une colère qui offenserait Dieu [a], que de s'exposer elle-même à médire du prochain en nommant son séducteur.

Il est très vrai que la religion, mieux entendue, ne lui permettrait pas une pareille conduite : et je ne parle ici contre aucune religion. La morale, bien conçue par tous, ferait les hommes très justes, et dès lors très bons et très heureux. La religion, qui est la morale moins raisonnée, moins prouvée, moins persuadée par les raisons directes des choses ; mais soutenue par ce qui étonne, mais affermie, mais nécessitée par une sanction divine ; la religion, *bien entendue*, ferait les hommes parfaitement purs. Si je parle d'une dévote, c'est parce que l'erreur morale n'est nulle part plus grande et plus éloignée des vrais besoins du cœur humain que dans les erreurs des dévots. J'admire la religion telle qu'elle devait être ; je l'admire comme un grand ouvrage. Je n'aime point qu'en s'élevant contre les religions, on nie leur beauté, et l'on méconnaisse ou désavoue le bien qu'elles étaient destinées à faire. Ces hommes ont tort : le bien qui est fait, en est-il moins un bien pour être fait d'une manière contraire à leur pensée ? Que l'on cherche des moyens de faire mieux avec moins ; mais que l'on convienne du bien qui s'est fait autrement, car enfin [b] il s'en est fait beaucoup. Voilà

---

a. offenserait le ciel.
b. qui s'est fait, car enfin

quelques mots de ma profession de foi [a] : nous nous sommes cru, je pense, trop éloignés l'un de l'autre en ceci.

Si vous voulez absolument que je revienne à mon premier objet par une transition selon les règles, vous me mettrez dans un grand embarras. Mais quoique mes lettres ressemblent beaucoup trop à des traités, et que je vous écrive en solitaire qui parle avec son ami comme il rêve en lui-même, je vous avertis que j'y veux conserver toute la liberté épistolaire quand cela m'arrange.

Ces hommes dont les jouissances inconsidérées ou mal choisies, ont perverti les affections, et abruti les sens, ne voient plus, je crois, dans l'amour physique que les grossièretés de leurs habitudes : ils ont perdu le délicieux pressentiment du plaisir. Une nudité les choque, parce qu'il n'y a plus chez eux d'intervalle entre la sensation qu'ils en reçoivent, et l'appétit brut auquel se réduit toute leur volupté. Ce besoin réveillé dans eux, leur plairait encore en rappelant du moins ces plaisirs informes que cherchent des sens plus lascifs qu'embrasés ; mais comme ils n'ont pas conservé la véritable pudeur, ils ont laissé les dégoûts se mêler dans les plaisirs. Comme ils n'ont pas su distinguer ce qui convenait, d'avec ce qui ne convenait pas, même dans l'abandon des sens, ils ont cherché de ces femmes qui corrompent les mœurs, en perdant les manières ; et qui sont méprisables, non pas précisément parce qu'elles donnent le plaisir, mais parce qu'elles le dénaturent, parce qu'elles le détruisent en mettant la licence à la place de la liberté. Comme en se permettant ce qui répugne à des sens délicats, et en confondant des choses d'un ordre très différent, ils ont laissé s'échapper les séduisantes illusions ; comme leurs imprudences ont été punies par des suites funestes et rebutantes, ils ont perdu la candeur de la volupté avec les incertitudes du désir. Leur imagination n'est plus allumée que par l'habitude : leurs sensations plus indécentes qu'avides, leurs idées plus grossières que voluptueuses, leur mépris pour les femmes, preuve assez claire du mépris qu'ils ont eux-mêmes mérité, tout leur rappelle ce que l'amour a

---

a. Moins jeune, Obermann serait plus d'accord avec lui-même, malgré ses doutes. [note ajoutée en 1840]

d'odieux, et peut-être ce qu'il a de dangereux. Son charme primitif, sa grâce si puissante sur les âmes pures, tout ce qu'il a d'aimable et d'heureux n'est plus pour eux. Ils sont parvenus à ce point qu'il ne leur faut que des filles pour s'amuser sans retenue, et avec leur dédain habituel ; ou des femmes très modestes qui puissent leur en imposer [a] encore quand aucune délicatesse ne les contient plus, et qui, n'étant pas des femmes à leur égard, ne leur donnent point le sentiment importun de ce qu'ils ont perdu.

N'est-il pas visible que si une mise un peu libre leur déplaît, c'est que leur imagination dégradée et leurs sens affaiblis ne peuvent plus être émus que par une sorte de surprise ? Ce qui fait leur humeur chagrine, c'est le dépit de ne plus pouvoir sentir dans des occasions ordinaires et faciles. Ils n'ont plus la faculté [b] de voir que les choses qui ont été cachées et qui sont découvertes subitement : comme un homme presque aveugle n'est averti de la présence de la lumière qu'en passant brusquement des ténèbres à une grande clarté.

Quiconque entend quelque chose aux mœurs, trouvera que la femme méprisable est celle qui, scrupuleuse et sévère dans ses habitudes visibles, prépare pendant plusieurs jours de réflexions, le moyen d'en imposer à un mari qui met son honneur ou sa satisfaction à la posséder seul. Elle rit avec son amant ; elle plaisante son mari trompé : je mets au-dessus d'elle une courtisane, qui conserve quelque dignité, quelque choix, et surtout quelque loyauté dans ses mœurs trop libres.

Si les hommes étaient seulement sincères ; malgré leurs intérêts personnels, leurs oppositions et leurs vices, la Terre serait encore belle.

Si la morale qu'on leur prêche était vraie, conséquente, jamais exagérée ; si elle leur montrait la raison des devoirs en conservant leurs justes [c] proportions ; si elle ne tendait qu'à leur fin réelle : il ne resterait dans chaque nation autre chose à faire que de contenir une poignée d'hommes, dont la tête mal organisée ne pourrait reconnaître la justice.

---

a. leur imposer
b. Ils n'ont la faculté
c. de justes

On pourrait mettre ces esprits de travers avec les imbéciles et les maniaques : le nombre des premiers ne serait pas grand. Il est peu d'hommes qui ne soient pas susceptibles de raison ; mais beaucoup ne savent où trouver la vérité parmi ces erreurs publiques qui affectent de porter son nom ; [a] si même ils la rencontrent, ils ne savent comment la reconnaître à cause de la manière gauche, rebutante et fausse dont on la présente.

Le bien inutile, le mal imaginaire, les vertus chimériques, l'incertitude absorbent notre temps, et nos facultés, et nos volontés ; comme tant de travaux et de soins superflus ou contradictoires empêchent, dans un pays florissant, de faire ceux qui seraient utiles et ceux qui auraient un but invariable.

Quand il n'y a plus de principe [b] dans le cœur, on est bien scrupuleux sur les apparences publiques et sur les devoirs d'opinion : cette sévérité déplacée est un témoignage peu suspect des reproches intérieurs. « En réfléchissant, dit J. J. [c], à la folie de nos maximes qui sacrifient toujours à la décence la véritable honnêteté, je comprends pourquoi le langage est d'autant plus chaste que les cœurs sont plus corrompus, et pourquoi les procédés sont d'autant plus exacts que ceux qui les ont sont plus malhonnêtes [267]. »

Peut-être est-ce un avantage d'avoir peu joui : il est bien difficile que des plaisirs tant répétés, le soient toujours sans mélange et sans satiété. Ainsi altérés ou seulement affaiblis par l'habitude qui dissipe les illusions, ils ne donnent plus cette surprise qui avertit d'un bonheur auquel on ne croyait pas, ou qu'on n'attendait pas : ils ne portent plus l'imagination de l'homme au-delà de ce qu'il concevait : ils ne l'élèvent plus par une progression dont le dernier terme est devenu trop connu : l'espérance rebutée l'abandonne à ce sentiment pénible d'une volupté qui s'échappe, à ce sentiment du retour qui, si souvent, est venu la refroidir. On se souvient trop qu'il n'y a rien au-delà ; et ce bonheur jadis tant imaginé, tant espéré, tant

---

a. d'en porter le nom :
b. de principes
c. Jean-Jacques,

possédé, n'est plus qu'un amusement d'une heure et le passe-temps de l'indifférence. Des sens épuisés, ou du moins satisfaits, ne s'embrasent plus à une première émotion ; la présence d'une femme ne les étonne plus ; ses beautés dévoilées ne les agitent plus d'un frémissement universel ; la séduisante expression de ses désirs ne donne plus à l'homme qu'elle aime une félicité inattendue. Il sait quelle est la jouissance qu'il obtient ; il peut imaginer qu'elle finira ; sa volupté n'a plus rien de surnaturel : celle qu'il possède n'est plus qu'une femme ; et lui-même a tout perdu, il ne sait plus aimer qu'avec les facultés d'un homme.

Il est bien l'heure de finir ; le jour commence. Si vous êtes revenu hier à Chessel, vous allez, en ce moment, visiter vos fruits. Pour moi qui n'ai rien de semblable à faire, et qui suis très peu touché d'un beau matin depuis que je ne sais pas employer le jour, je vais me coucher. Je ne suis point fâché quand le jour paraît, d'avoir encore une nuit[a] tout entière à passer, afin d'arriver sans peine à l'après-midi dont je me soucie peu.

LETTRE LI

Paris, 2 septembre, VII

Un nommé saint Félix, qui fut ermite à Franchard [268] *, a, dit-on, sa sépulture auprès de ce monastère sous *la Roche-qui-pleure* [269]. C'est un grès dont le cube peut avoir les dimensions d'une chambre de grandeur ordinaire. Selon les saisons, il en suinte, ou il en coule goutte à goutte, de l'eau qui tombe sur une pierre plate un peu concave : et comme les siècles l'ont creusée par l'effet insensible et continu de l'eau, cette eau a des vertus particulières. Prise pendant neuf jours, elle guérit les yeux des petits enfants. On y apporte ceux qui ont mal aux yeux, ou qui pourraient y avoir mal un jour ; au bout de la neuvaine, plusieurs sont en bon état.

---

a. ma nuit
* Dans la forêt de Fontainebleau.

Je ne sais trop à quel propos je vous parle aujourd'hui d'un endroit auquel je n'ai point songé depuis longtemps. Je me sens triste, et j'écris. Quand je suis d'une humeur plus heureuse, je parviens à me passer de vous ; mais dans les moments sombres, je vous cherche. Je sais bien des gens qui prendraient cela fort mal ; c'est leur affaire : assurément ils n'auront pas à se plaindre de moi, ce n'est pas eux que je chercherai dans ma tristesse. Au reste, j'ai laissé ma fenêtre ouverte toute la nuit ; et la matinée est tranquille, douce et nébuleuse : je conçois que j'aie pensé à ce monument d'une religion mélancolique dans les bruyères et les sables de la forêt. Le cœur de l'homme si mobile, si périssable, trouve une sorte de perpétuité dans cette communication des sentiments populaires qui les propage, les accroît, et semble les éterniser. Un ermite grossier, sale, stupide, fourbe peut-être, et inutile au monde, appelle sur son tombeau toutes les générations. En affectant de se vouer au néant sur la terre, il y trouve une vénération immortelle. Il dit aux hommes : « Je renonce à tout ce que prétendent vos désirs, je ne suis pas digne d'être l'un de vous » ; et cette abnégation le place sur l'autel, entre le pouvoir suprême et toutes les espérances des hommes [270].

Les hommes veulent qu'on aille à la gloire avec fracas, ou avec un détour hypocrite ; en les massacrant, ou en les trompant ; en insultant à leur malheur, ou à leur crédulité. Celui qui les écrase est auguste, celui qui les abrutit est vénérable. Tout cela m'est fort égal, quant à moi. Je me sens très disposé à mettre l'opinion des sages avant celle du peuple. Posséder l'estime de mes amis et la bienveillance publique, serait un besoin pour moi ; une grande réputation ne serait qu'un amusement ; je n'aurai point de passion pour elle, j'aurais tout au plus un caprice. Que peut faire au bonheur de mes jours une renommée qui, pendant que je vis, n'est presque rien encore, et qui s'agrandira quand je ne serai plus rien [a] ? C'est l'orgueil des vivants qui prononce avec tant de respect les grands noms des morts. Je ne vois pas un avantage bien solide à servir dans mille ans aux passions des divers partis, et aux

---

a. plus ?

caprices de l'opinion. Il me suffit que l'homme vrai ne puisse pas accuser ma mémoire ; le reste est vanité. Le hasard en décide trop souvent, et les moyens m'en déplaisent plus souvent encore : je ne voudrais être ni un Charles XII [271], ni un Pacôme [272]. Chercher la gloire sans l'atteindre est trop humiliant ; la mériter et la perdre est triste peut-être ; et l'obtenir n'est pas la première fin de l'homme.

Dites-moi si les plus grands noms sont ceux des hommes justes. Quand nous pouvons faire des choses bonnes, faisons-les pour elles-mêmes ; et si notre sort nous éloigne des grandes choses, n'abandonnons pas du moins ce que la gloire ne récompensera point : laissons les incertitudes, et soyons bons dans l'obscurité. Assez d'hommes, cherchant la renommée pour elle-même, donneront à l'état une impulsion [a] peut-être nécessaire dans les grands États : pour nous, cherchons seulement à faire ce qui devrait donner la gloire, et soyons indifférents sur ces fantaisies du destin qui l'accordent souvent au bonheur, la refusent quelquefois à l'héroïsme, et la donnent si rarement à la pureté des intentions [273].

Je me sens depuis quelques jours un grand regret des choses simples. Je m'ennuie déjà à Paris : ce n'est pas que la ville me déplaise absolument, mais je ne saurais jamais me plaire dans des lieux où je ne suis qu'en passant. Et puis voici cette saison qui me rappelle toujours quelle douceur on pourrait trouver à la vie domestique, si deux amis, à la tête de deux familles peu nombreuses et bien unies, possédaient deux foyers voisins au fond des prés, entre des bois, près d'une ville, et loin pourtant de son influence. On consacre le matin aux occupations sérieuses : et la soirée est pour ces petites choses, qui intéressent autant que les grandes, quand celles-ci n'agitent pas trop. Je ne désirerais point [b] maintenant une vie tout à fait obscure et oubliée dans les montagnes : je ne veux plus des choses si simples ; puisque je n'ai pu avoir très peu, je veux avoir davantage. Les refus obstinés de mon sort ont accru mes besoins : je cherchais cette simplicité où repose le cœur de

---

a. donneront une impulsion
b. pas

l'homme, je ne désire ᵃ maintenant que celle où son esprit peut aussi jouer un rôle. Je veux jouir de la paix, et avoir le plaisir d'arranger cette paix. Là où elle règne universellement, elle serait trop facile ; et trouvant ᵇ tout ce qu'il faudrait aux désirs du sage, je ne trouverais pas de quoi remplir les heures d'un esprit inquiet. Je commence à projeter, à porter les yeux sur l'avenir, à penser à un autre âge : j'aurais aussi la manie de vivre !

Je ne sais si vous faites assez d'attention à ces riens qui rapprochent, qui lient tous les individus de la maison, et les amis qui viennent s'y joindre ; à ces minutes qui cessent d'en être, puisqu'on s'y attache, qu'on s'empresse pour elles, et qu'on se hâte d'y courir ensemble. Lorsqu'aux premiers jours secs après l'hiver, le soleil échauffe l'herbe où l'on est tous assis ; ou lorsque les femmes chantent dans une pièce sans lumière, tandis que la lune luit derrière les chênes ; n'est-on pas aussi bien que rangés en cercle pour dire avec effort des phrases insipides, ou encaissés dans une loge à l'opéra où l'haleine de deux mille corps d'une propreté et d'une santé plus ou moins suspectes, vous met tout en sueur. Et ces soins amusants et répétés d'une vie libre [274] ! Si, en avançant en âge, nous ne les cherchons plus, nous les partageons du moins ; nous voyons nos femmes les aimer, et nos enfants en faire leurs délices. Violettes que l'on trouve avec tant de jouissance, que l'on cherche avec tant d'intérêt ! fraises, mûrons *, noisettes ; récolte des poires sauvages, des châtaignes abattues ; pommes de sapin pour le foyer d'automne ! douces habitudes d'une vie plus naturelle ! Bonheur des hommes simples, simplicité des terres heureuses !... Je vous vois ; vous me glacez. Vous dites : j'attendais une exclamation pastorale. Vaut-il mieux en faire sur les roulades d'une cantatrice ?

Vous avez tort : vous êtes trop raisonnable ; quel plaisir y avez-vous gagné ? Cependant j'ai bien peur de devenir assez tôt raisonnable comme vous.

---

a. de l'homme, et je ne désire
b. facile ; trouvant
* Fruits de la ronce.

Il est arrivé. Qui ? *Lui.* Il mérite bien de n'être pas nommé : je crois qu'il sera des nôtres un jour, il a une forme de tête... Vous rirez peut-être aussi de cela : mais vraiment la direction du nez forme, avec la ligne du front, un angle si peu sensible !... Comme vous voudrez ; laissons cela. Mais si je vous accorde que Lavater [275] est un enthousiaste [276], vous m'accorderez qu'il n'est pas un radoteur [277]. Je soutiens que de trouver le caractère et surtout les facultés des hommes dans leurs traits, c'est une conception du génie, et non pas un écart de l'imagination. Examinez la tête d'un des hommes les plus étonnants des siècles modernes. Vous le savez ; en voyant son buste j'ai deviné que c'était lui. Je n'avais nul autre indice que le rapport de ce qu'il avait fait avec ce que je voyais. Heureusement je n'étais pas seul, et ce fait prouve en ma faveur. Au reste, nulles recherches peut-être ne sont moins susceptibles de la certitude des sciences exactes. Après des siècles on pourra connaître assez bien le caractère, les inclinations, les moyens naturels ; mais on sera toujours exposé à l'erreur pour cette partie du caractère, que les causes accidentelles modifient, sans avoir le temps ou le pouvoir d'altérer sensiblement les traits. De tous les ouvrages sur ce sujet difficile, les fragments de Lavater forment, je crois, le plus curieux * : je vous le porterai ; nous l'avons parcouru trop superficiellement à Méterville, il faut que nous le lisions de nouveau. Je n'en veux rien dire de plus aujourd'hui, parce que je prévois que nous aurons le plaisir de beaucoup disputer.

LETTRE LII

Paris, 9 octobre, VII

Je suis très content de votre jeune ami [278]. Je pense qu'il sera aimable homme, et je me crois sûr qu'il ne sera pas un aimable. Il part demain pour Lyon. Vous lui rappellerez qu'il laisse ici deux personnes dont il ne sera pas oublié.

---
* *Essai sur la physiognomonie*, etc., par J.G. Lavater de Zurich, ministre. [note supprimée dès 1833]

Vous devinez bien la seconde : elle est digne de l'aimer en mère ; mais elle est trop aimable pour n'être pas aimée d'une autre manière, et il est trop jeune pour prévenir et éviter ce charme qui se glisserait dans un attachement d'ailleurs si légitime. Je ne suis point fâché qu'il parte : vous êtes prévenu, vous lui parlerez avec prudence.

Il me paraît justifier tout l'intérêt que vous prenez à lui : s'il était votre fils, je vous féliciterais. Le vôtre serait précisément de cet âge : et lui, il n'a plus de père ! Votre fils et sa mère devaient périr avant l'âge. Je n'évite point de vous en parler. Les anciennes douleurs nous attristent sans nous déchirer : leur amertume [a] profonde, mais adoucie par le temps et rendue tolérable, nous devient comme nécessaire ; elle nous ramène à nos longues habitudes ; elle plaît à nos cœurs avides d'émotions, et qui cherchent l'infini jusque dans leurs regrets. Votre fille vous reste ; bonne, aimable, intéressante comme ceux [b] qui ne sont plus ; elle peut les remplacer pour vous. Quelque grandes que soient vos pertes, votre malheur n'est pas celui de l'infortuné, mais seulement celui de l'homme. Si ceux que vous n'avez plus vous étaient restés, votre bonheur eût passé la mesure accordée aux heureux. Donnons à leur mémoire ces souvenirs qu'elle mérite si bien, sans trop nous arrêter au sentiment des peines irrémédiables : conservez la paix, la modération que rien ne doit ôter entièrement à l'homme ; et plaignez-moi de rester loin de vous en cela.

Je reviens à celui que vous appelez mon protégé. Je pourrais dire que c'est plutôt le vôtre ; mais en effet vous êtes plus que son protecteur, et je ne vois pas ce que son père eût pu faire de mieux pour lui. Il me paraît le bien sentir, et je le crois d'autant plus qu'il n'y met aucune affectation. Quoique dans notre course à la campagne, nous ayons parlé de vous à chaque coin de bois, à chaque bout de prairie, il ne m'a presque rien dit des obligations qu'il vous a : il n'avait pas besoin de m'en parler, je vous connais trop ; il ne devait pas m'en parler, je ne suis pas *un* de vos amis. Cependant je sais ce qu'il en a dit à

---

a. cette amertume
b. comme eux

madame T *** avec qui, je le répète, il se plaisait beaucoup, et qui vous est elle-même très attachée.

Je vous avais écrit que nous irions voir incessamment les environs de Paris : il faut vous rendre compte de cette course, afin qu'avant mon départ pour Lyon vous ayez une longue lettre de moi, et que vous ne puissiez plus me dire que cette année-ci je n'écris que trois lignes * comme un homme répandu dans le monde.

Il n'a pas tardé à s'ennuyer à Paris. Si son âge est curieux, ce n'est guère de cette curiosité qu'une grande ville peut longtemps alimenter. Il est moins curieux d'une médaille, que d'un château ruiné dans les bois : quoiqu'il ait des manières agréables, il laissera le cercle le mieux composé pour une forêt bien giboyeuse ; et, malgré son goût naissant pour les arts, il quittera volontiers un soleil levant de Vernet [279] pour une belle matinée, et le paysage le plus *vrai* de Hue [280], pour les vallons de Bièvre ou de Montmorency.

Vous êtes pressé de savoir où nous avons été, ce qui nous est arrivé. D'abord il ne nous est rien arrivé : pour le reste, vous le verrez, mais pas encore ; j'aime les écarts. Savez-vous qu'il serait très possible qu'un jour il aimât Paris, quoique maintenant il ne puisse en convenir. C'est possible, dites-vous assez froidement, et vous voulez poursuivre ; mais je vous arrête, je veux que vous en soyez convaincu.

Il n'est pas naturel à un jeune homme qui sent beaucoup d'aimer une capitale, attendu qu'une capitale n'est pas absolument naturelle à l'homme [281]. Il lui faut un air pur, un beau ciel, une vaste campagne ouverte aux courses [a], aux découvertes, à la chasse, à la liberté. La paix laborieuse des fermes et des bois, lui plaît mieux que la turbulente mollesse de nos prisons. Les peuples chasseurs ne conçoivent pas qu'un homme libre puisse se courber au travail de la terre : pour lui, il ne voit pas comment un homme peut s'enfermer dans une ville, et encore moins comment il aimera lui-même un jour ce qui le choque maintenant. Le temps viendra néanmoins où la plus belle

---

* Relatif à des lettres supprimées.
a. offerte aux courses

campagne, quoique toujours belle à ses yeux, lui sera comme étrangère. Un nouvel ordre d'idées absorbera son attention ; d'autres sensations se mettront naturellement à la place de celles qui lui étaient seules naturelles. Quand le sentiment des choses factices lui sera aussi familier que celui des choses simples, celui-ci s'effacera insensiblement dans son cœur : ce n'est pas parce que le premier lui plaira plus, mais parce qu'il l'agitera davantage. Les relations de l'homme à l'homme excitent toutes nos passions ; elles sont accompagnées de tant de trouble, elles nous maintiennent dans une agitation si continue, que le repos après elles nous accable, comme le silence de ces déserts nus où il n'y a ni variété ni mouvement, rien à chercher, rien à espérer. Les soins et le sentiment de la vie rustique animent l'âme sans l'inquiéter ; ils la rendent heureuse : les sollicitudes de la vie sociale l'agitent, l'entraînent, l'exaltent, la pressent de toute part ; ils l'asservissent. Ainsi le gros jeu retient l'homme en le fatiguant ; sa funeste habitude lui rend nécessaires ces alternatives d'espoir et de crainte qui le passionnent et le consument.

Il faut que je revienne à ce que je dois vous dire : cependant comptez que je ne manquerai pas de m'interrompre encore ; j'ai d'excellentes dispositions à raisonner mal à propos.

Nous résolûmes d'aller à pied : cette manière lui convint fort, mais heureusement elle ne fut point du goût de son domestique : alors, pour n'avoir pas avec nous un mécontent qui eût suivi de mauvaise grâce nos arrangements très simples, je trouvai quelques commissions à lui donner à Paris, et nous l'y laissâmes, ce qui ne lui plut pas davantage... Je suis bien aise de m'arrêter à vous dire que les valets aiment la dépense. Ils en partagent les commodités et les avantages, ils n'en ont pas les inquiétudes : ils n'en jouissent pas non plus assez directement pour en être comme rassasiés [a], et pour n'y plus mettre de prix. Comment donc ne l'aimeraient-ils point ? ils ont trouvé le secret de la faire servir à leur vanité. Quand la voiture du maître est la plus belle de la ville, il est clair que le laquais est un être d'une certaine importance : s'il a l'humeur

---

a. pour en être rassasiés,

modeste, au moins ne peut-il se refuser au plaisir d'être le premier laquais du quartier. J'en sais un qui a été entendu, disant : Un domestique peut tirer vanité de servir un maître riche, puisqu'un noble met son honneur à servir un grand roi, puisqu'il dit, avec un si plaisant orgueil [a], le roi mon maître. Cet homme aura lu dans l'antichambre, et il se perdra.

Je pris tout simplement dans les commissionnaires, un homme dont on me répondit. Il porta le peu de linge et d'effets nécessaires ; il nous fut commode en beaucoup de choses, et ne nous gêna pour aucune. Il parut très content de se promener sans fatigue à la suite de gens qui le nourrissaient bien, et le traitaient encore mieux : et nous ne fûmes pas fâchés, dans une course de ce genre, d'avoir à notre disposition un homme avec qui on pouvait quitter, sans se compromettre, le ton des maîtres. C'était un compagnon de voyage fort serviable, fort discret ; mais qui enfin osait quelquefois marcher à côté de nous, et même nous parler de sa curiosité et de ses remarques, sans que nous fussions obligés de le contenir dans le silence, et de le renvoyer derrière avec un demi-regard d'une certaine dignité.

Nous partîmes le quatorze septembre ; il faisait un beau temps d'automne, et nous l'eûmes avec peu d'interruption pendant toute notre course. Ciel calme, soleil faible et souvent caché, matinées de brouillards, belles soirées, terre humide et chemins propres ; le temps enfin le plus favorable, et partout beaucoup de fruits. Nous étions bien portants, d'assez bonne humeur : lui, avide de voir, et tout prêt à admirer ; moi, assez content de prendre de l'exercice, et surtout d'aller au hasard. Quant à l'argent [282], beaucoup de personnages de roman n'en ont pas besoin ; ils vont toujours leur train, ils font leurs affaires, ils vivent partout sans qu'on sache comment ils en ont, et souvent quoiqu'on voie qu'ils n'en doivent pas avoir : ce privilège est beau ; mais il se trouve des aubergistes qui ne sont pas au fait, et nous crûmes à propos d'en emporter. Ainsi il ne manqua rien, à l'un pour s'amuser beaucoup, à l'autre pour faire avec lui une tournée agréable ; et plusieurs

---

a. avec orgueil,

pauvres furent justement surpris de ce que des gens qui dépensaient un peu d'or pour leur plaisir, trouvaient quelques sous pour les besoins du misérable.

Suivez-nous sur un plan des environs de Paris. Imaginez un cercle dont le centre soit le beau pont de Neuilly près de Paris, vers le couchant d'été. Ce cercle est coupé deux fois par la Seine, et une fois par la Marne. Laissez la petite portion [a] comprise entre la Marne et la petite rivière de Bièvre : prenez seulement le grand contour qui commence à la Marne, qui coupe la Seine au-dessous de Paris, et qui finit à Antony sur la Bièvre : vous aurez à peu près la trace que nous avons suivie pour visiter, sans nous éloigner beaucoup, les sites les plus boisés, les plus jolis ou les plus passables d'une contrée qui n'est point belle, mais qui est assez agréable et assez variée..
....
....

Voilà vingt jours assez bien passés [b], et qui n'ont coûté qu'à peu près onze louis. Si nous eussions fait cette course d'une manière en apparence plus commode, nous eussions été assujettis et souvent contrariés ; nous eussions dépensé beaucoup plus, et certainement elle nous eût donné moins d'amusement et de bonne humeur.

Un inconvénient encore plus grand dans des choses de ce genre, ce serait d'y porter une économie trop contrainte. S'il faut craindre à chaque auberge le moment où la carte paraîtra, et s'arranger en demandant à dîner, de manière à dépenser le moins possible, il vaut beaucoup mieux ne pas sortir de chez soi. Tout plaisir où l'on ne porte pas quelque aisance et une certaine liberté, cesse d'en être un. Il ne devient pas seulement indifférent, mais désagréable ; il donnait un espoir qu'il n'a pu remplir ; il n'est pas ce qu'il devait être ; et, quelque peu de soins ou d'argent qu'il ait coûté, c'est au moins un sacrifice en pure perte...................
....
....

Dans le peu que je connais en France, Chessel et Fontainebleau sont les seuls endroits où je consentirais volon-

---

a. la portion
b. jours bien passés,

tiers à me fixer, et Chessel, le seul où je désirerais vivre. Vous m'y verrez bientôt.

Je vous avais déjà dit que les trembles et les bouleaux de Chessel n'étaient pas comme d'autres trembles et d'autres bouleaux : les châtaigniers et les étangs, et le bateau n'y sont pas comme ailleurs. Le ciel d'automne est là comme le ciel de la patrie. Ce raisin muscat, ces reines-marguerites d'une couleur pâle que vous n'aimiez point, et que maintenant nous aimons ensemble ; et l'odeur du foin de Chessel, dans cette belle grange où nous sautions quand j'étais enfant ! Quel foin ! quels fromages à la crème ! les belles vaches [a] ! Comme les marrons, en sortant du sac, roulent agréablement sur le plancher au-dessus de mon cabinet ! il semble que ce soit un bruit de la jeunesse. Mais soyez-y.

Mon ami, il n'y a plus de bonheur. Vous avez des affaires ; vous avez un état : votre raison mûrit ; votre cœur ne change pas, mais le mien se serre. Vous n'avez plus le temps de mettre les marrons sous la cendre, il faut qu'on vous les prépare ; qu'avez-vous fait de nos plaisirs ?

J'y serai dans six jours : cela est décidé.

LETTRE LIII

Fribourg [283] *, 11 mars, huitième année

Je ne vois pas comment j'aurais pu faire si cet héritage ne fût point venu : je ne l'attendais assurément pas ; et cependant j'étais plus fatigué du présent, que je n'étais inquiet de l'avenir. Dans l'ennui d'être seul, je trouvais du moins l'avantage de la sécurité. Je ne songeais guère à la crainte de manquer du nécessaire ; et maintenant que je n'ai cette crainte d'aucune manière, je sens quel vide c'est pour un cœur sans passions que de n'avoir point d'heureux à faire, et de ne vivre qu'avec des étrangers, quand on a enfin ce qu'il faut pour une vie aisée.

---

a. les belles génisses !
* Freyburg, ville de franchises.

Il était temps que je partisse : j'étais bien à la fois et fort mal. J'avais l'usage de ces biens que tant de gens cherchent sans les connaître, et que plusieurs condamnent par dépit, dont la privation serait pénible dans la société, mais dont la possession donne peu de jouissances. Je ne suis point de ceux qui comptent l'opulence pour rien. Sans être chez moi, sans rien posséder, sans dépendance ª comme sans embarras, j'avais ce qui me convenait assez dans une ville comme Lyon, un logement décent, des chevaux, et une table où je pouvais recevoir des... des amis. Une autre manière de vivre m'eût ennuyé davantage dans une grande ville, mais celle-là ne me satisfaisait pas. Elle pourrait tromper si on en partageait la jouissance avec quelqu'un qui y trouvât du plaisir ; mais je suis destiné à être toujours comme si je n'étais pas.

Nous le disions souvent : un homme raisonnable n'est pas ordinairement malheureux lorsqu'il est libre, et qu'il a un peu de ce pouvoir que donne l'argent. Cependant me voici dans la Suisse, sans plaisir, rempli d'ennui, et ne sachant quelle résolution prendre. Je n'ai point de famille ; je ne tiens à rien ici ; vous n'y viendrez point : ᵇ je suis bien désolé. J'ai quelque espoir confus que cela ne subsistera pas ainsi. Puisque je peux me fixer enfin, il faut songer à le faire : le reste viendra peut-être.

Il tombe encore de la neige ; j'attendrai à Fribourg que la saison soit plus avancée. Vous savez que le domestique que j'ai emmené est d'ici. Sa mère est très malade, et n'a pas d'autre enfant que lui : c'est à Fribourg qu'elle demeure ; elle aura la consolation de l'avoir auprès d'elle ; et, pour un mois environ, je suis aussi bien ici qu'ailleurs.

---

a. chez moi, sans rien gérer, sans dépendance
b. pas,

LETTRE LIV

Fribourg, 25 mars, VIII

Vous trouvez que ce n'était pas la peine de quitter sitôt Lyon pour m'arrêter dans une ville. Je vous envoie pour réponse une vue de Fribourg. Quoiqu'elle ne soit pas exacte, et que l'artiste ait jugé à propos de composer au lieu de copier fidèlement, vous y verrez du moins que je suis au milieu des rocs : être à Fribourg, c'est aussi être à la campagne. La ville est dans les rochers, et sur les rochers. Presque toutes ses rues ont une pente rapide ; mais malgré cette situation incommode, elle est beaucoup mieux bâtie[a] que la plupart des petites villes de France. Dans les environs, et aux portes mêmes de la ville, il y a plusieurs sites pittoresques et un peu sauvages.

L'ermitage, dit *la Madelaine*, ne mérite pas sa célébrité[284]. Il est occupé par un espèce de fou qui est devenu à moitié saint, ne trouvant plus d'autre sottise à faire. Cet homme n'a jamais eu l'esprit de son état : dans le gouvernement, il ne fut point magistrat ; et dans l'ermitage, il ne fut point ermite :[b] il portait le cilice sous l'habit d'officier, et le pantalon de hussard sous la robe du désert.

Le roc a été bien choisi par le fondateur : il est sec, et dans une bonne exposition : la persévérance des deux hommes qui l'ont percé seuls, est sûrement très remarquable. Mais cet ermitage, que tous les curieux visitent, est du nombre des choses qu'il est inutile d'aller voir, et dont on a une idée suffisante quand on en sait les dimensions.

Je n'ai rien à vous dire des habitants, parce que je n'ai pas le talent de connaître un peuple pour avoir parlé quelques moments à deux ou trois personnes : la nature ne m'a point fait voyageur. J'aperçois seulement quelque chose d'antique dans les habitudes ; le vieux

---

a. elle est mieux bâtie
b. pas magistrat,... pas ermite ;

caractère ne s'y perd qu'avec lenteur. Les hommes et les lieux ont encore la physionomie helvétique. Les voyageurs y viennent peu [285] : il n'y a point de lac, point de glacier considérables [a], point de monuments. Cependant ceux qui ne vont que dans la partie occidentale de la Suisse, devraient au moins traverser le canton de Fribourg au pied de ses montagnes : les terres basses de Genève, de Morges, d'Yverdun, de Nidau, d'Anet, ne sont point suisses ; elles ressemblent à celles des autres peuples.

LETTRE LV

Fribourg, 30 mars, VIII

Je juge comme autrefois la beauté [b] d'un site pittoresque ; mais je la sens moins, ou la manière dont je la sens ne me suffit plus. Je pourrais dire : je me souviens que cela est beau. Autrefois aussi je quittais les beaux lieux ; c'était l'impatience du désir, l'inquiétude que donne la jouissance qu'on a seul, et qu'on pourrait posséder davantage. Je les quitte aujourd'hui ; c'est l'ennui de leur silence. Ils ne parlent pas assez haut pour moi : je n'y entends pas, je n'y trouve pas ce que [c] je voudrais voir, ce que je voudrais entendre : et je sens qu'à force de ne plus me trouver dans les choses, j'en viens à ce point de ne plus me trouver dans moi-même.

Je commence à voir les beautés physiques comme les illusions morales : tout se décolore insensiblement ; et cela devait être. Le sentiment des convenances visibles n'est que la perception indirecte d'une harmonie intellectuelle. Comment trouverais-je dans les choses ces mouvements qui ne sont plus dans mon cœur, cette éloquence des passions que je n'ai pas ; et ces sons silencieux, ces élans

---

a. point de lacs ou de glaciers considérables,
b. autrefois de la beauté
c. pour moi : je n'y vois pas ce que

de l'espérance, ces voix de l'être qui jouit, prestige d'un monde déjà quitté *.

LETTRE LVI

Thun, 2 mai, VIII

Il faut que tout s'éteigne : c'est lentement et par degrés, que l'homme étend son être ; et c'est ainsi qu'il doit le perdre.

Je ne sens plus que ce qui est extraordinaire. Il me faut des sons romantiques pour que je commence à entendre, et des lieux sublimes[a] pour que je me rappelle ce que j'aimais dans un autre âge.

LETTRE LVII

Des bains du Schwarzsee, 6 mai, matin, VIII

Les neiges ont quitté de bonne heure les parties basses des montagnes. Je fais des courses pour me choisir une demeure. Je comptais m'arrêter ici deux jours : le vallon est uni, les montagnes escarpées depuis leurs bases[b] ; il

---

* Nos jours, que rien ne ramène, se composent de moments orageux qui élèvent l'âme en la déchirant ; de longues sollicitudes qui la fatiguent, l'énervent, l'avilissent ; de temps indifférents qui l'arrêtent dans le repos s'ils sont rares, et dans l'ennui ou la mollesse s'ils ont de la continuité. Il y a aussi quelques éclairs de plaisir pour l'enfance du cœur. La paix est le partage d'un homme sur dix mille. Pour le bonheur, il éveille, il agite ; on le veut, on le cherche, on s'épuise ; il est vrai qu'on l'espère, et peut-être on l'aurait, si la mort ou la décrépitude ne venaient avant lui.
Cependant la vie n'est pas odieuse en général. Elle a ses douceurs pour l'homme de bien : il s'agit seulement d'imposer à son cœur le repos que l'âme a conservé quand elle est restée juste. On s'effraie de n'avoir plus d'illusions ; on se demande avec quoi l'on remplira ses jours. C'est une erreur : il ne s'agit pas d'occuper son cœur, mais de parvenir à le distraire sans l'égarer ; et quand l'espérance n'est plus, il nous reste, pour arriver jusqu'à la fin, un peu de curiosité et quelques habitudes.
C'est assez pour atteindre la nuit ; le sommeil est naturel, quand on n'est pas agité.
a. nouveaux
b. depuis leur base ;

n'y a que des pâturages, des sapins et de l'eau ; c'est une solitude comme je les aime, et le temps est bon : mais je m'ennuie.

Nous avons passé des heures agréables [a] sur votre étang de Chessel. Vous le trouviez trop petit ; mais ici que le lac est bien encadré, et d'une étendue très commode, vous seriez indigné contre celui qui tient les bains.

Il y reçoit dans l'été plusieurs malades à qui l'exercice et un moyen de passer le temps seraient nécessaires, et il n'a pas un bateau quoique le lac soit poissonneux.

LETTRE LVIII

6, soir

Il y a ici comme ailleurs, et peut-être un peu plus qu'ailleurs, des pères de famille intimement convaincus [b] qu'une femme pour avoir des mœurs, doit à peine savoir lire ; attendu que celles qui s'avisent de savoir écrire, écrivent tout de suite à des amants, et que celles qui écrivent très mal n'ont jamais d'amants. Il y a plus ; pour que leurs filles deviennent de bonnes ménagères, il convient qu'elles ne sachent que faire la soupe et compter le linge de cuisine.

Cependant un mari dont la femme n'a d'autre talent que de faire cuire le bouilli frais et le bouilli salé, s'ennuie, se lasse d'être chez lui, et prend l'habitude de n'y être pas. Il s'en éloigne davantage lorsque sa femme ainsi délaissée et abandonnée aux embarras de la maison, prend une humeur difficile [c] : il finit par n'y être jamais dès qu'elle a trente ans, et par employer au-dehors, parmi tant d'occasions de dépenses, l'argent qu'il faut pour échapper à son ennui, l'argent qui eût mis de l'aisance dans la maison. La misère [d] s'y introduit ; l'humeur y augmente ; les enfants, toujours seuls avec leur mère mécontente, n'attendent que

---

a. est bon, mais les heures sont longues. [alinéa] Nous en avons passé d'agréables

b. persuadés

c. devient d'une humeur difficile :

d. La gêne

l'âge d'échapper, comme leur père, aux dégoûts de cette vie domestique ; tandis que les fils et les parents eussent pu s'y attacher si l'amabilité d'une femme y eût établi, dès sa jeunesse, des habitudes heureuses.

Ces pères de famille avouent ces petits inconvénients-là : mais quelles sont les choses où l'on n'en trouve pas ? D'ailleurs il faut aussi être juste avec eux ; il y a compensation, les marmites sont très bien lavées.

Ces bonnes ménagères savent, avec exactitude, le nombre des mailles que leurs filles doivent tricoter en une heure, et combien de chandelle on peut brûler après souper dans une maison réglée : elles sont assez ce qu'il faut à certains hommes [a], qui passent les deux tiers de leurs jours à boire et à fumer. Le grand point pour eux est de ne consacrer à leurs maisons [b] et à leurs enfants, qu'autant de batz [286] * qu'ils donnent d'écus au cabaret ** ; et dès lors ils se marient pour avoir une excellente servante.

Dans les lieux où ces principes dominent, l'on voit peu de mariages rompus, parce qu'on ne quitte pas volontiers une servante qui fait bien son état, à laquelle on ne donne pas de gages, et qui a apporté du bien ; mais l'on y voit aussi rarement cette union qui fait le bonheur de la vie, qui suffit à l'homme, qui le dispense de chercher ailleurs des plaisirs moins vrais avec des inconvénients certains.

Les partisans de ces principes sont capables de vous objecter [c] le peu d'intimité des mariages à Paris, ou dans d'autres lieux à peu près semblables. Comme si les raisons qui empêchent de penser à l'intimité dans les capitales où il ne s'agit pas d'union conjugale, pouvaient se trouver dans des mœurs très différentes, et dans des lieux où l'intimité ferait le bonheur. C'est une chose pénible à y voir que la manière dont les deux sexes s'isolent. Rien n'est si triste, surtout pour les femmes qui n'en sont point dédommagées, et pour lesquelles il n'y a point d'heures agréables, point de lieux [d] de délassement. Rebutées,

---

a. à de certains hommes
b. leur maison [dès 1833]
* Batzen, à peu près la septième partie de la livre tournois.
** Voyez une note de la lettre 89ᵉ.
c. d'objecter
d. pas d'heures... pas de lieux

aigries et réduites à une économie sévère ou au désordre, elles se mettent à suivre l'ordre avec chagrin et par dépit ; se réunissent très peu entre elles ; ne s'aiment point du tout ; et se font dévotes, parce qu'elles ne connaissent que l'église où elles puissent aller.

LETTRE LIX

Du chât. de Chupru [287], 22 mai, VIII

... À deux heures nous étions déjà dans le bois à la recherche des fraises. Elles couvraient les pentes méridionales : plusieurs étaient à peine formées, mais un grand nombre avaient déjà les couleurs et le parfum de la maturité. La fraise est une des plus aimables productions naturelles : elle est abondante et salubre, elle mûrit jusque sous les climats polaires : elle me paraît dans les fruits, ce qu'est la violette parmi les fleurs, suave, belle et simple. Son odeur se répand avec le léger souffle des airs, lorsqu'il s'introduit, par intervalles, sous la voûte des bois pour agiter doucement les buissons épineux et les lianes qui se soutiennent sur les troncs élevés. Elle est entraînée dans les ombrages les plus épais avec la chaude haleine du sol où [a] la fraise mûrit ; elle vient s'y mêler à la fraîcheur humide, et semble s'exhaler des mousses et des ronces. Harmonies sauvages ! vous êtes formées de ces contrastes.

Tandis que nous sentions à peine le mouvement de l'air dans la solitude couverte et sombre [b], un vent orageux passait librement sur la cime des sapins ; leurs branches frémissaient d'un ton pittoresque en se courbant contre les branches qui les heurtaient. Quelquefois les hautes tiges se séparaient dans leur balancement, et l'on voyait alors leurs têtes pyramidales éclairées de toute la lumière du jour et brûlées de ses feux, au-dessus des ombres de cette terre silencieuse où s'abreuvaient leurs racines.

Quand nos corbeilles furent remplies, nous quittâmes le bois, les uns gais, les autres contents. Nous allâmes par

---

a. du sol plus découvert où
b. fraîche et sombre,

des sentiers étroits, à travers des prés fermés de haies, le long desquelles sont plantés des merisiers élevés et de grands poiriers sauvages. Terre encore patriarcale quand les hommes ne le sont plus ! J'étais bien, sans avoir eu précisément du plaisir. Je me disais [288] : que ce qu'on appelle plaisirs purs, n'est, en quelque sorte, que des plaisirs [a] qu'on ne fait qu'essayer : que l'économie dans les jouissances est l'industrie du bonheur : qu'il ne suffit pas qu'un plaisir soit sans remords, ni même qu'il soit sans mélange pour être un plaisir pur ; qu'il faut encore qu'on n'en ait accepté que ce qui était nécessaire pour en percevoir le sentiment, pour en nourrir l'espoir, et que l'on sache réserver, pour d'autres temps, ses plus séduisantes promesses. C'est une bien douce volupté de prolonger la jouissance en éludant le désir, de ne point précipiter sa joie, de ne point user sa vie. L'on ne jouit bien du présent que lorsqu'on attend un avenir au moins égal ; et l'on [b] perd tout bonheur si l'on veut être absolument heureux. C'est cette loi de la nature qui fait le charme inexprimable d'un premier amour. Il faut à nos jouissances un peu de lenteur, de la continuité dans leurs progressions, et quelque incertitude dans leur terme. Il nous faudrait une volupté habituelle, et non des émotions extrêmes et passagères : il nous faudrait la tranquille possession qui se suffit à elle-même dans sa paix domestique, et non cette fièvre de plaisir dont l'ivresse consumante anéantit dans la satiété nos cœurs ennuyés de ses retours, de ses dégoûts, de la vanité de son espoir, de la fatigue de ses regrets. Mais notre raison elle-même doit-elle songer, dans la société inquiète, à cet état de bonheur sans plaisirs, à cette quiétude si méconnue, à ce bien-être constant et simple où l'on ne pense pas à jouir, où l'on n'a plus besoin de désirer ?

Tel devait être le cœur de l'homme : mais l'homme a changé sa vie, il a dénaturé son cœur : et les ombres colossales sont venues fatiguer ses désirs, parce que les proportions naturelles des êtres vrais ont paru trop exactes à sa folle grandeur. Les vanités sociales me rappellent souvent cette fastueuse puérilité d'un prince qui se crut grand,

---

a. que les plaisirs purs sont, en quelque sorte, des plaisirs
b. et on

lorsqu'il fit dessiner en lampions le chiffre de l'Autocratrice [289] sur la pente d'une montagne de plusieurs lieues.

Nous avons aussi taillé les montagnes, mais nos travaux ont été moins gigantesques. Ils furent faits de nos mains, et non de celles des esclaves ; nous n'avions [a] pas des maîtres à recevoir, mais des amis à placer.

Un ravin profond borde les bois du château ; il est creusé dans des rocs très escarpés et très sauvages. Au haut de ces rocs, au fond du bois, il paraît que l'on a autrefois coupé des pierres : les angles que ce travail a laissés ont été arrondis par le temps ; mais il en résulte une sorte d'enceinte formant à peu près la moitié d'un hexagone, et dont la capacité est très propre à recevoir commodément six ou huit personnes. Après avoir un peu nivelé le fond de pierres, et avoir achevé le gradin destiné à servir de buffet, nous fîmes un siège circulaire avec de grosses branches recouvertes de feuilles. La table fut une planche posée sur des éclats de bois laissés par les ouvriers qui venaient de couper près de là quelques arpents de hêtres.

Tout cela fut préparé le matin. Le secret fut gardé, et nous conduisîmes nos hôtes, chargés de fraises, dans ce réduit sauvage qu'ils ne connaissaient pas. Les femmes parurent flattées de trouver les agréments d'une simplicité délicate au milieu d'une scène de terreur. Des branches de pins étaient allumées dans un angle de roc [b] suspendu sur un précipice que les branches avancées des hêtres rendaient moins effrayant. Des cuillères [c] de buis faites à la manière du Koukisberg *, des tasses d'une porcelaine élégante, des corbeilles de merises étaient placées sans ordre le long du gradin de pierre avec des assiettées de la crème épaisse des montagnes, et des jattes remplies de cette seconde crème qui peut seule servir pour le café, et dont le goût d'amande très légèrement parfumé, n'est guère connu que [d] vers les Alpes. Des carafons contenaient une eau chargée de sucre préparée pour les fraises.

---

a. nous, nous n'avions
b. du roc
c. cuillers
* Petite contrée montueuse où l'on trouve des usages qui lui sont particuliers, et même quelque chose d'assez extraordinaire dans les mœurs.
d. connu, dit-on, que

Le café n'était ni moulu, ni grillé. Il faut laisser aux femmes ces sortes de soins, qu'elles aiment ordinairement à prendre elles-mêmes : elles sentent si bien qu'il faut préparer sa jouissance, et du moins en partie, devoir à soi ce que l'on veut posséder ! Un plaisir qui s'offre sans être un peu cherché par le désir, perd souvent de sa grâce ; comme un bien trop attendu a laissé passer l'instant qui lui donnait du mérite.

Tout était préparé, tout paraissait prévu, mais quand on voulut faire le café, il se trouva que la chose la plus facile était celle qui nous manquait ; il n'y avait pas d'eau. On se mit à réunir des cordes qui semblaient n'avoir eu d'autre destination que de lier les branches apportées par nos sièges, et de courber celles qui nous donnaient de l'ombre : et non sans avoir cassé quelques carafes, on en remplit enfin deux de l'eau glaciale du torrent trois cents pieds au-dessous de nous.

La réunion fut intime, et le rire sincère. Le temps était beau ; le vent mugissait dans cette longue enceinte d'une sombre profondeur où le torrent, tout blanc d'écume, roulait entre les rochers[a] anguleux. Le K-hou-hou chantait dans les bois, et les bois plus élevés multipliaient tous ces sons austères : on entendait à une grande distance les grosses cloches des vaches qui montaient au Kousin-berg. L'odeur sauvage du sapin brûlé s'unissait à ces bruits montagnards : et au milieu des fruits simples, dans un asile désert, le café fumait sur une table d'amis.

Cependant les seuls d'entre nous qui jouirent de cet instant, furent ceux qui n'en sentaient pas l'harmonie morale. Triste faculté de penser à ce qui n'est point présent !... Mais il n'était pas parmi nous deux cœurs semblables. La mystérieuse nature n'a point placé dans chaque homme le but de sa vie. Le vide et l'accablante vérité sont dans le cœur qui se cherche lui-même : l'illusion entraînante ne peut venir que de celui qu'on aime. On ne sent pas la vanité des biens possédés par un autre ; et chacun se trompant ainsi, des cœurs amis deviennent vraiment heureux au milieu du néant de tous les biens directs.

---

a. ces rochers

Pour moi, je me mis à rêver au lieu d'avoir du plaisir. Cependant il me faut peu de choses, [a] mais j'ai besoin que ce peu soit d'accord : les biens les plus séduisants ne sauraient m'attacher si j'y découvre de la discordance ; et la plus faible jouissance que rien ne flétrit, suffit à tous mes désirs. C'est ce qui me rend la simplicité nécessaire ; elle seule est harmonique. Aujourd'hui le site était trop beau. Notre salle pittoresque, notre foyer rustique, un goûter de fruits et de crème, notre intimité momentanée, le chant de quelques oiseaux, et le vent qui à tout moment jetait dans nos tasses des feuilles de sapin, c'était assez : mais le torrent dans l'ombre, et les bruits éloignés de la montagne, c'était beaucoup trop ; j'étais le seul qui entendît.

LETTRE LX

Villeneuve, 16 juin, VIII

Je viens de parcourir presque toutes les vallées habitables qui sont entre Charmey, Thun, Sion, Saint-Maurice et Vevey. Je n'ai pas été avec espérance, pour admirer ou pour jouir. J'ai revu les montagnes que j'avais vues il y a près de sept années. Je n'y ai point porté ce sentiment d'un âge qui cherchait avidement leurs beautés sauvages [b]. C'étaient les noms anciens, mais moi aussi je porte le même nom ! Je me suis assis auprès de Chillon sur la grève. J'entendais les vagues, et je cherchais encore à les entendre. Là, où j'ai été jadis, cette grève si belle dans mes souvenirs, ces ondes que la France n'a point, et les hautes cimes, et Chillon, et le Léman ne m'ont pas surpris, ne m'ont pas satisfait. J'étais là, comme j'eusse été ailleurs. J'ai retrouvé les lieux ; je ne puis ramener les temps.

Quel homme suis-je maintenant ? Si je ne sentais l'ordre, si je n'aimais encore à être la cause de quelque bien, je croirais que le sentiment des choses est déjà éteint, et que la partie de mon être qui se lie à la nature ordonnée a cessé sa vie.

---

a. peu de chose ;
b. leurs sauvages beautés.

Vous n'attendez de moi ni des narrations historiques, ni des descriptions comme en doit faire celui qui voyage pour observer, pour s'instruire lui-même, ou pour faire connaître au public des lieux nouveaux. Un solitaire ne vous parlera point des hommes que vous fréquentez plus que lui. Il n'aura pas d'aventures, il ne vous fera pas le roman de sa vie. Mais nous sommes convenus que je continuerais à vous dire ce que j'éprouve, parce que c'est moi que vous avez accoutumé, et non pas ce qui m'environne. Quand nous nous entretenons l'un avec l'autre, c'est de nous-mêmes, car rien [a] n'est plus près de nous. Il m'arrive souvent d'être surpris que nous ne vivions pas ensemble : cela me paraît contradictoire et comme impossible. Il faut que ce soit une destinée secrète qui m'ait entraîné à chercher je ne sais quoi loin de vous, tandis que je pouvais rester où vous êtes ne pouvant vous emmener où je suis.

Je ne saurais dire quel besoin m'a rappelé dans une terre extraordinaire [b] dont je ne retrouve plus les beautés, et où je ne me retrouve point [c] moi-même. Mon premier besoin n'était-il pas dans cette habitude de penser, de sentir ensemble ? N'était-ce pas une nécessité de rêver nous seuls sur cette agitation qui, dans un cœur périssable creuse un abîme d'avidité qui semble ne pouvoir être rempli que par des choses impérissables ? Nous nous mettions à sourire de ce mouvement toujours ardent et toujours trompé ; nous applaudissions à l'adresse qui en a tiré parti pour nous faire immortels ; nous cherchions avec empressement quelques exemples des illusions les plus grossières et les plus puissantes, afin de nous figurer aussi que la mort elle-même et toutes choses visibles n'étaient que des fantômes, et que l'intelligence subsisterait pour un rêve meilleur. Nous nous abandonnions avec une sorte d'indifférence et d'impassibilité à l'oubli des choses de la terre ; et dans l'accord de nos âmes, nous imaginions l'harmonie d'un monde divin caché sous la représentation du monde visible. Mais maintenant je suis seul, je n'ai plus rien qui me soutienne. Il y a quatre jours, j'ai réveillé

---

a. nous-mêmes : rien
b. peu ordinaire
c. pas

un homme qui mourait dans la neige sur le Sanetsch. Sa femme, ses deux enfants, qui vivent par lui, et dont il paraît être pleinement le mari et le père, comme l'étaient les patriarches, comme on l'est encore aux montagnes et dans les déserts ; tous trois faibles et demi-morts de crainte et de froid, l'appelaient dans les rochers et au bord du glacier. Nous les avons rencontrés. Imaginez une femme et deux enfants heureux. Et tout le reste du jour, je respirais en homme libre, je marchais avec plus d'activité. Mais depuis, le même silence est autour de moi, et il ne se passe rien qui me fasse sentir mon existence.

J'ai donc cherché dans toutes les vallées pour acquérir un pâturage isolé, mais facilement accessible, d'une température un peu douce, bien situé, traversé par un ruisseau, et d'où l'on entende ou la chute d'un torrent, ou les vagues d'un lac. Je veux maintenant une possession non pas importante, mais étendue, et d'un genre tel que la vallée du Rhône n'en offre pas. Je veux aussi bâtir en bois, ce qui sera plus facile ici que dans le bas Valais. Dès que je serai fixé, j'irai à Saint-Maurice et à Charrières. Je ne me suis pas soucié d'y passer à présent, de crainte que ma paresse naturelle, et l'attachement que je prends si facilement pour les lieux dont j'ai quelque habitude, ne me fissent rester à Charrières. Je préfère choisir un lieu commode et y bâtir à ma manière, comme il convient à présent que je puis me fixer pour du temps, et peut-être pour toujours.

Hantz qui parle le roman, et qui sait aussi un peu l'allemand de l'Oberland, suivait les vallées et les chemins, et s'informait dans les villages. Pour moi j'allais de chalet en chalet à travers les montagnes, et dans des lieux où il n'eût pas osé passer, quoiqu'il soit plus robuste que moi, et plus habitué dans les Alpes ; et où je n'aurais point passé moi-même si je n'eusse été seul.

J'ai trouvé un domaine qui me conviendrait beaucoup, mais je ne sais pas si je pourrai l'avoir. Il y a trois propriétaires : deux sont de la Gruyère, le troisième est à Vevey. Celui-ci, dit-on, n'a pas l'intention de vendre : cependant il me faut le tout.

Si vous avez connaissance de quelque carte nouvelle de la Suisse, ou d'une carte topographique de quelques-unes de ses parties, envoyez-les-moi. Toutes celles que j'ai pu trouver sont pleines de fautes ; quoique dans les modernes il y en ait de bien soignées pour l'exécution, et qui marquent avec beaucoup d'exactitude la position de plusieurs lieux. Il faut avouer qu'il y a peu de pays dont le plan soit aussi difficile à faire.

Je pensais à essayer celui du peu d'espace compris entre Vevey, Saint-Gingolph, Aigle, Sepey, Étivaz, Montbovon et Semsales ; dans la supposition toutefois que j'aurai le pâturage dont je vous parle près de la dent de Jaman, dont j'aurais fait le sommet de mes principaux triangles. Je me promettais de passer dans cette fatigue la saison inquiète de la chaleur et des beaux jours. Je l'aurais entrepris l'année prochaine : mais j'y ai renoncé. Lorsque toutes les gorges, tous les revers, tous les aspects, me seraient connus avec exactitude, il ne me resterait plus rien à trouver. Il vaut mieux conserver le seul moyen d'échapper aux moments d'ennuis intolérables, en m'égarant dans des lieux nouveaux ; en cherchant avec impatience ce qui ne m'intéresse point ; en grimpant avec ardeur les dents [a] les plus difficiles pour vérifier un angle, pour m'assurer d'une ligne que j'oublierai ensuite, afin de retourner l'observer comme si j'avais un but.

LETTRE LXI

Saint-Saphorin, 26 juin, VIII

Je ne me repens point [b] d'avoir emmené Hantz. Dites à Mme T. *** que je la remercie de me l'avoir donné. Il me paraît franc et susceptible d'attachement. Il est intelligent ; et d'ailleurs il donne du cor avec plus de goût que je ne l'aurais espéré.

Le soir, dès que la lune est levée, je prends deux bateaux [290]. Je n'ai dans le mien qu'un seul rameur ; et quand nous sommes avancés sur le lac, il a une bouteille de vin à boire, pour rester assis et ne dire mot. Hantz est dans l'autre bateau, dont les rameurs frappent les ondes en

---

a. aux dents
b. pas

passant et repassant un peu au loin, devant le mien qui reste immobile, ou doucement entraîné par les faibles ᵃ vagues. Il a avec lui son cor : et deux femmes allemandes chantent à l'unisson.

C'est un bien bon homme, et il faudra que je le fixe auprès de moi, car il trouve ᵇ son sort assez doux. Il me dit qu'il n'a plus d'inquiétude et qu'il espère que je le garderai toujours. Je crois qu'il a raison : irais-je m'ôter le seul bien que j'aie, un homme qui est content ?

J'avais sacrifié pour des connaissances assez intimes les seules ressources qui me restassent alors. Pour laisser ensemble ceux qui paraissent ᶜ devoir trouver ensemble quelque bonheur, j'ai abandonné le seul espoir qui pouvait ᵈ me flatter. Ces sacrifices, et d'autres encore, n'ont produit aucun bien : mais voilà un valet qui est heureux ; et je n'ai rien fait pour lui, si ce n'est de le traiter en homme. Je l'estime parce qu'il n'en est pas surpris : puisqu'il trouve cela tout simple, il n'en abusera point. Il n'est pas vrai d'ailleurs que ce soit la bonté qui produise ordinairement l'insolence, c'est la faiblesse. Hantz voit bien que je lui parle avec une certaine confiance, mais il sent fort bien aussi que je saurais parler en maître.

Vous ne soupçonneriez pas qu'il s'est mis à lire la *Julie* de J. J. ᵉ. Hier il disait, en dirigeant son bateau vers le rivage de Savoie, c'est donc là Meillerie ! Mais que ceci ne vous inquiète pas ; rappelez-vous qu'il est sans prétentions. Il ne serait pas avec moi s'il avait de l'esprit d'antichambre [291].

C'est surtout la mélodie * des sons qui, réunissant l'étendue sans limites précises à un mouvement sensible

---

a. de faibles
b. moi, puisqu'il y trouve
c. paraissaient
d. qui pût
e. Jean-Jacques.

* La mélodie, si l'on prend cette expression dans toute l'étendue dont elle est susceptible, peut aussi résulter d'une suite de couleurs ou d'une suite d'odeurs. La mélodie peut résulter de toute suite bien ordonnée de certaines sensations, de toute série convenable de ces effets, dont la propriété est d'exciter en nous ce que nous appelons exclusivement un sentiment.

mais vague, donne à l'âme ce sentiment de l'infini qu'elle croit posséder en durée et en étendue.

J'avoue qu'il est naturel à l'homme de se croire moins borné, moins fini, de se croire plus grand que sa vie présente, lorsqu'il arrive qu'une perception subite lui montre les contrastes et l'équilibre, le lien, l'organisation de l'univers. Ce sentiment lui paraît comme une découverte d'un monde à connaître, comme un premier aperçu de ce qui pourrait lui être dévoilé un jour.

J'aime ces chants [a] dont je ne comprends point les paroles. Elles nuisent toujours pour moi à la beauté de l'air, ou du moins à son effet. Il est presque impossible que les idées soient [b] entièrement d'accord avec celles que me donnent les sons. D'ailleurs l'accent allemand a quelque chose de plus romantique. Les syllabes sourdes et indéterminées ne me plaisent point dans la musique. Notre *e* muet est désagréable quand le chant force à le faire sentir : et on prononce presque toujours d'une manière fausse et rebutante la syllabe inutile des rimes féminines, parce qu'en effet on ne saurait guère la prononcer autrement.

J'aime beaucoup l'unisson de deux ou de plusieurs voix ; il laisse à la mélodie tout son pouvoir et toute sa simplicité. Pour la savante harmonie, ses beautés me sont étrangères : ne sachant pas la musique, je ne jouis point [c] de ce qui n'est qu'art ou difficultés.

Le lac est bien beau, lorsque la lune blanchit nos deux voiles, et que les échos [d] de Chillon répètent les sons du cor ; quand le mur [e] immense de Meillerie oppose ses ténèbres à la douce clarté du ciel, aux lumières mobiles des eaux ; quand les vagues se brisent contre nos bateaux arrêtés, quand elles font entendre au loin leur roulement sur les cailloux innombrables que la Veveyse a descendus [f] des montagnes.

Vous qui savez jouir, que n'êtes-vous là pour entendre deux voix de femme, sur les eaux, dans la nuit ! Mais moi,

---

a. les chants
b. que les idées qu'elles expriment soient
c. pas
d. voiles ; lorsque les échos
e. cor, et que le mur
f. a fait descendre

je devrais tout laisser. Cependant j'aime à être averti de mes pertes, quand l'austère beauté des lieux peut me faire oublier combien tout est vain dans l'homme jusqu'à ses regrets.

Étang de Chessel ! Là, nos promenades étaient moins belles, et plus heureuses. La nature accable le cœur de l'homme, mais l'intimité le satisfait : on s'appuie mutuellement, on parle, et tout s'oublie.

J'aurai le lieu en question : mais il faut attendre quelques jours encore avant d'avoir [a] les certitudes nécessaires pour terminer. Je ferai aussitôt commencer les travaux, car la saison [b] s'avance.

LETTRE LXII

Juillet, VIII

J'oublie toujours de vous demander une copie du *Manuel de Pseusophanes* [292] : je ne sais comment j'ai perdu celle que j'avais gardée. Je n'y verrai rien dont je dusse avoir besoin d'être averti : mais, si je le lis les matins, il me rappellera d'une manière plus présente combien je devrais avoir honte de tant de faiblesses.

J'ai l'intention d'y joindre une note sur certains règlements d'hygiène [293], sur ces choses d'une habitude individuelle et locale auxquelles je crois qu'on ne met pas assez d'importance. Aristippe [294] ne pouvait guère les prescrire à son disciple imaginaire, ou à ses disciples réels : mais cette note sera plus utile encore que des considérations générales pour maintenir en moi ce bien-être, cette aptitude physique qui soutient notre âme si physique elle-même.

J'ai deux grands malheurs : un seul me détruirait peut-être ; mais je vis entre deux parce qu'ils sont contraires. Sans cette habitude triste, ce découragement, cet abandon, sans cette humeur tranquille contre tout ce qu'on pourrait désirer, l'activité qui me presse et m'agite me consumerait

---

a. d'obtenir
b. travaux : la saison

plutôt ᵃ, et aussi vainement : mon ennui sert du moins à l'affaiblir. La raison la calmerait ; mais entre ces deux grandes forces ma raison est bien faible : tout ce qu'elle peut faire c'est d'appeler l'une à son secours quand l'autre prend le dessus. On végète ainsi : quelquefois même on s'endort (I).

LETTRE LXIII

Juillet, VIII

Il était minuit : la lune avait passé ; le lac * semblait agité ; les cieux étaient tranquilles ᵇ, la nuit profonde et belle. Il y avait de l'incertitude sur la terre. On entendit frémir les bouleaux, et des feuilles de peupliers tombèrent : les pins rendirent des murmures sauvages ; des sons romantiques descendaient de la montagne ; de grosses vagues roulaient sur la grève. Alors l'effraie ᶜ se mit à gémir sous les roches caverneuses ; et quand elle cessa, les vagues étaient affaiblies, le silence fut austère.

Le rossignol [295] plaça de loin en loin dans la paix inquiète, cet accent solitaire, unique et répété, ce chant des nuits heureuses, sublime expression d'une mélodie primitive ; indicible élan d'amours ᵈ et de douleur ; voluptueux comme le besoin qui me consume ; simple, mystérieux, immense comme le cœur qui aime.

Abandonné dans une sorte de repos funèbre au balancement mesuré de ces ondes pâles, muettes, à jamais mobiles, je me pénétrai de leur mouvement toujours lent et toujours le même, de cette paix durable, de ces sons isolés dans le long silence. La nature me sembla trop belle ; et les eaux, et la terre, et la nuit trop faciles, trop heureuses : la paisible harmonie des choses fut sévère à mon cœur agité. Je songeai au printemps du monde périssable, et au prin-

---

a. plus tôt,
* Rien n'indique quel lac ce peut être ; ce n'est point celui de Genève. Le commencement de la lettre manque ; et j'en ai supprimé la fin.
b. transparents,
c. Alors l'orfraie
d. d'amour

temps de ma vie. Je vis ces années qui passent, tristes et stériles, de l'éternité future dans l'éternité perdue. Je vis ce présent, toujours vain et jamais possédé, détacher du vague avenir sa chaîne indéfinie ; approcher ma mort enfin visible ; traîner dans la nuit universelle les fantômes [a] de mes jours ; les atténuer, les dissiper ; atteindre la dernière ombre, dévorer aussi froidement ce jour après lequel il n'en sera plus, et fermer l'abîme muet [296].

Comme si tous les hommes n'avaient point passé, et tous passé en vain ! Comme si la vie était réelle, et existante essentiellement : comme si la perception de l'univers était l'idée d'un être positif, et le moi de l'homme quelque autre chose que l'expression accidentelle d'une harmonie [b] éphémère ! Que veux-je ? Que suis-je ? Que demander à la nature ? Est-il un système universel, des convenances ordonnées ; des [c] droits selon nos besoins ? L'intelligence conduit-elle les résultats que mon intelligence voudrait attendre ? Toute cause est invisible, toute fin trompeuse ; toute forme change, toute durée s'épuise : et le tourment du cœur insatiable est le mouvement aveugle d'un météore errant dans le vide où il doit se perdre. Rien n'est possédé comme il est conçu : rien n'est connu comme il existe. Nous voyons les rapports, et non les essences : nous n'usons pas des choses, mais de leurs images. Cette nature cherchée au-dehors, et impénétrable dans nous, est partout ténébreuse. Je sens, est le seul mot de l'homme qui ne veut que des vérités. Et ce qui fait la certitude de mon être, en est aussi le supplice. Je sens, j'existe pour me consumer en désirs indomptables, pour m'abreuver de la séduction d'un monde fantastique, pour rester atterré de sa voluptueuse erreur.

Le bonheur ne serait pas la première loi de la nature humaine ! Le plaisir ne serait pas le premier moteur du monde sensible ! Si nous ne cherchons pas le plaisir, quel sera notre but ? Si vivre n'est qu'exister, qu'avons-nous besoin de vivre ? Nous ne saurions découvrir ni la première cause, ni le vrai motif d'aucun être : le pourquoi de

---

a. traîner dans la nuit les fantômes
b. d'un alliage
c. des convenances, des

l'univers reste inaccessible à l'intelligence individuelle. La fin de notre existence nous est inconnue ; tous les actes de la vie restent sans but ; nos désirs, nos sollicitudes, nos affections deviennent ridicules, si ces actes ne tendent pas au plaisir, si ces affections ne se le proposent pas.

L'homme s'aime lui-même [297], il aime l'homme, il aime tout ce qui est animé. Cet amour paraît nécessaire à l'être organisé, c'est le mobile des forces qui le conservent. L'homme s'aime lui-même ; sans ce principe actif, pourquoi agirait-il[a], et comment subsisterait-il ? L'homme aime les hommes, parce qu'il sent comme eux, parce qu'il est près d'eux dans l'ordre du monde : sans ce rapport, quelle serait sa vie ?

L'homme aime tous les êtres animés. S'il cessait de souffrir en voyant souffrir, s'il cessait de sentir avec tout ce qui a des sensations analogues aux siennes, il ne s'intéresserait plus à ce qui ne serait pas lui, il cesserait peut-être de s'aimer lui-même : sans doute il n'est point d'affection bornée à l'individu, puisqu'il n'est point d'être essentiellement isolé.

Si l'homme sent dans tout ce qui est animé, les biens et les maux de ce qui l'environne sont aussi réels pour lui que ses affections personnelles ; il faut à son bonheur le bonheur de ce qu'il connaît ; il est lié à tout ce qui sent ; il vit dans le monde organisé.

Cet enchaînement[b] de rapports dont il est le centre et qui ne peuvent finir entièrement qu'aux bornes du monde, le constitue partie de l'univers[c], unité numérique dans le nombre de la nature. Le lien que forment ces liens personnels est l'ordre du monde, et la force qui perpétue son harmonie est la loi naturelle. Cet instinct nécessaire qui conduit l'être animé, passif lorsqu'il veut, actif lorsqu'il fait vouloir, est un assujettissement aux lois générales. Obéir à l'esprit de ces lois serait la science de l'être qui voudrait librement. Si l'homme est libre en délibérant, c'est la science de la vie humaine : ce qu'il veut lorsqu'il

---

a. comment agirait-il,
b. L'enchaînement
c. partie de cet univers,

est assujetti, lui indique comment il doit vouloir là où il est indépendant.

Un être isolé n'est jamais parfait ; son existence est incomplète ; il n'est ni vraiment heureux, ni vraiment bon. Le complément de chaque chose fut placé hors d'elle, mais il est réciproque. Il y a une sorte de fin pour les êtres naturels : ils la trouvent dans cet accord harmonique qui[a] fait que deux corps rapprochés sont productifs, que deux sensations mutuellement partagées deviennent plus heureuses. C'est dans cette harmonie que tout ce qui existe s'achève, que tout ce qui est animé se repose et jouit. Ce complément de l'individu est principalement dans l'espèce. Pour l'homme, ce complément a deux modes dissemblables et analogues : voilà ce qui lui fut donné ; il a deux manières de sentir sa vie, le reste est douleur ou fumée.

Toute possession que l'on ne partage point exaspère nos désirs, sans remplir nos cœurs : elle ne les nourrit point, elle les creuse et les épuise.

Pour que l'union soit harmonique, celui qui jouit avec nous doit être semblable et différent. Cette convenance dans la même espèce se trouve ou dans la différence des individus, ou dans l'opposition des sexes. Le premier accord produit l'harmonie qui résulte de deux êtres semblables et différents avec le moindre degré d'opposition et le plus grand de similitude. Le second donne un résultat harmonique produit par la plus grande différence possible entre des semblables*. Tout choix, toute affection, toute union, tout bonheur est dans ces deux modes. Ce qui s'en écarte peut nous séduire, mais nous trompe et nous lasse : ce qui leur est contraire nous égare et nous rend vicieux ou malheureux.

Nous n'avons plus de législateurs. Quelques Anciens avaient entrepris de conduire l'homme par son cœur : nous les blâmons ne pouvant les suivre. Le soin des lois financières et pénales fait oublier les institutions. Nul génie n'a su trouver toutes les lois de la société, tous les devoirs de

---

a. dans ce qui
* La plus grande différence sans opposition repoussante, comme la plus grande similitude sans uniformité insipide.

la vie dans le besoin qui unit les hommes, dans celui qui unit les sexes.

L'unité de l'espèce est divisée. Des êtres semblables sont pourtant assez différents pour que leurs oppositions mêmes les portent à s'aimer : séparés par leurs goûts, mais nécessaires l'un à l'autre, ils s'éloignent dans leurs habitudes, et sont ramenés par un besoin mutuel. Ceux qui naissent de leur union, formés également de tous deux, perpétueront pourtant ces différences. Cet effet essentiel de l'énergie donnée à l'animal, ce résultat suprême de son organisation sera le moment de la plénitude de sa vie, le dernier degré de ses affections, et en quelque sorte l'expression harmonique de ses facultés. Là est le pouvoir de l'homme physique ; là est la grandeur de l'homme moral ; là est l'âme tout entière, et qui n'a pas pleinement aimé, n'a pas possédé sa vie.

Des affections abstraites, des passions spéculatives ont obtenu l'encens des individus et des peuples. Les affections heureuses ont été réprimées ou avilies : l'industrie sociale a opposé les hommes que l'harmonie ᵃ primitive aurait conciliés *.

L'amour doit gouverner la terre que l'ambition fatigue. L'amour est ce feu paisible et fécond, cette chaleur des cieux qui anime et renouvelle, qui fait naître et fleurir, qui donne les couleurs, la grâce, l'espérance et la vie. L'ambition est ce feu ᵇ stérile qui brûle sous les glaces, qui consume sans rien animer, qui creuse d'immenses cavernes, qui ébranle sourdement, éclate en ouvrant des abîmes, et laisse un siècle de désolation sur la contrée qu'étonna sa lumière ᶜ d'une heure.

Lorsqu'une agitation nouvelle étend les rapports de l'homme qui essaie sa vie, il se livre avidement, il demande à toute la nature, il s'abandonne, il s'exalte lui-même ; il place son existence dans l'amour, et dans tout il ne voit que l'amour seul. Tout autre sentiment se perd dans

---

a. que l'impulsion
* Notre industrie sociale a opposé les hommes que le véritable art social devait concilier.
b. le feu
c. cette lumière

ce sentiment profond, toute pensée y ramène, tout espoir y repose. Tout est douleur, vide, abandon, si l'amour s'éloigne ; s'il s'approche, tout est joie, espoir, félicité. Une voix lointaine, un son dans les airs, l'agitation des branches, le frémissement des eaux, tout l'annonce, tout l'exprime, tout imite ses accents et augmente les désirs. La grâce de la nature est dans le mouvement d'un bras ; l'harmonie du monde [a] est dans l'expression d'un regard. C'est pour l'amour que la lumière du matin vient éveiller les êtres et colorer les cieux ; pour lui les feux de midi font fermenter la terre humide sous la mousse des forêts ; c'est à lui que le soir destine l'aimable mélancolie de ses lueurs mystérieuses. Cette fontaine est celle de Vaucluse, ces rochers ceux de Meillerie, cette avenue celle des pamplemousses [298]. Le silence protège les rêves de l'amour, le mouvement des eaux pénètre de sa douce agitation ; la fureur des vagues inspire ses efforts orageux : et tout commandera ses plaisirs quand la nuit sera douce, quand la lune embellira la nuit, quand la volupté sera dans les ombres et la lumière, dans la solitude, dans les airs et les eaux et la nuit.

Heureux délire ! seul moment resté à l'homme. Cette fleur rare, isolée, passagère sous le ciel nébuleux, sans abri, battue des vents, fatiguée par les orages, languit et meurt sans s'épanouir : le froid de l'air, une vapeur, un souffle font avorter l'espoir dans son bouton flétri. On passe au-delà, on espère encore, on se hâte ; plus loin, sur un sol aussi stérile, on en voit qui seront précaires, douteuses, instantanées comme elle, et qui comme elle périront inutiles. Heureux celui qui possède ce que l'homme doit chercher, et qui jouit de tout ce que l'homme doit sentir ! Heureux encore, dit-on, celui qui ne cherche rien, ne sent rien, n'a besoin de rien, et pour qui exister c'est vivre.

Ce n'est pas seulement une erreur triste et farouche, mais une erreur très funeste, de condamner ce plaisir vrai, nécessaire, qui toujours attendu, toujours renaissant, indépendant des saisons et prolongé sur la plus belle partie de nos jours, forme le lien le plus énergique et le plus séduisant des sociétés humaines. C'est une sagesse bien singu-

---

a. la loi du monde

lière, qu'une sagesse contraire à l'ordre naturel. Toute faculté, toute énergie est une perfection *. Il est beau d'être plus fort que ses passions ; mais c'est stupidité d'applaudir au silence des sens et du cœur ; c'est se croire plus parfait par cela même que l'on est moins capable de l'être.

Celui qui est homme sait aimer l'amour sans oublier que l'amour n'est qu'un accident de la vie : et quand il aura ses illusions [a], il en jouira, il les possédera ; mais sans oublier que les vérités les plus sévères sont encore avant les illusions les plus heureuses. Celui qui est homme sait choisir ou attendre avec prudence, aimer avec continuité, se donner sans faiblesse comme sans réserve. L'activité d'une passion profonde est pour lui l'ardeur du bien, le feu du génie : il trouve dans l'amour, l'énergie voluptueuse, la mâle jouissance du cœur juste, sensible et grand ; il atteint [b] le bonheur et sait s'en nourrir.

L'amour ridicule ou coupable, est une faiblesse avilissante ; l'amour juste, est le charme de la vie : et la démence [c] n'est que dans la gauche austérité qui confond un sentiment noble avec un sentiment vil, et qui condamne indistinctement l'amour parce que n'imaginant que des hommes abrutis, elle ne peut imaginer que des passions misérables.

Ce plaisir reçu, ce plaisir donné ; cette progression cherchée et obtenue ; ce bonheur que l'on offre et que l'on espère ; cette confiance voluptueuse qui nous fait tout attendre du cœur aimé ; cette volupté plus grande encore de rendre heureux ce qu'on aime, de se suffire mutuellement, d'être nécessaire l'un à l'autre ; cette plénitude de sentiment et d'espoir agrandit l'âme et la presse de vivre. Indicible abandon ! L'homme qui l'a pu connaître n'en a jamais rougi ; et celui qui n'est pas fait pour le sentir, n'est pas né pour juger l'amour.

Je ne condamnerai point celui qui n'a pas aimé ; mais celui qui ne peut pas aimer. Les circonstances déterminent

---

* Quelques-uns vantent leur froideur comme le calme de la sagesse ; il en est qui prétendent au stérile honneur d'être inaccessibles : c'est l'aveugle qui se croit mieux organisé que le commun des hommes, parce que la cécité lui évite des distractions.

a. ces illusions
b. il rencontre
c. vie : la démence

nos affections ; mais les sentiments expansifs sont naturels à l'homme dont l'organisation morale est parfaite : celui qui est incapable d'aimer est nécessairement incapable d'un sentiment magnanime, d'une affection sublime. Il peut être probe, bon, industrieux, prudent ; il peut avoir des qualités douces, et même des vertus par réflexion ; mais il n'est pas homme, il n'a ni âme, ni génie ; je veux bien le connaître, il aura ma confiance et jusqu'à mon estime, mais il ne sera pas mon ami. Cœurs vraiment sensibles ! qu'une destinée sinistre a comprimés dès le printemps, qui vous blâmera de n'avoir point [a] aimé ? Tout sentiment généreux vous était naturel ; tout [b] le feu des passions était dans votre mâle intelligence ; l'amour lui était nécessaire, il devait l'alimenter, il eût achevé de la former pour de grandes choses : mais rien ne vous a été donné, et le silence [c] de l'amour a commencé le néant où s'éteint votre vie.

Le sentiment de l'honnête et du juste, le besoin de l'ordre et des convenances morales, conduit nécessairement au besoin d'aimer. Le beau est l'objet de l'amour ; l'harmonie est son principe et son but : toute perfection, tout mérite semble lui appartenir, les grâces aimables l'appellent, une moralité [d] expansive et vertueuse le fixe : et l'amour [e] n'existe pas à la vérité sans le prestige de la beauté corporelle ; mais il semble tenir plus encore à l'harmonie intellectuelle, aux grâces de la pensée, aux profondeurs du sentiment.

L'union, l'espérance, l'admiration, les prestiges, vont toujours croissant jusqu'à l'intimité parfaite ; elle remplit l'âme que cette progression agrandissait. Là s'arrête et rétrograde l'homme ardent sans être sensible, et n'ayant d'autre besoin que celui du plaisir. Mais l'homme aimant ne change pas ainsi ; plus il obtient, plus il est lié ; plus il est aimé, plus il aime ; plus il possède ce qu'il a désiré, plus il chérit ce qu'il possède. Ayant tout reçu, il croit tout

---

a. pas
b. naturel, et tout
c. donné : le silence
d. et une moralité
e. fixe. L'amour

devoir : celle qui se donne à lui devient nécessaire à son être : des années de jouissance n'ont pas changé ses désirs, elles ont ajouté à son amour la confiance d'une habitude heureuse, et les délices d'une libre mais délicate intimité.

On prétend condamner l'amour comme une affection tout à fait sensuelle, et n'ayant d'autre principe qu'un besoin qu'on appelle grossier. Mais je ne vois rien dans nos désirs les plus compliqués dont la véritable fin ne soit un des premiers besoins physiques : le sentiment n'est que leur expression indirecte ; l'homme intellectuel [a] ne fut jamais qu'un fantôme. Nos besoins éveillent en nous la perception de leur objet positif, et les perceptions innombrables des objets qui leur sont analogues. Les moyens directs ne rempliraient pas seuls la vie ; mais ces impulsions accessoires l'occupent tout entière, parce qu'elles n'ont point de bornes. Celui qui ne saurait vivre sans espérer de soumettre la terre, n'y eût pas songé s'il n'eût pas eu faim. Nos besoins réunissent deux modifications d'un même principe, l'appétit et le sentiment : la prépondérance de l'une sur l'autre dépendra de l'organisation individuelle et des circonstances déterminantes. Tout but d'un désir naturel est légitime : tous les moyens qu'il inspire sont bons s'ils n'attaquent les droits de personne, et s'ils ne produisent dans nous-mêmes aucun désordre réel qui compense son utilité.

Vous avez trop étendu les devoirs. Vous avez dit : demandons plus, afin d'obtenir assez. Vous vous êtes trompé : si vous exigez trop des hommes, ils se rebuteront * : si vous voulez qu'ils montrent des vertus chimériques, ils les

---

a. indirecte, et l'homme purement intellectuel

* Ce qui doit exalter l'imagination, déranger l'esprit, passionner le cœur, et interdire tout raisonnement, réussit d'autant mieux qu'on y joint plus d'austérité : mais il n'en est pas des institutions durables, des lois temporelles et civiles, des mœurs intérieures, et de tout ce qui permet l'examen, comme de l'impulsion du fanatisme dont la nature est de porter à tout ce qui est difficile, et de faire vénérer tout ce qui est extraordinaire. Cette distinction essentielle parait avoir été oubliée. On a très bien observé dans l'homme ses affections multipliées, et en quelque sorte les incidents de son cœur ; mais il reste à faire un grand pas au-delà. Il est si important que la considération de son utilité pourra entraîner à l'essayer ; il est si difficile qu'en l'entreprenant on sera bien persuadé de ne faire qu'une tentative.

montreront ; ils disent que cela coûte peu. Mais parce que ces vertus ne sont pas [a] dans leur nature, ils auront une conduite cachée tout à fait contraire ; et parce que cette conduite sera cachée, vous ne pourrez en arrêter les excès. Il ne vous restera que ces moyens dangereux dont la vaine tentative augmentera le mal, en augmentant la contrainte et l'opposition entre le devoir et les penchants. Vous croirez d'abord que vos lois seront mieux suivies, parce que l'infraction en sera mieux masquée ; mais un jugement faux, un goût dépravé, une dissimulation habituelle, et des ruses hypocrites, en seront les véritables résultats.

Les plaisirs de l'amour contiennent de grandes oppositions physiques, ses désirs agitent l'imagination, ses besoins changent les organes : c'est donc l'objet sur lequel la manière de sentir et de voir devait varier davantage. Il fallait prévenir les suites de cette trop grande différence, et non pas y joindre des lois morales qui soient [b] propres à l'accroître encore. Mais les vieillards ont fait ces lois ; et les vieillards n'ayant plus le sentiment de l'amour, ne sauraient avoir ni la véritable pudeur, ni la délicatesse du goût. Ils ont très mal entendu ce que leur âge ne devait plus entendre. Ils auraient entièrement proscrit l'amour, s'ils avaient pu trouver d'autres moyens de reproduction. Leurs sensations surannées ont flétri ce qu'il fallait contenir dans les grâces du désir ; et pour éviter quelques écarts odieux à leur impuissance, ils imaginèrent des entraves si gauches, que la société est troublée tous les jours par de véritables crimes que ne se reproche même point l'honnête homme qui n'a pas réfléchi *.

C'est dans l'amour qu'il fallait permettre tout ce qui n'est pas vraiment nuisible : c'est par l'amour que l'homme se perfectionne ou s'avilit : c'est en cela surtout qu'il fallait retenir son imagination dans les bornes d'une juste liberté, qu'il fallait mettre son bonheur dans les limites de ses devoirs, qu'il fallait régler son jugement par

---

a. cette vertu n'est pas
b. qui fussent
* C'est dans l'amour que la déviation est devenue extrême chez les nations à qui nous trouvons des mœurs : et c'est ce qui concerne l'amour que nous avons exclusivement appelé mœurs.

le sentiment précis de la raison des lois. C'était le plus puissant moyen naturel de lui donner la perception de toutes les délicatesses du goût et de leur vraie base, d'ennoblir et de réprimer ses affections, d'imprimer à toutes ses sensations une sorte de volupté sincère et droite, d'inspirer à l'homme mal organisé, quelque chose de la sensibilité de l'homme supérieur, de les réunir, de les concilier, de former une patrie réelle, et d'instituer une véritable société.

Laissez-nous des plaisirs légitimes ; c'est notre droit, c'est votre devoir. J'imagine que vous avez cru faire quelque chose par l'établissement du mariage *. Mais l'union dans laquelle les résultats de vos institutions nous forcent de suivre les convenances du hasard, ou de chercher celles de la fortune, à la place des convenances réelles ; l'union qu'un moment peut flétrir pour toujours, et que tant de dégoûts altèrent nécessairement ; une telle union ne nous suffit pas. Je vous demande un prestige qui puisse se perpétuer : vous me donnez un lien dans lequel je vois à nu le fer d'un esclavage sans terme, sous ces fleurs d'un jour dont vous l'aviez maladroitement couvert, et que vous-même avez déjà fanées. Je vous demande un prestige qui puisse déguiser ou rajeunir ma vie ; la nature me l'avait donné ! ᵃ Vous osez me parler des ressources qui me restent. Vous souffririez que, vil contempteur d'un engagement où la promesse doit être observée religieusement puisqu'elle est donnée, j'aille persuader à une femme d'être méprisable afin que je l'aime **. Moins directement

---

* J'ai mal usé du droit d'éditeur ; j'ai retranché des passages de plusieurs lettres, et cependant j'ai laissé trop de choses au moins inutiles. Mais cette négligence ne serait pas aussi excusable dans une lettre comme celle-ci : c'est à dessein que j'ai laissé ce mot sur le mariage. Je ne l'ai pas supprimé, parce que je n'ai pas en vue la foule de ceux qui lisent : elle seule pourrait ne pas trouver évident que cela n'attaque ni l'utilité, ni la beauté de l'institution du mariage, ni même tout ce qu'il y a d'heureux dans un mariage heureux.
a. donné.
** Il y avait ici dans le texte : « Je ne la presserai point d'être fourbe en ma faveur, je m'y refuserais même ; et je ne ferais rien en cela que de très simple, rien qui ne soit, pour quiconque y a su penser, un devoir rigoureux dont l'infraction l'avilirait. Nulle force du désir, nulle passion mutuelle même ne peut servir d'excuse. »

coupable, mais non moins inconsidéré, m'efforcerai-je de troubler une famille, de désoler des parents, de déshonorer celle à qui ce genre d'honneur est si nécessaire dans la société ? Ou bien, pour n'attaquer aucun droit, pour n'exposer personne, irai-je, dans des lieux méprisés, chercher celles qui peuvent être à moi, non par une douce liberté de mœurs ᵃ, non par un désir naturel, mais parce que leur métier les donne à tous ? N'étant plus à elles-mêmes, elles ne sont plus des femmes, mais je ne sais quoi d'analogue à elles que l'oubli ᵇ de toute délicatesse, l'inaptitude aux sentiments généreux, et le joug de la misère, livrent ᶜ aux caprices les plus bruts de l'homme en qui une telle habitude dépravera aussi les sensations et les désirs. Il reste des circonstances possibles, j'en conviens, mais elles sont très rares, et quelquefois elles ne se rencontrent point dans une vie entière. Les uns, retenus par la raison *, consument leurs jours dans des privations nécessaires et injustes ; les autres, en nombre bien plus grand, se jouent du devoir qui les contrarie.

Ce devoir a cessé d'en être un dans l'opinion, parce que son observation est contraire à l'ordre naturel des choses. Le mépris qu'on en fait mène pourtant à l'habitude de n'obéir qu'à l'usage, de se faire à soi-même une règle selon ses penchants, et de mépriser toute obligation dont l'infraction ne conduit pas positivement aux peines légales, ou à la honte dans la société. C'est la suite inévitable des bassesses réelles dont on s'amuse tous les jours. Quelle moralité voulez-vous attendre d'une femme qui trompe celui par qui elle vit, ou pour qui elle devrait vivre ; qui est sa première amie, et se joue de sa confiance ; qui détruit son repos, ou rit de lui s'il le

---

a. des mœurs

b. d'analogue. L'oubli

c. les livrent

* On l'est aussi par la timidité du sentiment. L'on a distingué dans toute affection de notre être deux choses analogues, mais non semblables, le sentiment et l'appétit. L'amour du cœur donne aux hommes sensibles beaucoup de réserve et d'embarras : le sentiment est plus fort alors que le besoin direct. Mais comme il n'y a point de sensibilité profonde dans une organisation intérieurement faible, celui qui est ainsi dans une véritable passion, n'est plus le même dans l'amour sans passion ; s'il est retenu alors, c'est par ses devoirs, et nullement par sa timidité.

conserve ; et qui s'impose la nécessité de le trahir jusqu'aux bornes de sa vie [a], en laissant à ses affections l'enfant qui ne lui appartient pas ? De tous les engagements, le mariage n'est-il pas celui dans lequel la confiance et la bonne foi importent le plus à la sécurité de la vie [299] ? Quelle misérable probité que celle qui paie scrupuleusement un écu, et compte pour un vain mot la promesse la plus sacrée qui soit entre les hommes ! Quelle moralité voulez-vous attendre de l'être qui s'attachait à persuader une femme en se moquant d'elle, qui la méprise parce qu'elle a été telle qu'il la voulait, la déshonore parce qu'elle l'a aimé ; la quitte parce qu'il en a joui, et l'abandonne quand elle a le malheur visible d'avoir partagé ses plaisirs [*]. Quelle moralité, quelle équité voulez-vous attendre de cet homme, au moins inconséquent, qui exige de sa femme des sacrifices qu'il ne paie point, et qui la veut sage et inaccessible, tandis qu'il va perdre, dans des habitudes secrètes, l'attachement dont il l'assure, et qu'elle a droit de prétendre pour que sa fidélité ne soit pas un injuste esclavage.

Des plaisirs sans choix dégradent l'homme, des plaisirs coupables le corrompent ; mais l'amour sans passion ne l'avilit point. Il y a un âge pour aimer et jouir : il y en a un pour jouir sans amour. Le cœur n'est pas toujours jeune ; et même s'il l'est encore, il ne rencontre pas toujours ce qu'il peut vraiment aimer.

Toute jouissance est un bien lorsqu'elle est exempte et d'injustice et d'excès, lorsqu'elle est amenée par les convenances naturelles, et possédée selon les désirs d'une organisation délicate.

L'hypocrisie de l'amour est un des fléaux de la société. Pourquoi l'amour sortirait-il de la loi commune ? pourquoi n'être pas en cela comme dans tout le reste, juste et sincère ? Celui-là seul est certainement éloigné de tout mal, qui cherche avec naïveté ce qui peut le faire jouir sans

---
a. jusqu'au dernier jour,
[*] Je n'ai pas encore découvert la différence entre le misérable qui... rend une femme enceinte, puis l'abandonne, et le soldat qui, dans le saccage d'une ville, en jouit et l'égorge. Celui-ci serait-il moins infâme, et parce que du moins il ne la trompe pas, et parce que ordinairement il est ivre.

remords. Toute vertu imaginaire ou accidentelle m'est suspecte : quand je la vois sortir orgueilleusement de sa base erronée, je cherche, et je découvre une laideur interne sous le costume des préjugés, sous le masque fragile de la dissimulation.

Permettez, autorisez des plaisirs, afin que l'on ait des vertus : montrez la raison des lois, afin qu'on les vénère ; invitez à jouir, afin d'être écouté quand vous commandez de souffrir. Élevez l'âme par le sentiment des voluptés naturelles ; vous la rendrez forte et grande, elle respectera les privations légitimes, elle en jouira même dans la conviction de leur utilité sociale.

Je veux que l'homme use librement de ses facultés, quand elles n'attaquent point d'autres droits. Je veux qu'il jouisse, afin d'être bon ; qu'il soit animé par le plaisir, mais dirigé par l'équité visible ; que sa vie soit juste, heureuse et même voluptueuse. J'aime que celui qui pense raisonne ses devoirs : je fais peu de cas d'une femme qui n'est retenue dans les siens que par une sorte de terreur superstitieuse pour tout ce qui appartient à des jouissances dont elle n'oserait s'avouer le désir.

J'aime qu'on se dise : ceci est-il mal, et pourquoi l'est-il ? S'il l'est, on se l'interdit, s'il ne l'est point, on en jouit avec un choix sévère, avec la prudence qui est l'art d'y trouver une volupté plus grande ; mais sans autre réserve, sans honte, sans déguisement *.

La vraie pudeur doit seule contenir la volupté. La pudeur est une perception exquise, une partie de la sensibilité parfaite ; c'est la grâce des sens, et le charme de l'amour. Elle évite tout ce que nos organes repoussent ; elle permet ce qu'ils désirent ; elle sépare ce que la nature a laissé à notre intelligence le soin de séparer : et c'est principalement l'oubli de cette réserve volup-

---

* Vraisemblablement on objectera que le vulgaire est incapable de chercher ainsi la raison de ses devoirs, et surtout de le faire sans partialité. Mais la difficulté d'estimer ainsi ses devoirs n'est pas très grande en elle-même, et n'existe guère que dans la confusion présente de la morale. D'ailleurs, dans des institutions différentes des nôtres, il n'y aurait peut-être point des esprits aussi instruits que parmi nous, mais il n'y aurait certainement pas une foule aussi stupide et surtout aussi trompée.

tueuse qui éteint l'amour dans l'indiscrète liberté du mariage.

....
....
.... *

LETTRE LXIV

Saint-Saphorin, 10 juillet, VIII

Il n'y a pas l'ombre de sens dans la manière dont je vis ici. Je sais que j'y fais des sottises, et je les continue sans pourtant tenir beaucoup à les continuer. Mais si je ne fais pas plus sagement, c'est que je ne puis parvenir à y mettre de l'importance. Je passe sur le lac la moitié du jour et la moitié de la nuit ; et quand je m'en éloignerai, je serai tellement habitué au balancement des vagues, au bruit des eaux, que je me déplairai sur un sol immobile, et dans le silence des prés.

Les uns me prennent pour un homme dont quelque amour a un peu dérangé la tête, d'autres soutiennent que je suis un Anglais qui a le spleen [300] ; les bateliers ont appris à Hantz que j'étais l'amant d'une belle femme étrangère qui vient de partir subitement de Lausanne. Il faudra que je

---

* Voici une partie de ce que j'ai retranché du texte. L'on trouvera peut-être que j'eusse dû le supprimer entièrement. Mais je réponds pour cette circonstance-ci et pour d'autres, que l'on peut se permettre de parler aux hommes quand on n'a rien dans sa pensée qu'on doive leur taire. Je suis responsable de ce que je publie. J'ose juger les devoirs : si jamais on peut me dire qu'il me soit arrivé de manquer à un seul devoir réel, non seulement je ne les jugerai plus, mais je renoncerai pour toujours au droit d'écrire.
« J'aurais peu de confiance dans une femme qui ne sentirait pas la raison de ses devoirs, qui les suivrait strictement, aveuglément et par l'instinct de la prévention. Il peut arriver qu'une telle conduite soit sûre, mais ce genre de conduite ne me satisfera pas. J'estime davantage une femme que rien absolument ne pourrait engager à trahir celui qui reposerait sur sa foi, mais qui, dans sa liberté naturelle, n'étant liée ni par une promesse quelconque, ni par un attachement sérieux, et se trouvant dans des circonstances assez particulières pour l'y déterminer, jouirait de plusieurs hommes, et en jouirait même dans l'ivresse, dans la nudité, dans la délicate folie du plaisir (K). »

cesse mes courses nocturnes, car les plus sensés me plaignent, et les meilleurs me prennent pour un fou. On lui a dit à Vevey : « N'êtes-vous pas au service de cet Anglais dont on parle tant ? » Le mal gagne ; et pour les gens de la côte, je crois qu'ils se moqueraient de moi si je n'avais pas d'argent : heureusement je passe pour fort riche. L'aubergiste veut absolument me dire, « Milord » ; et je suis très respecté. Riche étranger, ou Milord, sont synonymes.

De plus, en revenant du lac, je me mets ordinairement à écrire, en sorte que je me couche quand il fait grand jour. Une fois les gens de l'auberge entendant quelque bruit dans ma chambre, et surpris que je me fusse levé sitôt [a], montèrent me demander si je ne prendrais rien le matin. Je leur répondis que je ne soupais point, et que j'allais me coucher. Je ne me lève donc qu'à midi, ou même à une heure ; je prends du thé, j'écris ; puis au lieu de dîner, je prends encore du thé, je ne mange autre chose que du pain et du beurre, et aussitôt je vais au lac. La première fois que j'allai seul dans un petit bateau que j'avais fait chercher exprès pour cela, ils remarquèrent que Hantz restait au rivage, et que je partais à la fin du jour : il y eut assemblée au cabaret, et ils décidèrent que pour cette fois le spleen avait pris le dessus, et que je fournirais un beau suicide aux annales du village.

Je suis fâché de n'avoir pas pensé d'avance à l'effet que ces singularités pourraient produire. Je n'aime pas à être remarqué, mais je ne l'ai su que quand tout cela était une habitude déjà prise ; et je pense qu'on ne parlerait pas moins si [b] j'allais en changer pour le peu de jours que je dois encore passer ici. Comme je n'y savais que faire, j'ai cherché à consumer les heures. Quand je suis actif, je n'ai pas d'autres besoins ; mais si je m'ennuie, j'aime du moins à m'ennuyer [c] avec mollesse.

Le thé [301] est d'un grand secours pour s'ennuyer d'une manière calme. Entre les poisons un peu lents qui font les délices de l'homme, je crois que c'est un de ceux qui conviennent le mieux à ses ennuis. Il donne une émotion

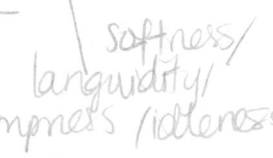

---

a. si tôt
b. prise ; et on ne parlerait pas moins si
c. du moins m'ennuyer

faible et soutenue : comme elle est exempte des dégoûts du retour, elle dégénère en une habitude de paix et d'indifférence, en une faiblesse qui tranquillise le cœur que ses besoins fatigueraient, et nous débarrasse de notre force malheureuse. J'en ai pris l'usage à Paris, puis à Lyon : mais ici, j'ai eu l'imprudence de le porter jusqu'à l'excès. Ce qui me rassure, c'est que je vais avoir un domaine et des ouvriers, cela m'occupera et me retiendra. Je me fais beaucoup de mal maintenant ; mais comptez sur moi, je vais devenir sage par nécessité.

Je m'aperçois, ou je crois m'apercevoir que le changement qui s'est fait en moi, a été beaucoup avancé par l'usage journalier du thé et du vin. Je crois que [a], toutes choses d'ailleurs égales, les buveurs d'eau conservent bien plus longtemps la délicatesse des sensations, et en quelque sorte leur première candeur. L'usage des stimulants vieillit nos organes. Ces émotions outrées et qui ne sont pas dans l'ordre des convenances naturelles entre nous et les choses, effacent les émotions simples et détruisent cette proportion pleine d'harmonie qui nous rendait sensibles à tous les rapports extérieurs, quand nous n'avions, pour ainsi dire, de sentiments que par eux.

Tel est le cœur humain ; le principe le plus essentiel des lois pénales n'a pas d'autre fondement. Si on ôte la proportion entre les peines et les délits, si on veut trop presser le ressort de la crainte, on perd sa souplesse ; et si on va encore plus loin, il arrive enfin qu'on le brise : on donne aux âmes le courage du crime ; on éteint toute énergie dans celles qui ont de la faiblesse, et l'on entraîne les autres à des vertus atroces. Si l'on porte au-delà des limites naturelles l'émotion des organes, on les rend insensibles à des impressions plus modérées. En employant trop souvent, en excitant mal à propos leurs facultés extrêmes, on émousse leurs forces habituelles ; on les réduit à ne pouvoir que trop, ou rien ; on détruit cette proportion ordonnée pour les circonstances diverses, qui nous unissait aux choses muettes elles-mêmes [b], et nous y attachait par des convenances intimes. Elle nous laissait toujours

---

a. Je pense que,
b. unissait même aux choses muettes,

dans l'attente [a] ou l'espoir, en nous montrant partout des occasions de sentir ; elle nous laissait ignorer la borne du possible ; elle nous laissait croire que nos cœurs avaient des moyens immenses, puisque ces moyens étaient indéfinis, et puisque toujours relatifs aux choses du dehors, ils pouvaient toujours devenir plus grands dans des situations inconnues.

Il existe encore une différence essentielle entre l'habitude d'être ému [b] par l'impression des autres objets, ou celle de l'être par l'impulsion interne d'un excitatif donné par notre caprice ou par un incident fortuit, et non par l'occurrence des temps. Nous ne suivons plus le cours du monde ; nous sommes animés lorsqu'il nous abandonnerait au repos ; et souvent c'est lorsqu'il nous animerait, que nous nous trouvons dans l'abattement que nos excès produisent. Cette fatigue, cette indifférence, nous rend inaccessibles aux impressions des choses, à ces mobiles extérieurs qui, devenus étrangers à nos habitudes, se trouvent fréquemment en discordance ou en opposition avec nos besoins.

Ainsi l'homme a tout fait pour se séparer du reste de la nature, pour se rendre indépendant du cours des choses. Mais cette liberté, qui n'est point selon sa nature [c], n'est pas une vraie liberté : elle est comme la licence d'un peuple qui a brisé le joug des lois et des mœurs nationales, elle ôte bien plus qu'elle ne donne, elle met l'impuissance du désordre à la place d'une dépendance légitime qui s'accorderait avec nos besoins. Cette indépendance illusoire qui détruit nos facultés pour y substituer nos caprices, nous rend semblables à cet homme qui, malgré l'autorité du magistrat, voulait absolument élever dans la place publique le monument d'un culte étranger, au lieu de se borner à en dresser chez lui les autels : il se fit exiler dans un désert de sable mouvant, où personne ne s'opposa à sa volonté, mais où sa volonté ne put rien produire ; il y mourut libre, mais sans autels domestiques aussi bien que

---

a. laissait dans l'attente
b. émus
c. selon sa propre nature,

sans temples, sans aliments comme sans lois, sans amis comme sans maîtres * [302].

Je conviens qu'il serait plus à propos de raisonner moins sur l'usage du thé, et d'en cesser l'excès ; mais dès qu'on a quelque habitude de ces sortes de choses, on ne sait plus où s'arrêter. S'il est difficile de quitter une telle habitude, il ne l'est pas moins peut-être de la régler, à moins que l'on ne puisse également régler toute sa manière de vivre. Je ne sais comment avoir beaucoup d'ordre dans une chose, quand il m'est interdit d'en avoir dans le reste ; comment mettre de la suite dans ma conduite, quand je n'ai aucun espoir d'en avoir une qui soit constante, et qui s'accorde avec mes autres habitudes. C'est encore ainsi que je ne sais rien faire sans moyens : plusieurs hommes ont cet art de créer les moyens [a], ou de faire beaucoup avec très peu. Pour moi, je saurais peut-être employer mes moyens avec ordre et utilité : mais le premier pas demande un autre art ; et cet art, je ne l'ai point. Je crois que ce défaut vient de ce qu'il m'est impossible de voir les choses autrement que dans toute leur étendue, celle du moins que je puis saisir. Je veux donc que leurs principales convenances soient toutes observées ; et le sentiment de l'ordre, poussé peut-être trop loin, ou du moins trop exclusif, ne me permet de rien faire et de rien [b]

---

* Les stimulants de la Torride pourraient avoir contribué à nous vieillir. Leurs feux agissent moins dans l'Inde parce qu'on y est moins actif ; mais l'inquiétude européenne, excitée par leur fermentation, produit ces hommes remuants et agités, dont le reste du globe voit la manie avec un étonnement toujours nouveau. *Rév.*
Je ne dis pas que dans l'état présent des choses, ce ne soit pas un allègement pour des individus, et même pour un corps de peuple, que cette activité valeureuse et spirituelle qui voit dans le mal le plaisir de le souffrir gaiement, et dans le désordre le côté burlesque que présentent toutes les choses de la vie. L'homme qui tient aux objets de ses désirs dit bien souvent : « Que le monde est triste ! » Celui qui ne prétend plus autre chose que de ne pas souffrir, se dit : « Que la vie est bizarre ! » C'est déjà trouver les choses moins malheureuses que de les trouver comiques : c'est plus encore quand on s'amuse de toutes les contrariétés qu'on éprouve ; et quand, afin de mieux rire, on cherche les dangers. Pour les Français, s'ils ont jamais Naples, ils bâtiront une salle de bal dans le cratère du Vésuve.
a. des moyens,
b. rien faire, de rien

conduire dans le désordre. J'aime mieux m'abandonner que de faire ce que je ne saurais bien faire. Il y a des hommes qui sans rien avoir, établissent leur ménage ; ils empruntent, ils font valoir, ils s'intriguent[a], ils paieront quand ils pourront ; en attendant, ils vivent et dorment tranquilles, quelquefois même ils réussissent. Je n'aurais pu me résoudre à une vie si précaire ; et quand j'aurais voulu m'y hasarder, je n'aurais pas eu les talents nécessaires. Cependant celui qui, avec cette industrie, réussit à faire subsister sa famille, sans s'avilir, et sans manquer à ses engagements, est sans doute un homme louable. Pour moi, je ne serais guère capable que de me résoudre à manquer de tout, comme si c'était une loi de la nécessité. Je chercherai toujours à employer le mieux possible des moyens suffisants, ou à rendre tels, par mes privations personnelles, ceux qui ne le seraient pas sans cela. Je ferais jour et nuit des choses convenables, réglées et assurées, pour donner le nécessaire à un ami, à un enfant ; mais entreprendre dans l'incertitude, mais rendre suffisants à force d'industrie hasardée, des moyens très insuffisants par eux-mêmes, c'est ce que je ne saurais espérer de moi.

Il résulte d'une telle disposition, ce grand inconvénient, que je ne puis vivre bien, sagement, et dans l'ordre, ni même suivre mes goûts ou songer à mes besoins, qu'avec des facultés à peu près certaines ; et que si je suis peut-être au nombre des hommes capables d'user bien de ce qu'on appelle une grande fortune, ou même d'une médiocrité facile ; je suis aussi du nombre de ceux qui, dans le dénuement, se trouvent sans ressources et ne savent faire autre chose que d'éviter la misère, le ridicule ou la bassesse, quand le sort ne les place pas lui-même au-dessus du besoin.

La prospérité est plus difficile à soutenir que l'adversité, dit-on généralement. Mais c'est le contraire pour l'homme qui n'est pas soumis à des passions positives ; qui aime à faire bien ce qu'il fait, qui a pour premier besoin celui de l'ordre, et qui considère plutôt l'ensemble des choses que leurs détails.

---

a. ils intriguent,

L'adversité convient à un homme ferme et un peu enthousiaste, dont l'âme s'attache à une vertu austère, et dont heureusement l'esprit n'en voit pas l'incertitude *. Mais l'adversité est bien triste, bien décourageante pour celui qui n'y trouve rien à son usage, parce qu'il voudrait faire bien, et que pour faire il faut pouvoir ; parce qu'il voudrait être utile, et que le malheureux trouve peu d'occasions de l'être. N'étant pas soutenu par le noble fanatisme d'Épictète [303], il sait bien résister au malheur, mais mal à une vie malheureuse dont il se rebute enfin, sentant qu'il y perd tout son être. L'homme religieux, et surtout celui qui est certain d'un Dieu rémunérateur, a un grand avantage : il est bien facile de supporter le mal quand le mal est le plus grand bien que l'on puisse éprouver. J'avoue que je ne saurais voir ce qu'il y a d'étonnant dans la vertu d'un homme qui lutte sous l'œil de son Dieu ; et qui sacrifie des caprices d'une heure à une félicité sans bornes [a] et sans terme. Un homme tout à fait persuadé ne peut faire autrement, à moins qu'il ne soit en délire. Il me paraît démontré que celui qui succombe à la vue de l'or, à la vue d'une belle femme ou des autres objets des passions terrestres, n'a pas la foi. Il est évident qu'il ne voit bien que la terre : s'il voyait avec la même certitude ce ciel et cet enfer dont il se rappelle [b] quelquefois ; s'ils étaient là, comme les choses de la terre, présents dans sa pensée, il serait impossible qu'il succombât jamais. Où est le sujet qui jouissant de sa raison, ne sera pas dans l'impuissance de contrevenir à l'ordre de son prince, s'il lui a dit : « Vous voilà dans mon sérail [c] au milieu de toutes mes femmes ; pendant cinq minutes n'en approchez aucune ; [d] j'ai l'œil sur vous ; si vous êtes fidèle pendant ce peu de temps, tous ces plaisirs et d'autres vous seront permis [e] ensuite pendant trente années d'une prospérité constante. » Qui ne voit que cet homme, quelque

---

* L'homme de bien est inébranlable dans sa vertu sévère ; l'homme à systèmes cherche souvent des vertus austères.

a. sans borne
b. enfer qu'il se rappelle
c. mon harem,
d. n'approchez d'aucune :
e. tous ces plaisirs vous seront permis

ardent qu'on le suppose, n'a pas même besoin de force pour résister pendant un temps si court : il n'a besoin que de croire à la parole de son prince. Assurément les tentations du chrétien ne sont pas plus fortes, et la vie de l'homme est bien moins devant l'éternité, que cinq minutes comparées à trente années : il y a l'infini de distance entre le bonheur promis au chrétien, et les plaisirs offerts au sujet dont je parle : enfin la parole du prince peut laisser quelque incertitude, celle de Dieu n'en peut laisser aucune. Si donc il n'est pas démontré que sur cent mille de ceux qu'on appelle vrais chrétiens, il y en a tout au plus un qui ait presque la foi, il me l'est à moi que rien au monde ne peut être démontré.

Pour les conséquences de ceci, vous les trouverez très simples : et je veux revenir aux besoins que donne l'habitude des fermentés. Il faut vous rassurer et achever de vous dire comment vous pouvez m'en croire, malgré que [a] je promette de me réformer précisément dans le temps que je me contiens le moins, et que je donne à l'habitude une force plus grande.

Il y a encore un aveu à vous faire auparavant, c'est que je commence à perdre enfin le sommeil : quand le thé m'a trop fatigué, je n'y connais d'autre remède que le vin, je ne dors que par ce moyen, et voilà encore un excès ; car il faut bien [b] en prendre autant qu'il se puisse sans que la tête en soit affectée visiblement. Je ne sais rien de plus ridicule qu'un homme qui prostitue sa pensée devant des étrangers ; et dont on dit, il a bu, en voyant ce qu'il fait, ce qu'il dit. Mais pour soi-même, rien n'est plus doux à la raison que de la déconcerter un peu quelquefois. Je prétends encore qu'un demi-désordre serait autant à sa place dans l'intimité, qu'un véritable excès devient honteux devant les hommes, et avilissant dans le secret même.

Plusieurs des vins de Lavaux que l'on recueille ici près, entre Lausanne et Vevey, passent pour dangereux. Mais quand je suis seul, je ne fais usage que du Courtailloux [304] : c'est un vin de Neuchâtel que l'on estime autant

---

a. quoique [dès 1833]
b. un excès : il faut bien

que le petit bourgogne : Tissot [305] le regarde comme aussi salubre.

Dès que je serai propriétaire, je ne manquerai point de moyens de passer les heures, et d'occuper aux soins d'arranger, de bâtir, d'approvisionner, cette activité intérieure dont les besoins ne me laissent aucun repos dans l'inaction. Pendant le temps que dureront ces embarras, je diminuerai graduellement l'usage du vin ; et quant au thé j'en quitterai tout à fait l'habitude ; je veux à l'avenir n'en prendre que rarement. Lorsque tout sera arrangé, et que je pourrai commencer à suivre la manière de vivre que depuis si longtemps j'aurais voulu prendre, je me trouverai ainsi préparé à m'y conformer sans éprouver les inconvénients d'un changement trop subit et trop grand.

Pour les besoins de l'ennui, j'espère ne les plus connaître dès que je pourrai assujettir toutes mes habitudes à un plan général ; j'occuperai facilement les heures ; je mettrai à la place des désirs et des jouissances, l'intérêt que l'on prend à faire ce qu'on a cru bon, et le plaisir de céder à ses propres lois.

Ce n'est pas que je me figure un bonheur qui ne m'est pas destiné, ou qui du moins est encore bien loin de moi. J'imagine seulement que je ne sentirai plus le poids du temps, que je pourrai prévenir l'ennui ordinaire, et que je ne m'ennuierai plus qu'à ma manière [a].

Je ne veux pas m'assujettir à une règle monastique. Je me réserverai des ressources pour les instants où le vide sera plus accablant, mais la plupart seront prises dans le mouvement et dans l'activité. Les autres ressources auront leurs limites assez étroites, et l'extraordinaire lui-même sera réglé. Jusqu'à ce que ma vie soit remplie, j'ai besoin d'une règle fixe. Autrement il me faudrait des excès sans autre terme que celui de mes forces, et encore comment rempliraient-ils un vide sans bornes. J'ai vu quelque part, que l'homme qui sent n'a pas besoin de vin. Cela peut être vrai pour celui qui n'en a point l'habitude. Lorsque j'ai été quelques jours sobre et occupé, ma tête s'agite excessivement, le sommeil se perd. J'ai besoin d'un excès qui me

---

a. que je ne sentirai guère le poids du temps ; je pourrai prévenir.., ou bien je ne m'ennuierai plus qu'à ma manière.

tire de mon apathie inquiète, et qui dérange un peu cette raison divine dont la vérité gêne notre imagination, et ne remplit pas nos cœurs.

Il y a une chose qui me surprend. Je vois des gens qui paraissent boire uniquement pour le plaisir de la bouche, pour le goût, et prendre un verre de vin, comme ils prendraient une bavaroise [306]. Cela n'est pas pourtant, mais ils le croient ; et si vous le leur demandez, ils seront même surpris de votre question.

Je vais donc m'interdire [a] ces moyens de tromper les besoins du plaisir et l'inutilité des heures. Je ne sais pas si ce que je mettrai à la place ne sera pas moindre encore, mais enfin je me dirai, voici un ordre établi, il faut le suivre. Afin de le suivre constamment, j'aurai soin qu'il ne soit pas d'une exactitude [b] scrupuleuse, ni d'une trop grande uniformité ; car il se trouverait [c] des prétextes et même des motifs de manquer à la règle ; et si une fois on y manque, il n'y a plus de raison pour qu'on ne la secoue pas tout à fait.

Il est bon que ce qui plaît soit limité par une loi antérieure. Au moment où on l'éprouve, il en coûte de le soumettre à une règle qui le borne. Ceux mêmes qui en ont la force, ont encore eu tort de n'avoir pas décidé dans le temps propre à la réflexion, ce que la réflexion doit décider, et d'avoir attendu le moment où ses raisonnements altèrent les affections agréables qu'ils sont forcés de combattre. En pensant aux raisons de ne pas jouir davantage, on réduit à bien peu de choses [d] la jouissance qu'on se permet : car il est [e] de la nature du plaisir qu'il soit possédé avec une sorte d'abandon et de plénitude. Il se dissipe lorsqu'on veut le borner autrement que par la nécessité ; et puisqu'il faut pourtant que la raison le borne, le seul moyen de concilier ces deux choses qui sans cela seraient contraires, c'est d'imposer d'avance au plaisir la retenue d'une loi générale.

---

a. Je vais m'interdire
b. qu'il ne soit ni d'une exactitude
c. uniformité ; il se trouverait
d. peu de chose
e. permet ; il est

Quelque faible que soit une impression, le moment où elle agit sur nous est celui d'une sorte de passion. La chose actuelle est difficilement estimée à sa juste valeur : ainsi dans les objets de la vue, la proximité, la présence agrandissent les dimensions. C'est avant les désirs qu'il faut se faire des principes contre eux. Dans le moment de la passion, le souvenir de cette règle n'est plus la voix importune de la froide réflexion, mais la loi de la nécessité, et cette loi n'attriste pas un homme sage.

Il est donc essentiel que la loi soit générale ; celle des cas particuliers est trop suspecte. Cependant abandonnons quelque chose aux circonstances : c'est une liberté que l'on conserve, parce qu'on n'a pu tout prévoir, et parce qu'il faut se soumettre à ses propres lois seulement de la même manière que notre nature nous a soumis à celles de la nécessité. Nos affections doivent avoir de l'indépendance, mais une indépendance continue dans des limites qu'elle ne puisse passer. Elles sont semblables aux mouvements du corps qui n'ont point de grâce s'ils sont gênés, contraints, et trop uniformes ; mais qui manquent de décence comme d'utilité, s'ils sont brusques, irréguliers ou involontaires.

C'est un excès dans l'ordre même que de prétendre nuancer parfaitement, modérer, régler ses jouissances, et les ménager avec la plus sévère économie, pour les rendre durables et même perpétuelles. Cette régularité absolue est trop rarement possible : le plaisir nous séduit, il nous emporte, comme la tristesse nous retient et nous enchaîne. Nous vivons au milieu des songes ; et de tous nos songes, l'ordre parfait pourrait bien être le moins naturel.

Ce que j'ai peine à me figurer, c'est comment on cherche l'ivresse des boissons quand on a celle des choses. N'est-ce pas le besoin d'être ému qui fait nos passions ? Quand nous sommes agités par elles, que pouvons-nous trouver dans le vin, si ce n'est un repos qui suspende leur action immodérée ?

Apparemment l'homme chargé de grandes choses, cherche aussi dans le vin l'oubli, le calme, et non pas l'énergie. C'est ainsi que le café en m'agitant, rend quelquefois le sommeil à ma tête fatiguée d'une autre agitation. Ce n'est pas ordinairement le besoin des impressions énergiques qui entraîne les âmes fortes aux excès des vins ou des liqueurs [a]. Une âme forte, occupée de grandes choses, trouve dans leur habitude une activité plus digne d'elle en les gouvernant selon l'ordre. Le vin ne peut que la reposer. Autrement pourquoi tant de héros de l'histoire ? pourquoi tant de gouvernants ? pourquoi des maîtres du monde [b] auraient-ils bu ? C'était, chez plusieurs peuples, un honneur de beaucoup boire : mais des hommes extraordinaires ont fait de même dans des temps où l'on ne mettait à cela aucune gloire. Je laisse donc tous ceux que l'opinion entraîna, et tous ceux des gouvernants qui furent des hommes très ordinaires : il reste quelques hommes forts et occupés de choses utiles, ceux-là n'ont pu chercher dans le vin que le repos d'une tête surchargée de ces soins dont l'habitude atténue l'importance, mais sans la détruire, puisqu'il n'y a rien au-delà [c].

LETTRE LXV

Saint-Saphorin, 14 juillet, VIII

Soyez assuré que votre manière de penser ne sera pas combattue : si j'avais assez de faiblesse pour qu'il me fût un jour nécessaire en ceci d'être ramené à la raison, je retrouverais votre lettre. J'aurais d'autant plus de honte de moi, que j'aurais bien changé, car maintenant je pense absolument comme vous. Jusque-là, si elle est inutile sous ce rapport, elle ne m'en satisfait pas moins. Elle est pleine de cette sollicitude de la vraie amitié qui fait redouter par-dessus toutes choses, que l'homme en qui on a mis une partie de soi-même, se laisse aller à cesser d'être homme de bien.

Non, je n'oublierai jamais que l'argent est un des plus grands moyens de l'homme, et que c'est par son usage qu'il se montre ce qu'il est. Le mieux possible nous est rarement permis : je veux dire que les convenances sont si

---

a. de vins ou de liqueurs.
b. *maîtres du monde*
c. rien au-dessus.

opposées, qu'on ne peut presque jamais faire bien sous tous les rapports. Je crois que c'en est une essentielle de vivre avec une certaine décence, et d'établir dans sa maison des habitudes commodes, une manière réglée. Mais, passé cela, l'on ne saurait excuser un homme raisonnable d'employer à des superfluités ce qui lui permet [a] de faire tant de choses meilleures.

Personne ne sait que je veux me fixer ici : cependant je fais faire à Lausanne et à Vevey, quelques meubles et diverses autres choses. On a pensé apparemment que j'étais en état de sacrifier une somme un peu forte aux caprices d'un séjour momentané : on aura cru que j'allais prendre une maison seulement pour passer [b] l'été. Voilà comment on a trouvé que je faisais de la dépense ; et comment j'ai obtenu beaucoup de respects, quoique j'eusse le malheur d'avoir la tête un peu dérangée.

Ceux qui ont à louer des maisons de quelque apparence ne m'abordent pas comme un homme ordinaire : et moi, je suis tenté de rendre ces mêmes hommages à mes louis quand je songe que voilà déjà un heureux. Hantz me donne de l'espérance, si celui-là est satisfait sans que j'y aie pensé, d'autres le seront peut-être à présent que je puis quelque chose. Le dénuement, la gêne, l'incertitude lient les mains dans les choses mêmes que l'argent ne fait pas. On ne peut s'arranger en rien : on ne peut avoir aucun projet suivi. On est au milieu d'hommes que la misère accable, on a quelque aisance extérieure, et cependant on ne peut rien faire pour eux ; on ne peut même leur faire connaître cette impuissance, afin que du moins ils ne soient pas indignés. Où est celui qui songe à la fécondité de l'argent ? Les hommes le perdent comme ils dissipent leurs forces, leur santé, leurs ans. Il est si aisé de l'entasser ou de le prodiguer : si difficile de l'employer bien !

Je sais un curé près de Fribourg, qui est mal vêtu, qui se nourrit mal, qui ne dépense pas un demi-batz sans nécessité ; mais il donne tout, et le donne avec intelligence. Un de ses paroissiens, je l'ai entendu, parlait de son avarice ; mais cette avarice est bien belle !

---
a. ce qui permet
b. une maison pour passer [dès 1833]

Quand on s'arrête à l'importance du temps et à celle de l'argent, on ne peut voir qu'avec peine la perte d'une minute, ou celle d'un batz. Cependant le train des choses nous entraîne : une convenance arbitraire emporte vingt louis, tandis qu'un malheureux n'a pu obtenir un écu. Le hasard nous donne ou nous ôte trente fois plus [a] qu'il ne faudrait pour consoler l'infortuné. Un autre hasard condamne à l'inaction celui dont le génie aurait conservé l'état. Un boulet brise cette tête que l'on croyait destinée aux grandes choses, et que trente ans de soins avait préparée. Dans cette incertitude, sous la loi de la nécessité, que deviennent nos calculs et l'exactitude des détails ?

Sans cette incertitude, on ne voudrait pas avoir des mouchoirs de batiste [307] ; ceux de toile serviraient aussi bien, et l'on pourrait en donner à ce pauvre homme de journée qui se prive de tabac quand on l'emploie dans l'intérieur d'une maison, parce qu'il n'a pas de mouchoir dont il ose se servir *devant le monde*.

Ce serait une vie heureuse que celle qu'on passerait comme ce curé respectable. Si j'étais pasteur de village, je voudrais me hâter de faire ainsi, avant qu'une grande habitude me rendît nécessaire l'usage de ce qui compose une vie aisée. Mais il faut être célibataire, être seul, être indépendant de l'opinion ; sans quoi l'on peut perdre dans trop d'exactitude, les occasions de sortir des bornes d'une utilité si restreinte. S'arranger de cette manière c'est trop limiter son sort ; mais aussi, sortez de là ; et vous voilà comme assujetti à tous ces besoins convenus dont il est difficile de marquer le terme, et qui entraînent si loin de l'ordre réel, qu'on voit des gens ayant cent mille livres de revenu, craindre une dépense de vingt francs.

On ne s'arrête pas assez à ce qu'éprouve une femme qui se traîne sur une route avec son enfant, qui manque de pain pour elle et pour lui-même, et qui enfin trouve ou reçoit une pièce de six sous. Alors elle entre avec confiance dans une maison où elle aura de la paille [b] ; avant de s'y coucher, elle lui fait une panade [308] ; et dès qu'il dort, elle

---

a. beaucoup plus
b. de la paille pour tous deux ;

s'endort contente, laissant à la providence les besoins du lendemain.

Que de maux à prévenir, à réparer ! que de consolations à donner ! que de plaisirs à faire qui sont là en quelque sorte, dans une bourse d'or, comme des germes cachés et oubliés, et qui n'attendent pour produire des fruits admirables que l'industrie d'un bon cœur ! Toute une campagne est misérable et avilie : les besoins, l'inquiétude, le désordre ont flétri tous les cœurs ; tous souffrent et s'irritent ; l'humeur, les divisions, les maladies, la mauvaise nourriture, l'éducation brutale, les habitudes malheureuses, tout peut être changé. L'union, l'ordre, la paix, la confiance peuvent être ramenés ; et l'espérance elle-même, et les mœurs heureuses ! Fécondité de l'argent !

Celui qui a pris un état, celui dont la vie peut être réglée, dont le revenu est toujours le même, qui est contenu dans cela, est borné là, comme un homme l'est par les lois de sa nature, l'héritier d'un petit patrimoine, un ministre de campagne, un rentier tranquille peuvent calculer ce qu'ils ont, fixer leur dépense annuelle, réduire leurs besoins personnels aux besoins absolus, et compter alors tous les sous qui leur restent, comme des jouissances qui ne périront point. Il ne doit pas sortir de leurs mains une seule monnaie qui ne ramène la joie ou le repos dans le cœur d'un malheureux.

J'entre avec affection dans cette cuisine patriarcale, sous un toit simple, dans l'angle de la vallée. J'y vois des légumes que l'on apprête avec un peu de lait, parce qu'ils sont moins coûteux ainsi qu'avec le beurre. On y fait une soupe avec des herbes, parce que le bouillon gras a été porté à une demi-lieue de là chez un malade. Les plus beaux fruits se vendent à la ville, et leur produit sert à distribuer à chacune des femmes les moins aisées de l'endroit, quelques bichets [309] de farine de maïs qu'on ne leur donne pas comme une aumône, mais dont on leur montre à faire *des gaudes* [310] et des galettes. Pour les fruits salubres et qui ne sont pas d'un grand prix, tels que les cerises, les groseilles, le raisin commun, on les consomme avec autant de plaisir que ces belles poires ou ces pêches qui ne rafraîchiraient pas mieux et dont on a tiré un bien meilleur parti.

Dans la maison tout est propre, mais d'une simplicité rigoureuse [311]. Si l'avarice ou la misère avaient fait cette loi, ce serait triste à voir, mais c'est l'économie de la bienfaisance. Ses privations raisonnées, sa sévérité volontaire, sont plus douces que toutes les recherches et l'abondance d'une vie voluptueuse : celles-ci deviennent des besoins dont on ne supporterait pas d'être privé, mais auxquels on ne trouve point de plaisir ; les premières donnent des jouissances toujours répétées, et qui nous laissent notre indépendance. Des étoffes de ménage, fines, mais fortes et peu salissantes [a], composent presque tout l'habillement des enfants et du père. Sa femme ne porte que des robes blanches de toile de coton ; et tous les ans, on trouve des prétextes pour répartir plus de deux cents aunes de toile entre ceux qui sans cela auraient à peine des chemises. Il n'y a d'autre porcelaine que deux tasses du Japon, qui servaient jadis dans la maison paternelle ; tout le reste est d'un bois très dur, agréable à l'œil et que l'on maintient dans une grande propreté ; il se casse difficilement, et on le renouvelle à peu de frais ; en sorte que l'on n'a pas besoin de craindre ou de gronder, et qu'on a de l'ordre sans humeur, de l'activité sans inquiétude. On n'a point de domestique [b] : comme les soins du ménage sont peu considérables et bien réglés, on se sert soi-même afin d'être libre. De plus on n'aime ni à surveiller, ni à perdre : on se trouve plus heureux avec plus de peine, et plus de confiance. Seulement une femme qui mendiait auparavant, vient tous les jours pendant une heure, elle fait l'ouvrage le moins propre, et elle emporte chaque fois le salaire convenu. Avec cette manière d'être, on connaît au juste ce qu'on dépense ; car là on sait [c] le prix d'un œuf, et l'on sait aussi donner sans aucun regret un sac de blé au débiteur pauvre poursuivi par un riche créancier.

Il importe à l'ordre même qu'on le suive sans répugnance : les besoins positifs sont faciles à contenir par l'habitude, dans les bornes du simple nécessaire ; mais les besoins de l'ennui n'auraient point de bornes et mène-

---

a. de ménage fortes et peu salissantes
b. On n'a pas de domestiques :
c. dépense. Là on sait

raient d'ailleurs aux besoins d'opinion, illimités comme eux. On a tout prévu pour ne laisser aucun dégoût interrompre l'accord de l'ensemble. On ne fait pas usage des stimulants, ils rendent nos sensations trop irrégulières : ils donnent à la fois l'avidité et l'abattement. Le vin et le café sont interdits. Le thé seul est admis, mais aucun prétexte ne peut rendre son usage [a] fréquent : on en prend régulièrement une fois tous les cinq jours. Aucune fête ne vient troubler l'imagination par ses plaisirs espérés, par son indifférence imprévue ou affectée, par les dégoûts et l'ennui qui succèdent également aux désirs trompés et aux désirs satisfaits. Tous les jours sont à peu près semblables, afin que tous soient heureux. Quand les uns sont pour le plaisir et les autres pour le travail ; l'homme qui n'est pas contraint par une nécessité absolue, devient bientôt mécontent de tous, et curieux d'essayer une autre manière de vivre. Il faut à l'incertitude de nos cœurs, ou l'uniformité pour la fixer, ou une variété perpétuelle qui la suspende et la séduise toujours. Avec les amusements s'introduiraient les dépenses ; et l'on perdrait à s'ennuyer dans les plaisirs, les moyens d'être contents et aimés au milieu d'une bourgade contente. Cependant il ne faut pas que toutes les heures de la vie soient insipides et sans joie. On se fait à l'uniformité de l'ennui, mais le caractère en est altéré, l'humeur devient difficile et chagrine ; au milieu de [b] la paix des choses, on n'a plus la paix de l'âme et le calme du bonheur. Cet homme de bien l'a senti. Il a voulu que les services qu'il rend, que l'ordre qu'il a établi donnassent à sa famille la félicité d'une vie simple, et non pas l'amertume des privations et de la misère. Chaque jour a pour les enfants un moment de fête, tel qu'on en peut avoir [c] chaque jour. Il ne finit jamais sans qu'ils se soient réjouis, sans que leurs parents aient eu le plaisir des pères, celui de voir leurs enfants devenir toujours meilleurs en restant toujours aussi contents. Le repas du soir se fait de bonne heure ; il est composé de choses simples, mais qu'ils aiment, et que souvent on leur laisse disposer eux-

---

a. ne peut en rendre l'usage
b. difficile ou chagrine, et au milieu de
c. tel qu'on peut en avoir

mêmes. Après le souper, les jeux en commun chez soi, ou chez des voisins honnêtes, les courses, la promenade, la gaieté nécessaire à leur jeunesse [a] et si bonne à tout âge, ne leur manquent jamais. Tant le maître de la maison est convaincu que le bonheur attache aux vertus, comme les vertus disposent au bonheur.

Voilà comme il faudrait vivre : voilà comme j'aimerais à faire, surtout si j'avais un revenu considérable. Mais vous savez quelle chimère je nourris dans ma pensée. Je n'y crois pas, et pourtant je ne saurais m'y refuser. Le sort qui ne m'a donné ni femme, ni enfants, ni patrie ; je ne sais quelle inquiétude qui m'a isolé, qui m'a toujours empêché de prendre un rôle sur la scène du monde, ainsi que font les autres hommes ; ma destinée enfin, semble me retenir, elle me laisse dans l'attente et ne me permet pas d'en sortir ; elle ne dispose point de moi, mais elle m'empêche d'en disposer moi-même. Il semble qu'il y ait une force qui me retienne et me prépare en secret, que mon existence ait une fin terrestre encore inconnue, et que je sois réservé pour une chose que je ne saurais soupçonner. C'est une illusion peut-être : cependant je ne puis volontairement détruire ce que je crois pressentir, ce que le temps peut me réserver.

À la vérité [b] je pourrais m'arranger ici à peu près de la manière dont je parle ; j'aurais un objet insuffisant, mais du moins certain ; et voyant à quoi je dois m'attacher, je m'efforcerais d'occuper à ces soins journaliers l'inquiétude qui me presse. En faisant dans un cercle étroit, le bien de quelques hommes, je parviendrais à oublier combien je suis inutile aux hommes. Peut-être même prendrais-je ce parti, si je ne me trouvais pas dans un isolement qui ne m'y offrirait point de douceur intérieure ; si j'avais un enfant que je formerais, que je suivrais dans les détails : si j'avais une femme qui aimât les soins d'un ménage bien conduit, à qui il fût naturel d'entrer dans mes vues, qui pût trouver des plaisirs dans l'intimité domestique, et jouir comme moi de toutes ces choses qui n'ont de prix que celui d'une simplicité volontaire.

---

a. à leur âge,
b. réserver en effet. [alinéa] À la vérité,

Bientôt il me suffirait de suivre l'ordre dans les choses de la vie privée. Le vallon ignoré serait pour moi la seule terre humaine. On n'y souffrirait plus, et je deviendrais content. Puisque dans quelques années je serai un peu de poussière que les vers auront abandonnée, j'en viendrais à ce point de regarder comme un monument assez grand la fontaine dont j'aurais amené les eaux intarissables ; et ce serait assez pour l'emploi de mes jours que dix familles trouvassent mon existence utile.

Dans une terre convenable, je jouirais plus de cette simplicité des montagnes, que je ne jouirais dans une grande ville de toutes les habitudes de l'opulence. Mon parquet serait un plancher de sapin ; au lieu de boiseries vernies, j'aurais des murs de sapin ; mes meubles ne seraient point d'acajou, ils seraient de chêne ou de sapin. Je me plairais à voir arranger les châtaignes sous la cendre, au foyer de la cuisine ; comme j'aime à être assis sur un meuble élégant à vingt pieds de distance d'un feu de salon, à la lumière de quarante bougies.

Mais je suis seul ; et outre cette raison, j'en ai d'autres encore de faire différemment. Si je savais qui partagera ma manière de vivre, je saurais selon quels besoins et quels goûts il faut que je la dispose. Si je pouvais être assez utile dans ma vie domestique, je verrais à borner là toute considération de l'avenir : mais dans l'ignorance où je suis de ceux avec qui je vivrai et de ce que je deviendrai moi-même, je ne veux point rompre des rapports qui peuvent devenir nécessaires, et je ne puis non plus adopter[a] des habitudes trop particulières. Je vais donc m'arranger selon les lieux, mais d'une manière qui n'écarte de moi personne de ceux dont on peut dire : c'est un des nôtres.

Je ne possède pas un bien considérable ; et ce n'est point d'ailleurs dans un vallon des Alpes que j'irais introduire un luxe déplacé. Ces lieux-là permettent la simplicité que j'aime. Ce n'est pas que les excès y soient ignorés, non plus que les besoins d'opinion. L'on ne peut pas dire précisément que le pays soit simple, mais il convient à la simplicité. L'aisance y semble plus douce qu'ailleurs, et le luxe moins séduisant. Beaucoup de

---

a. je ne puis adopter

choses naturelles n'y sont pas encore ridicules. Il n'y faut pas aller vivre, si l'on est réduit à très peu ; mais si l'on [a] a seulement assez, on y sera mieux qu'ailleurs.

Je vais donc m'y arranger, comme si j'étais à peu près sûr d'y passer ma vie entière. J'y vais établir en tout la manière de vivre que les circonstances m'indiquent. Après que je me serai pourvu des choses nécessaires, il ne me restera pas plus de huit mille livres d'un revenu clair ; mais ce sera suffisant, et j'y serai moins gêné avec cela, qu'avec le double dans une campagne ordinaire, ou le quadruple dans une grande ville.

LETTRE LXVI

19 juillet, VIII

Quand on n'aime pas à changer de domestique [b], on doit être satisfait d'en avoir un dont l'opinion permette à peu près de faire [c] ce qu'on veut. Le mien s'arrange bonnement de ce qui me convient. Si son maître est mal nourri, il se contente de l'être un peu mieux que lui ; si dans des lieux où il n'existe point de lits, je passe la nuit tout habillé sur le foin, il s'y place de même sans me faire trop valoir tant de condescendance [d]. Je n'en abuse point, et je viens de faire monter ici un matelas pour lui.

Au reste j'aime à avoir quelqu'un qui, rigoureusement parlant, n'ait pas besoin de moi. Les gens qui ne peuvent rien par eux-mêmes et qui sont réduits naturellement et par inaptitude, à devoir tout à autrui, sont trop difficiles. N'ayant jamais rien acquis par leurs propres moyens, ils n'ont point [e] eu l'occasion de connaître la valeur des choses, et de se soumettre à des privations volontaires ; en sorte que toutes leur sont odieuses. Ils ne distinguent point de la misère, une économie raisonnable ; ni de la lésinerie,

---

a. si on…, si on
b. de domestiques,
c. permette de faire à peu près
d. faire valoir trop cette condescendance.
e. pas

une gêne momentanée que les circonstances prescrivent ; et leurs prétentions ont d'autant moins de bornes, que sans vous ils ne pourraient prétendre à rien. Laissez-les à eux-mêmes, ils auront à peine du pain de seigle ; prenez-les chez vous, ils dédaignent les légumes ; la viande de boucherie est bien commune, et leur santé ne saurait s'accommoder de l'eau.

Je suis enfin chez moi ; et cela dans les Alpes. Il n'y a pas bien des années que c'eût été pour moi un grand bonheur ; maintenant j'y trouve le plaisir d'être occupé. J'ai des ouvriers de la Gruyère pour bâtir ma maison de bois, et pour y faire des poêles à la manière du pays. J'ai commencé par faire élever un grand toit couvert d'*anscelles* [312], qui joindra la grange et la maison, et sous lequel seront le bûcher, la fontaine, etc. C'est maintenant l'atelier général, et on y a pratiqué à la hâte quelques cases où l'on passe la nuit, pendant que la beauté de la saison le permet. De cette manière les ouvriers ne sont point dérangés, l'ouvrage avancera beaucoup plus. Ils font aussi leur cuisine en commun : et me voilà à la tête d'un petit État très laborieux et bien uni. Hantz, mon premier ministre, daigne quelquefois manger avec eux. Je suis parvenu à lui faire comprendre que quoiqu'il eût l'intendance de mes bâtiments, s'il voulait se faire aimer de mon peuple, il ferait bien de ne point mépriser des hommes de condition libre, des paysans, des ouvriers à qui peut-être la philosophie du siècle donnerait l'impudence de l'appeler valet.

Si vous trouvez un moment, envoyez-moi vos idées sur tous les détails auxquels vous penserez, afin qu'en disposant les choses pour longtemps, et peut-être pour la vie, je ne fasse rien qu'il faille ensuite changer.

Adressez à Imenström [313] par Vevey.

LETTRE LXVII

Imenstròm, 21 juillet, VIII

Ma chartreuse [314] n'est éclairée par l'aurore en aucune saison, et ce n'est que [a] dans l'hiver qu'elle voit le coucher du soleil. Vers le solstice d'été, on ne le voit pas se coucher [b], et on ne l'aperçoit le matin que trois heures après le moment où il a passé l'horizon. Il sort alors entre les tiges droites des sapins près d'un sommet nu, qu'il éclaire plus haut que lui dans les cieux ; il paraît porté sur l'eau du torrent, au-dessus de sa chute ; ses rayons divergent avec le plus grand éclat à travers le bois noir ; le disque lumineux repose sur la montagne boisée et sauvage dont la pente reste encore dans l'ombre, c'est l'œil étincelant d'un colosse ténébreux.

Mais c'est aux approches de l'équinoxe, que les soirées seront admirables et vraiment dignes d'une tête plus jeune. La gorge d'Imenstròm s'abaisse et s'ouvre vers le couchant d'hiver : sa pente [c] méridionale sera dans l'ombre ; celle que j'occupe et qui regarde le midi, tout éclairée de la splendeur du couchant, verra le soleil s'éteindre dans le lac immense embrasé de ses feux. Et ma vallée profonde sera comme un asile d'une douce température, entre la plaine ardente fatiguée de lumière, et la froide neige des cimes qui la ferment à l'orient.

J'ai soixante-dix arpents de prés plus ou moins bons ; vingt de bois assez beaux ; et à peu près trente-cinq, dont la surface est toute en rocs, en fondrières trop humides, ou toujours dans l'ombre, et en bois ou très faibles, ou à peu près inaccessibles. Ceci ne donnera presque aucun produit ; c'est un espace stérile, dont on ne tire d'autre avantage que le plaisir de l'enfermer chez soi et de pouvoir, si l'on veut, le disposer pour l'agrément.

Ce qui me plaît dans cette propriété, outre la situation, c'est que toutes les parties en sont contiguës et peuvent être réunies par une clôture commune : de plus, elle ne

---

a. ce n'est presque que
b. on ne le voit pas le soir,
c. la pente

contient ni champs, ni vignes. La vigne y pourrait réussir d'après l'exposition ; il y en avait même autrefois (L) : on a mis des châtaigniers à la place, et je les préfère de beaucoup.

Le froment y réussit mal ; le seigle y serait très beau, dit-on, mais il ne me servirait que comme moyen d'échange ; les fromages peuvent le faire plus commodément. Je veux simplifier tous les travaux et les soins de la maison, afin d'avoir de l'ordre et peu d'embarras.

Je ne veux point de vignes, parce qu'elles exigent un travail pénible, et que j'aime voir l'homme occupé, mais non surchargé, parce que leur produit est trop incertain, trop irrégulier, et que j'aime à savoir ce que j'ai, ce que je puis. Je n'aime point les champs, parce que le travail qu'ils demandent est trop inégal ; parce qu'une grêle, et ici les gelées du mois de mai peuvent trop facilement enlever leur récolte ; parce que leur aspect est presque continuellement, ou désagréable, ou du moins fort indifférent pour moi.

De l'herbe, du bois et du fruit, voilà tout ce que je veux, surtout dans ce pays-ci. Malheureusement le fruit manque à Imenstròm. C'est un grand inconvénient ; il faut attendre beaucoup pour jouir des arbres que l'on plante ; et moi qui aime à être en sécurité pour l'avenir, mais qui ne compte que sur le présent, je n'aime pas attendre. Comme il n'y avait point ici de maison, on n'y a mis aucun arbre fruitier, à l'exception des châtaigniers et de quelques pruniers très vieux, qui apparemment appartiennent au temps où il y avait de la vigne et sans doute des habitations : car ceci paraît avoir été partagé entre divers propriétaires. Depuis la réunion de ces différentes possessions, ce n'était plus qu'un pâturage où les vaches s'arrêtaient lorsqu'elles commençaient à monter au printemps, et lorsqu'elles redescendaient pour l'hiver.

Cet automne et le printemps prochain, je planterai beaucoup de pommiers et de merisiers, quelques poiriers et quelques pruniers. Pour les autres fruits qui viendraient difficilement ici, je préfère m'en passer. Quand on a dans un lieu ce qu'il peut naturellement produire, je trouve que l'on est assez bien. Les soins que l'on se donnerait pour y avoir ce que le climat n'accorde qu'avec peine, coûteraient plus que la chose ne vaudrait.

Par une raison semblable, je ne prétendrai pas avoir chez moi toutes les choses qui me seront nécessaires, ou dont je ferai usage. Il en est beaucoup qu'il vaut mieux se procurer par échange. Je ne désapprouve point que dans un grand domaine, on fasse tout chez soi, sa toile, son pain, son vin ; qu'on ait dans sa basse-cour porcs, dindes, paons, pintades, lapins et tout ce qui peut, étant bien administré, donner quelque avantage. Mais j'ai vu avec surprise ces ménages mesquins et embarrassés, où pour une économie toujours incertaine et souvent onéreuse, on se donnait cent sollicitudes, cent causes d'humeur, cent occasions de pertes. Les opérations rurales sont toutes utiles, mais la plupart ne le sont que lorsqu'on a les moyens de les faire un peu en grand. Autrement il vaut mieux se borner à son affaire et la bien conduire. En simplifiant, on rend l'ordre plus facile, l'esprit moins inquiet, les subalternes plus fidèles, et la vie domestique bien plus douce.

Si je pouvais faire faire annuellement cent pièces de toile, je verrais peut-être à me donner chez moi cet embarras : mais irai-je, pour quelques aunes, semer du chanvre et du lin, avoir le soin [a] de le faire tirer, de le faire rouir [315], de le faire tiller [316], avoir des fileuses, envoyer je ne sais où faire la toile, et encore ailleurs la blanchir ? Quand tout serait bien calculé ; quand j'aurais évalué les pertes, les infidélités, l'ouvrage mal fait, les frais indirects, je suis persuadé que je trouverais ma toile très chère. Au lieu que sans tout ce soin, je la choisis comme je veux. Je ne la paie que ce qu'elle vaut réellement, parce que j'en achète une quantité à la fois, et que je la prends dans un magasin. D'ailleurs, je ne change de marchands, comme d'ouvriers ou de domestiques, que quand il m'est impossible de faire autrement : cela, quoi que l'on dise, arrive rarement, quand on choisit avec l'intention de ne pas changer, et que l'on fait de son côté ce qui est juste pour les satisfaire soi-même...

---

a. avoir soin

LETTRE LXVIII

Im., 23 juillet, VIII

J'ai fait à peu près les mêmes réflexions que vous sur mon nouveau séjour. Je trouve, il est vrai, qu'un froid médiocre est naturellement plus incommode [a] qu'une chaleur très grande ; je hais les vents du nord et les neiges [b] ; de tous temps mes idées se sont portées vers ces beaux [c] climats qui n'ont point d'hivers ; et autrefois il me semblait pour ainsi dire chimérique que l'on vécût à Archangel [317], à Jeniseick [318]. J'ai peine à sentir que les travaux du commerce et des arts puissent se faire sur une terre perdue vers le pôle, où pendant une si longue saison les liquides sont solides, la terre pétrifiée, et l'air extérieur mortel. C'est le Nord qui me paraît inhabitable ; quant à la Torride, je ne vois pas de même pourquoi les Anciens l'ont crue telle. Ses sables sont arides sans doute, mais on sent d'abord que les contrées bien arrosées doivent y convenir beaucoup à l'homme, en lui donnant peu de besoins, et en subvenant, par les produits d'une végétation forte et perpétuelle, au seul besoin absolu qu'il y éprouve. La neige a, dit-on, ses avantages ; cela est certain ; elle fertilise des terres peu fécondes, mais j'aimerais mieux les terres naturellement fertiles, ou fertilisées par d'autres moyens. Elle a ses beautés ; cela doit être, car l'on en découvre toujours dans les choses, en les considérant sous tous leurs aspects ; mais les beautés de la neige sont les dernières que je découvrirai.

Mais maintenant que la vie indépendante n'est qu'un songe oublié, maintenant que je ne chercherais [d] autre chose que de rester immobile, si la faim, le froid, ou l'ennui ne me forçaient de me remuer, je commence à juger des climats par réflexion plus que par sentiment. Pour passer le temps comme je puis dans ma chambre, autant vaut le ciel glacé des Samoïèdes [319] que le doux ciel

---

a. aussi incommode
b. les vents de nord et la neige ;
c. vers les beaux
d. que peut-être je ne chercherais

de l'Ionie [320]. Ce que je craindrais le plus, ce serait peut-être le beau temps perpétuel de ces contrées ardentes, où le vieillard n'a pas vu pleuvoir dix fois. Je trouve les beaux jours bien commodes ; mais malgré le froid, les brumes, la tristesse, je supporte bien mieux l'ennui des mauvais temps que celui des beaux jours.

Je ne dors plus comme autrefois. L'inquiétude des nuits, le désir du repos me font songer à tant d'insectes qui tourmentent l'homme dans les pays chauds et dans les étés de plusieurs pays du Nord. Les déserts ne sont plus à moi : les besoins de convention me deviennent naturels. Que m'importe l'indépendance de l'homme ? Il me faut de l'argent, et avec de l'argent, je puis être bien à Pétersbourg comme à Naples. Dans le Nord l'homme est assujetti par les besoins et les obstacles : dans le Midi il est asservi par l'indolence et la volupté. Dans le Nord le malheureux n'a pas d'asile ; il est nu, il a froid, il a faim, et la nature serait pour lui aussi terrible que l'aumône et les cachots. Sous l'Équateur, il a les forêts ; et la nature lui suffit quand l'homme n'y est pas. Là il trouve des asiles contre la misère et l'oppression ; mais moi, lié par mes habitudes et ma destinée, je ne dois pas aller si loin. Je cherche une cellule commode où je puisse respirer, dormir, me chauffer, me promener en long et en large, et compter ma dépense. C'est donc beaucoup si je la puis bâtir[a] près d'un rocher suspendu et menaçant, près d'une eau bruyante, qui me rappellent de temps à autre que j'eusse pu faire autre chose.

Cependant j'ai pensé à Lugano. Je voulais l'aller voir ; j'y ai renoncé. C'est un climat facile : on n'y a pas à souffrir l'ardeur des plaines d'Italie, ni les brusques alternatives et la froide intempérie des Alpes : la neige y tombe rarement, et n'y reste pas. On y a, dit-on, des oliviers ; et les sites y sont beaux ; mais c'est un coin bien reculé. Je craignais encore plus la manière italienne ; et quand après cela, j'ai songé aux maisons de pierres, je n'ai pas pris la peine d'y aller. Ce n'est plus être en Suisse. J'aimerais bien mieux Chessel, et j'y devrais être, mais il paraît que je ne le puis. J'ai été conduit ici par une force qui n'est

---

a. si je la bâtis

peut-être que l'effet de mes premières idées sur la Suisse, mais qui me semble être autre chose. Lugano a un lac, mais un lac n'eût pas suffi pour que je vous quittasse.

Cette partie de la Suisse où je me fixe est devenue comme ma patrie, ou comme un pays où j'aurais passé des années heureuses dans les premiers temps de la vie. J'y suis avec indifférence, et c'est une grande preuve de mon malheur ; mais je crois que je serais mal partout ailleurs. Ce beau bassin de la partie occidentale [a] du Léman si vaste, si romantique, si bien environné ; ces maisons de bois, ces chalets, ces vaches qui vont et reviennent avec leurs cloches des montagnes ; les facilités des plaines et la proximité des hautes Alpes [b] ; une sorte d'habitude anglaise, française et suisse à la fois ; un langage que j'entends, un autre qui est le mien, un autre plus rare que je ne comprends pas ; une variété tranquille que tout cela donne ; une certaine union peu connue des catholiques ; la douce mélodie d'une terre [c] qui voit le couchant, mais un couchant éloigné du Nord ; cette longue plaine d'eau [321] courbée, prolongée, indéfinie, dont les vapeurs lointaines s'élèvent sous le soleil de midi, s'allument et s'embrasent aux feux du soir, et dont la nuit laisse entendre les vagues qui se forment, qui viennent, qui grossissent et s'étendent pour se perdre sur la rive où l'on repose : cet ensemble entretient l'homme dans une situation qu'il ne trouve pas ailleurs. Je n'en jouis pas [d], et j'aurais peine à m'en passer. Dans d'autres lieux, je serais étranger ; je pourrais attendre un site plus heureux, et quand je veux reprocher aux choses l'impuissance et le néant où je vis, je saurais de quelle chose me plaindre : mais ici je ne puis l'attribuer qu'à des désirs vagues, à des besoins trompeurs. Il faut donc que je cherche en moi les ressources qui y sont peut-être sans que je les connaisse ; et si mon impatience est sans remède, mon incertitude sera du moins finie.

Je dois avouer que j'aime à posséder, même sans jouir : soit que la vanité des choses, ne me laissant plus d'espoir,

---

a. orientale
b. des hautes cimes ;
c. la douceur d'une terre
d. jouis guère,

m'inspire une tristesse convenable à l'habitude de ma pensée ; soit que, n'ayant pas d'autres jouissances à attendre, je trouve de la douceur à une amertume qui ne fait pas précisément souffrir, et qui laisse l'âme découragée dans le repos d'une mollesse douloureuse. Tant d'indifférence pour des choses séduisantes par elles-mêmes, et autrefois désirées, triste témoignage de l'insatiable avidité de nos cœurs, flatte encore leur inquiétude : elle paraît à leur ambition ingénieuse une marque de notre supériorité sur ce que les hommes cherchent, et sur toutes les choses que la nature nous avait données, comme assez grandes pour l'homme.

Je voudrais connaître la terre entière. Je voudrais, non pas la voir, mais l'avoir vue : car la vie [a] est trop courte pour que je surmonte ma paresse naturelle. Moi qui crains le moindre voyage, et même quelquefois un simple déplacement, irais-je me mettre à courir le monde afin d'obtenir, si par hasard j'en revenais, le rare avantage de savoir, deux ou trois ans avant ma fin, des choses qui ne me serviraient pas.

Que celui-là voyage, qui compte sur ses moyens, qui préfère des sensations nouvelles, qui attend de ce qu'il ne connaît pas des succès ou des plaisirs, et pour qui voyager c'est vivre. Je ne suis ni homme de guerre, ni commerçant, ni curieux, ni savant, ni homme à système ; je suis mauvais observateur des choses usuelles ; et je ne rapporterais du bout du monde rien d'utile à mon pays. Je voudrais avoir vu, et être rentré dans ma chartreuse avec la certitude de n'en jamais sortir : je ne suis plus propre qu'à finir en paix. Vous vous rappellerez [b] sans doute, qu'un jour, tandis que nous parlions de la manière dont on passe le temps sur les vaisseaux avec la pipe, le punch et les cartes ; vous vous rappelez que moi, qui hais les cartes, qui ne fume point, et qui bois peu, je ne vous fis d'autre réponse que de mettre mes pantoufles, de vous entraîner dans la pièce du déjeuner, de fermer vite la fenêtre, et de me mettre à me promener avec vous à petits pas, sur le tapis, auprès du guéridon où fumait la bouilloire. Et vous me parlez encore

---

a. vue : la vie
b. rappelez

de voyages [322] ! Je vous le répète, je ne suis plus propre qu'à finir en paix, en conduisant ma maison dans la médiocrité [323], la simplicité, l'aisance, afin d'y voir des amis contents. De quelle autre chose irais-je m'inquiéter ; et pourquoi passer ma vie à la préparer ? Encore quelques étés et quelques hivers, et votre ami, le grand voyageur, sera un peu de cendre humaine. Vous lui rappelez qu'il doit être utile ; c'est bien son espoir : il fournira à la terre quelques onces d'humus, autant vaut-il que ce soit en Europe.

Si je pouvais d'autres choses, je m'y livrerais ; je les regarderais comme un devoir, et cela me ranimerait un peu : mais pour moi, je ne veux rien faire. Si je parviens à n'être pas seul dans ma maison de bois ; si je parviens à ce que tous y soient à peu près heureux, on dira que je suis un homme utile ; je n'en croirai rien. Ce n'est pas être utile que de faire, avec de l'argent, ce que l'argent peut faire partout, et d'améliorer le sort de deux ou trois personnes, quand il y a des hommes qui perdent ou qui sauvent des milliers d'hommes. Mais enfin je serai content en voyant que l'on est content. Dans ma chambre bien close, j'oublierai tout le reste : je deviendrai étroit comme ma destinée, et peut-être je parviendrai à croire que ma vallée est une partie essentielle du monde.

À quoi me servirait donc d'avoir vu le globe, et pourquoi le désirerais-je ? Il faut que je cherche à vous le dire, afin de le savoir moi-même. D'abord vous pensez bien que le regret de ne l'avoir pas vu m'affecte assez peu. Si j'avais mille ans à vivre, je partirais demain. Comme il en est autrement, les relations des Cook [324], des Norden [325], des Pallas [326], m'ont dit sur les autres contrées ce que j'ai besoin d'en savoir. Mais si je les avais vues, je comparerais une sensation avec une autre sensation du même ordre sous un autre ciel ; je verrais peut-être un peu plus clair dans les rapports entre l'homme et les choses ; et comme il faudra que j'écrive parce que je n'ai rien à faire [a], je dirais peut-être des choses moins inutiles.

En rêvant seul, sans lumière, dans une nuit pluvieuse, auprès d'un beau feu qui tombe en débris, j'aimerais à me

---

a. rien de plus à faire,

dire : j'ai vu les sables et les mers et les monts, les capitales et les déserts, les nuits du tropique et les nuits boréales ; j'ai vu la Croix du Sud et la Petite Ourse ; j'ai souffert une chaleur de 145 degrés, un froid de 130 *[327]. J'ai marché dans les neiges de l'Équateur, et j'ai vu l'ardeur du jour allumer les pins sous le cercle polaire : j'ai comparé les formes simples du Caucase avec les anfractuosités des Alpes, et les hautes forêts des monts Félices avec le granit nu de la Thébaïde : j'ai vu l'Irlande toujours humide, et la Libye toujours aride : j'ai passé le long hiver d'Édimbourg sans souffrir du froid, et j'ai vu des chameaux gelés dans l'Abyssinie [328] : j'ai mâché le betel [329], j'ai pris l'opium, j'ai bu l'ava [330] : j'ai séjourné dans une bourgade où l'on m'aurait cuit si l'on ne m'eût pas cru empoisonné, puis chez un peuple qui m'a adoré parce que j'y suis venu [a] dans un de ces globes dont le peuple d'Europe s'amuse : j'ai vu l'Esquimau satisfait avec ses poissons gâtés et son huile de baleine ; j'ai vu le faiseur d'affaires mécontent de ses vins de Chypre et de Constance : j'ai vu l'homme libre faire deux cents lieues à la poursuite d'un ours, et le bourgeois manger, grossir, peser sa marchandise et attendre l'extrême-onction dans la boutique sombre que sa mère achalanda. La fille d'un

---

* Ceci ne peut s'entendre que du thermomètre de Fahrenheit. 145 degrés au-dessus de zéro, ou 113 au-dessus de la congélation naturelle de l'eau répond à 50 degrés et quelque chose du thermomètre dit de Réaumur : et 130 degrés au-dessous de zéro répond à 72 au-dessous de glace. On prétend qu'un froid de 70 degrés n'est pas sans exemple à la New-Zemble. Mais je ne sais si l'on a vu sur les rives mêmes de la Gambie 50 degrés. La chaleur extrême de la Thébaïde est, dit-on, de 38 : et celle de la Guinée paraît tellement au-dessous de 50, que je doute qu'elle aille à ce point en aucun lieu, si ce n'est tout à fait accidentellement, comme pendant le passage du Samiel. Peut-être faut-il aussi douter des 70 degrés de glace dans les contrées habitées quelconques, malgré qu'on ait prétendu les avoir vus à Jeniseick.
Voici le résultat d'observations faites en 1786. À Ostroug-Viliki, au 61e degré, le mercure gela le 4 novembre. Le thermomètre de Réaumur indiquait 31 degrés et demi. Le matin du 1er décembre il descendit à 40 ; le même jour à 51 ; et le 7 décembre à 60. Ceci rendrait vraisemblable un froid de 70 degrés soit dans la New-Zemble, soit dans les parties les plus septentrionales de la Russie qui sont beaucoup plus près du pôle, et qui pourtant ont des habitations.
a. j'y apparaissais

mandarin mourut de honte parce qu'une heure trop tôt son mari avait aperçu son pied découvert : dans la Pacifique, deux jeunes filles montèrent sur le pont, prirent à la main l'unique vêtement qui les couvrait, s'avancèrent ainsi nues parmi les matelots étrangers, en emmenèrent à terre, et jouirent à la vue du navire. Un sauvage se tua de désespoir devant le meurtrier de son ami : le vrai fidèle vendit la femme qui l'avait aimé, qui l'avait sauvé, qui l'avait nourri, et la vendit davantage en apprenant qu'il l'avait rendue enceinte (M).

Mais quand j'aurais vu ces choses et beaucoup d'autres ; quand je vous dirais, je les ai vues ; hommes trompés et construits pour l'être ! ne les savez-vous pas ? en êtes-vous moins fanatiques de vos idées étroites ? en avez-vous moins besoin de l'être pour qu'il vous reste quelque décence morale ?

Non : ce n'est que songes [a] ! il vaut mieux acheter de l'huile en gros, la revendre en détail, et gagner deux sous par livre *.

Ce que je dirais à l'homme qui pense n'en aurait pas une autorité beaucoup plus grande. Nos livres peuvent suffire à l'homme impartial, toute l'expérience du globe est dans nos cabinets. Celui qui n'a rien vu par lui-même, et qui est sans préventions, sait mieux que beaucoup de voyageurs. Sans doute si cet homme d'un esprit droit, si cet observateur avait parcouru le monde, il saurait mieux encore ; mais la différence ne serait pas assez grande pour être essentielle : ils pressent dans les rapports des autres les choses qu'ils n'ont pas senties, mais qu'à leur place il eût vues.

Si les Anacharsis [331], les Pythagore, les Démocrite [332] vivaient maintenant, il est probable qu'ils ne voyageraient pas ; car tout est divulgué. La science secrète n'est plus dans un lieu particulier ; il n'y a plus de mœurs inconnues, il n'y a plus d'institutions extraordinaires : il n'est plus indispensable d'aller au loin. S'il fallait tout voir par soi-même, maintenant que la terre est si grande et la science si compliquée, la vie entière ne suffirait ni à la multiplicité

---

a. songe !
* Allusion à Démocrite apparemment.

des choses qu'il faudrait étudier, ni à l'étendue des lieux qu'il faudrait parcourir. On n'a plus ces grands desseins, parce que leur objet devenu trop vaste, a passé les facultés et l'espoir même de l'homme ; comment conviendraient-ils à mes facultés solitaires, à mon espoir éteint ?

Que vous dirai-je encore ? La servante qui trait ses vaches, qui met son lait reposer, qui en lève la crème et la bat, sait bien qu'elle fait du beurre. Quand elle le sert, et qu'elle voit qu'on l'étend avec plaisir sur le pain, et qu'on met des feuilles nouvelles dans la théière, parce que le beurre est bon, voilà sa peine payée ; son travail est beau, car elle a fait[a] ce qu'elle a voulu faire. Mais quand un homme cherche ce qui est juste et utile, sait-il ce qu'il produira, et s'il produira quelque chose ?

En vérité c'est un lieu bien tranquille que cette gorge d'Imenstrôm, où je ne vois au-dessus de moi que le sapin noir, le roc nu, le ciel infini : plus bas s'étendent au loin les terres que l'homme travaille.

Dans d'autres âges, on estimait la durée de la vie par le nombre des printemps : et moi dont il faut que le toit de bois devienne semblable à celui des hommes antiques, je compterai ainsi ce qui me reste par le nombre de fois que vous y viendrez passer, selon votre promesse, un mois de chaque année.

LETTRE LXIX

Im., 27 juill., VIII

J'apprends avec plaisir que M. de Fonsalbe [333] est revenu de Saint-Domingue ; mais on dit qu'il est ruiné, et de plus marié ; on me dit encore qu'il a quelque affaire à Zurich, et qu'il doit y aller bientôt.

Recommandez-lui de passer ici : il sera bien reçu. Cependant il faut le prévenir qu'il le sera fort mal sous d'autres rapports. Je crois que ceux-là lui importent peu ; car s'il n'a bien[b] changé, c'est un excellent cœur. Un bon cœur change-t-il ?

---

a. beau, elle a fait
b. peu ; s'il n'a

Je le plaindrais peu d'avoir eu son habitation dévastée par les ouragans et ses espérances détruites, s'il n'était pas marié ; mais puisqu'il l'est je le plains beaucoup. S'il a vraiment une femme, il lui sera pénible de ne la pas voir heureuse ; s'il n'a avec lui qu'une personne qui porte son nom ; il sera plongé dans bien des dégoûts auxquels l'aisance seule permet d'échapper. On ne m'a pas marqué qu'il eût, ou qu'il n'eût pas d'enfants.

Faites-lui promettre de passer par Vevey, et de s'arrêter ici plusieurs jours. Le frère de madame Dellemar m'est peut-être destiné. – Il me vient une espérance. Dites-moi quelque chose à son sujet, vous qui le connaissez davantage. Félicitez sa sœur de ce qu'il a échappé à ce dernier malheur dans la traversée [a]. Non : ne *lui* dites rien de ma part ; laissez périr les temps passés.

Mais apprenez-moi quand il viendra ; et dites-moi, dans notre langue, votre pensée sur sa femme. Je souhaite qu'elle fasse avec lui le voyage ; c'est même à peu près nécessaire. La saison favorable pour voir la Suisse est un prétexte qui vous servira à les décider. Si l'on craint l'embarras ou les frais, assurez qu'elle pourra être agréablement et convenablement à Vevey, pendant qu'il terminera ses affaires à Zurich.

LETTRE LXX

Im., 29 juill., VIII

Quoique ma dernière lettre ne soit partie qu'avant-hier, je vous écris sans avoir rien de particulier à vous dire. Si vous recevez les deux lettres à la fois, ne cherchez point dans celle-ci quelque chose de pressant ; je vous préviens qu'elle ne vous apprendra rien, sinon qu'il fait un temps d'hiver : c'est pour cela que je vous écris, et que je passe l'après-midi auprès du feu. La neige couvre les montagnes, les nuages sont très bas, une pluie froide inonde les vallées ; il fait froid même au bord du lac ; il n'y avait ici

---

a. de la traversée.

que cinq degrés à midi, et il n'y en avait pas deux un peu avant le lever du soleil *.

Je ne trouve point désagréables ces petits hivers au milieu de l'été. Jusqu'à un certain point le changement convient même aux hommes constants, même à ceux que leurs habitudes entraînent. Il est des organes qu'une action trop continue fatigue : je jouis entièrement du feu maintenant, au lieu que dans l'hiver il me gêne, et je m'en éloigne habituellement [a].

Ces vicissitudes plus subites et plus grandes que dans les plaines, rendent plus intéressante, en quelque sorte, la température incommode des montagnes. Ce n'est point au maître qui le nourrit bien et le laisse en repos, que le chien s'attache davantage, mais à celui qui le corrige et le caresse, le menace et lui pardonne. Un climat irrégulier, orageux, incertain devient nécessaire à notre inquiétude : un climat plus facile et plus uniforme qui nous satisfait, nous laisse indifférents.

Peut-être les jours égaux, le ciel sans nuages, l'été perpétuel donnent-ils plus d'imagination à la multitude : ce qui viendrait de ce que les premiers besoins absorbent alors moins d'heures, et de ce que les hommes sont plus semblables dans ces contrées où il y a moins de diversité dans les temps, dans les formes, dans toutes choses. Mais les lieux pleins d'oppositions, de beautés et d'horreur, où l'on éprouve des situations contraires et des sentiments rapides, élèvent l'imagination de certains hommes vers le romantique, le mystérieux, l'idéal.

Des champs toujours tempérés peuvent nourrir des savants profonds ; des sables toujours brûlés peuvent contenir des gymnosophistes [334] et des ascètes : mais la Grèce montagneuse, froide et douce, sévère et riante, la Grèce couverte de neige et d'oliviers eut Orphée, Homère, Épiménide [335] ; la Calédonie [336] plus difficile, plus changeante, plus polaire et moins heureuse, produisit Ossian [337].

Quand les arbres, les eaux, les nuages sont peuplés par les âmes des ancêtres, par les esprits des héros, par les dryades, par les divinités ; quand des êtres invisibles sont

---
* Thermomètre dit de Réaumur.

a. je m'en éloigne.

enchaînés dans les cavernes, ou portés par les vents ; quand ils errent sur les tombeaux silencieux, et qu'on les entend gémir dans les airs pendant la nuit ténébreuse ; quelle patrie pour le cœur de l'homme ! quel monde pour l'éloquence * !

Sous un ciel toujours le même, dans une plaine sans bornes, des palmiers droits ombragent les rives d'un fleuve large et muet : le musulman s'y fait asseoir sur des carreaux, il y fume tout le jour entre les éventails qu'on agite devant lui.

Mais des rochers mousseux s'avancent sur l'abîme des vagues soulevées, une brume épaisse les a séparés du monde pendant un long hiver : maintenant le ciel est beau, la violette et la fraise fleurissent, les jours grandissent, les forêts s'animent. Sur l'océan tranquille, les filles des guerriers chantent les combats et l'espérance de la patrie. Voici que les nuages s'assemblent ; la mer se soulève, le tonnerre brise les chênes antiques ; les barques sont englouties ; la neige couvre les cimes ; les torrents ébranlent la cabane, ils creusent des précipices. Le vent change ; le ciel est clair et froid. À la lueur des étoiles on distingue des planches sur la mer encore menaçante ; les filles des guerriers ne sont plus. Les vents se taisent, tout est calme ; on entend des voix humaines au-dessus des rochers, et des *gouttes froides tombent du toit*. Le Calédonien s'arme, il part dans la nuit, il franchit les monts et les torrents, il court à Fingal : il lui dit : « Slisama est morte, mais je l'ai entendue, elle ne nous quittera pas, elle a nommé tes amis, elle nous a commandé de vaincre. »

C'est au Nord que semblent appartenir l'héroïsme de l'enthousiasme, et les songes gigantesques d'une mélancolie sublime ** [338]. À la Torride appartiennent les conceptions austères, les rêveries mystiques, les dogmes impénétrables, les sciences secrètes, magiques, cabalistiques, et les passions opiniâtres des solitaires.

---

* C'est une grande facilité pour un poète : celui qui veut dire tout ce qu'il imagine a un grand avantage sur celui qui ne doit dire que des choses positives, qui ne dit que ce qu'il croit.
** Encore un aperçu vague et peut-être hasardé. Cette observation serait même inutile ici ; mais elle ne l'est pas en général, et pour les autres passages auxquels elle ne peut se trouver applicable.

Le mélange des peuples et la complication des causes, ou relatives au climat, ou étrangères à lui qui modifient le tempérament de l'homme, ont fourni des raisons spécieuses contre la grande influence des climats. Il semble d'ailleurs que l'on n'ait fait qu'entrevoir et les moyens, et les effets de cette influence. On n'a considéré généralement que le plus ou moins de chaleur : et cette cause, loin d'être unique, n'est peut-être pas la principale.

Si même il était possible que la somme annuelle de la chaleur fût la même en Norvège et dans le Yémen [a], la différence resterait encore très grande, et presque aussi grande peut-être entre [b] l'Arabe et le Norvégien. L'un ne connaît qu'une nature permanente [c], l'égalité des jours, la continuité de la saison, et la brûlante uniformité d'une terre aride. L'autre, après une longue saison de brumes ténébreuses où la terre est glacée, les eaux immobiles et le ciel bouleversé par les vents, verra une saison nouvelle éclairer constamment les cieux, animer les eaux, féconder la terre fleurie et embellie par les teintes harmonieuses et les sons romantiques. Il a dans le printemps des heures d'une beauté inexprimable ; il a les jours d'automne plus attachants encore par cette tristesse même qui remplit l'âme sans l'égarer, qui, au lieu de l'agiter d'un plaisir trompeur, la pénètre et la nourrit d'une volupté pleine de mystère, de grandeur et d'ennuis.

Peut-être les aspects différents de la terre et des cieux, et la permanence ou la mobilité des accidents de la nature ne peuvent-ils faire d'impression que sur les hommes bien organisés, et non sur cette multitude qui paraît condamnée, soit par incapacité, soit par misère à n'avoir que l'instinct animal. Mais ces hommes dont les facultés sont plus étendues, sont ceux qui mènent leur pays ; ceux qui par les institutions, par l'exemple, par les forces publiques ou secrètes, entraînent le vulgaire ; et le vulgaire lui-même obéit en bien des manières à ces mobiles, quoiqu'il ne les observe pas.

Parmi ces causes, l'une des principales sans doute est dans l'atmosphère dont nous sommes pénétrés. Les éma-

---

a. dans le Hedjas,
b. aussi grande entre
c. constante,

nations, les exhalaisons végétales et terrestres changent avec la culture et avec d'autres circonstances, lors même que la température ne change pas sensiblement. Ainsi quand on observe que le peuple de telle contrée a changé, quoique son climat soit resté le même, il me semble que l'on ne fait pas une objection solide ; on ne parle que de la température, et cependant l'air d'un lieu ne saurait convenir souvent aux habitants d'un autre lieu, dont les étés et les hivers paraissent semblables.

Les causes morales et politiques agissent d'abord avec plus de force que l'influence du climat : elles ont un effet présent et rapide qui surmonte les causes physiques, quoique celles-ci plus durables, soient plus puissantes à la longue. Personne n'est surpris que les Parisiens aient changé depuis le temps où Julien écrivit son *Misopogon* [339]. La force des choses a mis à la place de l'ancien caractère parisien, un caractère composé de celui des habitants d'une très grande ville non maritime, et de celui des Picards, des Normands, des Champenois, des Tourangeaux, des Gascons, des Français en général, des Européens même, et enfin des sujets d'une monarchie tempérée dans ses formes extérieures.

LETTRE LXXI

Im., 3 août, VIII

S'il est une chose dans le spectacle du monde, qui m'arrête quelquefois, et quelquefois m'étonne : c'est cet être qui nous paraît la fin de tant de moyens, et qui semble n'être le moyen d'aucune fin : qui est tout sur la terre, et qui n'est rien pour elle, rien pour lui-même * : qui

---

* Il est bien probable que les autres parties de la nature seraient aussi obscures à nos yeux. Si nous trouvons dans l'homme plus de sujets de surprise, c'est que nous y voyons plus de choses. C'est surtout dans l'intérieur des êtres que nous rencontrons partout les bornes de nos conceptions. Dans un objet qui nous est beaucoup connu, nous sentons que l'inconnu est lié au connu ; nous voyons que nous sommes près de concevoir le reste, et que pourtant nous ne le concevrons point : ces bornes nous remplissent d'étonnement.

cherche, qui combine, qui s'inquiète, qui réforme, et qui pourtant fait toujours de la même manière des choses nouvelles, et avec un espoir toujours nouveau des choses toujours les mêmes : dont la nature est l'activité, ou plutôt l'inquiétude de l'activité : qui s'agite pour trouver ce qu'il cherche, et s'agite bien plus lorsqu'il n'a rien à chercher : qui, dans ce qu'il a atteint, ne voit [a] qu'un moyen pour atteindre [b] une autre chose ; et lorsqu'il jouit, ne trouve dans ce qu'il avait désiré, qu'une force nouvelle pour s'avancer vers ce qu'il ne désirait pas : qui aime mieux aspirer à ce qu'il craignait, que de ne plus rien attendre : dont le plus grand malheur serait de n'avoir à souffrir de rien : que les obstacles enivrent, que les plaisirs accablent ; qui ne s'attache au repos que quand il l'a perdu : et qui, toujours emporté d'illusions en illusions, n'a pas, ne peut pas avoir autre chose, et ne fait jamais que rêver [340] la vie.

LETTRE LXXII

Im., 6 août, VIII

Je ne saurais être surpris que vos amis me blâment de m'être confiné dans un endroit solitaire et ignoré. Je devais m'y attendre ; et je dois aussi convenir avec eux que mes goûts paraissent quelquefois en contradiction. Je pense cependant que cette opposition n'est qu'apparente, et n'existera qu'aux yeux de celui qui me croira un penchant décidé pour la campagne. Mais je n'aime pas exclusivement ce qu'on appelle vivre à la campagne ; je n'ai point [c] non plus d'éloignement pour la ville. Je sais bien lequel des deux genres de vie je préfère naturellement, mais je serais embarrassé de dire lequel me convient tout à fait maintenant.

À ne considérer que les lieux seulement, il existe peu de villes où il ne me fût désagréable de me fixer ; mais il n'y en a point peut-être que je ne préférasse à la campagne,

---

a. dans ce qu'il a obtenu ne voit
b. pour obtenir
c. pas

telle que je l'ai vue dans plusieurs provinces. Si je voulais imaginer la meilleure situation possible pour moi, ce ne serait pas dans une ville. Cependant je ne donne pas une préférence décidée à la campagne ; car si [a], dans une situation gênée, il y est plus facile qu'à la ville de mener une vie supportable ; je crois qu'avec de l'aisance il est plus facile dans les grandes villes qu'ailleurs, de vivre tout à fait bien selon le lieu. Tout cela est donc sujet à tant d'exceptions, que je ne saurais décider en général. Ce que j'aime, ce n'est pas précisément une chose de telle nature, mais celle que je vois le plus près de la perfection dans son genre, celle que je reconnais être le plus selon sa nature.

Je préférerais la vie du plus misérable Norvégien [b] dans ses roches glacées, à celle que mènent d'innombrables petits bourgeois de certaines villes dans lesquelles, tout enveloppés de leurs habitudes, pâles de chagrins, et vivant de bêtises, ils se croient supérieurs à l'être insouciant et robuste qui végète dans la campagne, et qui rit tous les dimanches.

J'aime assez une ville petite, propre, bien située, bien bâtie, qui a pour promenade publique un parc bien planté et non d'insipides boulevards : où l'on voit un marché commode, et de belles fontaines : où l'on peut réunir, quoique en petit nombre, des gens non pas extraordinaires, célèbres, ni même savants ; mais pensant bien, se voyant avec plaisir, et ne manquant pas d'esprit : une petite ville enfin où il y a aussi peu qu'il se puisse de misère, de boue, de division, de propos de commère, de dévotion bourgeoise, et de calomnie.

J'aime mieux encore une très grande ville qui réunisse tous les avantages et toutes les séductions de l'industrie humaine : où l'on trouve les manières les plus heureuses, et l'esprit le plus éclairé : où l'on puisse, dans son immense population, espérer un ami, et faire des connaissances telles qu'on les désire : où l'on puisse se perdre quand on veut dans la foule, être à la fois connu, respecté, libre et ignoré ; [c] prendre le train de vie que l'on aime, et

---

a. campagne ; si,
b. d'un misérable Finlandais
c. être à la fois estimé, libre et ignoré,

en changer même sans faire parler de soi : où l'on puisse en tout choisir, s'arranger, s'habituer, sans avoir d'autres juges que les personnes dont on est vraiment connu. Paris est la ville qui réunit à un plus haut degré [a] les avantages des villes ; ainsi, quoique je l'aie vraisemblablement quittée pour toujours, je ne saurais être surpris que tant de gens de goût, et tant de gens à passions, en préfèrent le séjour à tout autre.

Quand on n'est point propre aux occupations de la campagne, on s'y trouve étranger ; on sent qu'on n'a pas les facultés convenables à la vie que l'on a choisie, et qu'on ferait mieux un autre rôle que peut-être pourtant on aime, ou on approuve moins. Pour vivre dans une terre, il faut avoir les habitudes [b] rurales ; il n'est guère temps de les prendre lorsqu'on n'est plus dans la jeunesse. Il faut avoir les bras travailleurs, et s'amuser à planter, à greffer, à faner soi-même : il faudrait aussi aimer la chasse ou la pêche. Autrement on voit que l'on n'est pas là ce qu'on y devrait être, et l'on se dit : à Paris, je ne sentirais pas cette disconvenance ; ma manière serait d'accord avec les choses, quoique [c] ma manière et les choses ne puissent y être [d] d'accord avec mes véritables goûts. Ainsi l'on ne retrouve plus sa place dans l'ordre du monde, quand on en est sorti trop longtemps. Des habitudes constantes dans la jeunesse dénaturent notre tempérament et nos affections ; et s'il arrive ensuite que l'on soit tout à fait libre, l'on ne saurait plus choisir qu'à peu près ce qu'il faut, il n'y a plus rien qui convienne tout à fait.

À Paris on est bien pour quelque temps ; mais il me semble qu'on n'y est pas bien pour la vie entière, et que la nature de l'homme n'est pas de rester toujours dans les pierres, entre les tuiles et la boue, à jamais séparé des grandes scènes de la nature ! Les grâces de la société ne sont point sans prix ; c'est une distraction qui entraîne nos fantaisies ; mais elle ne remplit pas notre âme, elle ne [e]

---

a. la capitale qui réunit au plus haut degré
b. des habitudes
c. bien que
d. ne pussent y être
e. et elle ne

dédommage pas de tout ce qu'on a perdu, elle ne saurait suffire à celui qui n'a qu'elle dans la ville, qui n'est pas dupe des promesses d'un vain bruit, et qui sait le malheur des plaisirs.

Sans doute, s'il est un sort satisfaisant, c'est celui du propriétaire qui, sans autres soins, et sans état comme sans passions, tranquille dans un domaine agréable, dirige avec sagesse ses terres, sa maison, sa famille et lui-même : et, ne cherchant point les succès et les amertumes du monde, veut seulement jouir chaque jour de ses plaisirs faibles et répétés [a], de cette joie douce, mais durable, que chaque jour peut reproduire.

Avec une femme, comme il en est ; avec un ou deux enfants, et un ami comme vous savez ; avec de la santé, un terrain suffisant dans un site heureux, et l'esprit d'ordre, on a toute la félicité que l'homme sage puisse maintenir dans son cœur. Je possède une partie de ces biens : mais celui qui a dix besoins, n'est pas heureux quand neuf sont remplis : l'homme est, et doit être ainsi fait. La plainte me conviendrait mal ; et pourtant le bonheur reste loin de moi.

Je ne regrette point Paris ; mais je me rappelle une conversation que j'eus un jour avec un officier de distinction qui venait de quitter le service, et de se fixer à Paris. J'étais chez M. T *** [341] vers le soir : il y avait du monde, mais on descendit au jardin, et nous restâmes nous trois seulement ; il fit apporter du porter [342] : un peu après il sortit, et je me trouvai seul avec cet officier. Je n'ai pu oublier certaines parties de notre entretien. Je ne vous dirai point comment il vint à rouler sur ce sujet, et si le porter après dîner n'entra pas pour beaucoup dans cette sorte d'épanchement : quoi qu'il en soit, voici à peu de choses près ses propres termes. Vous verrez un homme qui compte n'être jamais las de s'amuser : et il pourrait ne se pas tromper en cela, parce qu'il prétend assujettir ses amusements mêmes à un ordre qui lui soit personnel, et les rendre ainsi les instruments d'une sorte de passion qui ne finisse qu'avec lui-même [b]. Je trouvai remarquable ce qu'il me disait : le lendemain matin, voyant que je m'en

---

a. de ces plaisirs faciles et répétés,
b. qu'avec lui.

rappelais ᵃ assez bien, je me mis à l'écrire pour le garder parmi mes notes. Le voici : par paresse, je ne veux pas le transcrire, mais vous me le renverrez.

« ... J'ai voulu avoir un état, je l'ai eu ; et j'ai vu que cela ne menait à rien de bon, du moins pour moi. J'ai encore vu qu'il n'y avait qu'une chose *extérieure* qui pût valoir la peine qu'on s'en inquiétât : c'est l'or. Il en faut ; et il est aussi bon d'en avoir assez, qu'il est nécessaire de n'en pas chercher immodérément. L'or est une force : il représente toutes les facultés de l'homme, puisqu'il lui ouvre toutes les voies, puisqu'il lui donne droit à toutes les jouissances ; et je ne vois pas qu'il soit moins utile à l'homme de bien qu'au voluptueux, pour remplir ses vues. J'ai aussi été dupe de l'envie d'observer et de savoir, je l'ai poussée trop loin : j'ai appris avec beaucoup de peine des choses inutiles à la raison de l'homme, et que j'oublie dès à présent. Ce n'est pas qu'il n'y ait quelque volupté dans cet oubli, mais je l'ai payée trop cher. J'ai un peu voyagé, j'ai vécu en Italie, j'ai traversé la Russie, j'ai aperçu la Chine. Ces voyages-là m'ayant beaucoup ennuyé, quand je n'ai plus eu d'affaires j'ai voulu voyager pour mon plaisir. Les étrangers ne parlaient que de vos Alpes ; j'y ai couru comme un autre.

– Vous avez été dédommagé de l'ennui des plaines russes.

– Je suis allé voir de quelle couleur est la neige dans l'été, si le granit des Alpes est dur, si l'eau descend vite en tombant de haut, et diverses autres choses semblables.

– Sérieusement, vous n'en avez pas été satisfait, vous n'en avez rapporté aucun souvenir agréable, aucune observation ?...

– Je sais la forme des chaudières où l'on fait le fromage ; et je suis en état de juger si les planches des *Tableaux topographiques de la Suisse* sont exactes, ou si les artistes se sont amusés, ce qui leur est arrivé souvent. Que m'importe que des rochers roulés par quelques hommes en aient écrasé un plus grand nombre qui se trouvait dessous. ᵇ Si la neige et la bise règnent neuf mois dans

---

a. que je me le rappelais
b. hommes aient écrasé un plus grand nombre d'hommes qui se trouvaient dessous ?

les prés où une chose aussi étonnante ᵃ arriva jadis, je ne les choisirai point ᵇ pour y vivre maintenant. Je suis charmé qu'à Amsterdam, un peuple assez nombreux gagne du pain et de la bière en déchargeant des tonneaux de café ; pour moi, je trouve du café ailleurs sans respirer le mauvais air de la Hollande, et sans me morfondre à Hambourg. Tout pays a du bon : l'on prétend que Paris a moins de mauvais qu'un autre endroit ; je ne décide point cela, mais j'ai mes habitudes à Paris, et j'y reste. Quand on a du sens, et de quoi vivre, on peut s'arranger partout où il y a des êtres sociables. Notre cœur, notre tête et notre bourse font plus à notre bonheur que les lieux. J'ai trouvé le plus hideux libertinage dans les déserts du Volga [343], j'ai vu les plus risibles prétentions dans les humbles vallées des Alpes. À Astrakan [344], à Lausanne, à Naples, l'homme gémit comme à Paris : il rit à Paris comme à Lausanne ou à Naples. Partout les pauvres souffrent, et les autres se tourmentent. Il est vrai que la manière dont le peuple se divertit à Paris, n'est guère la manière dont j'aime à voir rire le peuple : mais convenez aussi que je ne saurais trouver ailleurs une société plus agréable, et une vie plus commode. Je suis revenu de ces fantaisies qui absorbent trop de temps et de moyens. Je n'ai plus qu'un goût dominant, ou si vous voulez, une manie ; celle-là ne me quittera pas, car elle n'a rien de chimérique et ne se donne pas de grands embarras pour un vain but. J'aime à tirer le meilleur parti de mon temps, de mon argent, de tout mon être. La passion de l'ordre occupe mieux, et produit bien plus que les autres passions ; elle ne sacrifie rien en pure perte. Le bonheur est moins coûteux que les plaisirs.

– Soit ! mais de quel bonheur parlons-nous ? Passer ses jours à faire sa partie, à dîner, et à parler d'une actrice nouvelle ; cela peut être assez commode, comme vous le dites fort bien, mais cette vie ne fera point le bonheur de celui qui a de grands besoins.

– Vous voulez des sensations fortes, des émotions extrêmes : c'est la soif d'une âme généreuse, et votre âge peut encore y être trompé. Quant à moi, je me soucie peu d'admirer une heure, et de m'ennuyer un mois ; j'aime

---

a. si étonnante
b. pas

mieux m'amuser souvent et ne m'ennuyer jamais. Ma manière d'être ne me lassera pas, parce que j'y joins l'ordre et que je m'attache à cet ordre. »

Voilà tout ce que j'ai conservé de notre entretien qui a duré une grande heure sur le même ton. J'avoue que s'il ne me réduisit pas au silence, il me fit du moins beaucoup rêver.

LETTRE LXXIII

Im., septembre, VIII

Vous me laissez dans une grande solitude. Avec qui vivrai-je lorsque vous serez errant par-delà les mers ? C'est maintenant que je vais être seul. Votre voyage ne sera pas long ; cela se peut : mais gagnerai-je beaucoup à votre retour ? Ces fonctions nouvelles qui vous assujettiront sans relâche, vous ont donc fait oublier mes montagnes et la promesse que vous m'aviez faite. Avez-vous cru Bordeaux si près des Alpes ?

Je n'écrirai pas jusqu'à votre retour ; je n'aime point ces lettres aventurées qui ne sauraient rencontrer que par hasard celui qui les attend ; et dont la réponse, qui ne peut venir qu'au bout de trois mois, peut ne venir qu'au bout d'un an. Pour moi, qui ne remuerai pas d'ici, j'espère en recevoir avant votre retour.

Je suis fâché que M. de F *** ait des affaires à terminer à Hambourg, avant celle de Zurich ; mais puisqu'il prévoit qu'elles seront longues, peut-être la mauvaise saison sera passée avant qu'il vienne en Suisse. Ainsi vous pourrez arranger les choses pour ce temps-là, comme elles étaient projetées pour cet automne. Ne partez point sans qu'il ait promis formellement de s'arrêter ici plusieurs jours.

Vous voyez si cela m'importe. Je n'ai nul espoir de vous avoir : qu'au moins j'aie quelqu'un que vous aimiez. Ce que vous me dites de lui, me satisferait beaucoup, si les projets d'une exécution éloignée me séduisaient. Je ne veux plus croire au succès des choses incertaines.

LETTRE LXXIV

Im., 15 juin, neuvième année

J'ai reçu votre billet avec une joie ridicule. Bordeaux m'a semblé un moment plus près de mon lac, que Port-au-Prince, ou l'île de Gorée [345]. Vos affaires ont donc réussi : c'est beaucoup. L'âme s'arrange pour se nourrir de cela, quand elle n'a pas d'autres aliments [a].

Pour moi je suis dans un ennui profond. Vous comprenez que je ne m'ennuie pas ; au contraire, je m'occupe ; mais je péris d'inanition.

Il convient d'être concis comme vous. Je suis à Imenstròm. Je n'ai aucune nouvelle de M. de Fonsalbe. D'ailleurs je n'espère plus rien : cependant... Adieu. *Si vales bene est ; ego quidem valeo* [b] [346].

16 juin

Quand je songe que vous vivez occupé et tranquille, tantôt travaillant avec intérêt, tantôt prenant plaisir à ces distractions qui reposent, j'en viens presque au point de blâmer l'indépendance que j'aime beaucoup pourtant. Il est incontestable que l'homme a besoin d'un but qui le séduise, d'un assujettissement qui l'entraîne et lui commande. Cependant il est beau d'être libre, de choisir ce qui convient à ses moyens, et de n'être point comme l'esclave qui fait toujours le travail d'un autre. Mais j'ai trop le temps de sentir toute l'inutilité, toute la vanité de ce que je fais. Cette froide estimation de la valeur réelle des choses tient de bien près au dégoût de toutes.

Vous faites vendre Chessel : vous allez acquérir près de Bordeaux. Ne nous reverrions-nous jamais ? Vous étiez si bien ! mais il faut que la destinée de chacun soit remplie. Il ne suffit pas que l'on paraisse content : moi aussi je parais devoir l'être ; et je ne suis pas heureux. Quand vous le serez, envoyez-moi du sauternes [347] ; je n'en veux pas auparavant. Mais vous le serez, vous dont le cœur obéit à

---

a. pas un autre aliment.
b. *Si vales, bene est.*

la raison. Vous le serez homme bon, homme sage que j'admire, et ne puis imiter : vous savez employer la vie ; moi, je l'attends. Je cherche toujours au-delà, comme si les heures n'étaient pas perdues ; comme si l'éternelle mort n'était pas plus près que mes songes.

LETTRE LXXV

Im., 28 juin, IX

Je n'attendrai plus des jours meilleurs. Les mois changent, les années se succèdent ; tout se renouvelle en vain ; je reste le même. Au milieu de ce que j'ai désiré, tout me manque ; je n'ai rien obtenu, je ne possède rien : l'ennui consume ma durée dans un long silence. Soit que les vaines sollicitudes de la vie me fassent oublier les choses naturelles, soit que l'inutile besoin de jouir me ramène à leur ombre, le vide m'environne tous les jours, et chaque saison semble l'étendre davantage autour de moi. Nulle intimité n'a consolé mes ennuis dans les longues brumes de l'hiver. Le printemps vint pour la nature, il ne vint point[a] pour moi. Les jours de vie réveillèrent tous les êtres : leur feu indomptable me fatigua sans me ranimer ; je devins étranger dans le monde heureux. Et maintenant les fleurs sont tombées, le lys a passé lui-même : la chaleur augmente, les jours sont plus longs, les nuits sont plus belles ! Saison heureuse ! Les beaux jours me sont inutiles, les douces nuits me sont amères. Paix des ombrages ! brisement des vagues ! silence ! lune ! oiseaux qui chantiez dans la nuit ! sentiments des jeunes années, qu'êtes-vous devenus ?

Les fantômes sont restés : ils paraissent devant moi ; ils passent, repassent, s'éloignent, reparaissent comme[b] une nuée mobile sous cent formes pâles et gigantesques. Vainement je cherche à commencer avec tranquillité la nuit du tombeau[348] ; mes yeux ne se ferment point. Ces fantômes de la vie se montrent sans relâche, en se jouant

---

a. pas
b. repassent, s'éloignent, comme

silencieusement ; ils approchent et fuient, s'abîment et reparaissent : je les vois tous, et je n'entends rien ; je les fixe, c'est une fumée ᵃ ; je les cherche, ils ne sont plus. J'écoute, j'appelle, je n'entends pas ma voix elle-même, et je reste dans un vide intolérable, seul, perdu, incertain, pressé d'inquiétude et d'étonnement, au milieu des ombres errantes, dans l'espace impalpable et muet. Nature impénétrable ! ta splendeur m'accable, et tes bienfaits me consument. Que sont pour moi ces longs jours ? Leur lumière commence trop tôt ; leur brûlant midi m'épuise et la navrante harmonie de leurs soirées célestes fatigue les cendres de mon cœur : le génie qui s'endormait sous ses ruines, a frémi du mouvement de la vie.

Les neiges fondent sur les sommets ; les nuées orageuses roulent dans la vallée : malheureux que je suis ! les cieux s'embrasent, la terre mûrit, le stérile hiver est resté dans moi. Douces lueurs du couchant qui s'éteint ! grandes ombres des neiges perdurables ! ! ᵇ... Et l'homme n'aurait que d'amères voluptés quand le torrent roule au loin dans le silence universel, quand les chalets se ferment pour la paix de la nuit, quand la lune monte sur le ᶜ Velan !

Dès que je sortis de cette enfance que l'on regrette, j'imaginai, je sentis une vie réelle ; mais je n'ai trouvé que des sensations fantastiques : je voyais des êtres, il n'y a que des ombres : je voulais de l'harmonie, je ne trouvai que des contraires. Alors je devins sombre et profond ; le vide ᵈ creusa mon cœur ; des besoins sans bornes me consumèrent dans le silence, et l'ennui de la vie ³⁴⁹ fut mon seul sentiment dans l'âge où l'on commence à vivre. Tout me montrait cette félicité pleine, universelle, dont l'image idéale est pourtant dans le cœur de l'homme, et dont les moyens si naturels semblent effacés de la nature. Je n'essayais encore que des douleurs inconnues : mais quand je vis les Alpes, les rives de leurs lacs ᵉ, le silence de leurs chalets ᶠ, la permanence, l'égalité des temps et des

---

a. je n'entends rien ; c'est une fumée ;
b. des neiges durables !...
c. au-dessus du
d. sombre ; le vide
e. les rives des lacs,
f. le silence des chalets,

choses, je reconnus des traits isolés de cette nature pressentie : je vis les reflets de la lune sur le schiste des roches et sur les toits de bois ; je vis des hommes sans désirs ; je marchai sur l'herbe courte des montagnes ; j'entendis des sons d'un autre monde.

Je redescendis sur la terre ; là s'évanouit cette foi aveugle à l'existence absolue des êtres, cette chimère de rapports réguliers, de perfections, de jouissances positives ; brillante supposition dont s'amuse un cœur neuf, et dont sourit douloureusement celui que plus de profondeur a refroidi, ou qu'un plus long temps a mûri.

Mutations sans terme, action sans but, impénétrabilité universelle ; voilà ce qui nous est connu de ce monde où nous régnons.

Une destinée indomptable efface nos songes : et que met-elle dans cet espace qu'encore il faut remplir ? Le pouvoir fatigue : le plaisir échappe : la gloire est pour nos cendres : la religion est un système du malheureux : l'amour avait les couleurs de la vie, l'ombre vient, la rose pâlit, elle tombe, et voici l'éternelle nuit.

Cependant notre âme était grande : elle voulait, elle devait : qu'a-t-elle fait ? J'ai vu sans peine étendue sur la terre et frappée de mort, la tige antique fécondée par deux cents printemps. Elle a nourri l'être animé, elle l'a reçu dans ses asiles ; elle a bu les eaux de l'air, elle subsistait [a] malgré les vents orageux ; elle meurt au milieu des arbres nés de son fruit. Sa destinée est accomplie ; elle a reçu ce qui lui fut promis : elle n'est plus, elle a été.

Mais ce sapin [350][b] placé par les hasards sur le bord du marais ! Il s'élevait sauvage, fort et superbe, comme au milieu des rochers déserts, comme l'arbre[c] des forêts profondes : énergie trop vaine ! les racines s'abreuvent dans une eau fétide, elles plongent dans la vase impure : la tige s'affaiblit et se fatigue ; la cime penchée par les vents humides, se courbe avec découragement ; les fruits, rares et faibles, tombent dans la bourbe et s'y perdent inutiles. Languissant, informe, jauni, vieilli avant le temps et déjà

---

a. et elle subsistait

b. le sapin

c. superbe, comme l'arbre

incliné sur le marais, il semble demander l'orage qui doit l'y renverser ; car sa vie ᵃ a cessé longtemps avant sa chute.

LETTRE LXXVI

2 juillet, IX

Hantz avait raison, il restera avec moi. Il a un frère qui était fontainier [351] à six lieues d'ici.

J'avais beaucoup de tuyaux à poser, je l'ai fait venir. Il m'a plu : c'est un homme discret et honnête : il est simple, et il a une sorte d'assurance, telle que la doivent donner quelques moyens naturels, et la conscience d'une droiture inaltérable. Sans être très robuste, il est bon travailleur, il fait bien et avec exactitude. Il n'a été avec moi ni gêné, ni empressé ; ni bas, ni familier. Alors j'allai moi-même dans son village pour savoir ce qu'on y pensait de lui ; j'y vis même sa femme. À mon retour je lui fis établir une fontaine dans un endroit où il ne concevait guère que j'en pusse faire quelque usage. Ensuite, pendant qu'il achevait les autres travaux, on éleva auprès de cette fontaine, une petite maison de paysan, à la manière du pays, contenant sous un même toit plusieurs chambres, la cuisine, la grange et l'étable : tout cela suffisant seulement pour un petit ménage, et pour *hiverner* [352] deux vaches. Vous voyez que les voilà installés, lui et sa femme : il a le terrain nécessaire, les deux vaches et quelques autres choses ᵇ. À présent les tuyaux peuvent manquer, j'ai un fontainier qui ne manquera pas. En vingt jours sa maison a été prête : c'est un des avantages de ce genre de construction [353] ; quand on a les matériaux, dix hommes peuvent en élever une semblable en deux semaines, et l'on n'a pas besoin d'attendre que les plâtres soient essuyés ᶜ.

Le vingtième jour tout était prêt. Le soir était beau ; je le fis avertir de quitter l'ouvrage un peu plus tôt, et le

---

a. renverser : sa vie
b. nécessaire et quelques autres choses.
c. ressuyés.

menant là, je lui dis : « Cette maison, cette provision de bois que vous renouvellerez chez moi tous les ans, ces deux vaches, et le pré jusqu'à cette haie sont désormais consacrés à votre usage, et le seront toujours si vous vous conduisez bien, comme il m'est presque impossible d'en douter. »

Je vais vous dire deux choses qui vous feront voir si cet homme ne méritait pas cela, et davantage. Sentant apparemment que l'étendue d'un service devait assez répondre de celle de la reconnaissance dans un cœur juste, il insista seulement sur ce que les choses étaient singulièrement semblables à ce qu'il avait imaginé comme devant remplir tous ses désirs, à ce que depuis son mariage il envisageait, sans espérance, comme le bien suprême, à ce qu'il eût demandé uniquement au ciel s'il eût pu former un vœu qui dût être exaucé. Cela vous plaira ; mais ce qui va vous surprendre, le voici. Il est marié depuis huit ans : il n'a point [a] eu d'enfants ; la misère eût été leur seul patrimoine, car chargé d'une dette laissée par son père, il trouvait difficilement dans son travail le nécessaire pour lui et sa femme : mais maintenant [b] elle est enceinte. Considérez le peu de facilités et même d'occasions que laisse au développement de nos facultés un état habituel d'indigence ; et jugez si l'on peut avoir, dans des sentiments sans ostentation ni intérieure ni extérieure, plus de noblesse naturelle et plus de justesse.

Je me trouve bien heureux d'avoir quelque chose sans être obligé de le devoir à un état qui me forcerait de vivre en riche, et de perdre à des sottises ce qui peut tant produire. Je conviens avec les moralistes que de grands biens sont un avantage souvent trompeur, et que nous rendons très souvent funeste ; mais je ne leur accorderai jamais qu'une fortune indépendante ne soit pas un des grands moyens pour le bonheur, et même pour la sagesse.

---

a. pas
b. femme. Maintenant

LETTRE LXXVII

6 juillet, IX

Dans cette contrée inégale où les incidents de la nature, réunis dans un espace étroit, opposent les formes, les produits, les climats ; l'espèce humaine elle-même ne peut avoir un caractère uniforme. Les différences des races y sont plus marquées qu'ailleurs ; elles furent moins confondues par le mélange dans ces terres reculées, qu'on crut longtemps inaccessibles, dans ces vallées profondes, retraite antique des hordes fugitives ou épuisées. Ces tribus étrangères les unes aux autres, sont restées isolées dans leurs limites sauvages ; elles ont conservé autant d'habitudes particulières dans l'administration, le langage [a] et les mœurs, que leurs montagnes ont de vallons, ou quelquefois de pâturages et de hameaux. Il arrive qu'en passant et repassant un torrent [b] six fois dans une route d'une heure, on trouve autant de races d'une physionomie distincte, et dont les traditions confirment la différente origine.

Les cantons subsistant maintenant * sont formés d'une multitude d'États [354]. Les faibles ont été réunis par crainte, par alliance, par besoin ou par force, aux républiques déjà puissantes. Celles-ci, à force de négocier, de s'arrondir, de gagner les esprits, d'envahir ou de vaincre, sont parvenues, après cinq siècles de prospérités, à posséder toutes les terres qui peuvent entendre les cloches de leurs capitales.

Respectable faiblesse ! Si on a su, si on a pu y trouver les moyens de ce bonheur public vraisemblable dans une enceinte marquée par la nature des choses, impossible dans une contrée immense livrée au sinistre orgueil des conquêtes, et à l'ostentation de l'empire plus funeste encore.

Vous jugez bien que je voulais parler seulement des traits du visage : je suis persuadé que vous me rendrez cette justice. Dans certaines parties [c] de l'Oberland, dans

---

a. dans le langage
b. qu'en passant un torrent
* Avant la révolution de la Suisse.
c. Dans de certaines parties

ces pâturages dont la pente générale est à l'ouest et au nord-ouest, les femmes ont une blancheur que l'on remarquerait dans les villes, et une fraîcheur de teint que l'on n'y trouverait pas [355]. Ailleurs, au pied des montagnes assez près de Fribourg, j'ai vu des traits d'une grande beauté dont le caractère général était une majesté tranquille. Une servante de fermier n'avait de remarquable que le contour de la joue ; mais il était si beau, il donnait à tout le visage une expression si auguste et si calme, qu'un artiste eût pu prendre sur cette tête l'idée d'une Sémiramis [356] ou d'une Catherine [a] [357].

Mais l'éclat du visage et certains traits étonnants ou superbes, sont très loin de la perfection générale des formes, et de cette grâce pleine d'harmonie qui fait la vraie beauté. Je ne veux pas juger une question qu'on peut trouver très délicate : mais il semble [b] qu'il y ait ici quelque rudesse dans les formes, et qu'en général on y voie des traits frappants ou une beauté pittoresque, plutôt qu'une beauté finie. Dans les lieux dont je vous parlais d'abord, le haut de la joue est très saillant : cela est presque universel, et Porta [358] trouverait le modèle commun dans une tête de brebis.

S'il arrive qu'une paysane française * soit jolie à dix-huit ans, avant vingt-deux son visage hâlé paraît fatigué, abruti ; mais dans ces montagnes, les femmes conservent en fanant leurs prés, tout l'éclat de la jeunesse. On ne traverse point leurs pays sans surprise : cependant à ne prendre même que le visage, si un artiste y trouvait un modèle, ce serait une exception.

On assure que rien n'est si rare dans la plus grande partie de la Suisse qu'un beau sein [359]. Je sais un peintre qui va jusqu'à prétendre que beaucoup de femmes du pays n'en ont pas même l'idée. Il soutient que certains défauts y sont assez universels pour que la plupart n'imaginent pas que l'on doive être autrement, et pour qu'elles regardent comme chimériques des tableaux faits d'après nature en Grèce, en Angleterre, en France. Quoique ce genre de per-

---

a. d'une Sémiramis. [alinéa]
b. mais il me semble
* Le mot *française* est trop général.

fection paraisse appartenir à une sorte de beauté qui n'est pas celle du pays, je ne puis croire qu'il y manque universellement : comme si les grâces les plus intéressantes étaient exclues par le nom moderne qui réunit tant de familles dont l'origine n'a rien de commun, et dont les différences très marquées subsistent encore.

Si pourtant cette observation se trouvait fondée, ainsi que celle d'une certaine irrégularité dans les formes, on l'expliquerait par cette rudesse qui semble appartenir à l'atmosphère des Alpes. Il est très vrai que la Suisse qui a de fort beaux [a] hommes, et plus particulièrement dans le sein des montagnes [b], comme dans l'Hasli et le haut Valais, contient néanmoins une quantité bien remarquable [c] de crétins [360], et surtout de demi-crétins goitreux, imbéciles, difformes. Beaucoup d'individus [d], sans avoir des goitres, paraissent attaqués de la même maladie que les goitreux. On peut attribuer ces gonflements, ces engorgements à des parties trop brutes de l'eau, et surtout de l'air, qui s'arrêtent, embarrassent les conduits, et semblent rapprocher la nutrition de l'homme de celle de la plante. La terre y serait-elle assez travaillée pour les autres animaux, mais trop sauvage encore pour l'homme ?

Ne se pourrait-il point que les plaines couvertes d'un *humus* élaboré par une trituration perpétuelle, donnassent à l'atmosphère des vapeurs plus assimilées aux besoins de l'être très organisé ; et qu'il émanât des rochers, des fondrières, et des eaux toujours dans l'ombre, des particules grossières, trop incultes en quelque sorte, et funestes à des organes délicats ? le nitre [361] des neiges subsistantes au milieu de l'été, peut s'introduire trop facilement dans nos pores ouverts. La neige produit des effets secrets et incontestables sur les nerfs, et sur les hommes attaqués de la goutte ou d'un rhumatisme : un effet encore plus caché sur notre organisation entière n'est pas invraisemblable. Ainsi la nature qui mélange toutes choses, aurait compensé par

---

a. de beaux
b. vers les montagnes,
c. quantité remarquable
d. Beaucoup d'habitants,

des dangers inconnus les romantiques beautés des terres que l'homme n'a pas soumises.

LETTRE LXXVIII

Im., 16 juillet, IX

Je suis tout à fait de votre avis ; et même j'aurais dû moins attendre pour me décider à écrire. Il y a quelque chose qui soutient l'âme dans ce commerce avec les êtres pensants des divers siècles. Imaginer que l'on pourra être à côté de Pythagore, de Plutarque, ou d'Ossian dans le cabinet d'un L ** futur, c'est une illusion qui a de la grandeur, c'est un des plus nobles hochets de l'homme. Celui qui a vu comme la larme est brûlante sur la joue du malheureux, se met à rêver une idée plus séduisante encore : il croit qu'il pourra dire à l'homme d'une humeur chagrine le prix de la joie de son semblable ; qu'il pourra prévenir les gémissements de la victime qu'on oublie ; qu'il pourra rendre au cœur navré quelque énergie, en lui rappelant ces perceptions vastes ou consolantes, qui égarent les uns et soutiennent les autres.

On croit voir que nos maux tiennent à peu de chose, et que le bien moral est dans la main de l'homme. On suit des conséquences théoriques qui mènent à l'idée du bonheur universel ; on oublie cette force qui nous maintient dans l'état de confusion où se perd le genre humain ; on se dit : Je combattrai les erreurs, je suivrai les résultats des principes naturels, je dirai des choses bonnes, ou qui pourront le devenir. Alors on se croit moins inutile et moins abandonné [a] sur la terre : on réunit le songe des grandes choses à la paix d'une vie obscure ; on [b] jouit de l'idéal, et on en jouit vraiment, parce qu'on croit le rendre utile.

L'ordre des choses idéales est comme un monde nouveau qui n'est point réalisé, mais qui est possible : le génie humain va y chercher l'idée d'une harmonie selon nos

---

a. moins inutile, moins abandonné
b. obscure, et on

besoins, et rapporte sur la terre des modifications plus heureuses esquissées d'après ce type surnaturel.

La constante versatilité de l'homme prouve qu'il est habile à des habitudes contraires. L'on pourrait, en rassemblant des choses effectuées dans des temps et des lieux divers, former un ensemble moins difficile à son cœur que tout ce qui lui a été proposé jusqu'à présent. Voilà ma tâche.

On n'atteint sans ennui le soir de la journée, qu'en s'imposant un travail quelconque, fût-il vain du reste. Je m'avancerai vers le soir de la vie, trompé, si je puis, et soutenu par l'espoir d'ajouter à ces moyens qui furent donnés à l'homme. Il faut des illusions à mon cœur trop grand pour n'en être pas avide, et trop faible pour s'en passer.

Puisque le sentiment du bonheur est notre premier besoin, que pourra faire celui qui ne l'attend pas à présent, et qui n'ose pas l'attendre ensuite ? Ne faudra-t-il point qu'il en cherche l'expression dans un œil ami, sur le front de l'être qui est comme lui * [362] ? C'est une nécessité qu'il soit avide de la joie de son semblable ; il n'a d'autre bonheur que celui qu'il donne. Quand il n'a point ranimé dans un autre le sentiment de la vie, quand il n'a pas fait jouir, le froid de la mort est au fond de son cœur rebuté : il semble qu'il finisse dans les ténèbres du néant.

On parle d'hommes qui se suffisent à eux-mêmes, et se nourrissent de leur propre sagesse : s'ils ont l'éternité devant eux, je les admire et les envie ; s'ils ne l'ont point, je ne les comprends pas.

Pour moi, non seulement je ne suis point [a] heureux, non seulement je ne le serai point [b] ; mais si les suppositions vraisemblables que je pourrais faire se trouvaient réalisées, je ne le serais pas encore. Les affections de l'homme sont un abîme d'avidité, de regrets et d'erreurs.

---

* « Ô Éternel ! Tu es admirable dans l'ordre des mondes ; mais tu es adorable dans le regard expressif de l'homme bon qui rompt le pain qui lui reste dans la main de son frère. » Ce sont, je crois, les propres mots de M** dans le beau chapitre *Dieu*, an 2440.

a. pas
b. pas

Je ne vous dis pas ce que je sens, ce que je voudrais, ce que je suis : je ne vois plus mes besoins, à peine je sais mes désirs. Si vous croyez connaître mes goûts, vous y serez trompé. Vous direz, entre vos landes solitaires et vos grandes eaux : Où est celui qui ne m'a plus ? où est l'ami que je n'ai trouvé ni en Afrique, ni aux Antilles ? Voici le temps nébuleux que désire sa tristesse ; il se promène, il songe à mes regrets et au vide de ses années ; il écoute vers le couchant, comme si les sons du piano de ma fille devaient parvenir à son oreille solitaire ; il voit les jasmins rangés sur ma terrasse, il voit mon bonnet de nuit passer derrière leurs branches fleuries, il regarde [a] sur le sable la trace de mes pantoufles, il veut respirer la brise du soir. Vains songes, vous dis-je, j'aurai déjà changé. Et d'ailleurs, avons-nous le même ciel, nous qui avons cherché dans des climats opposés une terre étrangère à celle de nos premiers jours ?

Pendant vos douces soirées, un vent d'hiver peut terminer ici des jours brûlants. Le soleil consumait l'herbe autour des vacheries ; le lendemain les vaches se pressent pour sortir, elles croient la trouver rafraîchie par l'humidité de la nuit : mais deux pieds de neige surchargent le toit sous lequel les voilà retenues, et elles seront réduites à boire leur propre lait. Je suis moi-même plus incertain, plus variable que ce climat bizarre. Ce que j'aime aujourd'hui, ce qui ne me déplaît pas, lorsque vous l'aurez lu me déplaira peut-être, et le changement ne sera pas grand. Le temps me convient, il est calme, tout est muet ; je sors pour longtemps : un quart d'heure après on me voit rentrer. Un écureuil, en m'entendant, a grimpé jusqu'à la cime d'un sapin. Je laissais toutes ces idées : un merle chante au-dessus de moi. Je reviens, je m'enferme dans mon cabinet. Il faut à la fin chercher un livre qui ne m'ennuie pas. Si l'on vient demander quelque chose, prendre un ordre, on s'excuse de me déranger ; mais ils m'ont rendu service. Cette amertume s'en va comme elle était venue ; si je suis distrait, je suis content. Ne le pouvais-je pas moi-même ? non. J'aime ma douleur, je m'y

---

a. il voit mon chapeau gris passer derrière les branches, il regarde

attache tant qu'elle dure : quand elle n'est plus, j'y trouve une insigne folie.

Je suis bien changé, vous dis-je. Je me rappelle que la vie m'impatientait, et qu'il y a eu un moment où je la supportais comme un mal qui n'avait plus que quelques mois à durer. Mais ce souvenir me paraît maintenant celui d'une chose étrangère à moi ; il me surprendrait même si la mobilité dans mes sensations pouvait me surprendre. Je ne vois pas du tout pourquoi partir, comme je ne vois pas bien pourquoi rester. Je suis las ; mais dans ma lassitude, je trouve qu'on n'est pas mal quand on se repose. La vie m'ennuie et m'amuse. Venir, s'élever, faire grand bruit, s'inquiéter de tout, mesurer l'orbite des comètes ; et, après quelques jours, se coucher là sous l'herbe d'un cimetière : cela me semble assez burlesque pour être vu jusqu'au bout.

Mais pourquoi prétendre que c'est l'habitude des ennuis, ou le malheur d'une manière sombre, qui dérangent, qui confondent nos désirs et nos vues, qui altèrent notre vie elle-même dans ce sentiment de la chute et du néant des jours de l'homme ? Il ne faut point [a] qu'une humeur mélancolique décide des couleurs de la vie. Ne demandez point au fils des Incas enchaîné dans les mines d'où l'on tira l'or du palais de ses ancêtres et des temples du Soleil, ou au bourgeois laborieux et irréprochable dont la vieillesse mendie infirme et dédaignée ; ne demandez point à d'innombrables malheureux ce que valent et les espérances et les prospérités humaines ; ne demandez point à Héraclite [363] quelle est l'importance de nos projets, ou à Hégésias [364] quelle est celle de la vie. C'est Voltaire comblé de succès, fêté dans les cours et admiré dans l'Europe ; c'est Voltaire célèbre, adroit, spirituel et fortuné [b] ; c'est Sénèque auprès du trône des Césars, et près d'y monter lui-même [365] ; c'est Sénèque soutenu par la sagesse, amusé par les honneurs, et riche de trente millions : c'est Sénèque utile aux hommes, et Voltaire se jouant de leurs fantaisies, qui vous diront les jouissances

---

a. pas
b. spirituel et généreux ;

de l'âme et le repos du cœur, la valeur et la durée du mouvement de nos jours.

Mon ami ! je reste encore quelques heures sur la terre. Nous sommes de pauvres insensés quand nous vivons ; mais nous sommes si nuls quand nous ne vivons pas ! Et puis l'on a [a] toujours des affaires à terminer : j'en ai maintenant une grande, je veux mesurer l'eau qui tombera ici pendant dix années. Pour le thermomètre, je l'ai abandonné : il faudrait se lever dans la nuit ; et quand la nuit est sombre, il faudrait conserver de la lumière, et la mettre dans un cabinet, parce que j'aime toujours la plus grande obscurité dans ma chambre. (Voilà pourtant un point essentiel où mon goût n'a pas encore changé.) D'ailleurs pour que je pusse prendre quelque intérêt à observer ici la température, il faudrait que je cessasse d'ignorer ce qui se passe ailleurs. Je voudrais avoir des observations faites au Sénégal sur les sables, et à la cime des montagnes du Labrador. Une autre chose m'intéresse davantage : je voudrais savoir si l'on pénètre de nouveau dans l'intérieur de l'Afrique. Ces contrées vastes, superbes, inconnues [b], où l'on pourrait, je pense... Je suis séparé du monde. Si l'on en reçoit des notions plus précises, donnez-les-moi. Je ne sais si vous m'entendez.

LETTRE LXXIX

17 juillet, IX

Si je vous disais que le pressentiment de quelque célébrité ne saurait me flatter un peu ; pour la première fois vous ne me croiriez pas ; vous penseriez qu'au moins je m'abuse, et vous auriez raison. Il est bien difficile que le besoin de s'estimer soi-même se trouve entièrement détaché de ce plaisir non moins naturel, d'être estimé par certains hommes [c], et de savoir qu'ils disent, c'est l'un des nôtres. Mais le goût de la paix, une certaine indolence de

---

a. Et puis on a
b. Ces contrées vastes, inconnues,
c. par de certains hommes,

l'âme dont les ennuis ont augmenté chez moi l'habitude, pourrait bien me faire oublier cette séduction, comme j'en ai oublié d'autres. J'ai besoin d'être retenu et excité par la crainte du reproche que j'aurais à me faire, si n'améliorant rien, ne faisant rien que d'user pesamment des choses comme elles sont, j'allais encore négliger le seul moyen d'énergie qui s'accorde avec l'obscurité de ma vie.

Ne faut-il point que l'homme soit quelque chose, et qu'il remplisse dans un sens ou dans un autre, un rôle *expressif* ? Autrement il tombera dans l'abattement, et perdra la dignité de son être : il méconnaîtra ses facultés ; ou s'il les sent, ce sera pour le supplice de son âme combattue. Il ne sera point écouté, suivi, considéré. Ce peu de bien même que la vie la plus nulle doit encore produire, ne sera plus en son pouvoir. C'est un précepte très beau et très utile, que celui de la simplicité : mais il a été bien mal entendu. L'esprit qui ne voit pas les diverses faces des choses, pervertit les meilleures maximes ; il avilit la sagesse elle-même en lui ôtant ses moyens, en la plongeant dans la pénurie, en la déshonorant par le désordre qui en résulte.

Assurément un homme de lettres * [366] en linge sale, logé dans le grenier, recousant ses hardes, et copiant je ne sais quoi pour vivre, sera difficilement un être utile au monde, et jouissant de l'autorité nécessaire pour faire quelque bien. À cinquante ans, il s'allie avec la blanchisseuse qui a sa chambre sur le même palier ; ou s'il a gagné quelque chose, c'est sa servante qu'il épouse [367]. A-t-il donc voulu ridiculiser la morale, et la livrer aux sarcasmes des hommes légers ? Il fait plus de tort à l'opinion que le prêtre *marié* qu'on paie [a] pour en appeler journellement à ce culte [b] qu'il a trahi, que le moine factieux qui vante la paix et l'abnégation, que ces charlatans de la probité, dont

---

* Expression qui ne convient qu'ici. Je n'aime pas qu'on désigne ainsi des savants, ou de grands écrivains ; mais des folliculaires, des gens qui *font le métier*, ou, tout au plus ceux qui sont exactement ou seulement hommes de lettres. Un magistrat n'est pas un homme de loi. Montesquieu, Boulanger, Helvétius n'étaient pas des hommes de lettres : je sais plusieurs auteurs vivants qui n'en sont pas.
a. que le prêtre qu'on paie
b. à un culte

un certain monde est plein, qui répètent à chaque phrase, mœurs ! vertus ! honnête homme ! et à qui dès lors on ne prêterait pas un louis sans billet.

Tout homme qui a l'esprit juste et qui veut être utile, ne fût-ce que dans sa vie privée, tout homme enfin qui est digne de quelque considération, la cherche. Il se conduit de manière à l'obtenir jusque dans les choses où l'opinion des hommes est vaine par elle-même, pourvu que ce soin n'exige de lui rien de contraire à ses devoirs ou aux résultats essentiels de son caractère. S'il est une règle sans exception, je pense que ce doit être celle-ci : et j'affirmerais [a] volontiers que c'est toujours par quelque vice du cœur ou du jugement, que l'on dédaigne et que l'on affecte de dédaigner l'estime publique, partout où la justice n'en commande pas le sacrifice [368].

On peut être considéré dans la vie la plus obscure, si on s'environne de quelque aisance, si on a de l'ordre chez soi et une sorte de dignité dans l'habitude de sa vie. On peut l'être dans la pauvreté même, quand on a un nom, quand on a fait des choses connues, quand on a une manière plus grande que son sort, quand on sait faire distinguer de ce qui serait misère dans le vulgaire, jusqu'au dénuement d'une extrême médiocrité. L'homme qui a un caractère élevé n'est point confondu parmi la foule ; et si pour l'éviter il fallait descendre à des soins minutieux, je crois qu'il se résoudrait à le faire. Je crois encore qu'il n'y aurait point [b] en cela de vanité : le sentiment des convenances naturelles porte chaque homme à se mettre à sa place, à tendre à ce que les autres l'y mettent. Si c'était un vain désir de primer, l'homme supérieur craindrait l'obscurité du désert et ses privations, comme il craint la bassesse et la misère du cinquième étage ; mais il craint de s'avilir, et ne craint point de n'être pas élevé : il ne répugne pas à son être de n'avoir point [c] un grand rôle, mais d'en avoir un qui soit contraire à sa nature.

Si une sorte d'autorité est nécessaire dans tous les actes de la vie, elle est indispensable à l'écrivain [369]. La considé-

---

a. celle-ci ; j'affirmerais
b. pas
c. pas

ration publique est un de ses plus puissants moyens : sans elle il ne fait qu'un état ; et cet état devient bas, parce qu'il remplace une grande fonction.

Il est absurde et révoltant qu'un auteur ose parler à l'homme de ses devoirs, sans être lui-même homme de bien *. Mais si le moraliste pervers n'obtient que du

---

* Il est absurde et révoltant qu'il se charge de chercher les principes, et d'examiner la vérité des vertus, s'il prend pour règle de sa propre conduite les faciles maximes de la société, la fausse morale convenue. Aucun homme ne doit se mêler de dire aux hommes leurs devoirs et la raison morale de leurs actions, s'il n'est rempli du sentiment de l'ordre, s'il ne veut avant tout, non pas précisément la prospérité, mais la félicité publique ; si l'unique fin de sa pensée n'est pas d'ajouter à ce bonheur obscur, à ce bien-être du cœur, source de tout bien, que la déviation des êtres altère sans cesse, et que l'intelligence doit ramener et maintenir sans cesse. Quiconque a d'autres passions, et ne soumet pas à cette idée toute affection humaine ; quiconque peut chercher sérieusement les femmes, les honneurs, les biens, l'amour même ou la gloire, n'est pas né pour la magistrature auguste d'instituteur des hommes.
Celui qui prêche une religion sans la suivre intérieurement, sans y vénérer la loi suprême de son cœur, est un méprisable charlatan. Ne vous irritez pas contre lui, n'allez pas haïr sa personne : mais que sa duplicité vous indigne ; et, s'il le faut pour qu'il ne puisse plus corrompre le cœur humain, plongez-le dans l'opprobre ; qu'il y reste.
Celui qui sans soumettre personnellement ses goûts, ses désirs, toutes ses vues à l'ordre et à l'équité morale, ose parler de morale à l'homme, à l'homme qui a comme lui l'égoïsme naturel de l'individu et la faiblesse d'un mortel ! celui-là est un charlatan plus détestable : il avilit les choses sublimes ; il perd tout ce qui nous restait. S'il a la fureur d'écrire, qu'il fasse des contes, qu'il travaille des petits vers : s'il a le talent d'écrire, qu'il traduise, qu'il fasse un honnête métier, qu'il soit *homme de lettres*, qu'il explique les arts, qu'ils soit utile à sa manière : qu'il travaille pour de l'argent, pour la réputation ; que plus désintéressé, il travaille pour l'honneur d'un corps, pour l'avancement des sciences, pour la renommée de son pays ; mais qu'il laisse à l'homme de bien ce qu'on appelait la fonction des sages, et au prédicateur le métier des mœurs.
L'imprimerie a fait dans le monde social un grand changement. Il était impossible que sa vaste influence ne fît aucun mal, mais elle pouvait en faire beaucoup moins. Les inconvénients qui devaient en résulter ont été sentis, mais les moyens employés pour les arrêter n'en ont pas produit de moins graves. Il me semblerait pourtant que dans l'état actuel des choses en Europe, on pourrait concilier et la liberté d'écrire, et les moyens de séparer de l'utilité des livres les excès qui tendent à compenser cette utilité reconnue. Le mal résulte principalement des démences de l'esprit de parti, et du nombre étonnant des livres qui ne contiennent rien. Le temps, dira-t-on, fait oublier ce qui est injuste ou mauvais. Il s'en faut de beaucoup que cela suffise, soit aux particuliers, soit au public même. L'auteur

mépris, le moraliste inconnu reste tellement inutile que quand il n'en devient pas lui-même ridicule, ses écrits du moins le deviennent. Tout ce qui devrait être saint parmi les hommes a perdu [a] sa force, lorsque les livres de philosophie, de religion, de morale furent étalés, à trois sous la pièce, au milieu de [b] la boue des quais ; lorsque leurs pages [c] solennelles furent livrées aux charcutiers pour envelopper des cervelas [d].

L'opinion, la célébrité, fussent-elles vaines en elles-mêmes, ne doivent être ni méprisées, ni même négligées, puisqu'elles sont un des grands moyens qui puissent conduire aux fins les plus louables comme les plus importantes. C'est également un excès de ne rien faire pour elles, ou de ne faire que [e] pour elles. Les grandes choses que l'on exécute sont belles de leur seule grandeur, et sans qu'il soit besoin de songer à les produire, à les faire valoir : il n'en saurait être de même de celles que l'on pense. La fermeté de celui qui périt au fond des eaux est un exemple perdu : la pensée la plus juste, la conception la plus sage le sont également, si on ne les communique pas ; leur utilité dépend de leur expression, c'est leur célébrité qui les rend fécondes.

---

est mort quand l'opinion se forme ou se rectifie ; et le public prend un esprit funeste d'indifférence pour le vrai et l'honnête, au milieu de cette incertitude dont il sort presque toujours sur les choses passées, mais où il rentre toujours sur les choses présentes. Dans ma supposition, il serait permis d'écrire tout ce qui est permis maintenant : l'opinion même serait aussi libre. Mais ceux qui ne veulent pas l'attendre pendant un demi-siècle, ceux qui ne peuvent pas s'en rapporter à eux-mêmes, ou qui n'aiment pas à lire vingt volumes pour rencontrer un livre, trouveraient aussi commode qu'utile ce garant indirect, cette voie tracée, que rien absolument ne les obligerait de suivre. Cette institution exigerait la plus intègre impartialité : mais rien n'empêcherait d'écrire contre ce qu'elle aurait approuvé ; ainsi son intérêt le plus direct serait de mériter la considération publique qu'elle n'aurait aucun moyen d'asservir. On objecte toujours que les hommes justes sont trop rares ; j'ignore s'ils le sont autant qu'on affecte de le dire ; mais ce qui n'est pas vrai du moins, c'est qu'il n'y en ait point.
a. perdit
b. étalés au milieu de
c. des pages
d. livrées aux plus vils usages du trafic.
e. ou de n'agir que

Il faudrait peut-être que des écrits philosophiques fussent toujours précédés par un bon livre d'un genre agréable, qui fût bien répandu, bien lu, bien goûté *. Celui qui a un nom, parle avec plus de confiance : il fait plus et il fait mieux, parce qu'il espère ne pas faire en vain. Malheureusement on n'a pas toujours le courage ou les moyens de prendre des précautions semblables : les écrits, comme tant d'autres choses, sont soumis à l'occasion même inaperçue ; ils sont déterminés par une impulsion souvent étrangère à nos plans et à nos projets.

Faire un livre pour [a] avoir un nom, c'est une tâche : elle a quelque chose de rebutant et de servile ; et quoique je convienne des raisons qui semblent me l'imposer, je n'ose l'entreprendre, et je l'abandonnerais.

Je ne veux cependant pas commencer par l'ouvrage que je projette. Il est trop important et trop vaste pour que je l'achève jamais : c'est beaucoup si je le vois approcher un jour de l'idée que j'ai conçue [370]. Cette perspective trop éloignée ne me soutiendrait pas. Je crois qu'il est bon que je me fasse auteur, afin d'avoir le courage de continuer à l'être. Ce sera un parti pris et déclaré ; en sorte que je le suivrai comme pour remplir ma destination.

LETTRE LXXX

2 août, IX

Je pense comme vous qu'il faudrait un roman, un véritable roman tel qu'il en est quelques-uns : mais c'est un grand ouvrage qui m'arrêterait longtemps. À plusieurs égards j'y serais assez peu propre, et il faudrait que le plan m'en vînt comme par inspiration.

Je crois que j'écrirai un voyage. Je veux que ceux qui le liront parcourent avec moi tout le monde soumis à l'homme. Quand nous aurons regardé ensemble, quand nous aurons pris l'habitude d'une manière commune à eux et à moi, nous rentrerons et nous raisonnerons. Ainsi deux

---
* Ainsi l'*Esprit des lois* le fut par les *Lettres persanes*.
a. seulement pour

amis d'un certain âge sortent ensemble dans la campagne, examinent, rêvent, ne se parlent pas, et s'indiquent seulement les objets avec leur canne ; mais le soir auprès de la cheminée, ils jasent sur ce qu'ils ont vu dans leur promenade.

La scène de la vie a de grandes beautés. Il faut se considérer comme étant là seulement pour voir : il faut s'y intéresser sans illusion, sans passion, mais sans indifférence ; comme on s'intéresse aux vicissitudes, aux passions, aux dangers d'un récit imaginaire : celui-là est écrit avec bien de l'éloquence.

Le cours du monde est un drame assez suivi pour être attachant ; assez varié pour exciter l'intérêt ; assez fixe, assez réglé pour plaire à la raison, pour amuser par des systèmes ; assez incertain pour éveiller les désirs, pour alimenter les passions. Si nous étions impassibles dans la vie, l'idée de la mort serait intolérable : mais les douleurs nous aliènent, les dégoûts nous rebutent, l'impuissance et les sollicitudes font oublier de voir ; et l'on s'en va froidement, comme on quitte les loges quand un voisin exigeant, quand la sueur du front, quand l'air vicié par la foule, ont remplacé le désir par la gêne, et la curiosité par l'impatience.

Quel style j'adopterai ? Aucun [a]. J'écrirai, comme on parle, sans y songer : s'il faut faire autrement, je n'écrirai point. Il y a cette différence néanmoins que la parole ne peut être corrigée, au lieu que l'on peut ôter des choses écrites, ce qui choque à la lecture.

Dans des temps moins avancés, les poètes et les sophistes lisaient leurs livres aux assemblées des peuples. Il faut que les choses soint lues selon la manière dont elles ont été faites, et qu'elles soient faites selon qu'elles doivent être lues. L'art de lire est comme celui d'écrire. Les grâces et la vérité de l'expression dans la lecture sont infinies comme les modifications de la pensée : je conçois à peine qu'un homme qui lit mal, puisse avoir une plume heureuse, un esprit juste et vaste. Sentir avec génie, et être incapable d'exprimer, paraît aussi incompatible que d'exprimer avec force ce qu'on ne sent pas.

---

a. Quelle manière adopterai-je ? Aucune.

Quelque parti que l'on prenne sur la question si tout a été ou n'a pas été dit en morale, on ne saurait conclure qu'il n'y ait plus rien à faire pour cette science, la seule de l'homme [371]. Il ne suffit pas qu'une chose soit dite : il faut qu'elle soit publiée, prouvée, persuadée à tous, universellement reconnue. Il n'y a rien de fait tant que la loi expresse n'est pas soumise aux lois de l'éthique [a] * [372], tant que l'opinion ne voit pas les choses sous leurs véritables rapports.

Il faudra s'élever contre le désordre, tant que le désordre subsistera. Ne voyons-nous pas tous les jours de ces choses qui sont plutôt la faute de l'esprit que la suite des passions, où il y a plus d'erreur que de perversité, et qui sont moins le crime d'un particulier qu'un effet presque inévitable de l'insouciance ou de l'ineptie publique ?

N'est-il plus besoin de dire aux riches dont la fortune est indépendante : Par quelle fatalité vivez-vous plus pauvres que ceux [b] qui travaillent à la journée dans vos terres ?

De dire aux enfants qui n'ont pas ouvert les yeux sur la bassesse de leur infidélité : Vous êtes de véritables voleurs, et des voleurs que la loi devrait punir plus sévèrement que celui qui vole un étranger. Au vol manifeste, vous ajoutez la plus odieuse perfidie. Le domestique qui prend est puni avec plus de rigueur qu'un étranger, parce qu'il abuse de la confiance, et parce qu'il est nécessaire que l'on jouisse de la sécurité, du moins chez soi. Ces raisons, justes pour un homme à gages, ne sont-elles pas bien plus fortes pour le fils de la maison ? Qui peut tromper plus impunément ? Qui manque à des devoirs plus sacrés ? À qui est-il plus triste de ne pouvoir donner sa confiance ? Si l'on objecte des considérations qui peuvent arrêter la loi, c'est prouver

---

a. lois de la morale ;
* On trouve le passage suivant, qui m'a paru curieux, dans des lettres publiées par un nommé Matthews.
« C'est une suite nécessaire et du degré de dépravation où en est arrivée l'espèce humaine, et de l'état actuel de la société en général, qu'il y ait beaucoup d'institutions également incompatibles avec le christianisme et la morale. »
Lettre VIII de *Voyage à la rivière de Sierra-Leone*, Paris, an V.
b. plus pauvres, plus inquiets que ceux

davantage la nécessité d'éclairer l'opinion, de ne la pas abandonner [a] comme on l'a trop fait, de surmonter son indolence, de fixer ses variations [b], et surtout de la faire assez respecter pour qu'elle puisse ce que n'osent pas nos lois irrésolues.

N'est-il plus besoin de dire à ces femmes pleines de sensibilité, d'intentions pures, de jeunesse et de candeur : Pourquoi livrer au premier fourbe tant d'avantages inestimables ? Ne voyez-vous pas dans ses lettres mêmes, au milieu du jargon romanesque de ses gauches sentiments, des expressions dont une seule suffirait pour déceler la mince estime qu'il a pour vous, et la bassesse dans laquelle il se sent lui-même ? Il vous amuse, il vous entraîne, il vous joue ; il vous prépare la honte et l'abandon. Vous le sentiriez, vous le sauriez ; mais par faiblesse, par indolence peut-être, vous hasardez l'honneur de vos jours. Peut-être c'est pour l'amusement d'une nuit que vous corrompez votre vie entière. La loi ne l'atteindra pas ; il aura l'infâme liberté de rire de vous. Comment avez-vous pris ce misérable pour un homme ? Ne valait-il pas mieux attendre et attendre encore ? Quelle distance d'un homme à un homme ! Femmes aimables, ne sentirez-vous pas ce que vous valez ? – Le besoin d'aimer ! – Il ne vous excuse pas. Le premier des besoins est celui de ne pas s'avilir : et les besoins du cœur doivent eux-mêmes vous rendre indifférent quiconque n'a de l'homme autre chose que de n'être pas femme. – Ceux de l'âge ! – Si nos institutions morales sont dans l'enfance, si nous avons tout confondu, si notre raison va à tâtons ; votre imprudence, moins impardonnable alors, n'est pas pour cela justifiée.

Le nom de femme est grand pour nous, quand notre âme est pure. Apparemment le nom d'homme peut aussi en imposer [c] un peu à des cœurs jeunes : mais de quelque douceur que ces illusions s'environnent, ne vous y laissez pas trop surprendre. Si l'homme est l'ami naturel de la femme, les femmes n'ont souvent pas de plus funeste ennemi. Tous les hommes ont les sens de leur sexe ; mais

---

a. de ne pas l'abandonner

b. trop fait, d'en fixer les variations,

c. peut aussi imposer

attendez celui qui en a l'âme. Que peut avoir de commun avec vous cet être qui n'a que des sens ? Les verrats sont aussi des mâles ....
.... *

« N'est-il pas [a] arrivé plusieurs fois que le sentiment du bonheur nous ait entraîné [b] dans un abîme de maux, que nos désirs les plus naturels aient altéré notre nature, et que nous nous soyons avidement enivrés d'amertumes. On a toute la candeur de la jeunesse, tous les désirs de l'inexpérience, les besoins d'une vie nouvelle, l'espérance d'un cœur droit. On a toutes les facultés de l'amour ; il faut aimer. On a tous les moyens du plaisir ; il faut être aimée. On entre dans la vie ; qu'y faire sans amour ? On a beauté, fraîcheur, grâce, légèreté, noblesse, expression heureuse. Pourquoi l'harmonie de ces mouvements, cette décence voluptueuse, cette voix faite pour tout dire, ce sourire fait pour tout entraîner, ce regard fait pour changer le cœur de l'homme ? pourquoi cette délicatesse du cœur, et cette sensibilité profonde ? L'âge, le désir, les convenances, l'âme, les sens, tout le veut ; c'est une nécessité. Tout exprime et demande l'amour ; cette peau si douce, et d'un blanc si heureusement nuancé : cette main formée pour les plus tendres caresses : cet œil dont les ressources sont inconnues s'il ne dit pas, je consens à être aimée : ce sein qui sans amour, est immobile, muet, inutile, et qui se flétrirait un jour sans avoir été divinisé : ces formes, ces contours qui changeraient sans avoir été connus, admirés, possédés : ces sentiments si tendres, si vastes, si voluptueux et si grands [c], l'ambition du cœur, l'héroïsme de la passion ! Cette loi délicieuse que la loi du monde a dictée ; il la faut suivre. Ce rôle enivrant, que l'on sait si bien, que tout rappelle, que le jour inspire, et que la nuit

---

* J'ai supprimé quelques pages où il s'agissait de circonstances particulières et d'une personne dont je ne vois pas qu'il soit parlé dans aucun autre endroit de ces lettres. J'y ai, en quelque sorte, substitué ce qui suit : c'est un morceau tiré d'ailleurs, qui dit à peu près les mêmes choses d'une manière générale, et que son analogie avec ce que j'ai retranché m'a engagé à placer ici.
a. des sens ? [alinéa] « N'est-il pas
b. entraînés
c. si tendres, si voluptueux et si grands,

commande ; quelle femme jeune, sensible, aimante, imaginera de ne le point remplir ?

« Aussi ne l'imagine-t-on pas. Les cœurs justes, nobles, purs sont les premiers perdus. Plus susceptibles d'élévation, ils doivent être séduits par celle que l'amour donne. Ils se nourrissent d'erreur en croyant se nourrir d'estime ; ils se trouvent aimer un amant [a], parce qu'ils ont aimé la vertu ; ils sont trompés par des misérables, parce que ne pouvant vraiment aimer qu'un homme de bien, ils croient sentir que celui qui se présente pour réaliser leur chimère est nécessairement tel.

« L'énergie de l'âme, l'estime, la confiance, le besoin d'en montrer, celui d'en avoir ; des sacrifices à récompenser, une fidélité à couronner, un espoir à entretenir, une progression à suivre, l'agitation, l'intolérable inquiétude du cœur et des sens ; le désir si louable de commencer à payer tant d'amour ; le désir non moins juste de resserrer, de consacrer, de perpétuer, d'*éterniser* des liens si chers ; d'autres désirs encore ; certaine crainte, certaine curiosité ; des hasards qui l'indiquent, le destin qui le veut ; tout livre une femme aimante dans les bras du Lovelace [b][373]. Elle aime, il s'amuse : elle se donne, il s'amuse : elle jouit, il s'amuse : elle rêve la durée, le bonheur, le long charme d'un amour mutuel ; elle est dans les songes célestes ; elle voit cet œil que le plaisir embrase, elle voudrait donner une félicité plus grande ; mais le monstre s'amuse : les bras du plaisir la plongent dans l'abîme, elle dévore une volupté terrible.

« Le lendemain elle est surprise, inquiète, rêveuse : de sombres pressentiments commencent des peines affreuses et une vie d'amertumes. Estime des hommes, tendresse paternelle, douce conscience, fierté d'une âme pure ; paix, fortune [c], honneur, espérance, amour : tout a passé. Il ne s'agit plus d'aimer et de vivre ; il faut dévorer ses larmes, et traîner des jours précaires, flétris, misérables. Il ne s'agit plus de s'avancer dans les illusions, dans l'amour et dans la vie ; il faut repousser les songes, chercher l'amer-

---

a. un homme,
b. du lovelace.
c. pure, fortune,

tume et attendre ᵃ la mort. Femmes sincères et aimantes, belles de toutes les grâces extérieures et des charmes de l'âme, si faites pour être purement, tendrement, constamment aimées !... N'aimez pas. »

LETTRE LXXXI

5 août, IX

Vous convenez que la morale doit seule occuper sérieusement l'écrivain qui veut se proposer un objet utile et grand : mais vous trouvez que certaines opinions sur la nature des êtres pour lesquelles, dites-vous, j'ai paru pencher jusqu'ici, ne s'accordent pas avec la recherche des lois morales et de la base des devoirs.

Je n'aimerais pas à me contredire, et je tâcherai de l'éviter : mais je ne puis reprocher à ma faiblesse les variations de l'incertitude. J'ai beau examiner et mettre à cet examen de l'impartialité, et même quelque sévérité, je ne puis trouver là de véritables contradictions.

Il pourrait y en avoir entre diverses choses que j'ai dites, si on voulait les regarder comme des affirmations positives, comme les diverses parties d'un même système, d'un même corps de principes donnés pour certains, liés entre eux et déduits les uns des autres. Mais les pensées isolées, les doutes sur des choses impénétrables peuvent varier sans être contradictoires. J'avoue même qu'il y a telle conjecture sur la marche de la nature que je trouve quelquefois très probable, et d'autrefois beaucoup moins, selon la manière dont mon imagination s'arrête à la considérer.

Il m'arrive de dire : Tout est nécessaire ; si le monde est inexplicable dans ce principe, dans les autres il semble impossible. Et après avoir vu ainsi, il m'arrivera le lendemain de me dire au contraire : Tant de choses sont conduites selon l'intelligence qu'il paraît évident que beaucoup de choses sont conduites par elle. Peut-être elle choisit dans les possibles qui résultent de l'essence néces-

---
a. chercher l'oubli, attendre

saire des choses ; et la nature de ces possibles contenus dans une sphère limitée, est telle que le monde ne pouvant exister que selon certains modes [a], chaque chose néanmoins est susceptible de plusieurs modifications différentes. L'intelligence n'est pas souveraine de la matière, mais elle l'emploie : elle ne peut ni la faire, ni la détruire, ni la dénaturer ou changer ses lois [b] ; mais elle peut l'agiter, la travailler, la composer. Ce n'est pas une toute-puissance, c'est une industrie immense, mais pourtant bornée par les lois nécessaires de l'essence des êtres ; c'est une alchimie sublime que l'homme appelle surnaturelle, parce qu'il ne peut la concevoir.

Vous me dites que voilà deux systèmes opposés, et qu'on ne saurait admettre en même temps. J'en conviens : mais il n'y a point là de contradiction, je ne vous les donne que pour des hypothèses ; non seulement je ne les admets pas tous deux, mais je n'admets positivement ni l'un ni l'autre, et je ne prétends pas connaître ce que l'homme ne connaît point.

Tout système général sur la nature des êtres et les lois du monde n'est jamais qu'une idée hasardée. Il se peut que quelques hommes aient cru à leurs songes, ou aient voulu que les autres y crussent ; mais c'est un charlatanisme ridicule, ou un prodige d'entêtement. Pour moi, je ne sais que douter : et si je dis positivement, tout est nécessaire ; ou bien, il est une force secrète qui se propose un but que quelquefois nous pouvons pressentir ; je n'emploie ces expressions affirmatives que pour éviter de répéter sans cesse, il me semble, je suppose, j'imagine. Cette manière de parler ne saurait annoncer que je m'en prétende certain ; et je ne dois pas craindre que l'on s'y trompe, car quel homme [c], s'il n'est en démence, s'avisera d'affirmer ce qu'il est impossible que l'on sache [374].

Il en est tout autrement lorsque abandonnant ces recherches obscures, nous nous attachons à la seule science humaine, à la morale. L'œil de l'homme qui ne peut rien discerner dans l'essence des êtres, peut tout voir

---

a. selon de certains modes,
b. ou en changer les lois ;
c. trompe ; quel homme

dans les relations de l'homme. Là nous trouvons une lumière disposée pour nos organes ; là nous pouvons découvrir, raisonner, affirmer. C'est là que nous sommes responsables de nos idées, de leur enchaînement, de leur accord, de leur vérité : c'est là qu'il faut chercher des principes certains, et que les conséquences contradictoires seraient inexcusables.

On peut faire une seule objection contre l'étude de la morale : c'est une difficulté très forte, il est vrai, mais qui pourtant ne doit pas nous arrêter. Si tout est nécessaire, que produiront nos recherches, nos préceptes, nos vertus ? Mais la nécessité de toutes choses n'est pas prouvée : le sentiment contraire conduit l'homme, et c'est assez pour que dans tous les actes de la vie il se regarde comme livré à lui-même. Le stoïcien croyait à la vertu malgré le destin : et ces Orientaux qui conservent le dogme de la fatalité, agissent, craignent, désirent comme les autres hommes. Si même je regardais comme probable la loi universelle de la nécessité, je pourrais encore chercher les principes des meilleures institutions humaines. En traversant un lac dans un jour d'orage, je me dirai : si les événements sont invinciblement déterminés, il m'importe peu que les bateliers soient ivres ou non. Cependant, comme il en peut être autrement, je leur recommanderai de ne boire qu'après leur arrivée. Si tout est nécessaire, il l'est que j'aie ce soin, il l'est encore que je l'appelle faussement de la prudence [375].

Je n'entends rien aux subtilités par lesquelles on prétend accorder le libre arbitre avec la prescience : le choix de l'homme, avec l'absolue puissance de son Dieu : [a] l'horreur infinie que l'auteur de toute justice a nécessairement pour le péché, les moyens [b] inconcevables qu'il a employés pour le prévenir ou le réparer, avec l'empire continuel de l'injustice et notre pouvoir de faire des crimes tant que bon nous semble. Je trouve quelques difficultés à concilier la bonté [c] infinie qui créa volontairement l'homme et la science indubitable de ce qui en résulterait, avec l'éternité de supplices affreux pour les quarante-neuf

---

a. puissance de Dieu ;
b. péché, ainsi que les moyens
c. et la bonté

cinquantièmes des hommes tant aimés. Je pourrais comme un autre parler longuement, adroitement ou savamment sur ces questions impénétrables : mais si jamais j'écris, je m'attacherai plutôt à ce qui concerne l'homme réuni en société dans sa vie temporelle ; parce qu'il me semble qu'en observant seulement les conséquences pour lesquelles on a des données certaines, je pourrai penser des choses vraies et en dire d'utiles.

Je parviendrai jusqu'à un certain point à connaître l'homme, mais je ne puis deviner la nature. Je n'entends pas bien deux principes opposés, coéternellement faisant et défaisant. Je n'entends pas bien l'univers formé si tard, là où il n'y avait rien, subsistant pour un temps seulement, et coupant ainsi en trois parties l'indivisible éternité. Je n'aime point à parler sérieusement de ce que j'ignore ; *animalis homo non percipit ea quae sunt spiritus Dei*, « Paulus ad Corinth. », I., c. 2 [a] [376].

Je n'entendrai jamais comment l'homme qui reconnaît en lui de l'intelligence, peut prétendre que le monde ne contient pas d'intelligence. Malheureusement je ne vois pas mieux comment une faculté se trouve être une substance. On me dit : La pensée n'est pas un corps, un être physiquement divisible, ainsi la mort ne la détruira pas ; elle a commencé pourtant, mais vous voyez qu'elle ne saurait finir, et que puisqu'elle n'est pas un corps, elle est nécessairement un esprit. Je l'avoue, j'ai le malheur de ne pas trouver que cet argument victorieux ait le sens commun.

Celui-ci est plus spécieux. Puisqu'il existe des religions anciennement établies, puisqu'elles font partie des institutions humaines, puisqu'elles paraissent naturelles à notre faiblesse, et qu'elles sont le frein ou la consolation de plusieurs, il est bon de suivre et de soutenir la religion du pays où l'on vit : si l'on se permet de n'y point croire, il faut du moins n'en rien dire, et quand [b] on écrit pour les hommes, il ne faut pas les dissuader d'une croyance qu'ils aiment. C'est votre avis ; mais voici pourquoi je ne saurais le suivre.

---

a. *Dei.* [alinéa]
b. dire, quand

Je n'irai pas maintenant affaiblir une croyance religieuse dans les vallées des Cévennes ou de l'Apennin, ni même auprès de moi dans la Maurienne ou le Schweitzerland : mais en parlant de morale, comment ne rien dire des religions ? Ce serait une affectation déplacée : elle ne tromperait personne ; elle ne ferait qu'embarrasser ce que j'aurais à dire, et en ôter l'ensemble qui peut seul le rendre utile. On prétend qu'il faut respecter des opinions sur lesquelles reposent l'espérance de beaucoup, et malheureusement toute la morale [a] de plusieurs. Je crois cette réserve convenable et sage chez celui qui ne traite qu'accidentellement des questions morales, ou qui écrit dans des vues différentes de celles qui seront nécessairement les miennes. Mais si en écrivant sur les institutions humaines je parvenais à ne point parler des systèmes religieux, on n'y verrait autre chose que des ménagements pour quelque parti puissant. Ce serait une faiblesse condamnable : en osant me charger d'une telle fonction, je dois surtout m'en imposer les devoirs. Je ne puis répondre de mes moyens, et ils seront plus ou moins insuffisants : mais les intentions dépendent de moi, si elles ne sont point [b] invariablement pures et fermes, je suis indigne d'un aussi beau ministère. Je n'aurai pas un ennemi personnel dans la littérature, comme je n'en aurai jamais dans ma vie privée ; mais quand il s'agit de dire aux hommes ce que je regarde comme vrai, je ne dois pas craindre de mécontenter une secte ou un parti. Je n'en veux à aucun, mais je n'ai de lois à recevoir d'aucun. J'attaquerai les choses et non les hommes : si les hommes s'en fâchent, si je deviens un objet d'horreur pour la charité de quelques-uns, je n'en serai point surpris, mais je ne veux pas même le prévoir. Si l'on peut se dispenser de parler des religions dans bien des écrits, je n'ai pas cette liberté que je regrette à plusieurs égards : tout homme impartial avouera que ce silence est impossible dans un *ouvrage* tel que doit être celui que je projette, le seul auquel je puisse mettre de l'importance.

En écrivant sur les affections de l'homme et sur le système général de l'éthique, je parlerai donc des religions ;

---

a. de beaucoup d'hommes, et toule la morale
b. pas

et certes en en parlant, je ne puis en dire d'autres choses que celles que j'en pense. C'est parce que je ne saurais éviter d'en parler alors que je ne m'attache point à écarter de nos lettres ce qui par hasard s'y présente sur ce sujet : autrement, malgré une certaine contrainte qui en résulterait, j'aimerais mieux taire ce que je sens devoir vous déplaire, ou plutôt vous affliger.

Je vous le demande à vous-même, si dans quelques chapitres il m'arrive d'examiner les religions comme des institutions accidentelles [a], et de parler de celle qu'on dit être venue de Jérusalem, comme on trouverait bon que j'en parlasse si j'étais né à Jérusalem ; je vous le demande, quel inconvénient véritable en résultera-t-il dans les lieux où s'agite l'esprit européen, où les idées sont nettes et les conceptions désenchantées, où l'on vit dans l'oubli des prestiges, dans l'étude sans voile des sciences positives et démontrées ?

Je voudrais ne rien ôter de la tête de ceux qui l'ont déjà assez vide pour dire : s'il n'y avait pas d'enfer, ce ne serait pas la peine d'être honnête homme. Peut-être arrivera-t-il cependant que je sois lu par un de ces hommes-là, je ne me flatte pas qu'il ne puisse résulter aucun mal quelconque de ce que je ferai dans l'intention de produire un bien : mais peut-être aussi diminuerai-je le nombre de ces bonnes âmes qui ne croient au devoir qu'en croyant à l'enfer. Peut-être parviendrai-je à ce que le devoir reste, quand les reliques et les démons cornus auront achevé de passer de mode. On ne peut pas éviter que la foule elle-même en vienne plus ou moins vite, et certainement dans peu de temps, à mépriser l'une des deux idées qu'on l'a très imprudemment habituée à ne recevoir qu'ensemble : il faut donc lui prouver qu'elles peuvent très bien être séparées sans que l'oubli de l'une entraîne la subversion de l'autre.

Je crois que ce moment s'approche beaucoup : l'on reconnaîtra plus universellement la nécessité de ne plus fonder sur ce qui s'écroule, cet asile moral hors duquel on

---

a. [note ajoutée en 1840] Il est certain que l'éloignement d'Obermann pour des doctrines qui toutes lui paraissent accidentelles ne s'étend pas jusqu'aux idées religieuses fondamentales.

LETTRE LXXXII

Im., 6 août, IX

Je ne sais si je sortirai de mes montagnes neigeuses ; si j'irai voir cette jolie campagne dont vous me faites une description si intéressante, où l'hiver est si facile, et le printemps si doux, où les eaux vertes brisent leurs vagues nées en Amérique. Celles que je vois ne viennent pas de si loin : dans les fentes de mes rochers où je cherche la nuit comme le triste chat-huant, l'étendue conviendrait mal à mon œil et à ma pensée. Le regret de n'être pas avec vous s'accroît tous les jours. Je ne me le reproche pas, j'en suis plutôt surpris ; je cherche pourquoi, je ne trouve rien, mais je vous dis que je n'ai pu faire autrement. J'irai un jour ; cela est résolu. Je veux vous voir chez vous : je veux rapporter de là le secret d'être heureux, quand rien ne manque que nous-mêmes.

Je verrai en même temps le pont du Gard et le canal de Languedoc. Je verrai la Grande-Chartreuse, en allant, et non en rentrant ici : et vous savez pourquoi ! J'aime mon asile ; je l'aimerai tous les jours davantage, mais je ne me sens plus assez fort pour vivre seul. Nous allons parler d'autre chose.

Tout sera achevé dans très peu de jours. En voici déjà quatre que je couche dans mon appartement.

Quand je laisse mes fenêtres ouvertes pendant la nuit, j'entends très distinctement[a] l'eau de la fontaine tomber dans le bassin : lorsqu'un peu de vent l'agite, elle se brise sur les barres de fer destinées à soutenir les vases que l'on veut remplir. Il n'est guère d'accidents naturels aussi romantiques que le bruit d'un peu d'eau tombant sur l'eau tranquille, quand tout est nocturne, et qu'on distingue seu-

---
a. j'entends distinctement

lement dans le fond de la vallée, un torrent qui roule sourdement derrière les arbres épais, au milieu du silence.

La fontaine est sous un grand toit, comme je pense vous l'avoir dit : le bruit de sa chute est moins agreste que si elle était en plein air : mais il est plus extraordinaire, et plus heureux. Abrité sans être enfermé, reposant dans un bon lit au milieu du désert, possédant chez soi les biens sauvages, on réunit les commodités de la mollesse et la force de la nature. Il semble que notre industrie ait disposé des choses primitives sans changer leurs lois ; et qu'un empire si facile ne connaisse point de bornes. Voilà tout l'homme.

Ce grand toit, ce couvert dont vous voyez que je suis très content, a sept toises de large, et plus de vingt en longueur sur la même ligne que les autres bâtiments. C'est en effet la chose la plus commode : il joint la grange à la maison ; il ne touche point à celle-ci, il ne communique avec elle que par une galerie d'une construction légère, et qu'on pourrait couper facilement en cas d'incendie. Voiture, char à banc, chars de travail, outils, bois à brûler, atelier de menuiserie, fontaine, lavoir, tout[a] s'y trouve sans confusion : et l'on peut y travailler, y laver, y faire toutes les choses nécessaires sans être gêné par le soleil, la neige ou la boue.

Puisque je n'espère plus vous voir ici que dans un temps reculé, je vous dirai toute ma manière d'être : je vous décrirai toute mon habitation, et peut-être il y aura des instants où je me figurerai que vous la partagez, que nous examinons, que nous délibérons, que nous réformons.

LETTRE LXXXIII

24 septembre, IX

J'attendais avec quelque impatience que vous eussiez fini vos courses : j'ai des choses nouvelles à vous dire.

M. de Fonsalbe est ici. Il y est depuis cinq semaines, il y restera : sa femme y a été. Quoiqu'il ait passé des années

---

a. fontaine, tout

sur les mers, c'est un homme égal et tranquille. Il ne joue pas, ne chasse pas, ne fume pas ; il ne boit point ; il n'a jamais dansé, il ne chante jamais ; il n'est point triste, mais je crois qu'il l'a été beaucoup. Son front réunit les traits heureux du calme de l'âme, et les traits profonds du malheur. Son œil, qui n'exprime ordinairement qu'une sorte de repos et de découragement, est fait pour tout exprimer ; sa tête a quelque chose d'extraordinaire ; et au milieu de son calme habituel, si une idée grande, si un sentiment énergique vient l'éveiller, il prend, sans y penser, l'attitude muette du commandement. J'ai vu admirer un acteur qui disait fort bien le « Je le veux, je l'ordonne » de Néron [377] ; mais Fonsalbe le dit mieux.

Je vous parle sans partialité : il n'est pas aussi égal intérieurement qu'au-dehors ; mais s'il a le malheur, ou le défaut de ne pouvoir être heureux, il a trop de sens pour être mécontent. C'est lui qui achèvera de guérir mon impatience ; car il a pris[a] son parti, et de plus il m'a prouvé, sans réplique, que je devais prendre le mien. Il prétend que lorsque avec la santé on a une vie indépendante, et que l'on n'a que cela, il faut être un sot pour être heureux, et un fou pour être malheureux. D'après quoi vous sentez que je ne pouvais dire autre chose sinon que je n'étais ni heureux ni malheureux : je l'ai dit, et maintenant il faut que je m'arrange de manière à avoir dit vrai.

Je commence pourtant à trouver quelque chose de plus que la vie indépendante et la santé. Fonsalbe sera un ami, et un ami dans ma solitude. Je ne dis pas un ami tel que nous l'entendions autrefois. Nous ne sommes plus dans un âge d'héroïsme. Il s'agit de passer doucement ses jours : les grandes choses ne me regardent pas. Je m'attache à trouver bon, vous dis-je, ce que ma destinée me donne : le beau moyen pour cela que de rêver l'amitié à la manière des Anciens ! Laissons les amis selon l'Antiquité, et les amis selon les villes. Imaginez un terme moyen. Que cela ! direz-vous : et moi je vous dis que c'est beaucoup.

J'ai encore une autre pensée : Fonsalbe a un fils et une fille. Mais j'attends, pour vous en dire davantage, que mon projet soit définitivement arrêté : d'ailleurs ceci tient à plu-

---

a. impatience : il a pris

sieurs détails qui vous sont encore inconnus, et dont je dois vous instruire. Fonsalbe m'a déjà dit que je pouvais vous parler de tout ce qui le concerne, et qu'il ne vous regardait point comme un tiers ; seulement vous brûlerez les lettres.

LETTRE LXXXIV

Saint-Maurice, 7 octobre, IX

Un Américain ami de Fonsalbe, vient de passer ici pour se rendre en Italie. Ils sont allés ensemble jusqu'à Saint-Branchier, au pied des montagnes. Je les accompagnai : je comptais m'arrêter à Saint-Maurice, mais j'ai continué jusqu'à la cascade de Pissevache [378], qui est entre cette ville et Martigny, et que j'avais vue autrefois seulement depuis la route.

Là, j'ai attendu le retour de la voiture. Il faisait un temps agréable, l'air était calme et très doux : j'ai pris, tout habillé, un bain de vapeurs froides. Le volume d'eau est considérable, et sa chute [a] a près de trois cents pieds. Je m'en approchai autant qu'il me parut possible ; et en un moment, je fus mouillé comme si j'eusse été plongé dans l'eau.

Je retrouvai pourtant quelque chose des anciennes impressions lorsque je fus assis dans la vapeur qui rejaillit vers les nues, au bruit si imposant de cette eau qui sort d'une glace muette et coule sans cesse d'une source immobile, qui se perd avec fracas sans jamais finir, qui se précipite pour creuser des abîmes, et qui semble tomber éternellement. Nos années et les siècles de l'homme descendent ainsi : nos jours s'échappent du silence, la nécessité les montre, ils glissent dans l'oubli. Le cours de leurs fantômes pressés s'écroule avec un bruit uniforme, et se dissipe en se répétant toujours. Il en reste une fumée qui monte, qui rétrograde, et dont les ombres déjà passées enveloppent cette chaîne inexplicable et inutile, monu-

---

a. la chute

ment perpétuel d'une force inconnue, expression bizarre et mystérieuse de l'énergie du monde.

Je vous avoue qu'Imenstròm, et mes souvenirs, et mes habitudes, et mes projets d'enfant, mes arbres, mon cabinet, que tout [a] ce qui a pu distraire mes affections, fut bien petit [b], bien misérable à mes yeux. Cette eau glaciale, active [c], pénétrante, et comme remplie de mouvement, ce fracas solennel d'un torrent qui tombe, ce nuage qui s'élance perpétuellement dans les airs, cette situation du corps et de la pensée, dissipa l'oubli où des années d'efforts parvenaient peut-être à me plonger.

Séparé de tous les lieux par cette atmosphère d'eau et par ce bruit immense, je voyais tous les lieux devant moi, je ne me voyais plus dans aucun. Immobile, j'étais ému pourtant d'un mouvement extraordinaire. En sécurité au milieu des ruines menaçantes, j'étais comme englouti par les eaux et vivant dans l'abîme : j'avais quitté la terre, et je jugeais ma vie ridicule ; elle me faisait pitié : un songe de la pensée remplaça ces jours puérils par des jours employés. Je vis plus distinctement que je ne les avais jamais vues, ces pages heureuses et éloignées du rouleau des temps. Les Moïse, les Lycurgue prouvèrent indirectement au monde leur possibilité : leur existence future m'a été prouvée dans les Alpes ....
....

Quand les hommes des temps où il n'était pas ridicule d'être un homme extraordinaire, se retiraient dans une solitude profonde et dans [d] les antres des montagnes, ce n'était pas seulement pour méditer les [e] institutions qu'ils préparaient, on peut aussi penser chez soi, et s'il faut du silence, on peut le trouver dans une ville : ce n'était pas seulement pour en imposer aux peuples, un simple miracle de la *Magie* eût été plutôt fait et n'eût pas eu moins de pouvoir sur les imaginations. Mais l'âme la moins assujettie n'échappe pas entièrement à l'empire de l'habitude,

---

a. cabinet, tout
b. fut alors bien petit,
c. Cette eau active,
d. profonde, dans
e. méditer sur les

à cette conclusion si persuasive pour la foule et spécieuse pour le génie lui-même, à cet argument de la routine qui tire de l'état le plus ordinaire de l'homme, un témoignage naturel et une preuve de sa destination. Il faut se séparer des choses humaines non pas pour voir comment elles pourraient être autrement, mais pour [a] oser le croire. On n'a pas besoin de cet isolement pour imaginer les moyens qu'on veut employer, mais pour en espérer le succès. On va dans la retraite, on y vit ; l'habitude des choses anciennes s'affaiblit, l'extraordinaire est jugé sans partialité, il n'est plus romanesque : on y croit, on revient, on réussit.

....
.... *

Je me rapprochai de la route avant le retour de Fonsalbe : j'étais très mouillé ; il prétendit qu'on eût pu arriver jusqu'à l'endroit même de la chute sans cet inconvénient-là. C'est où je l'attendais ; il réussit d'abord : mais la colonne d'eau qui s'élève était très mobile, quoiqu'il n'y eût aucun vent sensible dans la vallée. Nous allions nous retirer lorsqu'en une seconde il fut inondé ; alors il se laissa entraîner, et je le menai à la place même où je m'étais assis : mais je craignais que les variations inopinées de la pression de l'air n'affectassent sa poitrine, bien moins forte [b] que la mienne, nous nous retirâmes presque aussitôt. J'avais essayé en vain de m'en faire entendre autrement que par signes ; mais lorsque nous fûmes éloignés de plusieurs toises, je lui demandai avant que son étonnement cessât, ce que devenaient dans une semblable situation les petites habitudes [c] de l'homme, et même ses affections les plus puissantes et les passions qu'il croit indomptables.

Nous nous promenions, allant et revenant de la cascade à la route. Nous convînmes que l'homme le plus fortement organisé peut n'avoir aucune passion positive, malgré son

---

a. non pour voir qu'elles pourraient être changées, mais pour
* Ces suppressions interrompent la suite des idées ; je suis fâché qu'elles aient dû me paraître convenables. Il en est de même dans plusieurs autres lettres. [note supprimée en 1840]
b. sa poitrine, moins forte
c. les habitudes

aptitude à toutes ; et qu'il y eut plusieurs fois de tels hommes, soit parmi les maîtres des peuples, soit parmi les mages, les gymnosophistes [379] ou les sages, soit ᵃ parmi les fidèles vrais et persuadés de certaines religions, comme l'islamisme ou le christianisme ᵇ.

L'homme supérieur [380] a toutes les facultés de l'homme ; il peut éprouver toutes les affections humaines ; il s'arrête aux plus grandes de celles que sa destinée lui donne. Celui qui fait céder de grandes pensées à des idées petites ou personnelles ; celui qui ayant à faire ou à décider des choses importantes, est ému par de petites affections et des intérêts misérables, n'est pas un homme supérieur.

L'homme supérieur voit toujours au-delà de ce qu'il est et de ce qu'il fait ; loin de rester derrière sa ᶜ destinée, il devance toujours ce qu'elle peut lui permettre : et ce mouvement naturel de son âme, n'est point la passion du pouvoir et des grandeurs ᵈ. Il est au-dessus des grandeurs et du pouvoir : il aime ce qui est utile, noble et juste ; il aime ce qui est beau. Il reçoit la puissance parce qu'il en faut pour établir ce qui est utile et beau : mais il aimerait une vie simple, parce qu'une vie simple peut être pure et belle. Il fait quelquefois ce que les passions humaines peuvent faire ; mais il y a dans lui une chose impossible, c'est qu'il le fasse par passion. Non seulement l'homme supérieur, le véritable homme d'État n'est point passionné pour les femmes, n'aime point le jeu, n'aime point le vin : mais je prétends qu'il n'est pas même ambitieux. Quand il fait comme ces êtres ᵉ nés pour le regarder avec surprise, il ne le fait point par les mobiles qu'ils connaissent. Il n'est ni défiant, ni confiant ; ni dissimulé, ni ouvert ; ni reconnaissant, ni ingrat ; il n'est rien de tout cela : son cœur attend, son intelligence conduit. Pendant qu'il est à sa place, il marche à sa fin qui est l'ordre en grand, et une amélioration du sort des hommes. Il voit, il veut, il fait. Il est juste et absolu. Celui ᶠ dont on peut dire, il a tel faible ou tel

---

a. gymnosophistes, soit
b. comme l'islamisme, le christianisme, le bouddhisme.
c. en arrière de sa
d. ou des grandeurs.
e. Quand il agit comme les êtres
f. il fait. Celui

penchant, est ª un homme comme les autres. Mais l'homme né pour gouverner, gouverne : il est le maître, et n'est rien autre chose ᵇ.

LETTRE LXXXV

Im., 12 octobre, IX

Je le craignais aussi, il était ᶜ naturel de penser que cette sorte de mollesse où mon ennui m'a jeté, deviendrait bientôt une habitude presque insurmontable : mais quand j'y ai songé davantage, j'ai cru voir que je n'avais rien ᵈ à en craindre, que le mal était déjà dans moi, et qu'il me serait toujours trop naturel d'être ainsi dans des circonstances semblables aux circonstances présentes. J'ai cru voir de même que dans une autre situation j'aurais toujours un autre caractère. La manière dont je végète dans l'ordre de choses où je me trouve n'aura aucune influence sur celle que je prendrais si les temps venaient à me prescrire autant d'activité que maintenant ils en demandent peu de moi. Que me servirait de vouloir rester debout à l'heure du repos, ou vivant dans ma tombe ? Un homme laborieux et qui ne veut point perdre le jour, doit-il pour cela se refuser au sommeil de la nuit ? Ma nuit est trop longue à la vérité : mais est-ce ma faute si les jours sont courts, si les nuits sont ténébreuses dans la saison où je suis né ? Je veux, comme un autre, me montrer au-dehors quand l'été viendra ; en attendant je dors auprès du feu pendant les frimas. Je crois que Fonsalbe devient dormeur comme moi. C'est une bizarrerie bien digne de la misère de l'homme, que notre manière triste et tranquille dans la plus belle retraite d'un si beau pays, et dans l'aisance au milieu de quelques infortunés plus contents que nous ne le serons jamais.

---

a. sera
b. Mais l'homme né pour gouverner est juste et absolu. Désabusé, il serait plus encore ; il ne serait pas absolu, il ne serait pas le maître : il deviendrait un sage.
c. Je le craignais comme vous. Il était
d. que je n'avais plus rien

Il faut que je vous apprenne quelque chose de nos manies, vous trouverez qu'habituellement notre langueur n'a rien d'amer. Il est inutile de vous dire que je n'ai point [a] une nombreuse livrée [381] : à la campagne et dans notre manière de vivre, les domestiques ont leurs occupations ; les cordons pourraient aller dix fois avant que personne vînt. J'ai cherché la commodité et non l'appareil [382] : j'ai d'ailleurs évité les dépenses sans but ; et j'aime autant me fatiguer moi-même à verser de l'eau d'une carafe dans un verre, que de sonner pour qu'un laquais vigoureux accoure le faire depuis l'extrémité de la maison. Comme Fonsalbe et moi nous ne faisons guère un mouvement l'un sans l'autre, un cordon communique de sa chambre à coucher à la mienne, et à mon cabinet. La manière de le tirer varie : nous nous avertissons ainsi, non pas selon le besoin, mais selon nos fantaisies ; en sorte que le cordon va très souvent.

Plus ces fantaisies sont burlesques, plus elles nous amusent. Ce sont les jouets de notre oisiveté : nous sommes princes en ceci ; et, sans avoir d'États à gouverner, nous suivons des caprices un peu bouffons. Nous croyons, comme eux, que [b] c'est toujours quelque chose que d'avoir [c] ri ; avec cette différence néanmoins que notre rire ne mortifiera personne. Quelquefois une puérilité nous arrête pendant que nous comptons les mondes avec Lambert [383] : quelquefois, encore remplis de l'enthousiasme de Pindare [384], nous nous amusons de la démarche imposante d'un poulet d'inde [385], ou des manières athlétiques de deux matous épris d'amour qui se disputent leur héroïne.

Depuis quelque temps nous nous sommes avisés de convenir que celui qui serait une demi-heure sans pouvoir se rendormir, éveillerait l'autre afin qu'il eût aussi son heure de patience ; et que celui qui ferait un songe bien comique, ou de nature à produire une émotion forte, en avertirait aussitôt, afin que le lendemain en prenant le thé on l'expliquât selon l'antique science secrète.

---

a. pas
b. Nous croyons que
c. quelque chose d'avoir

Je puis maintenant me jouer un peu avec le sommeil : je commence à le retrouver depuis que j'ai renoncé au café, depuis que je ne prends de thé que fort modérément et que je le remplace quelquefois par de la groseille, du petit lait [a], ou simplement par un verre d'eau. Je dormais sans m'en apercevoir pour ainsi dire, et sans repos comme sans jouissance. En m'endormant et en m'éveillant, j'étais absolument le même qu'au milieu du jour ; mais à présent j'obtiens, pendant quelques minutes, ce sentiment des progrès du sommeil, cet affaiblissement voluptueux qui annonce l'oubli de la vie, et dont le retour journalier la rend supportable aux malheureux en la suspendant, en la divisant sans cesse. Alors on est bien au lit, même lorsqu'on n'y dort point. Vers le matin je me mets sur l'estomac. Je ne dors pas, je ne suis pas éveillé ; je suis bien. C'est alors que je rêve en paix. Dans ces moments de calme, j'aime à voir la vie ; il me semble alors qu'elle m'est étrangère ; je n'y ai point de rôle. Ce qui m'arrête surtout maintenant, c'est le fracas des moyens et le néant des résultats ; cet immense travail des êtres, et cette fin incertaine, stérile et peut-être contradictoire, ou ces fins opposées et vaines. La mousse mûrit sur la roche battue des flots ; mais son fruit périra. La violette fleurit inutile sous le buisson du désert. Ainsi l'homme désire, et mourra. Il naît au hasard, il s'essaie sans but, il lutte sans objet, il sent et pense en vain, il passe sans avoir vécu ; et celui qui obtient de vivre, passera aussi. César a gagné cinquante batailles, il a vaincu la terre [b] ; il a passé. Mahomet, Pythagore ont passé. Le cèdre qui ombrageait les troupeaux a passé comme le gramen [386] que les troupeaux foulaient.

Plus on cherche à voir, plus on se plonge dans la nuit. Tous agissent pour se conserver et se reproduire : la fin de leurs actions est visible ; comment celle de leur être ne l'est-elle point [c] ? L'animal a les organes, les forces, l'industrie pour subsister et se perpétuer : il agit pour vivre et il vit : il agit pour se reproduire, et il se reproduit. Mais

---

a. quelquefois par du petit lait,
b. vaincu l'Occident ;
c. pas ?

pourquoi vivre ; pourquoi se perpétuer ? Je n'entends rien à cela. La bête broute et meurt : l'homme mange, et meurt. Un matin je songeais à tout ce qu'il fait avant de mourir ; j'eus tellement besoin de rire que je tirai deux fois le cordon ; mais en déjeunant nous ne pûmes jamais rire [387] : ce jour-là Fonsalbe s'imagina de trouver du sérieux dans les arts, dans la gloire, dans les hautes sciences, dans la métaphysique des trinités, je ne sais quoi encore dans quoi. Depuis ce déjeuner, j'ai remis sur ma table *De l'esprit des choses* [388], et j'en ai lu un volume presque entier.

Je vous avoue que ce système de la réparation du monde ne me choque point du tout. Il n'est pas moderne, mais cela ne peut lui donner que plus d'autorité. Il est grand, il est spécieux : l'auteur est entré dans ses profondeurs ; [a] et j'ai pris le parti de lui savoir gré de l'extrême obscurité des termes, on en sera d'autant moins frappé de celle des choses. Je croirais volontiers que cette hypothèse d'une dégradation fortuite, et d'une lente régénération ; d'une force qui vivifie, qui élève, qui subtilise, et d'une autre qui corrompt et qui dégrade, n'est pas le moins plausible de nos rêves sur la nature des choses. Je voudrais seulement qu'on nous dît comment s'est faite, ou du moins comment s'est dû faire cette grande révolution ; pourquoi le monde échappa ainsi à l'Éternel ; comment il s'est pu qu'il le permît, ou qu'il ne pût pas l'empêcher ; et quelle force étrangère à sa puissance [b] universelle, a produit l'universel cataclysme ? Ce système expliquera tout, excepté la principale difficulté ; mais le dogme oriental des Deux Principes [c] était plus clair [389].

Quoi qu'il en puisse être sur une question si peu faite pour [d] l'habitant de la terre, je ne connais rien qui rende mieux raison [e] du phénomène perpétuel dont tous les accidents accablent notre intelligence, et déconcertent notre curieuse avidité. Nous voyons tous les individus [f] s'agglomérer et se propager en espèces, pour marcher avec une

---

a. ces profondeurs,
b. à la puissance
c. des deux principes
d. question peu faite sans doute pour
e. qui rende raison
f. voyons les individus

force multipliée et continue vers je ne sais quel but dont ils sont repoussés sans cesse. Une industrie céleste produit sans relâche, et par des moyens infinis. Un principe d'inertie, une force morte résiste froidement ; elle éteint, elle détruit en masse. Tous les agents particuliers sont passifs : ils tendent néanmoins avec ardeur vers ce qu'ils ne sauraient soupçonner ; et le but de cette tendance générale, inconnu d'eux, paraît l'être nécessairement de [a] tout ce qui existe. Non seulement le système des êtres semble plein de contrastes dans les moyens, et d'oppositions dans les produits ; mais la force qui le meut paraît vague, inquiète, énervée [390] ou balancée par une force indéfinissable ; la nature paraît empêchée dans sa marche, et comme embarrassée et incertaine.

Nous croirons discerner une lueur dans l'abîme, si nous entrevoyons les mondes comme des sphères d'activité, comme des ateliers de régénération où la matière travaillée graduellement et subtilisée par un principe de vie, doit passer de l'état passif et brut, à ce point d'élaboration, de ténuité, qui la rendra enfin susceptible d'être imprégnée de feu, et pénétrée de lumière. Elle sera employée par l'intelligence, non plus comme des matériaux informes, mais comme un instrument perfectionné, puis comme un agent direct, et enfin comme une partie essentielle de l'être unique, qui alors deviendra vraiment universel et vraiment un.

Le bœuf est fort et puissant ; il ne le sait même pas : il absorbe une multitude de végétaux, il dévore un pré ; quel grand avantage en va-t-il retirer ? Il rumine, il végète pesamment dans l'étable où l'enferme un homme triste, pesant, inutile comme lui. L'homme le tuera, il le mangera, il n'en sera pas mieux ; et après que le bœuf sera mort, l'homme mourra. Que restera-t-il de tous deux ? un peu d'engrais qui produira des herbes nouvelles, et un peu d'herbe qui nourrira des chairs nouvelles. Quelle vaine et muette vicissitude de vie et de mort ! quel froid univers ! Et comment est-il bon qu'il soit au lieu de n'être pas ?

Mais si cette fermentation silencieuse et terrible qui semble ne produire que pour immoler, ne faire que pour

---

a. l'être de

que l'on ait été, ne montrer les germes que pour les dissiper, ou n'accorder le sentiment de la vie que pour donner le frémissement de la mort ; si cette force qui meut dans les ténèbres la matière éternelle ; lance quelques lueurs pour essayer la lumière ; si cette puissance qui combat le repos et qui promet la vie, broie et pulvérise son œuvre afin de la préparer pour un grand dessein ; si ce monde où nous paraissons n'est que l'essai du monde ; si ce qui est, ne fait qu'annoncer ce qui doit être ; cette surprise que le mal visible excite en nous ne paraît-elle pas expliquée ? Le présent travaille pour l'avenir ; l'arrangement [a] du monde est que le monde actuel soit consumé ; ce grand sacrifice était nécessaire, et n'est grand qu'à nos yeux. Nous passons dans l'heure du désastre, mais il le fallait ; et l'histoire des êtres d'aujourd'hui est dans ce seul mot, ils ont vécu. L'ordre fécond et invariable sera le produit de la crise laborieuse qui nous anéantit : l'œuvre est déjà commencée ; et les siècles de vie subsisteront quand nous, nos plaintes, notre espérance et nos systèmes auront à jamais passé.

Voilà ce que les Anciens pressentaient : ils conservaient le sentiment de la détresse de la terre. Cette idée vaste et profonde a produit les institutions des premiers âges ; elles durèrent dans la mémoire des peuples comme le grand monument d'une mélancolie sublime. Mais des hordes restées barbares, et des hordes formées par quelques fugitifs qui avaient oublié les traditions antiques en errant dans leurs forêts, des Pélasges [391], des Scythes [392], des Scandinaves ont répandu les dogmes gothiques, les fictions des versificateurs, et la fausse magie * des sauvages : alors l'histoire des choses en est devenue l'énigme jusqu'au jour où un homme étonnant qui [b] a trop peu vécu, s'est mis à déchirer quelque partie du voile étendu par les barbares ** [393].

---
a. avenir, et l'arrangement
* On voit que le mot *magie* doit être pris ici dans son premier sens, et non pas dans l'acception nouvelle : en sorte que par fausse magie, il faut entendre à peu près la magie des modernes.
b. un homme, qui
** B... mourut à 37 ans, et il avait fait l'*Antiq. dev.*

Ensuite je fais un mouvement qui me distrait, je change d'attitude, et je ne revois ᵃ plus rien de tout cela.

D'autres fois je me trouve dans une situation indéfinissable ; je ne dors ni ne veille, et cette incertitude me plaît beaucoup. J'aime à mêler, à confondre les idées du jour et celles du sommeil. Souvent il me reste un peu de l'agitation douce que laisse un songe animé, effrayant, singulier, rempli de ces rapports mystérieux et de cette incohérence pittoresque qui amusent l'imagination.

Le génie de l'homme éveillé n'atteindrait pas ce que lui présentent les caprices de la nuit. Il y a quelque temps que je vis une éruption de volcans ᵇ ; mais jamais l'horreur des volcans ne fut aussi grande, aussi épouvantable et aussi belle ᶜ. Je voyais depuis un lieu ᵈ élevé ; j'étais, je crois, à la fenêtre d'un palais, et plusieurs personnes étaient auprès de moi. C'était pendant la nuit, mais elle était éclairée. La Lune et Saturne paraissaient dans le ciel, entre des nuages épars, et entraînés rapidement quoique tout le reste fût calme. Saturne était près de la Terre ; il paraissait plus grand que la Lune, et son anneau, blanc comme le métal que le feu va mettre en fusion, éclairait la plaine immense cultivée et peuplée. Une longue chaîne, très éloignée, mais bien visible, de monts neigeux, élevés, uniformes, réunissait la plaine et les cieux. J'examinais ; un vent terrible passe sur la campagne, enlève et dissipe culture, habitations, forêts ; et en deux secondes ne laisse qu'un désert de sable aride, rouge et comme embrasé par un feu intérieur. Alors l'anneau de Saturne se détache, il glisse dans les cieux, il descend avec une rapidité sinistre, il va toucher la haute cime des neiges ; et en même temps elles sont agitées et comme travaillées dans leurs bases, elles s'élèvent, s'ébranlent et roulent sans changer, comme les vagues énormes d'une mer que le tremblement du globe entier soulèverait. Après quelques instants, des feux vomis du sommet de ces ondes blanches retombent des cieux où ils se sont élancés, et coulent en fleuves brûlants. Les monts

---

a. vois
b. volcan ;
c. épouvantable, aussi belle.
d. d'un lieu

étaient pâles et embrasés selon qu'ils s'élevaient ou s'abaissaient dans leur mouvement lugubre ; et ce grand désastre s'accomplissait au milieu du silence plus lugubre encore.

Vous pensez sans doute que dans cette ruine de la terre, je m'éveillai plein d'horreur avant la catastrophe : mais mon songe n'a pas fini selon les règles. Je ne m'éveillai point, les feux cessèrent, l'on se trouva dans un grand calme : la nuit était obscure [a] ; on ferma les fenêtres, on se mit à jaser dans le salon, nous parlâmes du feu d'artifice, et mon rêve continua [394].

J'entends dire et répéter que nos rêves dépendent de ce dont nous avons été frappés les jours précédents. Je crois bien que nos rêves, ainsi que toutes nos idées et nos sensations, ne sont composés que de parties déjà familières et dont nous avons fait l'épreuve. Mais je pense que ce composé n'a souvent pas d'autre rapport avec le passé. Tout ce que nous imaginons ne peut être formé que de ce qui est ; mais nous rêvons, comme nous imaginons, des choses nouvelles, et qui n'ont souvent avec ce que nous avons vu précédemment, aucun rapport que nous puissions découvrir. Quelques-uns de ces rêves reviennent constamment de la même manière, et semblables dans plusieurs de leurs moindres détails, sans que nous y pensions durant l'intervalle qui s'écoule entre leurs diverses [b] époques. J'ai vu en songe des sites plus beaux que tous ceux des Alpes, plus beaux que ceux que j'aurais pu imaginer, et je les ai vus toujours les mêmes. Dès mon enfance je me suis trouvé, en rêve, auprès d'une des premières villes de l'Europe. L'aspect du pays différait essentiellement de celui des terres qui environnent réellement cette capitale que je n'ai jamais vue : et toutes les fois que j'ai rêvé qu'étant en voyage, j'approchais de cette ville, j'ai toujours trouvé le pays tel que je l'avais rêvé la première fois, et non pas tel que je le sais être.

Douze ou quinze fois peut-être, j'ai vu en rêve un lieu de la Suisse que je connaissais déjà avant le premier de ces rêves : et néanmoins, quand j'y passe ainsi en songe, je le

---

a. calme. Le temps était obscur ;
b. ces diverses

vois toujours très différent de ce qu'il est réellement, et toujours le même que ᵃ je l'ai rêvé la première fois.

Il y a plusieurs semaines que j'ai vu une vallée délicieuse, si parfaitement disposée selon mes goûts, que je doute qu'il en existe de semblables. La nuit dernière je l'ai vue encore : et j'y ai trouvé de plus un vieillard, tout seul, qui mangeait de mauvais pain à la porte d'une petite cabane fort misérable. « Je vous attendais, m'a-t-il dit, je savais que vous deviez venir ; dans quelques jours je n'y serai plus, et vous trouverez ici du changement. » Ensuite nous avons été sur le lac, dans un petit bateau qu'il a fait tourner en se jetant dans l'eau. J'allai au fond ; je me noyais, et je m'éveillai.

Fonsalbe prétend qu'un tel rêve doit être prophétique, et que je verrai un lac et une vallée semblables. Afin que le songe s'accomplisse, nous avons arrêté que si je trouve jamais un pareil lieu, j'irai sur l'eau, pourvu que le bateau soit bien construit, que le temps soit calme, et qu'il n'y ait point de vieillard.

LETTRE LXXXVI

Im., 16 novembre, IX

Vous avez très bien deviné ce que je n'avais fait que laisser entrevoir. Vous en concluez que déjà je me regarde comme un célibataire : et j'avoue que celui qui se regarde comme destiné à l'être, est bien près de s'y résoudre.

Puisque la vie se trouve sans mouvement quand on lui ôte ses plus honnêtes mensonges, je crois avec vous, que l'on peut perdre plus qu'on ne gagne à se tenir trop sur la défensive, à se refuser à ce lien hasardeux qui promet tant de délices, qui occasionne tant d'amertumes. Sans lui la vie domestique est vide et froide, surtout pour l'homme sédentaire. Heureux celui qui ne vit pas seul, et qui n'a pas à gémir de ne point vivre seul !

---

a. toujours comme

Je ne vois rien que l'on puisse de bonne foi nier ou combattre dans ce que vous dites en faveur du mariage. Ce que je vous objecterai, c'est ce dont vous ne parlez pas.

On doit se marier, cela est prouvé : mais ce qui est devoir sous un rapport, peut devenir folie, bêtise ou crime sous un autre. Il n'est pas si facile de concilier les divers principes de notre conduite. On sait que le célibat en général est un mal : mais que l'on puisse en blâmer tel ou tel particulier, c'est une question très différente [395]. Je me défends, il est vrai, ce que [a] je dis tend à m'excuser moi-même ; mais qu'importe que cette cause soit la mienne, si elle est bonne. Je ne veux faire en sa faveur qu'une observation dont la justesse me paraît évidente : et je suis [b] bien aise de vous la faire à vous qui m'auriez volontiers contesté, un certain soir, l'extrême besoin d'une réforme pour mettre de l'unité, de l'accord, de la simplicité dans les règles de nos devoirs ; à vous qui m'avez accusé d'exagération lorsque j'avançais qu'il est plus difficile et plus rare d'avoir assez de discernement pour connaître le devoir, que de trouver assez de forces pour le suivre. Vous aviez pour vous de grandes autorités anciennes et modernes : j'en avais d'aussi grandes ; et de très bonnes intentions peuvent avoir trompé sur cela les Solon [396], les Cicéron, et d'autres encore.

L'on suppose que notre code moral est fait. Il n'y a donc plus qu'à dire aux hommes : suivez-le ; si vous étiez de bonne foi, vous seriez toujours justes * [397]. Mais moi, j'ai le malheur de prétendre que ce code est encore à faire : je me mets au nombre de ceux qui y voient des contradictions, principes de fréquentes incertitudes, et qui plaignent les hommes justes plus embarrassés dans le choix que faibles dans l'exécution. J'ai vu des circonstances où je défie l'homme le plus inaccessible à toute considération personnelle de prononcer sans douter, et où le moraliste le plus exercé ne prononcera jamais aussi vite qu'il est souvent nécessaire d'agir.

---

a. il est vrai, et ce que
b. évidente. Je suis
* C'est le sens du mot de Solon, et du passage de *De Officiis* qui ont apparemment donné lieu de citer Cicéron et Solon.

Mais de tous ces cas difficiles, je n'en veux qu'un ; c'est celui dont j'ai à me disculper, et j'y reviens. Il faut rendre une femme heureuse, et préparer le bonheur de ses enfants : il faut donc avant tout s'arranger de manière à avoir la certitude, ou du moins la probabilité de le pouvoir. On doit encore à soi-même et à ses autres devoirs futurs de se ménager la faculté de les remplir, et par conséquent la probabilité d'être dans une situation qui nous le permette, et qui nous donne au moins la partie du bonheur nécessaire à l'emploi de la vie. C'est autant une faute qu'une imprudence de prendre une femme qui remplira nos jours de désordre, de dégoûts ou d'opprobre ; d'en prendre une qu'il faudra chasser ou abandonner ; ou une avec qui tout bonheur mutuel sera impossible. C'est une faute de donner la naissance à des êtres pour qui on ne pourra probablement rien. Il fallait être à peu près assuré, sinon de leur laisser un sort indépendant, du moins de leur donner les avantages moraux de l'éducation, et les moyens de faire quelque chose, de remplir dans la société un rôle qui ne soit [a] ni misérable ni déshonnête [398].

Vous pouvez, en route, ne point choisir votre gîte, et considérer comme supportable l'auberge que vous rencontrez. Mais vous choisirez au moins votre domicile ; vous ne vous fixerez pas pour la vie, vous n'acquerrez pas un domaine sans avoir examiné s'il vous convient. Vous ne ferez donc pas, au hasard, un choix plus important encore, et par lui-même, et parce qu'il est irrévocable.

Sans doute il ne faut pas aspirer à une perfection absolue ou chimérique : il ne faut pas chercher dans les autres ce qu'on n'oserait prétendre leur offrir soi-même, et juger ce qui se présente avec assez de sévérité pour ne jamais atteindre ce [b] qu'on cherche. Mais approuverons-nous l'homme impatient qui se jette dans les bras du premier venu, et qui sera forcé de rompre dans trois mois avec l'ami si inconsidérément choisi, ou de s'interdire toute sa vie une amitié réelle pour en conserver une fausse.

Ces difficultés dans le mariage ne sont pas les mêmes pour tous ; elles sont en quelque sorte particulières à une

---

a. qui ne fût
b. atteindre à ce

certaine classe d'hommes, et dans cette classe elles sont fréquentes et grandes. On répond du sort d'autrui ; on est assujetti à des considérations multipliées ; et il peut arriver que les circonstances ne permettent aucun choix raisonnable jusqu'à l'âge de n'en plus espérer.

LETTRE LXXXVII

20 novembre, IX

Que la vie est mélangée : que l'art de s'y conduire est difficile ! que de chagrins pour avoir bien fait : que de désordres pour avoir tout sacrifié à l'ordre : que de trouble pour avoir voulu tout régler quand notre destinée ne voulait point de règle !

Vous ne savez trop ce que je veux vous dire avec ce préambule ; mais, occupé de Fonsalbe, plein de l'idée de ses ennuis, de ce qui lui est arrivé, de ce qui devait lui arriver, de ce que je sais, de ce qu'il m'a appris, je vois un abîme d'injustices, de dégoûts, de regrets ; et, ce qui est plus déplorable, dans cette suite de misères je ne vois rien d'étonnant, et rien qui lui soit particulier. Si tous les secrets étaient connus, si l'on voyait dans l'endroit caché des cœurs l'amertume qui les ronge, tous ces hommes contents, ces maisons agréables, ces cercles légers ne seraient plus qu'une multitude d'infortunés rongeant le frein qui les comprime, et dévorant la lie épaisse de ce calice de douleurs dont ils ne verront point[a] le fond. Ils voilent toutes leurs peines ; ils élèvent leurs fausses joies, ils s'agitent pour les faire briller à ces yeux[b] jaloux toujours ouverts sur autrui. Ils se placent dans le point de vue favorable, afin que cette larme qui reste dans leur œil, lui donne un éclat apparent, et soit enviée de loin comme l'expression du plaisir. La vanité sociale est de paraître heureux. Tout homme se prétend seul à plaindre dans tout, et s'arrange de manière à être félicité de tout. S'il parle au confident de ses peines, son œil, sa bouche, son attitude,

---

a. pas
b. des yeux

tout est douleur ; malgré la force de son caractère, de profonds soupirs accusent sa destinée lamentable, et sa démarche est celle d'un homme qui n'a plus qu'à mourir. Des étrangers entrent ; sa tête s'affermit, son sourcil s'élève, son œil se fixe, il fait entendre que les revers ne sauraient l'atteindre, qu'il se joue du sort, qu'il peut payer tous les plaisirs ; il n'est pas jusqu'à sa cravate qui ne se trouve aussitôt disposée d'une manière plus heureuse ; et il marche comme un homme que le bonheur agite, et qui cède aux grands desseins [a] de sa destinée.

Cette vaine montre [399], cette manie des beaux dehors n'est ignorée que des sots ; et pourtant presque tous les hommes en sont dupes. La fête où vous n'êtes pas vous paraît un plaisir, au moment même où celle qui vous occupe n'est qu'un fardeau de plus. Il jouit de cent choses ! dites-vous. – Ne jouissez-vous pas de ces mêmes choses, et de beaucoup d'autres peut-être ? – Je parais en jouir, mais… – Homme trompé ! ces mais ne sont-ils pas aussi pour lui ? Tous ces heureux se montrent avec leur visage des fêtes, comme le peuple sort avec l'habit des dimanches. La misère reste dans les greniers et dans les cabinets. La joie ou la patience sont sur ces lèvres qu'on observe ; le découragement, les douleurs, la rage des passions et de l'ennui sont au fond des cœurs ulcérés. Dans cette grande population, tout l'extérieur est préparé, il est brillant ou supportable ; l'intérieur [b] est affreux. C'est à ces conditions que nous avons obtenu d'espérer. Si nous ne pensions pas que les autres sont mieux ; et qu'ainsi nous pourrons être mieux nous-mêmes, qui de nous traînerait jusqu'au bout ses jours imbéciles ?

Plein d'un projet beau, raisonné, mais un peu romanesque, Fonsalbe partit pour l'Amérique espagnole. Il fut retenu à la Martinique par un incident assez bizarre qui paraissait devoir être de peu de durée, et qui eut pourtant de longues suites. Forcé d'abandonner enfin ses desseins, il allait repasser la mer, et n'en attendait que l'occasion. Un parent éloigné chez qui il avait demeuré pendant tout son séjour aux Antilles, tombe malade, et meurt au bout de

---

a. aux grands résultats
b. supportable, et l'intérieur

peu de jours. Il lui fait entendre en mourant, que sa consolation serait de lui laisser sa fille, dont il croyait faire le bonheur en la lui donnant. F.*** [a] qui n'avait nullement pensé à elle, lui objecte qu'ayant vécu plus de six mois dans la même maison sans avoir formé avec elle aucune liaison particulière, il lui était sans doute, et lui resterait indifférent. Le père insiste, il lui apprend que sa fille était portée à l'aimer, et qu'elle le lui avait dit en refusant de contracter un autre mariage. F.*** n'objecte plus rien, il hésite ; il met à la place de ses projets renversés, celui de remplir doucement et honnêtement le rôle d'une vie obscure, de rendre une femme heureuse, et d'avoir de bonne heure des enfants [400], afin de les former : il songe que les défauts de celle qu'on lui propose sont ceux de l'éducation, et que ses qualités sont naturelles ; il se décide ; il promet. Le père meurt : quelques mois se passent : son fils et sa fille se préparaient [b] à diviser le bien qu'il leur avait laissé. On était en guerre ; des vaisseaux ennemis croisent devant l'île ; on s'attend à un débarquement. Sous ce prétexte, le futur beau-frère de F.*** dispose tout, comme pour se retirer subitement lorsqu'il le faudrait [c], et se mettre en sûreté ; mais pendant la nuit, il se rend à la flotte avec tous les nègres de l'habitation, emportant ce qui pouvait être emporté. On a su depuis qu'il s'était établi dans une île anglaise, où son sort ne fut pas heureux.

Sa sœur ainsi dépouillée, parut craindre que F.*** ne l'abandonnât malgré sa promesse. Alors il précipita son mariage pour lequel il eût attendu le consentement de sa famille : mais ce soupçon, auquel il ne daigna faire aucune autre réponse, n'était pas propre à augmenter son estime pour une femme qu'il prit ainsi sans en avoir ni bonne ni mauvaise opinion, et sans autre attachement que celui d'une amitié ordinaire.

Une union sans amour peut fort bien être heureuse. Mais les caractères se convenaient peu : ils se convenaient pourtant en quelque chose ; et c'est dans un semblable cas

---

a. Fonsalbe [à partir de 1833, Senancour remplace toutes ces abréviations par le nom correspondant]
b. se préparent
c. faudra,

que l'amour serait bon, je pense, pour les rapprocher tout à fait. La raison était peut-être une ressource suffisante ; mais la raison n'agit pleinement qu'au sein de l'ordre : la fortune s'opposa [a] à une vie suivie et réglée ....
....

On ne vit qu'une fois : on tient à son système quand il est en même temps celui de la raison, et celui du cœur : on croit [b] devoir hasarder le bien qu'on ne pourra jamais faire si on attend des certitudes. Je ne sais si vous verrez de même : mais je sens que F.*** a bien fait ; il en a été puni, il devait l'être ; a-t-il donc mal fait pour cela ? Si on ne vit qu'une fois... Devoir réel, seule consolation d'une vie fugitive ! sainte morale ! sagesse du cœur de l'homme ! il n'a point manqué à vos lois. Il a laissé certaines idées d'un jour, il a oublié nos petites règles : l'habitué du coin, le législateur du quartier le condamneraient ; mais ces hommes de l'Antiquité que trente siècles vénérèrent [c], ces hommes justes et grands, ils auraient fait, ils ont fait comme lui ....
....

Plus je connais Fonsalbe, plus je vois que nous resterons ensemble. Nous l'avons décidé ainsi ; la nature des choses l'avait décidé avant nous : je suis heureux qu'il n'ait pas d'état. Il tiendra ici votre place, autant qu'un ami nouveau peut remplacer un ami de vingt années, autant que je pourrai trouver dans mon sort une ombre de nos anciens songes.

L'intimité entre F.*** et moi devance le progrès du temps, et elle a déjà le caractère vénérable de l'ancienneté. Sa confiance n'a point de bornes ; et comme c'est un homme très discret et naturellement réservé, vous jugez si j'en sens le prix. Je lui dois beaucoup : ma vie est un peu moins inutile, et elle deviendra tranquille malgré ce poids intérieur qu'il peut me faire oublier quelquefois, mais qu'il ne saurait lever. Il a rendu à mes déserts quelque chose de leur beauté heureuse, et du *romantisme* de leurs

---

a. s'opposait
b. cœur, et on croit
c. vénèrent,

sites *alpestres* : un infortuné, un ami y trouve des heures assez douces qu'il n'avait pas connues. Nous nous promenons, nous jasons, nous allons au hasard ; nous sommes bien quand nous sommes ensemble. Je vois tous les jours davantage quels cœurs une destinée contraire peut cacher parmi les hommes qui ne les connaissent pas, et dans un ordre de choses où ils se chercheraient vainement eux-mêmes.

Fonsalbe a vécu tristement dans de perpétuelles inquiétudes, et sans jouir de rien : il a deux ou trois ans de plus que moi ; il sent que la vie s'écoule. Je lui disais : le passé est plus étranger pour nous que l'existence d'un inconnu, il n'en reste rien de réel : les souvenirs qu'il laisse sont trop vains pour être comptés comme des biens ou des maux par un homme sage. Quel fondement peuvent avoir les plaintes ou les regrets de ce qui n'est plus ? Si vous eussiez été le plus heureux des hommes, le jour présent serait-il meilleur ? Si vous eussiez souffert des maux affreux... Il me laissait dire, mais je m'arrêtai moi-même. Je sentis que s'il eût passé dix années dans un caveau humide, sa santé en fût restée altérée ; que les peines morales peuvent aussi laisser des impressions ineffaçables ; et que quand un homme sensé se plaint des malheurs qu'il paraît ne plus éprouver, c'est [a] leurs suites et leurs conséquences diverses qu'il déplore.

Quand on a volontairement laissé échapper l'occasion de bien faire, on ne la retrouve ordinairement pas : et c'est [b] ainsi qu'est punie la négligence de ceux dont la nature était de faire le bien, mais que retiennent les considérations du moment, ou les intérêts de leurs passions. Quelques-uns de nous joignent à cette disposition naturelle la volonté raisonnée de la suivre, et l'habitude de faire taire toute passion contraire ; leur unique intention, leur premier désir est de jouer bien en tout le rôle d'homme, et d'exécuter ce qu'ils jugent être bon : verront-ils sans regret s'éloigner d'eux toute possibilité de faire bien ces choses qu'on ne peut faire qu'une fois ; ces choses qui n'appartiennent qu'à la vie privée, mais qui

---

a. ce sont
b. pas ; c'est

sont importantes parce que très peu d'hommes songent réellement à les bien faire.

Ce n'est pas une partie de la vie aussi peu étendue, aussi secondaire qu'on le pense, de faire pour sa femme non pas seulement ce que le devoir prescrit, mais ce qu'une raison éclairée conseille, et même tout ce qu'elle permet. Bien des hommes remplissent avec honneur de grandes fonctions publiques, qui n'eussent pas su agir dans leur intérieur, comme F.*** eût fait s'il eût eu une femme d'un esprit juste et d'un caractère sûr, une femme qui fût ce qu'il fallait pour qu'il suivît sa pensée.

Les plaisirs de la confiance et de l'intimité sont grands entre des amis : mais, animés et multipliés par tous ces détails qu'occasionne le sentiment de la différence des sexes, ces plaisirs délicats n'ont plus de bornes. Est-il une habitude domestique plus délicieuse que d'être bon et juste aux yeux d'une femme aimée ; de faire tout pour elle, et de n'en rien exiger ; d'en attendre tout ce[a] qui est naturel et honnête, et de n'en rien prétendre d'exclusif ; de la rendre estimable, et de la laisser à elle-même ; de la soutenir, de la conseiller, de la protéger, sans la gouverner, sans l'assujettir ; d'en faire une amie qui ne cache rien et qui n'ait rien à cacher, sans lui interdire des choses, indifférentes alors, mais que d'autres tairaient et devraient s'interdire ; de la rendre la plus parfaite mais la plus libre qu'il se puisse, d'avoir sur elle tous les droits afin de lui rendre toute la liberté qu'une âme droite puisse accepter ; et de faire ainsi, du moins dans l'obscurité de notre vie, la félicité d'un être humain digne de recevoir le bonheur sans le corrompre, et la liberté de l'esprit sans en être corrompu [401] ?

LETTRE LXXXVIII

Im., 30 novembre, IX

Il fait aujourd'hui le temps que j'aimerais pour écrire des riens pendant cinq ou six heures, pour jaser de choses

---

a. attendre ce

insignifiantes, pour lire de bonnes parodies, pour *passer le temps*. Depuis plusieurs jours je suis autant que jamais dans cette disposition ; et vous auriez la lettre la plus longue qu'on ait encore reçue à Bordeaux, si je ne devais pas mesurer avec Fonsalbe la pente d'un filet d'eau qu'il veut amener dans la partie la plus haute de mes prés, et qu'aucune sécheresse ne pourra tarir, puisqu'il sort d'un petit glacier. Cependant on peut bien prendre le temps de vous dire que le ciel est précisément tel que je l'attendais.

Ils n'ont pas besoin d'attendre, ceux qui vivent comme il convient, qui ne prennent de la nature que ce qu'ils en ont arrangé à leur manière, et qui sont les hommes de l'homme. Les saisons, le moment du jour, l'état du ciel, tout cela leur est étranger. Leurs habitudes sont comme la règle des moines : c'est une autre loi qui ne considère qu'elle-même ; elle ne voit point dans la loi naturelle un ordre supérieur, mais seulement une suite d'incidents à peu près périodiques, une série de moyens ou d'obstacles qu'il faut employer ou vaincre selon la fantaisie des circonstances. Sans décider si c'est un mal ou non, j'avoue qu'il en doit être ainsi. Les opérations publiques, et presque tous les genres d'affaires, ont leur moment réglé longtemps d'avance : elles exigent, à époque fixe, le concours de beaucoup d'hommes ; on ne pourrait les faire, on ne saurait[a] comment s'entendre si elles suivaient d'autres convenances que celles qui leur sont propres. Cette nécessité entraîne le reste : et l'homme[b] des villes, qui ne dépend plus des événements naturels, qui même les voit ou le gêner souvent ou le servir par hasard, se décide, et doit se décider à arranger ses habitudes selon son état, selon les habitudes de ceux qu'il voit, selon l'habitude publique, selon l'opinion de la classe dont il est, ou que ses prétentions envisagent.

Une grande ville a toujours à peu près le même aspect, les occupations et les délassements[c] y sont toujours à peu près les mêmes, on prend donc volontiers[d] une manière

---

a. d'hommes, et on ne saurait
b. reste : l'homme
c. ou les délassements
d. mêmes, et on y prend volontiers

d'être uniforme. Il serait effectivement fort incommode de se lever dès le matin dans les longs jours, de se coucher [a] plus tôt en décembre. Il est agréable et salubre de voir l'aurore ; mais que ferait-on après l'avoir vue entre les toits, après avoir entendu deux serins pendus à une lucarne *saluer* le soleil levant ? Un beau ciel, une douce température, une nuit éclairée par la lune ne changent rien à votre manière : vous finissez par dire, à quoi cela sert-il ? et même en trouvant mauvais l'ordre de choses qui le fait dire, il faudrait convenir que celui qui le dit n'a pas tout à fait tort : et qu'on [b] serait au moins original si on allait faire lever exprès son portier et courir de grand matin pour entendre les moineaux chanter sur le boulevard ; si on allait s'asseoir, à la fenêtre d'un salon, derrière les rideaux, pour se séparer des lumières et du bruit, pour donner un moment à la nature, pour voir avec recueillement l'astre des nuits briller dans le ruisseau [c].

Mais dans mon ravin des Alpes, les jours de dix-huit heures ressemblent peu aux jours de neuf heures. J'ai conservé quelques habitudes de la ville parce que je les trouve assez douces, et même convenables pour moi qui ne saurais prendre toutes celles du lieu : cependant avec quatre pieds de neige et douze degrés de glace, je ne puis vivre précisément de la même manière que quand la sécheresse allume les pins dans les bois, et que l'on fait des fromages cinq mille pieds au-dessus de moi.

Il me faut un certain mauvais temps pour agir au-dehors, un autre pour me promener, un autre pour faire des courses, un autre pour rester auprès du feu quoiqu'il ne fasse point [d] froid, et un autre encore pour me placer à la cheminée de la cuisine pendant que l'on fait ces choses du ménage qui ne sont pas de tous les jours, et que je réserve autant qu'il se peut pour ces moments-là. Vous voyez qu'afin de vous dire mon plan, je mêle ce qui est déjà pratiqué à ce qui le sera seulement : je suppose que j'ai déjà suivi mon genre de vie tel que je commence à le suivre en

---

a. jours, et de se coucher
b. tort. On
c. le ruisseau de la rue.
d. pas

effet, et tel que je le dispose pour les autres saisons et pour les choses encore à faire.

Je n'osais parler des beaux jours : il faut pourtant le confesser enfin, je ne les aime pas ; je veux dire que je ne les aime plus. Le beau temps embellit la campagne, il semble y augmenter l'existence ; on l'éprouve généralement ainsi. Mais moi, je suis plus mécontent quand il fait très beau. J'ai vainement lutté contre ce mal-être intérieur, je n'ai pas été le plus fort ; alors j'ai pris un autre parti beaucoup plus commode, j'ai éludé le mal que je ne pouvais détruire. Fonsalbe veut bien condescendre à ma faiblesse : les excès modérés de la table seront pour ces jours sans nuages, si beaux à tous les yeux, et si accablants aux miens. Ils seront les jours de la mollesse : nous les commencerons tard, et nous les passerons aux lumières. S'il se rencontre des choses plaisantes à lire, des choses d'un certain comique, on les met de côté pour ces matinées-là. Après le dîner on s'enferme, avec du vin ou du punch [a]. Dans la liberté de l'intimité, dans la sécurité de l'homme qui n'a jamais à craindre son propre cœur, trouvant quelquefois insuffisant et tout le reste et l'amitié elle-même, avides d'essayer un peu cette folie que nous avons perdue sans être sages, nous cherchons le sentiment actif et passionné de la chose présente, à la place de ce sentiment exact et mesuré de toutes choses, de ce concept [b] silencieux qui refroidit l'homme et surcharge sa faiblesse.

Minuit arrive ainsi : et l'on est délivré... oui, l'on est délivré du temps ; du temps précieux et irréparable, qu'il est souvent impossible de ne pas perdre et plus souvent impossible d'aimer.

Quand on a la tête inquiétée et dérangée [c] par l'imagination, l'observation, l'étude, par les dégoûts et les passions, par les habitudes, par la raison, croyez-vous [d] que ce soit une chose si facile que d'avoir [e] assez de temps, et surtout de n'en avoir jamais trop ? Nous sommes, il est vrai, des

---

a. ou de léger punch.
b. de ce penser
c. Quand la tête a été dérangée
d. raison peut-être, croyez-vous
e. chose facile d'avoir

solitaires, des campagnards, mais nous avons nos manies : nous sommes au milieu de la nature, mais nous l'observons. D'ailleurs, je crois que même dans l'état sauvage, beaucoup d'hommes ont trop d'esprit pour ne pas s'ennuyer.

Nous avons perdu les passe-temps d'une société choisie ; nous prétendons nous en consoler en songeant aux ennuis, aux contraintes futiles et inévitables de la société en général. Cependant n'aurait-on pu parvenir à ne voir que des connaissances intimes ? Que mettrons-nous à la place de cette manière que les femmes seules peuvent avoir, qu'elles ont dans les capitales de la France, de cette manière qu'elles rendent si heureuse, et qui les rend aussi nécessaires à l'homme de goût qu'à l'homme passionné ? C'est par là que notre solitude est profonde, et que nous y sommes dans le vide des déserts.

À d'autres égards, je croirais que notre manière de vivre est à peu près celle qui emploie mieux le temps. Nous avons quitté le mouvement de la ville ; le silence qui nous environne semble d'abord donner à la durée des heures une constance, une immobilité qui attriste l'homme habitué à précipiter sa vie. Insensiblement et en changeant de régime, on s'y fait un peu. En redevenant calme, on trouve que les jours ne sont pas beaucoup plus longs ici qu'ailleurs. Si je n'avais cent raisons, les unes assez solides, les autres un peu misérables, de ne point vivre en montagnard, j'aurais un mouvement égal, une nourriture égale, une manière égale : sans agitation, sans espoir, sans désir, sans attente ; n'imaginant pas, ne pensant guère, ne voulant rien de plus, et ne songeant à rien de nouveau, je passerais d'une saison à une autre, et du temps présent à la vieillesse, comme on passe des longs jours aux jours d'hiver sans apercevoir leur affaiblissement uniforme : quand[a] la nuit viendrait, j'en conclurais seulement qu'il faut des lumières ; et quand les neiges commenceraient, je dirais qu'il faut allumer les poêles. De temps à autre j'apprendrais de vos nouvelles, et je quitterais un moment ma pipe pour vous répondre que je me porte bien. Je deviendrais content : je parviendrais à trouver l'anéantis-

---

a. aux jours d'hiver, sans en apercevoir l'affaiblissement uniforme. Quand

sement des jours assez rapide dans la froide tranquillité des Alpes : je ^a me livrerais à cette suite d'incuriosité, d'oubli et de lenteur ^b, où repose l'homme des montagnes dans l'abandon de leurs ^c grandes solitudes.

LETTRE LXXXIX

Im., 6 décembre, IX

J'ai voulu vous annoncer dès le jour même ce moment, jadis si désiré, qui pourrait faire époque dans ma vie, si j'étais entièrement revenu de mes songes, ou peut-être si je n'avais rien perdu de leur première erreur ^d. Je suis tout à fait chez moi : les travaux sont finis. C'est enfin l'instant de prendre un train de vie qui emploie certaines heures, et qui fasse oublier les autres : je puis faire ce que je veux, mais le malheur est que je ne vois pas bien ce que je dois faire.

C'est cependant une douce chose que l'aisance : on peut tout arranger, suivre les convenances, choisir et régler. Avec de l'aisance, la raison peut éviter le malheur dans la vie ordinaire. Les riches seraient heureux s'ils avaient de l'aisance : mais les riches aiment mieux se faire pauvres. Je plains celui que des circonstances impérieuses réduisent à monter sa maison au niveau de ce qu'il possède. Il n'y a point de bonheur domestique sans une certaine surabondance nécessaire à la sécurité. Si l'on ^e trouve plus de paix et de bonne humeur dans les cabanes que dans les palais, c'est que l'aisance est bien plus rare ^f dans les palais que dans les cabanes. Les malheureux, au milieu de l'or, ne savent comment vivre ! S'ils avaient su borner leurs prétentions et celles de leur famille, ils auraient tout, car l'or fait tout : mais dans leurs mains inconsidérées, l'or ne fait rien. Ils le veulent ainsi : que leurs goûts soient

---

a. Alpes, et je
b. d'oubli, de lenteur,
c. de ces
d. de mes erreurs.
e. Si on
f. est plus rare

satisfaits ! Mais dans notre médiocrité, donnons du moins d'autres exemples.

Pour n'être pas vraiment malheureux, il ne faut qu'un bien ; on le nomme raison, sagesse ou vertu. Pour être satisfait, je crois qu'il en faut quatre, beaucoup de raison, de la santé, quelque fortune, et un peu de ce bonheur qui consiste à avoir le sort pour soi. À la vérité, chacun de ces trois autres biens n'est rien sans la raison, et la raison est beaucoup sans eux. Elle peut les donner enfin, ou consoler de leur perte ; mais eux ne la donnent pas, et ce qu'ils donnent sans elle n'a qu'un éclat extérieur, une apparence dont le cœur n'est pas longtemps abusé. Avouons que l'on est bien sur la terre quand on peut et qu'on sait. Pouvoir sans savoir, est fort dangereux : savoir sans pouvoir, est inutile et triste.

Pour moi, qui ne prétends pas vivre, mais seulement regarder la vie, je ferai bien de me mettre à imaginer du moins le rôle d'un homme. Je veux passer tous les jours quatre heures dans mon cabinet. J'appellerai cela du travail ; ce n'en est pas un pourtant, car il n'est pas permis de poser une serrure ou d'ourler un mouchoir le jour du repos, mais on est très libre de faire un chapitre du *Monde Primitif*[402]. Puisque j'ai résolu d'écrire, je ne serais pas excusable si je ne le faisais pas maintenant *. J'ai tout ce qu'il me faut, loisir, tranquillité, ennui, bibliothèque[a] bornée, mais suffisante ; et au lieu de secrétaire, un ami qui me fera continuer, et qui soutient qu'en écrivant on peut faire quelque bien tôt ou tard.

Avant de m'occuper des faiblesses des hommes, il faut que je vous parle de la mienne pour la dernière fois. Fon-

---

* Des jours pleins de tristesse, l'habitude rêveuse d'une âme comprimée, les longs ennuis qui perpétuent le sentiment du néant de la vie, peuvent exciter ou entretenir le besoin de dire sa pensée ; ils furent souvent favorables à des écrits dont la poésie exprime les profondeurs du sentiment, et les conceptions vastes de l'âme humaine que ses douleurs ont rendue impénétrable et comme infinie. Mais un ouvrage important par son objet, par son ensemble et son étendue, un ouvrage que l'on consacre aux hommes, et qu'on destine à rester, ne s'entreprend que lorsqu'on a une manière de vivre à peu près fixée, et qu'on est sans inquiétude sur le sort des siens. Pour O. il vivait seul, et je ne vois pas que la situation favorable où il se trouve maintenant lui fût indispensable.
a. tranquillité, bibliothèque

salbe avec qui je n'aurais pas d'autres secrets, mais qui ne soupçonne rien de ceci, me fait sentir tous les jours, et par sa présence, et par nos entretiens où le nom de sa sœur revient si souvent, combien j'étais éloigné de cet oubli devenu mon seul asile.

Il a parlé de moi dans ses lettres à madame Del***, et il l'a fait comme de ma part [a]. Je ne savais comment prévenir cela, ne pouvant en donner à Fonsalbe aucune raison : mais j'en suis d'autant plus fâché qu'elle aura dû juger contradictoire que je ne suivisse pas ce que moi-même j'avais dit.

Ne trouvez point bizarre l'amertume que je cherche dans ces souvenirs, et les soins inutiles que je prends pour les éloigner, comme si je n'étais pas sûr de moi. Je ne suis ni fanatique, ni incertain dans ma droiture. Mes intentions me resteront soumises, mais ma pensée ne l'est pas ; et si j'ai toute l'assurance de l'homme qui veut ce qu'il doit, j'ai toute la faiblesse de celui que rien n'a fixé. Cependant je n'aime point ; je suis trop malheureux pour cela. Comment donc se fait-il... ? Vous ne sauriez m'entendre, quand je ne m'entends pas moi-même.

Il y a bien des années que je la vis, mais comme j'étais destiné à n'avoir que le songe de mon existence, il en résulta seulement que son souvenir restait fixé dans ma mémoire, et attaché [b] au sentiment de continuité de mon être. Voilà pour ces temps dont tout est perdu.

Le besoin d'aimer était devenu l'existence elle-même, et le sentiment des choses n'était que l'attente et le pressentiment de cette heure qui commence la lumière de la vie. Mais si dans le cours insipide de mes jours, il s'en trouvait un qui parût offrir le seul bien que la nature contînt alors pour mon cœur, ce souvenir était dans moi comme pour m'en éloigner. Sans avoir aimé, je me voyais dans une sorte d'impuissance d'aimer désormais, ainsi que ces hommes en qui une passion profonde a détruit le pouvoir de sentir une affection nouvelle. Ce souvenir n'était pas l'amour, puisque je n'y trouvais point de consolation, point d'aliment : il me laissait dans le vide, et il semblait

---

a. et il a paru le faire de ma part.
b. souvenir restait attaché

m'y retenir : il ne me donnait rien, et il semblait s'opposer à ce qu'il me fût donné quelque chose. Je restais ainsi sans posséder ni l'ivresse heureuse que l'amour soutient, ni cette mélancolie amère et voluptueuse dont aiment à se consumer nos cœurs encore remplis d'un amour malheureux.

Je ne veux point vous faire la fatigante histoire de mes ennuis. J'ai caché dans mes déserts ma fortune sinistre : elle entraînerait ce qui m'environne ; elle a manqué vous envelopper vous-même. Vous avez voulu tout quitter pour devenir triste et inutile comme moi, mais je vous ai forcé de reprendre vos distractions. Vous avez cru même que j'en avais aussi trouvé ; j'ai entretenu doucement votre erreur. Vous avez su que mon calme ressemblait au sourire du désespoir, j'aurais voulu que vous y fussiez plus longtemps trompé : je prenais pour vous écrire le moment où je riais..., où je ris de pitié sur moi-même, sur ma destinée, sur tant de choses dont je vois les hommes gémir en répétant qu'elles vont cesser.

Je vous en dis trop : mais le sentiment de ma destinée m'élève et m'accable ; je ne puis chercher quelque chose en moi, sans y trouver le fantôme de ce qui ne me sera jamais donné.

C'est une nécessité qu'en vous parlant d'*elle*, je sois tout à fait moi. Je n'entends pas bien quelle réserve je devais m'imposer en cela. Elle sentait comme moi, une même langue nous était commune ; sont-ils si nombreux ceux qui s'entendent ? Cependant je ne me livrais pas à tant d'illusions. Je vous le répète, je ne veux point vous arrêter sur ces temps que l'oubli doit effacer, et qui sont déjà dans l'abîme : le songe du bonheur a passé avec leurs ombres dans la mort de l'homme et des siècles. Pourquoi ces souvenirs exhalés d'un long trépas ? ils viennent étendre sur les restes vivants de l'homme l'amertume du sépulcre universel où il descendra tout entier [a]. Je ne cherche point à justifier ce cœur brisé qui vous est trop bien connu, et qui ne conserve dans ses ruines que l'inquiétude de la vie. Vous savez ses ennuis, ses espérances [b] éteintes, ses désirs inexplicables, ses besoins démesurés :

---

a. il descendra.
b. Vous savez, vous seul, ses espérances

ne l'excusez pas, soutenez-le, relevez ses débris ; rendez-lui, si vous en savez ᵃ les moyens, et le feu de la vie, et le calme de la raison, tout le mouvement du génie, et toute l'impassibilité du sage : je ne veux point vous porter à plaindre ses folies profondes.

Enfin le hasard le plus inattendu me fit la rencontrer près de la Saône, dans un jour de tristesse. Cet événement si simple m'étonna pourtant. Je trouvai de la douceur à la voir quelquefois. Une âme ardente et tranquille, fatiguée, désabusée, immense, devait fixer l'inquiétude et le perpétuel supplice de mon cœur. Cette grâce de tout son être, ce fini inexprimable dans le mouvement, dans la voix !... Je n'aime point : souvenez-vous-en, et dites-vous bien tout mon malheur.

Mais ma tristesse devenait plus constante et plus amère. Si madame D*** ᵇ eût été libre, j'y eusse trouvé le plaisir d'être enfin malheureux à ma manière : mais elle ne l'était point, et je me retirai avant qu'il me devînt impossible de supporter ailleurs le poids du temps. Tout m'ennuyait alors, mais actuellement tout m'est indifférent. Il arrive même que quelque chose m'amuse ; je pouvais donc vous parler de tout ceci. Je ne suis plus fait pour aimer, je suis éteint. Peut-être serais-je bon mari ; j'aurais beaucoup d'attachement. Je commence à songer aux plaisirs de l'amour, je ne suis plus digne d'une amante. L'amour lui-même ne me donnerait plus qu'une femme, et un ami. Comme nos affections changent ! comme le cœur se détruit ; comme la vie passe, avant de finir !

Je vous disais donc combien j'aimais à être ennuyé avec elle de tout ce qui fait les *délices* de la vie : j'aimais bien plus les soirées tranquilles. Cela ne pouvait pas durer.

Il m'est arrivé, rarement mais quelquefois, d'oublier que je suis sur la terre comme une ombre qui s'y promène, qui voit, et ne peut rien saisir. C'est là ma loi, quand j'ai voulu m'y soustraire, j'en ai été puni : quand l'illusion commence, mes misères s'aggravent. Je me suis senti à côté du bonheur, j'en ai été épouvanté. Peut-être ces

---

a. avez
b. madame Del [dès 1833]

cendres que je crois éteintes se seraient-elles ranimées. Il fallut partir.

Maintenant je suis dans un vallon perdu. Je m'attache à oublier de vivre. J'ai cherché le thé pour m'affaiblir, et jusqu'au vin pour m'égarer. Je bâtis, je cultive ; je me joue avec tout cela. J'ai trouvé quelques bonnes gens, et je compte aller au *cabaret* * pour découvrir des hommes : je me lève tard, je me couche tard ; je suis lent à manger ; je m'occupe de tout ; j'essaie de toutes les attitudes ; j'aime la nuit ; je presse ᵃ le temps, je dévore mes heures froides, je suis avide de les voir dans le passé.

Fonsalbe est son frère : nous parlons d'elle, je ne puis l'en empêcher, il l'aime beaucoup. Fonsalbe sera mon ami : je le veux, il est isolé. Je le veux aussi pour moi : sans lui, que deviendrais-je ? Mais il ne saura pas combien l'idée de sa sœur est présente dans ces solitudes. Ces gorges sombres ! ces eaux romantiques ! elles étaient muettes, elles le seront toujours : cette idée n'y met point la paix de l'oubli du monde, mais l'abandon des déserts. Un soir nous étions sous les pins : leurs cimes agitées étaient remplies des sons de la montagne, nous parlions, il la pleurait ! Mais un frère a des larmes.

Je ne fais point de serments, je ne fais point de vœux : je méprise ces protestations si vaines, cette éternité que l'homme croit ajouter à ses passions d'un jour. Je ne promets rien, je ne sais rien, tout passe, tout homme change : mais je me trompe bien moi-même, ou il ne m'arrivera pas d'aimer. Quand le dévot a rêvé sa béatitude, il n'en cherche plus dans le monde terrestre ; et s'il vient à perdre ses sublimes illusions ᵇ, il ne trouve aucun charme dans les choses trop inférieures aux premiers songes.

Et elle traînera la chaîne de ses jours avec cette force désabusée, avec ce calme de la douleur qui lui va si bien. Plusieurs de nous seraient peut-être moins à leur place

---

* Ce qui est impossible en France est encore faisable dans presque toute la Suisse. Il y est reçu de s'y rencontrer vers le soir dans des maisons qui ne sont autre chose que des cabarets choisis. Ni l'âge, ni la noblesse, ni les premières magistratures ne font une loi du contraire.

a. la nuit et je presse
b. ses ravissantes illusions,

s'ils étaient moins loin d'être [a] heureux. Cette vie passée dans l'indifférence au milieu de tous les agréments de la vie, et dans l'ennui avec une santé inaltérable ; ces chagrins sans humeur, cette tristesse sans amertume, ce sourire des peines cachées ; cette simplicité qui abandonne tout quand on pourrait tout prétendre [b], ces regrets sans plainte, cet abandon sans effort, ce découragement dont on dédaigne l'affliction ; tant de biens négligés, tant de pertes oubliées, tant de facultés dont on ne veut plus rien faire : tout cela est plein d'harmonie, et n'appartient qu'à elle. Contente, heureuse, possédant tout ce qui semblait lui être dû, peut-être eût-elle moins été elle-même. L'adversité est bonne à qui la porte ainsi : et je suppose que le bonheur vînt maintenant, qu'en ferait-elle ? il n'est plus temps.

Que lui reste-t-il ? Que nous restera-t-il dans cet abandon de la vie, seule destinée qui nous soit commune ? Quand tout échappe jusqu'aux rêves de nos désirs ; quand le songe de l'aimable et de l'honnête vieillit lui-même dans notre pensée incertaine ; quand l'image sublime de l'harmonie [c] dans sa grâce idéale, descend des lieux célestes, s'approche de la terre et se trouve enveloppée de brumes et de ténèbres [d] ; quand rien ne subsiste de nos besoins, de nos affections, de nos espérances ; quand nous passons nous-mêmes avec la fuite invariable des choses, et dans l'inévitable instabilité du monde ! mes amis, mes seuls amis, Elle que j'ai perdue, Vous qui vivez loin de moi, vous qui seuls me donnez encore le sentiment de la vie ! Que nous restera-t-il, et que sommes-nous (N) ?

S'il ne peut rester de nos sentiments fugitifs que le sentiment accablant de leur mobilité ; cherchons ce vrai immuable, seule conception qui soutienne l'âme fatiguée du délire de nos espérances, plus navrée encore et plus étonnée d'elle-même quand elle a perdu leur amertume. La justice seule est évidente à tous ; elle l'est à leur dernier

---

a. moins éloignés d'être
b. quand on pourrait prétendre à tout,
c. quand l'harmonie,
d. de brumes, de ténèbres ;

comme à leur premier moment : sa lumière ne changera pas. Vous la suivez en paix, je la cherche dans mon inquiétude ; et cette union du moins ne nous sera pas ôtée [a] [403].

---

a. [dernier paragraphe supprimé en 1840]

SUPPLÉMENT DE 1833

LETTRE XC *

Imenstròm, 28 juin, X

La sœur de Fonsalbe est ici, elle est venue sans être attendue, et dans le dessein de rester seulement quelques jours avec son frère.

Vous la trouveriez à présent aussi aimable, aussi remarquable, et plus peut-être qu'elle ne le fut jamais. Cette apparition inopinée, le changement des temps, d'ineffaçables souvenirs, les lieux, la saison, tout semblait d'accord. Et il faut vous dire que s'il peut être une beauté plus accomplie aux yeux d'un artiste, aucune ne réunirait davantage ce qui fait généralement pour moi le charme des femmes.

Nous ne pouvions ici la recevoir comme vous l'eussiez fait à Bordeaux ; mais, au pied de nos montagnes, il nous restait à nous arranger selon la circonstance. On devait faucher deux prés, le soir, jusqu'à une heure assez avancée, puis, de grand matin, pour éviter entièrement l'ardeur du jour. J'avais déjà eu le projet de donner, dans cette occasion, quelque encouragement à mes travailleurs : des musiciens furent appelés de Vevey et de Lausanne [a]. Une collation, ou, si on veut, un souper champêtre commençant à minuit, et assez varié pour être du goût des faucheurs mêmes, fut destiné à remplir l'intervalle entre les travaux du soir et ceux du lendemain [404].

---

* À l'époque de la première édition, la lettre et le fragment suivants n'avaient pas encore été recueillis. [À la place de cette note, on trouve en 1840 : « Ce qui le compose n'a été recueilli que vers l'année 1833, époque de la seconde édition, ou depuis. »]
a. de Vevey.

Il arriva qu'un peu avant la fin du jour je passai devant un escalier de six à sept marches [405]. Elle était au-dessus ; elle prononça mon nom. C'était bien sa voix, mais avec quelque chose d'imprévu, d'inaccoutumé, de tout à fait inimitable. Je regardai sans répondre, sans savoir que je ne répondais pas. Un demi-jour fantastique, un voile aérien, un brouillard l'environnait. C'était une forme indécise qui faisait presque disparaître tout vêtement ; c'était un parfum de beauté idéale, une illusion voluptueuse, ayant un instant d'inconcevable vérité. Ainsi devait finir mon erreur enfin connue. Il est donc vrai, me disais-je deux pas plus loin, cet attachement tenait de la passion : le joug a existé. De cette faiblesse ont dépendu d'autres incertitudes. Ces années-là sont irrévocables ; mais aujourd'hui demeure libre, aujourd'hui est encore à moi.

Je m'absentai, en prévenant Fonsalbe. Je m'avançai vers le haut de la vallée. Je marchais sans bruit dans ma préoccupation attentive. J'étais fortement averti ; mais le prestige me suivait, et la puissance du passé me paraissait invincible. Toutes ces idées d'aimer et de n'être plus seul m'inondaient dans la tranquille obscurité d'un lieu désert. Il y eut un moment où j'aurais dit, comme ceux dont plus d'une fois j'ai condamné la mollesse : La posséder et mourir !

Cependant, se figurer dans le silence que demain tout peut finir sur la terre, c'est en même temps apprécier d'un regard plus ferme ce qu'on a fait et ce qu'on doit faire des dons de la vie. Ce que j'en ai fait ! jeune encore, je m'arrête au moment fatal. Elle et le désert, ce serait le triomphe du cœur. Non, l'oubli du monde, et sans elle, voilà ma loi. L'austère travail et l'avenir !

Je me trouvais placé au détour de la vallée ; entre les rocs d'où le torrent se précipite, et les chants que j'avais moi-même ordonnés : ils commençaient au loin. Mais ces bruits de fête, le simple mouvement de l'air les dissipait par intervalles, et je savais l'instant où ils cesseraient. Le torrent au contraire subsistait dans sa force, s'écoulant, mais s'écoulant toujours, à la manière des siècles. La fuite de l'eau est comme la fuite de nos années. On l'a beaucoup redit ; mais dans plus de mille ans, on le redira : le cours de l'eau restera, pour nous, l'image la plus frappante de l'inexorable passage des heures. Voix du torrent au milieu des ombres, seule voix solennelle sous la paix des cieux, sois seule entendue !

Rien n'est sérieux s'il ne peut être durable. Vues de haut, que sont les choses dont nous séparera notre dernier souffle ? Hésiterai-je entre une rencontre du hasard et les fins de ma destinée, entre une séduisante fantaisie et le juste, le généreux emploi des forces de la pensée ? Je céderais à l'idée d'un lien imparfait, d'une affection sans but, d'un plaisir aveugle ! Ne sais-je pas les promesses, qu'en devenant veuve, elle a faites à sa famille ? Ainsi l'union entière se trouve interdite ; ainsi la question est simple, et ne doit plus m'arrêter. Qu'y aurait-il de digne de l'homme dans l'amusement trompeur d'un stérile amour ? Consacrer au seul plaisir les facultés de la vie, c'est se livrer soi-même à l'éternelle mort. Quelque fragiles que soient ces facultés, j'en suis responsable : il faut qu'elles portent leurs fruits. Ces bienfaits de l'existence, je les conserverai, je les honorerai, je ne veux du moins m'affaiblir au-dedans de moi qu'à l'instant inévitable. Profondeurs de l'espace, serait-ce en vain qu'il nous est donné de vous apercevoir ? La majesté de la nuit répète d'âge en âge : malheur à toute âme qui se complaît dans la servitude !

Sommes-nous faits pour jouir ici de l'entraînement des désirs ? Après cette attente, après les succès, que dirons-nous de la satisfaction de quelques journées ? Si la vie n'est que cela, elle n'est rien. Un an, dix ans de volupté, c'est un futile amusement, et une trop prompte amertume ! Que restera-t-il de ces désirs, quand les générations souffrantes ou follement distraites passeront sur nos cendres ? Comptons pour peu de chose ce qui se dissipe rapidement. Au milieu du grand jeu du monde, cherchons un autre partage : c'est de nos fortes résolutions que quelque effet subsistera peut-être. – L'homme est périssable. – Il se peut, mais périssons en résistant, et, si le néant nous est réservé, ne faisons pas que ce soit une justice.

Vous le savez, je me décourageais, croyant que mes dispositions changeaient déjà. Trop facilement je m'étais persuadé que ma jeunesse n'était plus. Mais ces différences avaient eu pour cause, comme je crois vous l'avoir dit depuis, des erreurs de régime, et cela est en grande partie réparé. J'avais mal observé la mobilité qui me caractérise, et qui contribue à mes incertitudes. C'est constamment une grande inconstance, bien plus dans les impressions que dans les opinions, ou même dans les penchants. Elle ne tient pas aux progrès des années ; elle redevient ce qu'elle était. L'habitude de me contenir et de réprimer d'abord tous mes mouvements intérieurs m'en avait laissé méconnaître souvent moi-même les oppositions. Mais, je le vois, à quarante ans de distance, je ne différerai pas plus que cent fois je n'ai différé d'un quart d'heure à l'autre. Ainsi est agitée, au milieu de l'air, la cime d'un arbre trop flexible ; et, si vous la regardez à une autre époque, vous la verrez céder encore, mais céder de même.

Chaque incident, chaque idée qui survient ; les moindres détails opportuns ou incommodes, quelques souvenirs, de légères craintes, toutes ces émotions fortuites peuvent changer, à mes yeux, l'aspect du monde, l'appréciation de nos facultés et la valeur de nos jours. Tandis qu'on me parle de choses indifférentes, et que j'écoute avec tranquillité, avec indolence ; tandis que me reprochant ma froideur dans ces conversations, je sais gré à ceux qui me la pardonnent, j'ai passé plusieurs fois du dégoût de cette existence si bornée que tout embarrasse et tout inquiète, au sentiment non moins naturel de la curieuse variété des choses, ou de l'amusante sagacité qui nous appelle à en jouir quelque temps encore. Néanmoins ce qui me paraît si facilement offrir un autre aspect, c'est moins l'ensemble du grand phénomène que chaque conséquence relative à nous, et moins l'ordre général que ma propre aptitude. Cet ordre visible a deux faces ; l'une nous captive, et l'autre nous déconcerte : tout dépend d'une certaine confiance en nous-mêmes. Sans cesse elle me manque, et elle renaît sans cesse. Nous sommes si faibles, mais notre industrie a tant de dextérité ! Un hasard favorable, un vent plus doux, un rayon de lumière, le mouvement d'une herbe fleurie, les gouttes de la rosée me disent que je m'arrangerai de toute chose. Mais les nuages se rapprochent, le bouvreuil ne chante plus, une lettre se fait attendre, ou dans mes essais quelque pensée mal rendue restera inutile ; je ne vois plus alors que des obstacles, des lenteurs, de sourdes résistances, des desseins trompés, les déplaisirs des heureux, les souffrances de la multitude, et me voici le jouet de la force qui nous brisera tous.

Du moins cette mobilité n'est pas de nature à ébranler les principes de conduite. Il n'importe même que le but se présente seulement comme vraisemblable, s'il est unique. Affermis en un sens, n'attendons pas d'autres clartés : nous pouvons marcher dans les sentiers peu connus. Ainsi tout se décide. Je suis ce que j'étais : si je le veux, je serai ce que je pouvais être. Certainement c'est peu de chose ; mais enfin ne descendons plus au-dessous de nous-mêmes.

---

30 juin

Je vous écris longuement. Je dis en beaucoup de paroles ce que j'aurais pu vous apprendre en trois lignes, mais c'était ma manière, et d'ailleurs j'ai du loisir. Rien ne m'occupe, rien ne m'attache ; je me sens encore suspendu dans le vide. Il me faut, je pense, un jour de plus, un seul. Cela finira puisque je l'ai résolu ; mais à présent tout me semble attristé. Je ne suis pas indécis, mais ému jusqu'à une sorte de stupeur et de lassitude. Je continue ma lettre pour m'appuyer sur vous.

Je restai seul quelque temps encore. Déjà j'étais moins étranger à la tranquille harmonie de la nature. Je rentrai pendant le souper avant que les chants cessassent.

Désormais n'attendez plus de moi, ni une paresse inexcusable, ni l'ancienne irrésolution. La santé et l'aisance sont des facilités qu'on ne réunit pas toujours : je les possède, et j'en ferai usage. Que cette déclaration devienne ma règle. Si je parle aux hommes de leurs faiblesses volontaires [a], ne convient-il pas que je ne m'en permette aucune ? Vous savez que jadis j'ai eu, dans mes vains projets, quelques velléités africaines. Mais à cette époque, tout s'est accordé pour rendre impraticable un dessein que d'ailleurs il aurait fallu mûrir davantage, et maintenant il serait tard pour se livrer aux études qui en prépareraient l'exécution.

---

a. de leur faiblesse volontaire,

Que faire donc ? Je crois définitivement qu'il ne m'est donné que d'écrire. — Sur quels sujets ? — Déjà vous le savez à peu près. — D'après quel modèle ? — Assurément je n'imiterai personne, à moins que ce ne soit par une sorte de caprice, et dans un court passage. Je crois très déplacé de prendre la manière d'un autre, si on peut en avoir une à soi. Quant à celui qui n'a pas la sienne, c'est-à-dire qui n'est jamais entraîné, jamais inspiré, à quoi lui sert d'écrire ? — Quel style enfin ? — Ni rigoureusement classique, ni inconsidérément libre. Pour mériter d'être lu, il faut observer les convenances réelles. — Mais qui en jugera ? — Moi apparemment. N'ai-je pas lu les auteurs qui travaillèrent avec circonspection, comme ceux qui écrivirent avec plus d'indépendance ? C'est à moi de prendre, selon mes moyens, un milieu qui convienne, d'un côté à mon sujet ou à mon siècle, et de l'autre à mon caractère, sans manquer à dessein aux règles admises, mais sans les étudier expressément. — Quelles seront les garanties de succès ? — Les seules naturelles. S'il ne suffit pas de dire des choses vraies, et de s'efforcer de les exposer d'une manière persuasive, je n'aurai point de succès : voilà tout. Je ne crois pas qu'il soit indispensable d'être approuvé de son vivant, à moins qu'on ne se voie condamné au malheur d'attendre de sa plume ses moyens de subsistance.

Passez les premiers, vous qui demandez de la gloire présente, de la gloire de salon [a]. Passez, hommes de société, hommes considérables dans les pays où tout dépend de ces accointances, vous qui êtes féconds en idées du jour, en livres de parti, en expédients pour produire de l'effet, et qui, même après avoir tout adopté, tout quitté, tout repris, tout usé, trouvez encore à esquisser quelques pamphlets indécis, afin de faire dire : le voilà avec ses mots expressifs et ingénieusement accolés, bien qu'un peu rebattus. Passez les premiers, hommes séduisants et séduits, car enfin vous passerez vite, et il est bon que vous ayez votre temps ; montrez-vous donc aujourd'hui dans votre adresse et votre prospérité.

Ne serait-on pas à peu près sûr de rendre un ouvrage utile, sans le déshonorer par des intrigues pour hâter la

---

a. qui demandez de la gloire de salon.

célébrité de l'auteur ? Restez-vous dans la retraite, ou même vivez-vous sans bruit dans une capitale ; enfin, votre nom est-il inconnu, et votre livre ne s'écoule-t-il pas ? Qu'un certain nombre d'exemplaires en soient déposés dans les principales bibliothèques, ou envoyés, sans en demander compte, à des libraires dans les grandes villes ; tôt ou tard cet écrit sera mis à sa place avec autant de vraisemblance que si vous aviez mendié des suffrages.

Ainsi ma tâche est indiquée. Il ne me reste plus qu'à la remplir, si ce n'est avec bonheur, avec éclat, du moins avec quelque zèle et quelque dignité. Je renonce à diverses choses, me bornant presque à éviter la douleur. Serai-je à plaindre dans la retraite, ayant l'activité, l'espérance et l'amitié ? Être occupé sans devenir trop laborieux contribue essentiellement à la paix de l'âme, de tous les biens le moins illusoire. On n'a plus besoin de plaisirs, puisque les avantages les plus simples donnent des jouissances : c'est ainsi que tant d'hommes bien portants s'accommodent des aliments les moins recherchés.

Qui ne voit que l'espérance [406] est préférable aux souvenirs ? Dans notre vie, continuel passage, l'avenir importe seul : ce qui est arrivé disparaît, et le présent même nous échappe s'il ne sert de moyen. D'agréables traces du passé ne me paraissent un grand avantage que pour les imaginations faibles, qui, après avoir été un peu vives, deviennent débiles. Ces hommes-là, s'étant figuré les choses autrement qu'elles ne doivent être, se sont passionnés. L'épreuve les a désabusés ; ne pouvant plus imaginer avec exagération, ils n'imaginent plus. Les fictions vraies pour ainsi dire leur étant interdites, ils auraient besoin de riants souvenirs ; sans cela nulle pensée ne les flatte. Mais celui dont l'imagination est puissante et juste peut toujours se faire une idée assez positive des divers biens, lorsque le sort lui laisse du calme : il n'est pas au nombre de ceux qui ne connaissent en cela que ce qu'ils ont appris anciennement.

Il me restera pour la douceur journalière de la vie notre correspondance et Fonsalbe : ces deux liens me suffiront. Jusque dans nos lettres, cherchons le vrai sans pesantes dissertations comme sans systèmes opiniâtres : invoquons le vrai immuable. Quelle autre conception soutiendrait l'âme, fatiguée quelquefois de ses vagues espérances, mais bien plus étonnée d'elle-même, bien plus délaissée quand elle a perdu et les langueurs, et les délices de cette active incertitude. La justice du moins a son évidence. Généralement vous recevez en paix les lumières morales ; je les poursuis dans mon inquiétude : notre union subsistera.

On n'est pas encore parvenu à se procurer l'autre partie des lettres d'Obermann. On n'a recueilli que le fragment suivant qui s'est trouvé sans date.

DERNIÈRE PARTIE D'UNE LETTRE SANS DATE CONNUE [a] [407] :

… Que d'infortunés auront dit, de siècle en siècle, que les fleurs nous ont été accordées pour couvrir notre chaîne, pour nous abuser tous au commencement, et contribuer même à nous retenir jusqu'au terme ! Elles font plus, mais assez vainement peut-être : elles semblent indiquer ce que nulle tête mortelle n'approfondira.

Si les fleurs n'étaient que belles sous nos yeux, elles séduiraient encore ; mais quelquefois leur parfum [b] entraîne, comme une heureuse condition de l'existence, comme un appel subit, un retour à la vie plus intime. Soit que j'aie cherché ces émanations invisibles, soit surtout qu'elles s'offrent, qu'elles surprennent, je les reçois comme une expression forte, mais précaire, d'une pensée dont le monde matériel renferme et voile le secret.

Les couleurs aussi doivent avoir leur éloquence : tout peut être symbole. Mais les odeurs sont plus pénétrantes, sans doute parce qu'elles sont plus mystérieuses, et que s'il nous faut dans notre conduite ordinaire de palpables vérités, les grands mouvements de l'âme ont pour principe une vérité d'un autre ordre, le vrai essentiel, et cependant inaccessible dans nos voies chancelantes [408].

Jonquille ! violette ! tubéreuse ! vous n'avez que des instants afin de ne pas accabler notre faiblesse, ou peut-être pour nous laisser dans l'incertitude où s'agite notre

---

a. [Dans l'édition de 1840 ce fragment se trouve reporté après la lettre XCI.]
b. ce parfum

esprit, tantôt généreux, tantôt découragé. Non, je n'ai vu ni le sindrimal [409] du Ceylan [a], ni le gulmikek de Perse, ni le pé-gé-hong de la Chine méridionale, mais ce serait assez de la jonquille ou du jasmin pour me faire dire que, tels que nous sommes, nous pourrions séjourner dans un monde meilleur.

Que veux-je ? Espérer, puis n'espérer plus, c'est être ou n'être plus : voilà l'homme, sans doute. Mais comment se fait-il qu'après les chants d'une voie émue, après les parfums des fleurs, et les soupirs de l'imagination, et les élans de la pensée, il faille mourir ?

Et il se peut que le sort le voulant ainsi, on entende s'approcher secrètement une femme remplie de grâce aimante, et que derrière quelque rideau, mais sûre d'être bien visible, à cause des rayons du couchant, elle se montre sans autre voile pour la première fois, se recule vite, et revienne d'elle-même, en souriant de sa voluptueuse résolution. Mais ensuite il faudra vieillir. Où sont aujourd'hui les violettes qui fleurirent pour d'anciennes générations ?

Il est deux fleurs silencieuses en quelque sorte, et à peu près dénuées d'odeur, mais qui, par leur attitude assez durable, m'attachent à un point que je ne saurais dire. Les souvenirs qu'elles suscitent ramènent fortement au passé, comme si ces liens des temps annonçaient des jours heureux. Ces fleurs simples, ce sont le barbeau des champs, et la hâtive pâquerette, la marguerite des prés.

Le barbeau est la fleur de la vie rurale. Il faudrait le revoir dans la liberté des loisirs naturels, au milieu des blés, au bruit des fermes, au chant des coqs (O), sur le sentier des vieux cultivateurs : je ne voudrais pas répondre que cela quelquefois n'allât jusqu'aux larmes.

La violette et la marguerite des prés sont rivales. Même saison, même simplicité. La violette captive dès le premier printemps ; la pâquerette se fait aimer d'année en année. Elles sont l'une à l'autre ce qu'est un portrait, ouvrage du pinceau, à côté d'un buste en marbre. La violette rappelle le plus pur sentiment de l'amour : tel il se présente à des cœurs droits. Mais enfin cet amour même, si persuasif et si

---

a. de Ceylan,

suave, n'est qu'un bel accident de la vie. Il se dissipe tandis que la paix des campagnes nous reste jusqu'à la dernière heure. La marguerite est le signe patriarcal de ce doux repos.

Si j'arrive à la vieillesse, si, un jour, plein de pensées encore, mais renonçant à parler aux hommes, j'ai auprès de moi un ami pour recevoir mes adieux à la terre, qu'on place ma chaise sur l'herbe courte, et que de tranquilles marguerites soient là devant moi, sous le soleil, sous le ciel immense, afin qu'en laissant la vie qui passe je retrouve quelque chose de l'illusion infinie.

SUPPLÉMENT DE 1840

LETTRE XCI

Sans date connue

Je ne vous ai jamais conté l'embarras où je me suis vu, un jour que je voulais franchir les Alpes d'Italie [410].

Je viens de me rappeler fortement cette circonstance, en lisant quelque part : « Nous n'avons peut-être reçu la vie présente que pour rencontrer, malgré nos faiblesses, des occasions d'accomplir avec énergie ce que le moment veut de nous. » Ainsi, employer toutes ses forces à propos, et sans passion comme sans crainte, ce serait être pleinement homme. On a rarement ce bonheur. Quant à moi, je ne l'ai éprouvé qu'à demi dans ces montagnes, puisqu'il ne s'agissait que de mon propre salut.

Je ne pourrai vous rendre compte de l'événement qu'avec des détails tout personnels : il ne se compose pas d'autre chose.

J'allais à la cité d'Aoste et j'étais déjà dans le Valais, lorsque j'entendis un étranger dire, dans l'auberge, qu'il ne se hasarderait point à passer sans guide le Saint-Bernard. Je résolus aussitôt de le passer seul : je prétendis que d'après la disposition des gorges, ou la direction des eaux, j'arriverais à l'hospice en devançant les muletiers, et en ne prenant d'eux aucun renseignement.

Je sortis de Martigny à pied par un temps très beau. Impatient de voir du moins dans l'éloignement quelque site curieux, je marchais d'autant plus vite qu'au-dessus de Saint-Branchier je n'apercevais rien de semblable. Arrivé à Liddes, je me figurai que je ne trouverais plus avant l'hospice aucune espèce d'hôtellerie. Celle de Liddes avait épuisé sa provision de pain, et n'était pourvue d'aucun légume. Il y restait uniquement un morceau de mouton, auquel je ne touchai pas. Je pris peu de vin ; mais, à cette heure inusitée, il n'en fallut pas plus pour me donner un tel besoin d'ombre et de repos, que je m'endormis derrière quelques arbustes.

J'étais sans montre, et au moment de mon réveil je ne soupçonnai pas que j'eusse demeuré là plusieurs heures. Quand je me remis en chemin, ce fut avec la seule idée d'arriver au but : je n'avais plus d'autre espérance. La nature n'encourage pas toujours les illusions que pourtant elle nous destina. Aucune diversion ne s'offrait, ni la beauté des vallées, ni la singularité des costumes, ni même l'effet de l'air accoutumé des montagnes. Le ciel avait entièrement changé d'aspect. De sombres nuages enveloppaient les cimes dont je m'approchais ; toutefois cela ne put me désabuser à l'égard de l'heure, puisque à cette élévation ils s'amassent souvent avec promptitude.

Peu de minutes après, la neige tombait en abondance. Je passai au village de Saint-Pierre, sans questionner personne. J'étais décidé à poursuivre mon entreprise, malgré le froid, et bien qu'au-delà il n'existât plus de chemin tracé. De toute manière, il n'était plus question de se diriger avec quelque certitude. Je n'apercevais les rochers qu'à l'instant d'y toucher, mais je n'en cherchais d'autre cause que l'épaisseur du nuage et de la neige. Quand l'obscurité fut assez grande pour que la nuit seule pût l'expliquer, je compris enfin ma situation.

La glace vive au pied de laquelle j'arrivai, ainsi que le manque de toute issue praticable pour des mulets, me prouvèrent que j'étais hors de la voie. Je m'arrêtai, comme pour délibérer à loisir ; mais un total engourdissement des bras m'en dissuada aussitôt. S'il devenait impraticable d'attendre le jour dans le lieu où j'étais parvenu, il semblait également impossible de trouver le monastère [411], dont me séparaient peut-être des abîmes. Un seul parti se présenta, de consulter le bruit de l'eau, afin de me rapprocher du courant principal qui, de chute en chute, devait passer auprès des dernières habitations que j'eusse vues en montant. À la vérité j'étais dans les ténèbres, et au milieu de roches dont j'aurais eu peine à sortir en plein jour. L'évidence du danger me soutint. Il fallait ou périr, ou se rendre sans trop de retard au village qui devait être distant de près de trois lieues.

J'eus assez promptement un succès ; j'arrivai au torrent qu'il importait de ne plus quitter. Si je m'étais engagé de nouveau dans les roches, peut-être n'aurais-je pas su en redescendre. Nivelé à demi par l'effet des siècles, le lit de la Drance devait présenter une aspérité moins redoutable en quelques endroits que les continuelles anfractuosités des masses voisines. Alors s'établit la lutte contre les obstacles ; alors commença la jouissance toute particulière que suscitait la grandeur du péril. J'entrai dans le courant bruyant et inégal, avec la résolution de le suivre jusqu'à ce que cette tentative hasardeuse se terminât ou par quelque accident tout à fait grave, ou par la vue d'une lumière au village. Je me livrai ainsi au cours de cette onde glaciale. Quand elle tombait de haut, je tombais avec elle. Une fois la chute fut si forte que je croyais le terme arrivé, mais un bassin assez profond me reçut. Je ne sais comment j'en sortis : il me semble que les dents, à défaut des mains, saisirent quelque avance de roche. Quant aux yeux, ils n'étaient guère utiles, et je les laissais, je crois, se fermer lorsque j'attendais un choc trop violent. J'avançais avec une ardeur que nulle lassitude ne paraissait devoir suspendre, heureux apparemment de suivre une impulsion fixe, de continuer un effort sans incertitude. Commençant à me faire à ces mouvements brusques, à cette sorte d'audace, j'oubliais le village de Saint-Pierre, seul asile auquel je pusse atteindre, lorsqu'une clarté me l'indiqua. Je la vis avec une indifférence qui, sans doute, tenait plus de l'irréflexion que du vrai courage, et néanmoins je me rendis, comme je pus, à cette demeure dont les habitants étaient auprès du feu. Un coin manquait au volet de la petite fenêtre de leur cuisine : je dus la vie à cet incident.

C'était une auberge comme on en rencontre dans les montagnes. Naturellement il y manquait beaucoup de choses, mais j'y trouvai des soins dont j'avais besoin. Placé à l'angle intérieur d'une vaste cheminée, principale pièce de la maison, je passai une heure, ou davantage, dans l'oubli de cet état d'exaltation dont j'avais entretenu le singulier bonheur. Nul et triste depuis ma délivrance, je fis ce qu'on voulut : on me donna du vin chaud, ne sachant pas que j'avais surtout besoin d'une nourriture plus solide.

Un de mes hôtes m'avait vu gravir la montagne vers la fin du jour pendant ces bourrasques de neige que redoutent les montagnards mêmes, et il avait dit ensuite dans le village : « Il a passé ce soir un étranger qui allait là-haut ; de ce temps-ci, c'est autant de mort. » Lorsque plus tard ces braves gens reconnurent qu'effectivement j'eusse été perdu sans le mauvais état de leur volet, un d'eux s'écria en patois : « Mon Dieu, ce que c'est que de nous ! »

Le lendemain on m'apporta mes vêtements bien séchés et à peu près réparés ; mais je ne pus me défaire d'un frisson assez fort, et d'ailleurs plusieurs pieds de neige sur le sol s'opposaient à ce que je me remisse volontiers en route. Je passai la moitié de la journée chez le curé de cette faible bourgade, et je dînai avec lui : je n'avais pas mangé depuis quarante et quelques heures. Le jour suivant, la neige ayant disparu sous le soleil du matin, je franchis sans guide les cinq lieues difficiles, et les symptômes de fièvre me quittèrent pendant ma marche. À l'hospice, où je fus bien accueilli, j'eus néanmoins le malheur de ne pas tout approuver. Je trouvais déplacée une variété de mets qu'en des lieux semblables je ne qualifiais pas d'hospitalité attentive, mais de recherche ; et il me sembla aussi que dans la chapelle, cette église de la montagne, une simplicité plus solennelle eût mieux convenu que la prétention des enjolivements. Je restai le soir au petit village de Saint-Rhemy, en Italie. Le torrent de la Doire se brise contre un angle des murs de l'auberge. Ma fenêtre resta ouverte, et, toute la nuit, ce fracas m'éveilla ou m'assoupit alternativement, à ma grande satisfaction.

Plus bas, dans la vallée, je rencontrai des gens chargés de ces goitres énormes qui m'avaient beaucoup frappé de l'autre côté du Saint-Bernard, à l'époque de mes premières incursions dans le Valais. À un quart de lieue de Saint-Maurice, il est un village tellement garanti des vents froids par sa situation très remarquable, que des lauriers ou des grenadiers pourraient y subsister sans autre abri en toute saison ; mais assurément les habitants n'y songent guère. Trop bien préservés des frimas, et dès lors affligés de crétinisme, ils végètent indifférents au pied de leurs immenses rochers, ne sachant pas même ce que c'est que ce mouvement des étrangers qui passent à si peu de distance de l'autre côté du fleuve. Je résolus d'aller voir de plus près, en redescendant vers la Suisse, ces hommes endormis dans une lourde ignorance, pauvres sans le savoir, et infirmes sans précisément souffrir : je crois ces infortunés plus heureux que nous.

Sans l'exactitude scrupuleuse de mon récit, il serait si peu susceptible d'intérêt, que votre amitié même ne lui en trouverait pas. Pour moi, je ne me rappelle que trop une fatigue que je ne ressentais pas alors, mais qui m'a privé sans retour de la fermeté des pieds. J'oublierai moins encore que, jusqu'à présent, les deux heures de ma vie où je fus le plus animé, le moins mécontent de moi-même, le moins éloigné de l'enivrement du bonheur, ont été celles où, pénétré de froid, consumé d'efforts, consumé de besoin, poussé quelquefois de précipice en précipice avant de les apercevoir et n'en sortant vivant qu'avec surprise, je me disais toujours, et je disais simplement dans ma fierté sans témoins : Pour cette minute encore, je veux ce que je dois, je fais ce que je veux.

427

NOTES DE L'ÉDITION DE 1833

NOTE A (*Observations*, p. 56)
Obermann a besoin d'être un peu deviné. Il est loin, par exemple, de prendre un parti définitif sur plusieurs questions qu'il aborde ; mais peut-être conclut-il davantage dans la suite de ses lettres. Jusqu'à présent cette seconde partie manque presque entière [412].

NOTE B (*Lettre seconde*, p. 65)
Il est à croire que le ciel de Genève ressemble beaucoup à celui des lieux voisins.

NOTE C (*Lettre seconde*, p. 66)
Cette hauteur peut être considérée comme se rattachant aux Alpes, mais difficilement au Jura.

NOTE D (*Lettre septième*, p. 96)
On ne sait pas précisément où commence ce qui est ici appelé *éther*.

NOTE E (*Lettre vingtième*, p. 118)
Sans doute l'auteur de ces lettres aurait demandé grâce pour ces détails et pour quelques autres, s'il en avait prévu la publication.

NOTE F (*Même lettre*, p. 120)
Cette circonstance du tonneau est contestée pour plusieurs raisons.

NOTE G (*Troisième fragment*, p. 176)
On a fait plusieurs essais de paroles adaptées à cette *marche des pasteurs*. Un de ces morceaux, en patois de la Gruyère, contient quarante-huit vers.

Les armaillis di Columbette
Dé bon matin sé son léva, etc.

Une de ces sortes d'églogues, composée, dit-on, dans l'Appenzel, en langage allemand, finit à peu près ainsi : « Retraites profondes, tranquille oubli ! Ô paix des hommes et des lieux, ô paix des vallées et des lacs ! pasteurs indépendants, familles ignorées, naïves coutumes ! donnez à nos cœurs le calme des chalets et le renoncement sous le ciel sévère. Montagnes indomptées ! froid asile ! dernier repos d'une âme libre et simple ! »

NOTE H (*Lettre quarante-troisième*, p. 205)

L'auteur ne dit pas expressément ce qu'il entend ici par religion, mais on voit qu'il s'agit en particulier de la croyance des Occidentaux.

NOTE I (*Lettre soixante-deuxième*, p. 289)

À cette lettre était joint ce qui suit :

« Le *Manuel* me fait souvenir de quelques autres morceaux que m'a aussi communiqués le même savant. Ses recherches avaient moins pour objet ce qu'il pouvait trouver précieux que ce qui lui paraissait original, ou même bizarre.

Voici le plus court de ces morceaux de littérature, ou, si vous voulez, de philosophie étrange.

Examinez toutefois : il se peut que les aperçus d'un homme du Danube ne s'éloignent pas de la vérité :

CHANT FUNÈBRE D'UN MOLDAVE
Traduit de l'esclavon

Si nous sommes émus profondément, aussitôt nous songeons à quitter la terre. Qu'y aurait-il de mieux, après une heure de délices ? Comment imaginer un autre lendemain à de grandes jouissances ? Mourons : c'est le dernier espoir de la volupté, le dernier mot, le dernier cri du désir.

Si vous désirez vivre encore, contenez-vous ; suspendez ainsi votre chute. Jouir, c'est commencer à périr ; se priver, c'est s'arranger pour vivre. La volupté apparaît à l'issue des choses, à l'un et à l'autre terme ; elle communique la vie, et elle donne la mort. L'entière volupté, c'est la transformation.

Comme un enfant, l'homme s'amuse de peu de chose sur la terre, mais enfin sa destination est de choisir parmi ce qu'elle offre. Quand ces choix sont accomplis, c'est la mort qu'il veut voir : ce jeu longtemps redouté pourra seul désormais lui faire impression.

N'avez-vous jamais désiré la mort ? C'est que vous n'avez pas achevé l'expérience de la vie. Mais si vos jours sont faciles et voluptueux, si le sort vous poursuit de ses faveurs, si vous êtes au faîte, tombez ; la mort devient votre seul avenir.

On aime à s'approcher de la mort, à se retirer, à la considérer de nouveau, jusqu'à ce que la saisir paraisse une forte joie. Que de beauté dans la tempête ! C'est qu'elle promet la mort. Les éclairs montrent les abîmes, et la foudre les ouvre.

Quel plus grand objet de curiosité ! Quel besoin plus impérieux ! Il est fini pour chacun de nous, selon ses forces, l'examen des choses du monde. Mais derrière la mort se trouve la région immense avec toute sa lumière, ou la nuit perpétuelle.

Ils redoutent moins la mort, les hommes d'un grand caractère, les hommes de génie, les hommes qui sont dans la force de l'âge. Serait-ce parce qu'ils ne croient pas à la destruction malgré leur indépendance, et que d'autres y croient malgré leur foi ?

La mort n'est pas un mal, puisqu'elle est universelle. Le mal c'est l'exception aux lois suprêmes. Réunissons sans amertume ce qui est nécessairement notre partage. Comme accident, et lorsqu'elle étonne, la mort peut affliger ; quand on y arrive naturellement, elle est consolante.

Attendons et puis mourons. Si la vie actuelle n'est qu'une sujétion, qu'elle finisse ; si elle ne conduit à rien, s'il doit être inutile d'avoir vécu, soyons délivrés de ce leurre. Mourons, ou pour vivre réellement, ou pour ne plus feindre de vivre.

La mort reste inconnue. Lorsque nous l'interrogeons, elle n'est pas là ; quand elle se présente, quand elle frappe, nous n'avons plus de voix. La mort retient un des mots de l'énigme universelle, un mot que la terre n'entendra jamais. »

Condamnerons-nous ce rêveur du Danube ? Mettrons-nous au nombre des vaines fantaisies de l'imagination toute idée étrangère à une frivolité dont la multitude ne veut pas sortir ?

Peut-être, dans ces moments où semble commencer une heure de sommeil, dans les campagnes, vers midi, peut-être avez-vous éprouvé une impression indéfinissable, heureux sentiment d'une vie chancelante, pour ainsi dire, mais plus naturelle et plus libre. Tous les bruits s'éloignent, tous les objets échappent. Une pensée dernière se présente avec tant de vérité qu'après cette sorte d'illusion demi-vivante, imprévue et fugitive, il ne peut y avoir rien, si ce n'est l'entier oubli, ou un réveil subit.

Nous aurions à remarquer surtout de quoi se composent alors ces rapides images. Souvent une femme apparaît. Il ne s'agit pas de grâce ordinaire, de charme prolongé, de voluptueuse espérance. C'est plus que le plaisir, c'est la pureté de l'idéal ; c'est la possession entrevue comme un devoir, comme un simple fait, comme une entraînante nécessité. Mais le sein de cette femme exprime avec énergie qu'elle nourrira. Ainsi est accomplie notre mission. Sans trouble et sans regret nous pourrions mourir. Donner la vie et franchir, en fermant l'œil, les bornes du monde connu, voilà peut-être ce qu'il y a d'essentiel ici dans notre destination. Le reste ne serait qu'un moyen assez indifférent de consumer les autres minutes pour arriver au but.

Je ne dis pas que ce léger rêve, dans les instants dont nous parlons, que cette figure abrégée de la vie, au milieu du tranquille oubli de tant de choses, que cette paisible et puissante émotion soit la même chez la plupart des hommes. Je l'ignore ; mais enfin elle ne m'est pas particulière, sans doute.

Transmettre la vie et la perdre, ce serait dans l'ordre apparent notre principal office sur la terre. Cependant je demanderai s'il n'est plus de songes dans le dernier sommeil ? Je demande si réellement la loi de mort sera inflexible ? Plusieurs d'entre nous ont vu se fortifier à quelques égards leur intelligence : ne pourraient-ils résister quand d'autres succombent ?

NOTE K (*Lettre soixante-troisième*, p. 303)
Il faut redire ici que, sauf les additions désignées comme telles, l'édition présente reste conforme à la première [a].

NOTE L (*Lettre soixante-septième*, p. 325)
On peut douter que la vigne ait jamais donné quelque produit dans ce vallon.

NOTE M (*Lettre soixante-huitième*, p. 333)
L'anecdote connue à laquelle ceci paraît faire allusion n'a rien d'authentique.

NOTE N (*Lettre quatre-vingt-neuvième*, p. 411)
Il paraît que cette dernière phrase n'appartient pas à cette lettre, qui devait se terminer comme il suit [b] :

« ... Que lui reste-il ? Que nous restera-t-il dans cet abandon, seule destinée qui nous soit commune ? Quand [c] le songe de l'aimable et de l'honnête vieillit en notre pensée incertaine ; quand l'image de l'harmonie descend des lieux célestes, s'approche de la terre, et se trouve enveloppée de brumes et de ténèbres ; quand rien ne subsiste de nos affections ou de notre espoir ; quand nous passons avec la fuite invariable des choses et dans l'inévitable instabilité du monde ! mes amis ! elle que j'ai perdue, vous qui vivez loin de moi ! comment se féliciter du don d'existence ?

Qu'y a-t-il qui nous soutienne réellement ? Que sommes-nous ? tristes composés de matière aveugle et de libre pensée, d'espérance et de servitude ; poussés par un souffle invisible malgré nos murmures ; rampants à la vue des clartés de l'espace sur un sol immonde, et roulés comme des insectes dans les sen-

---

a. présente diffère peu de la première.
b. Il paraît que cette lettre devait se terminer comme il suit :
c. [en 1840, la citation commence ici]

tiers fangeux de la vie, mais, jusqu'à la dernière chute, rêvant les pures délices d'une destination sublime. »

NOTE O (*Dernière lettre*, p. 421)

À cette époque, Obermann avait peut-être quitté Imenstròm. Peut-être aussi, sans avoir été obligé de rentrer dans les villes, regrettait-il le mouvement si champêtre des grandes métairies. Les pâturages des Alpes septentrionales et des hautes Alpes sont souvent dans des situations très pittoresques ; mais on n'y connaît qu'une récolte, et on n'y fait toute l'année qu'une même chose.

INDICATIONS [a]

Les chiffres, sans autre désignation,
indiquent les lettres et non les pages.

*Le premier volume contient quarante-six lettres
et les trois fragments.*

ADVERSITÉ, 64.
AISANCE. De l'aisance réelle, 89.
AMITIÉ, 36, 63.
AMOUR, 89. Voyez aussi FEMMES. De l'amour, de ses effets et de son importance, 63.
AMOUR-PROPRE, 27.
ARGENT. Du mépris de l'argent, 2e fragment. De l'emploi de l'argent, 65.
AUTOMNE, 24.
AUTEUR, voyez ÉCRIVAIN.
BEAU (du), 21.
BONHEUR. Des causes du bonheur, 1er fragment.
CAMPAGNES. De nos campagnes, 12. Voyez aussi VILLE.
CÉLIBAT, 86.
CICÉRON, 4, en note.
CHRISTIANISME. Du christianisme, et des grandes choses qu'il eût pu faire, 44, pages 215 et suiv.
CLIMATS. Des divers climats, 68. Effets des différents climats, 70.
CONTRADICTIONS, 81.
DÉSIRS. Du prestige du désir dans le cœur qui ignore la vie, 39.
DEVOIRS. Incertitude des devoirs, 86.
DIVORCE, voyez MARIAGE.
DOMESTIQUES, 52, 66.
Dogmes, voyez FOI, MYSTÈRES, RELIGION.
ÉCRIVAIN. De l'écrivain qui veut être utile : la considération publique lui est nécessaire, 79. Il est absurde qu'un écrivain moraliste ne soit pas homme de bien, 79.
ENNUI de la vie, 41, etc.
ÉTAT, voyez aussi HOMME. Sur le choix d'un état ; sur ce qu'on appelle prendre un état, 1.
FEMMES, 87, etc. Voyez aussi MODE, MISE, AMOUR. De certaines maximes dans l'éducation des femmes, 50. De quelques usages relatifs à l'éducation des femmes, 58. De l'amour dans les femmes, 80.

---

a. [Elles ne figurent plus dans les éditions de 1833 et de 1840]

FIN. Fins impénétrables de la nature, 85. De la fin qu'il faut proposer aux habitudes de sa vie dans l'incertitude de la vie entière, et dans l'ignorance de sa fin essentielle, 89, etc.

FOI, 38, 44. Voyez aussi RELIGION.

GLOIRE, 51.

GOUVERNEMENT ; voyez HOMME.

HOMME. De l'homme considéré comme le grand agent de la nature, et comme chargé par l'intelligence universelle des fonctions de la réintégration des êtres, 42. De l'homme qui a vraiment vécu, 43. De l'homme des sociétés présentes, 46, 87. De l'avidité de l'âme humaine, 13, 48. De l'homme, partie du monde organisé, 71. De ce que l'homme est à l'homme, 36. De l'homme bon, 1er fragment. De l'homme de bien, 1er fragment. De l'amour dans l'homme qui gouverne, 34, 84. De l'homme supérieur, de l'homme d'État, 84 à la fin.

IDÉAL, 13, 14. Du monde imaginaire, de l'idée d'un monde heureux, 14. Du monde idéal, 30 et 46, page 228.

IMMORTALITÉ, 44, 60, 61. Du désir de l'immortalité, 18. Perceptions qui semblent annoncer l'immortalité, 38.

INCERTITUDE DES NOTIONS HUMAINES, 47.

INCOMPATIBILITÉ D'HUMEURS, 45.

INDÉPENDANCE, 43.

INQUIÉTUDE. De l'inquiétude de l'âme, de ses misères et de ses besoins démesurés, 37.

MAHOMET. Du rôle de Mahomet, 34.

MALHEUR. 1er fragment.

MANIÈRE DE VIVRE, voyez VIE, SIMPLICITÉ.

MANUEL ATTRIBUÉ À ARISTIPPE, 33.

MARIAGE, 86, et 63, pages 220, 299, etc. Indissolubilité du mariage, page 392.

MISE. De ce qu'on appelle une mise trop libre, 50.

MODE, 50.

MOLLESSE. D'une certaine mollesse dans les habitudes de la vie, 85.

MONTAGNES, 7, 3e fragment, etc.

MONTAIGNE, 38.

MŒURS, 50, etc. Voyez aussi AMOUR, FEMMES, MISE, MODE, MORALE. Des mœurs opposées, 68.

MORALE. Voyez aussi CONTRADICTIONS, DEVOIRS, RELIGION, MŒURS, Erreurs de la morale, 2e fragment. La morale est l'unique science, 80.

MORALISTES. Voyez ÉCRIVAIN.

MORT VOLONTAIRE, 41, 42.

MYSTÈRES. L'idée de certaines forces mystérieuses dans la nature diffère essentiellement de la nature comparée aux mystères du dogme, 44. Forces et effets mystérieux de la nature, 44, 47.

NATURE. Voyez aussi MYSTÈRES, SYSTÈMES. Combinaisons de la nature, 40, page 176. Nature impénétrable, 48.

NÉCESSITÉ. De la nécessité ou de la force inconnue, 43.

NOMBRES, 47.

OSSIAN, 70.

PLAISIRS. De ce qu'on nomme plaisirs purs, 59. Il n'y a de plaisir réel que celui que l'on donne, 59.

PROSPÉRITÉ. De l'effet d'une prospérité suivie sur les hommes ordinaires, 1er fragment.
RANZ-DES-VACHES, 3e fragment.
RÉPARATION. Du système de la réparation du monde, 42, 85.
RELIGION. De la religion, 43, 44, page 205, etc. Voyez aussi FOI, CHRISTIANISME, etc. Si les religions doivent être la base de la morale, 49. De la nécessité de parler des religions en écrivant sur la morale, 81.
ROMANESQUE. De l'homme romanesque, 4.
ROMANTIQUE. De l'expression romantique, 3e fragment.
SENSATIONS, 7, etc., etc. Changement dans les sensations, 60, etc.
SENSIBLE. De l'homme sensible, de la sensibilité, 4, 12, etc.
SIMPLICITÉ. D'une simplicité basse et grossière, 20. Des jouissances dans la simplicité, 51. Famille dans les montagnes, 65.
SITES. Sur les beaux sites, 55.
SONGES (des), 85.
SOUFFRIR. Du besoin de souffrir, 1er fragment.
STIMULANTS. Les habitudes de notre vie sociale, et particulièrement celles des stimulants détruisent l'accord entre nous et les choses, 64. De l'espèce de repos qu'ils peuvent donner, 88.
SUICIDE. Voyez MORT VOLONTAIRE.
SUISSE, SUISSES. Voyez aussi CLIMATS, MONTAGNES, etc. Sur les Suisses, 32, *note*. Sur la Suisse, 58. Quelques observations particulières sur les peuples de la Suisse, et sur la nature du pays en général, 77.
SYSTÈMES. Voyez RÉPARATION, NOMBRES, etc., etc.
UNION. De l'union dans les familles, 36, 45.
VÉRITÉ. Toute institution ne doit être fondée que sur la vérité, et ne doit être soutenue que par des vérités, 41, etc.
VIE. Voyez aussi FIN, HOMME, VILLE. La vie est semblable à nos songes, 13. Emploi de la vie, 43. Vanité de la vie, 46. Semaines de la vie, 47 De la vie du cœur, 55, *note*. De la vie réglée, 65. De la vie de la campagne et de celle de la ville, 72. Des besoins indéfinis de l'homme, et du néant de la vie commune, 75, etc., etc. Spectacle de la vie humaine, 80.
VILLE. De la vie des villes, 88. Voyez aussi VIE. Comment l'âge augmente le goût pour les capitales, et comment ceux qui préféraient, dans un sens, les choses aux hommes et la campagne à la ville, peuvent venir à préférer plus tard la ville et la société, 52, 88.
VOL. Du vol fait par les enfants ; il est impuni, et c'est le plus coupable, 80.
VOYAGES, 68.

NOTES

1. Comme bien des auteurs du XVIIIe siècle, Senancour élabore une stratégie d'esquive en transférant à l'éditeur de ces lettres la responsabilité artistique et morale de leur publication. Il le présente, en effet, comme le compositeur de ce livre qui rassemble des lettres qu'il a lui-même choisies, et parfois amputées ou complétées. Il lui revient donc d'en garantir la valeur et d'en justifier la diffusion, en rendant compte d'entrée de la facture singulière de sa composition et de son style, mais aussi du caractère tout provisoire de la réflexion qui y est proposée. Prolongées par une abondante annotation, ces « Observations » ont pour principale mission d'alerter le lecteur, qui doit tout de suite prendre conscience qu'il ne va pas lire un « ouvrage », soit une œuvre livrée comme finie, comme parfaite et définitive, mais bien plutôt un texte en devenir, incertain, problématique, qui demande à être explicité, discuté, contredit – ce qui sera l'objet de nombreuses notes. Pour approfondir, cf. l'article de F. Marotin cité en bibliographie.
2. Le terme peut surprendre, dans la mesure où, historiquement et théoriquement, il désigne plutôt un récit de vie rétrospectif mettant l'accent sur la vie publique de son auteur, et donc ouvert sur l'Histoire, sur le monde, sur les autres. Senancour l'utilise en fait comme Rousseau ou Chateaubriand, dans son sens tardif et spécial de « souvenirs d'une vie », d'histoire d'une âme : au début des *Mémoires de ma vie*, Chateaubriand explique, par exemple, que le mot désigne dans ce cas un écrit qui est « l'histoire de [s]es idées et de [s]es sentiments, plutôt que l'histoire de [s]a vie » (cf. *Mémoires d'outre-tombe*, éd. J.-C. Berchet, Bordas, 1989, t. I, p. 8). Senancour entérine à son tour son glissement dans le champ de l'autobiographie, voire de l'autoportrait, puisqu'il lui retire le contenu événementiel que lui reconnaissent encore les dictionnaires et qu'il ne le soumet plus à une quelconque logique du récit.
3. Le mot signifie proprement « qui a atteint » et s'applique depuis 1630 à l'alchimiste sur la voie du « grand œuvre », d'où le sens d'« initié à une secte ». La valeur moderne de « disciple, partisan », sans idée initiatique, se répand au début du XIXe siècle. Pour désigner les destinataires souhaités de son œuvre, Senancour emprunte donc au vocabulaire de l'illuminisme, mais il ne le fait pas dans un esprit d'ésotérisme occultiste. Adoptant l'attitude habituelle de l'autoportraitiste qui avoue volontiers s'adresser à un public restreint, capable de le comprendre et de partager ses émotions, il voit en eux une élite de la sensibilité qui saura apprécier ce discours original centré sur l'intime et revivre les extases d'Oberman. La critique a souvent rapproché ces

« adeptes » des « initiés » ayant accès à un monde enchanté qu'évoque Rousseau au début des *Dialogues*. Le parallèle est pertinent, dans la mesure où c'est leur « exquise sensibilité » qui permet à ces privilégiés de jouir de l'harmonieuse beauté de la nature et de l'exprimer dans une langue particulière qui, comme ici, a valeur d'indice de reconnaissance.

4. Alors que les deux adjectifs pouvaient encore être employés indifféremment, Senancour a soin de distinguer entre « romanesque » et « romantique ». Il utilise « romanesque » toujours dans un sens péjoratif pour caractériser des sensations ou des sentiments qui, par leur intensité, par leur exaltation trompeuse, appartiennent au registre du fabuleux avec lequel se confond encore à ses yeux, comme à ceux de ses contemporains, le monde du roman. Une note insérée dans la lettre II (p. 66) fait au demeurant le lien entre le « romanesque » de certaines descriptions et le dérèglement de la sensibilité comme de l'imagination qui reste la marque de la jeunesse, même chez un être qui se sent prématurément vieilli. Sur l'emploi de « romantique », cf. la note 38, p. 446.

5. Le temps des verbes suggère que l'auteur de ces lettres n'est plus.

6. Au sens étymologique : « objet qui rappelle la mémoire de quelque chose, qui porte témoignage de son existence passée ». Dans la « première promenade » des *Rêveries du promeneur solitaire*, Rousseau évoque avec le même sens les « monuments de [s]on innocence » (éd. M. Crogiez, Le Livre de Poche classique, 2001, p. 51), et Chateaubriand désigne par le même terme, au début des *Mémoires de ma vie* (p. 8), le livre qui doit préserver sa mémoire et permettre de se faire une juste idée de ce qu'il a été.

7. Fidèle à Rousseau, Senancour légitime l'écriture de soi, non plus par l'importance sociale du témoignage livré ni même par sa valeur esthétique, mais par l'authenticité et par l'exemplarité de l'expérience intérieure rapportée. L'épigraphe empruntée à Pythagore revient sur ce devoir de dire l'individuel, qui n'exclut pas le désir de retrouver le général dans le particulier, l'humanité dans l'être singulier. Voir encore les lettres XLVI et L.

8. *Numa Pompilius* (1786), roman historique, sorte d'épopée en prose en douze chants de Florian (1755-1794), que Marie-Joseph Chénier regarde comme une « faible copie de *Télémaque* ». Dédié à la reine, il valut à son auteur d'être arrêté et emprisonné pendant la Révolution.
La Chaumière indienne (1791), conte philosophique à succès de Bernardin de Saint-Pierre (1737-1814). Ce dernier y raconte le séjour en Inde d'un savant anglais qui va découvrir le bonheur de la vie simple et retirée en s'entretenant avec un paria. Le livre sera du reste à l'origine de la fortune du terme, utilisé dès la fin du XVIIIe siècle pour désigner par métaphore les classes pauvres et les réprouvés de la société. L'admiration de Senancour pour Bernardin, dont il se sentait personnellement très proche, ne s'est jamais démentie. Si Senancour a trouvé principalement chez Bernardin un modèle stylistique à suivre dans ses morceaux descriptifs (il cite *La Chaumière indienne* et les *Études de la nature* dans son article « Du style dans les descrip-

tions »), il ne pouvait en outre qu'être intéressé par sa réflexion sur la misère sociale et par son éloge des mœurs simples et de la solitude.
9. À rapprocher de l'article « Du style dans les descriptions », reproduit dans le dossier.
10. « Qui raisonne suivant les règles, qui donne à ses raisonnements une forme méthodique. » Le préambule des *Premiers Âges* contenait le même avertissement : « N'attendez pas un *ouvrage travaillé* ; je ne suis ni travailleur ni logicien : mais je rêve souvent, et quelquefois j'écris mes rêves sans m'inquiéter de ce qu'ils peuvent avoir de décousu ou de répété » (p. xj-xij).
11. *Clarisse Harlowe* (1747-1748), très long roman épistolaire de Samuel Richardson (1689-1761) qui connut un immense succès dans toute l'Europe du XVIIIe siècle et qui exerça une profonde influence sur la sensibilité littéraire, à l'égal de *La Nouvelle Héloïse* et de *Werther*. Victime du libertin Lovelace qui abuse d'elle après l'avoir droguée, Clarisse ouvrait la lignée des héroïnes romanesques persécutées pour leur vertu et grandies par leur lutte héroïque contre le jouisseur. Senancour cite les trois romans de Richardson dans ses *Ann. enc.* et à propos du dernier, *Histoire du chevalier Grandison* (1754), il remarque : « tour à tour amusante et ennuyeuse, plus de longueurs que d'inflexions c'est de la forme de *Paméla* et de *Clarisse*, observ. de Clément » (II, 376).
12. Les *Essais* figurent à plusieurs reprises dans les *Ann. enc.* et dans la *Notice aut.* qui leur fait suite (II, 422, 435). Senancour les lut dès son adolescence et les reprit souvent. Il y trouva un parcours philosophique semblable au sien par son éclectisme et par la liberté de sa réflexion, qui ne s'embarrasse pas de rigueur méthodique ni de visée didactique. Il y trouva surtout le modèle d'un style qui ne craint pas d'être inégal et mêlé, à condition de rester naturel. À l'entrée « Style » des *Ann. enc.*, il renvoie, du reste, au chapitre XXX de la deuxième partie du livre de Mme de Staël, *De l'Allemagne*, pour illustrer les avantages de cette « manière d'écrire sans méthode et à la Montaigne » : louant l'absence de « forme méthodique » des écrits de Herder ainsi que le tour de « conversation animée » qu'il donne à ses pensées, Mme de Staël y dénigre en effet l'« invention moderne » qu'est « un livre bien fait » et cite Montaigne, qui eut assez de génie pour se permettre la sincérité, l'improvisation, l'abandon « au cours naturel de ses pensées ». Voir encore lettre XXXVIII.
13. Hume, David (1711-1776), philosophe anglais, l'un des fondateurs, par son empirisme, de la pensée moderne. Accueilli avec enthousiasme à Paris par les encyclopédistes, il se lia un temps avec Rousseau, qu'il fit venir à Londres pour le soustraire aux persécutions dont il se disait victime.
14. Bézout, Étienne (1730-1783), mathématicien français, auteur d'une *Théorie générale des équations algébriques* (1779). Ses ouvrages furent longtemps très estimés. Condorcet fit son éloge.
15. Comme il le fera à plusieurs reprises dans ses notes, l'éditeur se veut homme de goût et se reconnaît donc le droit de juger le style de ces lettres. Il se fait ici le porte-parole de Senancour, en se moquant des lieux communs du genre pastoral et du genre descriptif qui altèrent

l'objet à peindre, en sacrifiant au goût de l'ornement. On notera que l'attachement de Senancour à la clarté de la langue ne l'empêche pas ici de se montrer nostalgique de son « énergie », soit de sa force. Voir encore, dans le dossier, l'article « Du style dans les descriptions ».

16. Senancour semble avoir traversé cette ville à plusieurs reprises, mais c'est à Paris qu'il est né et a passé son enfance et son adolescence. A. Monglond voit dans le choix de l'enfance lyonnaise de son héros un « alibi » pour masquer les souvenirs trop émouvants de ses premières années (*Jour. int. Ob.*, p. 58). On se rappellera que Senancour quitta brusquement Paris en août 1789 pour une destination inconnue, afin de se soustraire à la volonté de son père qui cherchait à le faire entrer au séminaire de Saint-Sulpice.

17. Imposé par le genre du roman par lettres, le correspondant apparaît dans *Oberman* comme un double assagi du héros, assez distant de lui pour pouvoir discuter ses décisions, ses options philosophiques et morales, et pour pouvoir ainsi lui servir au besoin de directeur de conscience, mais aussi assez proche de lui pour être un témoin compréhensif de son drame, pour en recevoir la confidence écrite et l'aider à s'en guérir en le formulant.

18. Dans cet éloge de l'« instinct », on peut voir un écho de la dénonciation rousseauiste de la réflexion, du raisonnement, et une forme salutaire de rétrogradation, de retour à un mode plus immédiat, plus primitif, plus autonome, de décision. L'indépendance à laquelle aspire Oberman suppose l'avènement de ce Moi originel, énergique, délivré de toutes les formes de la détermination sociale comme de l'oppression de la raison.

19. L'inaptitude à « prendre un état », c'est-à-dire à exercer une fonction dans la société et à se satisfaire de cette position, caractérise les héros contemporains d'*Oberman* qui débutent dans la vie à un moment où la Révolution a détruit les anciennes solidarités et les anciens critères de reconnaissance. Elle alimente leur mal-être, dans la mesure où ils restent déchirés entre leur désir d'intégration et leur exigence intérieure de fidélité à leurs valeurs, qui leur interdit toute compromission et leur rend toute réussite impossible. Ce refus d'un travail qui cautionnerait l'affairisme ambiant, le triomphe de l'argent et de l'intérêt, ne signifie pas pour autant le refus de se rendre utile aux autres. Déjà dans *Aldomen*, le narrateur avait balayé l'objection de la nécessité d'avoir un état et avait plaidé le droit pour certains de vivre retirés à la campagne et de s'y rendre utiles par la bienfaisance et par les travaux des champs (p. 64-65).

20. Pour dire son impuissance à s'intéresser à un monde qui a perdu à ses yeux tout attrait, tout charme, susceptibles de satisfaire aux besoins de la sensibilité et de l'imagination, Senancour utilise un mot qui, avec ceux de sa famille, va finir par résumer l'essentiel du malaise existentiel de la génération romantique. Dans ses « Lettres sur Paris », Balzac se servira de l'expression « école du désenchantement » pour caractériser quelques-uns de ses contemporains, dont Nodier (*Œuvres diverses* II, Club de l'honnête homme, 1956, t. XXII, p. 458).

21. Rare avant le début du XVIIIe siècle, ce terme fut d'abord employé, à propos des philosophes antiques, pour désigner leur impassibilité psychique (le mot est défini comme « état de non passion » dans les *Ann. enc.*). Il désigne ensuite couramment, et dans un sens péjoratif, l'absence d'activité et de réactions, due à un état dépressif, à un manque de vigueur.
22. Même si le mobile diffère (c'est plus le désir d'un autre sort que le sentiment d'exclusion ou d'hostilité à son égard qui pousse Oberman à partir), Senancour a pu s'inspirer, pour le récit de la fuite d'Oberman et pour l'analyse du sentiment de libération et de maîtrise de soi qui succède à cet acte volontaire, du passage des *Confessions* dans lequel Rousseau apprenti narre son départ de Genève pour échapper à la tyrannie de son patron. L'effacement de l'élément narratif au profit de l'exposé des mouvements intérieurs rapproche encore davantage la première lettre d'*Oberman* de la « troisième promenade » des *Rêveries du promeneur solitaire*, dans laquelle Rousseau expose les circonstances et le contenu de sa « réforme », à la fois « externe et matérielle », « intellectuelle et morale ». Chez l'un comme chez l'autre, la volonté de « soumettre [leur] intérieur à un examen sévère », de sonder leur être pour arriver à disposer de soi et à se fixer une règle définitive de conduite comme de pensée impose la rupture avec le monde et le choix d'une retraite absolue dans un lieu écarté. Qu'il soit accompli avec lenteur ou avec brusquerie, ce projet leur donne à tous deux la satisfaction d'avoir fait preuve pour la première fois de volonté, de courage, de persévérance, et d'avoir ainsi réussi à coïncider avec leur Moi, à exister pleinement.
23. En faisant à plusieurs reprises dans *Oberman* l'éloge du voyage à pied, de l'errance solitaire et gratuite, ainsi que de la plénitude sensorielle et du vif sentiment de liberté et de joie qu'ils suscitent, Senancour est encore le fidèle disciple de Rousseau et de ses promenades méditatives. Voir, par exemple, *Confessions* (livre IV) et *Émile*, livre V (p. 608-609 dans l'édition Folio, 1995) – Senancour y renvoie explicitement dans ses *Ann. enc.*, à l'entrée « voyages » (II, 415). Il a soin néanmoins de faire remarquer qu'il s'agit chez lui d'un choix délibéré et non d'une contrainte imposée par des difficultés financières ou par une basse position sociale.
24. Tavernier, Jean-Baptiste (1605-1689), célèbre négociant et voyageur français qui fit fortune dans le commerce des pierres précieuses et des étoffes. Rédigés d'après ses notes, les *Voyages en Turquie, en Perse et aux Indes* (1679) furent très lus. Il séjourna à Aubonne. Les écrivains qui veulent faire l'éloge du paysage lémanique rappellent volontiers son engouement pour cette terre, et notamment la comparaison qu'il avait coutume de faire entre ces lieux et les contrées orientales. Dans l'une de ses lettres de 1728 sur la Suisse, dont des copies manuscrites circulèrent pendant tout le XVIIIe siècle, Albrecht de Haller écrit par exemple : « Le 13, nous partîmes pour Lausanne et nous traversâmes une partie de ce pays, auquel Tavernier a comparé les restes du paradis terrestre qu'il avait vu en Asie. » Dans sa correspondance, Voltaire aussi fait référence à l'illustre voyageur et à son séjour en Suisse (C. Reichler, R. Ruffieux, *Le Voyage en Suisse*, p. 250, p. 381).

25. Région du Massif central (Puy-de-Dôme, Loire) comprenant à l'ouest les monts du Forez et à l'est le bassin du Forez, bassin d'effondrement drainé par la Loire. C'est dans cette région, au bord de la rivière Lignon, qu'Honoré d'Urfé établit la société pastorale de son roman *L'Astrée* (1607-1628). Dans ses *Confessions* (livre IV), Rousseau fait part de son désappointement lorsqu'il apprit que ce haut lieu romanesque « était un bon pays de ressource pour les ouvriers, qu'il y avait beaucoup de forges, et qu'on y travaillait fort bien en fer ».

26. Dans *La Nouvelle Héloïse*, Saint-Preux avait relevé les illusions d'optique dont le Valais était le théâtre. Senancour a pu faire réellement l'expérience de ce mirage, mais le merveilleux des jeux de lumière et du mouvement des nuages en montagne est aussi très souvent noté dans les récits de voyage contemporains. La comparaison des sommets surplombant les nuages ou le brouillard avec des îles y est particulièrement fréquente. On la trouve chez de Luc, dans ses *Lettres sur quelques parties de la Suisse* (1778). Grisé par la vue des nuages illuminés par le soleil au-dessus du lac Léman, il note : « Toute la plaine et les collines étaient cachées par cette magnifique couche, qui nous paraissait aussi immense que l'est la mer vue d'un lieu élevé. Les sommets épars et isolés des montagnes ressemblaient à des îles, contre lesquelles des vagues légèrement colorées venaient doucement s'étendre » (*Le Voyage en Suisse*, op. cit., p. 308). Senancour ne pouvait en outre ignorer ce panorama sublime des Alpes vues depuis la Dôle, peint par Saussure dans ses *Voyages dans les Alpes* : « Un nuage épais couvrait le lac, les collines qui le bordent, et même toutes les basses montagnes. Le sommet de la Dôle et les hautes Alpes étaient les seules cimes qui élevassent leurs têtes au-dessus de cet immense voile ; un soleil brillant illuminait toute la surface de ce nuage ; et les Alpes éclairées par les rayons directs du soleil, et par la lumière que ce nuage réverbérait sur elles, paraissaient avec le plus grand éclat, et se voyaient à des distances prodigieuses. Mais cette situation avait quelque chose d'étrange et de terrible : il me semblait que j'étais seul sur un rocher au milieu d'une mer agitée, à une grande distance d'un continent bordé par un long récif de rochers inaccessibles » (*Le Voyage en Suisse*, op. cit., p. 314). À comparer ces textes qui ressortissent au sublime par le mélange de ravissement et d'effroi qu'y analysent les auteurs, on voit néanmoins que l'extase du narrateur d'*Oberman* va plus loin dans l'illusion d'optique – ce sont les montagnes elles-mêmes qui s'allègent en nuées – et dans la jouissance du sentiment de l'isolement absolu de l'être, d'une liberté pure, source de régénération. Le resserrement de l'être autour d'un noyau pur d'existence va de pair avec une révélation d'ordre cosmique et métaphysique, celle de l'infini, qui était précédemment absente. Voir encore le « Troisième fragment ».

27. L'aveu du narrateur rend bien compte du statut particulier de la Suisse dans l'imaginaire de la fin du XVIIIe siècle : elle y devient l'espace de projection privilégié des aspirations individuelles et collectives rendues caduques ailleurs par l'évolution des sociétés. D'entrée, Oberman l'apprécie en fonction de son aptitude à incarner

l'idéal et à permettre ainsi à son Moi de se retrouver pleinement en coïncidence avec lui-même. Il n'y pénètre pas en touriste attiré par la curiosité des sites, mais en adepte d'une nature primitive qu'il appelle depuis toujours de ses vœux et qu'il est sûr d'y rencontrer. Voir l'extrait de la « Dix-septième rêverie » donné dans le dossier.

28. Située au nord-ouest de Neuchâtel, la ville était renommée pour son industrie horlogère et textile (dentelles) en plein essor dans cette fin de XVIIIe siècle. Dans la lettre XXVII de son *Voyage en Suisse* (trad. fr. Lausanne, 1790), W. Coxe, qui s'y est effectivement rendu, admire l'activité de cette région, symbole de la Suisse moderne et manufacturière, qui réussit à vivre dans l'aisance en dépit de son isolement. D'autres regrettent au contraire cette industrialisation croissante qui arrache la Suisse à son mode traditionnel d'économie rurale.

29. Les lieux qu'évoque ici le narrateur sont ceux mis à la mode au XVIIIe siècle par l'élite protestante qui a trouvé refuge en Suisse, et notamment par Voltaire ou par Rousseau. Pour les habitants qu'il rencontre, Oberman ne pouvait être qu'un de ces voyageurs français instruits et sensibles, qui, à l'image de ses illustres compatriotes, apprécierait l'effervescence intellectuelle des villes suisses et la douceur des campagnes environnantes. Dans la lettre XXIV de son *Voyage en Suisse*, W. Coxe rend compte, par exemple, de l'engouement dont le bassin lémanique, avec ses paysages harmonieux et prospères, fut l'objet, lorsqu'il constate : « Le pays de Vaud est une contrée dont les voyageurs et les historiens ne parlent jamais qu'avec ravissement, quand ils trouvent l'occasion de le décrire ; mais c'est surtout la partie baignée par le lac de Genève, qui excite leur admiration ; et, en effet, il est difficile d'imaginer quelque chose de plus délicieux. C'est un amphithéâtre presque continu qui s'élève insensiblement des bords du lac, orné de superbes vignobles, de champs fertiles, de riches prairies, et parsemé de hameaux, de villages et de villes. » Quant à l'évidente ironie du jugement porté sur les habitudes des Anglais, elle trahit le décalage inévitable qui s'est créé entre la vision plus prosaïque que les autochtones avaient des paysages hostiles et désolés de la haute montagne, et leur esthétisation par des voyageurs d'origine aristocratique et citadine, en mal de sensations fortes et de dangers. L'afflux croissant en Suisse de voyageurs insulaires issus de milieux plus modestes et la banalisation de leurs itinéraires de visite allaient du reste faire, pendant tout le XIXe siècle, de l'Anglais le symbole du « touriste » moutonnier, suffisant et bête, croqué à l'envi par les caricaturistes les plus talentueux. On en trouverait maints spécimens dans les croquis et descriptions consignés dès 1832 par Rodolphe Töpffer dans ses *Voyages en zigzag*.

30. Il est possible que Senancour ait poussé jusque-là dans ses expéditions en solitaire de 1793. C'est dans ces vallées sauvages et isolées, étrangères à la culture française, qu'il pensait pouvoir trouver les mœurs primitives les plus pures, la Suisse originelle dans toute sa poétique rusticité.

31. La navigation sur le lac comme la méditation sur sa grève sont un nouveau témoignage de l'influence persistante de Rousseau sur la thématique d'*Oberman*. Les occurrences suivantes montreront néan-

32. Pierre plate et ronde ou morceau de métal de même forme que l'on s'exerce à jeter aussi près que possible d'un but convenu. Jeu auquel on se livre avec cet objet.
33. *Vies des pères des déserts* (1761-1764) du père Michel-Ange Marin (1697-1767), l'un des écrivains ascétiques les plus connus du XVIIIe siècle. Prédicateur de l'ordre des Minimes, il est l'auteur d'un nombre considérable d'ouvrages de piété fort édifiants, qui furent longtemps réimprimés. Senancour lisait l'ouvrage avec son père (il figure dans la liste des *Ann. enc.*). A. Monglond pense qu'il transpose ici le souvenir des promenades effectuées avec ce dernier dans la forêt d'Ermenonville en 1795 et qu'il rapporte les confidences qu'il reçut alors de lui au soir de sa vie.
34. Jeu à la fois de hasard et de calcul, qui se joue à deux personnes sur un tablier divisé en deux compartiments portant chacun six flèches ou cases du côté du joueur et autant du côté de l'adversaire.
35. Peut-être allusion aux *Quatre Lettres à M. le Président de Malesherbes* que Rousseau écrivit en janvier 1762, dans le but de suppléer aux Mémoires qu'il craignait de ne pouvoir mener à bien. Il s'efforce d'y révéler sa vraie personnalité et y revient tout particulièrement sur la découverte de son besoin de solitude. Alors que dans les « Observations » Rousseau était loué pour avoir osé rester naturel en étant diffus, il devient ici le contre-exemple même de l'écrivain qui sacrifie l'idéal de sincérité à la quête de l'effet, du brio, de l'ornement, par un travail trop concerté de son style. Le reproche reviendra dans l'article que Senancour lui consacre dans *La Minerve littéraire* en 1821.
36. Aujourd'hui Thielle. Selon A. Monglond, c'est en 1793 que Senancour y aurait séjourné. Sa présence dans les environs de Neuchâtel à ce moment-là est rendue plausible par la publication, la même année, dans cette ville, de son livre *Sur les générations actuelles*. Le pessimisme de la lettre serait un écho des difficultés que lui créaient alors sa ruine ainsi que son mariage malheureux.
37. Le narrateur poursuit son pèlerinage rousseauiste : on se souvient qu'en 1762, décrété d'arrestation après la publication de l'*Émile*, Rousseau trouva refuge dans le Val de Travers, à Môtiers, où il séjourna un peu plus de trois ans.
38. Emprunté à l'anglais, l'adjectif *romantique* a longtemps été employé, en concurrence avec *romanesque*, pour qualifier ce qui tient du roman, ce qui en a le caractère merveilleux et chimérique. Comme Rousseau, Senancour utilise encore les deux adjectifs pour caractériser un site qui évoque les lieux ou les paysages que décrivent les romans (cf. lettre II). Peu à peu néanmoins, *romantique* prend un sens plus précis et désigne la nature libre et sauvage où l'homme peut se recueillir, peut s'abandonner au libre jeu de ses sentiments et de son imagination : c'est ce sens que promeut Rousseau en qualifiant de *romantiques* les rives du lac de Bienne dans *Les Rêveries du promeneur solitaire* et en les opposant – comme le fait Senancour ici pour le Val de Travers – à celles du lac de Genève, trop marquées, à

son goût, par la présence et le travail de l'homme. Tout comme les jardins anglais, les paysages suisses sont du reste fréquemment caractérisés ainsi, pour leur irrégularité et leur grandeur désordonnée, qui en appellent plus à la rêverie qu'à l'appréciation de la raison. L'emploi de l'adjectif s'élargit ensuite à ce qui évoque la mélancolie, le mystère, l'imagination, d'où le caractère sombre, étrange, désolé des lieux qu'il caractérise (cf. lettres XII ou LXX) ; qualifiant une personne, il devient synonyme d'émouvant, d'intéressant, de pathétique. Senancour le réserve pour rendre les effets profonds que produisent sur l'âme certains paysages et certaines fictions capables de faire pressentir le monde idéal. Il est en outre l'un des premiers à l'utiliser en dehors du champ visuel et pictural, pour qualifier les sons et les mélodies qui ouvrent eux aussi à l'âme l'espace de l'idéal (cf. « Troisième fragment »). C'est par de nouveaux emprunts, cette fois-ci à l'allemand, que l'adjectif s'utilisera, au début du XIXe siècle, pour désigner les œuvres littéraires inspirées de la chevalerie et du christianisme médiéval – mais Senancour refusera alors de reconnaître cette filiation –, et qu'il prendra enfin le sens littéraire et artistique que nous lui connaissons aujourd'hui.

39. Sur l'esthétique du paysage, cf. notre introduction à l'extrait de la « Dix-septième rêverie » donné dans le dossier. On notera que Senancour a très souvent remplacé cet adjectif par un autre en 1840, certainement parce qu'il lui semblait alors trop galvaudé et trop vague.

40. La rivière Thielle se jette à Yverdon dans le lac de Neuchâtel d'où elle ressort à l'extrémité nord-est ; canalisée jusqu'au lac de Bienne, elle sort de ce dernier à Nidau et rejoint l'Aar. Les inondations étaient autrefois fréquentes, parce que le niveau du lac de Neuchâtel était plus élevé que de nos jours.

41. D'après A. Monglond (*Jour. int. Ob.*, p. 109), Senancour fut un temps secouru par Josué Favargez, receveur des péages au pont de Thiel. Celui-ci ne fit pas que l'égayer : grâce à sa fonction, il put vraisemblablement tirer d'embarras un homme que la Révolution ruinait et qui risquait de passer pour un émigré.

42. Après une nouvelle expérience d'illusion d'optique et d'extase, la longue méditation qui suit s'inscrit dans la lignée des nuits mystiques, mais aussi des rêveries nocturnes mélancoliques ou désespérées, mises à la mode notamment par les *Night Thoughts* (1745) de E. Young (Senancour le cite dans une note de son article « Du style dans les descriptions »). Par son ampleur cosmique et par le malaise existentiel qu'elle révèle, elle s'éloigne du schéma rousseauiste de la rêverie au bord du lac, qu'elle infléchit dans un sens tragique.

43. Le lien fait ici entre l'intensité exceptionnelle de la sensation et la modification de la perception de la durée est à mettre au compte de l'influence des théories sensualistes sur Senancour. Celui-ci a en effet pu se souvenir d'un passage du *Traité des sensations* de Condillac, qu'il commente en ces termes dans l'article qu'il lui consacre dans ses *Ann. enc.* : « Il y a dans le *Traité des sensations* de Condillac une idée profonde et brillante sur la manière dont nous jugeons des (temps) par la succession des événements : tellement que mille

siècles d'une intelligence peuvent n'être qu'un instant d'une autre » (II, p. 327).

44. Au sens de « qui n'existe qu'en imagination ». C'est au XIXe siècle que l'adjectif prend le sens courant d'« étonnant, incroyable », et qu'il s'utilise comme substantif pour désigner un type particulier de nouvelles et de romans, jouant sur la rupture avec l'ordre reconnu du monde réel. L'insistance sur le caractère plausible et raisonnable des vœux exprimés par le narrateur, ainsi que sur son attachement à ce qui est, sera un leitmotiv de ses lettres. Sur le décri de l'imagination « romanesque », productrice de chimères, cf. notre préface, p. 40.

45. Ce sentiment impérieux d'appartenance à un ordre du monde et de sympathie envers les êtres qui le constituent prévient le Moi senancourien de tout repliement narcissique et fait de l'amour de soi le fondement d'une ouverture sur l'autre. Déjà exprimé dans *Les Premiers Âges* (cf. préface, p. 13), il servira de point de départ à la réflexion de Senancour sur l'universalité de l'amour (*De l'amour*, chap. I). Il ajoute malheureusement ici au désespoir du narrateur, en rendant d'autant plus pénible le constat de son divorce avec la réalité existante et de sa solitude.

46. Senancour reprend à son compte la réflexion des philosophes des Lumières sur la possibilité d'une vertu détachée des dogmes de l'Église et fondée sur une morale intérieure, ici confondue avec la fidélité à soi, avec l'obéissance aux principes conformes à l'essence originelle de l'homme. Il cite ses sources antiques et modernes (Helvétius, Diderot, Montesquieu, Beccaria, etc.) dans une longue notice des *Ann. enc.* (II, 407-408). Dans *Oberman* comme dans ses autres écrits, il n'aura de cesse de montrer que la morale chrétienne égare l'homme et fait son malheur, parce qu'elle lui impose des devoirs, des sacrifices qui, par leur éclat, flattent d'abord son orgueil, et qui n'en restent pas moins vains et surtout pernicieux, car contre nature.

47. Dès ses premiers écrits, *Les Premiers Âges* notamment, dans lesquels il médite sur l'évolution de la terre et son inquiétante dégradation, Senancour est hanté par cette vision d'un monde jadis fécond, recouvert d'une luxuriante végétation, et peu à peu épuisé, vieilli, rendu stérile par le travail de l'homme et par les méfaits du feu. Voir encore la fin de la « Dix-septième rêverie » reproduite dans le dossier.

48. Allusion à la dévaluation des assignats qui provoque la ruine de Senancour : elle explique la récurrence, dans ces lettres, des plaintes d'Oberman sur les difficultés à vivre avec peu de biens.

49. « Il y a quelque chose de sacré dans les anciennes obligations » (cf. aussi lettre XXXIV). Par cet éloge émouvant de l'amitié, Senancour se rattache encore à la pensée des Lumières, qui en fait le sentiment apaisant par excellence, l'antidote le plus efficace à l'angoisse et à la souffrance de la solitude, et par là même, l'une des voies les plus sûres du bonheur dans le repos. Senancour a toute sa vie entretenu l'espoir d'avoir l'ami idéal dont les textes de l'Antiquité (cf. encore lettre XXXVI), mais aussi la lecture de Montaigne, pouvaient lui donner le modèle. Il a à plusieurs reprises livré des réflexions sur ce sujet. Dans une note des *Premiers Âges* (p. 27-28), il a par exemple tenté de définir ce qu'est un ami et a reconnu en lui

la source du bonheur : « Ce n'est pas une connaissance, un voisin ; c'est un être humain né Samoïede ou Zélandais, pensant, sentant comme nous, que l'on aime, dont on est aimé, qui se consacre à nous, qui ne saurait jouir sans nous, qui ne souffrira pas seul ; qui unit ses facultés aux nôtres pour éloigner de tous deux le plus de maux possible ; qui nous rend la vie supportable, aimable même ; qui nous met au-dessus du vulgaire, nous conduit, nous réforme, nous estime, nous dédommage de l'atroce calomnie, de l'inique persécution, de l'opinion erronée des hommes. Il est pour nous plus que nous-mêmes : en ce sens, que par nous seulement nous vivions ; par lui, nous vivons heureux. Or, changer une existence ordinaire pour le bonheur de l'union des cœurs, est un plus grand bien que d'obtenir les sollicitudes de la vie, à la place du paisible néant. »

50. Épicure (341-270 av. J.-C.), philosophe grec dont l'enseignement, fondé sur une critique restée exemplaire de la religion et sur l'élévation du plaisir et de l'amitié au rang de sagesse, eut un grand retentissement. En 306, il fonda à Athènes une communauté philosophique, le *Jardin*, qui voulut échapper aux superstitions religieuses et aux vanités sociales et mit en pratique un idéal de frugalité, de sérénité et d'amitié. Dans sa doctrine, celle-ci est du reste désignée comme le premier des biens immortels que possède l'homme, parce qu'elle tisse des liens qui subsistent par-delà la mort et est la plus capable d'assurer la félicité de la vie tout entière. Voulue par le sage, trouvée dans l'écart d'une petite société qui s'isole du reste du monde, elle renvoie à un idéal de vie exigeant, fondé sur la reconnaissance mutuelle et sur l'exaltation du lien personnel. Les références à l'épicurisme sont nombreuses dans la pensée des Lumières (Diderot lui consacre un article élogieux dans l'*Encyclopédie*) et alimentent les débats théologiques et moraux du temps, notamment la discussion sur la difficile conciliation du plaisir individuel et du bonheur collectif.

51 Léontium (ou Léontion), courtisane athénienne (320 av. J.-C.), célèbre pour ses charmes et pour son esprit. Elle fut la maîtresse d'Épicure alors qu'il était déjà vieux. Après sa mort, elle continua de propager sa doctrine, tint elle-même école de philosophie et écrivit un traité pour réfuter les thèses de Théophraste, l'un des derniers disciples d'Aristote.

52. Rappelons que le sous-titre des *Premiers Âges* était déjà : « Incertitudes humaines ».

53. Nous retrouvons ici l'itinéraire obligé de tout admirateur de Rousseau et le lieu commun du récit de voyage en Suisse qui en découle : l'éloge des rives du lac qui ont servi de cadre aux épisodes les plus célèbres de *La Nouvelle Héloïse*. C'est encore le souvenir de Rousseau trouvant refuge dans l'île de Saint-Pierre au milieu du lac de Bienne (*Les Rêveries du promeneur solitaire*, « cinquième promenade ») qui inspire le vœu de Senancour. Il l'avait au demeurant déjà formulé dans la première lettre d'*Aldomen* (« Une partie de l'étang a peu de fond, j'y amène des terres, j'y élève une île. Crusoë faisait des efforts pour échapper à la solitude, je m'en construis une ici », p. 10) et l'avait longuement développé dans la « dix-septième rêverie » de

1799. Dans l'édition des *Rêveries* de 1833 (« XXXVᵉ rêverie », intitulée « Résignation »), il évoquera encore avec nostalgie la joie ressentie lors de la méditation face au lac, à Clarens ou à Chillon, et se rappellera ses projets de retraite dans une île. Quant au point de vue sur le lac depuis Rolle, on sait que Stendhal, grisé par ses souvenirs de lecteur de *La Nouvelle Héloïse*, y rattachera, dans la *Vie de Henry Brulard*, son « approche la plus voisine du *bonheur parfait* » (Folio, 1973, p. 413).

54. Le XVIIIᵉ siècle est le siècle de l'exploration scientifique des montagnes, notamment des Alpes, dont Saussure étudie, par exemple, la structure géologique, minéralogique et météorologique. Les travaux fondateurs du médecin et naturaliste suisse Johann Jakob Scheuchzer (1672-1733) avaient ouvert la voie : ce fut lui qui réalisa les premières mesures d'altitude grâce au baromètre.

55. « Se dit de tout ce qui se prête à faire une peinture bien caractérisée, et qui frappe et charme les yeux et l'esprit. On dit d'une physionomie, d'un vêtement, d'un site, qu'ils sont pittoresques, lorsque leur beauté ou leur caractère, les rendent dignes ou du moins susceptibles d'être représentés en peinture. » À la fin du XVIIIᵉ siècle, l'adjectif est de plus en plus utilisé pour qualifier un lieu qui retient l'attention par son caractère original.

56. Le site ici décrit correspond à Fontany, près de Massongex, que B. Le Gall décrit comme « une grosse maison rustique au milieu des prés qui s'élèvent en de multiples vallonnements jusqu'à la région des forêts » (*L'Imaginaire...*, t. I, p. 87). Charrières est le nom d'une autre maison située un peu plus au sud : Senancour le préfère peut-être pour sa musicalité et pour la romancière célèbre qui le porte. Il n'a en fait jamais demeuré là (cf. la notice de Boisjolin reproduite dans le dossier), mais le lieu, fortement stylisé, est resté, d'*Aldomen* aux *Libres Méditations*, le cadre idéal regroupant tous les motifs du bonheur agreste dans la retraite.

57. Leuk, ou plutôt Loèche-les-Bains (en all. Leukerbad) : station thermale très prisée du Valais, située dans la vallée de la Dala. Dans les notes qu'il ajoute aux lettres de Coxe, Ramond en fait pourtant une description fort peu séduisante : « Les bains sont de vastes réservoirs d'eau, dans lesquel les baigneurs sont pêle-mêle, de la manière la plus incommode et la moins décente. Les auberges sont détestables, et malgré tous ces inconvénients, ce lieu est extrêmement fréquenté, surtout par ceux qui ont des restes de vieilles plaies » (lettre XVIII, p. 313-317).

58. Ce sera l'une des thèses majeures de son essai *De l'amour*.

59. Première manifestation, dans *Oberman*, de la défiance de Senancour à l'égard des paradis artificiels. Les romantiques – Musset, par exemple – développeront ce thème de la tristesse du lendemain.

60. Au début de son séjour en Suisse, Senancour se lança dans de grandes excursions, mais il est peu probable qu'il ait pu réaliser celle-ci. On s'accorde donc pour penser que la valeur de cette lettre est plus symbolique – l'ascension peut être lue comme un récit d'initiation – qu'autobiographique. Z. Lévy a pour sa part relevé et étudié les analogies du texte de Senancour avec la célèbre lettre de Saint-

Preux sur les montagnes du Valais (*La Nouvelle Héloïse*, I, 23) : il conclut à la proximité des deux récits d'ascension et de la technique descriptive, mais à la divergence des méditations auxquelles ces lettres servent de support, la réflexion de Senancour étant beaucoup plus marquée par l'amertume du constat de l'aliénation (*Senancour, dernier disciple...*, p. 141-147). Sans rien enlever à la puissance et à la singularité de la révélation quasi mystique que connaît ici l'homme des hauteurs, on ajoutera que, plus généralement encore, la lettre reprend des thèmes véhiculés par l'ensemble des récits d'excursion contemporains, comme celui de la découverte d'un « monde nouveau » (c'est encore Saint-Preux qui lance la formule), avec ses paysages inédits relevant de la catégorie esthétique du sublime et ses sensations neuves, ineffables, impliquant une nouvelle relation au corps, à l'espace et au temps. Senancour avait déjà tenté de rendre la vastitude et la fixité du panorama alpestre dans un passage des *Premiers Âges* (p. 81-82).

61. « Qui travaille pour de l'argent ». On peut voir dans l'emploi du terme un signe de la présence de la lettre de Saint-Preux à l'esprit de Senancour. On y lisait déjà : « je gravissais lentement et à pied des sentiers assez rudes, conduit par un homme que j'avais pris pour être mon guide et dans lequel, durant toute la route, j'ai trouvé plutôt un ami qu'un mercenaire ».

62. Saussure, Horace Benedict de (1740-1799), naturaliste genevois qui a grandement contribué, par ses excursions – il atteint le sommet du mont Blanc en août 1787 – comme par les récits qu'il en donne dans les quatre volumes de ses *Voyages dans les Alpes* (1779-1796), à réveiller l'intérêt pour les montagnes et, surtout, à développer leur étude scientifique. Passionné de sciences naturelles, notamment de géologie, Saussure trouve en effet dans les Alpes un champ d'investigation privilégié pour tenter d'élaborer une théorie de la terre. D'orientation savante, ses écrits présentent aussi, par leurs descriptions et par leur approche du sublime, un intérêt littéraire : très prisés à l'époque de Senancour, ils ont aidé à la formation d'une nouvelle sensibilité esthétique et ont fourni aux écrivains du début du XIXe siècle un répertoire de thèmes et d'émotions à exploiter. Il est probable qu'il y eut des relations personnelles entre Senancour et Saussure, auquel, du reste, il demanda son avis en 1790 pour l'aider à choisir un lieu où se fixer en Suisse : il est en tout cas certain que Senancour avait lu les récits de courses en montagne de Saussure lorsqu'il rédigea les lettres d'*Oberman*. Il donne un résumé de sa vie dans ses *Ann. enc.* (II, 388).

63. Bourrit, Marc Théodore (1739-1819), peintre et écrivain genevois. Lui aussi passionné d'excursions en montagne, il explora la vallée de Chamonix dès 1760 et n'eut de cesse ensuite d'en assurer la promotion, quitte souvent à servir lui-même de guide aux voyageurs amoureux de la nature alpestre. Il accompagna Saussure dans quelques-unes de ses ascensions et illustra par ses gravures ses *Voyages dans les Alpes*. Il est l'auteur de nombreux récits de voyage dans les Alpes, souvent commentés et traduits de son vivant (Senancour les a consultés à son retour en France, en 1796 et en 1797, comme l'indiquent

ses *Ann. enc.*), et ses écrits témoignent, par une emphase qui a souvent été moquée, de sa ferveur de propagandiste.
64. Les *Tableaux de la Suisse* (1788) de Besson, que Senancour consulta sur place, lui servirent de guide dans ses excursions.
65. Au sens vieilli de « glacier ». L'emploi de ce terme, comme celui de « sommité » pour « sommet », trahit le fonds encore classique de la langue de Senancour, même lorsqu'il s'agit de dépeindre une nature nouvelle qui échappe aux normes esthétiques des siècles précédents.
66. Bonne définition de ce mode privilégié de pensée suscité par la sensation qu'est la rêverie pour Senancour, « pensée indéterminée » (G. Poulet) dont le laisser-aller n'exclut pas la profondeur.
67. Incapable de rendre le panorama et les impressions reçues à la cime d'une montagne, Bourrit écrivait lui aussi : « c'est pour avoir trop vu, que je n'aurai que peu de choses à dire » (*Le Voyage en Suisse*, *op. cit.*, p. 284).
68. Les critiques – Sainte-Beuve, par exemple – ont souvent rapproché les textes de Senancour et ceux de Ramond de Carbonnières sur leur expérience respective de la montagne. On sait que Senancour connaissait l'œuvre de Ramond et l'appréciait (il le cite dans son article « Du style dans les descriptions »). La comparaison de la lettre VII d'*Oberman* et de cet extrait des observations de Ramond ajoutées à sa traduction des *Lettres* de Coxe (lettre XV, p. 240-241) témoigne de leurs affinités :

« Arrivé à cette forêt et prêt à redescendre, j'éprouvais une sorte de tristesse que depuis ce temps-là j'ai toujours retrouvée quand, du haut des Alpes, je suis redescendu dans les plaines. À leur sommet on respire si librement, la circulation est si facile, tous les organes transmettent si vivement à l'âme les impressions des sens, que tout est plaisir, que le travail le plus opiniâtre devient facile et qu'on supporte les incommodités du corps avec courage et même avec gaieté. J'ai souvent éprouvé que sur les montagnes on est plus entreprenant, plus fort, moins timide et que l'âme se met à l'unisson des grands objets qui l'entourent. Je me rappelle que j'avais sur ces hauteurs, des idées et des sentiments que j'aurais peut-être exprimés alors mais que, maintenant, je serais non seulement dans l'impossibilité d'exprimer, mais incapable de me retracer avec quelque force. Jamais je ne suis descendu de ces sommets sans éprouver qu'un poids retombait sur moi, que mes organes s'obstruaient ; que mes forces diminuaient et que mes idées s'obscurcissaient ; j'étais dans la situation où se trouverait un homme qui serait rendu à la faiblesse des sens humains, après l'instant où ses yeux, dessillés par un être supérieur, auraient joui du spectacle des merveilles cachées qui nous environnent. »
69. D'après A. Monglond, Senancour ferait ici allusion à sa malheureuse excursion de 1789 dans le Grand-Saint-Bernard qui le mena jusqu'à Étroubles, dans le Val d'Aoste, et qui lui valut un début de paralysie. Il en a différé le récit jusqu'en 1834 : il fait l'objet de la dernière lettre d'*Obermann*, dans l'édition de 1840.
70. Pour A. Monglond, derrière Méterville se cache Villemétrie, dans le Valois, où Senancour résida chez un ami à l'automne de 1797 et où il retrouva la sérénité, après une violente crise de désespoir. Les

lettres XLVIII et XLIX, datées de Méterville, renverraient au même moment de sa vie. On peut aussi penser que Senancour a assisté à des vendanges dans le Valais et a seulement changé le nom du lieu pour éviter tout parallèle.

71. Le thème des vendanges fait évidemment penser à Rousseau, et l'on peut retrouver dans l'évocation de la société de Méterville des traces du tableau de la vie à Clarens. Les analogies avec la lettre de Saint-Preux à milord Edouard (*La Nouvelle Héloïse*, V, 7) sont toutefois trop peu nombreuses pour que l'on puisse parler d'emprunt (cf. Z. Lévy, *Senancour, dernier disciple...*, p. 151-152). Il en va de même pour l'épisode des vendanges dans *Le Lys dans la vallée* de Balzac : en dépit de son admiration pour *Oberman* – il le relit avant de composer *Le Lys* –, et malgré la présence dans la narration d'expressions quasi identiques, on ne saurait conclure à une imitation directe par Balzac de la lettre d'*Oberman*, dont la tonalité reste différente (cf. l'article de J.-H. Donnard cité en bibliographie).

72. Marc Aurèle (121-180), empereur romain stoïcien, fils adoptif d'Hadrien et d'Antonin, auquel il succéda en 161. Il est l'auteur d'une œuvre écrite en grec, publiée par les scoliastes sous le titre *Les Pensées*, titre accompagné ensuite d'un sous-titre soulignant le caractère personnel et privé de son contenu : elle est le dernier grand témoignage sur le stoïcisme antique et a toujours été regardée comme un monument de la sagesse humaine. Quoiqu'il ait tenu à plusieurs reprises à marquer les limites de son adhésion à cette doctrine philosophique – c'est déjà le cas dans les premières lignes des *Rêveries* de 1799 ainsi que dans la « Neuvième rêverie », où il accuse les stoïciens d'avoir à tort voulu étouffer les passions (t. I, p. 132) –, Senancour a été profondément marqué par ses lectures stoïciennes des années 1797 (les *Épîtres* de Sénèque sont mentionnées à cette date dans les *Ann. enc.*). Elles l'ont aidé à surmonter son angoisse : il en a conçu une certaine image de l'homme supérieur, jouissant d'une paix intérieure fondée sur la liberté dans la maîtrise de soi, dans l'adhésion au présent et à l'ordre universel. À l'article « Livre » du *Petit Vocabulaire de simple vérité*, il désignera encore les « simples pensées de Marc Aurèle » comme un modèle de l'œuvre à composer. Voir encore lettre XXXIII.

73. La « Dixième rêverie » (t. I, p. 140-143) était déjà consacrée en 1799 à l'éloge de l'efficacité de l'habitude, de la félicité pastorale et de ses « occupations uniformes », de « leurs plaisirs aussi invariables que simples et vrais », dans le combat contre l'inquiétude. Le morceau est repris, avec quelques variantes, dans l'édition des *Rêveries* de 1833.

74. Allusion probable aux affaires que Senancour eut à régler à son retour à Paris en 1794 ou 1795 (la chronologie des lettres diffère de celle de sa vie). À la fin de la lettre, l'image des « cachots » fait resurgir le spectre des violences révolutionnaires, restées jusque-là à l'arrière-plan de l'œuvre (cf. préface, p. 34).

75. Dans *Oberman* comme dans *René* (« la foule : vaste désert d'hommes ! »), réapparaît le thème rousseauiste (*La Nouvelle Héloïse*, II, 14) de la solitude accrue au milieu des villes, au contact de l'indifférence de la foule. Voir encore lettre XXII.

76. Au sens physique et moral d'« agitation », de « mouvement », d'« instabilité ». Parce que l'homme y est l'esclave de besoins factices et que s'y accentue l'inégalité des conditions, la ville – Paris, tout particulièrement – est au XVIIIe siècle le lieu de l'inquiétude, par opposition à la campagne et à son bonheur paisible (cf. J. Deprun, *La Philosophie de l'inquiétude...*, p. 119). On retrouve en outre ici l'alternative formulée dans la conclusion de *Candide* (cf. lettre XIV).
77. Les contemporains de Senancour décrivent eux aussi l'univers sonore de la capitale, envahie par les marchands et les musiciens ambulants, comme particulièrement bruyant et discordant. Voir par exemple, L.S. Mercier, *Tableau de Paris*, « Cris de Paris », « Charlatans » (« Non, il n'y a point de ville au monde où les crieurs et les crieuses des rues aient une voix plus aigre et plus perçante... », *Paris le jour, Paris la nuit*, Laffont, « Bouquins », 1990, p. 182, p. 119). Senancour a fréquenté Mercier (Mlle de Senancour l'atteste dans sa *Vie in.*) ; il connaît l'ensemble de son œuvre, dont il rend compte à plusieurs reprises dans des articles de critique littéraire parus dans la presse sous la Restauration.
78. Celui qui crie et qui vend dans les rues les bulletins, les journaux, etc. Voir L.S. Mercier, *Tableau de Paris*, « Les colporteurs », p. 62.
79. On retrouve dans *Oberman* un problème social déjà évoqué dans les œuvres antérieures, *Aldomen* ou *Sur les générations actuelles*, celui de la mendicité, rendue très fréquente au XVIIIe siècle par les progrès de la mécanisation. Dans son *Tableau de Paris*, Mercier déplore lui aussi le nombre élevé de mendiants dans la capitale et dénonce le système économique qui en est la cause, ainsi que les mauvais traitements qui leur sont infligés (p. 136-137). Les lettres suivantes prouveront que Senancour reste sensible au spectacle de la misère sociale et qu'il sait la décrire concrètement, même si au temps d'*Oberman* les préoccupations d'ordre moral et individuel l'emportent sur les réflexions sur l'organisation politique et économique de la société.
80. La Bibliothèque nationale fonctionnait alors comme une bibliothèque de prêt. Béatrice Didier a retrouvé la liste des ouvrages très divers empruntés par Senancour de l'an VII à 1818 et l'a publiée dans le second tome de sa thèse (p. 446-451).
81. Bougainville, Louis Antoine, comte de (1729-1811), navigateur français rendu célèbre par ses expéditions dans l'hémisphère Sud qui contribuèrent à mettre fin au mythe du continent austral. Il atteignit Tahiti en 1768 et imposa dans son *Voyage autour du monde* (1771, nombreuses rééd.) son image d'île paradisiaque, dernier refuge de l'utopie sociale où le culte du bon sauvage non converti à la civilisation pouvait triompher ; Diderot amplifia encore le mythe dans son *Supplément au Voyage de Bougainville* (1773).
82. Chardin, Jean (1643-1713), voyageur français. Il visita les Indes et la Perse et séjourna plusieurs années à Ispahan. Rentré en Europe, il publia *Le Récit du roi de Perse Soliman III* (1670) et, après un second séjour dans ces pays, *Voyages en Perse et aux Indes orientales* (1686). Ce dernier ouvrage figure, tout comme celui de Bougainville, dans les *Ann. enc.* de Senancour.

83. La Loubère, Simon de (1642-1729), diplomate français. Il fut envoyé par Louis XIV au royaume de Siam et tira de son séjour un récit de voyage publié en 1691 sous le titre *Description du royaume de Siam*. On sait que, dès son plus jeune âge, Senancour fut fasciné par la géographie et chercha dans la lecture assidue des récits de voyage un antidote à l'ennui du quotidien.

84. Persépolis, ancienne cité royale de l'Empire perse achéménide ; Bénarès ou Varanasi, l'une des sept villes sacrées de l'Inde : dans ses *Ann. enc.*, Senancour la qualifie de « ville la plus savante de l'Inde » et renvoie à *La Chaumière indienne* de Bernardin de Saint-Pierre ; Tinian, ancien nom des îles Marianne, qui firent aussi rêver Rousseau : on se souvient que Saint-Preux y a séjourné et qu'il fait l'éloge de cette île « déserte et délicieuse, douce et touchante image de l'antique beauté de la nature, et qui semble être confinée au bout du monde pour y servir d'asile à l'innocence et à l'amour persécutés ».

85. Dès *Les Premiers Âges*, Senancour a dénoncé avec amertume la vanité des connaissances chez un être aussi dérisoire et aussi éphémère que l'homme. Voir, par exemple, p. 8-10.

86. C'est en 1785, 1786 et 1788 que Senancour, âgé de quinze, puis seize et dix-huit ans, est venu avec ses parents chez des amis qui habitaient à l'orée de la forêt de Fontainebleau, aux Basses Loges, près du port de Valvins. La forêt qu'il découvre alors est très différente de celle que connaîtront et que célébreront les écrivains et les peintres du XIXe siècle. Beaucoup moins fréquentée et beaucoup moins exploitée, elle était pour l'essentiel composée de vastes et stériles espaces sablonneux, de landes et de bois parsemés de mares. C'est seulement en 1786 que commença la plantation massive de pins sylvestres sur les étendues de sable (Senancour fait peut-être allusion à ces modifications qui altèrent le paysage de la forêt dans la lettre XXV). Les sentiers de promenade n'existaient pas encore – ils furent tracés dans la seconde moitié du XIXe siècle – et les routes se limitaient à celles que les rois de France avaient fait ouvrir pour se livrer à l'exercice de la chasse. On comprend donc que Senancour y ait découvert un paysage surtout inculte et désolé, où il était facile de se perdre des heures durant sans rencontrer personne.

87. L'évocation de la forêt de Fontainebleau se situe dans le prolongement des *Rêveries* de 1799, dans lesquelles Senancour avait déjà fixé les contours du paysage le plus propice, selon lui, à la promenade et à la rêverie solitaire. La « Première rêverie » s'ouvre en effet sur un tableau représentant « un espace inculte et désert », fait de « débris de [...] grès dispersés », de « monticules de sable nu, de petites plaines de bruyères et de hauteurs boisées », où poussent « quelques bouleaux isolés », dépouillés de feuilles (t. I, p. 14-15).

88. L'image revient dans les *Libres Méditations*, mais Senancour en tire une conclusion toute différente : « La vie, souffle involontaire, notre vie, pensive à côté du néant, ressemble à ces jours du dernier mois d'automne, qui sont attristés par des brumes, et de pâles frimas. À midi, le ciel paraît se découvrir ; mais aussitôt les vapeurs se rapprochent et s'épaississent. Cependant le soleil conserve son éclat dans

les lieux où elles n'arrivent jamais. Ne nous attachons pas uniquement à nos journées sombres et froides : pensons à tant de sphères inégales où les différents instincts commencent et peuvent indifféremment renaître, à l'incalculable durée de cette organisation, au grand cycle de l'ordre perpétuel » (« Première méditation », p. 86).

89. On s'accorde à reconnaître dans cette description la maison des Daguet à Agy, près de Fribourg, où Senancour fut hébergé en 1790 et où il fit la connaissance de Marie, qu'il allait épouser. C'est encore un décor idéal que brosse ici Senancour, avec son clair de lune, ses sons perçus dans le lointain et ses parfums de fleurs. Dans les *Rêveries* de 1799, il s'était déjà montré particulièrement sensible au charme de la voix féminine – celle de Marie Daguet était, au dire de sa fille, « étendue et empreinte d'une majestueuse mélancolie » – et, surtout, il avait réussi, dans des pages qui comptent parmi les plus belles de son œuvre et qui seront d'ailleurs reprises dans l'édition de 1833, à peindre la séduction discrète, mais profonde et mystérieuse, de l'humble violette, amie « des hommes bons » et des « cœurs aimants », auxquels elle « inspire de paisibles délices » (« Huitième rêverie », t. I, p. 100-102). Restée associée dans son souvenir aux illusions heureuses des premières amours, la violette sera toujours la fleur qui touchera le plus Senancour. Il notera encore, dans le répertoire de symboles floraux qu'il dresse dans son dernier roman, *Isabelle* : « Violette simple. – Besoin vague d'aimer ; secret besoin d'être aimé. Délicatesse dans les attachements. Charme et rapidité des désirs, avec un peu d'inquiétude et quelque pressentiment du vide des choses » (p. 106).

90. Le grès de Fontainebleau a été utilisé pour le pavage des rues de Paris et pour la construction du château. Son exploitation fut interdite en forêt au début du XXe siècle. Le travail de carrier était réputé difficile et malsain.

91. L'ouvrier philosophe a réellement existé ; dans une note ajoutée au premier article de Sainte-Beuve, Senancour a affirmé l'avoir rencontré dans la forêt de Fontainebleau (II, 599). Le personnage l'a suffisamment marqué pour qu'il pense encore à lui au moment de la rédaction des *Libres Méditations* et qu'il le désigne comme l'auteur supposé de l'œuvre. Vite idéalisé, il ne fit que renforcer l'attrait de la vie érémitique sur Senancour. La rencontre de l'ermite dans un décor de grottes et de bois est, en outre, un *topos* exploité par le roman des Lumières : il est courant d'y trouver des jeunes gens au cœur meurtri qui trouvent refuge et soulagement auprès de solitaires. La fiction n'est en cela qu'un miroir à peine exagéré de la réalité : on sait en effet que, même au temps de la Révolution, les ermites étaient nombreux en France et étaient souvent l'objet de cultes très populaires (cf. P. Naudin, chap. III, p. 94-115).

92. Quartier de Paris où est né Senancour et où, enfant, il allait souvent voir une tante.

93. Demeure, maison.

94. Dès les *Rêveries* de 1799, Senancour a pris soin de distinguer la faculté quasi mystique de perception de la beauté harmonieuse du monde qu'est pour lui la sensibilité, de ses formes dévoyées que sont

la sensiblerie ou la sentimentalité. Dans la « Troisième rêverie », il écrit par exemple : « La sensibilité n'est pas seulement l'émotion tendre ou douloureuse, mais la faculté donnée à l'homme parfaitement organisé, de recevoir des impressions profondes de tout ce qui peut agir sur des organes humains. L'homme vraiment sensible, n'est pas celui qui s'attendrit, qui pleure ; mais l'homme qui reçoit des sensations là où les autres ne trouvent que des perceptions indifférentes » (t. I, p. 58-59). Mais il a aussi conscience de l'ambivalence d'un tel privilège qui prédispose à l'instabilité, à l'insatisfaction et à l'isolement.

95. Allusion au « ranz des vaches », sur lequel Senancour reviendra dans le « Troisième fragment ».
96. Col et sommets des Alpes fréquemment décrits par les voyageurs du XVIIIe siècle comme le type même du paysage alpestre le plus sauvage et le plus effrayant, avec ses masses de neige et de glace entourées de rochers escarpés et élevés.
97. L'intérêt de Senancour pour l'état de sommeil ne se dément pas. Déjà analysé dans les *Rêveries* de 1799, il fait encore l'objet de plusieurs observations dans les *Libres Méditations*. Senancour y constate par exemple : « Le sentiment de l'existence dépend de la mémoire des perceptions et des idées. Si vous considérez que, durant votre sommeil, cet enchaînement se modifie, sans que la notion du moi se perde, il vous semblera naturel de ne plus regarder le monde visible comme le seul que vous deviez jamais connaître » (« Dixième méditation », p. 139).
98. Habileté, ingéniosité à faire quelque chose, à exécuter un travail manuel.
99. *Candide*, chap. XXX, conclusion. La vieille se demande si l'inaction n'est pas aussi pénible à supporter que toutes les misères qu'ont connues Candide et les siens : « Ce discours fit naître de nouvelles réflexions, et Martin surtout conclut que l'homme était né pour vivre dans les convulsions de l'inquiétude, ou dans la léthargie de l'ennui. » Souvent citée, la formule résume le dilemme dans lequel est pris l'homme du XVIIIe siècle, qui cherche vainement le bonheur, tantôt dans l'agitation de l'action et des sentiments intenses, tantôt dans le repli sur soi et le repos des passions.
100. Dans la langue classique, qualifie un homme qui a du savoir-faire, de l'habileté, de l'art, mais avec une nuance défavorable.
101. Au sens classique d'« irréfléchi », « sans discernement ».
102. Utilisé d'abord dans le registre scientifique, « dégénération » reste rare et va être supplanté, dans la langue du XIXe siècle, par « dégénérescence ».
103. *Phrosine et Mélidor* (1772), poème en quatre chants de Gentil-Bernard (Pierre Joseph Bernard, dit), qui retrace l'aventure de deux amants, infortunés émules de Héro et de Léandre. Rendu célèbre par l'opéra de *Castor et Pollux* (1737) dont Rameau avait composé la musique, l'auteur reçut en 1740 la place enviée de secrétaire général des dragons : c'est à cette occasion que Voltaire lui écrivit une lettre célèbre, dans laquelle il faisait l'éloge de son talent poétique et lui donnait le nom de « Gentil-Bernard » qui lui resta. Quoique jugée

plus sévèrement après sa mort en 1775, son œuvre était encore rééditée au début du XIXᵉ siècle (édition complète en 1803).
104. Le constat revient souvent dans la littérature contemporaine. Corinne s'écrie elle aussi : « Pauvre nature humaine ! nous ne connaissons l'infini que par la douleur » (Folio, 1985, p. 358).
105. Au sens classique de « qui inspire la pitié », « désolant », « navrant ».
106. La rêverie cosmique s'amplifie dans les *Libres Méditations*. Voir, par exemple, p. 80.
107. On suppose que Senancour a passé un automne à Fontainebleau à la fin du Directoire ou au début du Consulat : cette lettre et les suivantes porteraient la marque de sa déception face au paysage de la forêt, après la découverte du décor alpestre. Senancour y développe une réflexion sur l'absurdité de la condition humaine, sur la disproportion de l'homme, de sa pensée et du sort qui lui est fait, encore très proche de la « Première rêverie » de 1799 (t. I, p. 16-18).
108. « Spécialité chère aux enfants, dont la vente annuelle rapporte plus de 500 000 fr. » (*Grand Larousse universel du XIXᵉ siècle*, article « Nanterre »). Les Champs-Élysées devinrent certainement un lieu de promenade pour Senancour dans les années 1798-1802, alors qu'il habitait l'hôtel Beauvau. Mercier y note lui aussi « l'affluence de toutes les conditions », mais il se réjouit de ce « spectacle varié » (*Tableau de Paris*, p. 250).
109. Locution exclamative reproduisant le cri des marchands ambulants de produits frais.
110. Lieu abandonné, pays peu habité, retiré ; solitude, retraite solitaire. « Faire un désert de sa maison » : ne recevoir personne.
111. Allusion à Diogène de Sinope (v. 404-v. 323 av. J.-C.), figure la plus marquante de l'école cynique, et au « tonneau » (grande amphore vide) dans lequel il avait élu domicile. Senancour se démarque de son choix du scandale et de la provocation comme moyen de dénoncer les conventions et d'imposer un mode de vie ascétique en rupture avec l'ordre social.
112. Lieu, situation géographique.
113. Monastère fondé par saint Bruno en 1084, situé dans le massif des Préalpes françaises, près de Grenoble. Elle devint au XIXᵉ siècle l'un des hauts lieux du tourisme dans les Alpes et le symbole de l'idéal de vie érémitique : il n'est guère d'écrivains de ce temps qui n'aient été profondément marqués par la grandeur mystique du lieu. Rousseau avait du reste ouvert la voie, en s'y rendant plusieurs fois en excursion et en consacrant des *Vers à la louange des religieux de la Grande Chartreuse*.
114. Senancour affectionne ce verbe auquel il fait exprimer, dans ses premiers ouvrages, son idéal de retour à l'origine, à l'état primitif de l'humanité.
115. *Histoire du Japon* (1727, trad. fr. 1729), récit des explorations dans ce pays du médecin et naturaliste allemand Engelbert Kœmpfer (1651-1716). C'est l'un des livres qui, avec *Robinson Crusoé* de Daniel De Foe (1719), ont alimenté la rêverie exotique de Senancour enfant et l'ont distrait de son quotidien étouffant. Toute sa vie, Senan-

cour rêvera de contrées lointaines, même si peu à peu la quête mystique d'un monde idéal se substitue à celle d'un dépaysement géographique. On n'oubliera pas non plus l'admiration de Rousseau pour le héros de De Foe, avec lequel il s'identifie volontiers : on sait qu'il fait du roman le livre de chevet d'Émile.

116. Mme Bellepaume, de la branche maternelle de Senancour.
117. Dans le long article « Beau » des *Ann. enc.* (II, 315-317), Senancour dresse la liste de tous les ouvrages antiques et contemporains qu'il a consultés sur le sujet. On y voit qu'il a lu Diderot dans l'édition Naigeon de 1772, mais ici il s'inspire tout autant de l'article « Beau » du même auteur inséré dans l'*Encyclopédie* : il lui emprunte sa définition centrée sur la notion de rapports et sa discussion des thèses de Crousaz et de Hutcheson. Senancour a prolongé sa réflexion esthétique dans divers articles, notamment dans le *Petit Vocabulaire de simple vérité* et dans les *Rêveries* de 1833, où l'on trouve encore des chapitres consacrés à l'analyse de la notion de beauté. B. Le Gall a commenté les principales caractéristiques de cette esthétique qui table sur l'existence d'un Beau idéal immuable, pressenti seulement par le biais de l'analogie, grâce à un usage de l'imagination contrôlée par la raison et par le goût. Elle a relevé les affinités de cette pensée qui continue de valoriser les concepts d'ordre, d'unité, de justesse, avec les théories contemporaines du Beau – celles de Bonstetten, de Mme de Staël dans *De l'Allemagne*, qui introduit Senancour à la lecture de Kant, mais aussi celles de Victor Cousin et de Saint-Martin. Voir sa thèse, t. I, p. 571-575. Delacroix cite des passages entiers de cette lettre dans son *Journal* (Plon, 1980, p. 652).
118. Wolf ou Wolff, Christian (1679-1754), professeur de philosophie. Il est l'auteur de nombreux cours et manuels qui ont longtemps servi de base à l'enseignement philosophique dans son pays. Il formalisa le rationalisme de Leibniz et contribua à l'essor d'une conception systématique et rigoureuse de l'esthétique, fortement associée à la logique. Diderot et les philosophes des Lumières se réfèrent souvent à lui.
119. Crousaz, Jean-Pierre de (1663-1750), philosophe suisse qui apporta sa contribution à la genèse de l'esthétique par son *Traité du beau* (1715). Il définit ce dernier comme « l'unité composée », ce qui lui permet de faire une place à la variété et même à l'irrégularité, tout en maintenant l'exigence classique d'harmonie et de subordination des parties au tout.
120. Hutcheson, Francis (1694-1746), philosophe anglais qui développa en la systématisant la morale du sentiment de Shaftesbury. C'est le cas notamment dans son ouvrage *An Inquiry into the Original of our Ideas of Beauty and Virtue* (1726), qui est une patiente mise au point des principes esthétiques de Shaftesbury, notamment de sa théorie d'un sens spécifique et inné du beau.
121. Vaste synthèse de la pensée des Lumières, encore augmentée à chaque réédition, de Delisle de Sales (1741-1816). La condamnation de l'ouvrage valut à l'auteur, qui prit le nom de « philosophe de la nature », une gloire durable de martyr. L'œuvre figure dans la liste des auteurs cités qui fait suite aux *Ann. enc.*

122. Thèse reprise dans le chap. I de la première et de la deuxième partie de *De l'amour*.
123. C'est effectivement à Valvins que s'arrêtaient, au temps de Senancour, les coches d'eau qui conduisaient les voyageurs de Paris à Fontainebleau.
124. Idée chère à Senancour et à ses contemporains, reprise par exemple dans *De l'amour* et dans la dernière version des *Rêveries*, chap. VIII. Voir encore lettre LXXI.
125. Depuis le XIIe siècle au moins, il y avait des ermites à Franchard qui vivaient dans les bâtiments du couvent. Ceux-ci furent démolis en 1717 : il ne reste plus aujourd'hui qu'un pan de muraille, contre lequel on a élevé une maison de garde. On retrouve ici les griefs du premier Senancour contre la religion, accusée de produire le fanatisme de la vie ascétique. Dans *Sur les générations actuelles*, il avait déjà écrit : « Un moine est un être absurde, malheureux, inutile et mauvais : victimes de leurs préjugés, ils les étendent et les multiplient ; si de durs devoirs leur sont imposés, ils prêchent à leur tour de cruelles vertus et débitent d'innombrables préjugés, qui vont étendre jusque dans les familles la contrainte et les amertumes du cloître. Le peuple, toujours stupide, envie le sort paisible de ces infortunés qui végètent rongés d'ennui ; il admire, il vénère ces despotes obscurs, souvent les plus vils et les plus fourbes des hommes » (p. 193).
126. Ancien nom de la croix de Saint-Hérem ; la route aux Nymphes semble correspondre aux actuelles route du Rocher-Boulin et route du Rapport.
127. En 1799 comme en 1833, Senancour élabore dans ses *Rêveries* une poétique des saisons qui accorde sa préférence au mélancolique automne et qui renouvelle un thème très présent dans la littérature du XVIIIe siècle, chez Saint-Lambert par exemple (le poème des *Saisons* parut en 1769), dont l'œuvre est bien connue de lui. Voici par exemple comment se termine en 1833 sa méditation sur l'automne :
« L'automne nourrit en nous le renoncement à ce que de longues erreurs ont dénaturé. Elle indique des vérités plus fixes, et en écartant les inutiles sollicitudes de la passion, elle donne à l'esprit un calme qui sera le fondement de toute justice, de toute conciliation.
« Ces ombres qui se prolongent, ces clartés affaiblies derrière des vapeurs qui ne se dissipent plus, ces feuilles qui sans être frappées de l'orage, se détachent et s'abandonnent au mouvement de l'air, tout cet aspect harmonieux et funèbre s'accorde avec le souvenir de tant d'heures écoulées, avec le vague regret de celles qui auraient dû être heureuses. Émus, attristés peut-être, nous aimons ce charme un peu sombre, dernière nuance des illusions lointaines, consolation de l'œil fatigué d'une imprudente lumière. Aisément on consent à ne rien pouvoir quand la fécondité manque à tant de choses. Cette trace générale d'affaiblissement, cette sorte de résignation empreinte dans l'aspect du monde, adoucissent le sentiment triste et précieux de nos pertes. Les matinées d'automne, plus tranquilles, plus voilées, un peu nébuleuses, suscitent en nous le désir patient qui sera notre refuge, le

projet hardi toutefois, de ne tomber qu'avec lenteur, sans amertume, sans résistance » (p. 69-70).

128. Dans un article du *Mercure de France* daté de janvier 1812 (t. L, p. 16-17), Senancour revient sur la nécessité de voir la forêt de Fontainebleau en automne, « saison la plus analogue à la nature des lieux », et en apprécie encore une fois le paysage. Ayant rappelé que ce qui le caractérise, « c'est la forme ou la nature des roches, et la stérilité pittoresque des vallons ou des plaines basses », il poursuit en effet : « De telles solitudes ne sont pas riantes et animées ; des nuances trop vives y formeraient un contraste bizarre : mais il est des tons sévères et des tons plus harmonieux qui peuvent également s'allier aux teintes sombres de ces lieux incultes. Sous la douce clarté d'un ciel calme, vaporeux et sans nuages, comme on en voit en octobre et jusqu'aux approches de l'hiver, c'est l'asile des rêveries silencieuses et d'un contentement profondément paisible : lorsqu'on sent à peine le souffle du midi, lorsque de faibles accidents de lumière colorent par intervalles les brouillards mobiles et les feuilles encore suspendues aux branches des bouleaux, on y éprouve cette tristesse vague qui perd son amertume dans l'ancienneté des souvenirs, et dont l'habitude des malheurs fait aimer l'austère tranquillité : mais l'on y peut chercher des émotions plus fortes et des inspirations plus hardies quand les vents orageux soulèvent la pesante poussière, dont les grès détruits par le temps, ont formé de longs amas, ou quand ils font frémir le feuillage des genièvres, et les branches fatiguées de ces vieux arbustes qui ont pour soutien des roches anguleuses et un sable desséché. »

129. On retrouve dans les descriptions de forêt par Chateaubriand la même sensibilité à la profondeur mystérieuse de l'espace, que mettent en évidence des sons reproduits par intervalles. Les ultimes corrections manuscrites relevées par B. Le Gall montrent que Senancour avait décidé de supprimer la dernière phrase, sans doute pour mieux marquer ses distances avec le mouvement « romantique » qui se réclamait de lui.

130. D'après A. Monglond, la troisième année d'*Oberman* nous transporte dans le Paris d'après Thermidor, que Senancour regagna vraisemblablement pendant l'hiver de 1794-1795.

131. Voiture légère à deux roues, dont la mode se répand au milieu du XVIIIe siècle. Les contemporains de Senancour se plaignent du nombre croissant d'accidents dus à la multiplication et à la vitesse de ce type de véhicules (cf. Mercier, *Tableau de Paris*, « Gare ! gare ! », p. 45-46).

132. Au sens classique de « digne d'être aimée ».

133. Allusion au débat alimenté par les philosophes sur le bien-fondé de l'amour-propre, réhabilité, par exemple, par Helvétius qui l'assimile à l'amour de soi et en fait le fondement de sa morale de l'intérêt (*De l'esprit*, 1758), condamné, au contraire, par Rousseau qui maintient la distinction entre les deux et oppose le facteur de division sociale qu'est, à ses yeux, le sentiment factice de l'amour-propre aux effets positifs de l'amour de soi, passion naturelle qui peut conduire à la pitié et à l'amitié (*Discours sur l'inégalité*). On peut se souvenir ici

de la conclusion paradoxale de l'article « Amour-propre » du *Dictionnaire philosophique* de Voltaire : « Cet amour-propre est l'instrument de notre conservation ; il ressemble à l'instrument de la perpétuité de l'espèce : il nous est nécessaire, il nous est cher, il nous fait plaisir, et il faut le cacher. »
134. Fig. et par mépris, « homme qui ne mérite aucune considération (locution qui vient d'une différence de chaussure entre les gens du peuple et les gentilshommes, ceux-ci portant des souliers avec des talons rouges très relevés) ».
135. « Au sujet de ».
136. Aujourd'hui archaïque, le mot est fréquemment employé dans les écrits contemporains d'*Oberman* pour désigner le malheureux qui vit dans la pauvreté et la marginalité. Chateaubriand, par exemple, dédie l'un des chapitres de son *Essai sur les révolutions* (1797) « aux infortunés », soit à tous ceux que les vicissitudes de la vie réduisent au dénuement et à l'exclusion.
137. Comme la violette, la jonquille est porteuse d'un riche symbolisme dans toute l'œuvre de Senancour. Associée elle aussi à l'émoi amoureux, plus précisément à la foi retrouvée dans le bonheur d'aimer, elle devient l'emblème de la relation toute platonique qui s'est nouée entre Senancour et Mme de Walckenaer, la sœur de son ami Marcotte. Il la revit à Paris en 1795, alors qu'elle venait de se marier. Le répertoire floral d'*Isabelle* redira encore cette promesse de bonheur, en déclinant le symbole de la jonquille : « Jonquille. – Besoin insatiable de confiance, d'union, d'énergie, de bonheur. Prestige de la saison d'aimer, charme du printemps. Irrésistible attrait de la beauté idéale » (p. 103).
138. Au sens de « détourner l'esprit de », « faire diversion », sans l'idée de récréation.
139. Petits poèmes à sujet pastoral et souvent amoureux, caractérisés par leur simplicité langagière, leur expression imagée et concrète, qui rendent le naturel et le pittoresque. Le modèle légué par Théocrite doit en grande partie son succès, au XVIIIe siècle, à la fortune des *Idylles* (1756) du Suisse S. Gessner, qui contribuent à l'élaboration d'un mythe arcadien de la Suisse. De fait, écrivains et voyageurs n'auront de cesse d'appliquer aux habitants des vallées alpestres ses tableaux idéalisés du monde pastoral. W. Coxe, par exemple, ne manque pas de lui rendre visite et de célébrer dans ses lettres « la sensibilité douce et l'élégante simplicité » de ses scènes rustiques.
140. Cette longue note d'*Oberman* reproduit en partie l'article « Suisse » des *Ann. enc.* (II, 398-400). Le parallèle de la Suisse et de l'antique Arcadie était un lieu commun au temps d'*Oberman* : dans un chapitre de son *Essai sur les révolutions*, Chateaubriand, lui, compare la Suisse à la Scythie. Élément essentiel du mythe de l'origine qui se diffuse au XVIIIe siècle, il impose la représentation de la Suisse comme un îlot de primitivité au sein du Vieux Continent, dans lequel auraient été miraculeusement préservées la puissance et la fécondité originelles de la nature, ainsi que la bonté hospitalière et vertueuse des peuples de l'Antiquité. Il prédispose la Suisse à devenir, à l'égal des îles heureuses du Pacifique, le support privilégié de la rêverie sur

l'état de nature et sur la simplicité des mœurs qui y assurait le bonheur. On remarque néanmoins que, comme Chateaubriand – et dans le prolongement de la méditation grevée d'inquiétude qui concluait les *Rêveries* de 1799 –, Senancour passe très vite du registre de l'idylle à la considération des menaces de corruption morale qui pèsent sur la Suisse et qui remettent en cause son idéal de vie rustique. Sa dénonciation de l'envoi de mercenaires à l'étranger prend place dans un débat qui traverse le siècle : la discussion des avantages et des inconvénients d'un tel système revient en effet sous la plume de tous les auteurs qui se préoccupent du sort de ce pays et participe de la réflexion polémique qui s'élabore alors sur la nécessité de sauvegarder une identité suisse, fondée sur les valeurs de droiture, de frugalité, et sur une économie pastorale et communautaire, en se préservant notamment de l'influence néfaste des mœurs frelatées importées de France. Les observations critiques de Senancour rejoignent du reste celles de Rousseau, qui tient les mercenaires comme les responsables de l'introduction du commerce et du luxe en Suisse et, partant, comme les fossoyeurs d'un idéal d'économie autosuffisante et de pureté morale.

141. Poli, bienséant, conforme aux devoirs de l'urbanité.

142. Aristippe (v. 430-355 av. J.-C.), philosophe grec, créateur de l'école cyrénaïque qui fondait le bonheur sur le plaisir et professait un véritable hédonisme, très éloigné de la démarche ascétique qui règle l'éthique épicurienne (Senancour les assimile abusivement). Les philosophes des Lumières se réfèrent souvent à lui. Il ne subsiste rien des vingt-cinq dialogues qu'il aurait composés : l'attribution du fragment est ici fantaisiste. En outre, le *Manuel* que reproduit Senancour s'inspire de la doctrine stoïcienne telle que Marc Aurèle l'a formulée et de l'*Éthique* de Spinoza plus que des divers courants de l'épicurisme. L'hédonisme d'Aristippe a eu mauvaise réputation, parce qu'on y a vu surtout une attitude dictée par la facilité. Il en va de même pour la philosophie d'Épicure : ce dernier fut longtemps affligé de calomnies que les philosophes des Lumières s'efforcèrent de dissiper. Senancour lui-même prend sa défense dans un chapitre de *De l'amour* où, après avoir qualifié la pensée d'Épicure de « vraie et sublime », et après avoir rappelé que « l'art de jouir est la science de la vie, et la volupté [...] la fin que connaît la sagesse », il conclut : « Épicure eut un autre courage, celui de dire une vérité méconnue. On voulut l'en punir. La vérité trop naturelle alarma le fanatisme des Écoles. Ne pouvant réfuter la doctrine, on la défigura. Si même les manuscrits conservés sous les laves, et qu'un art savant s'attache à dérouler, démontraient enfin l'imposture philosophique qui réussit alors à flétrir le vrai Sage, cette erreur, devenue populaire, affaiblirait longtemps encore la vénération dont l'orgueil jaloux des autres sectes parvint à le priver. »

143. Varron (116-27 av. J.-C.), érudit latin, auteur de multiples traités. Il a été pour tous les écrivains – dont Virgile et saint Augustin – une source inépuisable de renseignements.

144. Amyot, Jacques (1513-1593), humaniste français à qui l'on doit notamment la traduction des *Vies des hommes illustres* ou *Vies parallèles* (1559) de Plutarque, qui eut un exceptionnel retentissement.
145. Court poème pastoral, généralement de forme dialoguée, qui exalte les joies de la vie champêtre et de la société des bergers, loin des corruptions aliénantes de la civilisation.
146. Bion (IIᵉ siècle av. J.-C.), poète grec. S'inspirant de Théocrite, il composa des poèmes érotiques et bucoliques, encore réédités au XVIIIᵉ siècle (une traduction française parut en 1794).
147. Théocrite (v. 315-v. 250 av. J.-C.), poète grec le plus illustre de l'époque alexandrine. Ses *Idylles* sont le modèle de toute la littérature pastorale occidentale.
148. Le jugement ne correspond guère à la réalité du théâtre en province, où les salles et les troupes se sont multipliées au XVIIIᵉ siècle, offrant des représentations régulières et variées, que les écrivains sont en général loin de dédaigner. Cette lettre sur l'interprétation des grands rôles de la tragédie ne doit pas étonner. Senancour a fréquenté les salles de théâtre parisiennes et s'est lui-même essayé à écrire une comédie, *Valombré* (1807), qu'il ne jugea pas opportun de faire représenter. Témoignant de l'intérêt porté par ses contemporains au jeu de l'acteur, la lettre d'*Oberman*, sans proposer une théorie de l'expression bien définie, trahit le goût classique de l'auteur, gêné par une gestuelle trop marquée ou par la quête de réalisme historique (cf. Z. Lévy, introduction à *Valombré*).
149. *Le Fanatisme ou Mahomet le prophète*, tragédie en cinq actes de Voltaire, représentée pour la première fois en 1741. Par cette œuvre de propagande philosophique et révolutionnaire, Voltaire voulait stigmatiser les fondateurs de religion en la personne de Mahomet. La pièce fit grand bruit à son apparition et désigna Voltaire comme le chef de file des libres penseurs de l'époque. Elle fournira à Rousseau et à d'Alembert un exemple de choix pour débattre de la moralité de la tragédie. Sur fond d'affrontements religieux, elle montre la rivalité amoureuse de Mahomet et de Séide, tous deux épris de la belle Palmire. À la suite de multiples complots, Séide mourra empoisonné par Mahomet, et Palmire, qui a reconnu son frère en Séide, se tuera avec son poignard. Tout en reconnaissant sa perfidie, Mahomet ordonne alors de faire disparaître les traces du crime pour préserver sa gloire.
150. Acte II, scène III, réplique de Mahomet à Palmire, qui est aussi son esclave : « Palmire, c'est assez ; je lis dans votre cœur :
Que rien ne vous alarme, et rien ne vous étonne.
Allez : malgré les soins de l'autel et du trône,
Mes yeux sur vos destins seront toujours ouverts ;
Je veillerai sur vous comme sur l'univers. »
151. Se dit d'un homme qui fait parade de ce qu'il est, de ce qu'il a, etc. (toujours péjoratif).
152. Acte III, scène III.
153. Allusion à l'air d'*Orphée et Eurydice* (août 1774, pour la version française) de Gluck. Cet opéra est fréquemment cité dans le débat qui oppose les théoriciens de l'art lyrique sur le rôle et la nature de

l'accompagnement, de la mélodie, sur les rapports de la parole et de la musique, et sur la nature de l'émotion musicale.
154. L'empereur héros de la tragédie de Racine, *Bérénice* (1670), qui se résigne, en dépit de leur amour partagé, à se séparer d'une reine dont le peuple romain ne veut pas.
155. Acte II, scène IV (réplique de Mahomet).
156. Terme médical (il désigne un sommeil profond et prolongé, un état de mort apparente), le substantif « léthargie » est employé depuis le XVIIe siècle avec la valeur figurée de « torpeur, engourdissement, nonchalance apathique ». Peut-être sous l'influence de Saint-Martin, qui désigne de ce mot l'état de l'homme qui n'arrive pas à sortir des apparences, Senancour l'emploie pour signifier la stupeur dans laquelle s'abîme celui qui n'a plus accès, par le biais de l'analogie, aux visions de l'idéal.
157. Depuis longtemps (tour classique).
158. Zénobie (v. 266-272), reine de Palmyre, qu'elle conduisit à son apogée. Jaloux de cette nouvelle puissance, Aurélien assiégea Palmyre, qui fut prise en 272. Zénobie fut faite prisonnière et finit sa vie près de Tibur.
159. [variante] Laïs, célèbre courtisane grecque, maîtresse d'Alcibiade.
160. Condamnation de l'emprise de la passion sur l'homme d'État, reprise dans *De l'amour*, « Des mœurs austères », p. 87.
161. Nouvelle allusion à sa ruine, due à la dévaluation des assignats. Mlle de Senancour commente : « Joignez à tous ces désavantages [sa timidité et son infirmité] son inaptitude profonde pour les affaires, la répugnance qui le portait à tout céder plutôt que d'essuyer le contact des hommes de loi et de leurs paperasses, puis sa facilité à répondre aux appels de sacrifices d'argent, on pourra s'expliquer sa ruine complète et les obstacles sans nombre qui embarrassaient ses pas » (« Vie. in. », p. 166).
162. Le « Premier fragment » est le seul à porter la date de la « cinquième année ». Il propose une réflexion sur la nature humaine et sur le bonheur assez proche des *Rêveries* de 1799, notamment de la « Quatrième rêverie ».
163. Fureur, en parlant d'un sentiment poussé jusqu'à la folie, tournant à l'idée fixe.
164. Prendre le change : être trompé.
165. « Zèle outré pour une religion, attachement opiniâtre et violent à une opinion. » On retrouve le souci de Senancour de fonder la vertu sur un mobile autre que l'obéissance aveugle à un dogme.
166. Disposition naturelle à s'accommoder sans peine avec tout le monde.
167. Avec le « Second fragment » commence la sixième année d'*Oberman*, la plus copieuse et la plus diverse. Selon A. Monglond, elle reproduit l'état d'esprit de Senancour dans les années 1796-1800, pendant lesquelles s'opère en lui un renouvellement intérieur, qui lui permet de surmonter une profonde crise de désespoir.
168. Sans retenue, immodérée.
169. Débauché, ivrogne.
170. Qui cause du souci, de l'inquiétude.

171. Dans la « Seizième rêverie » de 1799, Senancour avait déjà décrit le tourment du riche, voué à l'insatisfaction et à la crainte. Il avait aussi soigneusement distingué entre la misère, qui peut l'atteindre dans la mesure où elle se nourrit de l'envie, du sentiment du décalage existant entre ce que l'on a et ce que l'on désire, et la simplicité, alliée du bonheur, par son indifférence aux biens (« Quatrième rêverie »). Ce fragment témoigne encore de l'influence sur Senancour des grands thèmes de la pensée des Lumières, et notamment de Rousseau : on y retrouve, en effet, la critique morale des richesses, reconnues comme source d'inquiétude, à moins qu'elles ne soient mises au service de l'action bienfaisante, et surtout l'éloge de l'idéal moyen de l'aisance. La dénonciation de l'absurdité du mépris de l'or est reprise dans les *Rêveries* de 1833 (« De l'or et de la prospérité », XXVI). Voir encore lettre LXXXIX.
172. Comme la lettre suivante, ce paragraphe porte peut-être la trace de l'infortune conjugale de Senancour et de celle de ses parents.
173. Connu de tout le monde, usé, rebattu.
174. Retour sur le projet qui a longtemps été celui de l'auteur – il s'en est ouvert à Bernardin de Saint-Pierre dans une lettre datée de 1790 et au Directoire dans une lettre de 1797 –, de se retirer dans une île et de contribuer à y restaurer ou à y perpétuer les mœurs simples et heureuses de la vie à l'état de nature.
175. Égarée, trompée, abusée.
176. Bourg de Franche-Comté. A. Monglond suppose que c'est là que Senancour fut arrêté à l'automne de 1798, alors qu'il tentait de gagner la Suisse sans passeport (*Jour. int. Ob.*, p. 179).
177. Dans *De l'amour*, Senancour considère « l'affection entre les pères et les enfants », et expose les causes de l'ingratitude quasi inévitable des derniers envers les premiers (p. 371-376). On a pu voir dans l'anecdote de Blammont une sorte de parabole permettant à Senancour d'avouer à mots couverts le remords de ses dissensions avec son père et de son manque de compréhension à son égard. Plus généralement, à l'instar de ses contemporains – Mme de Staël, par exemple –, Senancour revient souvent dans son œuvre sur l'angoisse que procure le remords d'avoir mal agi envers une personne désormais décédée. Dans les *Libres Méditations*, il consacre tout un chapitre à la douleur que suscite la conscience d'avoir commis de telles « fautes irréparables » (« XXIVe méditation »).
178. Qui provoque le rire par le contraste entre la bassesse du style et la dignité des sujets ; qui provoque le rire par une sorte de charge, par une bouffonnerie outrée.
179. Référence exacte. Montaigne commente ainsi les regrets du maréchal de Monluc, dont le fils est mort en croyant qu'il n'était ni aimé ni estimé de lui.
180. Sur « le pouvoir des sons sur l'homme », sur celui qu'ont le chant et la musique la plus primitive de susciter la rêverie et de révéler la structure harmonique du monde, cf. déjà la « Troisième rêverie » (t. I, p. 57) et la longue note de la « Dix-septième rêverie » de 1799 reproduite dans le dossier, p. 546. Voir encore la lettre XL.

181. Allusion au « clavecin pour les yeux » imaginé par le père Castel (1688-1757), dont les notes correspondaient à des couleurs. Diderot l'a mis en scène dans la *Lettre sur les aveugles*.
182. « Air célèbre parmi les Suisses, et que leurs jeunes bouviers jouent sur la cornemuse en gardant le bétail dans les montagnes » : Rousseau, « Ranz-des-Vaches », *Dictionnaire de musique* (Genève, 1998, p. 405). Rousseau renvoie ensuite à la planche où il a noté l'air et à l'article « Musique », dans lequel il en a rappelé les « étranges effets » (p. 317) : celui-ci était en effet connu pour émouvoir si fortement les Suisses éloignés de leur pays qu'il les précipitait dans des accès de nostalgie parfois mortels et qu'il poussait les soldats à la désertion. À la suite de Rousseau, tous les auteurs de récits de voyage en Suisse s'intéressent à ce chant et reviennent sur son pouvoir. Dans les lettres XXI et XXIV de son *Voyage en Suisse*, Coxe le commente abondamment et avoue avoir lui-même été séduit par un air dont la rustique mélodie s'accorde si parfaitement avec les lieux sauvages qu'il évoque. Senancour n'est pas en reste : déjà mentionné dans *Aldomen* (p. 59), le *Ranz* est évoqué à deux reprises dans les *Rêveries* de 1799, d'abord pour rappeler son impact émotionnel sur le mercenaire exilé, ensuite comme symbole des mœurs antiques qui survivent dans les montagnes les plus reculées de la Suisse (t. I, p. 57-58 et 230). Il faut toutefois attendre *Oberman* pour qu'il développe pleinement ce qui est, selon lui, non pas seulement un « signe mémoratif », comme le prétendait Rousseau (article « Musique »), mais un véritable « tableau auditif des lieux, du caractère, des sensations, des goûts et des habitudes nomades dans les hautes vallées » (cf. « Dix-septième rêverie », p. 544). Sur l'idéal de musique primitive qu'il représente et sur la technique descriptive qui permet à Senancour de faire surgir un paysage de la mélodie, cf. B. Le Gall, *L'Imaginaire*..., t. I, p. 337-340, et N. Perot, *Discours sur la musique*..., p. 34-37.
183. Nouvelle allusion à l'ouvrage de Besson (cf. note 64).
184. Illusion produite par un sortilège ou par des moyens naturels, fascination.
185. Cf. note 84.
186. Complété dans la lettre LXIX en celui de Mme Dellemar, le nom cacherait celui de Mme de Walckenaer. Senancour l'aurait revue à Paris à l'automne 1800 : elle était alors mariée à Charles Athanase de Walckenaer, qui menait de front une carrière d'administrateur, de médiocre écrivain et de savant dans les domaines les plus variés (il se passionnait pour les mœurs des araignées !) ; elle était aussi mère d'un garçon de quatre ans. Il semble qu'il y ait eu peu d'affinités entre cet homme actif et érudit et sa jeune femme mélancolique, en qui Senancour reconnut tout de suite l'âme sœur. Dans la biographie de son père qu'elle rédige, Mlle de Senancour parle de cette liaison toute platonique fondée sur des affinités de caractère et de destinée : « Certes mon père n'était rien moins qu'indifférent aux charmes d'une femme, mais, avec l'extrême délicatesse de ses impressions, il semble n'avoir jamais eu à lutter sérieusement que contre un entraînement malencontreux : celle qui en était l'objet se trouvait mariée.

Elle était sœur d'un ami intime. C'était la baronne W..., femme d'un académicien. Sa grâce était irrésistible, sa voix d'une douceur pénétrante et son regard plein de séduction. Je l'ai connue et si je me permets de la désigner, c'est que nulle femme n'était plus digne de respect. [...] Mme W... pouvait réaliser l'idéal d'*Obermann* : douée d'une sensibilité exquise, elle formait un ensemble adorable et elle faisait le charme de sa nombreuse et honorable famille » (*Vie in.*, p. 132).

187. Peut-être allusion au poète Delille (1738-1813), qui enseigna au collège de la Marche, où Senancour fut pensionnaire à partir de 1785.
188. Qui se livre au travail (avec une connotation de lourdeur).
189. À l'instar de ses contemporains, Senancour participe au débat sur le suicide, très vif au XVIIIe siècle, en se fondant principalement sur les arguments échangés à ce sujet dans *La Nouvelle Héloïse* (III, 21 et 22) par Saint-Preux et par milord Edouard, auquel il renvoie du reste explicitement dans la lettre suivante. Pour une analyse de l'argumentation d'Oberman et de la position de Senancour par rapport à Rousseau – dont il s'éloigne notamment en donnant la priorité à la liberté individuelle sur le lien social –, cf. Z. Lévy, *Senancour, dernier disciple...*, p. 220-223. Dans un article très touffu de ses *Ann. enc.* (II, 398), Senancour accumule les références à des auteurs excusant le suicide (Zénon, Lucrèce, Voltaire, Platon, Spinoza, etc.).
190. Partisan passionné d'une doctrine, surtout dans le domaine religieux. S'emploie au XIXe siècle pour désigner une personne qui fait preuve d'intolérance et d'étroitesse d'esprit en politique, en religion, etc.
191. Beccaria, Cesare Bonesana, marquis de (1738-1794), publiciste italien rendu célèbre par son traité *Des délits et des peines* (1764), qui traduit les protestations de la conscience publique et des philosophes de l'époque contre les institutions judiciaires régnantes. Il y déclarait notamment la peine de mort inutile. Senancour s'y réfère souvent dans ses *Ann. enc.*
192. Cette dénonciation des préjugés qui asservissent l'humanité est dans le ton des premières brochures. Le sous-titre de *Sur les générations actuelles* était déjà : « Absurdités humaines ».
193. L'héroïne du dernier roman de Senancour, *Isabelle*, réalisera ce vœu de mourir en montagne, mais dans les Pyrénées. Le suicide par le froid était un thème romanesque à la mode : c'est ainsi qu'on la retrouvera, « dans l'angle d'un rocher exposé au couchant, à une grande élévation » (p. 288).
194. Manque de vigueur et de fermeté dans la conduite ; délicatesse d'une vie efféminée.
195. Influence encore timide des théories de Saint-Martin. Plus explicite sera la lettre LXXXV.
196. Rendre plus délié, plus fin, plus menu.
197. Clientèle.
198. « Du cœur », *Les Caractères*, 71.
199. C'est le mot d'ordre qui condense l'appel à l'action, à l'audace, des tenants de l'énergie dans la génération de Senancour (cf. M. Delon, *L'Idée d'énergie...*, p. 520).

200. Pour une analyse du concept de hasard chez Senancour et des sources philosophiques diverses, parfois contradictoires, dont il s'inspire, cf. l'article de P. Hoffmann, « La notion de "force cachée"... », cité en bibliographie.
201. Pièces d'artifice en forme de grosses chandelles.
202. Pour figurer la force qui mène le monde et induit l'homme en erreur, Senancour retrouve la figure du Dieu montreur de marionnettes de Voltaire. Voir la lettre à Cideville, du 2 janvier 1748 : « Quel est l'homme qui fait son destin ? Nous sommes dans cette vie des marionnettes que Brioché mène et conduit sans qu'elles s'en doutent. » La pensée religieuse de Senancour est toujours restée proche de celle de Voltaire. Voir, sur ce point, l'article de B. Didier « Senancour et le déisme voltairien », cité en bibliographie.
203. Celui qui fait métier de décrotter, de cirer les souliers et les bottes. Mercier lui consacre un chapitre du *Tableau de Paris* (p. 199-201) et vante son utilité ainsi que son efficacité (la ville est réputée pour sa saleté !).
204. Réputation, crédit d'une personne.
205. Morgan (1635-1688), corsaire anglais.
206. Lycurgue, législateur mythique de Sparte que les contemporains de Senancour prennent volontiers pour modèle en la matière (voir, par exemple, l'article « Sparte » de l'*Encyclopédie*, qui le présente comme « l'esprit le plus profond et le plus conséquent qui ait peut-être jamais été, et qui a formé le système de législation le mieux combiné, le mieux lié qu'on ait connu jusqu'à présent »). Mlle de Senancour parlera de l'ambition de son père de « tenter chez les tribus un peu primitives une œuvre analogue à celle de Lycurgue, l'organisation d'une société dégagée de [ces] liens si compliqués qui rendent parmi nous le bonheur, même le repos de l'esprit, décidément impossible » (*Vie in.*, p. 130).
207. Odin, principal dieu germanique, à la fois dieu de la guerre, de l'écriture runique et de la poésie.
208. Alcibiade (v. 450-404 av. J.-C.), stratège et homme d'État athénien. Élève favori de Socrate, séduisant, riche, il fascina et scandalisa ses concitoyens. Il vainquit deux fois les Spartiates et rentra en triomphateur à Athènes en 407, puis fut exilé et assassiné en Phrygie.
209. Zerdust, pour Zarathoustra, prophète et réformateur religieux iranien (VIe siècle). Il figure à plusieurs reprises sous son ancien nom de Zoroastre dans les *Ann. enc.* : Senancour renvoie au précis de sa doctrine rédigé par Diderot dans l'*Encyclopédie*. Senancour s'est toujours intéressé aux plus antiques et aux plus secrètes croyances. Il s'est du reste fait l'historien des religions dans son *Résumé de l'histoire des traditions morales et religieuses* (1825) : Zoroastre y figure parmi les sages dont il admire la pensée.
210. Philoclès (IVe siècle av. J.-C.), poète tragique athénien, neveu d'Eschyle. L'amertume et l'âcreté de son style lui avaient valu les surnoms de « Bile » et de « Sel ».
211. Trajan, empereur romain (98-117) resté un modèle de simplicité, de tolérance et de dévouement au bien public. Il se distingua par sa politique de conquêtes et de grands travaux ainsi que par l'exceptionnel

éclat littéraire de son règne. Théodose Ier le Grand, empereur romain (379-395). Il fut le dernier à régner sur l'ensemble de l'empire. C'est sous son règne que le christianisme devint religion d'État.

212. L'abbé Prévost fit paraître à partir de 1746 une très volumineuse *Histoire générale des voyages*. En bon représentant de l'esprit encyclopédique, il se proposait d'y réunir « toutes les relations de voyages par terre et par mer, qui ont été publiées jusqu'à présent dans les différentes langues de toutes les nations connues », afin de « former un système complet d'histoire et de géographie modernes, qui représente l'état actuel de toutes les nations ».

213. Épictète (v. 50-v. 125), penseur le plus représentatif du renouveau stoïcien de l'époque impériale, dont l'influence fut grande sur la pensée de Marc Aurèle, notamment sur sa conception du « maître intérieur ». Esclave à Rome, il fut probablement affranchi. En se laissant tranquillement briser la jambe par son maître tortionnaire, il a donné l'exemple le plus accompli du détachement stoïcien. On retrouve dans la lettre d'*Oberman* l'essentiel de sa doctrine, l'idéal d'ataraxie et de liberté intérieure accessible à celui qui a appris à ne plus désirer ni craindre et qui, ayant reconnu un ordre naturel des choses, a compris qu'il n'avait de pouvoir que sur lui-même. Sur la figure exemplaire de l'esclave qui dispense surtout Oberman de vouloir et d'agir, et qui incarne une conception de la liberté qu'il se sentira lui-même obligé de dépasser (lettres XLVI, XLVIII), cf. l'article de P. Hoffmann, « Note sur la liberté dans *Oberman* », cité en bibliographie.

214. Soucieuse d'éviter à l'homme toute instabilité et toute insatisfaction, l'éthique épicurienne recommande de se passer des plaisirs naturels mais non nécessaires, comme l'amour. Le sage ne doit donc pas se marier.

215. Senancour prolonge dans cette longue lettre le combat mené par les philosophes pour une laïcisation de la morale, rendue d'autant plus nécessaire lorsque l'on se convainc de l'inefficacité des sanctions religieuses comme incitation à la vertu et comme garant de la paix sociale. On retrouve ici les arguments contre la foi en l'immortalité, chimère certes séduisante, apaisante, mais abusivement convertie en dogme, et contre une morale fondée sur l'Espérance, utilisés dans les écrits antérieurs, notamment dans la « Neuvième rêverie » de 1799, dans laquelle Senancour raillait déjà l'héroïsme des martyrs et dénonçait la fragilité d'un ordre social et moral qui se détourne des vrais mobiles de la nature humaine – la quête du bonheur –, pour chercher une caution artificielle et incertaine dans la transcendance. Il y lançait cet avertissement : « sans le bonheur qui la rend juste et nécessaire, la moralité de nos actions n'est plus qu'une chimère que nous respectons par erreur ou par contrainte, que nous méprisons dès que nous sommes désabusés et que nous désavouons hautement si nous nous sentons assez forts » (t. I, p. 127). Voir encore lettre LXXXI.

216. Formule des épitaphes qui pouvait sembler contredire le dogme de la résurrection des morts.

217. Magistrat lacédémonien, établi pour contrebalancer l'autorité des rois et du sénat. Ils étaient cinq et étaient renouvelés tous les ans.
218. Faibles d'esprit et de corps, incapables, sots.
219. Allusion au célèbre argument du pari développé dans ses *Pensées*, et qui emprunte la voie du probabilisme pour tâcher de dissiper le scepticisme du libertin.
220. Helvétius, Claude Adrien (1715-1771). Philosophe français dont les traités, *De l'esprit* (1758), frappé par la censure, et *De l'homme* (1772), ont très tôt et très profondément marqué la pensée de Senancour, en particulier par leur dénonciation du caractère antinaturel de la morale chrétienne. Participant à l'effort de refondation d'une morale naturelle et universelle, Helvétius s'est efforcé de prouver que l'intérêt bien compris pouvait lui servir de guide rationnel et efficace, et que l'éducation et les lois étaient en ce cas ses meilleurs auxiliaires. Son utilitarisme a été sévèrement dénoncé, par exemple par Rousseau et par ses héritiers.
221. Tout comme la critique des violences fanatiques et celle de l'héroïsme des martyrs développées plus loin, la remise en cause ironique des miracles fait partie de l'arsenal des philosophes des Lumières contre la religion chrétienne. Voir, par exemple, les articles « Fanatisme », « Martyr » et « Miracles » du *Dictionnaire philosophique* de Voltaire.
222. Sur l'universalité de la superstition, notamment dans les pratiques religieuses, voir, par exemple, l'article que lui consacre Voltaire dans son *Dictionnaire philosophique* et, dans *Sur les générations actuelles*, la section « Idées superstitieuses ».
223. Frère Labre, saint Benoît Joseph (1748-1783). Pour répondre à sa vocation de solitaire, il finit par se fixer à Rome, au Colisée, où il passait les nuits dans l'enfoncement d'un mur, donnant à tous le spectacle édifiant de ses vertus et de ses austérités, mais aussi de son perpétuel silence. Son exemple contribua à l'essor de l'érémitisme occidental, qu'il déplaça au cœur des villes. Objet d'un culte populaire après sa mort (des miracles s'accomplirent, dit-on, sur son tombeau), il fut canonisé en 1873.
224. Ferveur religieuse.
225. Tillotson, Jean (1630-1694), théologien anglais regardé comme l'un des plus grands prédicateurs de son pays. Ses *Sermons* ont été longtemps réimprimés. Senancour reconnaît les avoir lus dans ses *Ann. enc.*
226. Art et pratique du gouvernement des sociétés humaines. Elle est entendue à la fois comme une technique, un art, une théorie et une pratique. Aux XVIIe et XVIIIe siècles, la politique fait partie de la morale, alors qu'aujourd'hui l'accent est mis sur la pratique.
227. Hommes coupables ou capables de grands crimes.
228. Périphrases pour Jupiter, Vénus et Minerve. *Les Premiers Âges* se terminaient par une virulente dénonciation du recours aux allégories dans les traditions religieuses des siècles civilisés (p. 68-77).
229. La roue d'Ixion, roi légendaire des Lapithes : Zeus le condamna, pour son ingratitude envers lui, à être lié à une roue enflammée qui tournait éternellement dans le Tartare.

230. A. Monglond considère que Chessel cache ici Chaalis et Fontaine, liés au souvenir du père (*Jour. Int. Ob.*, p. 146). On peut voir dans cette lettre des allusions à des projets manqués d'achats de propriété – Mlle de Senancour authentifie les faits dans le récit de la vie de son père –, et à la mort de son père en 1795 qui aggrava la crise de désespoir que traversait alors Senancour. On peut aussi y retrouver un portrait transposé du couple malheureux que formaient ses parents, mariés tard et par erreur, regrettant tous deux de ne pas avoir suivi la voie religieuse qui les tentait (le père avait failli être prêtre, la mère avait pensé à la vie conventuelle). Dans *De l'amour*, Senancour reviendra sur le spectacle affligeant donné par les « gens de bien » qui n'arrivent pas à s'accorder. Il s'efforcera ensuite d'effacer la triste image donnée de ses parents, de même que les différends qu'il eut avec eux. Voir notre dossier, p. 497-498.

231. Nom donné autrefois à un hôpital de Paris où l'on enfermait les aliénés.

232. Affectation ridicule d'un sentiment qu'on n'a pas. On trouve dans l'*Encyclopédie* cette définition, qui est peut-être de Diderot : « bouffonnerie, ou maintien hypocrite et ridicule, ou cérémonie vile, misérable et risible ». Et l'auteur précise : « Il n'y a point de religion qui ne soit défigurée par quelques *momeries*. »

233. La question du divorce a fait l'objet de débats au XVIIIe siècle et reste d'actualité. Institué en 1792, le droit au divorce est maintenu dans le code civil, mais la procédure est rendue plus difficile. Supprimé en 1816, il ne sera rétabli qu'en 1884. Dans ses *Ann. enc.*, Senancour renvoie à l'*Esprit des lois* et considère surtout que la lettre du 27 septembre 1791, dans *Delphine*, de Mme de Staël, suffit à en prouver les bienfaits (II, 335). Dans *De l'amour*, il dénonce avec tant de force l'aberration que constitue l'indissolubilité du mariage, si contraire à la mobilité de la nature humaine, que l'on a pu dire que le livre, surtout dans ses dernières rééditions (1829, 1834), était un plaidoyer pour le divorce. Il ne cesse en outre d'y déplorer l'ignorance – en matière sexuelle notamment – dans laquelle sont maintenues les jeunes filles, et il la désigne comme l'une des causes majeures de l'échec des couples.

234. Pythagore (VIe siècle), philosophe et mathématicien grec, fondateur d'une association religieuse de type orphique et grand inspirateur de l'ésotérisme occidental. Il est connu pour sa doctrine de la transmigration des âmes et surtout, pour ses recherches à la fois géométriques et arithmétiques. La génération de Senancour a été vivement intéressée par cette forme d'illuminisme qui rejoignait sa quête primitiviste : elle a surtout été fascinée par la mystique du nombre que proposait le pythagorisme (cf. lettre suivante). Les *Ann. enc.* nous apprennent que, dès 1797, Senancour avait lu le *Voyage de Pythagore*, voyage initiatique imaginé par Sylvain Maréchal pour promouvoir son athéisme militant. En septembre 1813, il donnera au *Mercure de France* un compte rendu de la traduction des *Vers dorés* par Fabre d'Olivet, qui eut un retentissement considérable. On n'oubliera pas non plus que c'est à Pythagore qu'est empruntée en 1804 l'épigraphe d'*Oberman*.

235. Allusion à la légende qui veut que Socrate fût habité d'un esprit qui guidait ses actions et ses paroles.
236. Combinaison de quatre numéros pris ensemble à la loterie, et sortis au même tirage.
237. Réunion de trois numéros qui ne doivent produire de gain qu'à condition de sortir tous trois au même tirage.
238. Allusion à Tarquin le Superbe, septième et dernier roi de Rome (534-509), qui procéda ainsi pour faire comprendre à son fils Sextus quelle conduite il devait adopter. Il conduisit, en effet, l'envoyé de ce dernier dans son jardin, s'y promena quelque temps avec lui, abattant, au moyen d'une baguette qu'il tenait à la main, les têtes des pavots les plus hautes, puis il le renvoya sans prononcer une parole. Sextus sut interpréter la réponse muette de son père : il fit périr les principaux citoyens de la ville où il résidait, s'empara du pouvoir et livra la cité à Tarquin. Dans ses *Ann. enc.*, Senancour a écrit, à l'entrée « Pavots » : « On dit de Tarquin qu'il abattit les têtes de pavots, on dit aussi de Thrasybule qu'il répondit au député de Périandre en abattant les épis les plus hauts dans un champ » (II, 362).
239. Auteur d'une hérésie, chef d'une secte hérétique. Le mot s'emploie par extension et familièrement pour désigner une doctrine en opposition avec les idées reçues.
240. Qui suit la doctrine d'Aristote. Le mot vient du grec *peripatein*, à cause de l'habitude qu'avait Aristote d'enseigner en se promenant avec ses disciples.
241. On retrouve dans cette lettre très touffue et très disparate les phénomènes qui ont suscité la curiosité scientifique des savants comme des profanes pendant tout le XVIIIe siècle. Il en va ainsi des comètes, dont les travaux de Lalande (1732-1807) améliorent par exemple la connaissance, et de l'invention du paratonnerre par Franklin (1706-1790), qui passionna le public dans les années 1750. Mais ce sont surtout les découvertes de Newton (1642-1727), comme l'explication des marées par les forces d'attraction exercées par la lune et le soleil sur tous les points de la terre, que visent les allusions de Senancour.
242. Allusion aux lois de la gravitation et de la dynamique énoncées par Newton. Senancour connaît ses travaux par l'intermédiaire de Voltaire.
243. À l'instar de ses contemporains, Senancour s'est intéressé à la symbolique des nombres qui, chez tous les illuministes, constitue la source de prédilection des correspondances : lui-même va y chercher surtout l'accès à la suprême Analogie, la formule absolue qui permettrait de pénétrer le mystère du monde et d'en percevoir l'unité. Pour le relevé des multiples sources – le néopythagorisme et le martinisme, pour l'essentiel – qui alimentent dans cette lettre la rêverie sur le nombre (cf. B. Le Gall, *L'Imaginaire*..., t. I, p. 312-314).
244. Nouvel outil mathématique créé par Newton, fondement du calcul différentiel et du calcul intégral. L'influence prépondérante des travaux de Newton sur la pensée des Lumières explique qu'il devienne, chez Senancour, comme du reste chez Mercier ou chez Goethe à la même époque, le symbole d'un rationalisme scientifique

triomphant, qui ne pouvait que heurter des esprits convaincus depuis toujours – les sous-titres des premières œuvres de Senancour le prouvent – de l'« incertitude » fondamentale de la science et de la destinée humaines.

245. Même si on lui attribue des poèmes orphiques, il semble effectivement que Pythagore n'ait rien écrit. Les célèbres *Vers dorés* qu'ont lus avec tant d'enthousiasme Senancour et ses contemporains sont une compilation tardive de fragments d'un ancien « Discours sacré ». L'éditeur d'*Oberman* cite plus loin Porphyre, néoplatonicien de la fin du IIIe siècle, auteur d'une *Vie de Pythagore*, et Nicomaque de Gérase (IIe siècle), arithméticien et philosophe, qui contribua lui aussi à faire revivre le pythagorisme.

246. Dans les *Ann. enc.*, Senancour dresse de nouveau la liste de tous les usages symboliques du chiffre sept dans les différentes traditions religieuses et philosophiques (II, 390-391).

247. Nom latin de Charles Linné (1707-1778), célèbre naturaliste suédois, dont les travaux témoignent du souci de maîtriser la variété du monde par le classement et par la taxinomie.

248. Senancour condense ici les conclusions de Cabanis dans son mémoire « De l'influence des âges sur les idées et sur les affections morales », compris dans les *Rapports du physique et du moral de l'homme* (1802). L'ouvrage figure dans la notice qui fait suite aux *Ann. enc.* (II, 431).

249. Ancien nom donné à la zone soudanaise comprise entre le Sahara, le Nil et la zone guinéenne.

250. Livre saint des zoroastriens. Senancour se réfère souvent à la traduction d'Anquetil-Duperron (1771).

251. Denys d'Héraclée, philosophe grec du IIIe siècle. Il n'appartient à aucune école et fut même appelé transfuge pour avoir successivement fréquenté les stoïciens, les épicuriens et les cyrénaïques.

252. Stahl, Georges Ernest (1660-1734), célèbre médecin et chimiste allemand, connu pour le système de l'animisme et pour la théorie du phlogistique.

253. Becher, Johann Joachim (1635-1682), alchimiste allemand. Il fut l'un des derniers à croire en la possibilité des transmutations. Becher et Stahl sont cités à l'entrée « Alchimie » des *Ann. enc.*

254. Paracelse (1493-1541), le père de la médecine hermétique.

255. Senancour emploie encore le mot dans son sens astronomique pour désigner le mouvement circulaire par lequel un astre revient à son point de départ sur son orbite. Utilisé pour figurer l'un des modes possibles du devenir historique, le mot va peu à peu s'éloigner de ce modèle cyclique pour signifier un changement brutal, notamment en politique.

256. En 1672, Newton mit au point le télescope à réflexion, qui fut très utilisé.

257. Commandement, autorité, puissance.

258. « Oublieux du tombeau ! »

259. À plusieurs reprises perce dans *Oberman* l'agacement de Senancour face au succès de la nouvelle apologétique lancée en grande pompe par Chateaubriand avec le *Génie du christianisme* (1802), qu'il ne peut

pas ne pas avoir lu au moment où il publie *Oberman* (cf. B. Le Gall, *L'Imaginaire*..., t. I, p. 470-471). La remise en cause des arguments de la vertu consolatrice (lettre XLIV) et de la fécondité esthétique de la religion, la dénonciation de sa réhabilitation par la séduction de l'imaginaire visent à l'évidence son trop illustre rival et préparent les attaques plus virulentes menées dans la presse et, finalement, dans les *Observations sur le Génie du christianisme*, publiées en 1816, mais très certainement composées dès 1811. Senancour y reviendra en effet sur la confusion qu'il y a à croire vraie une religion sous prétexte qu'elle répond aux aspirations de l'homme – sa soif d'immortalité au premier chef – et qu'elle plaît à son imagination. Il prolongera la polémique en refusant de mettre au crédit de la sensibilité chrétienne les progrès du genre descriptif et en dénonçant l'assimilation abusive du fabuleux et du miraculeux, du mystère et des mystères.

260. Israélites de la tribu de Lévi, destinés au service du temple. Fig. : prêtres chrétiens.

261. Senancour fait ici allusion à la mode féminine qui contribua à faire la réputation d'immoralité et d'excentricité du Directoire. Les « merveilleuses » portaient alors un costume qui avait la prétention d'imiter celui des femmes grecques de l'Antiquité. Renonçant aux artifices du corset et de la crinoline qui masquaient et remodelaient leur corps, elles arboraient tuniques et chapeaux à la grecque, et se chaussaient de cothurnes. À l'entrée « Mode » du *Grand Dictionnaire universel du XIXe siècle*, P. Larousse rapporte un savoureux dialogue imaginé par Mme de Genlis pour stigmatiser l'immodestie d'une toilette qui conduit les femmes, drapées dans des vêtements qui ressemblent à du linge mouillé, à tout montrer en public et à pervertir les mœurs ! Il est possible que Senancour se fasse ici l'écho des commentaires entendus dans les salons de l'hôtel Beauvau, où il fréquentait une société mondaine nostalgique des usages de l'Ancien Régime.

262. Désapprouver, blâmer.

263. L'expression est utilisée par Usbek dans la lettre XXVI des *Lettres persanes* de Montesquieu.

264. Fausse idée que l'on a de quelque chose.

265. Rappelons que l'épouse de Senancour, séduite par son directeur de conscience, lui fut infidèle et qu'il dut reconnaître un enfant dont il n'était pas le père.

266. Senancour développe à partir de là une réflexion critique sur le comportement amoureux qui va nourrir son traité *De l'amour*. On y retrouvera en effet la dénonciation d'une morale appuyée sur la religion qui a perverti la relation amoureuse, en refusant de considérer les besoins réels de la nature humaine et en lui imposant des contraintes qui ne lui conviennent pas et qu'elle s'empresse donc de transgresser. Fustigeant la débauche, comme la trop grande importance donnée à l'idée de péché dans l'éducation des jeunes filles (il suit en cela l'argumentation de l'*Émile*), Senancour y préconise des mœurs ayant « de la liberté sans licence » et se demande « si tout l'honneur des femmes doit consister dans la chasteté » (titres des

chapitres). S'opposant pour une fois aux philosophes (Helvétius par exemple) qui lui servent ordinairement de guide, il n'hésite pas à y faire l'éloge de la pudeur, dans laquelle il reconnaît l'auxiliaire du plaisir, qu'elle préserve et avive en faisant le jeu de l'imagination et du désir. La prise de conscience du rôle bénéfique de l'imagination et de ses illusions dans le développement du sentiment amoureux, l'éloge de la réserve, de l'attente, comme aliments du désir, mais aussi le sens du relativisme des mœurs comme la revendication d'une autre éducation sexuelle, sont autant de points communs à l'analyse de l'amour par Senancour et par Stendhal. Même s'ils ne renvoient pas l'un à l'autre, leurs deux traités sont proches, au moins parce qu'ils puisent aux mêmes sources : le sensualisme et l'idéologie. Cf. encore lettre LXIII.

267. *Émile ou De l'éducation*, livre V, p. 630.
268. Cf. note 125.
269. Nom d'une roche des gorges de Franchard qui, fort longtemps, a laissé filtrer de l'eau goutte à goutte. On a effectivement recommandé cette eau pour traiter les maladies des yeux.
270. On retrouve le jugement porté sur les moines. Cf. lettre XXII, note 125.
271. Charles XII (1682-1718), roi de Suède (1697-1718), réputé pour sa fermeté de caractère et pour son génie militaire. Voltaire trouva en lui un héros d'épopée et de tragédie. Son *Histoire de Charles XII*, composée en 1731, met en valeur l'héroïsme martial du souverain. Même s'il lui préfère *Le Siècle de Louis XIV*, Senancour, dans ses *Ann. enc.*, juge l'ouvrage « bon, bien écrit, intéressant », et il ajoute : « Sagesse, dignité, élégance » (II, 412).
272. Pacôme, saint (287-347), fondateur du cénobitisme. Soldat, il se convertit au christianisme et se retira dans les ruines d'un temple de Sérapis ; puis il inaugura la vie communautaire à Tabenissi, sur la rive droite du Nil. Ce premier monastère est à l'origine de la grande floraison cénobitique du IVe siècle. Il a fixé les principaux traits de la vie monastique, recueillis après sa mort et connus sous le nom de « Règle ».
273. Dans le long article « Réputation » des *Ann. enc.* (II, 371-375), Senancour accumule les exemples d'écrivains, d'artistes, d'hommes d'État, méprisés de leur vivant et adulés après leur mort, ne l'ayant dû qu'aux circonstances leur succès ou leur obscurité. Il en conclut à l'incertitude et à la vanité fondamentales de la gloire, prolongeant, en la radicalisant, la critique de cette passion par les philosophes des Lumières. S'il est aussi peu sensible qu'eux au prestige du conquérant comme à celui de l'ascète, on voit en effet ici qu'il dissocie nettement gloire et vertu, gloire et bonheur, et qu'il refuse de considérer comme un bien la renommée posthume dans laquelle Mme de Staël, fidèle à l'analyse de Diderot, voyait encore, dans *De l'influence des passions* (1796), un moyen pour l'homme de s'affranchir des limites de sa condition et de se donner « quelques-uns des attributs métaphysiques de l'infini » (section première, chap. I). Certes Senancour maintient le devoir de bienfaisance, mais, contrairement aux philosophes, l'appétit de gloire lui paraît trop aléatoire pour en être le

mobile, et donc pour servir à renforcer la solidarité sociale. La « XXVᵉ rêverie » de 1833, intitulée « Renoncement », réaffirmera une dernière fois l'inanité de la renommée.
274. Retour au bonheur agreste et domestique déjà célébré dans *Aldomen*, en parfaite continuité avec *La Nouvelle Héloïse* et sa satire des mœurs et des plaisirs de la vie urbaine.
275. Lavater, Johann Kaspar (1741-1801), écrivain et homme d'Église zurichois, l'un des grands hommes de la Suisse que les voyageurs contemporains de Senancour s'empressaient d'aller visiter. Il était surtout renommé pour ses *Essais de physiognomonie* (1775-1778), science des traits du visage, dont le retentissement fut considérable à travers l'Europe. Tous les écrivains de la fin du XVIIIᵉ siècle et du XIXᵉ – Mme de Staël, Chateaubriand, Balzac, George Sand, Baudelaire – s'intéressèrent en effet à ses travaux et y trouvèrent matière à renouveler leur art, notamment leur conception du portrait du personnage de roman. La *Not. aut.* nous apprend que Senancour a consulté l'ouvrage de Lavater à la Bibliothèque nationale en 1797.
276. Celui que l'on croyait possédé de la divinité ou violemment inspiré par elle ; visionnaire qui se croit inspiré. Dans l'article « Enthousiasme » de son *Dictionnaire philosophique*, Voltaire fait l'éloge de « l'enthousiasme raisonnable », « partage des grands poètes », et dans l'article « Fanatisme », il distingue : « celui qui a des extases, des visions, qui prend des songes pour des réalités, et ses imaginations pour des prophéties, est un enthousiaste ; celui qui soutient sa folie par le meurtre, est un fanatique ». Dans *De l'Allemagne* (quatrième partie, chap. x), Mme de Staël dénoncera elle aussi cette regrettable confusion.
277. Celui qui tient des discours qui manquent de sens et annoncent un affaiblissement d'esprit.
278. Selon A. Monglond (*Jour. int. Ob.*, p. 203-204), le modèle de ce « jeune ami » pourrait être Frédéric d'Houdetot, que Senancour rencontra à l'hôtel Beauvau alors qu'il était précepteur. La femme plus âgée dont il s'éprend, Mme T***, serait en ce cas sa séduisante belle-mère, la belle créole, Mme César d'Houdetot. Leur promenade autour de Paris daterait de l'automne 1800 ou 1801. Dans *Aldomen*, Senancour a déjà utilisé le procédé de l'arrivée d'un « jeune homme » à qui le héros va enseigner sa philosophie du bonheur.
279. Vernet, Claude Joseph (1714-1789), peintre célèbre pour ses marines, ses *Calmes*, ses *Tempêtes*, ses *Clairs de lune* et ses *Naufrages*, souvent loués par Diderot dans ses *Salons*.
280. Hue (1751-1823), peintre d'histoire et de marines. Élève de Vernet, il complétera après la mort de son maître la série des *Ports de France*.
281. On trouve des réflexions proches dans un chapitre du *Tableau de Paris* de Mercier (« Patrie du vrai philosophe », I, 7). Il en va de même pour la satire de la domesticité qui suit (« Domestiques. Laquais », II, 172), mais on voit que si Senancour, comme Mercier, reprend à Rousseau ses arguments pour critiquer les mœurs de cette classe, il partage aussi son ambition de réformer ses liens avec les maîtres, selon le modèle fourni par l'utopie de Clarens (voir encore lettre LXI).

282. Comme dans le « second fragment », les réflexions de Senancour sur l'avantage qu'il y a à avoir de l'argent relèvent de l'idéal de la médiocrité tel qu'il a été pensé au XVIIIe siècle, soit comme un idéal d'aisance, qui garde le juste milieu entre le dénuement, refusé pour l'amertume de son ascétisme contraint, et l'excessive richesse, source de perpétuelle inquiétude. Cf. encore lettre LXXXIX.

283. D'après A. Monglond, les lettres de la huitième année et de la neuvième année d'*Oberman* ont été écrites en Suisse du printemps de 1802 à l'automne de 1803 : elles portent l'empreinte des déceptions qu'y connut alors Senancour. Retourné à Fribourg, il y découvrit en effet l'infidélité de sa femme ; il fut froidement accueilli par ses enfants et fit face à des difficultés d'argent.

284. Dans la lettre XXXI de son *Voyage en Suisse*, W. Coxe n'est guère plus clément. Lui aussi considère que ce site, étonnant par ses dimensions et par le travail qu'il représente, mérite peu, par ailleurs, qu'on se donne la peine de le visiter ; lui aussi fustige le temps perdu à construire de telles « laborieuses bagatelles ».

285. En dépit de ses belles pierres, Fribourg était effectivement peu visitée. Senancour ne sera pas toujours aussi généreux envers cette ville. S'il en fait encore ici le symbole de la Suisse véritable, il n'hésitera pas, dans un article paru dans *L'Abeille* en 1821, à railler sa « nullité imperturbable » et à l'exclure de l'itinéraire proposé à un voyageur.

286. Petite monnaie allemande de la valeur de trois sous.

287. Dernière résidence suisse de Senancour, située à une dizaine de kilomètres de Fribourg, où il se réfugia en 1803 et d'où il fit différentes excursions, au lac du Schwarzsee par exemple (lettre LVII).

288. La réflexion qui suit sur le bonheur dans la modération et la continuité du plaisir est reprise dans la « IXe rêverie » de 1833, intitulée « Retenue ».

289. Souveraine dont la puissance n'est soumise à aucun contrôle légal ; titre de l'impératrice de Russie, décerné au XVIIIe siècle à Catherine II la Grande. Peut-être allusion à l'un des artifices auxquels eut recours Potemkine, favori de la tsarine, lors du voyage en Crimée de cette dernière, pour la convaincre de sa popularité et des vertus civilisatrices de sa politique de conquêtes.

290. Pour une étude de cette scène récurrente dans le roman contemporain, la promenade nocturne sur le lac avec accompagnement musical, cf. l'article de B. Didier, « Musique sur un lac nocturne ». N. Perot analyse quant à lui, dans son livre *Discours sur la musique*..., l'idéal musical, encore très proche de Rousseau, qui se dégage de ces pages (p. 118-119, 156-157, 266-267, 301).

291. De courtisan.

292. Cf. lettre XXXIII.

293. Le *Petit Vocabulaire de simple vérité* comporte un article « Hygiène », dans lequel Senancour insiste sur la nécessité de prendre très tôt des habitudes saines pour préserver la double santé du corps et de l'esprit.

294. Cf. note 142.

295. Déjà célébré dans la « troisième rêverie » de 1799 (t. I, p. 57), le chant du rossignol est, pour Senancour comme pour Chateaubriand, un modèle musical (cf. N. Perot, *Discours sur la musique...*, p. 49). Comme le parfum des fleurs, il a le pouvoir de rétablir un rapport harmonieux entre le Moi et le monde, et de faire pressentir un idéal dont la contemplation tout à la fois ravit et désespère. Associé à l'enfance, il inspire encore Senancour dans les *Libres Méditations*. Il y écrit en effet : « Ceux que chérissait le plus mon enfance se plaisaient à écouter le rossignol sous d'humides ombrages. Je n'ai jamais compris aussi bien ce chant trop varié : mais plus tard, je n'ai pas méconnu (?) ce qu'il a de surprenant par intervalles. Il semble dire que nos facultés sur la terre appartiennent à d'autres desseins » (« XXIVe méditation », p. 232).
296. Exemple significatif d'altération du thème rousseauiste de la rêverie sur le lac qui, d'*Aldomen* à *Oberman*, évolue du bonheur dans la plénitude du sentiment de l'existence à l'angoisse du constat de l'aliénation et de la vanité de la vie humaine.
297. La suite de cette lettre, où apparaît bien la dette de Senancour à l'égard du sensualisme et de l'idéologie, sera reprise, sans grand changement, dans *De l'amour*.
298. Allusion aux décors des amours de Pétrarque et Laure, de Julie et Saint-Preux dans *La Nouvelle Héloïse*, de Paul et Virginie. On voit que si Senancour s'efforce d'analyser avec lucidité le sentiment de l'amour et lutte par là même contre l'entreprise romanesque d'idéalisation amoureuse, il ne s'interdit pas l'effusion lyrique lorsqu'il s'agit de célébrer son pouvoir de transfiguration du monde, ainsi que l'enthousiasme, l'énergie, même illusoires, qu'il est capable de réveiller.
299. Senancour reste encore très proche de Rousseau, en mettant l'accent sur le respect des obligations morales que comporte l'engagement du mariage et en rêvant de fonder les relations humaines sur un idéal de confiance et de transparence.
300. Forme de l'hypocondrie, consistant en un ennui sans cause, en un dégoût de la vie. Plus précisément, contrairement à « ennui », qui désigne un sentiment, mais en conformité avec son étymologie, qui en fait un dérivé anglais du grec « rate », le « spleen » a toujours gardé un contenu physiologique : il est avant tout une sensation qui se manifeste extérieurement, souvent avec violence. Le souvenir de son origine anglaise ne s'est jamais perdu : pendant tout le XIXe siècle, il reste la « maladie anglaise » dont parlait déjà Montesquieu, et est donc constamment associé à un type de décors – brumes et pluies – et à un martyrologe d'illustres suicidés. On se rappelle, en effet, que dès le premier tiers du XVIIIe siècle, le suicide est présenté comme une spécificité britannique, tandis que les exemples d'aristocrates insulaires se donnant la mort sont immédiatement connus et commentés dans toute l'Europe. Le suicide du jeune poète anglais Chatterton en 1770 provoque encore une vive émotion, dont Goethe se fera l'écho en publiant *Les Souffrances du jeune Werther*.
301. Senancour a déjà réfléchi aux effets des stimulants dans les sixième et septième rêveries de 1799. S'il cherchait alors un moyen de sentir

plus intensément, et par là même de mieux jouir du monde réel, il semble ici apprécier davantage leur pouvoir de faire accéder à un monde autre, qui échappe à l'emprise de la raison. La conclusion reste néanmoins la même : les excitants sont plus néfastes que bénéfiques, parce qu'ils émoussent la sensibilité et sont source de discordance entre l'homme et le monde.

302. La Torride : l'Afrique.
303. Cf. note 213.
304. Courtaillod, vin rouge de Neuchâtel, effectivement très estimé.
305. Tissot, Simon André (1728-1797), célèbre médecin suisse, dont les ouvrages, notamment l'*Essai sur les maladies des gens du monde*, l'*Onanisme*, l'*Avis au peuple sur sa santé*, *De la santé des gens de lettres*, etc., furent souvent réédités et traduits. La *Not. aut.* nous apprend que Senancour les lut à Senlis en 1797.
306. Infusion de thé et de sirop de capillaire, sucrée et mêlée avec du lait ou du chocolat.
307. Toile de lin très fine.
308. Soupe faite avec de l'eau, du beurre et du pain qu'on a laissé mitonner.
309. Ancienne mesure de capacité pour le blé et pour d'autres grains, variable suivant les provinces.
310. Bouillie faite avec de la farine de maïs.
311. On retrouve dans cette lettre un idéal de vie domestique, déjà exposé dans *Aldomen* (p. 40-56), dont le modèle reste la lettre de Saint-Preux à milord Edouard détaillant « la sage économie » qui règne dans la maison de M. de Wolmar (IV, 10).
312. Bardeaux, petites lames de bois dont on couvre les toits et les façades exposées à la pluie.
313. Nouveau site imaginaire, dont le nom, composé, comme celui d'Oberman, à partir de racines germaniques, signifie « fleuve éternel ». D'œuvre en œuvre, Senancour est revenu sans cesse sur la configuration de ce lieu idéal : déjà planté dans *Aldomen*, le même décor de montagnes, de bois et d'eau se retrouvera dans les *Rêveries* de 1833 (XXXIVe rêverie, « Supposition ») et dans son dernier roman, *Isabelle*.
314. Petite maison de campagne isolée.
315. Faire tremper pendant un certain temps dans l'eau les plantes textiles, afin de séparer la partie filamenteuse de la matière gommo-résineuse qui en unit les diverses fibres.
316. Détacher avec la main le filament du chanvre, en brisant la chènevotte.
317. Arkhangelsk, port sur la mer Blanche.
318. Iénisséisk ou Jénisséisk, ville de Sibérie. Au XVIIIe siècle, les voyageurs naturalistes entreprennent d'explorer l'intérieur des continents : la Sibérie est l'un de ces espaces, jusque-là méconnus, révélés à la curiosité des Européens par les découvertes de Peter Simon Pallas.
319. Peuple de Sibérie.
320. Ancien nom de la partie centrale du littoral de l'Asie Mineure sur la mer Égée.

321. L'expression revient à plusieurs reprises dans *La Nouvelle Héloïse* pour désigner le lac Léman (IV, 10 et 17).
322. Senancour tourne en dérision les mobiles des voyageurs qui ont fait le succès du genre pendant tout le XVIIIe siècle, notamment l'idéal du voyage facteur de connaissance et de progrès. Même s'il se situe dans un tout autre registre, on ne peut oublier qu'a été publié en 1795 le *Voyage autour de ma chambre* de Xavier de Maistre, récit de voyage parodique dont le succès ne se démentit pas au XIXe siècle.
323. Au sens de modération, juste milieu, juste mesure, sans idée défavorable. Senancour rejoint ici les philosophes des Lumières dans leur apologie de l'« aurea mediocritas », héritée de la sagesse antique, mais l'on note que cette conception moyenne de la vie heureuse, garante du bonheur dans l'aisance matérielle et dans le repos de l'âme, est plus chez lui un pis-aller imposé par les circonstances et par son défaut d'énergie qu'un choix volontaire et gratifiant.
324. Cook, James (1728-1779), illustre navigateur anglais, dont les nombreuses expéditions vers l'Australie, les Nouvelles-Hébrides, la Nouvelle-Calédonie, mais aussi vers l'océan Arctique, améliorèrent beaucoup la connaissance que l'on avait de l'océan Pacifique. Cook fut tué par des indigènes aux îles Sandwich. Les récits tirés de ses voyages furent très lus : ils avaient été traduits en français dès 1774.
325. Norden, Frédéric Louis (1708-1742), voyageur danois. De ses séjours en Égypte, il tira la matière d'ouvrages estimés, comme les *Ruines et statues colossales de Thèbes* (1741) et le *Voyage d'Égypte et de Nubie* (1752-1755), traduit en français en 1795-1798 (la *Not. aut.* indique que Senancour le lut dès 1798).
326. Pallas, Peter Simon (1741-1811), naturaliste et explorateur allemand. Il participa à une grande expédition qui avait pour but d'étudier les régions comprises entre la mer Noire et la Caspienne, puis l'Oural et la Sibérie, et en tira lui aussi une relation très vite diffusée.
327. Fahrenheit, Daniel Gabriel (1686-1736), physicien allemand. Il définit de manière empirique la première échelle thermométrique encore utilisée de nos jours et fut aussi le premier à utiliser systématiquement le mercure comme liquide thermométrique. Ses thermomètres de dimension réduite connurent un très grand succès.

Thermomètre dit de Réaumur : thermomètre à alcool que René Antoine Ferchault de Réaumur (1683-1757) réalisa vers 1730, avec une échelle 0-80. C'est en 1742 qu'Anders Celsius (1701-1744), astronome et physicien suédois, créa l'échelle thermométrique centésimale.

Nouvelle-Zemble, archipel arctique de Russie, en Sibérie, entre les mers de Barents et de Kara.

Ostroug : peut-être Ostrov, ville de Russie, sur la rivière Vélikaia.

Thébaïde : région d'Égypte fameuse pour ses déserts où se réfugièrent, aux premiers siècles du christianisme, des chrétiens persécutés ou avides de vie ascétique.
328. Ancien nom de l'Éthiopie.
329. Variété de poivre qui, adjoint à des feuilles de tabac, forme un tonique masticatoire.

330. Liqueur fermentée fabriquée en Polynésie à partir de lait de coco et de la racine d'un poivrier.
331. Anacharsis (VIᵉ siècle av. J.-C.), philosophe et législateur d'origine scythe. De retour dans sa patrie, il fut tué pour impiété, ayant voulu y introduire le culte de Déméter. Il est considéré comme le précurseur des cyniques. Senancour a certainement à l'esprit les œuvres contemporaines que sont le *Voyage de Pythagore* (cf. lettre XLVI) et le *Voyage du jeune Anacharsis* (1788) de l'abbé Barthélemy : le personnage purement fictif de ce livre à succès est présenté comme un descendant du philosophe scythe. L'abbé imagine qu'il sillonne la Grèce quelques années avant la mort d'Alexandre et en observe les mœurs et les usages.
332. Démocrite (v. 460-v. 370 av. J.-C.), contemporain de Socrate et fondateur de l'atomisme, passe pour avoir eu une jeunesse studieuse qu'il aurait consacrée à voyager, pour apprendre.
333. Selon A. Monglond, pour composer ce personnage, Senancour se serait souvenu de Marcotte, son camarade de collège, frère de la bien-aimée Mme de Walckenaer, et du chevalier de Boufflers qu'il fréquenta à l'hôtel Beauvau, alors que ce dernier revenait du Sénégal. Il a aussi transposé sur ce personnage ses déboires conjugaux. Dans les notes qu'il ajoute en marge de l'article de Sainte-Beuve, il félicite, du reste, ce dernier d'avoir compris que « Fonsalbe pourrait bien être (quelquefois) non moins qu'Obermann même, le même personnage que l'éditeur » (II, 600).
334. Anciens philosophes indiens qui, à ce qu'on prétend, s'abstenaient de toutes voluptés, s'adonnaient à la contemplation des choses de la nature, allaient presque nus et ne consommaient pas de viande.
335. Poète, philosophe et législateur grec (VIᵉ siècle av. J.-C.), nommé parmi les fondateurs de l'orphisme.
336. Ancien nom de l'Écosse.
337. Barde écossais légendaire, fils du guerrier Fingal (IIIᵉ siècle). Les chants de guerre et d'amour dans un décor de brumes et de rochers qui composent l'ensemble du cycle ossianique, publié dans les années 1760, furent en fait composés par James MacPherson. D'après les *Ann. enc.* (II, 361), Senancour les a lus dans la traduction de Le Tourneur (1777, nombreuses rééditions). Ces chants eurent un retentissement considérable en Europe, où ils suscitèrent une véritable vague de celtomanie et renouvelèrent le modèle du poète primitif au génie sublime. Ils contribuèrent notamment à acclimater en France un type de paysage, fait de mers tempétueuses, de rochers et de landes balayés par le vent ou noyés dans le brouillard, ainsi qu'un sentiment, la mélancolie, qui finirent par devenir le décor et l'état d'âme romantiques par excellence. À l'instar de Mme de Staël ou de Chateaubriand, Senancour ne manque pas d'associer le nom du poète mythique à cette nature sauvage et fantastique, hantée par les ombres des guerriers morts, propice à la méditation exaltée et douloureuse sur la fin des hommes et des civilisations.
338. Les considérations de Senancour sur l'influence du climat sur la littérature, ainsi que son tableau de l'imaginaire du Nord, gagnent à être rapprochées des réflexions de Mme de Staël dans *De la littéra-*

ture (1800), notamment du chapitre XI de la première partie, intitulé « De la littérature du Nord », où cette dernière se voit attribuer les mêmes caractéristiques. Il est possible que Senancour et Mme de Staël se soient rencontrés à l'hôtel Beauvau : Senancour a, en tout cas, beaucoup lu et apprécié son œuvre.

339. Ouvrage satirique de l'empereur romain Julien l'Apostat (331-363), dans lequel il est question de Lutèce.

340. Laisser aller sa pensée au hasard sur des choses vagues, méditer profondément. Le sens moderne de « voir en songe pendant le sommeil » s'est dégagé au XVII° siècle : il a donné, par extension, le sens de « se laisser aller à des idées chimériques, comme dans un rêve ». Senancour ironise ici sur les diverses formes « d'extension » qui empêchent l'homme de coïncider avec lui-même et avec le présent.

341. Cf. lettre 278.

342. Espèce de bière forte d'Angleterre.

343. Bassin du fleuve russe du même nom.

344. Astrakan ou Astrakhan, ville et port situés dans le delta de la Volga.

345. Petite île de la côte du Sénégal, face à Dakar.

346. « Si tu vas bien, je suis content ; moi, en tout cas, je vais bien » : formule utilisée par Cicéron au début de ses lettres.

347. Vin blanc doux très fruité produit près de Bordeaux.

348. Il est possible de déceler des analogies entre cette expérience de la désillusion de l'âme et les thèmes orphiques. B. Juden rappelle notamment l'acception initiatique que comporte la « nuit du tombeau » (*Traditions orphiques...*, p. 243).

349. Quoique la nature de leur ennui soit différente et surtout, que le rôle dévolu à l'imagination, salutaire chez l'un, accablante chez l'autre, les oppose, Senancour se plaît à citer la phrase de l'*Émile* (livre V) : « Quand le cœur s'ouvre aux passions, il s'ouvre à l'ennui de la vie. » On la trouve déjà dans la « huitième rêverie » de 1799 (t. I, p. 102), et elle figure encore dans le répertoire d'« expressions choisies » que B. Le Gall reproduit à la suite des *Ann. enc.* (II, 442). Le thème du dégoût de l'existence, alimenté par une surabondance de désirs insatisfaits, de jouissances vainement espérées, qui crée un sentiment de vide et plonge dans la désolation l'univers tout entier aux yeux de l'ennuyé, était déjà développé dans les premières pages d'*Aldomen*, où l'on pouvait lire : « Je m'efforce en vain de chasser ce vide, ce dégoût de la vie : prévention bien triste, qui flétrit tous les biens, qui exagère tous les maux, qui fait oublier tous les devoirs : je n'ai point joui, je n'ai point fait de bien, et je suis las de vivre. Une habitude de tristesse s'est étendue sur mes jours, l'irrémédiable ennui est venu m'oppresser de son poids funeste [...]. L'infortuné favori de la fortune qui, sans savoir penser, sans même savoir jouir, a tout connu sans rien approfondir, a effleuré tous les plaisirs sans goûter aucune jouissance ; frivole et vain jouet d'un désir sans frein, le voit s'étendre encore plus impétueux, plus irritable que jamais, tandis que ses facultés éteintes se refusent à son espoir même. Il a parcouru la carrière des biens sans savoir s'y reposer, leur dernier terme est atteint, de quoi remplira-t-il le reste de ses jours ? et quel est

l'homme qui sait reculer, pour jouir de ce qu'il a dédaigné ? Les faibles ressorts de son âme étroite se sont énervés, son goût est blasé ; son cœur, de tels hommes en ont-ils ? Ses désirs toujours excités, jamais satisfaits, le soutenaient encore en l'agitant : l'inévitable dégoût les émousse enfin et ne laisse à leur place que ce silence des passions, cet épuisement bien plus douloureux que les privations parce qu'il est sans espoir, plus effroyable que les malheurs parce qu'il est sans remède et sans terme » (p. 12-13). L'analyse gagne néanmoins en précision dans *Oberman*, dans la mesure où Senancour, reprenant le diagnostic déjà établi dans la « quatrième rêverie » de 1799, trouve l'origine exacte de cet ennui ontologique dans l'état de discordance que suscite le décalage entre l'idéal pressenti, et parfois quasiment rencontré, et le réel terne et débilitant.

350. Sur le symbole du sapin, souvent utilisé par Senancour, cf. B. Le Gall, *L'Imaginaire...*, t. I, p. 288-289.

351. Celui qui fabrique ou qui vend des fontaines pour l'usage domestique. Les voyageurs louent souvent dans leurs récits l'étonnante maîtrise de l'eau qu'ont acquise les montagnards suisses, experts à détourner des torrents pour en irriguer leurs terres ou à contenir la violence de leur cours. Cf., par exemple, les remarques de Ramond ajoutées à la lettre XXI de W. Coxe, *Voyage en Suisse*, t. II, p. 44.

352. Les mettre à l'étable l'hiver.

353. Avantage des maisons en bois conçues sans luxe, déjà souligné dans *Aldomen* : « J'ai eu de plus l'avantage de la voir construire en moins de deux mois, et de n'avoir pas eu besoin d'attendre, pour l'habiter, que les plâtres en fussent essuyés » (p. 41).

354. La Suisse est, au XVIIIe siècle, une confédération de treize cantons, à laquelle se rattachent divers petits États, soumis à elle ou simplement alliés.

355. Saint-Preux avait déjà fait un portrait des Valaisanes, dans lequel il louait leur « teint éblouissant », mais s'étonnait de « l'énorme ampleur de leur gorge » (*La Nouvelle Héloïse*, I, 23). Ramond ne dit pas autre chose, lorsqu'il décrit à son tour les femmes du haut Valais : « Les femmes y sont fraîches, belles, d'une blancheur singulière, mais elles méritent le reproche que leur fait l'amant de Julie, et la manière forte dont leurs contours sont prononcés, rappelle plutôt les Vénus flamandes de Rubens, que la Vénus de Praxitèle » (W. Coxe, *Voyage en Suisse*, t. II, p. 63).

356. Reine légendaire d'Assyrie et de Babylonie. Elle aurait élevé de somptueuses constructions à Babylone, dont les célèbres jardins suspendus. Elle a inspiré de nombreux opéras de l'époque classique ; Voltaire en a fait l'héroïne éponyme de la tragédie qu'il donne en 1748.

357. Catherine II la Grande, impératrice de Russie (1762-1796), l'amie des philosophes des Lumières qui eut pour ambition de régner en « despote éclairé ». Notons que Voltaire donna le surnom de « Sémiramis du Nord » à Catherine II de Russie, monarque éclairé, mais aussi, comme Sémiramis, instigatrice supposée du meurtre de son époux. Le rapprochement fait par Senancour n'a donc rien de fortuit.

358. Porta, Giovanni Domenico (1722-1780), portraitiste italien.
359. Dans *De l'amour*, Senancour célèbre la beauté emblématique du sein.
360. Les crétins figurent dans tous les récits de voyage contemporains comme l'une des « curiosités » de la Suisse que l'on ne manque jamais d'aller complaisamment observer et étudier. À l'instar de Senancour, tous les écrivains rapportent et discutent, dans leurs relations ou dans leurs traités, les thèses avancées pour expliquer de telles malformations et un tel état de stupidité : elles mettent effectivement le plus souvent en cause la qualité de l'eau de neige et surtout de l'air, illustrant ainsi l'une des grandes obsessions du XVIIIe siècle (cf. A. Corbin, *Le Miasme et la Jonquille*, Flammarion, 1986).
361. Nom vulgaire du nitrate de potasse (salpêtre).
362. M** : Louis Sébastien Mercier, auteur de *L'An 2440, rêve s'il en fut jamais* (1770, nombreuses rééd.), dans lequel le narrateur croit se réveiller, sept cents ans après sa naissance, dans le Paris de 2440. Sur les relations entre Senancour et Mercier, cf. note 77.
363. Héraclite (v. 576-480 av. J.-C.), philosophe grec de l'école ionienne, célèbre pour sa pensée du mobilisme universel et du flux incessant du devenir.
364. Hégésias (IIIe siècle av. J.-C.), philosophe grec, l'un des représentants les plus connus de l'école cyrénaïque, dont la pensée se distingue par un profond sentiment de désespoir. Surnommé l'« orateur de la mort », il tenait le bonheur pour impossible et jugeait la mort préférable à la vie, parce qu'elle supprime tous les maux.
365. Sénèque fut le précepteur du jeune Néron. Il devait jouer avec Burrus le rôle de régent de l'Empire, avant de devenir ministre (54-59).
366. L'attitude de Senancour est caractéristique de la défaveur dans laquelle est alors tombée cette expression, pourtant si estimable au siècle précédent, dans la mesure où elle semble désormais référer à un métier plus qu'à une mission. Or, l'ensemble de la lettre prouve combien Senancour reste attaché à une conception élevée de l'écrivain, dans lequel il continue de voir l'héritier de l'ancien Législateur appelé à œuvrer pour la réforme morale de la société, ce qui exige de lui dévouement, noblesse de mœurs et de caractère, et requiert aussi les moyens de se faire entendre et d'imposer son autorité. On remarquera, en revanche, avec P. Bénichou (*Le Sacre de l'écrivain...*, p. 206-208), que Senancour reste imperméable à la promotion contemporaine de la figure du poète : son apologie de l'écrivain réformateur reste en cela tributaire du schéma de pensée du siècle des Lumières. Cf. encore la lettre XC.
Folliculaire : journaliste (péjoratif).
Boulanger, Nicolas Antoine (1722-1759). Frappé par les grands cataclysmes de la nature et séduit par la tradition du déluge universel, il vit dans les terreurs que ces fléaux produisaient sur l'homme l'origine des superstitions et des idées religieuses. Ses œuvres furent réunies en 1792 et alimentèrent durablement le débat sur l'origine des religions. Senancour lui consacre une longue notice dans ses *Ann. enc.* et se réfère souvent à son ouvrage le plus connu, l'*Antiquité dévoilée*, publié en 1766 par d'Holbach, qu'il a lu en 1797.

367. Allusions ironiques à la vie de plumitif que Rousseau dut consentir à mener et aux unions mal assorties qu'ils contractèrent, lui et Diderot. Connaissant la haute fonction qu'il attribue à l'écrivain, on ne s'étonnera pas de constater que Senancour a rechigné longtemps à monnayer ses talents et à en faire un métier : il souffrit beaucoup, à partir des années 1810, de devoir lui aussi accepter pour survivre des besognes plus ou moins lucratives, comme la rédaction de comptes rendus, de plaidoyers, de résumés. La notice de Boisjolin insiste sur son dédain pour les « travaux littéraires lucratifs » et sur son refus de vendre ses manuscrits (cf. dossier, p. 505). Qualifiant les contributions de son père aux journaux de « supplices », Mlle de Senancour explique à son tour : « Il lui était même fort pénible de tirer un profit de ses livres. Il disait que l'espèce de sacerdoce qu'exercent les écrivains qui s'occupent de hautes questions ne devait ressembler en rien à un *métier*. Il ne s'est donc soumis à cette nécessité qu'avec une répugnance qui lui a été parfois assez préjudiciable » (*Vie. in.*, p. 168).

368. Nouvelle attaque visant Rousseau, sa « réforme » et son choix de la solitude.

369. On sait combien Senancour a souffert de son manque de reconnaissance, et notamment du préjudice que causait, selon lui, à ses écrits, la gloire accablante de son illustre rival, Chateaubriand. Cf. sur ce point le chapitre de B. Le Gall, « Le mythe de Chateaubriand », *L'Imaginaire*..., t. I, p. 454-478.

370. L'avertissement figure en tête de tous les livres de Senancour, toujours présentés comme de simples ébauches d'un ouvrage plus ambitieux et plus bénéfique qu'il peine à mener à bien. Il faut donc voir dans l'œuvre que projette d'écrire Oberman, non ses lettres publiées par l'éditeur, mais plutôt le vaste projet que Senancour a tenté de réaliser d'ouvrage en ouvrage.

371. Par la réaffirmation de la priorité de la morale et de l'urgence de sa réforme, comme par le portrait qui y est brossé de la femme romanesque forcément vouée à être jouée et à sombrer dans l'amère désillusion, cette lettre anticipe sur les thèses de *De l'amour*. Le morceau cité par l'éditeur à la place des quelques pages supprimées y est du reste repris.

372. L'ouvrage de John R.N. Matthews figure dans la *Not. aut.* qui fait suite aux *Ann. enc.* (II, 425).

373. Cf. note 11.

374. Comme l'éditeur l'avait déjà fait dans ses *Observations* initiales, le narrateur justifie la démarche résolument non systématique de sa pensée, garante de sa probité intellectuelle. Il en excepte cependant le domaine de la morale, qui est pour lui, comme pour les philosophes des Lumières, une « science », soit un savoir susceptible d'une exactitude et d'une justesse absolues, un ensemble de préceptes dotés de rationalité. Sur la conception de la liberté et de l'idée de force à l'œuvre dans l'univers que cela suppose, ainsi que sur l'influence persistante du stoïcisme sur cette pensée, cf. les articles de P. Hoffmann cités en bibliographie.

375. Pour cette condamnation de la résignation à la fatalité, Senancour semble s'inspirer de ses lectures de la *Théodicée* (1710) et du *Discours de métaphysique* (1685) de Leibniz, et notamment de sa récusation de l'argument du paresseux. Certes, Senancour ne croit pas en la possibilité de réaliser pleinement l'idéal, mais il croit en la nécessité de le maintenir comme modèle, pour juger des erreurs humaines et tâcher d'aménager au mieux le réel, sur lequel l'homme ne doit pas renoncer à influer.
376. Épître de Paul aux Corinthiens, I, 2 : « L'homme animal ne reçoit pas les choses de l'esprit de Dieu. » Autre traduction possible : « L'homme animal ne perçoit pas les choses telles qu'elles sont en Dieu. »
377. Racine, *Britannicus*, acte II, scène I.
378. Très réputée, elle était une étape obligée de tout voyage en Suisse au temps de Senancour. Pour d'autres descriptions de la cascade, cf. les textes de Bordier et de Goethe reproduits dans l'anthologie déjà citée, *Le Voyage en Suisse*, p. 302-304 et 423, ainsi que la lettre XX du *Voyage en Suisse* de W. Coxe (II, p. 126). Tous soulignent l'extraordinaire impétuosité de la chute d'eau et l'effet sublime qui résulte de ce spectacle d'une violence destructrice, mais grandiose. Senancour a pu s'inspirer d'un passage des *Confessions* de Rousseau, dans lequel celui-ci décrit une cascade et raconte comment il fut mouillé, alors qu'il croyait pouvoir s'en approcher sans risque. L'exploitation symbolique du thème dans *Oberman* diffère toutefois par son ampleur et par sa portée. On remarquera en effet que le narrateur d'*Oberman* ne se contente pas de reprendre le lieu commun du mouvement incessant de l'eau, symbole de la destinée humaine et de la fuite du temps. Il est ici beaucoup plus sensible à l'énergie vitale qu'exprime un tel site. Il parvient, du reste, à participer à cette vitalité cosmique par une sorte de baptême symbolique, qui le régénère et lui fait de nouveau entrevoir la possibilité d'une vie plus intense et plus active, accordée à l'Idéal. Pour une étude plus détaillée de la lettre et du renouvellement du symbolisme de l'eau, cf. l'article de M. Noël cité en bibliographie.
379. Cf. note 334.
380. Ce portrait de « l'homme supérieur » prolonge l'éloge fervent du génie à qui doit revenir la direction des peuples, déjà développé dans la « Quinzième rêverie » de 1799. Cf. notre préface, p. 46.
381. Domesticité.
382. Pompe, magnificence, luxe.
383. Lambert, Jean Henri (1728-1777), savant français, à la fois géomètre, physicien et astronome, auteur de découvertes essentielles dans tous ces domaines.
384. Pindare (518-438), poète lyrique grec, resté célèbre pour l'ardeur de ses dithyrambes patriotiques et autres odes célébrant les vainqueurs des jeux.
385. Autre nom de la dinde.
386. Plante qui constitue principalement le gazon.
387. Sur ce rire tragique, lié au sentiment du vide intérieur et de l'absurde, cf. l'article de M.-H. Cotoni cité en bibliographie.

388. Contrairement à ses contemporains qui ont surtout lu *L'Homme de désir* (1790), *De l'esprit des choses* (an VIII) est apparemment l'œuvre de Saint-Martin que Senancour a le plus consultée. C'est à partir des années 1800 qu'il s'est sérieusement intéressé aux thèses martinistes : la comparaison des lettres XLII et LXXXV d'*Oberman* témoigne de cette évolution d'une connaissance encore superficielle et d'une appréciation mesurée de la pensée du Philosophe inconnu, à une adhésion de plus en plus fervente, qui culminera, à la fin de sa vie, lors du remaniement des *Libres Méditations*, avec le développement d'une véritable théorie mystique du langage. Au temps d'*Oberman*, Senancour trouve dans le martinisme une vision globale de la Création, centrée sur la découverte des rapports unissant l'homme et l'univers, qui conforte sa propre quête d'unité et d'harmonie par la mise au jour de la structure analogique du monde. Il retient surtout du martinisme une philosophie de l'histoire qui lui permet de concevoir le retour vers la nature primitive autrement que sous la forme d'une rétrogradation systématique. La lettre LXXXV prouve qu'en dépit de quelques réticences il est en effet séduit par cette vision dynamique et féconde de l'évolution de l'univers, fondée sur une logique des antagonismes, sur le jeu de forces d'expansion et de résistance, de dégradation et de régénération, de vie et de mort, qui fait la part belle à l'action de l'homme dans le travail de réintégration.

389. Allusion à la religion manichéenne fondée par le Persan Manès ou Mani (IIIe siècle) et à son dualisme radical : le Bien et le Mal y sont en effet conçus comme deux principes égaux et antagonistes ; la matière, mauvaise, est à l'origine de toutes les misères et de la captivité des âmes.

390. Affaiblie, sans vigueur.

391. Nom donné par des écrivains grecs aux habitants primitifs de l'Égéide avant l'arrivée des Hellènes. On les considérait comme un peuple autochtone et barbare (ne parlant pas le grec) ou comme des tribus errantes.

392. Peuple d'origine iranienne, vivant dans les steppes au nord de la mer Noire, dont certaines tribus restèrent nomades.

393. Allusion à Boulanger et à son livre *L'Antiquité dévoilée* : cf. note 366.

394. Pour une interprétation des rêves de Senancour et du rôle, somme toute limité, qu'il veut bien leur reconnaître dans le processus de révélation de l'Idéal, cf. B. Le Gall, *L'Imaginaire*..., t. I, p. 315-321. On notera tout particulièrement l'ambiguïté de ce récit de rêve apocalyptique, qui oscille entre le symbole – Senancour a pu s'inspirer d'un passage de l'*Homme de désir* de Saint-Martin – et la parodie d'un genre littéraire alors très en vogue. Le pastiche deviendra évident dans le tableau apocalyptique qu'il s'amuse à composer dans l'une de ses contributions au *Mercure du XIXe siècle* en 1824, intitulée « Songe romantique ».

395. Si, dans *De l'amour*, Senancour reconnaît qu'un mariage réussi est « le plus grand moyen de félicité », il s'insurge de nouveau contre

l'idée qu'il faille l'imposer à tous et rappelle la plus forte probabilité de la mésentente dans le couple (« Du mariage », p. 215-291).
396. Solon (v. 640-v. 558 av. J.-C.), législateur et poète athénien. Son nom est attaché à la vaste réforme sociale et politique qui détermina l'essor d'Athènes. Placé au-dessus de tous les poètes par Platon, il a été rangé parmi les Sept Sages.
397. *De officiis* : dans sa *Vie in.* (p. 245), Mlle de Senancour signale que son père a laissé à sa mort plusieurs manuscrits inédits, dont une traduction inachevée du *De officiis* de Cicéron.
398. Peut-être une nouvelle critique de la vie privée de Rousseau. Senancour revient, dans *De l'amour*, sur la nécessité de n'avoir des enfants que si l'on a les moyens de les élever.
399. Apparence.
400. Peut-être instruit par sa propre expérience d'enfant d'un couple vieillissant, Senancour considère, dans *De l'amour*, que la trop grande différence d'âge entre parents et enfants est l'une des causes majeures de l'absence d'affection dans les familles. Il préconise donc des mariages et des naissances plus précoces (« De l'affection entre les pères et les enfants », p. 372).
401. Le dernier paragraphe de la lettre est repris avec quelques modifications dans *De l'amour*, « Du mariage », p. 223.
402. *Le Monde primitif analysé et comparé avec le monde moderne* (1773-1784), ouvrage monumental de Court de Gébelin, dans lequel il se propose de rendre compte des diverses mythologies et des divers systèmes linguistiques à partir de l'allégorie et de l'étymologie. Senancour l'a beaucoup médité : il y a trouvé de quoi alimenter sa recherche de l'unité sublime du monde à partir du pressentiment de l'analogie. C'est encore sous son influence que, dès les *Rêveries* de 1799, il conçoit le génie comme un véritable linguiste, capable de « pénétrer par l'onomatopée dans la nuit de la formation des langues » et de « lire ainsi le grand livre de la pensée humaine dans tous les âges » (t. I, p. 216).
403. Ces phrases ont aussi leur écho dans les *Rêveries* de 1833, où l'on peut lire : « Si nous voulons vivre avec moins de fatigue, ne détournons pas les yeux d'une clarté qu'il n'est pas facile de distinguer au-delà de notre monde, mais qui du moins subsiste ; cherchons ensemble cette lumière, cette consolation, cette justice » (« Première rêverie », p. 18).
404. Reprise de deux scènes d'*Aldomen* (p. 50-52 et 59-64), la « fête des foins », avec ses repas champêtres et ses danses, que le narrateur organise pour ses bons campagnards, ainsi que le concert nocturne de cors, de flûte et de chants auxquels tous participent et qui suffit à convaincre le jeune visiteur des bénéfices supérieurs de la vie retirée à la campagne.
405. Mlle de Senancour authentifie l'épisode : « Par la suite, mon père put lire clairement dans son cœur. En le recevant un jour, Mme W... prononça son nom avec un accent tel qu'il en fut assez impressionné pour chercher un appui sur la rampe de l'escalier. Dès qu'il reconnut le danger, il rendit ses visites plus rares et ce penchant fut dompté » (*Vie in.*, p. 132).

406. Cet appel à l'espérance résonne dans d'autres écrits des années 1830, comme dans l'article « Avenir » du *Petit Vocabulaire de simple vérité*, dans lequel Senancour conclut qu'« espérer est dans notre véritable loi ».

407. Dans l'édition de 1833, cette lettre fait suite à la lettre XC, alors que dans l'édition de 1840 elle sera reportée après la lettre XCI, nouvellement introduite. Senancour tenait de toute évidence à en faire la conclusion, apaisée, de son œuvre.

408. Dans ses textes des années 1830, Senancour revient avec prédilection sur le pouvoir enchanteur qu'ont les fleurs, surtout par leur parfum, d'ouvrir des échappées sur l'idéal. L'article « Fleurs » du *Petit Vocabulaire de simple vérité* est certainement celui qui décrit le mieux cette expérience privilégiée pour l'homme sensible : « Nos besoins matériels n'exigeaient pas, ce semble, que les parfums qu'exhalent les fleurs excitassent vivement notre sensibilité. Peut-être même faut-il que déjà la pensée soit entrée dans la sphère des idées abstraites, dans le monde sans limites, pour que ces jouissances de l'odorat deviennent des jouissances de l'âme. Alors l'impression est profonde, et elle peut, plus que toute autre, participer de l'infini ; c'est sans doute ce qui la rend aussi passagère que soudaine. Nous ne saurions obtenir du monde, dont nous sommes absents, que de rapides aperçus qui indiquent beaucoup de choses et n'en déterminent aucune. Heureux du moins les hommes pleins d'espérance qui ne reçoivent pas comme de simples amusements ces impressions mystérieuses ! » La narratrice d'*Isabelle* avoue elle aussi sa préférence pour les « odeurs si suaves et si variées », et elle reconnaît être particulièrement sensible à « ces sortes de jouissances ». C'est que, selon elle, « la mélodie et les parfums remuent l'âme sans trop la conduire. Cette sorte d'éloquence n'exprimant rien d'une manière déterminée, peut donner à notre pensée plus de hardiesse, et ranime ainsi ce qui commençait à s'éteindre au-dedans de nous. » Vient ensuite le répertoire d'emblèmes floraux qu'elle s'est plu à dresser. Nous reproduisons ici ceux qui concernent les fleurs citées dans la lettre d'*Obermann* : « Barbeaux. – Habitudes naturelles ; sensiblité paisible ; bien-être exempt d'inquiétude. Bon sens et bonne humeur. [...] Marguerites (petites). – Tranquillité, bonheur domestique. Souvenirs du vieux temps. [...] Tubéreuse. – Jouissances de tout genre qui subjuguent, ou qui exposent à la satiété » (p. 99-106). Pour la violette et la jonquille, cf. notes 89 et 137.

409. Les *Ann. enc.*, où se retrouvent citées ces espèces chinoises et hindoues, confirment le goût de Senancour pour les flores orientales (II, 340). Il laisse à son héroïne *Isabelle* le soin de dire son intérêt pour l'art des Orientaux, qui s'attachent « à interpréter les nombreuses différences qu'on remarque dans les parfums ou dans les nuances des fleurs » et qui « en forment une suite d'emblèmes et une espèce de langue poétique ou romanesque » (p. 99). On pensait alors que le langage des fleurs avait pris naissance dans les harems de l'Orient : plusieurs livres à succès s'employaient à le décrire et à le traduire. Senancour fait le compte rendu de l'un deux pour *Le Mercure du XIXe siècle* en 1824.

410. Cette lettre figure pour la première fois dans l'édition de 1840 ; elle avait néanmoins déjà paru en 1834 dans un recueil de textes réunis par l'ami de Senancour, Ferdinand Denis : *Voyages anciens et modernes*, Paris, Louis Janet, sans date. On peut penser qu'elle est le récit, longtemps différé, de la malheureuse course au Grand-Saint-Bernard que fit Senancour en 1789 et qui lui valut un début de paralysie dont il devait souffrir toute sa vie. Mlle de Senancour raconte à son tour l'aventure, avec les mêmes péripéties, dans sa biographie de son père : elle confirme que ce fut pour lui « une grande jouissance » « que cette lutte suprême avec la nature, cette ivresse du danger, dans ce complet isolement » ; elle aussi fait remonter à cet accident le début de son infirmité et en note les progrès de plus en plus handicapants, surtout à partir de 1836 (*Vie. in.*, p. 130-131).
411. Il y avait effectivement au Grand-Saint-Bernard un hospice où des religieux recevaient, restauraient et soignaient les voyageurs égarés ou ensevelis dans les avalanches qu'ils avaient réussi à sauver. Saussure fait l'éloge de leur zèle dans ses *Voyages dans les Alpes* (cf. *Le Voyage en Suisse, op. cit.*, p. 292-293).
412. Cette note prouve qu'aux yeux de Senancour *Obermann* restait imparfait, inachevé et devait être poursuivi ou donner lieu à un travail de réécriture.
413. A. Monglond fait remarquer à juste titre que ce sommaire qui précède les lettres d'Oberman en 1804 incite à les lire comme un recueil d'*Essais*. Cf. encore l'article « Réflexions sur la structure d'*Obermann* » de A. Colsman *et al.*, cité en bibliographie.

DOSSIER

1. Notice sur la vie de Senancour, par Boisjolin

2. Préface de Sainte-Beuve à *Obermann* (1833)

3. Préface de George Sand à *Obermann* (1840)

4. « Du style dans les descriptions »

5. Extrait de la « XVIIe rêverie » des *Rêveries sur la nature primitive de l'homme* (1799)

1 — Notice sur la vie de Senancour, par Boisjolin

Publiée pour la première fois par André Monglond dans *Le Mariage et la vieillesse de Senancour* (Chupru, 1931), puis dans *Jeunesses* (Grasset, 1933), la notice que nous reproduisons fut retrouvée dans les *Dossiers littéraires* de Sainte-Beuve, qui l'utilisa pour la rédaction de son article de 1832 destiné à relancer *Oberman*. N'ayant encore à cette date jamais rencontré Senancour, il eut l'idée de faire appel à Boisjolin, ami intime de l'écrivain, bon connaisseur de son œuvre de surcroît – il venait de permettre la réédition de *De l'amour* et des *Libres Méditations* –, pour recueillir auprès de lui des renseignements sur sa vie susceptibles d'aider à la compréhension du roman. L'importance de cette notice, qu'il faut distinguer de celle que le même Boisjolin écrivit pour la *Biographie Rabbe*, ainsi que de celles que Mlle de Senancour consacra à diverses reprises à son père, tient au fait qu'elle a été spécialement conçue pour éclairer la genèse d'*Oberman* (elle relate, du reste, la vie de Senancour jusqu'en 1804 seulement, date de la première publication) et, surtout, qu'elle a été rédigée sous le contrôle de Senancour lui-même. En effet, tout porte à penser qu'il la dicta à Boisjolin et qu'il profita de cette occasion pour fixer l'image de sa personne et de son passé qu'il consentait, avec le recul, à livrer au public. Plus que le détail des renseignements fournis sur les événements marquants de son existence, c'est ce jugement rétrospectif sur sa vie et ce travail de recomposition de la matière autobiographique qui nous importent, parce qu'ils trahissent sa volonté de prévenir la diffusion d'un portrait de lui dans lequel il refuse de se reconnaître, et qu'ils montrent son désir de s'opposer par avance à la tentation de l'identification de sa personne et de son héros. Une telle mise au point lui paraissait d'autant plus nécessaire qu'il se sentait coupable de ne pas avoir lui-même suffisamment souligné les différences : dans les notes qu'il inscrit plus tard en marge de l'article de Sainte-Beuve, il ne cesse de s'accuser d'avoir favorisé l'erreur dans laquelle est tombé le critique, en lisant *Oberman* comme l'aveu à peine voilé des déboires de sa jeunesse.

Dès lors, si son tempérament naturellement réservé et son attachement aux belles manières expliquent que, dans cette notice, les ellipses concernant les sujets les plus intimes et les plus douloureux, comme l'infidélité de sa femme, les malhonnêtetés de sa belle-famille à son égard, ou encore sa passion inassouvie pour Mme de Walckenaer, soient dues d'abord à un réflexe de pudeur et de dignité, il apparaît vite que, pour le reste, les silences soigneusement ménagés, tout comme la mise en valeur insistante de certains aspects de sa personnalité et de sa vie, répondent plus profondément au souci d'empêcher l'attribution à son caractère des faiblesses de son personnage et la projection sur son être des traits du héros romantique. Certes, Senancour se reconnaît dans le doute qui caractérise la pensée d'Oberman et il fait sienne la tristesse de son enfance ; il consent de même à deux reprises à endosser le rôle du héros tourmenté, que l'« ennui » et les vicissitudes du sort contraignent à « perdre » ses années dans l'apathie ou dans l'errance, mais c'est dans l'ensemble avec l'intention de prouver que cet état de fait est moins dû à une prédisposition intérieure qu'à un funeste concours de circonstances, qu'il a subi sans la moindre complaisance. En évitant de trop parler de ses responsabilités et en revenant à l'envi sur l'enchaînement – tout aléatoire – des faits qui a finalement décidé du cours de sa vie, il entend convaincre que celle-ci aurait pu être autre et qu'elle ne saurait en aucun cas être expliquée *a posteriori* par une quelconque vocation au malheur, due à une sorte de faillite intérieure, à un consentement maladif à l'impuissance et à l'échec.

Ainsi, le retour constant sur les difficultés pécuniaires qui ont sans cesse gâché sa vie et qui l'ont arrêté dans ses projets dit assez son amertume de n'avoir pu agir différemment et pourrait suffire à démentir toute adhésion suspecte au culte du héros maudit, que l'acharnement de la fatalité est censé distinguer et grandir. Du reste, on remarque qu'il s'efforce, non sans gaucherie, de rapporter ses déboires conjugaux à sa ruine financière, allant même jusqu'à prétendre que, sans cela, son mariage aurait été « à peu près heureux », ce qui a pour lui l'avantage de minimiser ses torts, de faire oublier ce qui incombe dans cette affaire à sa naïveté et à son indécision, et surtout d'écarter la thèse de l'inéluctabilité de sa condition de mari berné. En s'offrant le luxe de croire en une possible réussite de son couple, Senancour ne se contente pas de corriger l'image peu flatteuse du jeune homme piégé par des beaux-parents trop heureux de caser une fille sans dot : il signifie son refus de convertir rétrospectivement sa vie en destin et de s'enorgueillir des frustrations qu'elle lui a prodiguées.

Il en va de même pour son infirmité, fort peu évoquée dans cette notice, sinon sous l'espèce « d'une sorte d'affaiblissement nerveux », dont la cause principale, l'excursion malheureuse dans le Grand-Saint-Bernard, reste tue. Senancour cherche à l'évidence à effacer l'image pitoyable de l'impotent qu'il est devenu, parce qu'il a tout lieu de craindre qu'elle soit assez bouleversante pour être seule retenue par la postérité. Mais ce silence dit aussi le refus de se poser en victime d'un sort qui se serait déchaîné contre lui, et de tirer profit de cette élection négative. Senancour ne veut pas de l'auréole du martyr marqué dans sa chair : aussi ne manque-t-il pas de préciser qu'« en général sa constitution était plutôt de jouir d'une santé intérieure assez soutenue [...] et de ne connaître que fort tard le déclin de l'âge ». Sa fille viendra sur ce point à sa rescousse, en soulignant d'entrée, dans sa « Vie inédite de Senancour », la « conformation vigoureuse » de l'enfant qu'il fut et en rappelant que, pendant ses années de pensionnat, il était capable de « jouer à la balle avec agilité et avec cette adresse que donne une rare justesse de coup d'œil [1] ». Dans la notice de Boisjolin, un détail – la mention des « apparences de la force » qu'il donnait à sa naissance – suffit au demeurant à écarter le modèle autobiographique légué par Rousseau et repris, par exemple, par Chateaubriand dans ses *Mémoires d'outre-tombe* : ici, point d'enfant venu au monde à moitié mort, dans des circonstances assez extraordinaires pour être interprétées comme le signe prémonitoire d'une existence à charge, mais un nourrisson en bonne santé, né dans les meilleures conditions – Mlle de Senancour n'omettra pas de préciser que « l'accoucheur de sa mère, qui était celui de la reine, jugea l'enfant *robuste*, bien conformé » –, qui plus est, gratifié d'un père sur lequel l'âge ne semble pas avoir de prise. On ne peut mieux s'y prendre pour faire oublier qu'il est le fruit tardif d'un mariage consanguin et pour couper court à la légende de sa prédestination à la faiblesse et au malheur. L'éloge de la vigueur physique et de l'hygiène du corps qui résonne dans toute son œuvre, tout comme la complaisance à y mettre en scène des personnages goûtant au plaisir de la marche, parfois pénible et périlleuse, confirment encore combien il dut lui être douloureux de devenir invalide et combien il se sentait étranger à l'engouement des romantiques pour les héros sans forces et sans énergie.

Par ailleurs, l'accent mis sur la santé et sur la jeunesse apparente du père illustre la volonté qu'a alors Senancour de corriger l'image déprimante de ses premières années qui est en train de s'imposer, celle d'une enfance « maladive, casanière, ennuyée », comme le dira Sainte-Beuve dans son premier article, encore assombrie par la sourde mésentente des parents. On remarque que, dans la notice, Senancour se garde de décrire l'atmosphère familiale oppressante dans laquelle il a grandi : pas un mot sur les discordes des parents, sur l'austérité de leur caractère et de leurs mœurs, sur l'excès de leur dévotion, mais au contraire, comme dans les notes couchées en marge de l'article du critique, le désir d'embellir le tableau de son enfance et, notamment, d'estomper les relations conflictuelles qu'il a

---

1. *Revue bleue*, juillet 1906, p. 98-99.

eues avec son père. Aussi met-il sur le compte de l'excès de travail et des scrupules religieux la morosité de ses premiers temps, puis son refus d'entrer au séminaire ; aussi souligne-t-il sa complicité avec sa mère et ses visites à son père, après son mariage.

Bien que la mise en forme de la notice incombe au seul Boisjolin, on se risquera à commenter son style, dans la mesure où il concourt à la réussite de cette stratégie de dénégation : de fait, en se gardant de toute affectation, d'orgueil comme de modestie, en fuyant l'ornement qui ferait trop sentir le travail de la phrase, l'auteur de ce texte cherche à l'évidence à produire un effet de simplicité et de sincérité, qui corrobore le désir de Senancour d'échapper à toute pose, à tout stéréotype verbal ou moral. Comme dans ses articles précédemment parus dans la presse de la Restauration, ce dernier a soin de marquer son indépendance à l'endroit de toute école et de prôner un idéal d'écriture, tempérant l'audace de la nouveauté par le respect de la mesure et de la convenance, qui constitue ce qu'il appelle ici « le fond du romantisme », et ailleurs « le romantisme éternel ».

On ne s'étonnera pas que cette protestation de liberté et de fidélité constante à une poétique personnelle le conduise finalement à rouvrir la polémique avec Chateaubriand, pour se défendre une nouvelle fois d'avoir été son disciple, pire, son plagiaire. Si on peut le croire lorsqu'il dit avoir composé les *Rêveries* avant d'avoir lu une seule ligne de l'auteur du *Génie du christianisme*, on accueillera avec plus de méfiance sa déclaration faisant état d'une lecture tardive de *René*, en 1811 seulement [1]. Quelle que soit leur exactitude, ses allégations parachèvent habilement le portrait que brosse cette notice d'un homme naturellement vigoureux et fécond, qui ne saurait se reconnaître dans le rôle du rival malheureux et de l'écrivain inhibé que l'on veut lui faire jouer au vu de sa carrière. Qu'il évoque sa condition physique, son mariage ou son parcours littéraire, le projet qu'il poursuit en 1832 reste le même : se démarquer coûte que coûte du type romantique du génie avorté et de son fallacieux prestige, dissiper tout soupçon de complaisance dans l'impuissance et dans l'infortune.

Composée à la veille de la redécouverte d'*Oberman*, la notice biographique transmise par Boisjolin à Sainte-Beuve nous semble donc devoir être rangée parmi les « seuils [2] » de l'œuvre que l'auteur uti-

---

[1]. C'est la date qu'il donne en 1816 dans la préface des *Observations sur le « Génie du christianisme »*.
[2]. Selon la terminologie de G. Genette, qui désigne par « seuils » ou « paratexte » l'ensemble des textes qui accompagnent l'œuvre et en imposent au lecteur un mode d'emploi ainsi qu'une interprétation conformes au dessein de l'auteur. Cf. *Seuils*, Le Seuil, 1987.

lise pour tenter d'influer sur sa réception, et peut-être plus encore ici, sur l'image que l'on se fera de sa personne et de sa vie. Élément clé de l'« épitexte [1] », elle permet à Senancour de préciser en quoi son héros diffère de l'homme qu'il était en 1804 et quel lien il est prêt à admettre en 1832 avec son œuvre de jeunesse. S'il se porte garant de son originalité en ayant soin de se démarquer de Chateaubriand, s'il souligne la constance de son goût pour la « peinture de paysage » et nous livre là l'une des raisons de l'abondance des descriptions dans ce singulier roman, il s'oppose à son explication par la « psychologie » et rechigne à y voir le miroir précoce d'une « disposition mélancolique et souffrante », d'une prétendue inclination à l'échec [2].

Étienne Jean-Baptiste Pierre Ignace Pivert de Senancour, fils d'un conseiller du roi, est né le 16 novembre 1770 à [Paris]. Au printemps de 1784 il fut mis en pension chez le curé de Fontaine à une lieue d'Ermenonville.

Il était né d'un père d'une constitution remarquable. Car à cinquante ans il n'en paraissait que trente-six. Le fils né avec toutes les apparences de la force n'a point réalisé ce qu'elles semblaient annoncer. Il eut quatre nourrices différentes et souffrit beaucoup dès sa première année. Son enfance fut extrêmement triste ; par moments il a beaucoup travaillé et peut-être beaucoup trop. Il apprit la géographie sans en recevoir aucune leçon, et à l'âge de sept ans il la savait d'une manière qui surprit beaucoup le bon et savant Mentelle [3]. Le jeune Senancour perdit ensuite ses années à se consumer d'ennui.

Tout jeune, dans des promenades qu'il faisait avec sa mère dans les bois de Fontainebleau, il ne l'entretenait que du projet détaillé de vivre

---

1. Nous rangeons cette biographie écrite sous la dictée de l'auteur dans la catégorie de l'« épitexte » qui désigne, sous la plume de G. Genette, « tout élément paratextuel qui ne se trouve pas matériellement annexé au texte dans le même volume », mais qui contribue à en orienter la lecture (*ibid.*, p. 316). Plus précisément encore, il nous semble que cette notice relève de l'« épitexte public », dans la mesure où Senancour s'y adresse à un ami dont la personnalité importe peu : il est clair que ce sont ses lecteurs que vise Senancour à travers Boisjolin, dont le rôle de simple médiateur consiste à transmettre à Sainte-Beuve le récit de sa vie que l'écrivain veut bien voir publié.
2. Ainsi que le présentera encore Sainte-Beuve dans sa préface de 1833. Voir le document suivant.
3. Mentelle, Edme (1730-1815), géographe et historien français, auteur de nombreux ouvrages qui ont longtemps servi à l'enseignement de ces deux disciplines. La passion pour la géographie est l'un des points communs que se reconnaît Senancour avec Oberman, mais ce dernier n'est pas l'enfant prodige que dit avoir été l'auteur.

pour toujours dans une île déserte. En aucun temps une manière de vivre assez simple et même austère, dans un bon climat, n'aurait rien eu qui l'effrayât, aujourd'hui comme autrefois [1].

En 1785, il devint pensionnaire au collège de la Marche [2]. Il fit en quatre années les six classes d'humanités ; il obtint des premiers prix, sans être pour cela un excellent écolier ; car il ne put jamais arriver à faire un bon vers latin. Toutefois le collège fondait sur lui quelque espérance pour le concours général de l'université ; mais les suites du 14 juillet 1789 s'opposèrent au concours.

Pendant qu'il était au collège, M. de Senancour lut Malebranche, Helvétius, etc. La croyance chrétienne avait été totalement ébranlée chez lui avant qu'il sortît de l'enfance, dont il sortit tard. Il lui fut donc impossible de suivre les intentions de son père qui, sans vouloir le contraindre pour l'avenir, exigeait absolument qu'il passât deux années au séminaire de Saint-Sulpice : on sait qu'il fallait s'y confesser chaque semaine [3], etc.

Il prit alors, d'accord avec sa mère, un parti extrême, et quitta Paris le 14 août 1789, formant en même temps un projet dont il n'a jamais fait part, assure-t-il, à qui que ce soit. Un incident le lui ayant fait

---

1. Nous connaissons ce projet au moins par deux lettres, l'une, adressée à Bernardin de Saint-Pierre, vraisemblablement en 1790, dans laquelle il lui fait part de son intention de quitter l'Europe pour chercher, « dans une île par exemple », « un site agreste et fertile, entre les tropiques, et dans un climat sain, où la terre encore en friche appartînt au premier occupant ; où la nature cependant prévînt, en partie, le travail, et fournît le nécessaire à la vie », l'autre, adressée le 30 septembre 1797 aux membres du Directoire, dans laquelle il dit son espoir de pouvoir être utile, de servir « au bonheur d'un coin du globe, fût-ce dans les contrées les plus éloignées où il y a tant à faire », « au milieu des hommes simples et au sein d'une belle nature » (A. Monglond, *Vies préromantiques*, p. 169-174, et *Jeunesses*, p. 299-303).
2. On remarque que, contrairement à sa fille, Senancour ne dit rien de sa timidité et de son goût pour la solitude, qui perturbèrent ses relations avec ses condisciples.
3. Dans les notes ajoutées en marge de l'article de Sainte-Beuve, Senancour renchérit sur ses scrupules religieux qui auraient motivé, plus que toute autre raison, son refus d'entrer au séminaire de Saint-Sulpice et, partant, sa fuite hors de France. Il estompe ainsi le drame familial que suscita sa désobéissance à son père. À côté de « Séminaire de Saint-Sulpice », il écrit : « Il était de règle de s'y confesser une fois par semaine je crois et d'y communier une fois par mois. Je me trompe peut-être sur la fréquence de ces deux sacrements. Mais enfin n'ayant pas de foi l'éditeur d'*Obermann* ne pouvait participer à ces sacrements ; c'eût été d'ailleurs s'exposer à des sacrilèges puisque alors il n'était pas encore absolument convaincu de l'inanité des sacrements et des dogmes chrétiens. Dans tous les cas on ne doit pas se jouer de ces sortes de choses et donner des exemples qui seraient pris pour des actes d'hypocrisie. L'éditeur d'*Obermann* ne fera jamais ce que Voltaire a fait à Ferney vers 1768 » (II, 599).

abandonner, il s'arrêta vers le lac de Genève et passa plusieurs mois à Saint-Maurice, en Valais [1].

Sa mère songeant à se rendre en Suisse, cela contribua à le décider pour Fribourg, canton catholique, lorsqu'il quitta le Valais en janvier 1790.

C'est vers cette époque qu'une sorte d'affaiblissement nerveux, auquel n'ont rien compris de grands médecins qu'on voulut qu'il consultât, se déclara, après l'usage du petit vin blanc soufré de Saint-Maurice [2]. Cette circonstance contribua aussi à faire rester M. de Senancour en Suisse. En général sa constitution était plutôt de jouir d'une santé intérieure assez soutenue que d'une jeunesse entraînante ; mais de ne connaître que fort tard le déclin de l'âge.

À l'exception des penchants que tout le monde partage, mais par lesquels M. de Senancour était décidé dès le principe à n'être jamais subjugué, il paraît ne s'être connu qu'un seul goût, celui de la peinture de paysage [3], et qu'un seul besoin, celui d'exprimer par écrit sa pensée sur des objets importants à ses yeux.

N'ayant plus de dessein arrêté, il se livra à l'idée de demeurer du moins quelques années dans quelques vallées des Alpes. – Et d'après l'éloignement le plus positif qu'il avait éprouvé dès l'enfance pour toute profession, il n'entrevoyait plus d'autre occupation qui lui convînt que d'écrire sur des matières philosophiques ; mais ne se formant alors qu'une idée très vague des sujets qu'il traiterait. Quant à la peinture elle se trouva bientôt abandonnée, mais sans intention formelle.

En attendant la décision de sa mère, M. de Senancour se trouvait pensionnaire dans une maison de campagne où l'une des demoiselles

---

1. Dans une note de la notice biographique qu'elle consacre à son père, Mlle de Senancour cite des lignes laissées par lui, qui confirment que son intention était bien de ne pas s'arrêter en Suisse : « J'eusse été, je suppose, en Égypte, et là, à moins que je n'eusse été intime avec le général en chef, je me fusse jeté parmi les Arabes, dans le Saïd » (*Revue bleue*, août 1906, p. 130).
2. Senancour se range à l'avis de Tissot, qui considérait que ce vin était préjudiciable à la santé. D'autres causes de sa maladie ont été avancées. Mlle de Senancour attribue pour sa part l'infirmité de son père à une « goutte héréditaire » et met surtout en cause l'accident du Grand-Saint-Bernard, qui aurait provoqué la paralysie des jambes et des mains (*ibid.*, p. 130-131). Dans son livre *Essais de clinique romantique. Senancour ou le myopathique* (Paris, Houdé, 1947), le docteur A. Finot écarte ces analyses et diagnostique une « myopathie primitive progressive ».
3. L'ami de Senancour, Marcotte d'Argenteuil, était lié avec les peintres contemporains, notamment avec Ingres, qui fit son portrait ainsi que celui de Mme de Walckenaer. Senancour lui-même fut en relation avec les peintres Arsenne et Blanc-Fontaine, lequel exécuta son portrait en 1843. *Oberman* devait inspirer les peintres, surtout Delacroix, qui en fit son livre de chevet et qui le cite longuement dans son *Journal*. Senancour a prêté ce goût pour la peinture à ses personnages : Oberman regrette de ne pas savoir peindre (lettre XXXVII, p. 166) ; Isabelle a, pour sa part, la chance de pouvoir s'adonner à cet art qui lui laisse le loisir de la rêverie (*Isabelle*, p. 31).

qui l'habitaient n'était nullement heureuse dans sa famille. Cette circonstance occasionna des confidences et quelque intimité. La rupture d'un mariage projeté pour cette personne fut attribuée ensuite à la présence du Français en pension dans cette famille, et celle-ci finit par lui demander quel était son dessein.

M. de Senancour n'avait fait aucune promesse et ne songeait à prendre aucun engagement ; néanmoins les goûts de cette demoiselle très peu plus âgée que lui, se conciliaient extraordinairement sous plusieurs rapports avec les projets de retraite, qu'il formait toujours, dans des lieux pittoresques et presque sauvages [1].

M. de Senancour n'écarta pas précisément la proposition et cela suffit pour que ceux qui voulaient absolument le mariage l'emportassent sur lui, qui ne voyait guère comment s'y refuser.

Cette demoiselle était de famille patricienne ; mais elle était sans fortune. La révolution suisse est venue détruire les espérances qu'avait son frère. Deux de ses sœurs épousèrent aussi des Français d'anciennes familles, dont l'un était émigré [2]. Elle avait un extérieur favorable, mais différent de celui que M. de Senancour eût préféré dans une femme. Il se maria le 13 septembre 1790 ; et ce jour, comme s'il en eût pressenti les suites, fut un des plus tristes de sa vie. Le mariage eut lieu, non chez son beau-père, la chapelle du château n'étant pas alors en état, mais à la campagne et sans fête.

M. de Senancour en perdant ainsi par des motifs louables une indépendance qu'il avait conquise auparavant et qui dans son caractère pouvait seul[e] donner du prix à la vie, faisait une sottise ; mais il ne prévoyait pas que la perte de la fortune à laquelle il avait droit ferait bientôt pour lui des embarras où il se jetait le plus grand des malheurs, en l'arrachant presque entièrement à sa destination. – Ce fut aussi pour lui un grand mal de n'avoir pas un séjour fixe, sauf des voyages, une demeure rurale où il pût rester des années sans sortir du parc ; ce qui était selon ses vœux dès sa première jeunesse [3].

Le sort l'avait fait naître seul héritier naturel de plusieurs parents dont un avait à Paris une fortune telle qu'il y avait équipage de Monsieur et équipage de Madame. M. de Senancour croyait donc, bien

---

1. Mlle de Senancour confirme que sa mère était maltraitée dans sa famille et voit dans la compassion qu'éprouva son père à son égard l'une des raisons qui l'incitèrent, au terme de longues et pénibles tergiversations, à l'épouser. Elle aussi parle du prétendant écarté, des pressions de la belle-famille, et avoue que si la voix et l'humeur sauvage de Marie avaient pu séduire le jeune homme, ses « avantages physiques n'étaient pas de ceux qu'[il] préférait » (*Revue bleue*, août 1906, p. 129-130).
2. Il s'agit de Favre de Longry, auquel il est de nouveau fait allusion à la fin de la notice.
3. Mlle de Senancour décrit cette « demeure rurale » dont il aurait rêvé dès son enfance et évoque son plaisir à se figurer « au pied d'une montagne, au bord d'un lac, à côté d'un torrent » (*Revue bleue*, août 1996, p. 245). Le choix par Oberman de Charrières, puis d'Imenstròm, prouve qu'il hérite sur ce point des goûts de son créateur.

qu'il n'eût alors rien à lui, pouvoir, en attendant, vivre au pied des montagnes de fruits et de laitages avec une femme dont les goûts étaient les plus *romantiques* [1], qui n'ait jamais connu aucune femme de la société, et avec tout au plus deux enfants, ce qui entrait dans les conditions qu'il avait faites en quelque [sorte] en se mariant, voulant se charger seul du soin de leur éducation.

M. de Senancour n'aurait eu à déplorer ni la ruine de ses espérances de fortune, sans son mariage qui l'a rendue totale ; ni son mariage, sans cette perte qui seule a empêché que son mariage fût à peu près heureux [2].

M. de Senancour et sa femme partirent le 19 septembre suivant pour se rendre dans une demeure qui était arrêtée [3]. C'était un lieu qu'il avait vu précédemment dans ses courses pédestres. Mais il fallait franchir les Alpes, et, bien avant même qu'il eût fallu quitter la voiture, avant qu'on s'enfonçât dans les montagnes, la hauteur d'icelles fit sur Mme de Senancour une impression si pénible et si soutenue que force fut de renoncer à vivre dans les lieux plus retirés encore que ceux qui faisaient déjà horreur. – Depuis cette circonstance et une lettre reçue de Paris, il n'y eut qu'incertitude dans toutes les démarches.

M. de Senancour se rendit à diverses fois à Paris, auprès de son père [4] ; mais toujours sans avoir de papiers en règle. Ce n'était pas sans danger réel qu'il passait et repassait les frontières [5] ; il restait peu

---

1. Au sens de « farouches », de « sauvages » (Mlle de Senancour utilise cette dernière épithète pour qualifier les « goûts » de sa mère, lorsqu'elle rappelle son inclination pour la solitude et la déception de son père de voir ce penchant démenti par son refus de s'installer en haute montagne. Voir *ibid.*, p. 129).
2. Mlle de Senancour explique que le départ « furtif » de son père pour la Suisse, puis « son mariage trop désintéressé et fait à l'étranger, sans le consentement de son père, avait indisposé contre lui un parent qui avait de la fortune et dont il devait être le seul héritier. Déjà en froid avec le père, ce parent saisit sans doute cette sorte d'excuse pour déshériter le fils ». Elle rapporte ensuite des propos de son père dans sa vieillesse, déclarant que s'il avait pu mener avec sa femme la vie pour laquelle il se sentait fait, « [il] n'aurai[t] point regretté [s]on choix » (*ibid.*, p. 132).
3. À Étroubles, dans le Val d'Aoste. Le lieu avait suffisamment séduit Senancour, lors de son ascension du Saint-Bernard, pour qu'il projetât de s'y retirer avec une femme prétendument amie de la solitude. Mlle de Senancour insiste elle aussi sur la consternation de son père, obligé de renoncer à son souhait le plus cher, et surtout, au seul mode de vie qui aurait pu lui convenir.
4. Soucieux d'atténuer les conflits familiaux qui marquèrent sa jeunesse, Senancour prend la peine de préciser, dans les notes laissées sur l'article de Sainte-Beuve, que l'affaire du séminaire étant alors oubliée, rien ne le séparait plus de son père et qu'il vint donc lui rendre visite autant qu'à sa mère (II, 600).
5. Comme il le mentionnera plus loin, il courait effectivement le risque d'être pris pour un émigré. Mlle de Senancour raconte à son tour qu'il fut plusieurs fois arrêté et menacé d'être exécuté.

à Paris, ou se rendait à la campagne. – Ensuite il n'a pas toujours habité auprès de Fribourg ; il a demeuré à Thiel, au château de Schupru, etc. – Autour de Paris, il a demeuré au château de Montlévêque, et plus près encore d'Ermenonville ; il y avait acheté à vie un pavillon avec grand jardin. C'était une habitation peu considérable, mais agréable ; les circonstances n'ont pas permis qu'il pût en jouir ; il n'y a jamais mis le pied, et il a aussi vu cette propriété lui échapper [1].

Diverses circonstances réduisirent presque à rien les débris d'héritages qui sans cela eussent pu changer sa position. M. de Senancour eut deux enfants, une fille et un fils. Chargé ainsi du sort de plusieurs, forcé à de continuels déplacements, et ne pouvant dans l'occasion s'ouvrir des voies nouvelles, comme ceux qui jouissent de toutes les facultés physiques de l'homme, il perdit de longues années dans cette vie incertaine.

Dans l'automne de 1798, par suite de la pénible position où il se trouvait à Paris, il voulut passer les frontières, mais pour la dernière fois. Sur le point d'y arriver il fut arrêté ; cette fois du moins il ne fut pas question de le fusiller ainsi que cela avait eu lieu dans des passages précédents ; il en fut quitte pour trois jours de prison. Mais il fut contraint de revenir à Paris. Quoique généralement réputé émigré, il avait échappé jusqu'alors à la *liste* fatale. Il allait enfin y être placé. Il se trouvait sans asile et sans ressources. Une maison opulente et puissante de Paris [2] offrit de faire, par son crédit, supprimer toute poursuite ; mais à la condition que M. de Senancour se chargerait d'une éducation dans cette maison. Ce qu'il fut obligé d'accepter. Cependant ses papiers ne furent mis en règle que trois ans après.

Il était sûr d'être traité avec distinction dans cette maison, où bientôt la liaison fut intime. Il y avait dans les bâtiments de l'autel (*sic*, pour hôtel) une imprimerie ; c'est là que se fit, au commencement de 1799, la première édition des *Rêveries sur la nature primitive de l'homme*. Jusqu'alors l'auteur n'avait pas eu de relations littéraires ; seulement un ami [3] avait imaginé en 1798 de faire imprimer une *rêverie* isolée qui lui avait été communiquée dans l'hiver de 1797 à 1798 ; les *rêveries* ayant été faites en 1797. Ce cahier, qui n'avait été

---

1. En 1795, Senancour avait acheté un pavillon de l'ancienne abbaye de Chaalis. Faute de pouvoir chasser les locataires qui l'occupaient, il se contenta de loger non loin de là, dans une auberge. Ayant contracté une forte fièvre lors de ses promenades dans les marais environnants, il se retira et renonça finalement à prendre possession de son acquisition.
2. Il s'agit de Laveaux, dont l'imprimerie se trouvait dans l'hôtel Beauvau. Senancour fut précepteur des enfants du fermier général La Live et s'occupa aussi de ceux de César d'Houdetot.
3. L'éditeur La Tynna. Il y eut effectivement en l'an VI une édition partielle des *Rêveries*, chez La Tynna et chez Cérioux, comprenant seulement les « Préliminaires » et les « Rêveries » numérotées I et III dans l'édition intégrale suivante (celle de l'an VIII).

suivi d'aucun autre, à cause du voyage dont il vient d'être question, fut le moyen dont se servit le sort pour ouvrir quelques voies à l'auteur comme écrivain.

En février 1802 des malheurs de famille [1] le firent encore se rendre en Suisse. Il en revint en octobre 1803. Cette absence et une autre aussi peu de son gré, faite quatorze ans plus tard, lui firent un tort irréparable [2].

M. de Senancour avait perdu son père en 1795 et sa mère l'année suivante. Sa femme qu'une maladie de foie menaçait sourdement depuis sa première jeunesse, mourut en janvier 1806.

Sa fille ne s'étant pas mariée est toujours restée avec lui depuis l'âge de douze ans. Son fils a embrassé la carrière militaire sous des auspices assez favorables. Il reçut de très bonne heure à l'isle Bourbon la croix de Saint-Louis pour sa conduite [3].

Après trois années passées aux portes de Fontainebleau avec sa fille, M. de Senancour revint à Paris où il fut assez généralement retenu par la nécessité de s'occuper de travaux littéraires lucratifs, pour lesquels cependant il était loin d'avoir le plus léger penchant. M. de Senancour n'ayant jamais voulu aliéner son indépendance en tout genre et n'ayant de part de propriété dans aucune entreprise, le produit de ses travaux restait encore insuffisant. Il est à remarquer que cet écrivain avait pour système qu'un auteur ne devait point vendre ses manuscrits, mais seulement les donner pour être imprimés et ce n'est que vers 1812 à ce qu'on croit que la nécessité l'obligera à tirer un revenu de ses travaux.

En avril 1816, M. de Senancour partit pour Marseille ; mais n'ayant pu y rester, comme cela devait être, il passa quelque temps à Nîmes et un plus long temps à Anduze à l'entrée des Cévennes, puis il rentra à Paris à la fin de mars 1818 et n'en est plus sorti.

Le principal héritage auquel M. de Senancour avait des droits se trouvait considérablement réduit, cependant ce parent ruiné, son cousin germain laissa encore dix mille [livres] de rentes en mourant. Très âgé il donna tout à des parents de sa femme dans les châteaux desquels il avait passé ses derniers étés et où on l'accueillait d'autant mieux qu'il avait encore *quelques écus* ; c'est l'expression même d'un de ses héritiers délicats qui ont chacun quarante mille francs de revenus. Ainsi fut consommée la ruine totale de M. de Senancour, à qui il eût suffi de quelques milliers de francs, par an, après de si longs malheurs.

---

1. La découverte de l'infidélité de sa femme, dont il ne dit mot.
2. Allusion à son séjour à Anduze, où il s'était retiré pour échapper aux manœuvres de son beau-père, décidé à le contraindre à reconnaître le fils adultérin de sa femme. Le « tort » subi par Senancour fut, en 1802, de perdre sa situation confortable à l'hôtel Beauvau, et en 1816 d'être privé des travaux de librairie grâce auxquels La Tynna le faisait vivre.
3. En 1817 exactement. Sa carrière dans l'armée fut en fait modeste et lente. Senancour ne semble pas avoir été très lié avec son fils.

Dès l'origine, M. de Senancour croyant n'avoir jamais à écrire que certains ouvrages qu'il méditait, il ne s'était pas absolument assujetti à des *études* littéraires. D'ailleurs, il n'aurait pu se soumettre au goût inflexible des classiques, à leurs citations mythologiques, etc. Mais s'il est tombé d'abord jusqu'à un certain point dans l'inconvénient des expressions hasardées, il a réformé cela plus tard, lorsqu'il lui a été permis de mettre dans son style plus de soin et de patience. La négligence, cet abus que l'on reproche aux romantiques, n'est, à ses yeux, que le résultat de la paresse ou d'un manque de temps. M. de Senancour a donc changé de degrés de patience, quant au style, mais non de goût ou de système. Du reste, il regarde comme indispensable l'espèce d'innovation ou de liberté qui fait le fond du romantisme. Quand les écrivains romantiques écriront comme écrivent, toutes les fois qu'ils le veulent, MM. Sainte-Beuve, Hugo, Nodier, ce ne seront certainement pas selon lui les auteurs qu'on lira avec le moins de plaisir.

Quant à l'imputation qu'on lui fit anciennement d'imiter M. de Chateaubriand et d'être de son école, elle était d'autant plus déplacée que M. de Senancour a fait et que même il a imprimé les *Rêveries* avant que M. de Chateaubriand eût publié *le Génie du christianisme*. Sans avoir jamais la prétention de dominer dans aucun genre, M. de Senancour, en aucun genre aussi, ne se fût jamais mis à la suite de personne.

Les circonstances dont il a été parlé plus haut lui ont fait insérer un grand nombre d'articles dans *le Mercure*, *la Minerve littéraire*, *le Mercure du XIXe siècle*, *le Constitutionnel*, depuis sa naissance en 1815, *la Revue encyclopédique* et plusieurs autres journaux. Il a aussi pris part à quelques ouvrages de luxe ainsi qu'à *la Nouvelle Biographie des contemporains* qui se publie sous la direction de M. de Boisjolin... [1].

Suivent des indications bibliographiques sur « les livres qui portent le nom de Senancour ».

... M. de Senancour a eu des amis précieux, pas un ennemi, pas même l'individu par qui il fut empoisonné très dangereusement à une certaine époque de sa vie [2].

Peut-être faudra-t-il dire un jour : mort le..., à soixante et tant d'années avant d'avoir vécu une semaine.

---

1. Senancour fut l'un des collaborateurs les plus assidus de cette *Biographie des contemporains*. Sa fille précise qu'il fit pour ce recueil plus de trois cents articles, notamment les notices sur Mozart, sur Saint-Martin et sur Grainville.
2. Favre de Longry, beau-frère de Senancour, lui fit manger à son insu un ragoût empoisonné, auquel lui-même avait goûté, parce qu'il pensait qu'émigré et ruiné comme lui, il ne pouvait qu'aspirer à mourir. Senancour réchappa de justesse à cette malheureuse initiative.

2 — *Préface de Sainte-Beuve à* Obermann *(1833)*

Le lecteur trouvera dans cette section des extraits des textes de Sainte-Beuve et de George Sand qui ont successivement servi de préfaces à *Obermann*, lors des rééditions de 1833 et de 1840. Comme le précise lui-même Sainte-Beuve, sa préface prolonge l'article qu'il avait déjà consacré à Senancour dans le numéro du 21 janvier 1832 de la *Revue de Paris* et pour lequel il avait demandé des renseignements à Boisjolin [1]. Il y avait donné la mesure de sa connaissance de l'œuvre, puisque loin de s'en tenir à *Oberman*, comme le faisaient la plupart de ses contemporains – dont George Sand –, il avait longuement analysé la pensée et le style des *Rêveries*, il avait cité *De l'amour* et n'avait pas omis de signaler l'apaisement, la « belle fin consolante », qu'apportaient les *Libres Méditations*. Fidèle à sa méthode, il s'y était penché avec curiosité sur la biographie de l'auteur et s'était efforcé de dégager les principaux traits de sa personnalité, ce qui lui avait permis de conclure qu'*Oberman* n'était jamais qu'une confession quelque peu maquillée, dont le critique se devait dès lors de déchiffrer les allusions et de repérer les procédés de brouillage. On se souvient que cette lecture, systématisée au XXe siècle par André Monglond dans son décryptage de l'œuvre comme « journal intime », avait suffisamment gêné Senancour pour qu'il prît la peine d'annoter l'article et de préciser que, si « quelquefois il y a de grands rapports entre Ob. et l'éditeur d'Ob. », il faut admettre « qu'*Oberman* n'était point lui » [2]. On constate que si, dans sa préface, Sainte-Beuve se montre désormais plus nuancé en reconnaissant qu'*Oberman* n'est pas la « biographie » exacte « de l'auteur », il n'en persiste pas moins, en dépit des réticences déjà

---

1. Sainte-Beuve a repris ses deux textes sur Senancour dans les diverses éditions de ses *Portraits contemporains*. Nous reproduisons la préface de 1833 d'après leur édition chez Didier en 1847 (t. I, p. 125-133). Pour George Sand, nous reproduisons l'article publié dans la *Revue des Deux Mondes* en 1833, t. II, p. 677-690 (il est repris tel quel dans l'édition d'*Obermann* de 1840). Signalons qu'un extrait de l'article de Sainte-Beuve de 1832 est repris dans l'anthologie de ses textes critiques intitulée *Pour la critique*, éditée par A. Prassoloff et J.-L. Diaz (Folio, 1992, p. 267-276).
2. II, 599.

marquées par Senancour dans la notice dictée à Boisjolin, à l'expliquer par le caractère de l'écrivain, par sa « psychologie », et à le présenter ainsi, sinon comme une autobiographie fidèle, du moins comme un autoportrait authentique.

Il continue de même à désigner Senancour comme un « élève de Jean-Jacques », ce qui ne dut guère lui plaire. Les notes retrouvées en marge de l'article de 1832 confirment en effet que Senancour, soucieux de prouver son originalité, tenait dans ces années-là à minimiser sa dette à l'égard de Rousseau. Réagissant au jugement du critique qui le disait « environné » par « les souvenirs de Rousseau », il rétorquait qu'il l'avait lu tard, bien après des philosophes comme « Buffon, Malebranche, Helvétius, Bernardin de Saint-Pierre, Leguat [1] », auxquels il prétendait devoir au moins autant.

Reprenant, dans sa préface, en la condensant, l'analyse du mal et de l'infortune d'*Oberman*, Sainte-Beuve met l'accent, comme en 1832, sur les aspects les plus sombres de la pensée et de la sensibilité de Senancour ; il se sert par ailleurs de son cas pour rendre hommage à la lignée des génies avortés dans laquelle lui-même va finir par se ranger. Un tel point de vue est certes cohérent avec la mission d'exhumation des talents négligés ou inaccomplis qu'il se donne en tant que critique, ainsi qu'avec son inspiration de romancier – *Volupté* célèbre en 1834 l'héroïsme douloureux des grands hommes auxquels l'Histoire a retiré toute possibilité d'illustration. Il n'en est pas moins inconséquent dans ce cas-ci, dans la mesure où il revient à faire assumer par l'écrivain de 1804 et par sa prétendue doublure Oberman, un sentiment d'échec que Senancour n'a pu éprouver que bien plus tard, lorsqu'il a pu se rendre compte de l'insuccès de l'œuvre. En outre, la notice dictée à Boisjolin suggère assez combien il lui plaisait peu, en 1832, d'incarner ce rôle du génie empêché et méconnu, dût-il être aux yeux de ses disciples le gage d'une réelle supériorité, d'une plus grande authenticité en tout cas. De plus, si Sainte-Beuve fait d'Oberman la figure exemplaire de l'échec, en projetant abusivement sur lui les déboires ultérieurs de son créateur, il omet en revanche de prendre en compte l'évolution de la pensée de ce dernier, ce qui l'autorise à lire *Oberman* comme un bréviaire de désespoir, touchant, certes, mais accablant, parce qu'il prolonge selon lui la méditation austère et désabusée des *Rêveries* de 1799. On lit en effet dans son article de 1832 que Senancour commença par « un livre d'athéisme mélancolique », que « bientôt, sous le titre d'*Oberman*, [il] individualisa davantage ses doutes, son aversion sauvage de la société, sa contemplation fixe, opiniâtre, passionné-

---

1. *Ibid.* On remarquera que dans la notice dictée à Boisjolin, il cite ces philosophes pour expliquer qu'il ait perdu la foi, mais il ne dit mot de sa lecture de Rousseau.

ment sinistre de la nature, et prodigua, dans les espaces lucides de ses rêves, mille paysages naturels et domestiques, d'où s'exhale une inexprimable émotion, et que cerne alentour une philosophie glacée ». Senancour, qui s'était récrié à la lecture de cette expression d'« athéisme mélancolique [1] », dut en 1833 constater une nouvelle fois qu'en le décrivant absorbé « dans ses pensées d'amertume, de désappointement aride, de destinée manquée et brisée, de petitesse et de stupeur en présence de la nature infinie », le critique, malgré sa connaissance de ses écrits ultérieurs, continuait à figer sa pensée et à faire ressortir ce que ses vues sur l'évolution de l'humanité ou ses tableaux de la nature avaient pu avoir de plus désolé. Curieusement, on lisait toujours l'œuvre publiée en 1804 en fonction de son infortune future et du mythe du chef-d'œuvre oublié qu'elle pouvait alimenter, mais on s'obstinait à prêter à l'écrivain de 1832 la même vision du monde qu'en 1804. Or, si Senancour était prêt à admettre qu'il avait bien été, comme son héros, l'homme du doute, il entendait au moins faire valoir qu'il n'en était pas resté là et que lui avait su sortir de l'impasse [2].

Gêné par cette interprétation réductrice de son œuvre qui tendait à faire de lui le symbole romantique par excellence du génie méprisé et désenchanté, Senancour dut en revanche apprécier de voir reconnus et estimés la singularité du style, de la matière et de la composition d'*Oberman* et, partant, son statut de livre destiné à une élite de la sensibilité. Dès 1832, Sainte-Beuve soulignait en effet la nouveauté de cette écriture d'« un pittoresque simple » et de ce livre « sans nœud », dans lequel le narrateur égrenait, au fil de ses promenades, « les sentiments et les réflexions de son âme à un ami », et

---

[1]. Il la commentait ainsi, en marge de l'article : « Cet athéisme est une erreur mais elle vient de ma faute en grande partie. Les formes affirmatives sont plus commodes ; je n'écrivais pas avec assez de soin. Je n'ai pas assez positivement dit, assez constamment fait sentir que dans les *Rêveries* et *Oberman* tout ce qui tenait aux vues générales n'était que du doute.

« Quand d'excellents lecteurs se trompent à ces sortes de choses, c'est la faute de l'auteur et il est grave quand il s'agit de questions aussi grandes. Mais enfin j'affirme qu'il n'y a en moi aucun souvenir qu'en aucun jour de ma vie j'aie eu l'intention ou je me sois dit à moi-même : *il n'y a point de Dieu* ou bien *le plus vraisemblable est qu'il n'est point de Dieu.*

« Je partais du doute total pour chercher les probabilités et les *Libres Méditations* eussent été dès lors la suite des *Rêveries* comme on peut le voir par *Ob.* même ou par la seconde éd. des *Rêv.* où a été dit expressément il y a 24 ans ce que je dis ici. Au reste *athéisme mélancolique* a été heureusement saisi presque malgré l'erreur à laquelle j'ai donné lieu dans le principe ; l'auteur de l'article voit que l'absence de conceptions ou d'impressions religieuses paraît à l'auteur des *Rêveries* un grand malheur pour l'intelligence humaine en une forte discordance » (II, 598).
[2]. C'est le sens du commentaire cité dans la note précédente.

réussissait ainsi à se passer des ressources traditionnelles du romanesque. Senancour fut aussi certainement satisfait de l'éloge de son talent de descripteur – Sainte-Beuve allait jusqu'à parler de « génie du paysage » –, et plus encore, du soin que mettait le critique à le distinguer de Chateaubriand et à réhabiliter *Oberman* aux dépens de *René*.

Esquissé dans la préface de 1833, le parallèle entre les deux œuvres, qui devint vite un lieu commun de la critique de ces années-là – la préface de George Sand en témoigne –, sera repris et amplifié en 1848, dans le cours de littérature qui sera publié sous le titre *Chateaubriand et son groupe littéraire sous l'Empire* [1]. Aboutissement logique de son plaidoyer en faveur des génies restés dans l'obscurité, l'analyse comparée du tourment des deux personnages conduit Sainte-Beuve à opposer la superbe et la superficialité de l'un, appelé à s'estomper, à la profondeur terne mais réelle de l'autre, réputé incurable. Apparaît ici une conception du style, qui repose sur une certaine idée de l'adhésion de l'écrivain à son œuvre. De fait, le parallèle revient à opposer l'écriture de l'Enchanteur, coupable par son éclat, son fini, sa quête trop sensible de l'effet et de l'ornement, d'édulcorer le mal de René, en lui donnant un tour séduisant qui est déjà en soi une consolation et une trahison, à l'écriture sans panache de Senancour, dont le dépouillement et l'imperfection mêmes laissent affleurer, dans toute son intensité désolée, la souffrance du héros. D'un côté, un style trop travaillé pour laisser croire à la gravité du mal et à la sincérité de l'écrivain ; de l'autre, au contraire, un style assez sobre pour produire un effet de naturel et d'authenticité, et pour convaincre que l'auteur a moins voulu briller qu'analyser avec le plus de justesse et de sérieux possible un mal-être qu'il avait lui-même ressenti : en déclarant qu'Oberman est à ses yeux « le vrai René », parce qu'il est le « René sans gloire », qui ne « pose » pas et qui ne chante pas sa douleur, Sainte-Beuve se fait l'apôtre d'un idéal de simplicité et de vérité qui ne pouvait que combler Senancour, depuis toujours méfiant à l'endroit de l'éloquence, du pouvoir entraînant et trompeur des mots, et engagé dans ses dernières années dans un travail de correction du style d'Oberman, qui le montrait de plus en plus acquis aux préceptes de l'atticisme.

---

1. À cette occasion, Sainte-Beuve demanda à Mlle de Senancour de nouveaux renseignements sur son père. En 1869, celle-ci consentit à lui donner le texte complet de notes intimes rédigées par lui. Sainte-Beuve s'empressa de les publier dans la nouvelle édition de ses *Portraits contemporains*, ce qui choqua beaucoup Mlle de Senancour, qui ne manqua pas de reprocher au critique son indiscrétion.

M. DE SÉNANCOUR
1833
(Oberman *)

Oberman fut publié pour la première fois au printemps de 1804, dans les derniers mois du Consulat ; il avait été composé en Suisse durant les années 1802 et 1803. Quand M. de Sénancour écrivait *Oberman*, il ne se considérait pas comme un homme de lettres ; ce n'était pas un ouvrage littéraire qu'il tâchait de produire dans le goût de ses contemporains. Sorti de Paris à dix-neuf ans, dès les premiers jours de la révolution ; retenu par les circonstances et la maladie en Suisse, au lieu des longs voyages qu'il méditait ; marié là et proscrit en France à titre d'émigré, M. de Sénancour n'était rentré que furtivement, à diverses reprises, pour visiter sa mère [1], et s'il s'était hasardé à séjourner à Paris, sans papiers, de 1799 à 1802, ç'avait été dans un isolement absolu : il avait profité toutefois de ce séjour pour publier, dès 1799, ses *Rêveries sur la Nature primitive de l'Homme*. Élève de Jean-Jacques pour l'impulsion première et le style, comme madame de Staël et M. de Chateaubriand, mais, comme eux, élève original et transformé, quoique demeuré plus fidèle, l'auteur des *Rêveries*, alors qu'il composait *Oberman*, ignorait que des collatéraux si brillants, et si marqués par la gloire, lui fussent déjà suscités ; il n'avait lu ni l'*Influence des Passions sur le Bonheur*, ni *René* [2] ; il suivait sa ligne intérieure ; il s'absorbait dans ses pensées d'amertume, de désappointement aride, de destinée manquée et brisée, de petitesse et de stupeur en présence de la nature infinie. *Oberman* creusait et exprimait tout cela ; l'auteur n'y retraçait aucunement sa biographie exacte, comme quelques-uns l'ont cru ; au contraire, il altérait à dessein les conditions extérieures, il transposait les scènes, il dépaysait autant que possible. Mais, si *Oberman* ne répondait que vaguement à la biographie de l'auteur, il répondait en plein à sa psychologie, à sa disposition mélancolique et souffrante, à l'effort fatigué de ses facultés sans but, à son étreinte de l'impossible, à son *ennui*. Ce mot d'ennui, pris dans l'acception la plus générale et la plus philosophique, est le trait distinctif et le mal d'*Oberman* ; ç'a été en partie le mal du siècle, et *Oberman* se trouve ainsi l'un des livres les plus vrais de ce siècle, l'un des plus sincères témoignages, dans lequel bien des âmes peuvent se reconnaître.

---

* Ces pages qui complètent ce que j'avais précédemment écrit sur les ouvrages de M. de Sénancour ont servi de préface à la seconde édition d'*Oberman* (1833). [NdA]
1. Voir note 4, p. 503.
2. Commencé en 1792, l'essai de Mme de Staël, *De l'Influence des passions sur le bonheur des individus et des nations*, est publié à Lausanne en 1796. *René* paraît en 1802, sous forme d'épisode inséré dans le *Génie du christianisme* ; réuni à *Atala*, il fera l'objet d'une première édition indépendante en 1805.

Il y avait deux ou trois apparitions essentielles vers ce temps de 1800. Et d'abord, dans l'ordre de l'action, il y avait le Premier Consul, celui qui disait un matin, en mettant la main sur sa poitrine : *Je sens en moi l'infini* ; et qui, durant quinze années encore, entraînant le jeune siècle à sa suite, allait réaliser presque cet *infini* de sa pensée et de toutes les pensées, par ses conquêtes, par ses monuments, par son Empire. Vers ce même temps, et non plus dans l'ordre de l'action, mais dans celui du sentiment, de la méditation et du rêve, il y avait deux génies, alors naissants, et longuement depuis combattus et refoulés, admirateurs à la fois et adversaires de ce développement gigantesque qu'ils avaient sous les yeux ; sentant aussi en eux l'*infini*, mais par des aspects tout différents du premier, le sentant dans la poésie, dans l'histoire, dans les beautés des arts ou de la nature, dans le culte ressuscité du passé, dans les aspirations sympathiques vers l'avenir ; nobles et vagues puissances, lumineux précurseurs, représentants des idées, des enthousiasmes, des réminiscences illusoires ou des espérances prophétiques qui devaient triompher de l'Empire et régner durant les quinze années qui succédèrent ; il y avait Corinne [1] et René.

Mais, vers ce temps, il y eut aussi, sans qu'on le sût, ni durant tout l'Empire, ni durant les quinze années suivantes, il y eut un autre type, non moins profond, non moins admirable et sacré, de la sensation de l'*infini* en nous, de l'*infini* envisagé et senti hors de l'action, hors de l'histoire, hors des religions du passé ou des vues progressives, de l'*infini* en lui-même face à face avec nous-même. Il y eut un type grave, obscur, appesanti, de l'infirmité humaine en présence des choses plus grandes et plus fortes, en présence de l'accablante nature ou de la société qui écrase. Il y eut *Oberman*, le type de ces sourds génies qui avortent, de ces sensibilités abondantes qui s'égarent dans le désert, de ces moissons grêlées qui ne se dorent pas, des facultés affamées à vide, et non discernées et non appliquées, de ce qui, en un mot, ne triomphe et ne surgit jamais ; le type de la majorité des tristes et souffrantes âmes en ce siècle, de tous les génies à faux et des existences retranchées.

Oh ! qu'on ne me dise pas qu'*Oberman* et *René* ne sont que deux formes inégalement belles d'une identité fondamentale ; que l'un n'est qu'un développement en deux volumes, tandis que l'autre est une expression plus illustre et plus concise ; qu'on ne me dise pas cela ! René est grand, et je l'admire ; mais René est autre qu'Oberman. René est beau, il est brillant jusque dans la brume et sous l'aquilon ; l'éclair d'un orage se joue à son front pâle et noblement foudroyé. C'est une individualité moderne chevaleresque, taillée presque à l'antique ; il y a du Sophocle dans cette statue de jeune homme. Laissez-le grandir et sortir de là, le Périclès rêveur ; il est volage, il est bruyant et glorieux, il est capable de mille entreprises enviables, il remplira le monde de son nom.

---

1. Héroïne éponyme du second grand roman de Mme de Staël, publié en 1807.

Oberman est sourd, immobile, étouffé, replié sur lui, foudroyé sans éclair, profond plutôt que beau ; il ne se guérit pas, il ne finit pas ; il se prolonge et se traîne vers ses dernières années, plus calme, plus résigné, mais sans péripétie ni revanche éclatante ; cherchant quelque repos dans l'abstinence du sage, dans le silence, l'oubli et la haute sérénité des cieux. *Oberman* est bien le livre de la majorité souffrante des âmes ; c'en est l'histoire désolante, le poème mystérieux et inachevé. J'en appelle à vous tous, qui l'avez déterré solitairement, depuis ces trente années, dans la poussière où il gisait, qui l'avez conquis comme votre bien, qui l'avez souvent visité comme une source, à vous seuls connue, où vous vous abreuviez de vos propres douleurs, hommes sensibles et enthousiastes, ou méconnus et ulcérés ! génies gauches, malencontreux, amers ; poètes sans nom ; amants sans amour ou défigurés ; toi, Rabbe [1], qu'une ode sublime, faite pour te consoler, irrita * ; toi, Sautelet, qui méditais depuis si longtemps de mourir ; et ceux qui vivent encore, et dont je veux citer quelques-uns !

Car la destinée d'*Oberman*, comme livre, fut parfaitement conforme à la destinée d'*Oberman* comme homme. Point de gloire, point d'éclat, point d'injustice vive et criante, rien qu'une injustice muette, pesante et durable ; puis, avec cela, une sorte d'effet lent, caché, maladif, qui allait s'adresser de loin en loin à quelques âmes rares et y produire des agitations singulières. Le livre, dans sa destinée matérielle, sembla lui-même atteint de cette espèce de malheur qu'il décrit. Ce ne fut pas pourtant, qu'on le sache bien, une œuvre sans influence. Nodier l'invoquait dans sa préface des *Tristes*, et regrettait qu'*Oberman* se passât de Dieu [2]. Ballanche, inconnu alors, et loin de cette renommée douce et sereine qui le couronne aujourd'hui, lisait

---

1. Rabbe, Alphonse (1786-1830). Royaliste puis libéral, journaliste et auteur de divers ouvrages d'histoire, il collabora à la *Biographie universelle et portative des contemporains* en 1827. Son existence se déroula sous le signe de la maladie qu'il contracta très jeune et qui nourrit son profond pessimisme. Une édition posthume de son œuvre fut d'ailleurs publiée en 1835-1836, sous le titre *Album d'un pessimiste*. Comme Sautelet, il fait partie des premiers « adeptes » qui vouèrent très tôt un culte, discret mais fervent, à Oberman, en qui ils reconnurent un frère de douleur. Comme Sautelet encore, il devint aux yeux des romantiques le symbole tragique d'une jeunesse misérable et impuissante, qui ne trouva de solution à son mal-être que dans le suicide. Même si elle n'est pas seule en cause (Sautelet était accablé de dettes et malheureux en amour), on a pu dire que la lecture d'*Oberman* avait incité ce dernier à se supprimer.

* C'est l'ode de Victor Hugo : « Ami, j'ai compris ton sourire / Semblable au ris du condamné... » Cette ode, d'abord adressée à R. (Rabbe), fut si mal accueillie que le poète en changea la suscription et mit à *Ramon, duc de Benav...*

2. *Les Tristes, ou Mélanges tirés des tablettes d'un suicidé*, publiés en 1806. Nodier y recommande la lecture des *Rêveries* et d'*Oberman*, mais il y plaint Senancour d'avoir « si bien senti la nature » et de « n'avoir pas senti Dieu » (Demonville, 1806, p. 11).

Oberman, et y saisissait peut-être des affinités douloureuses [1]. Latouche, qui a donné sa mesure comme homme d'esprit, mais qui ne l'a pas donnée pour d'autres facultés bien supérieures qu'il a et qui lui pèsent, a lu *Oberman* avec anxiété, en fils de la même famille [2], et il en a visité l'auteur dans ce modeste jardin de la Cérisaye, sous ce beau lilas dont le sage est surtout fier [3]. Rabbe, je l'ai déjà dit, connaissait *Oberman* ; il le sentait passionnément ; il croyait y lire toute la biographie de M. de Sénancour, et il s'en était ouvert plusieurs fois avec lui : un livre qu'il avait terminé, assure-t-on, et auquel il tenait beaucoup, un roman dont le manuscrit fut dérobé ou perdu, n'était autre probablement que la psychologie de Rabbe lui-même, sa psychologie ardente et ulcérée ; son *Oberman*. Tout récemment, dans les feuilles d'un roman non encore publié, qu'une bienveillance précieuse m'autorisait à parcourir, dans les feuilles de *Lélia*, nom idéal qui sera bientôt un type célèbre, il m'est arrivé de lire cette phrase qui m'a fait tressaillir de joie : « Sténio, Sténio, prends ta harpe et chante-moi les vers de Faust, ou bien ouvre tes livres et redis-moi les souffrances d'Oberman, les transports de Saint-Preux. Voyons, poète, si tu comprends encore la douleur ; voyons, jeune homme, si tu crois encore à l'amour [4]. » Eh quoi ! me suis-je dit, *Oberman* a passé familièrement ici ; il y a passé aussi familièrement que Saint-Preux ; il a touché la main de *Lélia*.

---

1. Ballanche, Pierre Simon (1776-1847), théosophe lyonnais, dont la destinée littéraire n'est pas sans ressembler à celle de Senancour. De fait, son œuvre, jugée difficile, ne fut jamais très connue. À partir des années 1830, elle exerça néanmoins une influence non négligeable sur la pensée des contemporains, qui y trouvèrent une philosophie de l'histoire fondée sur une mystique de l'amour souffrant et sur la notion de palingénésie, soit de régénération progressive de l'humanité (*L'Homme sans nom*, 1820 ; *Prolégomènes de la Palingénésie sociale*, 1827 ; *Orphée*, 1829 ; *Vision d'Hébal*, 1831). Ballanche fut lui aussi l'un des premiers admirateurs d'*Oberman* et se lia d'amitié avec Senancour. Mlle de Senancour parle de ses tentatives infructueuses pour convertir son père.
2. Latouche, Hyacithe Thabaud de, dit Henri de (1785-1851). Il se fit un nom en publiant en 1820 l'œuvre poétique d'André Chénier, dont il avait eu la bonne fortune de retrouver les manuscrits. Journaliste et critique réputé, il est l'auteur d'articles importants (« De la camaraderie littéraire », 1829), de nouvelles (*Olivier* abordait dès 1826 le thème de l'impuissance du héros, repris par Stendhal dans *Armance*) et de romans (*Fragoletta ou Naples et la France en 1799*, 1829). Ami de Senancour, il tenta dès 1819 de faire partager son enthousiasme pour *Oberman*, en le lisant dans le salon de Mme Récamier à l'Abbaye-aux-Bois.
3. La maison de Senancour donnait sur un jardin gazonné, orné de lilas et de seringa.
4. *Lélia*, H. Dupuy, 1833, t. I, p. 154-155 (nous renvoyons à l'édition de 1833, celle qui porte le plus la marque d'*Oberman*).

3 — *Préface de George Sand à* Obermann *(1840)*

Dans sa préface de 1833 à *Obermann*, Sainte-Beuve fait preuve de perspicacité en attirant l'attention sur la dette de George Sand à l'égard de Senancour, tout particulièrement dans *Lélia* (1833), autre « roman lyrique et philosophique », autre roman de l'« ennui », de la « mort », de « l'impuissance d'aimer et de croire », auquel il consacre, du reste, un article élogieux, la même année, dans le numéro du 29 septembre 1833 du *National* [1]. La critique n'a fait depuis que confirmer l'imprégnation obermanienne de la thématique et de la philosophie de cette œuvre [2]. On sait qu'en 1833, George Sand relisait *Oberman* ; elle l'avait probablement découvert en 1825 ou en 1826 –, et qu'elle y trouvait l'écho de la crise de désespoir qu'elle traversait alors, seule et dégoûtée de la vie. Quoiqu'elle l'ait écrit en grande partie sous la dictée de Gustave Planche, depuis longtemps lecteur assidu et enthousiaste de l'œuvre de Senancour, l'article qu'elle donne le 15 juin 1833 à la *Revue des Deux Mondes* et qu'elle reprend tel quel, en guise de préface, pour la réédition d'*Obermann* en 1840, témoigne de ses affinités personnelles avec le héros de Senancour, mais elle y exprime aussi des réserves qui font comprendre, rétrospectivement, que son engouement n'ait été que passager. De fait, si elle ne cessa jamais vraiment de penser à *Oberman*, très vite elle ne se reconnut plus dans le type de « génie malade [3] » qu'il incarnait, et, prenant acte de cet éloignement, elle renonça à obtenir d'un éditeur la publication des œuvres complètes de Senancour qu'elle avait eu, un temps, l'intention de préfacer. Au grand regret de Mlle de Senancour, elle ne fit rien non plus pour rompre le silence qui accompagna le décès de son père.

---

1. Article repris sous le titre « George Sand. *Lélia* », dans les *Portraits contemporains* (5 vol.), t. I, p. 495-506, et dans l'anthologie récente, *Pour la critique*, p. 296-306. Les citations données sont extraites de cet article.
2. Voir notamment l'article de B. Didier, « George Sand et Senancour », cité en bibliographie.
3. En 1837, George Sand confie : « Oberman est un génie malade. Je l'ai bien aimé, je l'aime encore, ce livre étrange, si admirablement mal fait. Mais j'aime encore mieux un bel arbre qui se porte bien » (*Impressions et souvenirs*, Paris, Lévy, 1882, p. 37).

À plusieurs reprises, l'article de 1833 se fait l'écho des analyses de Sainte-Beuve et rend compte de la profonde influence qu'elles eurent sur la réception de l'œuvre. Même si elle ne développe pas, George Sand adhère à l'évidence à sa lecture autobiographique d'*Oberman* et fait elle aussi le lien avec la constitution maladive de Senancour, voire avec son infirmité. Reprenant l'inévitable parallèle avec René, elle se plaît de même à opposer l'éclat, le dédain orgueilleux, le succès de l'un, à l'effacement sans gloire de l'autre. Elle en vient à la même conclusion : le personnage de Chateaubriand séduit, mais son mal, au demeurant passager, reste entaché d'affectation, alors qu'Oberman ne cherche pas à plaire, et gagne par là même en profondeur et en vérité. Si sa lecture reste encore fidèle à celle de Sainte-Beuve en mettant au jour les traits les plus désespérants de la personnalité d'Oberman – notamment le doute qui le mine et le paralyse –, on note cependant qu'elle se trouve considérablement enrichie par son ouverture sur les littératures étrangères.

Le souci de marquer l'originalité d'Oberman par rapport aux autres représentants du mal du siècle que sont, à ses yeux comme à ceux de ses contemporains [1], les héros de Byron et de Goethe, l'oblige en effet à affiner l'étude de la « donnée psychologique » de l'œuvre et à isoler ce qui fait la spécificité de la crise de la volonté qui est à la racine du mal-être décrit par Senancour. Il ressort de son analyse que ce n'est pas tant la déficience du vouloir qui caractérise Oberman, que la cause de cette faiblesse, trouvée dans la conviction qu'a d'emblée le personnage de la vanité de toute volonté, comme *a fortiori* de toute action. D'après elle, la prise de conscience de l'inutilité de l'exercice de la volonté est ce qui provoque l'apathie d'Oberman et ce qui explique la gravité de son cas, par comparaison avec celui de René ou avec celui de ses frères étrangers, qui continuent de croire en l'efficace du vouloir et à espérer pouvoir agir. Eux n'ont qu'à vaincre leur sentiment d'impuissance et à écarter les obstacles que leur opposent le réel ainsi que leur propre orgueil ; Oberman a, lui, à surmonter d'abord le doute qui pèse sur le pourquoi du vouloir et qui finit par annihiler toute velléité d'action. Aussi bien est-ce là ce qui fait sa limite. Les derniers paragraphes de l'article on pour but de convaincre que le mal d'Oberman n'est jamais qu'une étape que d'autres héros, plus énergiques et plus expérimentés que lui, sont appelés à dépasser, pour connaître des souffrances inédites et aller plus loin dans l'épreuve, non plus du doute,

---

1. On pense, bien sûr, à Musset qui, dans le deuxième chapitre de *La Confession d'un enfant du siècle* (1836), présente Goethe et Byron comme « deux poètes » qui consacrent « leur vie à rassembler tous les éléments d'angoisse et de douleur épars dans l'univers » et qui entraînent leurs lecteurs « dans l'abîme du doute universel » (Gallimard, Folio, 1973, p. 29-30).

mais de la désillusion. George Sand pense alors à son héroïne Lélia, dont elle admet la filiation obermanienne, tout en ayant soin de souligner ainsi très nettement le progrès que représente son drame par rapport à celui de son modèle.

Si ces pages, on le voit, non dénuées d'arrière-pensées personnelles, faussent quelque peu la perspective d'*Oberman* en continuant de l'interpréter en fonction du contexte esthétique et philosophique des années 1830, elles n'en contiennent pas moins des intuitions fécondes, sur la proximité d'Oberman et de Hamlet, par exemple, mais aussi sur l'unité « fatale et intime » de ce destin, en dépit de la disparate de la composition. Coupable, au dire de Delacroix, d'avoir trop cédé à la « rhétorique [1] », George Sand y emploie néanmoins avec bonheur le terme de « monodies » et s'y montre sensible à la nouveauté et à la richesse de la contemplation de la nature, mais aussi de l'expérience de la temporalité. Certes, elle ne dissipe pas le malentendu que constitue en grande partie la fortune romantique du livre et de son auteur. Pourtant, elle réussit par cet hommage à flatter Senancour, qui garda toujours de l'estime pour elle, même s'il ne sut guère le lui montrer : en dépit des protestations de Mlle de Senancour, soucieuse de masquer la fâcheuse timidité de son père, l'histoire littéraire a surtout retenu de leurs relations l'entrevue décevante de juin 1833, au cours de laquelle on prétend que pas une parole ne fut proférée !

OBERMANN

Si, le récit des guerres, des entreprises, et des passions des hommes, a, de tout temps, possédé le privilège de captiver l'attention du plus grand nombre, si le côté épique de toute littérature est encore aujourd'hui le côté le plus populaire, il n'en est pas moins avéré pour les âmes profondes et rêveuses ou pour les intelligences délicates et attentives, que les poèmes les plus importants et les plus précieux sont ceux qui nous révèlent les intimes souffrances de l'âme humaine dégagées de l'éclat et de la variété des événements extérieurs. Ces rares et austères productions ont peut-être une importance plus grande que les faits même de l'histoire, pour l'étude de la psychologie, au travers du mouvement des siècles ; car elles pourraient, en nous éclairant sur l'état moral et intellectuel des peuples aux divers âges de la civilisation, donner la clef des grands événements qui sont encore proposés pour énigmes aux érudits de notre temps.

Et cependant ces œuvres dont la poussière est secouée avec empressement par les générations éclairées et mûries des temps postérieurs,

---

1. *Journal* 1822-1863, Plon, 1980, p. 869 : « Contre la rhétorique. La préface d'*Obermann* et le livre lui-même. – Un peu de rhétorique dans cette préface, celle, bien entendu, qui n'est pas de Senancour. »

ces *monodies* mystérieuses et sévères, où toutes les grandeurs et toutes les misères humaines se confessent et se dévoilent, comme pour se soulager en se jetant hors d'elle-mêmes, enfantées souvent dans l'ombre de la cellule ou dans le silence des champs, ont passé inaperçues parmi les productions contemporaines. Telle a été, on le sait, la destinée d'Obermann.

À nos yeux, la plus haute et la plus durable valeur de ce livre consiste dans la donnée psychologique, et c'est principalement sous ce point de vue qu'il doit être examiné et interrogé.

Quoique la souffrance morale puisse être divisée en d'innombrables ordres, quoique les flots amers de cette inépuisable source se répandent en une multitude de canaux pour embrasser et submerger l'humanité entière, il y a plusieurs ordres principaux dont toutes les autres douleurs dérivent plus ou moins immédiatement. Il y a, 1° la passion contrariée dans son développement, c'est-à-dire la lutte de l'homme contre les choses ; 2° le sentiment de facultés supérieures, sans volonté qui les puisse réaliser ; 3° le sentiment de facultés incomplètes, clair, évident, irrécusable, assidu, avoué, ces trois ordres de souffrances peuvent être expliqués et résumés par ces trois noms, Werther, René, Obermann.

Le premier tient à la vie active de l'âme et par conséquent rentre dans la classe des simples romans. Il relève de l'amour, et comme *mal*, a pu être observé dès les premiers siècles de l'histoire humaine. La colère d'Achille perdant Briséis [1] et le suicide de l'enthousiaste allemand s'expliquent tous deux par l'exaltation de facultés éminentes gênées, irritées ou blessées. La différence des génies grec et allemand et des deux civilisations placées à tant de siècles de distance, ne trouble en rien la parenté psychologique de ces deux données. Les éclatantes douleurs, les tragiques infortunes ont dû exciter de plus nombreuses et de plus précoces sympathies que les deux autres ordres de souffrances aperçues et signalés plus tard. Celles-ci n'ont pu naître que dans une civilisation très avancée.

Et pour parler d'abord de la mieux connue de ces deux maladies sourdes et desséchantes, il faut nommer René, type d'une rêverie douloureuse, mais non pas sans volupté ; car à l'amertume de son inaction sociale se mêle la satisfaction orgueilleuse et secrète du dédain. C'est le dédain qui établit la supériorité de cette âme sur tous les hommes, sur toutes les choses au milieu desquelles elle se consume, hautaine et solitaire.

À côté de cette destinée à la fois brillante et sombre, se traîne en silence la destinée d'Obermann, majestueuse dans sa misère, sublime dans son infirmité. À voir la mélancolie profonde de leur démarche, on croirait qu'Obermann et René vont suivre la même voie et s'enfoncer dans les mêmes solitudes pour y vivre calmes et repliés sur eux-mêmes. Il n'en sera pas ainsi. Une immense différence établit l'individualité complète de ces deux solennelles figures. René signifie

---

1. Servante d'Achille. Contraint de la livrer à Agamemnon, Achille refusa de participer aux combats.

le génie sans volonté : Obermann signifie l'élévation morale sans génie, la sensibilité maladive monstrueusement isolée en l'absence d'une volonté avide d'action. René dit : Si je pouvais vouloir, je pourrais faire ; Obermann dit : À quoi bon vouloir ? Je ne pourrais pas.

En voyant passer René si triste, mais si beau, si découragé, mais si puissant encore, la foule a dû s'arrêter, frappée de surprise et de respect. Cette noble misère, cette volontaire indolence, cette inappétence affectée plutôt que sentie, cette plainte éloquente et magnifique du génie qui s'irrite et se débat dans ses langes, ont pu exciter le sentiment d'une présomptueuse fraternité chez une génération inquiète et jeune. Toutes les existences manquées, toutes les supériorités avortées se sont redressées fièrement, parce qu'elles se sont crues représentées dans cette poétique création. L'incertitude, la fermentation de René en face de la vie qui commence, ont presque consolé de leur impuissance les hommes déjà brisés sur le seuil. Ils ont oublié que René n'avait fait qu'hésiter à vivre, mais que des cendres de l'ami de Chactas, enterré aux rives du Meschacébé, était né l'orateur et le poète qui a grandi parmi nous.

Atteint, mais non pas saignant de son mal, Obermann marchait par des chemins plus sombres vers des lieux plus arides. Son voyage fut moins long, moins effrayant en apparence ; mais René revint de l'exil, et la trace d'Obermann fut effacée et perdue.

Il est impossible de comparer Obermann à des types de souffrance tels que Faust, Manfred, Childe-Harold, Conrad et Lara [1]. Ces variétés de douleur signifient, dans Goethe, le vertige de l'ambition intellectuelle ; et dans Byron, successivement, d'abord un vertige pareil (Manfred) ; puis la satiété de la débauche (Childe-Harold) ; puis le dégoût de la vie sociale et le besoin de l'activité matérielle (Conrad) ; puis, enfin, la tristesse du remords dans une grande âme qui a pu espérer un instant trouver dans le crime un développement sublime de la force, et qui, rentrée en elle-même, se demande si elle ne s'est pas misérablement trompée (Lara).

Obermann, au contraire, c'est la rêverie dans l'impuissance, la perpétuité du désir ébauché. Une pareille donnée psychologique ne peut être confondue avec aucune autre. C'est une douleur très spéciale, peu éclatante, assez difficile à observer, mais curieuse, et qui ne pouvait être poétisée que par un homme en qui le souvenir vivant de ses épreuves personnelles nourrissait le feu de l'inspiration. C'est un chant triste et incessant sur lui-même, sur sa grandeur invisible, irrévélable, sur sa perpétuelle oisiveté. C'est une mâle poitrine avec de faibles bras ; c'est une âme ascétique avec un doute rongeur qui trahit sa faiblesse, au lieu de marquer son audace. C'est un philosophe à qui la force a manqué de peu pour devenir un saint. Werther est le captif

---

1. Après Werther (*Les Souffrances du jeune Werther*, 1774), George Sand énumère ici les grands héros des œuvres de Goethe et de Byron : *Faust* (1808, 1832), *Manfred* (1817), *Childe Harold* (1812-1818), *Le Corsaire* (1814) et *Lara* (1814).

qui doit mourir étouffé dans sa cage ; René, l'aigle blessé qui reprendra son vol ; Obermann est cet oiseau des récifs à qui la nature a refusé des ailes, et qui exhale sa plainte calme et mélancolique sur les grèves d'*où partent les navires et où reviennent les débris.*

Chez Obermann, la sensibilité seule est active, l'intelligence est paresseuse ou insuffisante. S'il cherche la vérité, il la cherche mal, il la trouve péniblement, il la possède à travers un voile. C'est un rêveur patient qui se laisse souvent distraire par des influences puériles, mais que la conscience de son mal ramène à des larmes vraies, profondes, saisissantes. C'est un ergoteur voltairien qu'un poétique sentiment de la nature rappelle à la tranquille majesté de l'élégie [1]. Si les beautés descriptives et lyriques de son poème sont souvent troublées par l'intervention de la discussion philosophique ou de l'ironie mondaine, la gravité naturelle à son caractère, le recueillement auguste de ses pensées les plus habituelles, lui inspirent bientôt des hymnes nouveaux, dont rien n'égale la beauté austère et la sauvage grandeur.

Cette difficulté de l'expression dans la dialectique subtile, cette mesquinerie acerbe dans la raillerie, révèlent la portion infirme de l'âme où s'est agité et accompli le poème étrange et douloureux d'Obermann. Si parfois l'artiste a le droit de regretter le mélange contraint et gêné des images sensibles, symboles vivants de la pensée, et des idées abstraites, résumés inanimés de l'étude solitaire, le psychologiste plonge un regard curieux et avide sur ces taches d'une belle œuvre, et s'en empare avec la cruelle satisfaction du chirurgien qui interroge et surprend le siège du mal dans les entrailles palpitantes et les organes *hypertrophiés.* Son rôle est d'apprendre et non de juger. Il constate et ne discute pas. Il grossit son trésor d'observations de la découverte des cas extraordinaires. Pour lui, il s'agit de connaître la maladie, plus tard il cherchera le remède. Peut-être la race humaine en trouvera-t-elle pour ses souffrances morales, quand elle les aura approfondies et analysées comme ses souffrances physiques.

Indépendamment de ce mérite d'utilité générale, le livre d'Obermann en possède un très littéraire, c'est la nouveauté et l'étrangeté du sujet. La naïve tristesse des facultés qui s'avouent incomplètes, la touchante et noble révélation d'une impuissance qui devient sereine et résignée, n'ont pu jaillir que d'une intelligence élevée, que d'une âme d'élite : la majorité des lecteurs s'est tournée vers l'ambition des rôles plus séduisants de Faust, de Werther, de René, de Saint-Preux.

Mystérieux, rêveur, incertain, tristement railleur, peureux par irrésolution, amer par vertu, Obermann a peut-être une parenté éloignée avec Hamlet, ce type embrouillé, mais profond de la faiblesse humaine, si complet dans son avortement, si logique dans son inconséquence. Mais la distance des temps, les métamorphoses de la

---

1. George Sand a atténué les critiques de Gustave Planche. Lui jugeait que « la raillerie voltairienne et l'ergoterie scolastique sont de trop et jurent avec la poésie descriptive » (cité par B. Didier, dans son article reproduit dans *Lélia,* t. II, p. 190).

société, la différence des conditions et des devoirs, font d'Obermann une individualité nette, une image dont les traits bien arrêtés n'ont de modèle et de copie nulle part. Moins puissante que belle et vraie, moins flatteuse qu'utile et sage, cette austère leçon donnée à la faiblesse impatiente et chagrine devait être acceptée d'un très petit nombre d'intelligences dans une époque toute d'ambition et d'activité. Obermann, sentant son incapacité à prendre un rôle sur cette scène pleine et agitée, se retirant sur les Alpes pour gémir seul au sein de la nature, cherchant un coin de sol inculte et vierge pour y souffrir sans témoin et sans bruit ; puis bornant enfin son ambition à s'étendre et à mourir là, oublié, ignoré de tous, devait trouver peu de disciples qui consentissent à s'effacer ainsi, dans le seul dessein de désencombrer la société pleine de ces volontés inquiètes et inutiles qui s'agitent sourdement dans son sein et le rongent en se dévorant elles-mêmes.

Si l'on exige dans un livre la coordination progressive des pensées et la symétrie des lignes extérieures, Obermann n'est pas un livre [1] ; mais c'en est un vaste et complet, si l'on considère l'unité fatale et intime qui préside à ce déroulement d'une destinée entière. L'analyse en est simple et rapide à faire. D'abord l'effroi de l'âme en présence de la vie sociale qui réclame l'emploi de ses facultés ; tous les rôles trop rudes pour elle : oisiveté, nullité, confusion, aigreur, colère, doute, énervement, fatigue, rassérénement, bienveillance sénile, travail matériel et volontaire, repos, oubli, amitié douce et paisible, telles sont les phases successives de la douleur croissante et décroissante d'Obermann. Vieilli de bonne heure par le contact insupportable de la société, il la fuit déjà épuisé, déjà accablé du *sentiment amer de la vie perdue*, déjà obsédé des fantômes de ses illusions trompées, des *squelettes atténués* [2] de ses passions éteintes. C'est une âme qui n'a pas pris le temps de vivre parce qu'elle a manqué de force pour s'épanouir et se développer. […]

Dans tout le livre, on retrouve, comme dans cet admirable fragment [3], le déchirement du cœur, adouci et comme attendri par la rêveuse contemplation de la nature. L'âme d'Obermann n'est rétive et bornée qu'en face du joug social. Elle s'ouvre immense et chaleureuse aux splendeurs du ciel étoilé, au murmure des bouleaux et des torrents, aux *sons romantiques que l'on entend sur l'herbe courte du Titlis* [4]. Ce sentiment exquis de la poésie, cette grandeur de la méditation religieuse et solitaire, sont les seules puissances qui ne s'altèrent point en elle. Le temps amène le refroidissement progressif de ses facultés inquiètes, ses élans passionnés vers le but inconnu où tendent toutes les forces de l'intelligence se ralentissent et s'apaisent. Un tra-

---

1. Dans son article de 1832, Sainte-Beuve avait parlé d'un livre « sans nœud ».
2. Citation extraite de la lettre XLVI, p. 227.
3. G. Sand vient de citer un extrait de la lettre IV, de « Mais me sentant disposé à rêver plus longtemps » à « dont le cœur est toujours jeune ! ».
4. Citation approximative de la fin de la lettre XII, p. 110.

vail puéril, mais naïf et patriarcal, senti et raconté à la manière de Jean-Jacques, donne le change au travail funeste de sa pensée qui creusait incessamment les abîmes du doute. [...] [1]

Le silence des vallées, les soins paisibles de la vie pastorale, les satisfactions d'une amitié durable et partagée, sentiment exquis dont son cœur avait toujours caressé l'espoir, telle est la dernière phase d'Obermann. Il ne réussit point à se créer un bonheur *romanesque*, il témoigne pour cette chimère de la jeunesse un continuel mépris. C'est la haine superbe des malheureux pour les promesses qui les ont leurrés, pour les biens qui leur ont échappé ; mais il se soumet, il s'affaisse, sa douleur s'endort, l'habitude de la vie domestique engourdit ses agitations rebelles, il s'abandonne à cette salutaire indolence, qui est à la fois un progrès de la raison raffermie et un bienfait du ciel apaisé. La seule exaltation qu'Obermann conserve dans toute sa fraîcheur, c'est la reconnaissance et l'amour pour les dons et les grâces de la nature. Il finit par une grave et adorable oraison sur les fleurs champêtres, et ferme doucement le livre où s'ensevelissent ses rêves, ses illusions et ses douleurs. [...] [2]

Telle est l'histoire intérieure et sans réserve d'Obermann. Il était peut-être dans la nature d'une pareille donnée de ne pouvoir se poétiser sous la forme d'une action progressive ; car, puisque Obermann nie perpétuellement non seulement la valeur des actions et des idées, mais la valeur même des désirs, comment concevrait-on qu'il pût se mettre à commencer quelque chose ?

Cette incurie mélancolique, qui encadre de lignes infranchissables la destinée d'Obermann, offrait un type trop exceptionnel pour être apprécié lors de son apparition en 1804. À cette époque la grande mystification du consulat venait enfin de se dénouer. Mais, préparée depuis 1799 avec une habileté surhumaine, révélée avec pompe au milieu du bruit des armes, des fanfares de la victoire et des enivrantes fumées du triomphe, elle n'avait soulevé que des indignations impuissantes, rencontré que des résistances muettes et isolées. Les préoccupations de la guerre et les rêves de la gloire absorbaient tous les esprits. Le sentiment de l'énergie extérieure se développait le premier dans la jeunesse ; le besoin d'activité virile et martiale bouillonnait dans tous les cœurs. Obermann, étranger par caractère chez toutes les nations, devait, en France plus qu'ailleurs, se trouver isolé dans sa vie de contemplation et d'oisiveté. Peu soucieux de connaître et de comprendre les hommes de son temps, il n'en fut ni connu ni compris, et traversa la foule, perdu dans le mouvement et le bruit de cette cohue dont il ne daigna pas même regarder l'agitation tumultueuse. Lorsque la chute de l'empire introduisit en France la discussion parlementaire,

---

1. G. Sand cite longuement la lettre IX, puis quelques phrases de la lettre XVIII (par exemple, « il y a l'infini entre ce que je suis et ce que j'ai besoin d'être », p. 116), et l'avant-dernier paragraphe de la lettre XXII, p. 130.
2. Citation du dernier paragraphe de la « dernière partie d'une lettre sans date connue », p. 422.

la discussion devint réellement la monarchie constitutionnelle, comme l'empereur avait été l'empire à lui tout seul. En même temps que les institutions et les coutumes, la littérature anglaise passa le détroit, et vint régner chez nous. La poésie britannique nous révéla le doute incarné sous la figure de Byron ; puis la littérature allemande, quoique plus mystique, nous conduisit au même résultat par un sentiment de rêverie plus profond. Ces causes, et d'autres, transformèrent rapidement l'esprit de notre nation, et pour caractère principal lui infligèrent le *doute*. Or le doute, c'est Obermann, et Obermann, né trop tôt de trente années, est réellement la traduction de l'esprit général en 1833.

Pourtant, dès le temps de sa publication, Obermann excita des sympathies d'autant plus fidèles et dévouées qu'elles étaient plus rares. Et en ceci, la loi qui condamne à de tièdes amitiés, les existences trop répandues, fut accomplie ; la justice qui dédommage du peu d'éclat par la solidité des affections, fut rendue. Obermann n'encourut pas les trompeuses jouissances d'un grand succès, il fut préservé de l'affligeante insouciance des admirations consacrées et vulgaires. Ses adeptes s'attachèrent à lui avec force et lui gardèrent leur enthousiasme, comme un trésor apporté par eux seuls, à l'offrande duquel ils dédaignaient d'associer la foule. Ces âmes malades, parentes de la sienne, portèrent une irritabilité chaleureuse dans l'admiration de ses grandeurs et dans la négation de ses défauts. Nous avons été de ceux-là, alors que plus jeunes, et dévorés d'une plus énergique souffrance, nous étions fiers de comprendre Obermann, et près de haïr tous ceux dont le cœur lui était fermé.

Mais le mal d'Obermann, ressenti jadis par un petit nombre d'organisations précoces, s'est répandu peu à peu depuis, et au temps où nous sommes, beaucoup peut-être en sont atteints ; car notre époque se signale par une grande multiplicité de maladies morales, jusqu'alors inobservées, désormais contagieuses et mortelles.

Durant les quinze premières années du dix-neuvième siècle, non seulement le sentiment de la rêverie fut gêné et empêché par le tumulte des camps, mais encore le sentiment de l'ambition fut entièrement dénaturé dans les âmes fortes. Excité, mais non développé, il se restreignit dans son essor en ne rencontrant que des objets vains et puérils. L'homme qui était tout dans l'état, avait arrangé les choses de telle façon que les plus grands hommes furent réduits à des ambitions d'enfant. Là où il n'y avait qu'un maître pour disposer de tout, il n'y avait pas d'autre manière de parvenir que de complaire au maître, et le maître ne reconnaissait qu'un seul mérite, celui de l'obéissance aveugle ; cette loi de fer eut le pouvoir, propre à tous les despotismes, de retenir la nation dans une perpétuelle enfance ; quand le despotisme croula irrévocablement en France, les hommes eurent quelque peine à perdre cette habitude d'asservissement qui avait effacé et confondu tous les caractères politiques dans une seule physionomie. Mais rapidement éclairés sur leurs intérêts, ils eurent bientôt compris qu'il ne s'agissait plus d'être élevés par le maître, mais d'être choisis par la nation ; que sous un gouvernement représentatif, il ne suffisait plus d'être aveugle et ponctuel dans l'exercice de la force brutale, pour arriver à faire de l'arbitraire en sous-ordre, mais qu'il fallait chercher désormais sa force dans son intelligence, pour être élevé par le vote libre et populaire à la puissance et à la gloire de la tribune. À mesure que la monarchie, en s'ébranlant, vit ses faveurs perdre de leur prix, à mesure que la véritable puissance politique vint s'asseoir sur les bancs de l'opposition, la culture de l'esprit, l'étude de la dialectique, le développement de la pensée devint le seul moyen de réaliser des ambitions désormais plus vastes et plus nobles.

Mais avec ces promesses plus glorieuses, avec ces prétentions plus hautes, les ambitions ont pris un caractère d'intensité fébrile qu'elles n'avaient pas encore présenté. Les âmes surexcitées par d'énormes travaux, par l'emploi de facultés immenses, ont été éprouvées tout à coup par de grandes fatigues et de cuisantes angoisses. Tous les ressorts de l'intérêt personnel, toutes les puissances de l'égoïsme, tendues et développées outre mesure, ont donné naissance à des maux inconnus, à des souffrances monstrueuses, auxquelles la psychologie n'avait point encore assigné de place dans ses annales.

L'invasion de ces maladies a dû introduire le germe d'une poésie nouvelle. S'il est vrai que la littérature soit et ne puisse être autre chose que l'expression de faits accomplissables, la peinture de traits visibles, ou la révélation de sentiments possiblement vrais, la littérature de l'empire devait réfléchir la physionomie de l'empire, reproduire la pompe des événements extérieurs, ignorer la science des mystérieuses souffrances de l'âme. L'étude de la conscience ne pouvait être approfondie que plus tard, lorsque la conscience elle-même jouerait un plus grand rôle dans la vie, c'est-à-dire lorsque l'homme, ayant un plus grand besoin de son intelligence pour arriver aux choses extérieures, serait forcé à un plus mûr examen de ses facultés intérieures. Si l'étude de la psychologie, poétiquement envisagée, a été jusque-là incomplète et superficielle, c'est que les observations lui ont manqué, c'est que les maladies, aujourd'hui constatées et connues, hier encore n'existaient pas.

Ainsi donc le champ des douleurs observées et poétisées s'agrandit chaque jour, et demain en saura plus qu'aujourd'hui. Le mal de Werther, celui de René, celui d'Obermann, ne sont pas les seuls que la civilisation avancée nous ait apportés, et le livre où Dieu a inscrit le compte de ces fléaux n'est peut-être encore ouvert qu'à la première page. Il en est un qu'on ne nous a pas encore officiellement signalé, quoique beaucoup d'entre nous en aient été frappés ; c'est la souffrance de la volonté dépourvue de puissance. C'est un autre supplice que celui de Werther, se brisant contre la société qui proscrit sa passion ; c'est une autre inquiétude que celle de René, trop puissant pour vouloir ; c'est une autre agonie que celle d'Obermann, atterré de son impuissance ; c'est la souffrance énergique, colère, impie, de l'âme qui veut réaliser une destinée, et devant qui toute destinée s'enfuit comme un rêve ; c'est l'indignation de la force qui voudrait tout saisir, tout posséder, et à qui tout échappe, même la volonté, au travers de fatigues vaines et d'efforts inutiles. C'est l'épuisement et la contrition de la passion désappointée ; c'est en un mot le mal de ceux qui ont vécu.

René et Obermann sont jeunes. L'un n'a pas encore employé sa puissance, l'autre n'essaiera pas de l'employer ; mais tous deux vivent dans l'attente et l'ignorance d'un avenir qui se réalisera dans un sens quelconque. Comme le bourgeon exposé au vent impétueux des jours, au souffle glacé des nuits, René résistera aux influences mortelles et produira de beaux fruits. Obermann languira comme une fleur délicate qui exhale de plus suaves parfums en pâlissant à l'ombre. Mais il est des plantes à la fois trop vigoureuses pour céder aux vains efforts des tempêtes, et trop avides de soleil pour fructifier sous un ciel rigoureux. Fatiguées, mais non brisées, elles enfoncent encore leurs racines dans le roc, elles élèvent encore leurs calices desséchés et flétris pour aspirer la rosée du ciel ; mais, courbées par les vents contraires, elles retombent et rampent sans pouvoir vivre ni mourir, et le pied qui les foule, ignore la lutte immense qu'elles ont soutenue avant de plier.

Les âmes atteintes de cette douloureuse colère peuvent avoir eu la jeunesse de René. Elles peuvent avoir répudié longtemps la vie réelle, comme n'offrant rien qui ne fût trop grand ou trop petit pour elles ; mais à coup sûr elles ont vécu la vie de Werther. Elles se sont suicidées comme lui par quelque passion violente et opiniâtre, par quelque sombre divorce avec les espérances de la vie humaine. La faculté de croire et d'aimer est morte en elles. Le désir seul a survécu, fantasque, cuisant, éternel, mais irréalisable, à cause des avertissements sinistres de l'expérience. Une telle âme peut s'efforcer à consoler Obermann, en lui montrant une blessure plus envenimée que la sienne, en lui disant la différence du doute à l'incrédulité, en répondant à cette belle et triste parole : « *Qu'un jour je puisse dire à un homme qui m'entende : "si nous avions vécu*[1] *!"* – Obermann, consolez-vous, nous aurions vécu en vain. »

Il appartiendra peut-être à quelque génie austère, à quelque psychologiste rigide et profond, de nous montrer la souffrance morale sous un autre aspect encore, de nous dire une autre lutte de la volonté contre l'impuissance, de nous initier à l'agitation, à l'effroi, à la confusion d'une faiblesse qui s'ignore et se nie, de nous intéresser au supplice perpétuel d'une âme qui refuse de connaître son infirmité, et qui, dans l'épouvante et la stupéfaction de ses défaites, aime mieux s'accuser de perversité que d'avouer son indigence primitive. C'est une maladie plus répandue peut-être que toutes les autres, mais que nul n'a encore osé traiter. Pour la revêtir de grâce et de poésie, il faudra une main habile et une science consommée.

Ces créations viendront sans doute. Le mouvement des intelligences entraînera dans l'oubli la littérature *réelle* qui ne convient déjà plus à notre époque. Une autre littérature se prépare et s'avance à grands pas, idéale, intérieure, ne relevant que de la conscience

---

1. Citation approximative de la fin de la lettre XII, p. 110.

humaine, n'empruntant au monde des sens que la forme et le vêtement de ses inspirations, dédaigneuse, à l'habitude, de la puérile complication des épisodes, ne se souciant guère de divertir et de distraire les imaginations oisives, parlant peu aux yeux, mais à l'âme constamment. Le rôle de cette littérature sera laborieux et difficile, et ne sera pas compris d'emblée. Elle aura contre elle l'impopularité des premières épreuves ; elle aura de nombreuses batailles à livrer pour introduire, dans les récits de la vie familière, dans l'expression scénique des passions éternelles, les mystérieuses tragédies que la pensée aperçoit et que l'œil ne voit point.

Cette réaction a déjà commencé d'une façon éclatante dans la poésie personnelle ou lyrique : espérons que le roman et le théâtre n'attendront pas en vain.

GEORGE SAND.

4 — « *Du style dans les descriptions* »

Vécue comme une contrainte imposée par les difficultés financières, la collaboration de Senancour à la presse a eu au moins le mérite de lui donner l'occasion de s'exprimer sur la littérature contemporaine, sur ses écoles, sur ses genres, sur ses procédés, et de l'amener ainsi à dégager les grandes lignes de sa propre poétique. Nous donnons ici un extrait d'un article important paru en septembre 1811, dans le *Mercure de France*. Senancour y prend position dans le débat, très vif depuis la fin du XVIIIe siècle, sur la réalité et la légitimité d'un « genre descriptif » inconnu des Anciens – selon la formule de rigueur sous la plume de tous ceux qui participent à la discussion –, dans lequel les modernes auraient atteint l'excellence, grâce au talent d'écrivains comme Rousseau, Delille, Bernardin de Saint-Pierre ou Saint-Lambert. Après avoir appelé de ses vœux la rédaction d'un « traité » sur ce genre et en avoir ainsi reconnu explicitement l'existence, Senancour se propose, dans la première partie de son article, de justifier la pratique descriptive, en répondant « rapidement à ceux qui veulent s'autoriser de l'exemple des anciens pour rejeter presque entièrement les descriptions ». Il s'emploie pour cela à prouver que si les Anciens ont négligé la « peinture des objets inanimés » ou ne l'ont utilisée qu'à titre d'accessoire dans leurs tableaux, c'est pour « des raisons étrangères au plus ou moins de mérite du genre, et même au degré d'intérêt dont il est maintenant susceptible ». Selon lui, ils s'en sont détournés, parce qu'ils « étaient constamment occupés de l'homme », de ses passions, de sa vie en société, de ses intérêts politiques ou économiques, et qu'il était par ailleurs difficile aux écrivains de retenir l'attention de leurs lecteurs en leur peignant des contrées qu'ils ne connaissaient pas, faute de bons livres de géographie. Si la description de la nature prospère dans la littérature récente et s'y trouve parfaitement à sa place, c'est au contraire que les voyages d'exploration et le succès auprès du public des récits qui en sont tirés ont fait découvrir de nouveaux espaces et ont ainsi considérablement étendu le domaine descriptible ; c'est encore que les lecteurs, moins retenus par le calcul des « intérêts publics » et moins prisonniers de leurs « passions avides », sont désormais plus disponibles pour observer avec attention le monde environnant et pour en goûter la beauté.

Senancour se garde de parler de son œuvre, mais son argumentation est assez habile pour légitimer du même coup ses choix d'écrivain et pour rendre compte de la présence envahissante de la description dans ses premiers écrits. Il laisse entendre que le recours à des genres à dominante descriptive, comme la rêverie ou l'itinéraire, est judicieux, parce qu'il répond à l'horizon d'attente du lectorat contemporain et qu'il correspond à son propre mode de vie, en marge de l'Histoire et de ses préoccupations. Dans les *Rêveries* comme dans *Oberman*, le narrateur, délivré, encore plus que lui, de toute charge sociale ou familiale comme de toute implication dans les événements de son temps, bénéficie de cette même oisiveté indispensable à la contemplation de la nature. Faisant le lien entre l'essor de la littérature descriptive et le contexte historique et culturel des dernières années, le raisonnement de Senancour conduit très logiquement à penser la description dans son œuvre comme le corollaire attendu de la personnalité de ses narrateurs, comme de l'effacement de l'Histoire et de l'absence de récit.

La deuxième partie de l'article, que nous reproduisons ici, est encore plus riche en enseignements sur les principes qui règlent sa pratique de la description et sur les modèles qui ont pu lui servir de guides. Citant Rousseau, Buffon, Bernardin de Saint-Pierre, Mme de Staël, Delille, Ramond de Carbonnières et Chateaubriand, Senancour montre qu'il est conscient de s'inscrire dans une histoire de la description qui lui fournit des exemples par rapport auxquels il lui faut formuler sa conception du genre et marquer son originalité. De même, c'est à partir de ce corpus, qui donne une idée de la maîtrise descriptive de ses contemporains et des habitudes de lecture du public, qu'on doit apprécier ses vues sur le genre et ses réalisations descriptives. Aussi importe-t-il de remarquer d'entrée que dans cette liste, les écrivains naturalistes, comme Buffon, ou géographes, comme Ramond de Carbonnières, ont une place de choix, ce qui illustre parfaitement la symbiose dans laquelle vivaient encore littérature et sciences, ainsi que la double compétence de scientifique et de styliste reconnue à ces auteurs. En se référant à eux, Senancour prend pour modèle un type de description qui allie le souci de la qualité littéraire de l'œuvre à celui de la qualité de l'observation et de l'explication érudite du réel. Il suggère ainsi qu'à ses yeux, comme probablement à ceux de ses lecteurs, les descriptions d'*Oberman* se devaient aussi, pour être réussies, d'obéir aux conventions des ouvrages savants et des itinéraires de voyage qui avaient fait la double renommée de tels auteurs. Même s'ils ne s'en tiennent pas là, les morceaux descriptifs de son œuvre manifestent, surtout dans les premières lettres d'*Oberman*, un souci d'exactitude et de précision, qui correspond à la représentation topographique du paysage imposée comme modèle par l'histoire naturelle et par le récit de voyage.

Le style des grands maîtres de la description est néanmoins ce qui retient le plus l'attention de Senancour dans cet article. Dès le début, il avait du reste prévenu qu'il se « bornerait à quelques observations sur le style convenable dans la peinture des sites et de ces accidents de la nature, où, par des moyens généralement indépendants de l'homme et de son industrie, elle présente une expression sensible de l'harmonie générale qui est le lien des choses ». Même si elle n'est toujours pas nommée, on voit que son œuvre reste présente à son esprit, puisqu'il choisit de traiter des contraintes stylistiques de l'espèce de description qui y est le plus représentée : la représentation de paysages vierges de toute présence et de toute activité humaines, faisant apparaître le réseau d'analogies qui structure le monde et en constitue l'ordre caché, l'unité sous-jacente. C'est afficher d'entrée sa haute conception de la fonction descriptive, encore rappelée dans les dernières lignes de l'article : non pas décrire pour décrire, dans le simple but d'orner un récit ou de montrer avec le plus de fidélité possible un site, mais, au-delà du relevé topographique du réel et de la « froide énumération des choses », décrire pour rendre sensibles « les rapports de l'homme avec ce qu'il appelle l'inanimé », décrire pour mettre au jour les « rapports indirects, mais puissants, qui soutiennent le grand tout, et qui, mieux observés, apprendraient à l'homme qu'il appartient à toute la nature, qu'elle est ce qu'il est lui-même… ». Il suffit de comparer ces citations extraites des « Observations » d'*Oberman* et du début de l'article pour constater que les mêmes formules reviennent, dans le but de dégager la nature essentiellement symbolique de la description, telle que l'entend et que la pratique Senancour. Partant du principe que le paysage ne vaut que s'il est animé des émotions de l'homme et associé à ses préoccupations, il s'agit pour lui de l'appréhender comme réservoir de rapports avec la vie morale et d'affirmer ainsi l'unité du Moi et du monde, la corrélation de l'intérieur et de l'extérieur. Mais la révélation des correspondances qui existent entre le sentiment et la nature environnante ne conduit pas seulement Senancour à produire des descriptions expressives, dans lesquelles le paysage se présente comme le reflet de l'état d'âme du personnage qui le contemple. Elle se fonde sur la croyance en un ordonnancement poétique du Monde, qui transforme du même coup la pratique descriptive en une activité quasi mystique de déchiffrement des liens qui unissent l'homme au cosmos et qui le font partie intégrante d'une totalité organisée et unifiée.

Ainsi se trouve dissipés les soupçons de gratuité et de frivolité qui ont longtemps motivé le discrédit du genre. Opérant un complet renversement de valeurs, Senancour en vient à attribuer au descripteur la tâche la plus importante et la plus urgente : redonner à ses semblables l'intuition de l'ordre du monde qu'ils ont perdue au terme d'un long et implacable processus de dégénérescence, leur faire de nouveau prendre conscience des liens qui les rendent solidaires des êtres et des choses qui composent le monde dans lequel ils vivent. Tel est bien le rôle des descriptions dans *Oberman* : si Senancour ne cesse d'insister sur le sérieux de la contemplation de la nature et de l'activité descriptive qui en résulte, c'est qu'il appartient aux descriptions de pallier les insuffisances de la réflexion philosophique, en devenant le lieu d'une « méditation » qui est, en sa plus haute réalisation, perception de l'universelle analogie et de l'harmonie de l'homme et du monde.

Les exigences stylistiques formulées par Senancour dans cet article montrent elles aussi qu'il hérite d'une tradition rhétorique de suspicion à l'endroit de la description et qu'il entend réagir aux maux dont on l'accuse. Aux yeux de ses détracteurs, qui la comparent volontiers à la définition pour faire ressortir ses défaillances, la description manque de précision et d'efficacité, et ce d'autant plus qu'elle a tendance à sacrifier la pertinence et la concision du propos à la tentation de l'amplification décorative et de la virtuosité gratuite. Or, la profusion des images et des figures de style compromet l'idéal classique de clarté et de simplicité qui reste, aux yeux de beaucoup, le plus apte à garantir la lisibilité de l'œuvre [1]. Senancour partage à l'évidence ces préventions, mais il essaie de les dissiper, en soumettant la description à des règles de composition et d'expression qui contiennent ses possibles dérives. Ainsi, saisissant une nouvelle fois l'occasion de se démarquer de Rousseau et d'afficher sa supériorité, de voyageur comme d'écrivain, il condamne le « vague » de ses descriptions, qui se contentent de représenter une réalité dans sa généralité et qui manquent dès lors la particularité topographique du lieu. Voulant seulement « parler des montagnes » et allant même jusqu'à introduire dans un paysage des éléments qui lui sont étrangers, Rousseau montre qu'il reste insensible au génie du lieu, à ce qui fait à la fois sa différence et sa cohérence. Doublement fautive, sa description tombe sous le coup de l'accusation d'imprécision et d'inconséquence, parce qu'elle ne sait ni caractériser ni préserver la convenance de ses composantes.

Fort de l'expérience de la haute montagne que lui donnent ses excursions en Suisse, Senancour entend, au contraire, produire des descriptions assez particularisées pour rendre la singularité réelle de ces espaces encore largement méconnus, et ce, jusque dans leurs

---

1. On trouvera des illustrations de ce discours critique hostile à la description dans l'anthologie procurée par Ph. Hamon, *La Description littéraire*, Macula, 1991. Y figure un extrait de l'article de Senancour que nous reproduisons.

moindres nuances de relief, de végétation et d'éclairage. Mais cet effort de caractérisation se double chez lui d'un travail d'uniformisation de la description, qui lui paraît d'autant plus nécessaire qu'en fidèle héritier de l'esthétique des Lumières il a conscience des contraintes formelles propres à chacun des systèmes sémiotiques que sont l'écriture et la peinture. Il sait qu'il doit tenir compte de l'infériorité mimétique de l'écriture, de la difficulté qu'il y a, en raison même de sa successivité, à donner d'emblée, dans un morceau descriptif, « une idée de l'ensemble ». Son désir de faire mieux que Rousseau en représentant des paysages dont son lecteur puisse percevoir et l'unité et la spécificité, le conduit à soigner la cohésion de ses tableaux et à les soumettre à une discipline du détail qui rejoint l'impératif classique de subordination des parties au tout. La même exigence de particularisation l'oblige à dépasser les ressources de la topique, à se garder des lieux communs de la rhétorique et de la poétique, pour adapter le lexique et la syntaxe à la configuration du lieu et à l'émotion nouvelle qu'il est censé donner. Rejoignant l'auteur du *Génie du christianisme* dans sa critique des descriptions saturées de figures mythologiques que privilégiaient les Anciens, il condamne à son tour le recours à une réserve d'expressions convenues et de schèmes culturels ou mémoriels, parce qu'il a conscience que de telles tournures, en rapportant le spectacle de la nature à du connu et à du joli, pèchent par inadéquation : leur tort est de contrevenir à la loi de la convenance du style et de l'objet, en renvoyant à une représentation culturelle du monde qui ne correspond pas au caractère de nouveauté et de majesté du site dépeint, et qui ne saurait donc exprimer l'impression inédite produite sur la sensibilité de l'homme moderne.

Accusées de banaliser la nature et de détruire l'effet de sublime qui naît précisément de son étrangeté et de son incommensurable grandeur, toutes ces préciosités enjolivantes et, finalement, amenuisantes sont encore à proscrire pour le culte vain de la virtuosité stylistique qu'elles incarnent. Nous retrouvons, en effet, dans cet article les réticences de Senancour à l'endroit de l'éloquence et de toutes formes de style qui cèdent à la tentation de la belle phrase au détriment de la justesse et de la simplicité de l'expression. L'éloge de la manière descriptive de Mme de Staël tout comme les reproches adressés à Buffon et à Chateaubriand pour leur tendance à la surenchère dans les tours oratoires et dans les images recherchées n'ont d'autre but que de prôner le retour à un idéal stylistique de sobriété et de concision, qui se préoccupe plus de montrer avec pertinence et efficacité que de briller par l'ingéniosité de ses formules. Modèle de « convenance », le style de Mme de Staël peut l'être parce que son parti pris de dépouillement et de simplicité lui permet de donner à voir l'objet tel qu'il est et d'en restituer avec force et énergie l'impact émotionnel. Par son souci d'économie dans l'usage des figures de style, tout particulièrement de l'épithète, comme par la préférence accordée à un lexique « ordinaire » et à une syntaxe simple, cette description a, aux yeux de Senancour, le mérite d'échapper à la quête de brio qui discrédite le genre, en le faisant tomber dans l'enflure et dans l'obscurité. Par son éloge, Senancour témoigne aussi bien de son adhésion à une tradition rhétorique qui, depuis Boileau, identifie l'effacement de l'art à sa perfection et fait de la simplicité l'expression la plus adéquate de la grandeur.

Enfin, on ne s'étonnera pas que cet idéal de « convenance » du style, qui repose sur la valorisation de la « justesse » et de la sobriété, conduise Senancour à préconiser la mesure et le respect de la vraisemblance dans le cas des descriptions de lieux fictifs. Fidèle à des principes exposés dès les *Rêveries* de 1799 et partagés par ses contemporains [1], il réaffirme la nécessité de distinguer entre l'imaginaire et le chimérique, et de maintenir les productions de l'imagination dans les bornes du possible. Les audaces du romantisme de 1830 l'obligeront à revenir souvent sur cette nécessaire conciliation de l'imagination et de la raison, du fictif et du concevable, qui, loin de nuire à l'imagination, la consacre plutôt en faisant d'elle la faculté du beau et du vrai.

> [...] Quoique les paysagistes aient parmi nous beaucoup d'admirateurs, je conviens que l'on met assez généralement les peintres d'histoire au premier rang. Cependant si la peinture des passions plaît à un plus grand nombre d'hommes que celle des objets matériels, il en est beaucoup aussi que la description des lieux remarquables et des phénomènes naturels n'intéresse certainement pas moins ; et si ce dernier goût est moins commun, c'est qu'il ne suffit pas que les choses soient propres à émouvoir, il faut encore que l'on soit capable d'être ému. Les rapports de l'homme à l'homme sont très multipliés dans la vie sociale ; le cœur fatigué se refroidit, il reste inquiet et devient stérile. Obsédé de ces relations humaines qui paraissent s'accorder et qui s'entre-détruisent, sollicité de toutes parts en sens contraire et forcé bientôt de ne voir que soi-même, on perd le sentiment des rapports indirects, mais puissants, qui soutiennent le grand tout, et qui, mieux observés, apprendraient à l'homme qu'il appartient à toute la nature, qu'elle est ce qu'il est lui-même, que toutes choses sont plus semblables encore qu'elles ne sont variées, que toutes les affections des êtres ont un même principe, et que sous des apparences modifiées à l'infini, les vicissitudes de son cœur sont celles du monde.
>
> Je ne porterai pas plus loin ces observations ; elles deviendraient trop sérieuses ; la contemplation de la nature a quelque chose de sévère. Mais les couleurs sombres ne plaisent parmi nous que si la

---

1. Senancour est en effet très proche des théories de l'imagination développées par les romantiques anglais, Coleridge et Wordsworth notamment, mais aussi par Mme de Staël (voir note 1, p. 140).

scène est touchante ou dramatique, et je me hâte de parler du style des descriptions ; l'on peut dès lors se réconcilier avec le sujet ; pour s'arrêter volontiers à le considérer encore, il faut se placer à l'ombre des palmiers de Virginie et des pins d'Atala.

Cette convenance générale entre le caractère du style et celui de l'objet que l'on traite, cette convenance que le talent observe mal quelquefois, mais dont il ne prétend pas du moins s'affranchir, le génie la sent trop bien pour ne la pas suivre naturellement et sans songer même à la chercher. Il en résulte souvent une sorte de simplicité qui ajoute à la grandeur de l'effet.

Dans *Corinne*, il est dit en parlant des ruines de Pompéia : « Ce souvenir enfoui s'est retrouvé tout entier. Les peintures, les bronzes étaient encore dans leur beauté première, et tout ce qui peut servir aux usages domestiques est conservé d'une manière effrayante. Les amphores sont encore préparées pour le festin du jour suivant ; la farine qui allait être pétrie est encore là : les restes d'une femme sont encore ornés de parures qu'elle portait dans le jour de fête que le volcan a troublé, et ses bras desséchés ne remplissent plus le bracelet de pierreries qui les entoure encore. On ne peut voir nulle part une image aussi frappante de l'interruption subite de la vie. Le sillon des roues est visiblement marqué sur les pavés dans les rues, et les pierres qui bordent les puits portent la trace des cordes qui les ont creusées peu à peu [1]. » Cette manière est grande et imposante : en effet, quand les termes ordinaires sont suffisants, ils conviennent seuls ; ici l'imagination n'a voulu ajouter qu'un seul mot, et ce mot *effrayante* est juste et bien placé. Un voyageur descendu dans cet ancien séjour de la vie, n'y sera que faiblement affecté si on lui parle avec éloquence de la destruction des villes et de la ruine des peuples ; mais si au milieu de ce silence de vingt siècles, on lui montre seulement du doigt ces amphores vides, ces sillons des roues, ces traces muettes de l'homme oublié, sa pensée profondément émue ne voit dans la terre entière que des débris amoncelés par le temps sur la poussière des anciennes générations.

Il n'est point de difficulté plus grande dans les descriptions écrites que de donner dès les premiers moments une idée de l'ensemble. En cela tout l'avantage est au pinceau ; ce qu'il offre au premier coup d'œil, la plume ne peut que le développer successivement ; mais s'il est impossible qu'elle le montre d'abord, il faut qu'elle sache du moins le faire pressentir. On peint mal, si une sorte de couleur universelle, particulière au sujet, ne domine point constamment dans le tableau ; toutes les nuances s'y rapporteront ensuite, car les mêmes lieux prendraient un autre aspect sous un autre ciel et dans d'autres régions. La température, la saison, l'heure même quelquefois, doivent être connues, ou plutôt imaginées, dès les premières lignes.

La verdure des gorges du Caucase n'est pas celle des vallons de Bièvre ou d'Eaubonne, et si le rossignol chante sur les rives du

---

1. Mme de Staël, *Corinne ou l'Italie*, éd. S. Balayé, Gallimard, Folio, 1985, p. 300 (livre XI, chap. IV).

Tanaïs [1], bien que sa voix puisse être la même que dans les prairies baignées par la Loire, il faut en redire les accents sur un ton différent : ici, c'est la chanson brillante de l'oiseau qui peuple les bocages ; là, c'est une mélodie heureuse et douce au milieu des âpres beautés du désert. On ne saurait parler du murmure des vagues, lorsqu'on veut faire entendre les bruits de l'Océan contre les bases caverneuses des montagnes de Magellan [2]. Un ouragan dans les vastes plaines du Bengale [3], ne sera point décrit en phrases courtes, détachées, en termes sinistres comme une tempête sur les écueils ténébreux des Orcades [4]. Sur les bords tranquilles de la Brenta [5], voit-on que le mobile feuillage des peupliers soit agité de la même manière que les vieux sapins de la Norvège, courbés par la violence des vents au-dessus des abîmes, et surchargés du poids des neiges polaires ?

Les campagnes cultivées ont perdu quelque chose de l'harmonie des premières formes, elles n'ont plus un caractère simple et distinct ; cependant le paysage y présente encore un aspect général, majestueux ou champêtre, agréable ou austère. Il ne faut pas confondre ces nuances ; il faut se garder de trouver Auteuil pittoresque, ou les prés Saint-Gervais romantiques *.

Un vent froid, un orage qui se prépare, plusieurs autres circonstances peuvent changer le résultat, et c'est ce résultat qu'il faut d'abord faire pressentir, afin de remplacer, autant que l'on peut, la vue dont la propriété est d'embrasser d'abord l'ensemble, et qui n'examine les détails qu'après avoir aperçu l'effet du tout.

Si l'heure est celle de midi, dans un jour d'été, le seul choix des mots doit montrer pour ainsi dire cette atmosphère ardente que tant de lumière semble transformer en un léger nuage, et ces reflets brûlants d'un soleil immobile sur les pavés secs et la poussière des chemins, sur des canaux presque épuisés, sur les murs blancs, sur de vastes champs moissonnés et silencieux.

---

1. Nom ancien du Don, fleuve de Russie.
2. Probablement, la Patagonie, qui borde le détroit de Magellan.
3. Région orientale de l'Inde.
4. Archipel britannique, au nord-est de l'Écosse.
5. Fleuve de l'Italie, qui prend sa source dans les Dolomites, passe près de Padoue et se jette dans l'Adriatique.
* L'effet romantique est celui qui ne ressemblant point à ce qu'on voit généralement ailleurs, frappe l'imagination d'une manière imprévue, à peu près comme des événements singuliers et inattendus dans un roman. Le célèbre de Saussure, qui a tant observé les montagnes, m'a dit n'avoir rien vu de plus romantique que le val de Moutier, grand val près de Bienne. Cette étroite vallée est en même temps agréable ; le sommet de Prou, près du mont Velan dans les gorges du Saint-Bernard, est au contraire d'un effet très austère : ce sont, dans le genre romantique, deux points extrêmes assez propres à en donner une idée moins vague à ceux qui auraient vu les Alpes et le Jura, sans connaître précisément la valeur d'une expression naturalisée en France depuis peu, et que l'on doit, dit-on, au traducteur des *Nuits d'Young*. [NdA]

Si la nuit est profonde et pourtant lumineuse, sans lune, sans obscurité, tranquille et belle, l'imagination préférera des teintes mystérieuses comme cette faible clarté qui subsiste en l'absence de la lumière. On s'avance alors dans les régions infinies qu'on peut entrevoir dans l'ombre, et que le voile du jour cachait à la vue. Les rivages et les forêts s'éloignent, on se détache du sol sur lequel on est assis, les sons isolés de la nuit deviennent des bruits lointains, et le frémissement des branches semble appartenir au mode inconnu.

Sur les campagnes éclairées encore par le soleil couchant, une sorte de tristesse, amie du repos, étend déjà ses ombres ; mais les couleurs de la jeunesse ou du printemps, la vivacité de l'espérance et toute la force de la vie animeront le lever du soleil. Un peu séduit, je pense, par le nom de Rousseau, l'on a cité comme une sorte de modèle un passage de l'*Émile* sur l'aurore (au livre 3) [1] ; on y trouve de la fraîcheur et une teinte convenable au sujet. C'est beaucoup sans doute, d'autant plus qu'en cet endroit il n'est pas probable que Rousseau ait mis beaucoup d'importance à peindre le lever du soleil ; mais quand on veut admirer l'auteur de l'*Émile*, ce n'est pas au petit nombre de descriptions contenues dans ses ouvrages, qu'il convient de s'arrêter particulièrement. En observant néanmoins qu'il y a dans l'*Héloïse* de beaux passages en ce genre, je serai forcé d'en excepter la description la plus importante à d'autres égards, que ce livre contienne, celle du Valais [2] ; elle n'a presque rien de caractéristique ; ôtez les noms ou changez-les, vous aurez au besoin une vallée de la Savoie, de l'Oberland, ou des Grisons. Enfin, ce n'est pas le Valais en particulier, c'est tout au plus

---

1. « Une belle soirée on va se promener dans un lieu favorable où l'horizon bien découvert laisse voir à plein le soleil couchant, et l'on observe les objets qui rendent reconnaissable le lieu de son coucher. Le lendemain pour respirer le frais on retourne au même lieu avant que le soleil se lève. On le voit s'annoncer de loin par les traits de feu qu'il lance au-devant de lui. L'incendie augmente, l'orient paraît tout en flammes : à leur éclat on attend l'astre longtemps avant qu'il se montre ; à chaque instant on croit le voir paraître, on le voit enfin. Un point brillant part comme un éclair et remplit aussitôt tout l'espace : le voile des ténèbres s'efface et tombe. L'homme reconnaît son séjour et le trouve embelli. La verdure a pris durant la nuit une vigueur nouvelle ; le jour naissant qui l'éclaire, les premiers rayons qui la dorent la montrent couverte d'un brillant réseau de rosée, qui réfléchit à l'œil la lumière et les couleurs. Les oiseaux en chœur se réunissent et saluent de concert le père de la vie ; en ce moment pas un seul ne se tait. Leur gazouillement faible encore est plus lent et plus doux que dans le reste de la journée, il se sent de la langueur d'un paisible réveil. Le concours de tous ces objets porte aux sens une impression de fraîcheur qui semble pénétrer jusqu'à l'âme. Il y a là une demi-heure d'enchantement auquel nul homme ne résiste : un spectacle si grand, si beau, si délicieux n'en laisse aucun de sang-froid » (*Émile ou De l'éducation*, éd. Ch. Wirz et P. Burgelin, Gallimard, Folio-Essais, 1969, p. 267).
2. Première partie, lettre XXIII, à Julie. Les pages qui contribuèrent le plus à l'engouement pour les régions alpines, et dont Senancour a donc tout intérêt à se démarquer.

la patrie des montagnards. Rousseau avait traversé le Bas-Valais dans sa première jeunesse ; jamais il n'a vu, je crois, le Haut-Valais ; il n'eut d'autre intention sans doute que de parler des montagnes. Peut-être eût-il mieux valu éviter de désigner le Valais, mais enfin le lieu précis n'est pas déterminé. Ceux-là seuls ont tort peut-être, qui sans songer que c'est une peinture vague, et qu'il fallait seulement que Saint-Preux allât dans les hautes vallées, veulent puiser des connaissances locales dans une source trop poétique. Trois ou quatre lettres de Rousseau à Myl. Maréchal donnent une description beaucoup plus fidèle du val de Moutiers-Travers [1]. Après avoir lu ces lettres, on connaît les lieux : seulement je ne voudrais pas que l'on mît, comme Rousseau le conseille, des peupliers d'Italie sur les bords de la Reuss [2]. S'ils y étaient, il faudrait plutôt les abattre ; j'en appelle aux nombreux voyageurs qui ont visité Moutiers-Travers ; la beauté remarquable de ce vallon consiste précisément dans la nudité des terres basses au milieu de hauteurs couvertes de sapins, où des eaux qui se précipitent, semblent faire circuler des bruits sauvages.

Je ne citerai point le petit nombre de ceux qui ont approché de la perfection dans un genre que je regarde comme appartenant surtout aux époques récentes de la littérature. Je m'interdis aussi de parler expressément de la manière de M. de Saint-Pierre, et d'un autre écrivain non moins connu, qui, sans être de ceux que la nature réduit au besoin d'imiter, paraît en adopter une à peu près semblable ; mais je remarquerai les fantaisies de la renommée qui va vantant partout ce que le hasard lui offre d'une main, et qui garde presque le silence sur ce qu'il lui présente de l'autre. Il y a dans les *observations* de M. Ramond *sur les Pyrénées* et *sur les Alpes* [3], des pages qui paraissent ne le céder à aucuns morceaux descriptifs faits antérieurement en prose. J'avoue que peut-être on y rencontrerait quelques négligences, mais ne s'en trouve-t-il point aussi dans Buffon par exemple ? [...]

Puisque j'ai cité M. Ramond (que je ne connais point), j'ajouterai qu'il évite, si je me rappelle bien, ce que je pense qu'on doit éviter

---

1. Rousseau écrivit à Mylord Maréchal, alors qu'il vivait réfugié à Môtiers, dans le Val de Travers.
2. Rivière de Suisse qui prend sa source dans le massif du Saint-Gothard, forme la vallée d'Andermatt, et traverse le lac des Quatre-Cantons d'où elle ressort à Lucerne.
3. Ramond de Carbonnières, Louis François (1755-1827). Homme politique, géologue et botaniste français, surtout connu pour ses *Observations sur les Hautes-Pyrénées* (1789) ainsi que pour sa traduction accompagnée de notes des *Lettres de M. William Coxe à M. W. Melmoth sur l'état politique, civil et naturel de la Suisse* (1781 pour l'éd. française, nombreuses rééd.). Ces « Observations du traducteur » eurent un tel succès qu'elles finirent par éclipser le texte de Coxe. Senancour connaît bien l'œuvre de Ramond, qu'il cite à plusieurs reprises dans ses « Annotations encyclopédiques », notamment à l'entrée « Odeurs » : tous deux partagent en effet une même sensibilité à la poésie des parfums et se rejoignent dans leurs descriptions des paysages de montagne. Voir, par exemple, la lettre VII, note 68.

presque toujours, les figures devenues triviales et les expressions consacrées aux sciences ou empruntées de nos arts, comme le cristal des eaux, les tapis de verdure, les nuages semblables à des flocons de laine cardée, ou à des réseaux de soie. Ces images prises d'objets plus petits que ceux qu'elles servent à exprimer, *rapetissent* et *désenchantent* la nature, comme le dit M. de Chateaubriand en parlant des idées mythologiques qui sont aussi trop rebattues parmi nous [1]. Je sais que quand on rejette non seulement la voûte parsemée de diamants et les prés émaillés, mais encore la mythologie presque entière, et toute comparaison mesquine avec les choses usuelles, il est très difficile de décrire ; mais cette difficulté n'est pas imposée par un vain caprice, elle résulte d'une convenance très légitime. Il faut la surmonter, et j'ose prétendre qu'on le peut toutes les fois du moins que le tableau est d'une conception vaste, que de grandes idées en soutiennent les masses, et qu'on y peut négliger à son choix quelques détails. La Fontaine a dit, en parlant du paon, qui déploie

> *Une si riche queue, et qui semble à nos yeux*
> *La boutique d'un lapidaire* [2].

Mais la *boutique* du lapidaire est-elle plus belle que la queue du paon ? Le manteau de Salomon put-il jamais avoir la beauté des lis *? Dico autem quoniam nec Salomon in omni gloria sua coopertus est sicut unum ex istis* [3].

La supériorité que j'attribue aux modernes en ce genre, paraîtra plus grande si l'on examine avec impartialité les passages, courts, dira-t-on, mais exquis, que les anciens pourraient leur opposer. Surtout ne perdons point de vue ce principe que, dans une langue qui ne nous est pas familière, l'expression se rapproche, par cela seul, de l'expression universelle, et dès lors du beau idéal.

> *Hic gelidi fontes, hic mollia prata, Lycori,*
> *Hic nemus, hic ipso tecum consumerer ævo* [4].

Si vous traduisez ces vers en français, ce ne sera plus le même effet sur l'imagination ; mais dans cette langue d'un autre siècle, *hic nemus* dit tout le bonheur de la vie agreste, et *consumerer ævo* semble ren-

---

1. Dans le premier chapitre du livre IV du *Génie du christianisme*, où il écrit : « Le plus grand et le premier vice de la mythologie était d'abord de rapetisser la nature, et d'en bannir la vérité ». Il en conclut que les Anciens n'avaient pas vraiment de poésie descriptive et qu'il revient au christianisme d'avoir redonné à « la création sa gravité, sa grandeur et sa solitude » (éd. M. Regard, Gallimard, Bibliothèque de la Pléiade, 1978, p. 718-719).
2. « Le Paon se plaignant à Junon », livre II, fable XVII.
3. Luc, 12, 27 : « Voyez les lis : ils ne filent pas, ils ne tissent pas. Or je vous dis que Salomon lui-même, dans toute sa gloire, n'était pas habillé comme l'un d'eux. »
4. Virgile, *Les Bucoliques*, X, vers 42-43 : « Ici sont de fraîches fontaines, ici de molles prairies, Lycoris, ici un bocage : ici avec toi je consumerais mes jours. »

fermer les anciens regrets de tant d'hommes dont la vie rapide s'est dissipée sans amour et sans repos.

Il faut comprendre dans le genre descriptif les comparaisons qui supposent nécessairement l'étude de l'objet général des descriptions, c'est-à-dire, de ces lois naturelles et de ces phénomènes où l'on voit des rapports avec l'homme, rapports souvent indirects, mais vrais et innombrables. Ici je ne sais si les modernes ont l'avantage, mais ils ont dans les mains des matériaux plus abondants, et l'on peut voir dans *l'Homme des champs*, dans *la Chaumière indienne* [1], etc. etc. quel charmant usage quelques-uns d'eux en ont fait.

Souvent ces rapports, ces analogies sont un peu arbitraires ; qu'importe, pourvu que l'idée que l'on veut rendre plus sensible par ce moyen ne manque pas de justesse ! L'idéal même peut fournir des sujets de description : le lecteur se laisse volontiers conduire dans les jardins d'Armide, ou dans la salle du conseil de Satan [2], mais il veut qu'un palais fantastique soit du moins élevé selon des lois connues et sur une base positive. De grands poètes ont quelquefois été trop loin ; chez eux l'imaginaire est devenu tout à fait chimérique, et même insensé. En France, des beautés hardies ne feraient pas excuser des écarts risibles, et quelque liberté qu'il faille laisser au génie, les autres peuples avoueront sans doute que la première loi n'est pas de dire des choses admirables, mais de n'en point dire d'absurdes. Il est bon que l'imaginaire se rapproche le plus possible de ce qui doit arriver d'après les données admises. Alors la peinture des scènes de la nature, les plus grandes ou les plus terribles, sans être fidèle sans doute, ne manquera pas essentiellement de vérité. [...]

Toute idée grande produite par l'observation des phénomènes de la nature, ajoute singulièrement au mérite du tableau qu'on en trace. Le rapprochement que fait M. de Chateaubriand des Arabes et des Sauvages du Nouveau Monde, forme une des pages les plus intéressantes de *l'Itinéraire* [3]. Quoi qu'on en dise maintenant, il faut penser un peu. La pensée fait l'homme et gouverne le monde. De nos jours, il est vrai, la frivolité s'est bâti un nouveau temple, desservi avec le plus grand zèle : mais les sectateurs de ce culte seraient fort embarrassés, s'il était

---

1. *L'Homme des champs* (1800), de l'abbé Delille (1738-1813), dont les descriptions didactiques et pittoresques de la nature eurent un grand succès. Sur *La Chaumière indienne* de Bernardin de Saint-Pierre, voir note 8 des « Observations ».
2. Allusion à deux épisodes célèbres de *La Jérusalem délivrée* (1580) du Tasse et du *Paradis perdu* (1667) de Milton, deux œuvres que le premier romantisme admire, non sans quelques réticences dictées par les règles classiques du goût. Juste après avoir recommandé, dans sa préface à *Delphine*, le mariage de l'imagination et de la raison, Mme de Staël trouve chez Milton l'exemple de l'« incohérence des images » qu'il faut savoir éviter, en gardant « la conséquence qui doit exister dans l'invention comme dans la vérité » (*op. cit.*, p. 57).
3. *L'Itinéraire de Paris à Jérusalem*, publié en 1811.

possible qu'il devînt universel. Les enfants savent aussi se vanter gaiement de n'être pas des penseurs, mais il faut que la pensée de leurs parents surveille leurs intérêts. Tout ce qui se fait de bon sur la terre est le résultat d'une réflexion sérieuse, et ce serait ôter aux descriptions le seul charme qui puisse subsister dans tous les temps, que de les borner à l'exactitude des détails topographiques, ou à la froide énumération des choses. La nature inanimée n'est rien pour les hommes qui ne savent pas méditer.

5 — *Extrait de la « XVIIᵉ rêverie »
des* Rêveries sur la nature primitive
de l'homme *(1799)* [1]

Le mythe de la Suisse est un thème récurrent et structurant de l'imaginaire et de la pensée de Senancour. L'extrait de la « XVIIᵉ rêverie » que nous reproduisons n'en est certes pas la première formulation, mais il en propose, avant *Oberman*, auquel il sert de transition, la représentation la plus aboutie. De fait, le mythe se déploie ici dans ses deux principales composantes : naturelle, avec l'exaltation du paysage alpestre ; sociale et anthropologique, avec l'idéalisation du caractère du peuple des montagnes et du modèle de société qui a pu y perdurer.

Sur la route de rétrogradation que cherche à emprunter Senancour, la Suisse fait en effet figure de destination privilégiée, dans la mesure où elle apparaît comme un îlot de primitivité permettant seul, au sein de l'Europe des Lumières, de retrouver les qualités physiques et morales de l'humanité dans sa forme originelle. Restée miraculeusement hors du temps, et, par conséquent, hors d'atteinte des avancées ruineuses de la civilisation des villes, du commerce et du savoir, la Suisse pastorale et rustique de Senancour se distingue par la vigueur et par la bonté hospitalière de ses habitants, par la simplicité de leurs mœurs garante de leur quiétude et de leur aisance, mais aussi par les valeurs de désintéressement, de liberté, d'égalité, de dévouement à la patrie, qui inspirent leur attitude collective. Fidèle au passé et à ses traditions ancestrales, fidèle à la nature dont il exploite les richesses sans l'épuiser ni la dégrader, ce peuple exemplaire de pasteurs vit heureux parce qu'il se contente de satisfaire ses appétits naturels et qu'il ne connaît pas le désordre, l'envie, que réveillent dans les cœurs l'argent, la propriété, les connaissances et l'ambition personnelle. Replié sur lui-même, vivant en autarcie grâce à l'élevage et à la cueillette, il peut conserver une identité forte, une pureté morale, que risquerait de détruire tout contact avec le monde extérieur. La précarité de cet équilibre est du reste pressentie dès la fin de ce passage : dans la lettre XXXII d'*Oberman* et dans les *Rêveries* de 1833,

---

1. Nous reproduisons le texte de l'édition de J. Merlant et G. Saintville que nous avons mis à jour en 1999 pour la STFM.

Senancour revient sur les menaces qui pèsent sur cet idéal de vie pastorale et communautaire, se faisant ainsi l'écho des polémiques que suscitent au XVIIIe siècle l'évolution urbaine et manufacturière de la Suisse et, plus généralement, le développement de l'activité humaine sur l'ensemble de la planète.

L'éloge se nourrit incontestablement de cette nostalgie qui incite à embellir fortement un mode de vie que l'on sait condamné. Mais le mythe de la simplicité agreste gagne surtout ici en intensité, parce que Senancour entérine le changement qui s'est opéré au cours du XVIIIe siècle dans le jugement de la rusticité des peuples alpins, devenue peu à peu gage de sagesse, en tant que preuve de leur fidélité à l'origine. Plus que par leur modèle économique et social, ces hommes le séduisent par leur primitivité, par leur vie en accord avec la nature qui leur permet de percevoir encore la beauté harmonique du monde et de comprendre le langage universel par lequel se transmet d'âge en âge l'intuition de son ordre et de son unité. C'est cette réceptivité préservée à des « vérités méconnues », cette aptitude rare à ressentir fortement, qu'il vénère surtout en eux et qu'il souhaiterait restaurer dans le reste de l'humanité, pour contrer l'égarement qui l'aveugle et qui provoque sa dénaturation.

Distingués par la faculté quasi mystique qu'est leur sensibilité aux signes de l'harmonie primitive du monde, les pasteurs suisses évoqués par Senancour échappent aux lieux communs véhiculés par la littérature de voyage. Il en va de même pour ses descriptions du cadre naturel qui, dès les *Rêveries* de 1799, se signalent par leur originalité. Certes, Senancour n'invente rien en jouant dans ce passage des contrastes géographiques et climatiques qu'offre le paysage suisse. Dès l'Antiquité, les récits relatant le franchissement des Alpes par l'armée d'Hannibal et le portrait des Helvètes brossé par César dans sa *Guerre des Gaules* ont imposé une image duelle de la Suisse, opposant les régions de haute montagne, tenues pour inhospitalières en raison de leur relief accidenté ainsi que de la rudesse de leur climat et de leurs mœurs, et les régions de vallées moyennes et de plaines, louées pour l'agrément de leurs sites et, de plus en plus, pour leur prospérité économique. Les voyageurs de l'époque de Senancour ont hérité de cette bipartition de l'espace suisse et ils continuent de confronter la nature sauvage et désertique des sommets à celle, aimable et pastorale, des vallées. Dans *La Nouvelle Héloïse*, Rousseau ne manque pas de s'étonner des juxtapositions que ménage un tel décor, avec ses terres cultivées au pied des glaciers stériles, ses douceurs printanières à côté des rigueurs de l'hiver. Fidèle à cette image séculaire de la Suisse, Senancour fait, dans cet extrait, surtout l'éloge des vallées moyennes, prospères et agréables, devenues dans la géographie mentale de ses contemporains le lieu de l'idylle arcadienne. Mais il ne s'en tient pas, comme ses prédécesseurs, à l'image bucolique et attendrissante de la vie au pied des Alpes. Si, par leur accablante grandeur, par la puissance menaçante de leurs torrents, par le spectacle d'incessante destruction et de dévastation que donnent leurs glaciers et leurs rochers, les « formes alpiennes » continuent de relever du *topos horribilis*, on voit qu'elles attirent désormais plus que la nouvelle version du *locus amœnus* que sont les plaines et les vallées. D'abord louée pour l'arrière-plan majestueux qu'elle fournit aux régions montueuses et pour l'isolement protecteur qu'elle assure aux populations des vallées, la haute montagne devient peu à peu le lieu d'élection de « l'âme forte et simple », en quête d'une nature et d'une humanité encore dotées de l'authenticité et de l'énergie des premiers temps. S'il ne s'aventure pas encore sur les sommets et ne connaît donc pas la rêverie extatique que leur ascension fait naître, l'auteur des *Rêveries* pressent que les hautes Alpes n'offrent pas que de magnifiques lointains et de tranquilles retraites : il devine qu'elles pourraient bien être le séjour idéal pour l'être avide de rupture et de régénération.

L'intérêt de ce passage est donc de montrer comment, de simple repoussoir qu'elle était, la haute montagne devient un but de voyage en soi, un espace vierge à explorer et peut-être à habiter, en vue d'un souhaitable retour à la vie saine, puissante et simple de l'état de nature. Même si ce rêve de rétrogradation est abandonné dans *Oberman*, elle reste le lieu par excellence de l'initiation pour le jeune mystique curieux de révélations sur soi et sur l'univers. De même, la préférence accordée aux hautes vallées des Alpes au détriment de l'île de Rousseau annonce le refus qu'oppose Oberman aux conseils qui lui sont donnés à Lausanne de rester dans le pays de Vaud ou, du moins, dans les sites plaisants et féconds mis à la mode par les « étrangers », et d'éviter les parties les plus sauvages de la Suisse fréquentées par les seuls Anglais (lettre III). Sa décision de ne pas s'en tenir à cet itinéraire rousseauiste convenu et facile à travers un pays riche et séduisant illustre la profonde mutation de la pensée et de la sensibilité à la nature qui survient à la fin du XVIIIe siècle, précisément en partie sous l'influence des Anglais. En effet, ce sont eux qui, par leur voyage de formation à travers l'Europe continentale – la coutume aristocratique du Grand Tour, bien établie dès le XVIIe siècle [1] – et par la réflexion esthétique qu'il nourrit, modifient les critères d'évaluation d'un paysage et, partant, de la Suisse, en mettant à la mode ses lacs et surtout ses hautes montagnes, avec leurs chutes d'eau, leurs sommets vertigineux et leurs glaciers qu'ils n'hésitent pas à explorer. Ils y trouvent une nature qui, par sa grandeur déme-

---

1. Les *Lettres* de W. Coxe (1747-1828) annotées par Ramond en sont l'illustration : c'est en tant que tuteur du fils aîné du comte de Pembroke que ce prêtre anglican fit le tour de la Suisse en 1776.

surée et désordonnée, comble leur quête d'une beauté autre, en rupture avec le classicisme français par sa valorisation de l'irrégularité, de la violence, de l'étrange et d'un plaisir mêlé d'effroi. Tout comme l'océan et ses tempêtes, le paysage alpin devient l'illustration exemplaire des théories esthétiques du sublime qui se développent dans le sillage de Burke [1] et qui misent sur l'attrait de l'horrible, voire de la menace de l'anéantissement de soi.

Le dédain relatif d'Oberman pour les charmes riants et familiers du bassin lémanique et son attirance pour les parties les plus montagneuses et les plus reculées de la Suisse procèdent de ce même goût pour les sites sublimes et pour les sensations neuves de fascination intense nuancées d'horreur qu'ils sont seuls capables de susciter. De fait, l'abandon de l'île au profit de la haute montagne que laisse supposer cette dernière rêverie est très révélateur de la valorisation de toutes les formes d'existence maximale qui s'impose en cette fin du XVIIIe siècle au détriment des expériences de bonheur trouvé dans la limitation de l'action et dans la réduction de la conscience de soi au pur sentiment de l'existence. En jugeant insatisfaisant le modèle de rêverie sensible légué par Rousseau replié dans son île, l'auteur des *Rêveries* manifeste son besoin de sensations fortes et d'expansion pour goûter dorénavant la saveur de la vie et pour s'éprouver comme existant. Les ascensions d'Oberman, et surtout sa descente périlleuse de la Dranse [2], n'ont d'autre but que de célébrer cet idéal de vie intense qui suppose, pour que soit décuplée la sensation, la prise de risque et l'acceptation de la douleur, physique et morale. Par sa puissance et par son immensité, la haute montagne y devient l'emblème de l'énergie momentanément retrouvée dans l'exercice paroxystique de la force et de la volonté.

Il n'est point de site plus fait pour la paix du cœur et le charme de l'imagination, qu'une terre circonscrite qui jouit d'un aspect vaste et imposant au sein des ondes solitaires. Tel est cet asile peut-être unique dans la populeuse Europe. Son horizon, limité vers les frimas polaires, s'étend sans bornes sous les feux du Midi, et se prolonge vers l'Orient sur les terres de la Sarine [3] et de l'Aar [4]. Ces contrées montueuses toutes couvertes de pâturages, de vergers abondants, et d'habitations éparses à la manière patriarcale, coupées de belles eaux et ombragées de forêts pyramidales, s'élèvent fécondes et libres jusqu'à l'amphi-

---

1. La *Recherche philosophique sur l'origine de nos idées du sublime et du beau* paraît en 1757, trad. fr. en 1765 et en 1803.
2. Lettre XCI.
3. Rivière de Suisse qui prend sa source dans le massif des Diablerets, traverse le lac de la Gruyère, passe à Fribourg et se jette dans l'Aar.
4. Rivière de Suisse qui prend sa source dans les Alpes bernoises, traverse les lacs de Brienz et de Thoune, arrose Berne et Aarau, et se jette dans le Rhin à Waldshut.

théâtre des monts secondaires couronnés par la majesté des Alpes. Leurs formes sont sévères et sublimes ; cette chaîne peut-être est seule * sur le globe. Lumineuse de tous les reflets de l'aurore et du couchant sur ses neiges unies et encroûtées, ou bien, aux ardeurs du Sud, vaporeuse et comme fumante et embrasée sous le voile éthéré, elle prolonge sa splendeur des aiguilles de l'Allée-Blanche et des dômes du Blümlisalp jusqu'aux sommets de Sargans et d'Appenzell. L'œil étonné de son immensité, croit la voir tout entière dans chacune de ses branches partagées et commandées par le colosse du Mont-Blanc et les escarpements du pic des Orages. Cent vallées, soumises aux mœurs opposées de cent peuples antiques, se dessinent dans leur profondeur. Là fleurissent dans d'inviolables asiles et les séductions du printemps et les douceurs automnales au sein des frimas séculaires. Là tout est grand, caractérisé, perdurable. Là, l'on voit planer l'aigle terrible et indomptable ; là l'on voit paître le chamois indomptable et paisible. Là subsistent les mœurs antiques des montagnards nomades. Là retentissent les accents du Ranz des vaches ** [1], et s'élèvent les chalets hospitaliers. Là fut jurée et aussitôt conquise la liberté publique. Là se trouvent la santé inaltérable et l'égalité réelle. Là, entre Vienne, Paris et Rome, la nature est encore entendue, l'homme est encore simple. Pasteurs d'Hasly et d'Unterwalden, que vos fils soient longtemps semblables à vous, comme vous l'êtes à vos ancêtres dans la permanence de votre patrie autochtone. Hommes d'Uri et d'Unterwalden, vous êtes seuls restés à la nature, comme un monument vénérable des mœurs effacées, des formes primitives, et de plusieurs vérités méconnues.

Dans l'irrésistible torrent des heures qui dévore sans retour notre être instantané, cherchons du moins à pacifier ces destins versatiles, et prolongeons nos sensations par le doux contentement du jour qui s'écoule, et cette sécurité inaltérable qui semble perpétuer le présent et reculer l'avenir. Quelle étrange folie à des cœurs mortels que cette avidité qui consume nos jours plus rapidement que le temps lui-même ; et ces désirs immodérés, ces alarmes, ces agitations qui perdent une durée déjà si ébranlée par nos orageux destins. Heureux le sage enfant

---

* On sait que ses vallées profondément creusées, donnent à ses aiguilles et à ses glacières une élévation apparente, et une aspérité de formes supérieure à celle même des Andes. [NdA]

** Expression sublime et simple, plaisamment jugée par nombre d'habitants des plaines à qui sa langue est si étrangère. Cet air alpien est d'une antiquité immémoriale. C'est une sorte de tableau auditif des lieux, du caractère, des sensations, des goûts et des habitudes nomades dans les hautes vallées.
J.-J. lui-même ne l'a pas entendu ; mais outre qu'il n'a pas connu les Hautes-Alpes, il n'a été J.-J. que dans un âge déjà avancé, peu accessible à un nouvel ordre de sensations, et il avait passé vingt années dans l'étude de la musique actuelle. On trouve le Ranz-des-Vaches noté dans son *Dictionnaire de musique* : heureusement là du moins il n'est que copié. [NdA]

1. Voir note 182, p. 467.

de la nature qui use de sa vie et ne la précipite point en vain. Il coule ses jours faciles sous son toit simple mais commode. Libre de toute affaire, libre de l'inquiète cupidité, il nourrit son troupeau dans le pâturage qu'il reçut de ses pères ; une source libre, des fruits, des racines, les châtaignes de son verger, le lait de ses chèvres, suffisent à tous ses besoins * ; et il prépare ses enfants à la paix de son cœur, à la douceur de ses habitudes, à ses constantes voluptés.

Ainsi vivent les pasteurs des Alpes suisses dans les vallées fortunées de Schwyz, de Glaris ou d'Unterwalden, où l'on ne voit pas un riche, où l'on ne trouve pas un pauvre ; où la simple abondance embellit le plus ignoré des chalets ; dont toutes les terres sont sauvages, et toutes sont aimées ; où chacun possède quelque chose des forêts et des eaux, des troupeaux et des pâturages ; où tout homme chérit sa patrie, parce que sa patrie tout entière est semblable à lui ; et dont le Landamme **[1] maintient l'état en veillant sur ses troupeaux, en fauchant ses foins, en faisant ses fromages.

L'île de Rousseau convient au facile abandon, à la vie douce et reposée, que choisiraient des hommes réunis pour s'éloigner des autres hommes, pour échapper à la fatigue sociale, et maintenir le rêve d'un homme de bien à l'abri des vérités de la foule. Son indicible quiétude est délicieuse à l'automne de la vie, et encore à ces jeunes cœurs tristement mûris par des affections prématurées, et dans qui le désenchantement a devancé le soir des années ; mais elle n'est point également propre à une âme forte et simple qui, lasse de la vanité de sa vie et seule parmi les hommes moulés dans la forme publique, voudrait vivre quelques heures du moins avant le néant. Les hautes vallées des Alpes seraient sa véritable patrie ; il lui faut cette mâle aspérité, ces formes sévères, la nature grande et l'homme simple, la permanence des habitudes nomades, et des monts immuables ; il lui faut des hommes, tels qu'ils étaient avant les temps nouveaux, puissants par leurs organes et forts dans leurs sensations, enfants dans les arts, et bornés dans leurs besoins. Il lui faut des formes alpiennes ; le repos sauvage, et des sons romantiques *** ; le mugissement des torrents fou-

---

* Trois sortes d'hommes usent des choses naturelles ; et les hommes simples qui sont assez heureux pour n'imaginer que celles-là ; et les hommes disgraciés du sort qui sont assez pauvres pour n'en pouvoir atteindre d'autres ; et les hommes assez sages pour leur sacrifier tout ce que l'art peut produire. [NdA]
** Chef du canton. L'on voit que ceci appartient à l'époque où une partie de la Suisse était libre ; maintenant la liberté est égale dans tous les cantons ; les Alpes et la plaine ont une même constitution. [NdA]
1. Ou Landamman, premier magistrat dans quelques cantons suisses.
*** Je sais que beaucoup de gens traitent de manie sauvage le goût des montagnes, préférant les plaines parce que les voitures y roulent mieux, que l'on y voit plus de meules de blé, et que les rivières en sont plus marchandes ; je sais qu'un plus grand nombre encore voient indifféremment toute terre, pourvu qu'elle présente des commodités et des ressources, et que les hommes y soient serviables ; et assimilant les champs de la Suède à ceux de l'Andalousie, et les bords du Gange aux rives du Labrador, vont indifféremment où

gueux, dans la sécurité des vallées ; la paix des monts en leur silence inexprimable, et le fracas des glaciers qui se fendent, des rocs qui s'écroulent, et de la vaste ruine des hivers.

Hommes forts, hâtez-vous ; le sort vous a servi en vous faisant vivre, tandis qu'il en est temps encore dans plusieurs contrées. Hâtez-vous, les temps se préparent rapidement où cette nature robuste n'existera plus, où tout sol sera façonné, où tout homme sera énervé par l'industrie humaine ; où le Patagon connaîtra les arts des Italiens, et le Tartare aura les mœurs des Chinois ; où les rives de l'Irtis [1] porteront les palais du Tibre et de la Seine, et les pâturages du Mechassipi [2] deviendront arides comme les sables de Barca [3].

---

leurs projets de fortune les appellent ; et quand ils se veulent fixer dans une contrée nouvelle, s'informent seulement comment on y couche et surtout comment l'on y mange. Voudrais-je leur faire changer de goûts ou leur persuader une opinion différente, nullement ; je pense au contraire que l'homme n'est heureux, qu'il n'est bien ordonné, que lorsqu'il n'y a pas de discordance entre son naturel en général et ses affections accidentelles, entre ses penchants et le but qu'il leur propose.
Je reviens au pouvoir des sons sur l'homme. Des principaux modes apparents de sa faculté de sentir, je regarde l'ouïe comme celui qui le modifie le plus puissamment ; c'est celui qui excite dans ses organes les vibrations les plus marquées, celui par lequel surtout il se trouve à l'unisson ou discordant avec les êtres extérieurs, celui par conséquent qui influe le plus directement sur son bien-être et celui, comme on l'a toujours éprouvé, dont la privation le rend le plus malheureux en le séparant de l'univers. C'est par lui principalement que la solitude devient intolérable aux habitants des grandes villes qui, même dans une vie oisive et sédentaire, avaient contracté par l'ouïe l'habitude d'une continuelle agitation ; c'est par lui que les habitants des plaines vaporeuses, qui retentissent dans leur silence apparent d'une fermentation perpétuelle, éprouvent un vide d'abord indéfinissable dans l'atmosphère pure et vraiment silencieuse des hautes montagnes. C'est encore son pouvoir qui, dans des temps presque oubliés, changea les passions et les mœurs des hordes sauvages, persuadées et entraînées invinciblement par l'éloquence des sons, non pas par cet art savant d'arranger leur succession d'une manière convenue, et dont l'esprit seul perçoive l'industrie ; mais par cette musique primitive qui n'imprime à nos organes que les ébranlements dont ils sont naturellement susceptibles ; qui place dans une situation continue un effet simple et sublime, comme les accidents de la nature ; qui dit à tous les hommes ce que chaque homme a pu éprouver ; et dans son discours éloquent, introduit çà et là de ces accents caractérisés et indicibles, qui entraînent les âmes fortes et n'arrêtent point les autres parce qu'elles n'ont pas entendu. [NdA]
1. Irtysh ou Irtych, rivière qui prend sa source en Chine, puis arrose des régions du Kazakhstan et de la Russie.
2. Probablement, Meschacebe, ancien nom du Mississippi.
3. Ou Barkah, contrée de l'Afrique septentrionale comprise entre l'Égypte à l'est, le désert de Lybie au sud, la Méditerranée au nord. La région n'est pas sablonneuse et aride, comme on le croit souvent, mais élevée, arrosée par des torrents et couverte d'une riche végétation.

Extrait de la « XVIIᵉ rêverie »

Le feu partout produit et multiplié par l'homme, en séchant les corps humides, en subdivisant et atténuant tous les composés, en consumant les germes invisibles, doit enfin altérer l'organisation végétale, affaiblir les espèces animées, sécher et stériliser la terre. Peut-être, à la vérité, d'autres causes naturelles lui préparent-elles plus puissamment encore l'époque où son harmonie interrompue doit laisser éteindre ses facultés productives, où toute végétation, toute fermentation, toute animalité doit cesser ; où, desséchée peut-être, peut-être refroidie ou minéralisée, elle doit rester un globe immuable et mort, jusqu'à ce que des siècles sans nombre achevant sa vieillesse, et ossifiant tous les liens dont la souplesse ou l'irritabilité maintenaient ses parties, déterminent sa dissolution, et dissipent sa poussière dans le vaste éther pour la formation des globes nouveaux.

Carte : Edigraphie

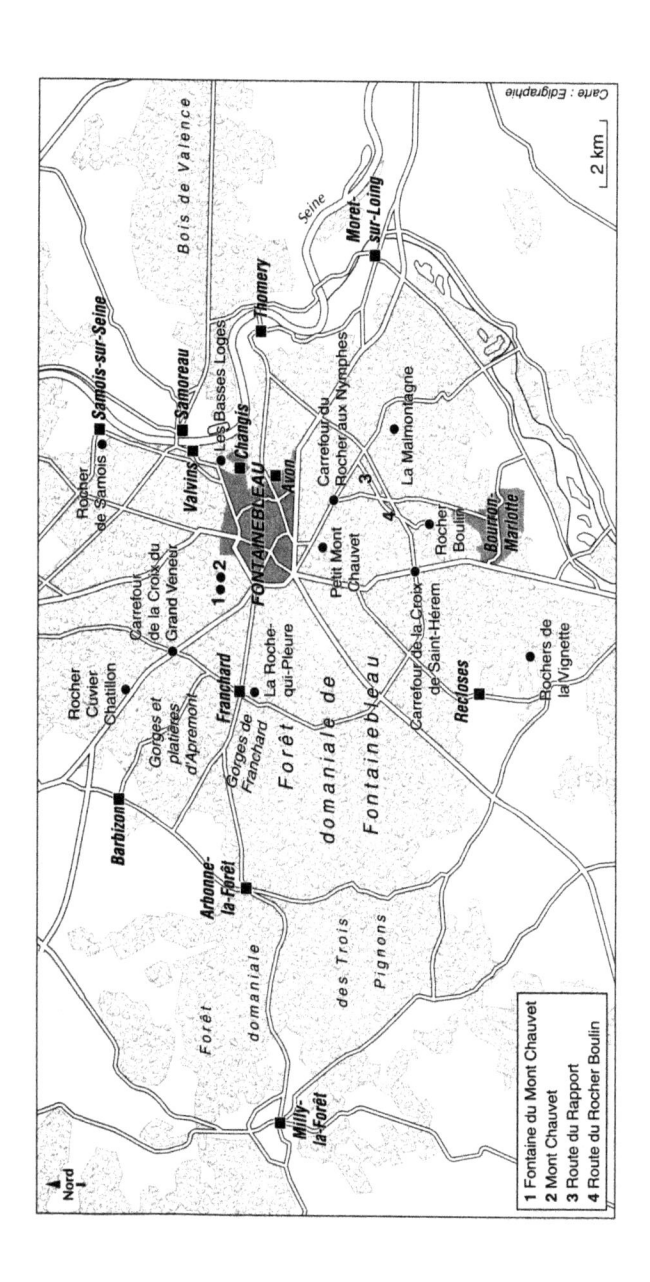

2 km

Nord

Bois de Valence
Seine
Moret-sur-Loing
Thomery
Samois-sur-Seine
Samoreau
Les Basses Loges
Rocher de Samois
Changis
Valvins
Avon
FONTAINEBLEAU
Carrefour du Rocher aux Nymphes
La Malmontagne
Carrefour de la Croix du Grand Veneur
Petit Mont Chauvet
Rocher Boulin
Bouron-Marlotte
Rocher Cuvier Chatillon
Franchard
La Roche-qui-Pleure
Gorges et platières d'Apremont
Gorges de Franchard
Carrefour de la Croix de Saint-Hérem
Reclôses
Rochers de la Vignette
Barbizon
Forêt domaniale de Fontainebleau
Forêt domaniale des Trois Pignons
Arbonne-la-Forêt
Milly-la-Forêt

1 Fontaine du Mont Chauvet
2 Mont Chauvet
3 Route du Rapport
4 Route du Rocher Boulin

Map of Western Switzerland

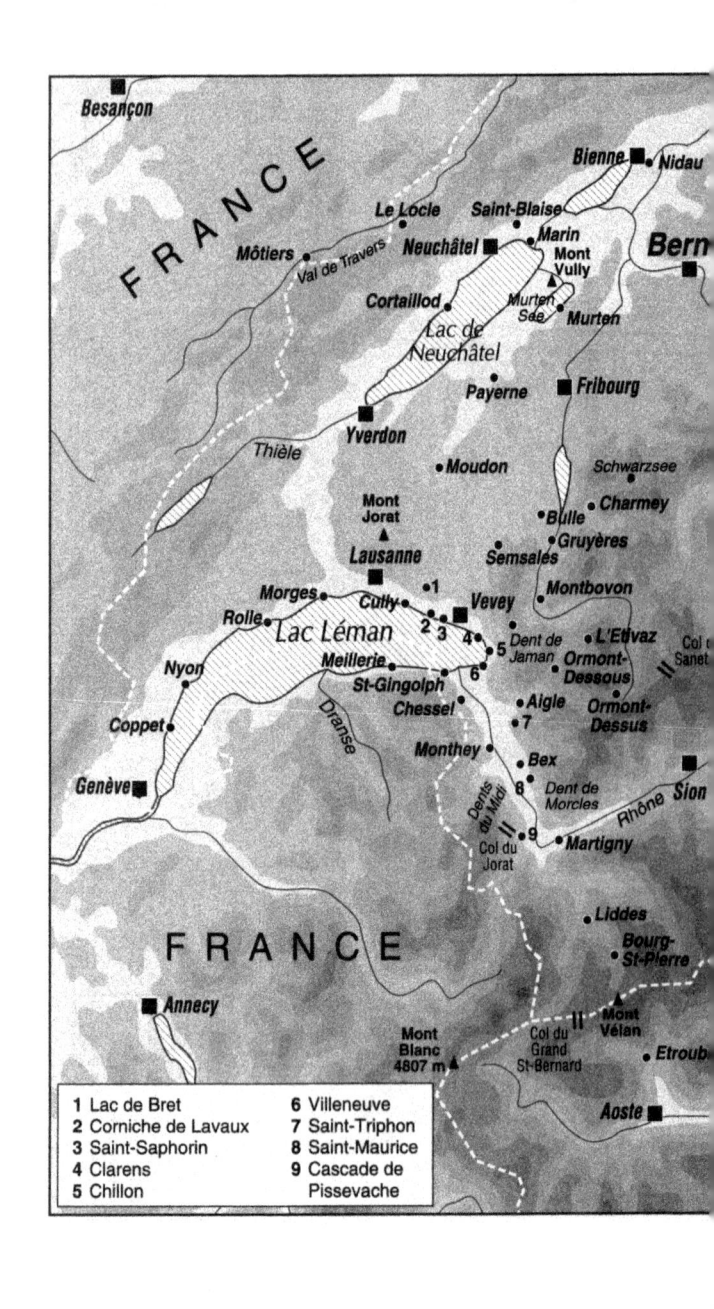

France (northwest and south regions)

Cities and locations shown:
- Besançon
- Bienne, Nidau, Bern
- Le Locle, Saint-Blaise, Marin, Mont Vully
- Môtiers, Val de Travers, Neuchâtel
- Cortaillod, Murten See, Murten
- Lac de Neuchâtel
- Payerne, Fribourg
- Thièle, Yverdon
- Moudon, Schwarzsee
- Mont Jorat, Bulle, Charmey
- Lausanne, Semsales, Gruyères
- Morges, Cully, Vevey, Montbovon
- Rolle, Lac Léman, Dent de Jaman, L'Etivaz, Col du Sanet
- Nyon, Meillerie, St-Gingolph, Ormont-Dessous
- Coppet, Chessel, Aigle, Ormont-Dessus
- Genève, Dranse, Monthey, Bex
- Dents du Midi, Dent de Morcles, Sion
- Col du Jorat, Martigny, Rhône
- Liddes, Bourg-St-Pierre
- Annecy
- Mont Blanc 4807 m, Col du Grand St-Bernard, Mont Vélan, Etroub
- Aoste

Legend:
1. Lac de Bret
2. Corniche de Lavaux
3. Saint-Saphorin
4. Clarens
5. Chillon
6. Villeneuve
7. Saint-Triphon
8. Saint-Maurice
9. Cascade de Pissevache

Zug

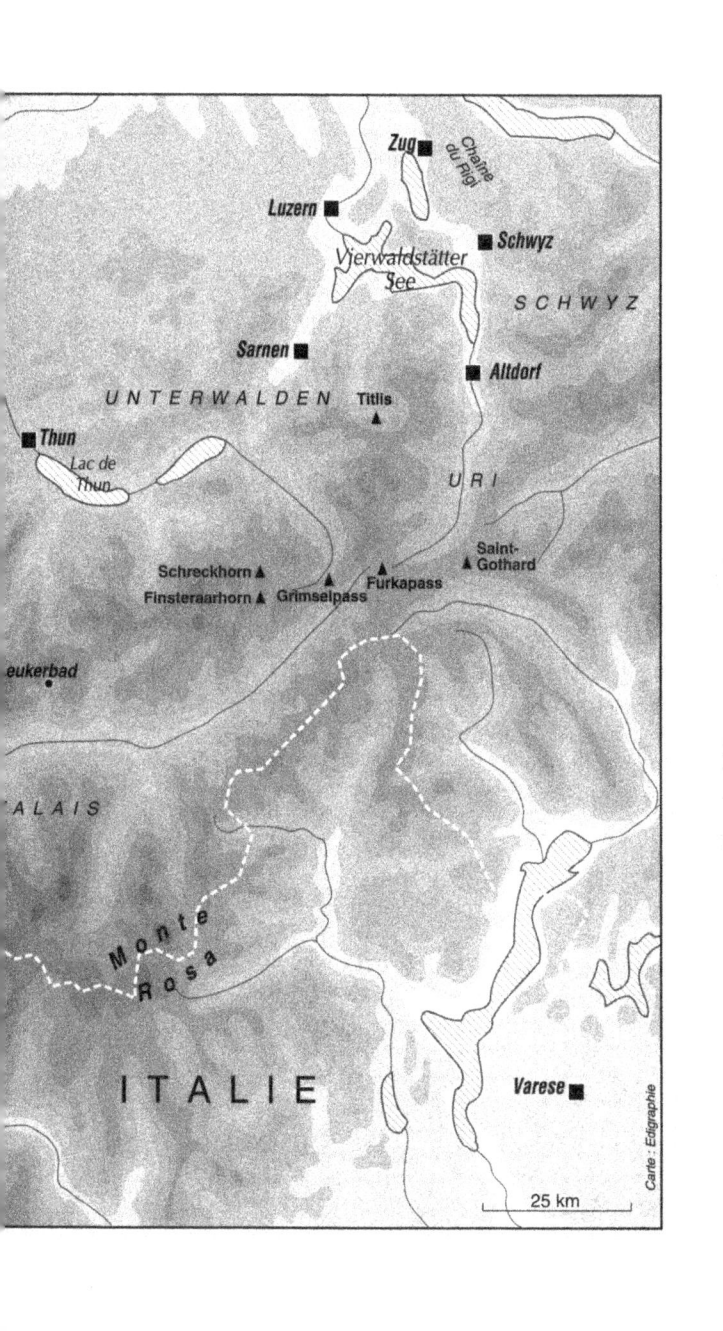

Chaîne du Rigi

Luzern

Schwyz

Vierwaldstätter See

SCHWYZ

Sarnen

UNTERWALDEN

Titlis

Altdorf

Thun

Lac de Thun

URI

Schreckhorn

Finsteraarhorn Grimselpass Furkapass

Saint-Gothard

Leukerbad

VALAIS

Monte Rosa

ITALIE

Varese

Carte : Edigraphie

25 km

CHRONOLOGIE

1734 : Naissance du père de Senancour, Claude Laurent, dans une famille de chapeliers. Il se fait appeler « de Senancourt » (avec un *t*), bien que la famille ne soit d'aucune noblesse attestée. Senancourt n'est qu'un lieu-dit dans l'Eure : les Pivert, vieille famille parisienne, n'y ont pas d'attaches. L'écrivain signera indifféremment avec ou sans *t*, avec ou sans accent sur le *e*. La graphie « Senancour » est néanmoins la plus fréquente.

1758 : Claude Laurent songe à devenir prêtre : il reçoit les ordres mineurs et devient « acolyte du diocèse de Paris ».

1768 : Mariage de Claude Laurent (34 ans) avec sa cousine germaine, Marie Catherine Pivert (38 ans), elle aussi fille de marchands, elle aussi longtemps tentée par la vie religieuse. De ce couple marié tard, Mlle de Senancour, qui ne les connut pas, dira : « Bien qu'ils fussent strictement soumis l'un et l'autre à leurs devoirs, il ne régnait entre eux ni cet abandon, ni cette harmonie sur lesquels ils auraient dû si bien compter. »

1770, 16 novembre : Naissance d'Étienne Jean-Baptiste Pierre Ignace Pivert de Senancour, seul enfant du couple. Enfance parisienne morose, marquée par la mésentente des parents et par une éducation religieuse très stricte, d'inspiration janséniste. Mlle de Senancour en fait le tableau suivant : « C'est ainsi que l'enfance de mon père fut triste. Il était un peu tenu à distance par son père, et lui-même s'affligeait et s'inquiétait de la sollicitude outrée de sa mère pour tout ce qui pouvait lui être agréable. [...] Celle-ci cherchait, dans les pratiques du culte, des satisfactions de cœur et d'imagination. Elle emmenait son fils qu'elle tenait, durant des heures, à ses côtés, dans l'église. » L'enfant se distrait en lisant *Robinson Crusoé* ; il se passionne pour la géographie et pour les récits de voyages.

1774 : Claude Laurent acquiert un office de contrôleur général des rentes de l'Hôtel de Ville de Paris : cela suffit à assurer l'aisance financière de la famille.

1784 : Senancour est mis en pension à Fontaine, près de Chaalis, chez un curé qui se charge de l'éducation des jeunes gens.

Découverte de la campagne et des plaisirs de la promenade : éveil des sens au contact de la nature.

1785, puis 1786 et 1788 : Séjours avec ses parents chez des amis qui vivent aux Basses Loges, en bordure de la forêt de Fontainebleau. Découverte exaltée de son paysage et du sentiment de liberté que procurent les courses solitaires : *Oberman* perpétuera le souvenir de ces excursions.

1785-1789 : Pensionnaire au collège de la Marche, sur la montagne Sainte-Geneviève. Il fait en quatre années les six classes d'humanités. Sa timidité, son goût pour la solitude font de ces années un « supplice » (Mlle de Senancour). Très mal à l'aise avec ses camarades, il ne se lie qu'avec son condisciple François Marcotte, modèle supposé de Fonsalbe, et frère de la future Mme de Walckenaer (Mme Del, dans *Oberman*).

1789, 14 août : Ses lectures des philosophes des Lumières ayant ébranlé sa foi, il se refuse à entrer au séminaire de Saint-Sulpice, comme le voulait son père. À l'insu de ce dernier, mais avec la complicité de sa mère, il s'enfuit de Paris pour une destination inconnue. Il trouve refuge en Suisse.

1789 : Senancour passe seul l'hiver à Saint-Maurice. Excursion tragique dans le Grand-Saint-Bernard : affaiblissement nerveux et début de paralysie (cf. lettre XCI d'*Obermann*). Il parvient malgré tout jusqu'à Étroubles, dans le Val d'Aoste.

1790, janvier : Il quitte Saint-Maurice pour Fribourg, ville catholique où il espérait la visite de sa mère. Il est hébergé par les Daguet à Agy, dans la campagne fribourgeoise. Rencontre de Marie, dont la voix et le penchant pour la solitude le séduisent : il cueille pour elle des violettes.

1790, 31 juillet : Lettres à Saussure et à Bernardin de Saint-Pierre : il leur demande de l'aider à choisir un lieu, dans quelque vallée de montagne ou sur une île, où il puisse vivre solitaire.

1790, 13 septembre : En dépit de ses projets de vie indépendante, Senancour se résout à épouser Marie, pressé par les Daguet qui avaient hâte de marier leur fille sans dot et qui croyaient lui faire prendre un beau parti. « Au moment de se rendre à la chapelle où devait se célébrer son mariage, il hésitait encore », note Mlle de Senancour, qui juge que cette union fut « un malheur pour tous deux ». Première déconvenue : malgré son caractère « sauvage », Marie, épouvantée à la vue de la haute montagne, refuse de gagner Étroubles, où Senancour comptait se fixer avec elle.

1791-1792 : Le couple est de retour à Fribourg, chez les Daguet, avec qui ils cohabitent difficilement. Voyage probable à Paris, pour tenter d'obtenir le pardon paternel (le mariage s'était fait sans le consentement du père de Senancour).
Naissance d'Eulalie (dont le prénom usuel sera Virginie, en hommage à l'héroïne de Bernardin), le 8 septembre 1791.

1792 : Publication des *Premiers Âges, Incertitudes humaines*, signés le « Rêveur des Alpes ». Naissance de Jacques Balthazar le 9 octobre : l'enfant ne vit que quelques jours.

1793 : Séjour à Thiel. Excursions en solitaire, peut-être jusque dans l'Unterwalden.
Publication à Neuchâtel de *Sur les générations actuelles, Absurdités humaines*, sous la même signature.
Naissance de Florian Julien le 9 décembre.

1794 ou **1795** : Senancour revient seul à Paris. La dévaluation des assignats provoque sa ruine. Mort de son père en décembre 1795, et de sa mère quelques mois plus tard.
Il revoit son ami Marcotte, ainsi que la sœur de celui-ci, mariée depuis mai 1794 à M. de Walckenaer : naissance d'un amour fondé sur les affinités de caractère et de destinée.
Achat d'un petit pavillon sur la propriété de l'abbaye de Chaalis, vendue comme bien national en 1793 : Senancour ne pourra effectivement l'habiter et se contentera d'errer pendant deux ans dans les prairies et les forêts du Valois. Séjours à Villemétrie et au château de Mont-Lévêque. Violente crise de désespoir.
Publication d'*Aldomen ou le Bonheur dans l'obscurité*, chez Leprieur à Paris, an III, par le « Citoyen Pivert ».

1796 (?) : Probablement plusieurs tentatives malheureuses de retour en Suisse, qui se soldent par des arrestations et qui lui firent courir le risque d'être fusillé comme émigré. Senancour vit sous la menace d'être inscrit sur la liste fatale.

1797 : Lettre à François de Neufchâteau, l'un des membres du Directoire : Senancour demande à être employé (il veut « servir l'humanité, partout égarée et souffrante... fût-ce dans les contrées les plus éloignées..., au milieu des hommes simples et au sein d'une belle nature »). Il souhaite au moins être autorisé à s'exiler en Suisse. Requête renouvelée en vain trois fois.

1798 : Protégé par l'éditeur Laveaux, Senancour devient précepteur des deux fils du fermier général La Live.
Jusqu'en 1802, il fréquente l'hôtel Beauvau, où « il fut traité en ami, disposant des domestiques et de la voiture comme le

maître de la maison » (Mlle de Senancour). Outre Mme d'Houdetot et les membres de sa famille (son petit-fils, Frédéric d'Houdetot, devient l'ami intime de Senancour), il y rencontre le poète Saint-Lambert, le jeune Molé, le chevalier de Boufflers, Elzéar de Sabran, et probablement Mme de Staël.

1799 : Publication chez Laveaux, La Tynna, Moutardier et Cérioux, des *Rêveries sur la nature primitive de l'homme*, imprimées dans l'imprimerie située à côté de l'hôtel Beauvau.

1800 (?) : Promenade avec Frédéric d'Houdetot autour de Paris (cf. lettre LII d'*Oberman*). Probable séjour à Fontainebleau. Nouvelle rencontre de Mme de Walckenaer (cf. lettre XL d'*Oberman*).

1801 : Interception d'une lettre adressée à Mme de Walckenaer. Senancour refuse le duel voulu par le mari et repousse « avec force l'intention qu'on lui supposait de chercher à séduire une femme mariée » (Mlle de Senancour).
Senancour commence à écrire *Oberman*.

1802 : Retour à Fribourg : retrouvailles glaciales avec son fils et sa fille, perdus de vue depuis des années. Découverte de l'infidélité de sa femme, devenue mère d'un garçon, Jacques Hippolyte, en son absence. Par d'adroites manœuvres, son beau-père l'obligera à le reconnaître comme son fils en 1816, mais on ne retrouve pas trace de la présence de l'enfant à ses côtés par la suite.
Poursuite de la rédaction d'*Oberman*.

1803 : Séjour au château de Chupru, près de Fribourg. Nouvelles excursions dans le Jorat, la Gruyère, le Schwarzsee et le Val de Travers (cf. *Oberman*, lettres LVII et suivantes).
À la fin de l'année, retour définitif en France.

1803-1804 : Séjour à Fontainebleau en compagnie de sa fille.
Publication chez Cérioux d'*Oberman* en 1804 : le livre n'obtient aucun succès.

1806 : Mort de la femme de Senancour, restée en Suisse.
Publication de *De l'amour*, chez Cérioux et Bertrand : le livre obtient un certain succès de scandale.

1807 : Publication de *Valombré*, comédie en cinq actes et en prose, chez Cérioux, Barba, Capelle et Renand.

1808 : Deuxième édition de *De l'amour*, chez Capelle et Renand.

1809 : Nouvelle édition, considérablement remaniée, des *Rêveries sur la nature primitive de l'homme*, chez Bertrand. Senancour y intègre des fragments d'*Oberman*, qu'il est décidé à ne pas republier. Il est de plus en plus accablé par un sentiment d'échec. Il vit retiré, dans la compagnie austère de sa fille, qui ne se mariera pas et qui prendra soin de lui jusqu'à sa mort.

1811-1812 : Contraint de se plier pour vivre aux exigences honnies du « métier » d'écrivain, Senancour donne régulièrement des articles et des comptes rendus au *Mercure de France* (par exemple, « Du style dans les descriptions » en 1811, « Sur Fontainebleau » et « Extrait d'une dissertation sur le roman » en 1812, « Des succès en littérature » et « Du style dans ses rapports avec les principes, le caractère et les opinions de l'Écrivain ou de l'Orateur » en 1813). Il se lie avec Mercier, M. Jay, Nodier, Ballanche, Boisjolin et Mme Dufresnoy.

1814 : *Lettres d'un habitant des Vosges, sur MM. Buonaparte, de Chateaubriand, Grégoire, Barruel*, réponse agacée au *De Buonaparte* de Chateaubriand, dont il critique l'éloquence et l'opportunisme.

1815 : Publication de la brochure *De Napoléon*, qui prolonge la polémique avec Chateaubriand et qui développe le parallèle, cher à Senancour, entre la figure de l'Empereur déchu et celle de l'écrivain de génie brimé par les circonstances.

1816 : Publication chez Delaunay des *Observations critiques sur l'ouvrage intitulé « Génie du christianisme », suivies de quelques réflexions sur les écrits de M. de Bonald*. C'est, semble-t-il, par délicatesse que Senancour a différé la publication de ce nouveau pamphlet contre Chateaubriand, rédigé probablement dès 1811 : il ne voulait pas attaquer un auteur en situation de disgrâce.
Pour échapper à la misère de sa vie parisienne, mais aussi pour se soustraire aux manœuvres de sa belle-famille qui veut l'obliger à reconnaître l'enfant adultérin de sa femme, Senancour part pour Marseille, puis pour Nîmes : il se fixe finalement pendant un an et demi à Anduze, dans les Cévennes protestantes. Moment d'apaisement et de retour à la méditation religieuse.

1818 : Collaboration intense au journal *Le Constitutionnel* (plus de neuf cents articles en tout).

1819 : Publication des *Libres Méditations, d'un solitaire inconnu, sur le détachement du monde et sur d'autres objets de la morale religieuse*, chez Mongie et Cérioux. Un tournant dans l'itinéraire spirituel de Senancour, de plus en plus absorbé par la méditation analogique sur l'ordre divin du monde et par la quête mystique d'une foi dépouillée de tout dogmatisme.

1820-1821 : Publication d'articles dans d'éphémères journaux, *La Minerve littéraire* (par exemple, « De la justesse en littérature » en 1820, « Du génie » et « Sur J.-J. Rousseau » en 1821), et *L'Abeille*.

1823-1827 : Collaboration active au *Mercure du XIXe siècle* (par exemple, « Considérations sur la littérature romantique » et « Songe romantique » en 1823, « De la prose au XIXe siècle » et « Des fleurs » en 1824).
Série de travaux historiques publiés chez Lecointe et Durey : *Résumé de l'histoire de la Chine* (1824), *Résumé de l'histoire des traditions morales et religieuses* (1825), *Résumé de l'histoire romaine* (1827). L'œuvre érudite alimente la quête mystique, en passant en revue tous les sages qui, depuis les origines, ont eu l'intuition de Dieu. Mais le syncrétisme de la figure du Christ que brosse Senancour indispose l'opinion réactionnaire et cléricale : la deuxième édition, en 1827, du *Résumé de l'histoire des traditions morales et religieuses* est saisie, et Senancour, traduit en justice, est condamné à neuf mois de prison et à cinq cents francs d'amende. Il est finalement acquitté en cour d'appel (B. Le Gall a reproduit dans le tome II de sa thèse les deux discours que prononça Senancour pour assurer lui-même sa défense).

1829 : Troisième édition de *De l'amour*, chez Vieilh de Boisjolin.

1830 : Deuxième édition des *Libres Méditations, d'un solitaire inconnu, sur le détachement du monde et sur d'autres objets de la morale religieuse*, chez Vieilh de Boisjolin.

1832, 22 janvier : Parution dans la *Revue de Paris* de l'article de Sainte-Beuve qui va grandement contribuer à la redécouverte d'*Oberman* par les romantiques. Début de l'amitié entre Sainte-Beuve et Senancour.

1833 : Réédition d'*Obermann*, préfacé par Sainte-Beuve (cf. dossier, p. 507), chez Abel Ledoux. Succès encore conforté par l'article que lui consacre George Sand dans la *Revue des Deux-Mondes* (cf. dossier, p. 515), ainsi que par celui que donne Nodier au *Temps*, le 21 juin. Thiers attribue à Senancour une pension de 1 200 francs.
La même année, publications chez Abel Ledoux de la dernière version, très différente des précédentes, des *Rêveries*, ainsi

que d'*Isabelle*, ultime roman de Senancour. Parution du *Petit Vocabulaire de simple vérité*, réédité en 1834.

1840 : Troisième édition d'*Obermann*, préfacé par George Sand, chez Charpentier (rééd. en 1844, 1847, 1852, 1863, 1874). Augmentation par Villemain, alors ministre de l'Instruction publique, de la pension que touche Senancour. Sa vie est néanmoins rendue de plus en plus pénible par les progrès inquiétants de son infirmité, au moins depuis 1836 ou 1837 (paralysie qui le prive de l'usage de ses mains et lui rend la marche difficile, affection nerveuse, surdité).

1841 : Diminution de sa pension.

1844 : Senancour cherche à éditer en Allemagne une nouvelle version des *Libres Méditations* : à en croire Mlle de Senancour, le travail de remaniement et le projet de réimpression de l'œuvre constituent la principale préoccupation de son père pendant ses dernières années. Ultime déception : il mourra sans savoir ce qu'est devenu son manuscrit, confié à un jeune professeur allemand qui partait pour Berlin (manuscrit retrouvé en partie en Finlande et réédité par B. Didier).

1846, 10 janvier : Mort de Senancour à Saint-Cloud, à l'âge de 76 ans, dans l'indifférence générale. Mlle de Senancour note, amère : « Son enterrement se fit dans les conditions les plus obscures. Parmi les hommes de lettres qui furent prévenus, un seul put franchir à temps la distance. Cet écrivain, aussi bon que spirituel, est M. Ferd. Denis, qui fut toujours plein d'une gracieuse obligeance pour mon père et pour moi-même.
« Sur le marbre dressé à la tête d'une tombe, qui, par son isolement, au milieu des morts sans renom, rappelle la vie de celui qu'elle renferme, se trouvent gravés ces mots pris des *Libres Méditations* : "Éternité, deviens mon asile !"
Quelques journaux seulement annoncèrent très laconiquement la mort d'un écrivain, dont peu d'années auparavant ils avaient étendu la réputation. En pareil cas, un saltimbanque en renom occupe toutes les voix de la renommée » (c'est effectivement la mort de Debureau qui faisait alors la une des journaux).

BIBLIOGRAPHIE

I. ŒUVRES DE SENANCOUR

Pour avoir la liste complète des œuvres de Senancour (livres et brochures, articles parus dans diverses revues de 1811 à 1834, lettres déjà publiées), on consultera la bibliographie établie par Béatrice Le Gall (-Didier) à la fin de sa magistrale étude *L'Imaginaire chez Senancour*, t. II, p. 619-640. Nous ne mentionnons ici que les ouvrages les plus connus de l'auteur dans leurs différentes éditions françaises. Nous signalons par un astérisque les éditions utilisées dans notre préface et dans nos notes.

* *Les Premiers Âges. Incertitudes humaines*, suivi de *Rêverie*, par le « Rêveur des Alpes », introduction par Roger Braunschweig, Genève, Slatkine Reprints, 1968.
* *Sur les générations actuelles. Absurdités humaines* (1793), par le « Rêveur des Alpes », reproduction de l'exemplaire de la bibliothèque de Genève précédée d'une introduction par Marcel Raymond, Genève-Paris, Droz-Minard, 1963.

Aldomen ou le Bonheur dans l'obscurité, suivi de *Ynarès ou Conjectures sur le sort futur de l'homme*, par le citoyen Pivert, Paris, Leprieur, an III, * réédité « précédé d'une étude sur ce premier Obermann inconnu » par André Monglond, Les Presses françaises, 1925.

Rêveries sur la nature primitive de l'homme, Sur ses sensations, sur les moyens de bonheur qu'elles lui indiquent, sur le mode social qui conserveroit le plus de ses formes primordiales, par P... T Senancour, Paris, Laveaux, La Tynna, Moutardier, Cérioux, an VIII, puis Cérioux, Lepetit, an X-1802 (les deux éditions sont identiques). En 1809 est publiée chez Cérioux et chez Arthus Bertrand une nouvelle version des *Rêveries sur la nature primitive de l'homme*, dans laquelle Senancour a inséré de nombreux fragments d'*Oberman*, qu'il était alors décidé à ne plus réimprimer dans son intégralité. Il donne enfin en 1833, chez Abel Ledoux, une édition du texte entièrement remaniée, portant un titre abrégé : * *Rêveries*. On retrouvera ces différents états du texte des *Rêveries* dans les éditions récentes suivantes :

a. * *Rêveries sur la nature primitive de l'homme*, éd. J. Merlant et G. Saintville, introduite et mise à jour par F. Bercegol, STFM, 1999. Le volume reprend le texte des *Rêveries...* de 1799 (t. I) et de 1809 (t. II), mais ne tient pas compte, dans son apparat critique, de la dernière édition de 1833.

b. *Rêveries*, Plan-de-la-Tour, éd. d'Aujourd'hui, Les Introuvables, 1981 (reproduction de l'édition de 1833, suivie de 58 pages de notes sur le texte ajoutées par Senancour lui-même).

Oberman, lettres publiées par M... Senancour, Paris, Cérioux, an XII-1804.

Obermann, 2ᵉ édition, avec une préface de Sainte-Beuve, Paris, Abel Ledoux, 1833.

Obermann, nouvelle édition revue et corrigée avec une préface de George Sand, Paris, Charpentier, 1840 (édition reprise cinq fois, en 1844, 1847, 1852, 1863, 1874).

Le texte de 1804 a servi de base aux éditions récentes suivantes :

a. *Oberman*, Grenoble, Arthaud, 1947. Les deux tomes d'*Oberman* font suite au *Journal intime d'Oberman*, par André Monglond. Rappelons que c'est cette reproduction fidèle de l'édition originale qui a été suivie dans les trois éditions citées ci-dessous et que nous avons choisi à notre tour de reprendre dans la présente édition.

b. *Oberman*, préface de Georges Borgeaud, 10-18, 1965.

c. *Oberman*, Plan-de-la-Tour, éd. d'Aujourd'hui, Les Introuvables, 1979 (reproduit aussi une partie du *Journal intime d'Oberman*).

d. *Oberman*, édition établie, présentée, commentée et annotée par Béatrice Didier, Le Livre de poche, 1984.

Le texte de la dernière édition revue par Senancour, celle de 1840, se retrouve dans les éditions suivantes :

a. *Obermann*, édition critique de Gustave Michaut, t. I, Paris, Cornely, 1912 ; t. II, Hachette, 1913. On y trouvera les variantes des trois éditions parues du vivant de Senancour, ainsi que le relevé, en « Appendice », des morceaux d'*Oberman* repris dans les *Rêveries...* de 1809. Réédition chez Droz en 1931.

b. *Obermann*, édition de Jean-Maurice Monnoyer, Gallimard, Folio, 1984 (reprend le texte établi par G. Michaut, sans les variantes).

De l'amour, dont le sous-titre a varié au fil des quatre éditions, selon la perspective retenue par l'auteur :

« considéré dans les lois réelles et dans les formes sociales de l'union des sexes », Paris, Cérioux, Arthus Bertrand, 1806.

même sous-titre, Paris, Capelle et Renand, 1808 (édition désavouée par l'auteur).

« selon les lois primordiales et selon les convenances des sociétés modernes », Paris, Vieilh de Boisjolin, 1829 (édition également désavouée par l'auteur).

« selon les lois premières et selon les convenances des sociétés modernes », Paris, Abel Ledoux, 1834.
   Éditions récentes : * *De l'amour*, préface d'Étiemble, Club français du livre, 1955 (reprend l'édition de 1834).
Valombré, comédie en cinq actes et en prose, par Mr..., Paris, Cérioux, Barba, Capelle et Renand, Masson, 1807. * Réédition avec une introduction par Zvi Lévy, Genève-Paris, Droz-Minard, 1972, pour la STFM.
Observations critiques sur l'ouvrage intitulé « Génie du christianisme », suivies de quelques réflexions sur les écrits de M. de Bonald, etc., relatifs à la loi du Divorce, Paris, Delaunay, 1816.
Libres Méditations d'un solitaire inconnu, sur le détachement du monde et sur d'autres objets de la morale religieuse, Paris, Mongie et Cérioux, 1819. 2e édition modifiée et augmentée chez Vieilh de Boisjolin en 1830, reprise chez Trinquart en 1834. Béatrice Didier a édité un dernier manuscrit des * *Libres Méditations*, avec une introduction et un commentaire, Genève-Paris, Droz-Minard, 1970, pour la STFM.
Résumé de l'histoire des traditions morales et religieuses chez les divers peuples, Paris, Lecointe et Durey, 1825. 2e édition en 1827.
* *Petit Vocabulaire de simple vérité*, Paris, place Saint-André-des-Arts, 1833. 2e édition en 1834.
Isabelle, lettres publiées par Senancour, Paris, Abel Ledoux, 1833. * Réédition avec présentation par Béatrice Didier, Genève, Slatkine Reprints, Ressources, 1980.
Signalons que Jean Grenier a donné au Mercure de France en 1968 une anthologie des *Plus Belles Pages de Senancour*.

II. Ouvrages généraux sur Senancour

Didier Béatrice, *L'Imaginaire chez Senancour*, Corti, 1966, t. I et II.
–, *Senancour romancier. Oberman, Aldomen, Isabelle*, SEDES, 1985.
Fischler Anita, *Sensation ou raison, plaisir ou bonheur dans l'œuvre de Senancour*, Zurich, Juris Druck Verlag, 1968.
Le Gall Béatrice, voir Didier Béatrice.
Levallois Jules, *Une évolution philosophique au commencement du XIXe siècle, Senancour*, Paris, Picard, 1888.
–, *Un précurseur : Senancour*, Champion, 1897.
Lévy Zvi, *Senancour, dernier disciple de Rousseau*, Nizet, 1979.
Merlant Joachim, *Bibliographie des œuvres de Senancour*, Hachette, 1905.
–, *Sénancour (1770-1846), Sa vie, son œuvre, son influence*, Paris, Fischbacher, 1907, rééd. Genève, Slatkine Reprints, 1970.

Michaut Gustave, *Senancour, ses amis et ses ennemis*, Paris, Sansot, 1909.

Monglond André, *Vies préromantiques*, Les Belles Lettres, 1925.

–, *Le Mariage et la vieillesse de Senancour*. Senancour en Suisse. Lettres de Senancour à F. Denis, Château du Chupru, 1931.

–, *Le Journal intime d'Oberman*, Grenoble, Arthaud, 1947.

Munteano Basil, *Le Problème du retour à la nature dans les premiers ouvrages de Senancour*, Paris-Bucarest, 1924.

Pizzorusso Arnaldo, *Senancour, formazione intima, situazione letteraria di un preromantico*, Florence, G. d'Anna, 1950.

Raymond Marcel, *Senancour. Sensations et révélations*, Corti, 1965.

Senelier Jean, *Hommage à Senancour*. Textes et lettres inédits, Nizet, 1970.

III. Ouvrages généraux comportant une étude sur Senancour

Baldensperger Fernand, *Le Mouvement des idées dans l'émigration française (1789-1815)*, Plon, 1924, t. I, p. 24-29.

Becq Annie, *Genèse de l'esthétique française moderne 1680-1814*, Albin Michel, 1994 (rééd.), p. 856-863.

Béguin Albert, *L'Âme romantique et le rêve*, Corti, 1956, p. 330-336, rééd. 1991, p. 447-455.

Bénichou Paul, *Le Sacre de l'écrivain 1750-1830*, Corti, 1985, p. 194-209.

Call Michael, *Diagnosing the Mal of the Empire : a Study of its Origins and Manifestations in Texts of Chateaubriand, Senancour and Constant*, Dissertation Abstract International, Ann Arbor, 1982. Repris dans *Back to the Garden : Chateaubriand, Senancour and Constant*, Saratoga, Anma Libri, 1988, p. 64-68.

Canat René, *Du sentiment de la solitude morale chez les romantiques et les parnassiens*, Genève, Slatkine Reprints, 1967.

Delon Michel, *L'Idée d'énergie au tournant des Lumières (1770-1820)*, PUF, Littératures modernes, 1988.

Deprun Jean, *La Philosophie de l'inquiétude en France au XVIIIe siècle*, Vrin, 1979.

Didier Béatrice, *La Littérature française sous le Consulat et l'Empire*, PUF, Que sais-je ?, 1992, p. 104-106.

Favre Robert, *La Mort dans la littérature et la pensée françaises au XVIIIe siècle*, Presses universitaires de Lyon, 1978.

Huguet Michèle, *L'Ennui et ses discours*, PUF, 1984, chap. IV.

Jacot Grapa Caroline, *L'Homme dissonant au XVIIIe siècle*, Oxford, Voltaire Foundation, 1997.

Jonard Norbert, *L'Ennui dans la littérature européenne, des origines à l'aube du XXe siècle*, Champion, 1998.

Jost François, *La Suisse dans les lettres françaises au cours des âges*, Fribourg, Éditions universitaires, 1956.

Juden Brian, *Traditions orphiques et tendances mystiques dans le romantisme français (1800-1855)*, Klincksieck, 1971.

Lacoste-Veysseyre Claudine, *Les Alpes romantiques*, Genève, Slatkine, 1981, t. I, p. 90-113.

Mauzi Robert, *L'Idée du bonheur dans la littérature et la pensée françaises au XVIIIe siècle*, 1960, rééd. Genève, Slatkine Reprints, 1979.

Michel Émile, *La Forêt de Fontainebleau dans la nature, dans l'histoire, dans la littérature et dans l'art*, Paris, Laurens, 1909, p. 109-117.

Merlant Joachim, *Le Roman personnel de Rousseau à Fromentin*, 1905, rééd. Genève, Slatkine Reprints, 1970, chap. v.

Minski Alexander, *Le Préromantisme*, Colin U, 1998, p. 137-143.

Monglond André, *Le Préromantisme français*, Grenoble, Arthaud, 1930, rééd. Corti, 1969, t. I et II.

Naudin Pierre, *L'Expérience et le sentiment de la solitude dans la littérature française de l'aube des Lumières à la Révolution*, Klincksieck, 1995, p. 482-496.

Perot Nicolas, *Discours sur la musique à l'époque de Chateaubriand*, PUF, Écriture, 2000.

Peyrache-Leborgne Dominique, *La Poétique du sublime de la fin des Lumières au romantisme*, Champion, 1998, p. 217-219.

Pizzorusso Arnaldo, *Studi sulla letteratura dell'età preromantica in Francia*, Pise, Libreria Goliardica, 1956.

Poulet Georges, *La Pensée indéterminée*, PUF, Écriture, 1985, p. 223-226.

Pourtalès Guy de, *De Hamlet à Swann, études sur Shakespeare, La Fontaine, Senancour, Benjamin Constant et Marcel Proust*, Paris, Crès, 1924.

Raymond Marcel, *Romantisme et rêverie*, Corti, 1978.

Reichler Claude, Ruffieux Roland, *Le Voyage en Suisse, anthologie des voyageurs français et européens de la Renaissance au XXe siècle*, R. Laffont, Bouquins, 1998.

Reichler Claude, *La Découverte des Alpes et la question du paysage*, Genève, Georg, 2002.

Roussel Jean, *Jean-Jacques Rousseau en France après la Révolution 1795-1830*, Colin, 1972, p. 181-208.

Sainte-Beuve, *Chateaubriand et son groupe littéraire sous l'Empire*, rééd. Garnier, 1948, t. I, p. 349-370 (quatorzième leçon).

Starobinski Jean, *Action et réaction. Vie et aventures d'un couple*, Seuil, 1999, p. 239-241.

Van Tieghem Philippe, *Le Sentiment de la nature dans le préromantisme européen*, Nizet, 1960.

Viatte Auguste, *Les Sources occultes du romantisme*, Champion, 1965, t. II, p. 138-145.

Vinet Alexandre, *Chateaubriand*, Lausanne, L'Âge d'homme, 1990, p. 155-158.

IV. ARTICLES

Baude Michel, « Timidité et création littéraire : Étienne Pivert de Senancour », *Travaux de linguistique et de littérature*, Strasbourg, 1967, p. 49-67.

Bercegol Fabienne, « *Oberman* ou les incertitudes du symbole », dans *Symbole et symbolismes au XIXe siècle*, sous la dir. de A. Vaillant, Saint-Étienne, Éd. des Cahiers intempestifs (à paraître).

–, « De l'art de "rétrograder" : l'enfance dans l'œuvre de Senancour », dans *Enfances romantiques*, *Eidôlon*, 2003.

Boissieu Jean-Louis de, Garagnon Anne-Marie, *Commentaires stylistiques*, SEDES, 1987, p. 209-243.

Bourgeois René, « De la dualité à l'oxymoron : le nombre, l'espace et le temps dans *Oberman* », *Recherches et Travaux*, n° 33, 1987, p. 19-30.

Braunschweig Roger, « Deux amis et disciples : Senancour et Nodier », dans *Louis Sébastien Mercier précurseur et sa fortune*, sous la dir. de H. Hofer, Munich, Fink, 1977, p. 155-174.

Bryant David, « Senancour's *Obermann* and the autobiographical tradition », *Neophilologus*, n° 61, 1977, p. 34-42.

Chevrel Yves, « Le commentaire composé (Rousseau, Goethe, *Oberman*, lettre XLVI), *L'Information littéraire*, janvier-février 1972, p. 37-49.

Chocheyras Jacques, « Le mythe de la Genèse dans deux passages du début d'*Oberman* », *Recherches et Travaux*, n° 33, 1987, p. 31-35.

Colsman Anette, Formanek Ruth, Kaltenbach Claudia, Klumpp Ingrid, Schmidt Kekke, Schmutz Katharina, Waller Helmut, Weigel Sibylle, « Réflexions sur la structure d'*Obermann* », *Recherches et Travaux*, n° 33, 1987, p. 5-17.

Cotoni Marie-Hélène, « L'humour brimé dans *Oberman* », dans *Mélanges Daspre*, Association des publications de la faculté des lettres de Nice, 1993, p. 153-161.

Didier-Le Gall Béatrice, « George Sand et Senancour », *Revue des sciences humaines*, octobre-décembre 1959, p. 423-440. Repris en postface de l'édition de *Lélia* procurée par B. Didier, Meylan, Éditions de l'Aurore, 1987, t. II, p. 183-194.

–, « Mme de Staël et Senancour », *Rivista di Letterature moderne e comparate*, n° 20, 1967, p. 274-278.

–, « "Senancour, c'est moi" ; sur un inédit de Proust », *Revue de Paris*, mai 1968, p. 108-113.

–, « De Buonaparte au mythe. Chateaubriand et Senancour », *Europe*, avril-mai 1969, p. 113-119.

–, « Le bicentenaire de Senancour : de G. Sand à Proust », *Revue des Deux Mondes*, février 1971, p. 343-352.

–, « Senancour et les Lumières », *Studies on Voltaire and the eighteenth Century*, vol. LXXXVII, 1972, p. 311-331.

–, « La fête champêtre dans quelques romans de la fin du XVIIIe siècle (de Rousseau à Senancour) », dans *Les Fêtes de la Révolution*, sous la dir. de J. Ehrard, P. Viallaneix, A. Soboul, Paris, Société des études robespierristes, 1977, p. 63-72.

–, « Senancour et Saint-Martin », *Cahiers Saint-Martin*, n° 3, 1980, p. 47-54.

–, « Senancour et la description romantique », *Poétique*, septembre 1982, p. 315-328.

–, « Expérience et théorie de la musique chez Senancour : un sensualisme mystique », *Lumières et illuminisme*, textes réunis par M. Matucci, Pise, Pacini editore, 1984, p. 119-131.

–, « Nerval et Senancour ou la nostalgie du XVIIIe siècle », Actes du colloque *Le Rêve et la Vie. « Aurélia », « Sylvie », « Les Chimères »*, SEDES, 1986, p. 5-15.

–, « *Oberman* et l'art du discours », *L'Information littéraire*, mars-avril 1986, p. 67-72.

–, « Senancour et le déisme voltairien », dans *Le Siècle de Voltaire, Hommage à R. Pomeau*, sous la dir. de C. Mervaud et S. Menant, Oxford, The Voltaire Foundation, 1987, p. 433-446.

–, « Senancour, Volney et les idéologues », dans *Volney et les idéologues*, textes réunis par J. Roussel, Presses de l'université d'Angers, 1988, p. 293-304.

–, « Musique sur un lac nocturne », *Goethe-Stendhal Mito e imagine del lago tra Settecento ed Ottocento*, Genève, Slatkine, 1988, p. 77-92.

–, « Oberman le mélancolique », dans *Malinconia, Malattia malinconica e letteratura moderna*, Rome, Bulzoni editore, 1991, p. 171-190.

Donnard Jean-Hervé, « Balzac inspiré par Senancour ? », *Recherches et Travaux*, n° 33, 1987, p. 37-47.

Étiemble René, « Senancour et l'amour », dans *Mes contre-poisons*, Gallimard, 1974, p. 185-215.

Evans Martha Noel, « The Dream Sequences in Senancour's *Oberman* », *Symposium*, n° 32, 1978, p. 1-14.

Gaulmier Jean, « Une époque littéraire sans nom ? », *La Nouvelle Revue des Deux Mondes*, janvier-mars 1977, p. 750-763.

Gilot Michel, « La recherche d'*Oberman*. Conquête d'une vocation et cycles d'écriture », *Recherches et Travaux*, n° 33, 1987, p. 49-57.

Giorgi Giorgetto, « Senancour e Proust », *Studi francesi*, mai-août 1965, p. 290-296. L'article a été repris et remanié dans *Stendhal, Flaubert, Proust (proposte e orientamenti)*, Milan-Varese, Instituto editoriale cisalpino, 1969, p. 93-106.

–, « Le sensible et l'intelligence chez Proust et Senancour », *Europe*, août-septembre 1970, p. 205-215.

Grenier Jean, « La nuit de Thiel », *Nouvelle Revue française*, octobre-décembre 1966, p. 663-667.

Grimsley Ronald, « Reflection and irony in *Oberman* », *French Studies*, n° 25, 1971, p. 411-426.

Hausmann Frank R., « Im Wald von Fontainebleau. Sehnsuchtsort oder Metapher des Erzahlers ? », dans *Sehnsuchtsorte*, sous la dir. de T. Bremer et J. Heymann, Tübingen, Stauffenburg, 1999.

Hoffmann Paul, « Note sur la liberté dans *Oberman* », dans *Le Siècle de Voltaire, Hommage à R. Pomeau*, sous la dir. de C. Mervaud et S. Menant, Oxford, The Voltaire Foundation, 1987, t. II, p. 545-557.

–, « La notion de "force cachée" dans *Oberman* de Senancour », *Romanische Forschungen*, n° 101, 1989, p. 433-447.

Hoog Armand, « Un cas d'angoisse préromantique », *Revue des sciences humaines*, juillet-septembre 1952.

Jacot Grapa Caroline, « L'épreuve du négatif : mélancolie postrévolutionnaire », *Textuel*, n° 29, 1995, p. 31-42.

Kiemp Friedhelm, « Senancour, *Oberman* und *Isabelle* », dans « ... *das Ohr, das spricht ». Spaziergänge eines Lesers und Übersetzers*, Munich-Vienne, Hanser, 1989, p. 81-97.

La Quérière Yves de, « *René* et *Oberman* : dialectique du mal du siècle », *Romance Notes*, n° 14, 1972, p. 75-82.

Larroutis Maurice, « Monde primitif et monde idéal dans l'œuvre de Senancour », *Revue d'histoire littéraire de la France*, janvier-mars 1962, p. 41-58.

Marclay R., « Réflexions sur le style d'*Oberman* », dans *Mélanges A. Donnet*, Vallesia XXXIII, 1978, p. 473-482.

Marot Patrick, « Le récit intervallaire. À propos du premier romantisme français », dans *Problématique des genres, problèmes du roman*, études réunies par J. Bessière et G. Philippe, Champion, 1999, p. 195-211.

Marotin François, « L'éditeur et l'annotation marginale dans *Oberman* », dans *La Marge*, sous la dir. de F. Marotin, Association des publications de la faculté des lettres et sciences humaines de Clermont-Ferrand, 1988, p. 45-50.

Martel Émile, « Lecturas francesas de Unanumo : Senancour », *Cuadernos de la Catedra de Unanumo*, Salamanque, 1964-1965, 14-15, p. 85-96.

Michel Arlette, « Romantisme, littérature et rhétorique », dans *Histoire de la rhétorique dans l'Europe moderne 1450-1950*, sous la dir. de M. Fumaroli, PUF, 1999, p. 1039-1070.

Milecki Aleksander, « *Oberman* – Portrait explicite ou implicite du désespéré ? », dans *Le Portrait littéraire*, sous la dir. de K. Kupisz, G.-A. Pérouse et J.-Y. Debreuille, Presses universitaires de Lyon, 1988, p. 159-165.

Monnoyer Jean-Maurice, « Senancour et l'expression romanesque », *Critique*, juin-décembre 1986, p. 1204-1209.

Moreau Joseph, « *Obermann* de Senancour : de la critique rationaliste à l'ouverture métaphysique », *Bulletin de l'association Guillaume Budé*, juin 1980, p. 218-230.

Noël M., « Le thème de l'eau chez Senancour », *Revue des sciences humaines*, juillet-septembre 1962, p. 357-365.

Omacini Lucia, « Evento rivoluzionario e sensibilità nel romanzo epistolare », dans *La Sensibilité dans la littérature française au XVIIIe siècle*, textes recueillis par F. Piva, Schena-Didier Erudition, 1998, p. 381-405.

Padgett G., « Senancour's ennui and its relations to his ideas », *Nottingham French Studies*, mai 1967, 6, p. 2-18.

Phal Marie-Christine, « Senancour, penseur par lettre : *Oberman* ou "Les lettres philosophiques" », dans *Penser par lettre*, sous la dir. de B. Melançon, Québec, Fides, 1998, p. 255-276.

Picon Gaëtan, « Note sur l'*Oberman* de Senancour », dans *Échanges et Communications*, *Mélanges offerts à Cl. Lévi-Strauss*, textes réunis par J. Pouillon et P. Maranda, Paris, Mouton, 1970, t. II, p. 908-912.

Pizzorusso Arnaldo, « L'allusion biographique dans une lettre d'*Oberman* », *CAIEF*, mars 1967, p. 129-141.

–, « *Oberman* et la conscience du temps », *Littératures*, automne 1985, p. 29-40.

Pourtalès Guy de, « Éthique et esthétique de Senancour », *Mercure de France*, t. XLVI, 15 février-15 mars 1921, p. 289-325.

Proust Marcel, « Senancour », *Textes retrouvés*, recueillis et présentés par Philip Kolb et Larkin B. Price, University of Illinois Press, 1968, p. 51-54.

Raymond Marcel, « Entre la philosophie des Lumières et le romantisme : Senancour », *Sensibilità e razionalità nel Settecento*, Florence, Sansoni, 1967, p. 25-44.

Rusam Anne M. « Naturbeschreibung bei Senancour », dans *Literarische Landschaft*, Wilhelmsfeld, Egert, 1992.

Saint-Gérand Jacques-Philippe, « Aspects de la poétique du mot dans *Oberman* », dans *Morales du style*, PUM, Cribles, 1993, p. 61-95.

Scarcella Renzo, « Ennui ed esperienza del vuoto. In margine a *Oberman* di Senancour », dans *Sotto il segno di Saturno*, a cura di E. Mosele, Fasano, Schena, 1994.

Sekrecka Mieczystawa, « L'expérience de la solitude dans *Oberman* de Senancour », dans *Approches des Lumières, Mélanges offerts à Jean Fabre*, Klincksieck, 1974, p. 447-457.

Sgard Jean, « L'énergie d'*Obermann* », *Recherches et Travaux*, n° 33, 1987, p. 59-65.

Sozzi Lionello, « Da Swedenborg a Senancour : l'illusione analogica », *Il Simbolismo francese*, Atti del convegno tenuto all'Università Cattolica di Milano dal 28 febbraio al 2 marzo 1992, a cura di S. Cigada, SugarCo edizioni, 1992, p. 269-283.

Staub Hans, « Paysages d'*Obermann* », *Recherches et Travaux*, n° 33, 1987, p. 67-79.

Steinkopf Anna, « Novalis et Senancour », *Revue de littérature comparée*, 1935, p. 726-747.

Van Zuylen Marina, « Senancour's *Oberman* : Experiments in the ascetic sublime », *Romanic Review*, janvier 1995, vol. 86, p. 77-102.

Vieville-Carbonel Danielle, « Senancour et Camus ou les affinités de l'inquiétude », *Revue des sciences humaines*, n° 136, 1969, p. 609-615.

Walser J.-P., « Stapfer, Liszt und Senancour, zwei Konjunktionem in Kunst und Politik », *Schweize Monatsbriefte*, 1982, I, p. 41-52.

Wiecha Eduard, « Roman et histoire : la composition thématique d'*Oberman* », *Romantisme*, n° 19, 1978, p. 25-40.

TABLE

PRÉSENTATION 5

NOTE SUR LA PRÉSENTE ÉDITION 49

Oberman

Observations	53
Oberman, lettres publiées par M... Senancour, auteur de *Rêveries sur la nature de l'homme...*	57
Supplément de 1833	413
Supplément de 1840	423
Notes de l'édition de 1833	429
Indications	435

NOTES 439

DOSSIER

1. Notice sur la vie de Senancour, par Boisjolin 495
2. Préface de Sainte-Beuve à *Obermann* (1833) 507
3. Préface de George Sand à *Obermann* (1840) 515
4. « Du style dans les descriptions » 527
5. Extrait de la « XVIIe rêverie » des *Rêveries sur la nature primitive de l'homme* (1799) 540

CARTES

La forêt de Fontainebleau	548
La Suisse	549

CHRONOLOGIE 553

BIBLIOGRAPHIE 561

DERNIÈRES PARUTIONS

ARISTOTE
Petits Traités d'histoire naturelle (979)
Physique (887)

AVERROÈS
L'Intelligence et la pensée (974)
L'Islam et la raison (1132)

BERKELEY
Trois Dialogues entre Hylas et Philonous (990)

BOÈCE
Traités théologiques (876)

CHÉNIER (Marie-Joseph)
Théâtre (1128)

COMMYNES
Mémoires sur Charles VIII et l'Italie, livres VII et VIII (bilingue) (1093)

DÉMOSTHÈNE
Les Philippiques, suivi de ESCHINE, Contre Ctésiphon (1061)

DESCARTES
Discours de la méthode (1091)

ESCHYLE
L'Orestie (1125)

EURIPIDE
Théâtre complet I. Andromaque, Hécube, Les Troyennes, Le Cyclope (856)

GALIEN
Traités philosophiques et logiques (876)

GOLDONI
Le Café. Les Amoureux (bilingue) (1109)

HEGEL
Principes de la philosophie du droit (664)

HÉRACLITE
Fragments (1097)

HERDER
Histoire et cultures (1056)

HIPPOCRATE
L'Art de la médecine (838)

HUME
Essais esthétiques (1096)

IDRÎSÎ
La Première Géographie de l'Occident (1069)

JAMES
Daisy Miller (bilingue) (1146)
L'Espèce particulière et autres nouvelles (996)
Le Tollé (1150)

KANT
Critique de la faculté de juger (1088)
Critique de la raison pure (1142)

LEIBNIZ
Discours de métaphysique (1028)

LEOPOLD
Almanach d'un comté des sables (1060)

LONG & SEDLEY
Les Philosophes hellénistiques (641-643, 3 vol. sous coffret 1147)

LORRIS
Le Roman de la Rose (bilingue) (1003)

MONTAIGNE
Apologie de Raymond Sebond (1054)

MUSSET
Poésies nouvelles (1067)

NIETZSCHE
Par-delà bien et mal (1057)

PLATON
Alcibiade (988)
Apologie de Socrate. Criton (848)
Le Banquet (987)
La République (653)

PLINE LE JEUNE
Lettres, livres I à X (1129)

PLOTIN
Traités (1155)

POUCHKINE
Boris Godounov. Théâtre complet (1055)

PROUST
Écrits sur l'art (1053)

RIVAS
Don Alvaro ou la Force du destin (bilingue) (1130)

RODENBACH
Bruges-la-Morte (1011)

ROUSSEAU
Dialogues. Le Lévite d'Éphraïm (1021)
Du contrat social (1058)

SAND
Histoire de ma vie (1139-1140)

MME DE STAËL
Delphine (1099-1100)

TITE-LIVE
Histoire romaine. Les Progrès de l'hégémonie romaine (1005-1035)

TRAKL
Poèmes I et II (bilingue) (1104-1105)

THOMAS D'AQUIN
Somme contre les Gentils (1045-1048, 4 vol. sous coffret 1049)

MIGUEL TORGA
La Création du monde (1042)

WILDE
Le Portrait de Mr. W.H. (1007)

WITTGENSTEIN
Remarques mêlées (815)

GF-DOSSIER

ALLAIS
  À se tordre (1149)
BALZAC
  Eugénie Grandet (1110)
BEAUMARCHAIS
  Le Barbier de Séville (1138)
  Le Mariage de Figaro (977)
CHATEAUBRIAND
  Mémoires d'outre-tombe, livres I à V (906)
COLLODI
  Les Aventures de Pinocchio (bilingue) (1087)
CORNEILLE
  Le Cid (1079)
  Horace (1117)
  L'Illusion comique (951)
  La Place Royale (1116)
  Trois Discours sur le poème dramatique (1025)
DIDEROT
  Jacques le Fataliste (904)
  Lettre sur les aveugles. Lettre sur les sourds et muets (1081)
  Paradoxe sur le comédien (1131)
ESCHYLE
  Les Perses (1127)
FLAUBERT
  Bouvard et Pécuchet (1063)
  L'Éducation sentimentale (1103)
  Salammbô (1112)
FONTENELLE
  Entretiens sur la pluralité des mondes (1024)
FURETIÈRE
  Le Roman bourgeois (1073)
GOGOL
  Nouvelles de Pétersbourg (1018)
HOMÈRE
  L'Iliade (1124)
HUGO
  Les Châtiments (1017)
  Hernani (968)
  Ruy Blas (908)
JAMES
  Le Tour d'écrou (bilingue) (1034)
LAFORGUE
  Moralités légendaires (1108)
LESAGE
  Turcaret (982)
LORRAIN
  Monsieur de Phocas (1111)
MARIVAUX
  La Double Inconstance (952)
  Les Fausses Confidences (978)
  L'Île des esclaves (1064)
  Le Jeu de l'amour et du hasard (976)
MAUPASSANT
  Bel-Ami (1071)
MOLIÈRE
  Dom Juan (903)
  Le Misanthrope (981)
  Tartuffe (995)
MONTAIGNE
  Sans commencement et sans fin. Extraits des *Essais* (980)
MUSSET
  Les Caprices de Marianne (971)
  Lorenzaccio (1026)
  On ne badine pas avec l'amour (907)
LE MYTHE DE TRISTAN ET ISEUT (1133)
PLAUTE
  Amphitryon (bilingue) (1015)
RACINE
  Bérénice (902)
  Iphigénie (1022)
  Phèdre (1027)
  Les Plaideurs (999)
ROTROU
  Le Véritable Saint Genest (1052)
ROUSSEAU
  Les Rêveries du promeneur solitaire (905)
SAINT-SIMON
  Mémoires (extraits) (1075)
SÉNÈQUE
  Médée (992)
SHAKESPEARE
  Henry V (bilingue) (1120)
SOPHOCLE
  Antigone (1023)
STENDHAL
  La Chartreuse de Parme (1119)
VALINCOUR
  Lettres à Madame la marquise *** sur *La Princesse de Clèves* (1114)
WILDE
  L'Importance d'être constant (bilingue) (1074)
ZOLA
  L'Assommoir (1085)
  Au Bonheur des Dames (1086)
  Germinal (1072)
  Nana (1106)

Imprimé en France par CPI
en octobre 2018

Dépôt légal : février 2003
N° d'édition : L.01EHPNFG1137.C004
N° d'impression : 149940